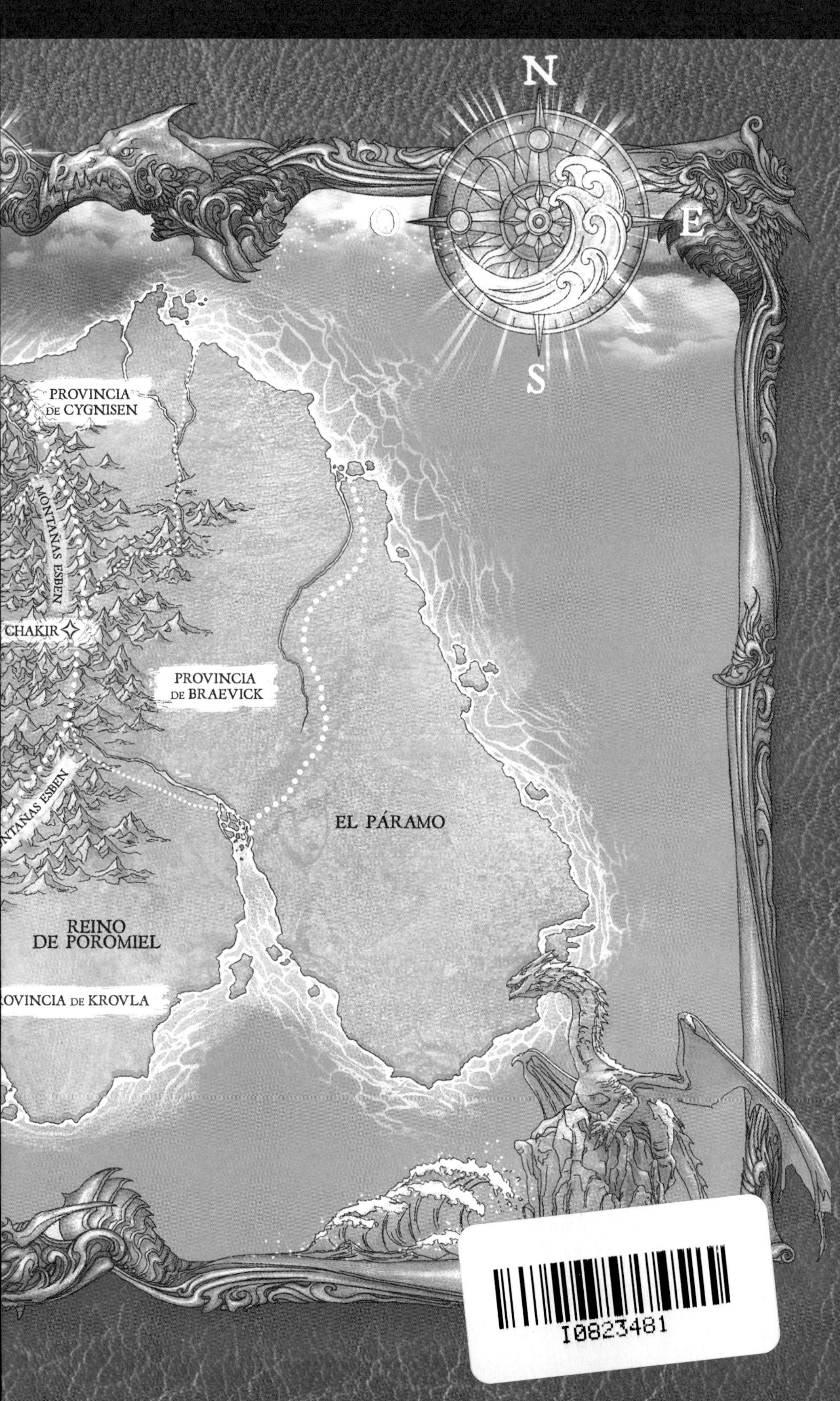
N
O
E
S
PROVINCIA DE CYGNISEN
MONTAÑAS ESBEN
CHAKIR
PROVINCIA DE BRAEVICK
NTAÑAS ESBEN
EL PÁRAMO
REINO DE POROMIEL
ROVINCIA DE KROVLA
I0823481

ALAS DE SANGRE

Planeta Internacional

EMPÍREO 1

REBECCA YARROS

Planeta

Título original: *Fourth Wing*

Traducido por: Graciela Romero Saldaña
Créditos de portada: Bree Archer y Elizabeth Turner Stokes
Adaptación de portada: Planeta Arte & Diseño
Ilustración de portada: Peratek / Shutterstock
Ilustraciones de interiores: iStock
Fotografía de la autora: Katie Marie Seniors
Mapa del Colegio de Guerra Basgiath: Amy Acosta y Elizabeth Turner Stokes
Mapa del continente: Melanie Korte

Bajo el sello editorial PLANETA M.R.
Avenida Presidente Masarik núm. 111,
Piso 2, Polanco V Sección, Miguel Hidalgo
C.P. 11560, Ciudad de México
www.planetadelibros.com.mx

Primera edición impresa en formato de tapa dura en México: septiembre de 2025
ISBN Obra Completa: 978-607-39-2501-3
ISBN Volumen: 978-607-39-2502-0

Impreso en los talleres de Wai Man Book Binding (China) Ltd
Piso A, 9/F, fase 1, centro industrial Kwun Tong, 472-484 Kwun Tong Road, Kwun Tong, Kowloon, Hong Kong, Código Postal 00000.
Impreso en China - *Printed in China*

Para Aaron.
Mi Capitán América personal.
Entre reacomodos y mudanzas, en los momentos
más altos y soleados y los más bajos y oscuros,
siempre hemos sido tú y yo, mi niño.

Y para los artistas.
En ustedes está el poder de darle forma al mundo.

Alas de sangre es una aventura fantástica llena de emociones ambientada en el mundo brutal y competitivo de un colegio militar para jinetes de dragones, que incluye descripciones de batallas, combates mano a mano, situaciones extremas, sangre, violencia intensa, heridas brutales, muerte, envenenamiento, lenguaje ofensivo y sexo explícito. Se les pide a los lectores sensibles a estos elementos que tomen nota y se preparen para entrar al Colegio de Guerra Basgiath...

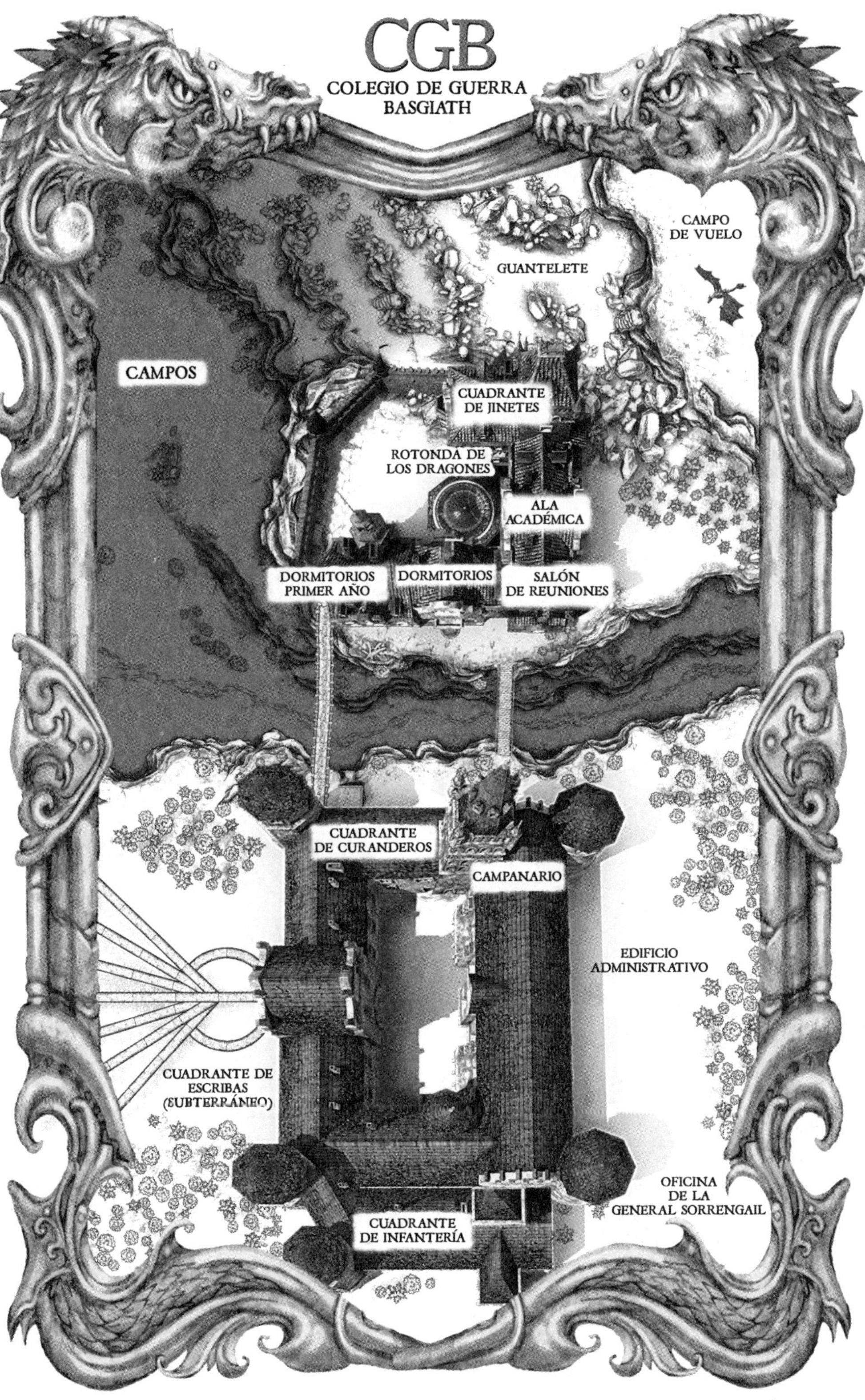
CGB
COLEGIO DE GUERRA
BASGIATH
CAMPO
DE VUELO
GUANTELETE
CAMPOS
CUADRANTE
DE JINETES
ROTONDA DE
LOS DRAGONES
ALA
ACADÉMICA
DORMITORIOS
PRIMER AÑO
DORMITORIOS
SALÓN
DE REUNIONES
CUADRANTE
DE CURANDEROS
CAMPANARIO
EDIFICIO
ADMINISTRATIVO
CUADRANTE DE
ESCRIBAS
(SUBTERRÁNEO)
OFICINA
DE LA
GENERAL SORRENGAIL
CUADRANTE
DE INFANTERÍA

El siguiente texto fue fielmente traducido del navarro al idioma moderno por Jesinia Neilwart, curadora del Cuadrante de Escribas del Colegio de Guerra Basgiath. Todos los eventos son reales y los nombres se conservaron como un homenaje al valor de los caídos. Que Malek cuide sus almas.

UNO

Un dragón sin su jinete es una tragedia.
Un jinete sin su dragón está muerto.

—ARTÍCULO UNO, SECCIÓN UNO
DEL CÓDIGO DE JINETES DE DRAGONES

El Día de Reclutamiento siempre es el más mortífero. Quizá por eso el amanecer está especialmente hermoso, pues sé que, para mí, podría ser el último.

Ajusto las correas de mi pesada mochila de lona y subo como puedo por la ancha escalera de la fortaleza de piedra a la que llamo hogar. Mi pecho se agita por el esfuerzo y, para cuando llego al pasillo de piedra que lleva a la oficina de la general Sorrengail, mis pulmones están ardiendo. Esto es lo que gané con seis meses de entrenamiento físico intenso: la capacidad de apenas subir seis pisos con una mochila de catorce kilos.

Estoy jodida.

Los miles de veinteaneros que esperan afuera de la puerta para entrar a servir en el cuadrante de su elección son los más fuertes e inteligentes de Navarre. Cientos de ellos se han estado preparando desde que nacieron para el Cuadrante de Jinetes, para tener la oportunidad de ser parte de la élite. Yo tuve exactamente seis meses.

Los guardias inexpresivos que flanquean el ancho pasillo al final de la escalera esquivan mi mirada al verme pasar, pero eso no es nada nuevo. Además, ser ignorada es el mejor escenario posible para mí.

El Colegio de Guerra Basgiath no es famoso por ser amable con… pues, con nadie, ni siquiera con los que tenemos madres al mando.

Todos los oficiales navarros, ya sea que escojan la educación de curanderos, escribas, infantes o jinetes, son moldeados dentro de estos crueles muros durante tres años, aprendiendo a usar las armas hasta la perfección para proteger nuestras descomunales fronteras de los violentos intentos de invasión del reino de Poromiel y sus jinetes de grifos. Aquí no sobreviven los débiles, especialmente no en el Cuadrante de Jinetes. Los dragones se aseguran de eso.

—¡La estás enviando a su muerte! —Una voz conocida resuena desde el otro lado de la gruesa puerta de madera de la general y yo ahogo un grito. Solo hay una mujer en el continente lo bastante tonta como para levantarle la voz a la general, pero se suponía que estaba en la frontera con el Ala Este. «Mira».

Desde la oficina se escucha una respuesta ahogada y acerco mi mano a la perilla de la puerta.

—No tiene ninguna oportunidad —grita Mira mientras empujo la pesada puerta y mi mochila, al moverse hacia adelante, casi me tira. «Mierda».

La general suelta un insulto entre dientes desde su escritorio y yo me agarro del respaldo del sofá tapizado de color carmín para recuperar el equilibrio.

—Carajo, mamá, ni siquiera puede con su mochila —suelta Mira mientras viene corriendo hacia mí.

—¡Estoy bien! —La vergüenza enciende mis mejillas y me obligo a pararme derecha. Lleva cinco minutos de haber vuelto y ya tiene que venir a salvarme. «Porque necesitas que te salven, tonta».

No quiero hacer esto. No quiero tener nada que ver en esta mierda del Cuadrante de Jinetes. No es como que tenga impulsos suicidas. Habría estado mejor reprobar el examen de admisión a Basgiath para irme directo al ejército con la mayoría de los reclutas. Pero sí puedo con mi mochila, y sí voy a poder conmigo misma.

—Ay, Violet. —Unos ojos cafés llenos de preocupación me miran mientras las manos fuertes me toman por los hombros.

—Hola, Mira. —Una sonrisita se asoma en las comisuras de mi boca. Quizá vino a despedirse, pero me alegra ver a mi hermana por primera vez en años.

Sus ojos se suavizan y sus dedos se doblan sobre mis hombros como si quisiera envolverme en un abrazo, pero solo da un paso atrás y se da la vuelta para ponerse a mi lado, quedando de frente a nuestra madre.

—No puedes hacer esto.

—Ya está hecho. —Mamá se encoge de hombros y las líneas de su uniforme negro y entallado suben y bajan con el movimiento.

Suelto una risita burlona. Adiós a la esperanza de un indulto. Aunque no había razón para que esperara o siquiera soñara con un poco de misericordia de parte de una mujer que es famosa por no tenerla.

—Pues deshazlo —exige Mira, furiosa—. Ha pasado toda su vida entrenando para ser escriba. No fue criada para ser jinete.

—Sin duda ella no es tú, ¿verdad, teniente Sorrengail? —Mamá posa las manos sobre la superficie inmaculada de su escritorio y se inclina ligeramente hacia adelante mientras se levanta, nos mira desde arriba con esos ojos entrecerrados y observadores que se parecen tanto a los de los dragones tallados en las enormes patas de los muebles. No necesito el poder prohibido de leer mentes para saber qué es exactamente lo que ve.

A sus veintiséis años, Mira es una versión joven de nuestra madre. Es alta, con músculos fuertes y poderosos, tonificados por los años de entrenamiento con armas y cientos de horas sobre el lomo de su dragón. Su piel prácticamente brilla de lo saludable que está, y lleva el cabello rubio castaño corto y listo para el combate, igual que el de mamá. Pero más allá de la apariencia, tiene la misma arrogancia, la misma convicción de que su lugar está en el cielo. Es una jinete hecha y derecha.

Es todo lo que yo no soy, y la forma con la que mamá niega decepcionada con la cabeza indica que ella también lo cree. Yo soy demasiado bajita. Demasiado frágil. Las curvas que tengo deberían ser músculos, y mi cuerpo traidor me hace vergonzosamente vulnerable.

Mamá se acerca a nosotras y sus botas negras bien lustradas brillan bajo las luces mágicas que bailan en los candeleros. Toma la punta de mi larga trenza y suelta una risa burlona al ver la sección que comienza sobre mis hombros, donde los mechones cafés van perdiendo la calidez del color y poco a poco se convierten en un plateado metálico que llega hasta las puntas.

—Piel clara, ojos claros, cabello claro —dice tras soltar mi trenza. Su mirada exprime hasta la última gota de seguridad que me quedaba en la médula—. Es como si esa fiebre te hubiera robado el color junto con la fuerza. —Por un instante, hay pena en sus ojos y sus cejas se fruncen—. Le dije que no te tuviera en esa biblioteca.

No es la primera vez que la escucho maldecir la enfermedad que casi la mata mientras estaba embarazada de mí o la biblioteca que papá convirtió en mi segundo hogar cuando ella se instaló en Basgiath como instructora y él como escriba.

—Amo esa biblioteca —le respondo. Ha pasado más de un año desde que el corazón de mi padre al fin falló; los Archivos siguen siendo el único lugar que siento como un hogar en esta enorme fortaleza, el único lugar donde aún percibo la presencia de mi padre.

—Hablas como la hija de un escriba —dice mamá en voz baja, y de pronto puedo ver a la mujer que era cuando papá estaba vivo. Más tierna. Más amable… al menos con su familia.

—Soy la hija de un escriba. —La espalda me está matando, así que me quito la mochila de los hombros, la dejo en el suelo y tomo la primera bocanada profunda de aire desde que salí de mi habitación.

Mamá parpadea y la mujer amable desaparece, dejando solo a la general.

—Eres la hija de una jinete, tienes veinte años, y hoy es Día de Reclutamiento. Voy a dejar que termines la tutoría, pero como te lo dije la primavera pasada, no voy a permitir que una hija mía entre al Cuadrante de Escribas, Violet.

—¿Porque los escribas son muy inferiores a los jinetes? —pregunto, aunque sé perfectamente que los jinetes están en lo más alto de la jerarquía social y militar. Ayuda mucho que sus dragones a los que están unidos achicharren gente por diversión.

—¡Sí! —Su compostura de siempre vacila—. Y si te atreves a cruzar el túnel hacia el Cuadrante de los Escribas hoy, te voy a sacar de ahí jalándote de esa ridícula trenza y yo misma te pondré en el parapeto.

El estómago se me revuelve.

—¡Papá no querría esto! —exclama Mira, y el rubor le va subiendo por el cuello.

—Amaba a tu padre, pero ya está muerto —dice mamá, como quien da el reporte del clima—. Dudo que quiera cosas.

Tomo aire, pero mantengo la boca cerrada. Discutir no me llevará a ningún lado. Mi madre nunca ha escuchado nada de lo que yo tengo que decir, y hoy no será distinto.

—Enviar a Violet al Cuadrante de Jinetes es lo mismo que darle una sentencia de muerte. —Supongo que Mira no va a dejar de discutir. Mira nunca deja de discutir con mamá, y lo frustrante de eso es que mamá siempre la ha respetado por eso. ¿Alguien dijo doble moral?—. ¡No es lo suficientemente fuerte, mamá! Ya se rompió un brazo este año, cada dos semanas se esguinza algo y no tiene la altura necesaria para montar a ningún dragón lo bastante grande para mantenerla viva en una batalla.

—¿En serio, Mira? —Qué. Diablos. Está. Haciendo. Las uñas se me entierran en las palmas por la fuerza con la que cierro los puños. Saber que mis posibilidades de sobrevivir son mínimas es una cosa. Que mi hermana me eche mis deficiencias en cara es otra—. ¿Me estás diciendo débil?

—No —dice, apretando mi mano—. Solo… frágil.

—Eso no es mejor. —Los dragones no se vinculan con mujeres frágiles. Las incineran.

—Sí, es pequeña. —Mamá me mira de arriba abajo, observando la amplitud de la túnica color beige con cinturón y los pantalones que elegí esta mañana para mi posible ejecución.

Suelto un resoplido burlón.

—¿Ya solo estamos haciendo una lista de mis defectos?

—Nunca dije que fuera un defecto. —Mamá se voltea hacia mi hermana—. Mira, Violet enfrenta más dolor antes del almuerzo del que tú en toda la semana. Si hay una de mis hijas capaz de sobrevivir al Cuadrante de Jinetes, es ella.

Mis cejas se enarcan. Eso sonó muchísimo como un cumplido, pero con mi mamá nunca puedo estar segura.

—¿Cuántos candidatos a jinete mueren el Día de Reclutamiento, mamá? ¿Cuarenta? ¿Cincuenta? ¿Tantas ganas tienes de enterrar otro hijo? —Mira está furiosa.

Hago una mueca de pesar cuando la temperatura en el cuarto baja de golpe, cortesía del clásico poder de mi mamá para manipular tormentas, el cual canaliza a través de su dragón, Aimsir.

Siento un peso en el pecho al recordar a mi hermano. Nadie se ha atrevido a mencionar a Brennan o a su dragón en los cinco años que han pasado desde que murieron peleando en la rebelión de Tyrrish en el sur. Mamá me tolera y a Mira la respeta, pero a Brennan lo amaba.

Y papá también. Sus dolores en el pecho comenzaron justo después de la muerte de Brennan.

La quijada de mamá se tensa y sus ojos amenazan con represalias mientras observa a Mira con rabia.

Mi hermana traga saliva, pero se mantiene firme en la competencia de miradas.

—Mamá —digo—, ella no quiso decir…

—Sal. De. Aquí. Teniente. —Las palabras de mamá son unas suaves volutas de vapor en la gélida oficina—. Antes de que le reporte tu ausencia sin permiso a tu unidad.

Mira se yergue, asiente una vez, se da la vuelta con precisión militar y sale por la puerta sin decir nada más, tomando una pequeña mochila en su camino.

Es la primera vez que mamá y yo hemos estado solas en meses.

Sus ojos se encuentran con los míos y la temperatura se eleva mientras inhala profundamente.

—Quedaste entre los primeros lugares de velocidad y agilidad en el examen de ingreso. Te va a ir bien. A todas las Sorrengail les va bien. —Pasa los dorsos de sus dedos por mi mejilla, apenas me acaricia la piel—. Te pareces tanto a tu padre —susurra antes de aclararse la garganta y retroceder algunos pasos.

Supongo que no hay premios al mérito por disponibilidad emocional.

—No podré tratarte como familia durante los próximos tres años —dice, mientras se sienta en la orilla de su escritorio—, pues, al ser comandante general de Basgiath, seré tu oficial de más alto rango.

—Lo sé. —Es la menor de mis preocupaciones, teniendo en cuenta que casi nunca me trata como familia.

—Y tampoco recibirás ningún trato especial solo por ser mi hija. Si acaso, te tratarán con más dureza para que demuestres tu valía. —Enarca una ceja.

—Me queda claro. —Qué bueno que he estado entrenado con el comandante Gillstead durante los últimos meses, desde que mamá lanzó su decreto.

Ella suspira y finge una sonrisa.

—Entonces, te veré en el valle de la Trilla, candidata. Aunque para el atardecer ya serás cadete, supongo.

«O cadáver».

Ninguna de las dos lo dice.

—Buena suerte, candidata Sorrengail. —Dicho esto, se acomoda detrás de su escritorio, lista para que yo me vaya.

—Gracias, general. —Me acomodo la mochila en los hombros y salgo de su oficina. Un guardia cierra la puerta detrás de mí.

—Está loca de remate —dice Mira desde el centro del pasillo, justo entre dos guardias que están en sus puestos.

—Le van a decir lo que dijiste.

—Como si no lo supiera —suelta entre dientes—. Vámonos. Solo nos queda una hora antes de que todos los candidatos tengan que reportarse, y en mi vuelo de llegada vi a miles esperando afuera de las puertas. —Comienza a caminar y me lleva por la escalera de piedra y los pasillos hacia mi cuarto.

Bueno… el que solía ser mi cuarto.

En los treinta minutos que han pasado desde que me fui, todas mis cosas fueron empacadas en cajas de madera que ahora están apiladas en la esquina. El corazón se me aplasta. Mi madre metió mi vida entera en cajas.

—Carajo, sí que es eficiente, eso no te lo voy a negar —masculla Mira antes de darse la vuelta hacia mí y recorrerme con los ojos con gesto analítico—. Tenía la esperanza de hacerla cambiar de opinión. No estás hecha para el Cuadrante de Jinetes.

—Ya lo comentaste. —Enarco una ceja, mirándola—. Varias veces.

—Perdón. —Hace un gesto de pesar, se sienta en el suelo y comienza a vaciar su mochila.

—¿Qué haces?

—Lo que Brennan hizo por mí —dice en voz baja, y siento cómo la pena se me atora en la garganta—. ¿Puedes usar una espada?

Niego con la cabeza.

—Son demasiado pesadas. Pero soy muy rápida con las dagas. —Jodidamente rápida. Como un rayo. Lo que me falta de fuerza, lo compenso con velocidad.

—Eso pensé. Bien. Ahora, suelta tu mochila y quítate esas botas horribles. —Busca entre las cosas que trajo y me entrega unas botas nuevas y un uniforme negro—. Ponte esto.

—¿Qué tiene de malo mi mochila? —Le pregunto, pero de todos modos la suelto. Ella la abre de inmediato y saca despreocupadamente todo lo que empaqué con tanto cuidado—. ¡Mira! ¡Eso me tomó toda la noche!

—Traes demasiadas cosas, y tus botas son una trampa mortal. Te vas a resbalar del parapeto con esas suelas tan lisas. Te mandé a hacer unas de jinete con suela de goma por si acaso, y esto, mi querida Violet, es el peor de los casos. —Los libros comienzan a volar y caen cerca de la caja.

—Oye, solo puedo llevarme lo que pueda cargar, ¡y quiero esos! —Me lanzo sobre el siguiente libro antes de que mi hermana pueda aventarlo y salvo por poco mi colección favorita de fábulas oscuras.

—¿Estás dispuesta a morir por esto? —me pregunta, y hay severidad en sus ojos.

—¡Puedo cargarlo! —Todo esto está mal. Se suponía que iba a dedicarle mi vida entera a los libros, no a tirarlos en un rincón para aligerar mi carga.

—No. No puedes. Con trabajos pesas el triple que tu mochila, el parapeto tiene más o menos veinte centímetros de ancho, está a más de sesenta metros del suelo y, la última vez que me asomé, las nubes que se acercan eran de lluvia. No te van a dar tregua con la lluvia solo porque el puente podría ponerse un poco resbaloso, hermanita. Te vas a caer y te vas a morir. ¿Ahora sí me vas a escuchar? ¿O te vas a unir a los demás candidatos muertos durante el pase de lista de mañana? —Ya no hay ni un rastro de mi hermana mayor en la jinete que está frente a mí. Esta mujer es calculadora, artera y un tanto cruel. Esta es la mujer que sobrevivió a los tres años con una sola cicatriz, la cual su propio dragón le hizo durante la Trilla—. Porque eso es lo único que serás. Otra tumba. Otro nombre grabado con fuego en piedra. Deshazte de los libros.

—Papá me dio este —murmuro, con el libro pegado a mi pecho. Quizá es infantil, solo una colección de cuentos que nos advierten sobre el atractivo de la magia e incluso satanizan a los dragones, pero es lo único que me queda.

Ella suspira.

—¿Es ese viejo libro de folclor sobre alimañas de la oscuridad y su guiverno? ¿No lo has leído mil veces?

—Probablemente más —reconozco—. Y son *venin*, no alimañas.

—Papá y sus alegorías —dice—. Solo no intentes canalizar un poder sin estar unida a un dragón y no habrá monstruos de ojos rojos bajo tu cama, esperando para secuestrarte en sus dragones de dos patas para que te unas a su ejército oscuro. —Saca el último libro que había empacado de mi mochila y me lo entrega—. Deshazte de los libros. Papá no puede salvarte. Lo intentó. Yo también lo intenté. Decide, Violet. ¿Vas a morir como escriba o vas a vivir como jinete?

Bajo la vista hacia los libros en mis brazos y tomo mi decisión.

—Eres una pesadilla. —Dejo las fábulas en una esquina, pero me quedo con el otro tomo entre las manos y me volteo para ver a mi hermana.

—Soy una pesadilla que te va a mantener con vida. ¿Ese para qué es? —pregunta con tono retador.

—Para matar gente. —Se lo entrego.

Una sonrisa le va llenando lentamente la cara.

—Bien. Ese sí puedes quedártelo. Ahora, ve a cambiarte mientras yo me encargo de este desastre. —La campana suena desde lo alto. Nos quedan cuarenta y cinco minutos.

Me visto rápido, pero todo se siente como si fuera de alguien más, aunque obviamente está hecho a mi medida. Mi túnica es reemplazada por una camisa negra entallada que me cubre los hombros, y mis pantalones frescos se intercambian por unos de cuero que abrazan todas mis curvas. Luego, mi hermana me pone un corsé tipo chaleco que va sobre la camisa y amarra las cintas.

—Evita las rozaduras —me explica.

—Como lo que se ponen los jinetes para la batalla. —Tengo que admitir que la ropa se ve bastante ruda y genial, aunque me sienta como una impostora. «Dioses, esto está pasando en serio».

—Exacto, porque a eso es a lo que vas. A la batalla.

La combinación de cuero y tela que no reconozco me cubre desde el pecho hasta debajo de la cintura, envuelve mis senos, cruza hacia arriba y sube por mis hombros. Toco las fundas que están discretamente cosidas en diagonal por las costillas.

—Son para tus dagas.

—Solo tengo cuatro. —Las tomo de la pila que está en el piso.

—Te vas a ganar más.

Acomodo mis dagas en las vainas, y es como si mis costillas se estuvieran convirtiendo en armas. El diseño es ingenioso. Entre mis costillas y las vainas en mis muslos, es fácil tomar los cuchillos.

Apenas me reconozco en el espejo. Me veo como una jinete. Aunque me sigo sintiendo como una escriba.

Minutos después, la mitad de lo que empaqué está apilado en las cajas. Mi hermana reorganizó mi mochila, descartando cualquier cosa que consideró innecesaria y casi todo lo sentimental mientras vomitaba consejos sobre cómo sobrevivir en el cuadrante. Luego me sorprende haciendo la cosa más sentimental del mundo: decirme que me siente entre sus rodillas para que pueda trenzarme el cabello para formar una corona.

Es como si fuera una niña de nuevo en vez de toda una mujer, pero lo hago.

—¿Qué es esto? —Toco el material que está sobre mi corazón, rascándolo con la uña.

—Algo que yo misma diseñé —me explica, apretándome la trenza tan fuerte que me duele la cabeza—. Pedí que lo hicieran especialmente para ti con escamas de Teine, así que cuídalo.

—¿Escamas de dragón? —Giro la cabeza para verla—. ¿Cómo? Teine es enorme.

—Conozco a un jinete con el poder de hacer que las cosas grandes se vuelvan muy pequeñas. —Una sonrisa pícara se dibuja en sus labios—. Y las cosas pequeñas... muchísimo más grandes.

Hago un gesto de fastidio. Mira siempre ha sido mucho más abierta para hablar de sus hombres que yo... de los dos que he tenido.

—Pero ¿qué tanto más grandes?

Se ríe y me da un jalón en la trenza.

—Echa la cabeza hacia adelante. Deberías haberte cortado el cabello. —Jala los mechones para que queden bien apretados y sigue trenzando—. Es un problema en los enfrentamientos y batallas, además es un enorme blanco. Nadie más tiene un cabello que se destiña hasta volverse plateado como el tuyo, y ya deben tenerte en la mira.

—Sabes bien que al parecer el pigmento natural abandona mi cabello gradualmente sin importar el largo. —Mis ojos son igual de indecisos, de un color claro y avellanado que mezcla distintos azules y ámbares, pero no parece decidirse por ninguno de los dos—. Además, fuera de lo mucho que a todos les preocupa el tono, mi cabello es lo único perfectamente saludable que tengo. Cortarlo se sentiría como si estuviera castigando a mi cuerpo por hacer al fin algo bien, y no es como que yo tenga la necesidad de esconder quién soy.

—No la tienes. —Mira me jala la trenza para que eche la cabeza hacia atrás, y nuestros ojos se encuentran—. Eres la mujer más inteligente que conozco. Que no se te olvide. Tu cerebro es tu mejor arma. Véncelos con tu inteligencia, Violet. ¿Me entendiste?

Asiento y ella deja de jalarme el cabello con tanta fuerza, termina la trenza y me hace ponerme de pie mientras sigue resumiendo sus años de conocimientos en quince apresurados minutos, casi sin respirar.

—Mantente atenta. Está bien ser callada, pero asegúrate de notar todo y a todos los que te rodean para usarlo a tu favor. ¿Leíste el Código?

—Un par de veces. —El libro de reglas del Cuadrante de Jinetes tiene solo una parte de la extensión que los de las demás divisiones. Probablemente porque a los jinetes les cuesta trabajo seguir las reglas.

—Bien. Entonces ya sabes que los otros jinetes te pueden matar en cualquier momento y que los cadetes despiadados seguro lo van a intentar. Entre menos cadetes, más posibilidades tendrás en la Trilla. Nunca hay suficientes dragones dispuestos a formar un vínculo y, de cualquier modo, quien sea tan insensato como para que lo maten no se merecía un dragón.

—Salvo cuando esté durmiendo. Atacar a un cadete mientras duerme es una infracción que merece castigo. Artículo tres...

—Sí, pero eso no significa que estarás a salvo durante las noches. Duerme con esto si puedes. —Me da unos golpecitos a la altura del estómago sobre el corsé.

—Se supone que los jinetes deben ganarse el vestir de negro. ¿Estás segura de que no debería usar mi túnica hoy? —Paso las manos sobre el cuero.

—El viento en el parapeto se aprovechará de cualquier tela suelta como si fuera una vela. —Me entrega mi mochila, que ahora está mucho más ligera—. Entre más entallada sea tu ropa, mejor te va a ir allá arriba y en el ring cuando comiences a entrenar para las peleas. Usa la armadura todo el tiempo. Lleva las dagas contigo todo el tiempo. —Señala hacia las fundas en sus muslos.

—Alguien va a decir que no me las gané.

—Eres una Sorrengail —dice, como si eso fuera respuesta suficiente—. Que se metan sus opiniones por donde les quepan.

—Y ¿no crees que las escamas de dragón son trampa?

—No existen las trampas cuando subes a la torre. Allá solo sobrevives o mueres. —La campana suena; quedan treinta minutos. Mira traga saliva—. Ya casi es hora. ¿Lista?

—No.

—Yo tampoco estaba lista. —Una sonrisa juguetona eleva una comisura de su boca—. Aunque me pasé toda la vida entrenando para eso.

—No voy a morir hoy. —Me acomodo la mochila sobre los hombros y respiro con un poco más de facilidad que esta mañana. Está infinitamente más soportable.

Los pasillos de la parte central y administrativa de la fortaleza están escalofriantemente silenciosos mientras vamos bajando por varias escaleras, pero el ruido de afuera se va volviendo más fuerte entre más descendemos. Por las ventanas puedo ver a miles de candidatos abrazando a sus seres queridos y despidiéndose en los campos verdes frente a la puerta principal. Por lo que he visto año con año, la mayoría de las familias se aferra a sus candidatos hasta que suena la última campana. Los cuatro caminos que llevan a la fortaleza están atascados de caballos y carretas, especialmente donde convergen frente al colegio, pero son los vacíos en la orilla de los campos los que me hacen sentir náuseas.

Son para los cuerpos.

Justo antes de que doblemos la última esquina que nos llevará al patio, Mira se detiene.

—¿Por qué te...? Aaay. —Mi hermana me jala hacia su pecho y me abraza con fuerza en la relativa privacidad del pasillo.

—Te quiero, Violet. Recuerda todo lo que te dije. No te conviertas en otro nombre en la lista de los muertos. —La voz le tiembla y yo la envuelvo con mis brazos, apretándola con ganas.

—Voy a estar bien —prometo.

Ella asiente y su barbilla choca con la parte de arriba de mi cabeza.

—Lo sé. Vamos.

Eso es lo único que dice antes de jalarme para ir hacia el patio lleno de gente, justo detrás de la puerta principal de la fortaleza. Instructores, comandantes y hasta nuestra madre están reunidos de manera informal, esperando que la locura de afuera de los muros se transforme en el orden de adentro. De todas las puertas en el colegio de guerra, la entrada principal es la única por la que no entrará ningún cadete este día, pues cada cuadrante tiene su propia entrada e instalaciones. Es más, los jinetes tienen su propia ciudadela. Malditos pretenciosos y egocéntricos.

Sigo a Mira, caminando rápidamente para alcanzarla.

—Busca a Dain Aetos —me dice mientras cruzamos el patio con dirección a la puerta abierta.

—¿A Dain? —No puedo evitar una sonrisa al pensar en volver a ver a Dain, y mi pulso se acelera. Ya pasó un año, y cómo he extrañado sus ojos color café claro y la forma en que se ríe, haciendo que su cuerpo entero se le una. Extraño nuestra amistad y los momentos en que creí que podría convertirse en algo más si se dieran las circunstancias. Extraño cómo me veía, como si yo fuera alguien a quien vale la pena ponerle atención. Lo extraño.

—Apenas llevo tres años fuera del cuadrante, pero por lo que he escuchado, le va bien y podrá mantenerte a salvo. No sonrías así —me regaña Mira—. Va a estar en segundo año. —Agita su dedo frente a mí—. No te metas con los de segundo. Si quieres acostarte con alguien, y vaya que deberías —enarca una ceja—, considerando que no se sabe qué pasará durante el día, métete con gente de tu año. No hay nada peor que los cadetes corriendo el chisme de que conseguiste estar a salvo a punta de acostones.

—O sea que puedo llevarme a la cama a quien quiera de primer año —digo, con una sonrisita—, pero a nadie de segundo o tercero.

—Exacto. —Guiña.

Salimos de la fortaleza cruzando las puertas y nos unimos al caos organizado que está al otro lado.

Cada una de las seis provincias de Navarre envió a sus candidatos de este año para el servicio militar. Algunos vienen como voluntarios. Para otros es un castigo. La mayoría son conscriptos. Lo único que tenemos en común aquí en Basgiath es que aprobamos el examen de admisión, tanto el escrito como el de agilidad, que aún no puedo creer que yo haya pasado, lo que significa que al menos no terminaremos como carne de cañón para la infantería de primera línea.

La atmósfera está tensa por el nerviosismo mientras Mira me lleva por el desgastado camino de adoquín hacia el torreón del sur. La parte principal del colegio está construida en la ladera de la montaña Basgiath como si fuera un crecimiento más de la formación. La enorme y maravillosa estructura se cierne sobre la multitud de candidatos ansiosos y sus familias acongojadas con sus almenas de varios pisos, construidas para proteger la alta fortaleza al centro, y sus torreones de defensa en cada esquina, en una de las cuales están las campanas.

La mayoría de la gente avanza para ponerse en fila en la base del torreón norte, que es la entrada al Cuadrante de Infantería. Una parte de la multitud se va hacia la puerta que está detrás de nosotras, el Cuadrante de Curanderos que ocupa todo el lado sur del colegio. La envidia me aplasta el pecho cuando veo a unos cuantos dirigiéndose hacia el túnel central con dirección a los Archivos debajo de la fortaleza para entrar al Cuadrante de Escribas.

La entrada al Cuadrante de Jinetes no es más que una puerta reforzada en la base de la torre, al igual que la entrada de infantería al norte. Pero los candidatos de infantería pueden llegar caminando a su cuadrante, que está a ras de suelo, mientras que nosotros, los candidatos a jinetes, tenemos que escalar.

Mira y yo nos ponemos en la fila de los jinetes esperando para registrarnos y aquí cometo el error de levantar la vista.

Allá arriba, cruzando el valle sobre el río que divide la parte principal del colegio de la altísima e imponente ciudadela del Cuadrante de Jinetes, en la cresta de una montaña al sur, está el parapeto, el puente de piedra que separará a los candidatos a jinete de los cadetes durante las próximas horas.

No puedo creer que estoy a punto de cruzarlo.

—Y pensar que llevo todos estos años preparándome para el examen escrito de los escribas. —Mi voz está llena de sarcasmo—. Debí pasarlos jugando en una barra de equilibrio.

Mira me ignora mientras la fila avanza y los candidatos van desapareciendo por la puerta.

—No dejes que el viento les quite firmeza a tus pasos.

Dos candidatos delante de nosotras, una mujer llora mientras su pareja la arranca de un muchacho, la pareja se separa de la fila y se aleja entre lágrimas por la ladera hacia la multitud de seres queridos que ya flanquean los caminos. No hay más padres delante de nosotros, solo unas cuantas docenas de candidatos que avanzan hacia los que tienen las listas.

—Mantén los ojos fijos en las piedras frente a ti y no veas hacia abajo —me dice Mira, y su expresión se tensa—. Los brazos abiertos para el equilibrio. Si la mochila se te resbala, tírala. Es mejor que se caiga la mochila y no tú.

Miro detrás de nosotras, donde parece que han llegado cientos de personas en unos cuantos minutos.

—Quizá debería dejarlos pasar primero —susurro mientras el pánico me envuelve el corazón y lo va apretando. ¿Qué diablos estoy haciendo?

—No —responde Mira—. Entre más esperes en estos escalones —señala hacia la torre—, más oportunidad le das a tu miedo para crecer. Cruza el parapeto antes de que el terror se apodere de ti.

La fila avanza y la campana suena de nuevo. Son las ocho en punto.

Como era de esperarse, la multitud de cientos de personas detrás de nosotras ya se terminó de separar en sus respectivos cuadrantes y todos están en fila para registrarse y comenzar su servicio.

—Enfócate —ordena Mira, y de inmediato giro la cabeza—. Esto puede parecer duro, pero no busques amistades allá, Violet. Crea alianzas.

Ya solo quedan dos adelante de nosotras, una mujer con una mochila llena, cuyos altos pómulos y su rostro oval me recuerdan los dibujos de

Amari, la reina de los dioses. Su cabello café oscuro está tejido en varias líneas de trencitas que apenas tocan la igualmente oscura piel de su cuello. El segundo es un hombre rubio y musculoso con una mujer llorando sobre él. Este trae una mochila aún más grande.

Miro más allá del par, hacia el escritorio de enlistamiento, y los ojos se me abren de par en par.

—¿Es...? —susurro.

Mira echa un vistazo y suelta una maldición entre dientes.

—¿Un chico separatista? Sí. ¿Ves esa marca brillante que comienza en su muñeca? Es una reliquia de la Rebelión.

Enarco una ceja, sorprendida. La única reliquia de la que había escuchado es cuando un dragón usa magia para marcar la piel del jinete con el que se unió. Pero esas reliquias son símbolo de honor y poder y, generalmente, tienen la forma del dragón que las otorgó. Estas marcas son ondas y cortes que parecen más una advertencia que una marca de propiedad.

—¿Un dragón le hizo eso? —susurro.

Ella asiente.

—Mamá dijo que el dragón del general Melgren se los hizo a todos cuando mató a sus padres, pero no la vi muy dispuesta a seguir hablando del tema. No hay nada mejor que castigar a los chicos para que otros padres olviden sus intenciones de cometer traición.

Parece... cruel, pero la primera regla de la vida en Basgiath es que nunca hay que cuestionar a un dragón. Tienden a incinerar a cualquiera que les parezca grosero.

—La mayoría de los chicos que tienen reliquias de la Rebelión son de Tyrrendor, claro, pero hay unos cuantos cuyos padres se volvieron traidores de otras provincias... —La sangre le abandona el rostro, me agarra por las correas de la mochila y me da la vuelta para que la mire de frente—. Me acabo de acordar. —Su voz se vuelve un susurro y tengo que acercarme para escucharla, tengo el corazón acelerado ante la urgencia en su tono—. Nunca te acerques a Xaden Riorson.

El aire se me escapa de los pulmones. Ese nombre...

—Sí. Ese Xaden Riorson —confirma, con miedo velándole la mirada—. Es de tercero, y ten por seguro que te matará en cuanto descubra quién eres.

—Su padre fue el Gran Traidor. El líder de la rebelión —digo en voz baja—. ¿Qué hace aquí Xaden?

—Reclutaron a todos los hijos de los líderes como castigo por los crímenes de sus padres —susurra Mira mientras caminamos de lado, avanzando en la fila—. Mamá me contó que no esperaban que Riorson pasara del parapeto. Luego supusieron que un cadete lo mataría, pero cuando su dragón lo eligió... —Niega con la cabeza—. Bueno, ya no quedaba mucho que pudiera hacerse. Ha alcanzado el rango de jefe de ala.

—Qué estupidez —digo furiosa.

—Juró su lealtad a Navarre, pero no creo que eso lo detendrá en lo que a ti respecta. Cuando cruces el parapeto, porque te aseguro que lo vas a cruzar, busca a Dain. Él te pondrá en su pelotón y esperemos que esté lejos de Riorson. —Toma las correas de mi mochila con más fuerza—. Mantente. Lejos. De. Él.

—Entendido. —Asiento.

—Siguiente —dice una voz desde detrás de la mesa de madera que tiene las listas del Cuadrante de Jinetes. El jinete marcado que no conozco está sentado junto a un escriba que sí conozco, y las cejas plateadas del capitán Fitzgibbons se enarcan sobre su rostro envejecido—. ¿Violet Sorrengail?

Asiento, tomo la pluma y pongo mi nombre junto a la siguiente línea vacía en la lista.

—Pero pensé que irías al Cuadrante de Escribas —comenta el capitán Fitzgibbons en voz baja.

Envidio su túnica color beige, y no encuentro palabras para responderle.

—La general Sorrengail decidió otra cosa —comenta Mira.

Los ojos del anciano se llenan de tristeza.

—Qué pena. Tenías mucho potencial.

—Dioses —exclama el jinete que está junto al capitán Fitzgibbons—. ¿Eres Mira Sorrengail? —Se queda boquiabierto, y puedo oler cómo idolatra a la heroína desde aquí.

—Sí soy —responde ella, asintiendo—. Ella es mi hermana, Violet. Entrará a primer año.

—Si sobrevive al parapeto —comenta burlonamente alguien detrás de mí—. Puede que el viento la derribe.

—Peleaste en Strythmore —continúa diciendo el jinete que está detrás de la mesa, maravillado—. Te dieron la Orden de la Garra por acabar con toda una tropa detrás de las líneas enemigas.

Las risitas se apagan.

—Como estaba diciendo... —Mira me pone una mano en la espalda baja—. Ella es mi hermana, Violet.

—Ya conoces el camino. —El capitán asiente y señala hacia la puerta abierta del torreón. El interior se ve ominosamente oscuro, y tengo que controlar el impulso de salir corriendo como loca.

—Conozco el camino —le asegura Mira, alejándome de la mesa para que el imbécil de las risitas que estaba detrás de mí pueda anotarse en la lista.

Nos detenemos en la puerta y quedamos frente a frente.

—No te mueras, Violet. No se me antoja ser hija única. —Sonríe y se va, pavoneándose junto a la fila de candidatos que la miran boquiabiertos mientras se corre la voz de quién es ella y lo que ha hecho.

—Te dejaron la vara muy alta —dice la mujer que está delante de mí, ya dentro de la torre.

—Así es —reconozco, aferrándome a las correas de mi mochila para adentrarme a la oscuridad. Mis ojos se ajustan rápidamente a la tenue luz que se cuela por las ventanas equidistantes que recorren la escalera curvada.

—¿Sorrengail como…? —pregunta la mujer, mirando sobre su hombro mientras comenzamos a subir los cientos de escalones que nos llevarán a nuestras posibles muertes.

—Sí. —No hay barandal, así que mantengo una mano contra la pared de piedra mientras seguimos subiendo más y más.

—¿La general? —pregunta el rubio que va adelante de nosotras.

—La misma —respondo, ofreciéndole una breve sonrisa. Cualquiera cuya madre lo haya abrazado con tantas fuerzas no puede ser tan malo, ¿verdad?

—Guau. Y qué buenas prendas de piel traes. —Me devuelve la sonrisa.

—Gracias. Son cortesía de mi hermana.

—Me pregunto cuántos candidatos se habrán caído por la orilla de los escalones y murieron antes de llegar al parapeto —dice la mujer, echando un vistazo hacia el centro de las escaleras mientras seguimos subiendo.

—Dos el año pasado. —Inclino la cabeza hacia un lado cuando voltea a verme—. Bueno, tres si cuentas a la chica sobre la que cayó uno de los tipos.

Los ojos cafés de la mujer se encienden, pero se da la vuelta y sigue subiendo.

—¿Cuántos escalones son? —pregunta.

—Doscientos cincuenta —le respondo, y seguimos subiendo en silencio por los próximos cinco minutos.

—No está tan mal —dice con una enorme sonrisa cuando nos acercamos al final de la escalera y la fila se detiene—. Soy Rhiannon Matthias, por cierto.

—Dylan —responde el chico rubio, agitando la mano con entusiasmo.

—Violet. —Les ofrezco una sonrisa tensa, ignorando descaradamente la sugerencia que me hizo Mira, hace apenas un rato, de evitar las amistades y solo crear alianzas.

—Siento como si hubiera esperado toda mi vida para este momento. —Dylan se acomoda la mochila sobre la espalda—. ¿Pueden creer que al fin lo vamos a hacer? Es un sueño hecho realidad.

Claro. Obviamente, todos los candidatos, que no son yo, están emocionados de estar aquí. Este es el único cuadrante de Basgiath que no acepta conscriptos, solo voluntarios.

—Apenas puedo esperar, carajo. —La sonrisa de Rhiannon crece más—. O sea, ¿quién no quiere montar un dragón?

«Yo». Y no es que no parezca divertido en teoría. Claro que sí. Son solo las horrorosas probabilidades de sobrevivir a la graduación las que me hacen querer vomitar.

—¿Sus padres están de acuerdo? —pregunta Dylan—. Porque mi mamá pasó meses rogándome que cambiara de opinión. Le insistí en que tendré más oportunidades de crecimiento como jinete, pero ella quería que entrara al Cuadrante de Curanderos.

—Los míos siempre supieron que esto era lo que yo quería, así que me han apoyado bastante. Además, tienen a mi gemela para canalizar en ella todos sus mimos. Raegan ya está viviendo su sueño, casada y esperando un bebé. —Rhiannon voltea a verme—. ¿Y tú? Déjame adivinar. Con un apellido como Sorrengail, apuesto a que fuiste la primera en ofrecerse como voluntaria este año.

—Más bien me ofrecieron. —Mi respuesta es mucho menos entusiasta que la suya.

—Entiendo.

—Y los jinetes tienen muchos más beneficios que otros oficiales —le digo a Dylan mientras la fila comienza a avanzar de nuevo. El candidato burlón que estaba detrás de mí nos alcanza, sudoroso y colorado. «Mira quién se quedó sin risitas»—. Mejor paga, más indulgencias con la política de uniformes —continúo—. A nadie le importa un carajo qué usen los jinetes mientras sea negro. Las únicas reglas que aplican a los jinetes son las que nos memorizamos del Código.

—Y el derecho a presentarte como alguien rudísima —agrega Rhiannon.

—Eso también —reconozco—. Estoy bastante segura de que te entregan un ego junto con la ropa de vuelo.

—Además, he escuchado que los jinetes tienen permitido casarse antes que los de los demás cuadrantes —comenta Dylan.

—Es cierto. Justo después de la graduación. —Si sobrevivimos—. Creo que tiene algo que ver con que quieren continuar con las estirpes. —Los jinetes más exitosos tienen un linaje.

—O porque solemos morirnos antes que los de los otros cuadrantes —reflexiona Rhiannon.

—Yo no me voy a morir —dice Dylan con mucha más confianza de la que yo siento mientras se saca una cadena de debajo de la túnica para mostrarnos el anillo que lleva como dije—. Según ella, es de mala suerte proponerle matrimonio antes de que me fuera, así que vamos a esperar hasta después de la graduación. —Besa el anillo y lo vuelve a guardar bajo el cuello de su ropa—. Los próximos tres años van a ser largos, pero valdrán la pena.

Contengo un suspiro, aunque puede que eso haya sido lo más romántico que he escuchado en la vida.

—Quizá tú sí logres cruzar el parapeto —comenta el tipo detrás de nosotros, burlándose de nuevo—, pero ella está a una brisa de terminar en el fondo del barranco.

Hago un gesto de fastidio.

—Cállate y enfócate en lo tuyo —le ordena Rhiannon, mientras escucho el golpeteo de sus pies sobre los escalones de piedra conforme seguimos subiendo.

El final de la escalera aparece ante nuestros ojos y, con él, la puerta llena de luz turbia. Mira tenía razón. Las nubes van a crear un caos, y tenemos que llegar al otro lado del parapeto antes que ellas.

Otro paso, otro golpe de los pies de Rhiannon.

—Déjame ver tus botas —digo en voz baja para que el imbécil que va detrás de mí no me alcance a escuchar.

Su ceño se frunce y la confusión llena sus ojos cafés, pero me muestra sus suelas. Son suaves, igual que las que yo traía antes. Las tripas se me retuercen.

La fila vuelve a avanzar, y se detiene hasta que estamos a un par de metros de la entrada.

—¿De qué número calzas? —le pregunto.

—¿Qué? —me responde confundida.

—Tus pies. ¿De qué número son?

—Del cinco —me responde, y se forman dos líneas entre sus cejas.

—Yo del cuatro —digo de inmediato—. Te va a doler horrible, pero quiero que te pongas mi bota izquierda. Cámbiamela por la tuya. —Tengo una daga en la derecha.

—¿Disculpa? —Me está mirando como si me hubiera vuelto loca, y quizá sí.

—Estas son botas de jinete. Se agarran mejor a la piedra. Vas a traer los dedos aplastados y sufrirás, pero al menos tendrás la oportunidad de no caerte cuando empiece a llover.

Rhiannon echa un vistazo hacia la puerta abierta, luego al cielo que se va oscureciendo y de nuevo a mí.

—¿Estás dispuesta a intercambiar una bota?

—Solo hasta que estemos del otro lado. —Me asomo por la puerta abierta. Tres candidatos ya van caminando por el parapeto con los brazos bien abiertos—. Pero tenemos que hacerlo rápido. Ya casi es nuestro turno.

Rhiannon aprieta los labios, pensando qué hacer por un momento, y luego acepta e intercambiamos nuestras botas izquierdas. Apenas logro terminar de amarrarme la mía antes de que la fila comience a avanzar de nuevo y el tipo que viene detrás me golpea en la espalda baja, haciendo que dé unos pasos tambaleantes hacia la plataforma y al vacío.

—Avanza. Algunos tenemos cosas que hacer al otro lado. —Su voz me tensa hasta el último nervio del cuerpo.

—No vale la pena enfocarme en algo como tú en este momento —mascullo, recuperando el equilibrio mientras el viento azota mi piel con toda la humedad de esa mañana de verano. «Qué bueno que me trenzaste el cabello, Mira».

La parte alta del torreón está despejada, las almenas de piedra suben y bajan a lo largo de la estructura circular a la altura de mi pecho y no hacen nada por obstaculizar la vista. De pronto el barranco y el río de allá abajo se sienten muy muy lejos. ¿Cuántas carretas tienen esperando allá abajo? ¿Cinco? ¿Seis? Conozco las estadísticas. El parapeto acaba más o menos con un quince por ciento de los candidatos a jinetes. Cada prueba en el cuadrante, incluida esta, está diseñada para evaluar la habilidad de un cadete para montar. Si alguien no puede caminar por el ventoso tramo del delgado puente de piedra, es segurísimo que no podrá mantener el equilibrio y luchar sobre el lomo de un dragón.

Y ¿la tasa de mortalidad? Supongo que casi todos los jinetes piensan que la gloria hace que valga la pena el riesgo, o tienen la arrogancia de creer que no se caerán.

Yo no estoy en ninguno de esos dos campos.

Las náuseas me obligan a apretarme el estómago; tomo aire por la nariz y lo saco por la boca mientras avanzo hacia la orilla detrás de Rhiannon y Dylan, acariciando con los dedos la piedra mientras nos acercamos al parapeto.

Tres jinetes esperan en la entrada, que no es más que un enorme agujero en la pared del torreón. Uno, que trae las mangas arrancadas, registra los nombres de los candidatos que van saliendo hacia la peligrosa prueba. Otro, que se rapó todo el cabello salvo por una franja sobre la cabeza, al centro, le da instrucciones a Dylan mientras toma su lugar, dándose unas palmaditas en el pecho como si el anillo que trae ahí escondido le fuera a dar suerte. Espero que así sea.

El tercero voltea hacia mí y mi corazón simplemente… se detiene.

Es alto, con el cabello negro revuelto y cejas oscuras. Tiene una quijada fuerte y cubierta de una cálida piel bronceada y barba incipiente y también oscura, y cuando cruza los brazos sobre su torso, los músculos de su pecho y sus brazos se mueven de una forma que me obliga a tragar saliva. Y sus ojos... Sus ojos tienen el color del ónix con salpicaduras doradas. El contraste es sorprendente, incluso fascinante... todo en él lo es. Sus rasgos son tan duros que parece que se los hubieran hecho de tajo, pero a la vez son increíblemente perfectos, como si un artista se hubiera pasado toda la vida esculpiéndolo y, al menos, un año solo en su boca.

Es el hombre más exquisito que he visto en mi vida.

Y, al vivir en el colegio de guerra, he visto a muchísimos hombres.

Hasta la cicatriz diagonal que parte en dos su ceja izquierda y marca la esquina de arriba de su mejilla lo hace ver más sexy. Insoportablemente sexy. Imposiblemente sexy. Te-mete-en-problemas-y-te-hace-disfrutarlos-mente sexy. De pronto, no puedo recordar con exactitud por qué Mira me dijo que no me anduviera metiendo con nadie que no fuera de mi año.

—¡Las veo del otro lado! —dice Dylan sobre su hombro con una sonrisa emocionada antes de entrar al parapeto con los brazos bien abiertos.

—¿Listo para quien sigue, Riorson? —pregunta el jinete de las mangas arrancadas.

«¿Xaden Riorson?».

—¿Estás lista, Sorrengail? —me pregunta Rhiannon, acercándose.

El jinete de cabello negro planta su mirada sobre mí, girándose para quedar completamente de frente, y mi corazón se desboca por las razones más equivocadas del mundo. Una reliquia de la Rebelión, curvándose en ondas y surcos, comienza en su muñeca izquierda desnuda y luego desaparece bajo su uniforme negro para reaparecer de nuevo en su cuello y subir hasta su mentón.

—Mierda —susurro, y sus ojos se entrecierran, como si pudiera escucharme sobre el aullido del viento que me sacude la trenza bien amarrada.

—¿Sorrengail? —Da un paso hacia mí y yo levanto la vista... y luego la levanto más.

Dioses, no le llego ni a la clavícula. Es enorme. Seguro mide más de uno noventa.

Me siento exactamente como me dijo Mira: frágil, pero asiento una vez y el brillante ónix de sus ojos se transforma en el más profundo y frío odio. Casi puedo saborear el desprecio que emana, como un perfume amargo.

—¿Violet? —pregunta Rhiannon, avanzando hacia mí.

—Eres la hija menor de la general Sorrengail. —La voz del jinete es profunda y acusadora.

—Eres el hijo de Fen Riorson —respondo a la defensiva, pues el reafirmar esta revelación me cala hasta los huesos. Levanto la quijada y me esfuerzo por tensar cada músculo de mi cuerpo para no empezar a temblar.

«Te matará en cuanto descubra quién eres». Las palabras de Mira rebotan en mi cabeza y el miedo me forma un nudo en la garganta. Me va a aventar por la orilla. Me va a cargar para tirarme por el torreón. No tendré siquiera la oportunidad de caminar por el parapeto. Moriré siendo exactamente lo que mi madre siempre intentó no llamarme: débil.

Xaden toma aire y el músculo en su quijada se tensa una vez. Dos veces.

—Tu madre capturó a mi padre y supervisó su ejecución.

Espera. ¿Cree que él es el único que tiene derecho a sentir odio? La rabia me corre por las venas.

—Tu padre mató a mi hermano mayor. Me parece que estamos a mano.

—No realmente. —Su mirada llena de furia me recorre como si estuviera memorizando cada detalle o buscándome puntos débiles—. Tu hermana es jinete. Supongo que eso explica la ropa.

—Supongo. —Lo miro a los ojos, como si el ganar esta competencia de miradas me fuera a dar el pase al cuadrante en vez de cruzar el parapeto que está detrás de él. Como sea, lo voy a cruzar. Mira no va a perder a sus dos hermanos.

Sus manos se cierran en puño y su cuerpo se tensa.

Me preparo para el golpe. Puede que me vaya a tirar de esta torre, pero no se la voy a poner fácil.

—¿Estás bien? —me pregunta Rhiannon, con sus ojos yendo y viniendo de Xaden a mí.

Él la mira.

—¿Son amigas?

—Nos conocimos en las escaleras —dice ella, irguiendo los hombros.

Él baja la mirada, nota nuestros zapatos que no hacen par y enarca una ceja. Sus manos se relajan.

—Interesante.

—¿Me vas a matar? —Levanto la quijada un par de centímetros más.

Su mirada se estrella con la mía al mismo tiempo que el cielo se abre y suelta un diluvio que me empapa el cabello, la ropa y las piedras que nos rodean en segundos.

Un grito parte el aire y Rhiannon y yo nos volteamos de inmediato hacia el parapeto justo a tiempo para ver cómo Dylan se resbala.

Ahogo un grito y siento que el corazón se me atora en la garganta.

Él logra detenerse, aferrándose con los brazos al puente de piedra mientras sus pies patalean en el aire, buscando algo en qué apoyarlos, aunque no lo hay.

—¡Jálate con los brazos, Dylan! —le grita Rhiannon.

—¡Ay, dioses! —Me llevo una mano a la boca, pero Dylan no logra seguirse sosteniendo de las piedras resbalosas por el agua y se cae, desapareciendo de nuestra vista. El viento y la lluvia se roban cualquier sonido que pueda hacer su cuerpo en el valle allá abajo. Y también se roban el sonido de mi grito ahogado.

Xaden no me ha quitado los ojos de encima, me observa en silencio con una expresión que no sé interpretar mientras regreso mis ojos horrorizados hacia los de él.

—¿Por qué desperdiciaría mi energía matándote cuando el parapeto lo hará por mí? —Una sonrisa perversa le curva los labios—. Es tu turno.

DOS

Se tiene la idea equivocada de que en el Cuadrante de Jinetes se trata de morir o matar. Los jinetes, en general, no buscan asesinar a otros cadetes... a menos que haya escasez de dragones ese año o que el cadete sea un lastre para su ala. En ese caso, las cosas se pueden poner... interesantes.

—*GUÍA PARA EL CUADRANTE DE JINETES*, POR EL COMANDANTE AFENDRA (EDICIÓN NO AUTORIZADA)

No voy a morir hoy.

Estas palabras se convierten en mi mantra y las repito en mi cabeza mientras Rhiannon le da su nombre al jinete que pasa lista en la entrada del parapeto. El odio en los ojos de Xaden me quema la mejilla como una llama física, y ni siquiera la lluvia que me golpea la piel con cada ráfaga de aire aplaca el calor, ni el escalofrío aterrado que me recorre la espalda.

Dylan está muerto. Solo es un nombre, una próxima lápida más en los infinitos cementerios que flanquean los caminos hacia Basgiath, otra advertencia para los ambiciosos candidatos que prefieren arriesgar su vida con los jinetes que elegir la seguridad de cualquier otro cuadrante. Ahora entiendo por qué Mira me advirtió que no hiciera amigos.

Rhiannon se aferra a cada lado de la abertura en el torreón y luego voltea a verme.

—Te esperaré al otro lado —grita sobre la tormenta. El miedo en sus ojos es el reflejo del que hay en los míos.

—Te veo del otro lado. —Asiento, y logro ofrecerle una mueca que es casi una sonrisa.

Sale al parapeto y comienza a caminar, y aunque estoy segura de que hoy está muy ocupado, le hago una oración silenciosa a Zihnal, el dios de la suerte.

—¿Nombre? —me pregunta el jinete en la orilla mientras su compañero sostiene una capa sobre la lista en un intento inútil por mantener seco el papel.

—Violet Sorrengail —respondo, al mismo tiempo que un trueno estalla sobre mí. El sonido es extrañamente reconfortante. Siempre me han encantado las noches en que las tormentas azotan la ventana de la fortaleza, iluminando y creando sombras sobre el libro con el que estoy acurrucada, aunque este aguacero podría costarme la vida. De reojo, veo los nombres de Dylan y Rhiannon que ya se están corriendo por las orillas, donde el agua alcanzó la tinta. Es la última vez que el nombre Dylan se escribirá en otro lugar que no sea su lápida. Al final del parapeto habrá otra lista para que los escribas tengan sus amadas estadísticas de muertes. En otra vida, sería yo quien leería y registraría la información para el análisis histórico.

—¿Sorrengail? —El jinete levanta la vista y sus cejas se enarcan en gesto sorprendido—. ¿Como la general Sorrengail?

—La misma. —Maldita sea, ya me estoy hartando de eso y sé que solo se va a poner peor. No hay forma de evitar las comparaciones con mi madre, y más cuando ella está al mando en este lugar. Lo peor es que probablemente creen que soy una jinete con talento natural como Mira o una brillante estratega como era Brennan. O me echarán un vistazo, se darán cuenta de que no me parezco en nada a ninguno de los tres y me convertiré en su presa.

Pongo las manos a los lados del torreón y arrastro los dedos sobre la piedra. Sigue caliente por el sol de la mañana, pero la lluvia la va enfriando sin piedad; está resbalosa, pero no tanto como si tuviera musgo o algo así.

Adelante, Rhiannon sigue avanzando, con las manos extendidas para mantener el equilibrio. Va como a un cuarto del camino y su silueta se va volviendo más borrosa conforme avanza entre la lluvia.

—Pensé que solo tenía una hija —comenta el otro jinete, acomodando la capa cuando otra ráfaga de viento nos azota. Si aquí se siente fuerte, cuando tengo la mitad del cuerpo protegida por el torreón, ya me imagino el infierno que va a ser en el parapeto.

—Me lo dicen mucho. —Tomo aire por la nariz y lo suelto por la boca, obligándome a respirar pausadamente para que el galope de mi corazón pueda bajar a un trote. Si entro en pánico, voy a morir. Si me resbalo, voy a morir. Si… «Ya, carajo». No hay nada más que pueda hacer para prepararme.

Doy el primer paso hacia el parapeto y me aferro a la pared de piedra cuando viene otra ráfaga que me azota de lado contra la abertura en el torreón.

—¿Y crees que vas a poder montar un dragón? —pregunta burlonamente el candidato imbécil que está detrás de mí—. Vaya Sorrengail con ese equilibrio. Pobre del ala en la que te quedes.

Recupero el equilibrio y me acomodo las correas de la mochila con un jalón.

—¿Nombre? —pregunta de nuevo el jinete, pero sé que no me está hablando a mí.

—Jack Barlowe —responde el que viene detrás—. Apréndete el nombre. Algún día voy a ser jefe de ala. —Hasta su voz apesta a arrogancia.

—Más te vale que empieces a avanzar, Sorrengail —ordena la voz profunda de Xaden.

Echo un vistazo sobre mi hombro y lo veo aplastándome con la mirada.

—¿A menos que necesites una ayudadita? —Jack se me acerca con las manos levantadas. Mierda, me va a aventar.

El miedo me corre por las venas y me muevo, dejando la seguridad del torreón para entrar de lleno al parapeto. Ya no hay vuelta atrás.

El corazón me late tan rápido que lo puedo escuchar en mis oídos como un tambor.

«Mantén los ojos fijos en las piedras frente a ti y no veas hacia abajo». El consejo de Mira se repite en mi cabeza, pero es difícil seguirlo cuando cada uno de mis pasos podría ser el último. Extiendo los brazos para mantener el equilibrio y luego voy dando los pasitos bien medidos que practiqué con el comandante Gillstead en el patio. Pero con el viento, la lluvia y la caída de más de sesenta metros, esto no se parece en nada a la práctica. Las piedras bajo mis pies están mal acomodadas y la argamasa que las une hace que sea más fácil resbalarse. Me concentro en el camino frente a mí para no ver mis pies. Tengo los músculos tensos para afianzar mi centro de gravedad, y mantengo una postura recta.

Siento que la mente se me va nublando mientras mi pulso se acelera sin control.

«Calma». Tengo que mantener la calma.

No puedo cantar o siquiera tararear, así que distraerme con música no es opción, pero soy académica. No hay un lugar más relajante que los Archivos, así que me pongo a pensar en eso. Hechos. Lógica. Historia.

«Tu mente ya sabe la respuesta, así que solo cálmate y permítele que la recuerde». Eso me decía siempre papá. Necesito algo que evite que el lado lógico de mi cerebro me haga dar la vuelta e irme derechito de regreso al torreón.

—El continente alberga dos reinos, y hemos estado en guerra desde hace cuatrocientos años —recito, usando la información básica y sencilla que me hicieron machetearme al estudiar para el examen de escribas. Paso a paso, voy cruzando el parapeto—. Navarre, mi hogar, es el reino más grande, con seis provincias únicas. Tyrrendor, nuestra provincia más grande y más al sur, comparte frontera con la provincia de Krovla en el reino de Poromiel. —Cada palabra calma mi respiración y reduce mi ritmo cardiaco, lo que a su vez aminora el mareo.

»Al este de nuestro reino están las dos provincias que quedan en Poromiel, Braevick y Cygnisen, y las montañas Esben forman una frontera natural. —Paso la marca de pintura que anuncia que llegué a la mitad del puente. Estoy en el punto más alto, pero no puedo pensar en eso. «No veas hacia abajo»—. Más allá de Krovla, más allá de nuestro enemigo, están el lejano Páramo, un desértico...

El trueno retumba, el viento me azota y sacudo los brazos.

—¡Mierda!

Mi cuerpo se mece hacia la izquierda por el vendaval y me agacho en el parapeto, aferrándome a las orillas y acuclillándome para no perder el equilibrio, haciéndome lo más pequeña posible mientras el viento aúlla a mi alrededor. Con el estómago revuelto, siento cómo mis pulmones amenazan con hiperventilarse cuando el pánico me amaga a punta de navaja.

—Dentro de Navarre, Tyrrendor fue la última de las provincias fronterizas en unirse a la alianza y jurar lealtad al rey Reginald —grito ante el viento salvaje, obligando a mi mente a seguir moviéndose contra la amenaza muy real de la ansiedad paralizante—. También fue la única provincia que buscó la secesión seiscientos veintisiete años después, lo cual habría dejado a nuestro reino indefenso si lo hubieran logrado.

Rhiannon sigue delante de mí, como a tres cuartos del camino. Bien. Se merece llegar al otro lado.

—El reino de Poromiel está formado principalmente por llanuras arables y pantanos, y es conocido por sus textiles excepcionales, sus vastos campos de cereal y las gemas cristalinas y únicas que son capaces de amplificar magias menores. —Me atrevo a echarles un rápido vistazo hacia las nubes oscuras sobre mi cabeza antes de avanzar un poco más, poniendo un pie con mucho cuidado frente al otro—. En contraste, las regiones montañosas de Navarre ofrecen un gran suministro de minerales, la resistente madera de nuestras provincias al este y una cantidad infinita de ciervos y caribús.

Mi siguiente paso avienta unos pedazos de argamasa suelta, y me detengo mientras mis brazos se sacuden hasta que recupero el equilibrio. Trago saliva y evalúo mi peso antes de seguir adelante.

—El Acuerdo Comercial de Resson, firmado hace más de doscientos años, garantiza el intercambio de carne y madera de Navarre por las telas y la agricultura de Poromiel cuatro veces al año en el puesto fronterizo de Athebyne, entre Krovla y Tyrrendor.

Desde aquí puedo ver el Cuadrante de Jinetes. Los enormes cimientos de piedra de la ciudadela se levantan por la montaña hasta la base de la estructura, donde sé que termina este camino, si es que logro llegar. Tras limpiarme la lluvia de la cara con el cuero sobre mi hombro, miro hacia atrás para ver dónde está Jack.

Está atorado poco después de la marca del primer cuarto, y su silueta fornida está completamente inmóvil... como si estuviera esperando algo. Tiene las manos a los lados. Parece como si el viento no afectara en nada a su equilibrio, qué suerte tiene el bastardo. Podría jurar que está sonriendo allá, a lo lejos, pero quizá solo es la lluvia en mis ojos.

No puedo quedarme aquí. Si quiero vivir para ver el amanecer tendré que seguir moviéndome. El miedo no puede gobernar mi cuerpo. Apretando las piernas una contra la otra para mantener el equilibrio, suelto lentamente la piedra que está debajo de mí y me pongo de pie.

«Brazos extendidos. Camina».

Necesito avanzar lo más posible antes de que llegue la próxima ráfaga de viento.

Miro sobre mi hombro para ver dónde está Jack y la sangre se me hiela.

Está de espaldas a mí, viendo al siguiente candidato, que se tambalea peligrosamente mientras se acerca. Jack toma al muchacho desgarbado por las correas de la mochila sobrecargada que trae y veo, con el *shock* tensándome los músculos, cómo Jack avienta al escuálido candidato por la orilla del parapeto cual si fuera un saco de cereal.

Un grito llega hasta mis oídos por un instante antes de perderse mientras él cae y desaparece de mi campo de visión.

Mierda.

—¡Sigues tú, Sorrengail! —grita Jack, y alejo mi vista del barranco para encontrármelo apuntándome con un dedo y una siniestra sonrisa en sus labios. Luego viene hacia mí y sus pasos devoran la distancia entre nosotros a una velocidad aterrorizante.

«Muévete. Ya».

—Tyrrendor comprende la parte sureste del continente —recito, y mis pasos son firmes pero llenos de pánico sobre el estrecho y resbaloso camino. Mi pie izquierdo se resbala un poco cada que doy otro paso—.

Conformado por un terreno hostil y montañoso, y flanqueado por el mar Emerald al oeste y el océano Arctile al sur, Tyrrendor es casi impenetrable. Aunque está separado geográficamente por los riscos de Dralor, una barrera protectora natural...

Un nuevo vendaval me azota y el pie se me resbala sobre el parapeto. El corazón me da un vuelco. El parapeto llega de inmediato a mi encuentro cuando me tropiezo y me caigo. Mi rodilla se azota contra la piedra y suelto un grito de dolor. Mis manos buscan desesperadamente algo de qué agarrarse mientras mi pierna izquierda cuelga por la orilla de este puente infernal. Jack no está muy lejos. Entonces, cometo el espantoso error de mirar hacia abajo.

El agua me corre por la nariz y la barbilla, goteando sobre la piedra antes de caer para unirse al río que viaja por el valle de allá abajo, a más de sesenta metros. Trago saliva para deshacer el creciente nudo en mi garganta y parpadeo, luchando para calmar mi pulso.

No voy a morir hoy.

Aferrándome a los lados de la piedra, pongo el máximo peso de mi cuerpo que calculo que soportarán las piedras resbaladizas para agarrarme y echo la pierna derecha hacia arriba. Mi antepié encuentra el puente. Ya no hay suficiente información en el mundo que pueda calmar mi mente. Necesito poner el pie derecho debajo de mí, el que tiene mejor agarre, pero con un solo movimiento equivocado descubriré qué tan frío está el río de allá abajo.

«Morirás por el impacto».

—¡Voy por ti, Sorrengail! —escucho detrás de mí.

Me levanto de la piedra y les pido a los dioses que mis botas encuentren el camino mientras me pongo de pie. Si me caigo, bueno, será porque cometí un error. Pero no voy a permitir que este imbécil me asesine. «Mejor llega al otro lado, donde espera el resto de los asesinos». No es que todos en el cuadrante vayan a intentar matarme, solamente los cadetes que piensan que seré un lastre para el ala. Hay una razón por la que la fuerza es de lo más valorado por los jinetes. La eficiencia de un pelotón, de una sección, de un ala se mide por su eslabón más débil, y si ese elemento se rompe, pone a todos en peligro.

O Jack piensa que yo soy ese eslabón, o es un imbécil desquiciado al que simplemente le gusta matar. Probablemente ambas cosas. Como sea, necesito avanzar más rápido.

Extendiendo los brazos hacia los lados, me enfoco en el final del camino, el patio de la ciudadela, donde Rhiannon ya está segura, y sigo avanzando pese a la lluvia. Mantengo el cuerpo tenso, mi centro firme, y extrañamente agradezco ser más bajita que la mayoría.

—¿Vas a gritar por todo el camino? —se burla Jack, que sigue gritando, pero su voz se escucha más cerca. Me está alcanzando.

No hay lugar para el miedo, así que lo bloqueo, imaginando cómo meto esa emoción a una celda con rejas de acero en mi cabeza. Ya puedo ver el final del parapeto y a los jinetes que esperan a la entrada de la ciudadela.

—Es imposible que alguien que no puede ni siquiera cargar una mochila llena haya pasado el examen de admisión. Eres un error, Sorrengail —dice Jack, y su voz se escucha más clara, pero no me arriesgo a perder velocidad por voltear a ver qué tan cerca está—. La verdad es que sería lo mejor que acabara contigo desde ahora, ¿no crees? Es mucho más compasivo que dejar que los dragones se encarguen de ti. Comenzarán comiéndose una de tus piernas raquíticas y luego la otra mientras sigues con vida. En serio —agrega con voz lisonjera—. Sería un placer para mí ayudarte.

—Púdrete —murmuro. Solo faltan unos cuantos metros para llegar a las afueras de los enormes muros de la ciudadela. Mi pie izquierdo se resbala y me tambaleo un poco, pero solo pierdo un segundo antes de seguir avanzando. La fortaleza va apareciendo desde atrás de esas gruesas almenas, tallada en la montaña con altos edificios de piedra que forman una L y están hechos a prueba de fuego, por obvias razones. Los muros que rodean el patio de la ciudadela tienen tres metros de grosor y dos y medio de alto, con una sola entrada y... ya casi. Estoy. Ahí.

Ahogo un sollozo de alivio cuando la piedra se eleva a mis lados.

—¿Crees que vas a estar a salvo ahí? —la voz de Jack suena seria... y cerca.

Ya segura por ambos lados gracias a las paredes, cruzo corriendo los últimos diez metros y el corazón me late a toda velocidad mientras la adrenalina me recorre el cuerpo al máximo. Los pasos de Jack se aceleran detrás de mí. Se lanza contra mi mochila, pero falla, y su mano me da en la cadera cuando llegamos a la orilla. Me apresuro y bajo de un salto los treinta centímetros que separan el parapeto elevado del patio, donde esperan dos jinetes.

Jack suelta un gruñido de frustración y el sonido aprieta mi corazón como un puño.

Me doy la vuelta y saco una daga de su funda en mis costillas justo cuando Jack se detiene derrapando sobre mí en el parapeto, con la respiración entrecortada y el rostro enrojecido. Se ven las ganas de matar en sus gélidos ojos azules entrecerrados que desde allá arriba me observan... a mí y al lugar donde la punta de mi daga está haciendo presión sobre la tela de sus pantalones, contra su entrepierna.

—Creo. Que por ahora. Estaré. A salvo —digo, casi sin aliento, con los músculos temblando, pero la mano más que firme.

—¿En serio? —Jack se estremece por la rabia, sus gruesas cejas rubias le aplastan los glaciares ojos azules y cada parte de su monstruoso cuerpo se inclina hacia mí. Pero no da otro paso.

—Es ilegal que un jinete le haga daño a otro. Estando en formación en un cuadrante o bajo la supervisión de un cadete de rango superior —recito del Código. Aún siento como si el corazón me latiera en la garganta—. Pues minaría la eficiencia del ala. Y dada la multitud que está detrás de nosotros, me parece que se puede decir sin lugar a duda que estamos en formación. Artículo tres, sección...

—¡Me importa un carajo! —Él avanza, pero yo me mantengo firme y mi daga corta la primera capa de sus pantalones.

—Te sugiero que reconsideres. —Me reacomodo, por si él no lo hace—. Se me podría ir la mano.

—¿Nombre? —dice con tono aburrido la jinete que está junto a mí, como si fuéramos lo menos interesante que ha visto en todo el día. Me volteo para verla por un milisegundo y ella se acomoda el mechón rojo fuego que le llega a la altura de la barbilla detrás de la oreja con una mano y sostiene la lista con la otra, observando la escena que tiene enfrente. Las tres estrellas plateadas de cuatro puntas que tiene bordadas en el hombro de su capa me informan que está en tercero—. Eres muy pequeña para ser jinete, pero parece que lo lograste.

—Violet Sorrengail —respondo, pero el cien por ciento de mi concentración está puesto en Jack de nuevo. La lluvia cae por el borde inclinado de su ceja—. Y, antes de que preguntes, sí, soy *esa* Sorrengail.

—Con esa maniobra, no me sorprende —dice la mujer, que sostiene una pluma, como la que usa mamá, sobre la lista.

Puede que este sea el mejor cumplido que me han hecho en la vida.

—Y ¿cómo te llamas? —pregunta de nuevo. Estoy bastante segura de que se lo está preguntando a Jack, pero me encuentro muy ocupada estudiando a mi oponente para voltear a verla.

—Jack. Barlowe. —Ya no está la sonrisita siniestra en sus labios ni los comentarios juguetones sobre cómo disfrutaría matándome. En su rostro ya no hay más que malicia y una promesa de venganza.

Un escalofrío nervioso me eriza los pelos de la nuca.

—Bueno, Jack —dice lentamente el jinete a mi derecha, rascando las líneas bien definidas de su oscura barba de candado. No trae capa y la lluvia le empapa el montón de parches que tiene cosidos en su desgastada chamarra de cuero—. La cadete Sorrengail te tiene agarrado de los huevos, en más de un sentido. Y es cierto lo que te dijo. Las reglas indican que durante la formación no debe haber más que respeto entre los jinetes. Si quieres matarla, tendrás que hacerlo en el ring o en tu tiempo libre. Eso, claro, si ella decide dejar que te bajes del parapeto. Porque técnicamente aún no estás en el patio, así que tú no eres un cadete. Y ella sí.

—¿Y si decido torcerle el cuello en cuanto me baje? —gruñe Jack, y la expresión de sus ojos dice que lo hará.

—En ese caso, te encontrarás anticipadamente con los dragones —responde la pelirroja con tono neutral—. Aquí no nos esperamos al juicio. Ejecutamos y ya.

—¿Qué vas a decidir, Sorrengail? —pregunta el jinete—. ¿Harás que Jack comience como eunuco?

Mierda. ¿Qué voy a decidir? No lo puedo matar, no desde este ángulo, y cortarle los huevos solo va a lograr que me odie más, si eso es posible.

—¿Vas a seguir las reglas? —le pregunto a Jack. La cabeza me da vueltas y siento el brazo horriblemente pesado, pero mantengo el arma en su lugar.

—Supongo que no tengo otra opción. —Una orilla de su boca se curva en una sonrisa burlona y su postura se relaja mientras eleva las manos con las palmas hacia afuera.

Bajo mi daga, pero la mantengo en la mano y lista mientras me recorro hacia un lado, acercándome a la pelirroja que tiene la lista.

Jack se baja al patio, su hombro choca con el mío al pasar a mi lado y se detiene para acercarse más a mí.

—Estás muerta, Sorrengail, y yo voy a ser quien te mate.

TRES

Los dragones azules descienden de la extraordinaria estirpe Gormfaileas. Conocidos por su impresionante tamaño, son los más despiadados, especialmente en el caso del inusual Azul Cola de Daga, cuyos afilados picos al final de su cola pueden destripar a un enemigo con un solo golpe.

—*GUÍA DE CAMPO DE LOS DRAGONES*, DEL CORONEL KAORI

Si Jack me quiere matar, va a tener que formarse en la fila. Además, tengo la sensación de que Xaden Riorson le va a ganar.

—Hoy no —le respondo a Jack, con el mango de mi daga firme en la mano, y de alguna manera logro contener el temblor cuando él se me acerca más e inhala. Me está olfateando como si fuera un maldito perro. Luego hace un sonido de repugnancia y se va hacia la multitud de cadetes y jinetes que están celebrando en el gran patio de la ciudadela.

Aún es temprano, probablemente son como las nueve, pero ya puedo ver que hay menos cadetes que los candidatos que esperaban en la fila delante de mí. Basándome en la abrumadora presencia del cuero, aquí están también los de segundo y tercero, observando a los nuevos cadetes.

La lluvia amaina hasta convertirse en llovizna, como si solo hubiera venido para hacer que la prueba más difícil de mi vida fuera aún más complicada… pero lo logré. Estoy viva. Lo hice.

Mi cuerpo comienza a temblar y un dolor punzante se despierta en mi rodilla izquierda, la que azotó contra el parapeto. Doy un paso y amenaza con tirarme. Tengo que vendármela antes de que alguien lo note.

—Creo que te conseguiste un enemigo —dice la pelirroja, acomodándose casualmente la ballesta letal que trae colgada sobre el hombro. Me mira sobre la lista con expresión calculadora en sus ojos color avellana que me recorren de arriba abajo—. Si yo fuera tú, me andaría con cuidado cerca de ese tipo.

Asiento. Voy a tener que andar con mucho más que cuidado.

El siguiente candidato se acerca por el parapeto cuando alguien me toma por el hombro desde atrás y me da la vuelta.

Mi daga ya va a medio camino al momento en que me doy cuenta de que es Rhiannon.

—¡Lo logramos! —Con una expresión de felicidad, me da un apretón en los hombros.

—Lo hicimos —repito, con una sonrisa forzada. Los muslos me tiemblan, pero logro envainar la daga sobre mis costillas. Ahora que estamos aquí y ambas somos cadetes, ¿puedo confiar en ella?

—No sé ni cómo agradecerte. Hubo al menos tres veces en las que me habría caído si no me hubieras ayudado. Tenías razón. Mis suelas son horriblemente resbalosas. ¿Ya viste a la gente de aquí? Podría jurar que vi a una de segundo año con mechones rosas en el cabello, y un tipo tiene tatuadas escamas de dragón en los bíceps.

—La conformidad es para los de infantería —digo mientras ella entrelaza su brazo con el mío y me jala hacia la multitud. Mi rodilla protesta por el dolor que ya me sube hasta la cadera y me baja al pie. Cojeo y mi peso se apoya en el costado de Rhiannon.

Maldita sea.

¿De dónde salieron estas náuseas? ¿Por qué no puedo dejar de temblar? Me voy a caer en cualquier momento, no hay forma de que mi cuerpo pueda mantenerse erguido con este terremoto en mis piernas o el zumbido en mi cabeza.

—Hablando de eso... —dice, mirando hacia abajo—. Tenemos que cambiarnos las botas. Hay una banca...

Una figura alta vestida con un impecable uniforme negro sale de entre la multitud caminando apresuradamente hacia nosotros, y aunque Rhiannon logra esquivarla, yo me estrello contra su pecho.

—¿Violet? —Unas manos fuertes me toman por los hombros y levanto la vista para encontrarme con un par de ojos cafés conocidos y maravillosos que están muy abiertos por la sorpresa.

El alivio me va llenando e intento sonreír, pero probablemente se ve como una mueca distorsionada. Se ve más alto que el verano pasado, la barba que le atraviesa el mentón es nueva y su cuerpo se ensanchó de un modo que me obliga a parpadear... o quizá es solo que mi visión se está poniendo borrosa. La sonrisa hermosa y relajada que ha sido protagonista de tantas de mis fantasías está muy lejos del gesto que le tensa la boca, y todo en él parece más... duro, pero le va bien. La fuerza de su barbilla, la dureza de sus cejas, hasta los músculos de sus bíceps se sienten rígidos bajo mis dedos mientras intento recuperar el equilibrio. En algún momento del último año, Dain Aetos pasó de atractivo y lindo a guapísimo.

Y yo estoy por vomitar sobre sus botas.

—¿Qué diablos estás haciendo aquí? —exclama, y la sorpresa en sus ojos se transforma en algo desconocido, algo mortal. Este no es el mismo chico con el que crecí. Ahora es un jinete de segundo año.

—Me da gusto verte, Dain. —Eso se queda corto, pero los temblores se convierten en sacudidas violentas, la bilis me sube por la garganta y el mareo solo hace que las náuseas empeoren. Mi rodilla se rinde.

—Carajo, Violet —murmura él, jalándome para que me ponga de pie. Con una mano sobre mi espalda y la otra bajo mi codo, rápidamente me aleja de la multitud hacia un hueco en el muro, cerca del primer torreón de defensa de la ciudadela. Es un punto sombrío y escondido con una banca de madera, en la cual me sienta y luego me ayuda a quitarme la mochila.

La boca se me llena de saliva.

—Voy a vomitar.

—Pon la cabeza entre las rodillas —me ordena Dain con un tono severo que no estoy acostumbrada a escuchar de él, pero lo hago. Luego me acaricia la espalda baja haciendo círculos mientras tomo aire por la nariz y lo suelto por la boca—. Es la adrenalina. Dale un minuto y se te pasará. —Escucho que unos pasos se acercan sobre la grava—. ¿Quién diablos eres tú?

—Rhiannon. Soy... amiga de Violet.

Yo miro fijamente la grava bajo mis botas que no hacen par y le ordeno a todo lo que hay en mi estómago que se quede donde está.

—Escúchame, Rhiannon. Violet está bien —dice él con tono autoritario—. Y si alguien te pregunta, le responderás exactamente lo que acabo de decir, que solo es la adrenalina saliendo de su sistema. ¿Entendido?

—Nadie tiene por qué andar preguntando qué le pasa a Violet —responde ella, con un tono tan severo como el de él—. Así que no les responderé nada. Y menos porque ella es la razón por la que logré cruzar el parapeto.

—Más te vale que lo digas en serio —le advierte Dain, y el tono de amenaza en su voz no concuerda con los incesantes y suaves círculos que está trazando sobre mi espalda.

—Yo también podría preguntarte quién diablos eres tú —dice ella.

—Es uno de mis amigos más antiguos. —Los temblores han ido bajando poco a poco y las náuseas aminoran, pero no estoy segura de si es por el tiempo o por la posición, así que mantengo la cabeza entre las rodillas mientras me pongo a desatarme la bota izquierda.

—Ah —responde Rhiannon.

—Y un jinete de segundo año, cadete —agrega él con un gruñido.

La grava cruje, como si Rhiannon hubiera dado un paso atrás.

—Nadie te puede ver aquí, Vi, así que tómate tu tiempo —dice Dain con voz suave.

—Porque vomitar descontroladamente después de sobrevivir al parapeto y al imbécil que quería tirarme al abismo sería considerado como algo de débiles. —Me levanto lentamente hasta quedar erguida sobre la banca.

—Exactamente —responde él—. ¿Te lastimaste? —Su mirada me recorre con una expresión desesperada, como si necesitara revisar cada centímetro él mismo.

—Me duele la rodilla —reconozco en un susurro, porque es Dain. Dain, a quien conozco desde que teníamos cinco y seis. Dain, cuyo padre es uno de los consejeros en los que mi madre más confía. Dain, quien me consoló cuando Mira se fue al Cuadrante de Jinetes y luego cuando Brennan murió.

Me toma por la barbilla con el pulgar y el índice, moviéndome la cara hacia la izquierda y a la derecha para revisarme.

—¿Eso es todo? ¿Estás segura? —Sus manos me recorren los costados y se detienen en mis costillas—. ¿Traes dagas?

Rhiannon se quita mi bota y suelta un suspiro de alivio mientras mueve los dedos de su pie.

Asiento.

—Tres en mis costillas y una en la bota. —Gracias a los dioses, porque no creo que estaría aquí de no tenerlas.

—Oh. —Dain baja la mano y me mira como si fuera la primera vez que me ve, como si yo fuera una total desconocida, pero luego parpadea y el gesto desaparece—. Cámbiense las botas. Se ven ridículas. Vi, ¿confías en esta? —Señala a Rhiannon con la cabeza.

Ella pudo haberme esperado en la seguridad de los muros de la ciudadela para aventarme como Jack lo intentó, pero no lo hizo.

Asiento. Confío en ella más de lo que cualquiera puede confiar en otra persona de primer año en este lugar.

—Bueno. —Dain se levanta y voltea a verla. Él también tiene vainas en la ropa, pero todas tienen dagas mientras las mías siguen vacías—. Me llamo Dain Aetos y soy el líder del Segundo Pelotón, Sección Llama, Ala Dos.

¿Líder del pelotón? Mis cejas se levantan. Los rangos más altos entre los cadetes del cuadrante son líder de ala y líder de sección. Ambas posiciones se les dan a las élites del tercer año. Todos los demás son simplemente cadetes antes de la Trilla, cuando los dragones eligen con quién se van a vincular, y luego se convierten en jinetes. Aquí la gente muere con demasiada frecuencia como para andar dando rangos prematuramente.

—La prueba del parapeto se terminará en un par de horas, dependiendo de qué tan rápido crucen o se caigan los candidatos. Ve a buscar a la pelirroja de la lista, suele traer una ballesta, y díganle que Dain Aetos las puso a ti y a Violet Sorrengail en su pelotón. Si te cuestiona, dile que está en deuda conmigo por salvarle la vida en la Trilla el año pasado. Yo llevo a Violet al patio en un rato.

Rhiannon me mira y yo asiento.

—Vete antes de que alguien nos vea —ordena Dain.

—Ya voy —responde ella, metiendo su pie en la bota y amarrándosela a toda velocidad mientras yo hago lo mismo con la mía.

—¿Cruzaste el parapeto con una bota de montar que te quedaba grande? —pregunta Dain y su expresión es de incredulidad.

—Se habría muerto si no se la hubiera cambiado. —Me levanto y hago un gesto de dolor cuando mi rodilla protesta y amenaza con doblarse.

—Y tú te vas a morir si no encontramos la manera de sacarte de aquí. —Me ofrece un brazo—. Tómalo. Tenemos que ir a mi habitación. Necesitas vendarte esa rodilla. —Sus cejas se enarcan—. A menos que hayas encontrado una cura milagrosa de la que no estoy enterado durante el último año.

Niego con la cabeza y lo tomo del brazo.

—Carajo, Violet. Carajo. —Se acomoda mi brazo discretamente en su costado, toma mi mochila con la mano desocupada y me lleva hacia un túnel al final de otra abertura en el muro que ni siquiera había visto. En los candeleros brilla la luz mágica a nuestro paso y se extingue cuando nos vamos—. No deberías estar aquí.

—Lo sé bien. —Como aquí nadie puede vernos, me permito cojear un poco.

—Deberías estar en el Cuadrante de Escribas —continúa, furioso, mientras me guía por el túnel en el muro—. ¿Qué diablos pasó? Por favor dime que no te ofreciste como voluntaria para el Cuadrante de Jinetes.

—¿Tú qué crees que pasó? —le respondo con tono retador mientras llegamos a una puerta de hierro que parece construida para que no se escape un troll... o un dragón.

Dain maldice.

—Tu madre.

—Mi madre. —Asiento—. Todos los Sorrengail son jinetes, ¿no sabías?

Llegamos a unas escaleras circulares y subimos el primer y segundo piso hasta detenernos en el tercero y abrir otra puerta que rechina con el sonido del metal contra el metal.

—Este es el piso de segundo año —me explica en voz baja—. Lo cual significa...

—Que yo no debería estar aquí, obviamente. —Me acerco un poco más a él—. No te preocupes, si alguien nos ve, diré que me ganó la lujuria de solo verte y no podía esperar ni un segundo más para quitarte los pantalones.

—Tú y tus planes. —Una sonrisa divertida se le dibuja en los labios mientras caminamos por el pasillo.

—Hasta puedo soltar unos cuantos gemidos de «ay, Dain» cuando estemos en tu habitación para darle credibilidad —sugiero, y lo digo en serio.

Él suelta un resoplido burlón mientras deja mi mochila frente a una puerta de madera y luego gira la mano frente al picaporte. Claramente se escucha cómo se quita el seguro.

—Tienes poderes —digo.

Claro que no es novedad. Es un jinete de segundo y todos los jinetes pueden hacer magia menor cuando sus dragones eligen canalizar el poder... pero es... Dain.

—¿Por qué te sorprende tanto? —Hace un gesto de fastidio y abre la puerta, cargando mi mochila mientras me ayuda a entrar.

Su cuarto es sencillo, con una cama, un tocador, un escritorio y un ropero. No hay nada personal aquí fuera de unos cuantos libros sobre el escritorio. Con una pequeña explosión de alegría veo que uno es el tomo sobre el idioma krovlano que le regalé el verano pasado antes de que se fuera. Siempre ha tenido un don para los idiomas. Hasta la manta sobre su cama es sencilla, negra como la ropa de los jinetes, como para no olvidarse de por qué está aquí mientras duerme. La ventana es un arco y me acerco para asomarme por ahí. A través del cristal, puedo ver el resto de Basgiath al otro lado del barranco.

Es el mismo colegio de guerra, pero está a un mundo de distancia. Aún quedan dos candidatos en el parapeto, pero desvío la mirada antes de clavarme viéndolos solo para que terminen por caer. Las personas tenemos un límite de muertes que podemos ver en un día y yo ya llegué a mi máximo.

—¿Traes vendas aquí? —Dain me pasa mi mochila.

—Me las dio el comandante Gillstead —respondo, asintiendo, mientras me siento en la orilla de su cama perfectamente tendida y comienzo a buscar en mi mochila. Por suerte, Mira es muchísimo mejor para empacar que yo y es fácil encontrar las vendas.

—Siéntete como en tu casa. —Me sonríe, se recarga en la puerta cerrada y cruza los tobillos—. Aunque odio que estés aquí, debo decir que me da mucho gusto verte, Vi.

Levanto la vista y nuestros ojos se encuentran. La tensión que he tenido en el pecho desde la semana pasada, no, desde hace seis meses, se aminora un poco y, por un segundo, solo existimos nosotros dos.

—Te extrañé. —Quizá estoy mostrando un punto débil, pero no me importa. Dain sabe casi todo sobre mí.

—Sí. Yo también te extrañé —dice él en voz baja, y su mirada se suaviza.

Mi corazón se detiene y hay algo entre nosotros, una sensación casi tangible de... anticipación mientras me mira. Quizá tras todos estos años, al fin sentimos lo mismo el uno por el otro. O quizá solo se siente aliviado por ver a una vieja amiga.

—Más vale que te vendes esa pierna. —Se da la vuelta para quedar de frente a la puerta—. No miraré.

—No hay nada que no hayas visto antes. —Arqueo la cadera y me bajo los pantalones de cuero por los muslos hasta que quedan debajo de las rodillas. Mierda. La izquierda está hinchada. Si alguien más se hubiera caído así, le habría salido un moretón, quizá se hubiera raspado, pero ¿yo? Yo me tengo que reacomodar la rótula para que quede donde tiene que estar. No solo mis músculos son débiles. Los ligamentos que unen mis articulaciones también son una porquería.

—Bueno, sí, pero no estamos escapándonos para nadar en el río, ¿verdad? —comenta con tono juguetón. Crecimos juntos en todos los puestos en los que estuvieron nuestros padres, y estuviéramos donde estuviéramos, siempre encontramos un lugar para nadar y árboles que trepar.

Me aprieto la tela sobre la rodilla y luego envuelvo y acomodo la rótula como lo he hecho desde que tuve la edad suficiente para que los curanderos me enseñaran a hacerlo. Son movimientos tan bien practicados que podría hacerlos dormida, y hacer algo tan conocido casi me relaja, si no fuera porque implica que tendré que empezar en el cuadrante lastimada.

En cuanto lo aseguro con el pequeño seguro de metal, me levanto y me subo el pantalón sobre las nalgas y lo abotono.

—Todo listo.

Dain se da la vuelta y me mira.

—Te ves... diferente.

—Es la ropa. —Me encojo de hombros—. ¿Por qué? ¿Lo diferente es malo? —Me toma un segundo cerrar mi mochila y echármela al hombro. Gracias a los dioses, el dolor en mi rodilla es soportable con el vendaje.

—Solo es… —Niega lentamente con la cabeza, mordiéndose suavemente el labio de abajo—. Diferente.

—¿Por qué, Dain Aetos? —Sonrío y voy hacia él para tomar el picaporte que está a su lado—. Me has visto en trajes de baño, túnicas y hasta en vestidos de fiesta. ¿Me estás diciendo que el cuero es lo que te prende?

Él suelta un sonidito burlón, pero hay un cierto rubor en sus mejillas y su mano cubre la mía para abrir la puerta.

—Me alegra ver que el año que estuvimos separados no te quitó el filo de la lengua, Vi.

—Oh —murmuro sobre mi hombro mientras salimos al pasillo—. Puedo hacer muchas cosas con mi lengua. Te sorprenderías. —Mi sonrisa es tan grande que casi me duele y, por un segundo, me olvido de que estamos en el Cuadrante de Jinetes o de que acabo de sobrevivir al parapeto.

Sus ojos se encienden. Supongo que a él también se le olvidó. Pero, claro, Mira siempre ha dicho que los jinetes no son muy pudorosos dentro de estos muros. No hay buenas razones para reprimirte cuando es posible que al día siguiente estés muerto.

—Tenemos que sacarte de aquí —dice, sacudiendo la cabeza como si necesitara deshacerse de sus pensamientos. Luego hace de nuevo la cosa con la mano y escucho que se pone el seguro. No hay nadie en el pasillo y rápidamente llegamos a la escalera.

—Gracias —digo mientras bajamos—. Ya siento mejor la rodilla.

—Todavía no puedo creer que tu madre haya pensado que ponerte en el Cuadrante de Jinetes sería una buena idea. —Prácticamente puedo sentir la ira vibrando en él, que va caminando junto a mí por las escaleras. No hay barandal de su lado, pero eso no parece molestarle, aunque un solo paso en falso sería su fin.

—Yo tampoco. La primavera pasada anunció su orden sobre cuál sería mi cuadrante después de que pasé el examen de admisión inicial, y de inmediato comencé a trabajar con el comandante Gillstead. —Se va a sentir muy orgulloso cuando lea la lista mañana y vea que no estoy ahí.

—Hay una puerta al final de la escalera, bajo el nivel principal, que lleva al pasaje hacia el Cuadrante de Curanderos en lo alto del barranco —me comenta mientras nos acercamos al primer piso—. Vamos a cruzar por ahí para ir al Cuadrante de Escribas.

—¿Qué? —Me detengo cuando mis pies llegan al descanso de piedra pulida en la planta baja, pero él sigue descendiendo.

Ya me lleva tres escalones de ventaja cuando se da cuenta de que no lo estoy siguiendo.

—El Cuadrante de Escribas —dice lentamente, dándose la vuelta para quedar de frente a mí.

Desde este ángulo me veo más alta que él, así que lo miro con odio desde aquí arriba.

—No puedo ir al Cuadrante de Escribas, Dain.

—¿Disculpa? —Sus cejas se elevan.

—Mi madre no lo va a aceptar. —Niego con la cabeza.

Su boca se abre, pero luego se cierra y sus manos se tensan en puño a sus costados.

—Este lugar te va a matar, Violet. No puedes quedarte aquí. Todos lo van a entender. No te ofreciste como voluntaria... no realmente.

La rabia me corre por la médula y mis ojos entrecerrados se clavan en Dain.

—Para empezar —digo, ignorando si me ofrecí o me ofrecieron—, sé bien cuáles son mis probabilidades aquí, Dain, y en segundo lugar, por lo general el quince por ciento de los candidatos no pasa del parapeto, y yo estoy aquí, así que supongo que ya estoy venciendo esas probabilidades.

Él sube otro escalón.

—No estoy diciendo que no te esforzaste para llegar aquí, Vi. Pero tienes que irte. Te acabarán la primera vez que te pongan en el ring de combate, y eso es antes de que los dragones perciban que eres... —Niega con la cabeza y desvía la mirada, apretando los dientes.

—¿Que soy qué? —Estoy furiosa—. Vamos, dilo. ¿Cuando perciban que soy menos que los otros? ¿Eso es lo que quieres decir?

—Carajo. —Se pasa una mano sobre sus rizos café claro muy cortos—. Deja de poner palabras en mi boca. Sabes lo que quiero decir. Aunque sobrevivas a la Trilla, no hay garantía de que un dragón elegirá vincularse contigo. Apenas el año pasado tuvimos treinta y cuatro cadetes sin dragón que se la pasaron sin hacer nada, esperando empezar el año con este grupo para tener otra oportunidad de encontrar un vínculo, y todos son perfectamente saludables...

—No seas cretino. —Esto me revuelve el estómago. Solo porque Dain podría tener razón no significa que quiero escucharlo... o que quiero que digan que no soy saludable.

—¡Quiero que sigas viva! —grita, y su voz hace eco en las paredes de piedra de la escalera—. Si te llevamos al Cuadrante de Escribas en este momento, aún podrás pasar el examen y tener una historia increíble para contar cuando salgas a beber. Si te regreso allá afuera —señala hacia la puerta que lleva al patio— ya no estará en mis manos. No podré protegerte. No del todo.

—¡No te estoy pidiendo que me protejas! —Un momento... ¿no quiero que me proteja? ¿No fue eso lo que Mira sugirió?—. ¿Por qué le dijiste a

Rhiannon que me pusiera en tu pelotón si solo querías sacarme por la puerta trasera?

El puño que aprieta mi corazón se cierra más. Además de Mira, Dain es la persona que mejor me conoce en todo el maldito continente, y hasta él cree que no podré hacerla aquí.

—¡Para que se fuera y pudiera sacarte de ahí! —Sube dos escalones, acortando la distancia entre nosotros, pero la posición firme de sus hombros no cede. Si la determinación tuviera una forma física, sería la de Dain Aetos en este momento—. ¿Crees que quiero ver morir a mi mejor amiga? ¿Crees que sería divertido ver lo que harán, sabiendo que eres la hija de la general Sorrengail? Ponerte ropa de cuero no te convierte en una jinete, Vi. Te van a hacer pedazos, y si no lo hace la gente, lo harán los dragones. En el Cuadrante de Jinetes, o te gradúas o te mueres, y lo sabes. Permíteme salvarte. —Toda su postura se encorva y la súplica en sus ojos acaba con un poco de mi indignación—. Por favor, permíteme salvarte.

—No puedes —susurro—. Mi madre dijo que me regresaría a rastras. De aquí solo puedo salir como jinete o como un nombre en una lápida.

—No lo dijo en serio. —Niega con la cabeza—. No lo pudo haber dicho en serio.

—Lo dijo en serio. Ni siquiera Mira logró hacerla cambiar de opinión.

Dain me mira a los ojos y se tensa, como si en ellos hubiera encontrado la verdad.

—Mierda.

—Sí, mierda. —Me encojo de hombros, como si no fuera mi vida de lo que estamos hablando.

—Bueno. —Puedo ver cómo va cambiando los planes en su mente, reajustándolos a la nueva información—. Encontraremos otra manera. Por ahora, vámonos. —Me toma de la mano y me lleva al hueco por el que desaparecimos—. Sal y vete con los demás de primero. Yo regresaré para entrar por la puerta del torreón. Pronto descubrirán que nos conocemos, pero no hay que darles armas. —Me suelta de la mano tras darle un apretoncito y se va sin decir más hasta desaparecer en el túnel.

Me agarro de las correas de mi mochila y camino por el patio bajo el sol veteado. Las nubes ya se están disipando y la llovizna se seca mientras la grava cruje a mis pies en mi camino hacia los jinetes y cadetes.

El enorme patio, en el que fácilmente cabrían mil jinetes, es idéntico al del mapa que está en los Archivos. Tiene la forma de una gota angular, con una muralla exterior en la parte redondeada de al menos tres metros de ancho. A los lados están los pasillos de piedra. Sé que el edificio de cuatro pisos con la parte redondeada que está incrustado en la montaña es para los estudios, y en el de la derecha, que se eleva sobre el risco, están los dormitorios, adonde me llevó Dain. La imponente rotonda que une a los dos edificios también es la entrada al salón de reuniones, el área común y la biblioteca que está detrás. Dejo de mirarlo todo con la boca abierta y me doy la vuelta para quedar de frente al muro exterior. En el lado derecho del parapeto hay una tarima de piedra que está ocupada por dos hombres uniformados que sé que son el comandante y el comandante ejecutivo, ambos vestidos de militares y con sus medallas brillando bajo el sol.

Me toma un rato más encontrar a Rhiannon entre la creciente multitud, y la veo hablando con otra chica que trae el cabello negrísimo tan corto como el de Dain.

—¡Ahí estás! —La sonrisa de Rhiannon es genuina y está llena de alivio—. Ya me había preocupado. ¿Está todo...? —Levanta una ceja.

—Ya estoy lista. —Asiento y miro a la otra mujer mientras Rhiannon nos presenta. Se llama Tara y es de la provincia de Morraine, al norte, en la costa del mar Emerald. Tiene el mismo aire de seguridad que Mira y sus ojos brillan de emoción mientras habla con Rhiannon sobre cómo las dos han estado obsesionadas con los dragones desde que eran niñas. Pongo atención, pero apenas lo suficiente para recordar los detalles si necesitamos formar una alianza.

Pasa una hora y luego otra, de acuerdo con las campanas de Basgiath, las cuales podemos escuchar desde aquí. Luego el último cadete llega al patio seguido de tres jinetes que salen del otro torreón.

Xaden viene entre ellos. No es solo su altura lo que lo hace destacar entre la multitud, sino también la manera en que los demás jinetes parecen moverse cuando están cerca de él, como si fuera un tiburón y los demás pececitos que se quieren poner a salvo. Por un instante, no puedo evitar preguntarme cuál será su sello, el poder único que le dio el vínculo con su dragón, y si será por eso que hasta los de tercero parecen huir de él mientras avanza hacia la tarima con una elegancia letal. Ya son diez de ellos allá arriba, y por la manera en que el comandante Panchek avanza hacia el frente, mirándonos...

—Creo que estamos por comenzar —les digo a Rhiannon y Tara, y ambas se voltean hacia la plataforma. Todos lo hacen.

—Trescientos uno de ustedes sobrevivieron al parapeto para convertirse en cadetes el día de hoy —comienza a decir el comandante Panchek con la sonrisa de un político mientras nos señala. El tipo siempre ha hablado con las manos—. Buen trabajo. Sesenta y siete no lo lograron.

El pecho se me aplasta mientras mi cerebro hace rápidamente los cálculos. Casi el veinte por ciento. ¿Fue la lluvia? ¿El viento? Es más que el promedio. Sesenta y siete personas murieron intentando llegar hasta aquí.

—Escuché que ese puesto es solo una punta de lanza para él —susurra Tara—. Quiere el trabajo de la general Sorrengail y luego el del general Melgren.

El general comandante de todas las fuerzas de Navarre. Los ojillos malvados de Melgren me han incomodado cada que nos los hemos encontrado durante la carrera de mi madre.

—¿Del general Melgren? —susurra Rhiannon a mi otro lado.

—No lo conseguirá —digo en voz baja mientras el comandante nos da la bienvenida al Cuadrante de Jinetes—. El sello que le da su dragón a Melgren es la capacidad de ver cuál será el resultado de una batalla antes de que se lleve a cabo. No hay forma de vencer eso, y no te pueden asesinar si sabes lo que pasará.

—Como dice el Código, ¡ahora comenzará lo difícil! —grita Panchek y su voz viaja sobre los quinientos cadetes que calculo que estamos en este patio—. Sus superiores los pondrán a prueba, sus compañeros los cazarán y sus instintos los guiarán. Si sobreviven a la Trilla, y si son elegidos, serán jinetes. Y ya veremos entonces cuántos de ustedes logran graduarse.

Las estadísticas dicen que un cuarto de nosotros llegaremos vivos a la graduación, unos más o unos menos según el año, pero al Cuadrante de Jinetes nunca le faltan voluntarios. Todos los cadetes en este patio creen que tienen lo que se necesita para ser parte de la élite, de lo mejor que tiene Navarre... un jinete de dragón. Y yo no puedo más que preguntarme por un brevísimo segundo si quizá yo también lo tengo. Tal vez pueda hacer algo más que sobrevivir.

—Los instructores les enseñarán —promete Panchek, señalando con un movimiento de mano hacia la fila de profesores frente a las puertas del área académica—. Ustedes deciden qué tanto aprenderán. —Nos apunta con su dedo índice—. La disciplina les corresponde a sus unidades, y su líder de ala tiene la última palabra. Si yo me tengo que meter... —Una sonrisita siniestra le va llenando la cara—. No quieren que yo me tenga que meter.

»Dicho esto, los dejo en manos de sus líderes de ala. ¿El mejor consejo que les puedo dar? No se mueran. —Se baja de la tarima con el comandante ejecutivo, dejando solo a los jinetes en el escenario de piedra.

Una mujer morena con hombros anchos y una mueca de desdén pasa al frente, y los picos dorados que lleva en los hombros de su uniforme brillan bajo la luz del sol.

—Soy Nyra, líder mayor del cuadrante y jefa del Ala Uno. Líderes de sección y de pelotón, tomen sus lugares.

Mi hombro se sacude cuando alguien pasa entre Rhiannon y yo. Otros lo siguen hasta que unas cincuenta personas están frente a nosotros, en formación.

—Secciones y pelotones —le susurro a Rhiannon, por si no creció en una familia militar—. Hay tres pelotones en cada sección y tres secciones en cada una de las cuatro alas.

—Gracias —responde Rhiannon.

Dain está en la sección del Ala Dos, de frente a mí, pero esquivando mi mirada.

—¡Primer pelotón! ¡Sección Garra! ¡Ala Uno! —grita Nyra.

Un hombre que está cerca de la plataforma levanta la mano.

—Cadetes, cuando digan su nombre, fórmense detrás de su líder de pelotón —instruye Nyra.

La pelirroja de la ballesta y la lista da un paso adelante y comienza a recitar nombres. Uno por uno, los cadetes van saliendo de entre la multitud para ir a sus lugares, y yo voy contando y haciendo juicios a botepronto basándome en la ropa y en la arrogancia. Parece que cada pelotón tendrá unas quince o dieciséis personas.

A Jack lo llaman a la Sección Llama del Ala Uno.

A Tara la llaman a la Sección Cola, y pronto comienzan con el Ala Dos.

Suelto un suspiro de agradecimiento cuando el líder de ala da un paso al frente y no es Xaden.

A Rhiannon y a mí nos llaman al Segundo Pelotón, Sección Llama, Ala Dos. Nos formamos rápidamente, acomodándonos en un cuadrado. Una mirada rápida me deja saber que tenemos un líder de pelotón, Dain, que no me mira, una líder ejecutiva de pelotón, cuatro jinetes que parece que podrían estar en segundo o tercero y nueve de primer año. Una de las jinetes con dos estrellas en el uniforme y la cabeza rapada a la mitad con la otra mitad del cabello rosa tiene una reliquia de la Rebelión que le corre por el brazo, desde la muñeca hasta arriba del codo, donde desaparece bajo su uniforme, pero desvío la mirada para que no note que estoy viéndola.

No decimos nada mientras llaman al resto de las alas. El sol ya está en su punto más alto, dándome de lleno sobre el cuero y quemándome la piel. «Le dije que no te tuviera en esa biblioteca». Las palabras que mamá me dijo esta mañana aún me atormentan, pero no es como que me hubiera podido preparar para esto. Tengo exactamente dos tonos en relación con el sol: pálido y quemado.

Cuando suena la orden, todos nos damos la vuelta para quedar de frente a la tarima. Intento mantener la mirada fija en la mujer de la lista, pero mis ojos se mueven como los traidores que son y mi pulso se acelera.

Xaden me está observando con una expresión fría y calculadora que me hace suponer que está planeando mi muerte desde su puesto como líder del Ala Cuatro.

Levanto la barbilla.

Él enarca la ceja en la que tiene una cicatriz. Luego le dice algo al líder del Ala Dos y de pronto todos los líderes de ala se meten en lo que obviamente es una acalorada discusión.

—¿De qué crees que estén hablando? —susurra Rhiannon.

—Silencio —ordena Dain, con rabia.

Mi espalda se tensa. No puedo esperar que sea mi Dain aquí, no en estas circunstancias, pero su tono me hiere.

Al fin, los líderes de ala se dan la vuelta para mirarnos y la discreta curva en los labios de Xaden me pone incómoda de inmediato.

—Dain Aetos, tú y tu pelotón van a hacer un intercambio con el de Aura Beinhaven —anuncia Nyra.

«Un momento. ¿Qué? ¿Quién es Aura Beinhaven?».

Dain asiente y luego se voltea hacia nosotros.

—Síganme. —Con esto, avanza entre la formación para que lo sigamos. Pasamos junto a otro pelotón de camino a... a...

El aire se me hiela en los pulmones.

Vamos hacia el Ala Cuatro. El ala de Xaden.

Pasa un minuto, quizá dos, y tomamos nuestros puestos en la nueva formación. Me tengo que obligar a respirar. El rostro arrogante y hermoso de Xaden ostenta una maldita sonrisa de satisfacción.

Ahora estoy completamente a su merced, soy solo una subordinada en su cadena de poder. Me puede castigar como se le dé la gana por la más mínima transgresión, aunque sea imaginaria.

Nyra observa a Xaden mientras termina de dar órdenes y él asiente y da un paso al frente, con lo que al fin termina nuestro concurso de miradas. Estoy bastante segura de que él ganó, teniendo en cuenta que mi corazón está galopando como un caballo fugitivo.

—Ahora son cadetes. —La voz de Xaden se escucha por todo el patio, más fuerte que las demás—. Miren a su pelotón. Estas son las únicas personas que el Código garantiza que no los matarán. Pero que ellas no puedan acabar con su vida no significa que otras no lo harán. ¿Quieren un dragón? Gánenselo.

La mayoría de la gente vitorea, pero yo ni siquiera abro la boca.

Hoy, sesenta y siete personas se cayeron o murieron de una u otra manera. Sesenta y siete como Dylan, cuyos padres van a recoger sus cuerpos o a ver cómo los entierran al pie de la montaña bajo una piedra cualquiera. No me puedo obligar a soltar vítores por sus pérdidas.

Los ojos de Xaden encuentran los míos y el estómago se me retuerce antes de que él desvíe la mirada.

—Y apuesto a que se sienten muy rudos en este momento, ¿verdad, primerizos?

Más vítores.

—Se sienten invencibles después de lo del parapeto, ¿no? —grita Xaden—. ¡Creen que son intocables! ¡Están en el camino para ser parte de la élite! ¡De los pocos! ¡De los elegidos!

Con cada declaración se enciende otra ronda de gritos emocionados que suenan cada vez más fuertes.

No. No son solo gritos de emoción, es el sonido de unas alas obedientes batiendo en el aire.

—Ay, dioses, son hermosos —susurra Rhiannon junto a mí cuando un montón de dragones aparece en nuestro campo de visión.

He pasado toda mi vida alrededor de los dragones, pero siempre desde lejos. No toleran a los humanos que no han elegido. Pero ¿estos ocho? Están volando hacia nosotros... a toda velocidad.

Justo cuando creo que están a punto de volar sobre nuestras cabezas, se lanzan en vertical, azotan el aire con sus enormes alas semitranslúcidas y se detienen, creando con sus aleteos unas ráfagas de viento tan poderosas que casi me voy de espaldas cuando aterrizan en el muro semicircular exterior. Las escamas de su pecho vibran con el movimiento y sus garras afiladas se entierran a cada lado de la orilla del muro. Ahora entiendo por qué las paredes tienen un grosor de tres metros. No es una barrera. Lo que rodea a la fortaleza es una maldita percha.

Me quedo con la boca abierta. En los cinco años que llevo viviendo aquí, nunca había visto algo como esto, aunque, claro, nunca se me había permitido ver lo que pasa en el Día de Reclutamiento.

Algunos cadetes gritan.

Supongo que todos quieren ser jinetes de dragones hasta que están a unos seis metros de ellos.

El vapor me llega a la cara cuando el azul marino que está justo frente a mí exhala por sus enormes fosas nasales. Sus brillantes cuernos azules se elevan sobre su cabeza en un arco elegante y letal, y sus alas se extienden brevemente antes de volver a su lugar, con la punta de su articulación superior coronada por un pico salvaje. Sus colas son igualmente fatales, pero desde aquí no puedo verlas y mucho menos saber de qué raza es cada uno sin ese dato.

Todos son letales.

—Vamos a tener que traer a los mamposteros de nuevo —masculla Dain mientras unos pedazos del muro se van soltando bajo las patas de los dragones para azotar contra el patio en rocas del tamaño de mi torso.

Hay tres dragones con distintos tonos de rojo, dos verdes, como Teine, el dragón de Mira, uno café, como el de mamá, uno naranja y el enorme azul marino que está frente a mí. Todos son gigantescos y tapan la estructura de la ciudadela mientras nos miran entrecerrando sus ojos color oro, juzgándonos a más no poder.

Si no nos necesitaran a los insignificantes humanos para desarrollar sus habilidades únicas al vincularse y extender su protección sobre Navarre, estoy bastante segura de que nos comerían a todos y san se acabó. Pero les gusta proteger el valle que está detrás de Basgiath y que los dragones consideran su hogar, defenderlo de los despiadados grifos, y sobre todo, a nosotros nos gusta vivir, por eso aquí estamos formando las parejas más extrañas del mundo.

Mi corazón amenaza con salirse del pecho y le doy toda la razón, porque yo también quisiera irme corriendo. Tan solo pensar que se supone que debo montar uno de esos es jodidamente ridículo.

Un cadete se escapa del Ala Tres, corriendo y gritando en su camino hacia la torre de piedra que está detrás de nosotros. Todos volteamos a verlo cómo huye a toda velocidad hacia la enorme puerta de arco que está en el centro. Casi puedo ver las palabras grabadas en el arco desde aquí, pero ya me las sé de memoria. «Un dragón sin su jinete es una tragedia. Un jinete sin su dragón está muerto».

Cuando se crea el vínculo, los jinetes ya no pueden vivir sin sus dragones, aunque la mayoría de los dragones no tiene problemas en seguir sin nosotros. Por eso eligen con tanto cuidado, para no enfrentar la humillación de haber elegido a un cobarde, aunque un dragón jamás reconocería haber cometido ese error.

El dragón rojo de la derecha abre su enorme boca, mostrando unos dientes como de mi tamaño. Esas fauces me triturarían como a una uva si quisieran. Sobre su lengua corre fuego, que luego sale disparado en la flama macabra hacia el cadete que se echó a correr.

Antes de que pueda alcanzar la sombra de la torre, ya es una pila de ceniza sobre la grava.

«Sesenta y ocho muertos».

Siento el calor de las llamas en un lado de mi cara cuando giro para ver al frente. Si alguien más se echa a correr y termina muerto de la misma manera, no lo quiero ver. Se escuchan más gritos a mi alrededor. Tenso la quijada lo más que puedo para no hacer ruido.

Siento otras dos ráfagas de calor, una a mi izquierda y la otra a mi derecha.

«Ya son setenta».

El dragón azul marino parece inclinar la cabeza hacia mí, como si sus desconfiados ojos dorados pudieran ver mi interior, el miedo que me aplasta el estómago y la duda que me envuelve insistentemente el corazón. Apuesto a que incluso puede ver el vendaje en mi rodilla. Sabe que estoy en desventaja, que soy demasiado pequeña para trepar por su pata y montarlo, demasiado frágil para andar sobre él. Los dragones siempre saben.

Pero no voy a correr. No estaría aquí si hubiera renunciado cada que algo me parecía imposible de lograr. «No voy a morir hoy». Las palabras se repiten en mi cabeza como antes de subir al parapeto y mientras lo estaba cruzando.

Me obligo a enderezar los hombros y levantar la cara.

El dragón parpadea, lo cual puede ser una señal de aprobación o de aburrimiento, y mira hacia otro lado.

—¿Alguien más quiere cambiar de opinión? —grita Xaden, observando con la misma mirada calculadora del dragón azul que está detrás de él, a las filas de cadetes que quedan—. ¿No? Excelente. Más o menos la mitad de ustedes habrá muerto antes del próximo verano. —La formación se queda en silencio, salvo por unos desafortunados sollozos a mi izquierda—. Un tercio de ustedes morirá al año siguiente, y lo mismo en el último año. Aquí a nadie le importa quién es su mami o su papi. Hasta el segundo hijo del rey Tauri murió en la Trilla. Así que díganme ahora: ¿todavía se sienten invencibles por haber entrado al Cuadrante de Jinetes? ¿Intocables? ¿De la élite?

Nadie celebra.

Hay otra ráfaga de calor y esta vez viene directamente hacia mi rostro, así que tenso todos los músculos de mi cuerpo, preparada para que me incineren. Pero no son llamas, solo es... vapor que echan los dragones cuando terminan su exhalación colectiva. Las trenzas de Rhiannon se mueven hacia atrás. Los pantalones del sujeto de primer año que está frente a mí se ponen más oscuros y ese color baja por sus piernas.

Querían asustarnos. Y lo lograron.

—Porque para ellos no son intocables ni especiales. —Xaden señala hacia el dragón azul marino que se inclina ligeramente hacia adelante, como si nos fuera a contar un secreto, y me mira a los ojos—. Para ellos, no son más que una presa.

CUATRO

> El ring de lucha es donde se crean o se quiebran los jinetes. Después de todo, ningún dragón que se respete elegiría a un jinete que no puede defenderse solo, y ningún cadete que se respete permitiría que una amenaza como esa para su ala siguiera entrenando.
>
> —*GUÍA PARA EL CUADRANTE DE JINETES*, POR EL COMANDANTE AFENDRA (EDICIÓN NO AUTORIZADA)

—Elena Sosa, Brayden Blackburn. —El capitán Fitzgibbons está leyendo la lista de muertos, flanqueado por otros dos escribas en la tarima mientras los demás esperamos silenciosamente en formación en el patio, con los ojos entrecerrados para protegerlos del sol matutino.

Esta mañana todos estamos vestidos con el negro de los jinetes y tengo una sola estrella plateada de cuatro puntas en el cuello, la marca de alguien de primero, y un parche del Ala Cuatro en el hombro. Ayer nos dieron uniformes estándar, túnicas veraniegas entalladas, pantalones y accesorios cuando se terminó lo del parapeto, pero no nos dieron ropa de cuero para volar. No tiene caso darnos los uniformes de combate, que son más gruesos y ofrecen más protección, cuando la mitad de nosotros no llegaremos a la Trilla en octubre. El corsé de armadura que Mira me hizo no es lo normal, pero se pierde entre los cientos de uniformes modificados que me rodean.

Tras las últimas veinticuatro horas y una noche en las barracas del primer piso, he comenzado a darme cuenta de que este cuadrante es una extraña mezcla de un hedonismo del tipo podríamos-morir-mañana y una eficiencia brutal por la misma razón.

—Jace Sutherland —continúa el capitán Fitzgibbons, y los escribas a sus lados se reacomodan en su lugar—. Dougal Luperco.

Creo que ya vamos por los cincuenta, pero perdí la cuenta cuando leyó el nombre de Dylan hace unos minutos. Este es el único homenaje que tendrán esos nombres, la única vez que se pronunciarán dentro de la ciudadela, así que intento concentrarme, aprenderme cada nombre, pero son demasiados.

Tengo la piel maltratada por usar la armadura toda la noche como Mira me sugirió y me duele la rodilla, pero contengo el impulso de inclinarme y ajustarme la venda que logré ponerme en la inexistente privacidad de mi catre en las barracas de primero antes de que alguien más se despertara.

Somos ciento cincuenta y seis en el primer piso del edificio de dormitorios y nuestros catres están acomodados en prolijas filas en el espacio abierto. Aunque a Jack Barlowe lo pusieron en los dormitorios del tercer piso, no voy a dejar que nadie vea mis debilidades. No hasta que sepa en quién confiar. Las habitaciones privadas son como la ropa de cuero para el vuelo: no te dan una hasta que sobrevives a la Trilla.

—Simone Casteneda. —El capitán Fitzgibbons cierra la lista—. Que sus almas estén con Malek. —El dios de la muerte.

Esto me sorprende. Supongo que estábamos más cerca del final de lo que pensé.

No hay una conclusión formal a la ceremonia ni un último momento de silencio. Los nombres en la lista se bajan de la tarima con los escribas y la paz se rompe mientras los líderes de pelotón se dan la vuelta y comienzan a hablar con sus grupos.

—Espero que todos hayan desayunado, porque no van a poder comer nada hasta la hora del almuerzo —dice Dain, mirándome a los ojos por un breve instante para luego fingir indiferencia.

—Es un experto en fingir muy bien que no te conoce —susurra Rhiannon junto a mí.

—Sí lo es —respondo con el mismo tono. Una sonrisa se quiere asomar en mis labios, pero mantengo una expresión lo más neutral posible mientras lo miro sin recato. El sol juega con su cabello del color de la arena, y cuando gira la cabeza, veo que una cicatriz que no noté ayer se asoma entre su barba por el mentón.

—Asumo que los de segundo y tercero ya saben adónde ir —continúa Dain mientras los escribas siguen caminando hacia la orilla del patio a mi derecha con dirección a su cuadrante. Ignoro la vocecita en mi cabeza que se queja de que ese debería ser mi cuadrante. Obsesionarme con lo que pudo ser no me ayudará a sobrevivir para ver otro amanecer.

Los cadetes mayores, que están adelante de nosotros, hacen unos sonidos de confirmación. Los que somos de primero estamos en las últimas dos filas del pequeño cuadro que conforma el Segundo Pelotón.

—Para los de primer año, al menos uno de ustedes debería haberse aprendido de memoria su horario de clases desde que se los entregaron ayer. —La voz de Dain retruena sobre nosotros, y es difícil pensar en este líder serio y de gesto severo como el tipo sonriente y divertido que siempre ha sido para mí—. Manténganse juntos. Espero que todos sigan vivos para cuando nos reunamos por la tarde en el gimnasio de lucha.

Carajo, casi se me había olvidado que hoy íbamos a entrenar lucha. Solo iremos al gimnasio dos veces a la semana así que, mientras pueda salir ilesa de la sesión de hoy, estaré a salvo por un par de días más. Al menos tendré algo de tiempo para recuperarme antes de tener que enfrentar el Guantelete, que es la aterradora pista vertical de obstáculos que nos dijeron que tendremos que dominar en dos meses, cuando las hojas cambien de color.

Si logramos llegar a lo alto del Guantelete, cruzaremos el cañón semicerrado que está arriba y que lleva al campo de vuelo para la Presentación, donde los dragones de este año que están dispuestos a crear vínculos verán por primera vez a los cadetes que quedan. Dos días después de eso, la Trilla tendrá lugar en el valle bajo la ciudadela.

Miro a mi alrededor para ver a mis nuevos compañeros de pelotón, y no puedo evitar preguntarme cuáles de nosotros, si es que alguno, llegará a ese campo de vuelo, ya ni siquiera al valle.

«No busques los problemas de mañana».

—¿Y si no lo hacemos? —pregunta el graciosito de primero que está detrás de mí.

Ni siquiera me molesto en voltear a verlo, pero Rhiannon sí lo hace y pone un gesto de fastidio cuando vuelve a mirar hacia el frente.

—En ese caso, no tendré que molestarme en aprenderme su nombre, porque mañana en la mañana estará en la lista de muertos —responde Dain, encogiéndose de hombros.

Una de segundo año que está adelante de mí suelta una risotada y el movimiento le sacude las pequeñas arracadas que trae en el lóbulo derecho, pero la de cabello rosa que está a su lado permanece en silencio.

—¿Sawyer? —Dain mira al de primero que está a mi izquierda.

—Yo los llevo —dice el cadete alto y enjuto cuyo delgado cuerpo está cubierto de pecas, y asiente una sola vez. Su quijada pecosa da un saltito, y siento mucha compasión por él. Es uno de los que están repitiendo, un cadete que no consiguió vínculo en la Trilla y ahora tiene que empezar todo el año desde cero.

—Váyanse ya —ordena Dain, y nuestro pelotón se dispersa al mismo tiempo que los demás, transformando el patio de una formación ordenada a una multitud de cadetes parlanchines. Los de segundo y tercero se van en otra dirección, incluyendo a Dain.

—Tenemos unos veinticinco minutos para llegar a clase —nos grita Sawyer a los cuarenta y ocho que somos—. Cuarto piso, segunda aula a la izquierda en el ala académica. Vayan por sus tiliches y no lleguen tarde. —No se molesta en confirmar que lo escuchamos antes de comenzar a caminar hacia el dormitorio.

—Debe ser difícil —dice Rhiannon mientras seguimos a la gente hacia los dormitorios—. Quedarte atrás y tener que repetir todo esto.

—Es mejor que estar muerto —comenta el graciosito, que va pasando junto a nosotras por la derecha, con su cabello rebotando sobre la piel morena de su frente con cada paso que da. Se llama Ridoc, si mal no recuerdo de las breves presentaciones que hicimos anoche antes de la cena.

—Es cierto —respondo mientras entramos al embotellamiento que se formó en la puerta.

—Escuché a uno de tercero diciendo que cuando alguien de primero sobrevive a la Trilla sin un vínculo, el cuadrante le permite repetir el año e intentarlo de nuevo si quiere —agrega Rhiannon, y no puedo dejar de pensar en cuánta determinación se necesitará para sobrevivir a tu primer año y estar dispuesto a repetirlo solo por la posibilidad de convertirte en jinete algún día. Fácilmente podrías morir en el segundo intento.

Un pájaro trina a la izquierda y miro sobre la multitud con el corazón acelerado, porque inmediatamente reconozco el tono. Es Dain.

El sonido se repite y lo ubico cerca de la puerta de la rotonda. Está parado sobre la ancha escalera y, en cuanto nuestros ojos se encuentran, señala hacia la puerta con un sutil movimiento de cabeza.

—Voy a… —empiezo a decirle a Rhiannon, pero ya se dio cuenta de lo que estoy viendo.

—Yo me llevo tus cosas y te veo allá. Están bajo tu catre, ¿verdad? —pregunta.

—¿No te molesta?

—Tu catre está junto al mío, Violet. No es problema. ¡Ve! —Me ofrece una sonrisa cómplice y choca su hombro contra el mío.

—¡Gracias! —Sonrío y de inmediato me abro paso entre la gente hasta que salgo por la orilla. Por suerte, no hay muchos cadetes yendo al área común, lo que significa que no hay muchos ojos sobre mí cuando me cuelo por una de las cuatro puertas gigantes de la rotonda.

Los pulmones se me llenan de aire ante mi expresión sorprendida. Es como las representaciones que he visto en los Archivos, pero no hay dibujo ni medio artístico que pueda capturar lo impactante que es este lugar, lo exquisito de cada uno de sus detalles. Es posible que la rotonda sea la pieza más hermosa de arquitectura no solo en la ciudadela, sino en todo Basgiath. El lugar tiene tres pisos, desde sus lustrosos pisos de mármol hasta el domo de cristal por el que se cuela la suave luz de la mañana. A la izquierda están dos enormes puertas de arco que llevan al ala académica, las cuales se repiten a la derecha, pero estas llevan a los dormitorios. Al subir media docena de escalones, frente a mí aparecen cuatro puertas que llevan al salón de reuniones.

En puntos equidistantes alrededor de la rotonda y brillando en distintos colores, rojo, verde, café, naranja, azul y negro, están seis abrumadores pilares de mármol con forma de dragón, tallados de manera que parece que estuvieran bajando a toda velocidad desde el techo. Hay espacio suficiente entre las fauces en la base de cada uno para meter al menos cuatro escuadrones, pero en este momento está vacío.

Paso junto al primer dragón, esculpido en mármol rojo oscuro, y una mano me toma por el codo y me jala detrás del pilar, donde hay un hueco entre la garra y la pared.

—Soy yo —dice Dain en voz muy baja mientras se da la vuelta para quedar de frente a mí. Cada parte de su cuerpo irradia tensión.

—Ya sabía, porque me lo dijo un pajarito. —Sonrío y niego con la cabeza—. Ha usado ese trino desde que éramos niños y vivíamos cerca de la frontera de Krovla mientras nuestros padres estaban ahí con el Ala Sur.

Su ceño se frunce mientras me recorre con la mirada, claramente buscando nuevas heridas.

—Solo tenemos unos minutos antes de que este lugar se llene. ¿Cómo va tu rodilla?

—Me duele, pero sobreviviré. —He tenido heridas mucho peores y ambos lo sabemos, pero no tiene caso pedirle que se relaje cuando obviamente no lo va a hacer.

—¿Nadie intentó hacerte nada anoche? —La preocupación le arruga la frente y yo me tengo que cruzar de brazos para no estirar la mano y suavizar esas líneas con mis dedos. Su angustia me aplasta el corazón.

—¿Es malo si me hicieron algo? —pregunto con tono pícaro, obligándome a sonreír.

Dain baja los brazos hacia sus costados y suspira tan fuerte que el sonido hace eco por toda la rotonda.

—Ya sabes que no me refiero a eso, Violet.

—Nadie intentó matarme anoche, Dain, ni siquiera lastimarme. —Me recargo en la pared para quitar un poco del peso de mi rodilla—. Estoy bastante segura de que todos estábamos demasiado cansados y aliviados de estar vivos como para empezar a matarnos entre nosotros. —Las barracas se quedaron en silencio casi inmediatamente después de que se apagaron las luces, prueba del agotamiento emocional del día.

—Y comiste, ¿verdad? Sé que los hacen salir a toda prisa del dormitorio cuando suenan las campanas de las seis.

—Comí con los demás de primero, y antes de que se te ocurra sermonearme, me acomodé los vendajes de la rodilla bajo la sábana y me trencé el cabello antes de que sonaran las campanas. Llevo años viviendo con horarios de escriba, Dain. Se levantan una hora antes. De hecho, me dan ganas de ofrecerme como voluntaria para hacer el desayuno.

Observa la apretada trenza con puntas plateadas que amarré en un chongo contra el cabello más oscuro cerca de la parte alta de mi cabeza.

—Deberías cortártelo.

—No empieces con eso. —Niego con la cabeza.

—Hay una razón por la que las mujeres aquí lo llevan corto, Vi. En cuanto alguien te agarre el cabello en el ring de lucha...

—El cabello es la última de mis preocupaciones en el ring —le respondo.

Esto lo hace abrir exageradamente los ojos.

—Solo quiero que estés a salvo. Tienes suerte de que no te haya echado con el capitán Fitzgibbons esta mañana para rogarle que te saque de aquí.

Ignoro su tono de amenaza. Estamos perdiendo tiempo, y necesito que Dain me dé cierta información.

—¿Por qué ayer pasaron a nuestro pelotón del Ala Dos a la Cuatro?

Él se tensa y desvía la mirada.

—Dime. —Necesito saber si estoy viendo cosas donde no las hay.

—Carajo —masculla, pasándose las manos por el cabello—. Xaden Riorson te quiere muerta. Después de ayer, ya todos los líderes lo saben.

No. No estaba exagerando.

—Cambió al pelotón para tratar directamente conmigo para poder hacer lo que se le dé la gana sin que nadie lo cuestione. Soy su venganza contra mi madre. —Mi corazón ni siquiera se altera al confirmar lo que ya sabía—. Eso pensé. Solo necesitaba asegurarme de que mi mente no estaba inventando cosas.

—No voy a permitir que te pase nada. —Dain da un paso al frente y toma mi cara entre sus manos, acariciándome el pómulo en suaves círculos con el pulgar.

—No hay mucho que puedas hacer. —Me alejo de la pared y me separo de él—. Tengo que ir a clases. —Ya se escuchan algunas voces haciendo eco en la rotonda de los cadetes que van cruzando.

Su quijada se tensa por un segundo y vuelven los surcos entre sus cejas.

—Solo te pido que mantengas un perfil bajo, especialmente en Informe de Batalla. Aunque los colores de tu cabello te delatan, esa es la única clase que toma todo el cuadrante. Veré si alguien de segundo puede hacer guardia...

—Nadie me va a asesinar en la clase de historia. —Hago un gesto de fastidio—. La parte teórica es lo único de lo que no tengo que preocuparme. ¿Qué me puede hacer Xaden? ¿Sacarme de la clase para apuñalarme con una espada en el pasillo? O ¿en serio crees que me mataría a medio Informe de Batalla?

—Sí lo creo capaz. Es un tipo despiadado, Violet. ¿Por qué crees que lo escogió su dragón?

—¿El azul marino que se paró detrás de él en la plataforma ayer? —Se me revuelve el estómago al recordar la manera en que me examinaban esos ojos dorados...

Dain asiente.

—Sgaeyl es una hembra Azul Cola de Daga, y es... feroz. —Traga saliva—. Y no es que los demás no lo sean. Cath es terrible cuando se enfurece, todos los Rojo Cola de Espada lo son, pero incluso la mayoría de los dragones se mantiene lejos de Sgaeyl.

Miro a Dain, a la cicatriz que define su mentón y la severidad en sus ojos que me parecen tan conocidos y a la vez no.

—¿Qué? —me pregunta. Las voces van subiendo de volumen a nuestro alrededor y cada vez se escuchan más pasos que van y vienen.

—Te vinculaste con un dragón. Tienes poderes que no conozco. Abres puertas con magia. Eres líder de pelotón. —Digo las frases con lentitud, esperando comprenderlas, entender realmente lo mucho que ha cambiado—. Es difícil para mí hacerme a la idea de que sigues siendo... Dain.

—Sigo siendo yo. —Su postura se suaviza y levanta la manga corta de su túnica para mostrarme la reliquia de un dragón rojo sobre su hombro—. La única diferencia es que ahora tengo esto. Y en cuanto a los poderes, Cath canaliza mucha magia en comparación con otros dragones, pero aún no soy ni de cerca un experto. No he cambiado mucho. De la magia menor que me da el vínculo de mi reliquia, puedo hacer cosas típicas como abrir puertas, moverme más rápido y crear plumas de tinta en vez de andar con la monserga de mojar la punta de las de las aves.

—¿Cuál es tu sello? —Todos los jinetes pueden hacer magia menor cuando su dragón comienza a canalizarles poder, pero el sello es una capacidad especial, la habilidad más fuerte que se da como resultado del vínculo entre el dragón y su jinete.

Algunos jinetes tienen los mismos sellos. Manipular el fuego, manipular el hielo y manipular el agua son solo algunos de los sellos más comunes, y todos son muy útiles en la batalla.

Y luego están los sellos que hacen que un jinete sea extraordinario.

Mi madre puede manipular el poder de las tormentas.

Melgren puede prever el resultado de las batallas.

Me pregunto cuál será el sello de Xaden, y si lo usará para matarme cuando menos me lo espere.

—Yo puedo leer los recuerdos recientes de las personas —admite Dain en voz baja—. No soy como los inntinncistas que pueden leer la mente, yo tengo que poner mis manos sobre las personas, así que no represento un riesgo para la seguridad. Pero mi sello no es muy conocido. Creo que me usarán como arma secreta. —Señala el parche de compás que lleva al hombro bajo el del Ala Cuatro. Ese sigilo indica que un poder es demasiado secreto, y no lo noté ayer.

—No lo puedo creer. —Sonrío y tomo aire para relajarme mientras recuerdo que el uniforme de Xaden no tenía ningún parche.

Él asiente y una sonrisa de emoción le curva la boca.

—Aún estoy aprendiendo, y obviamente lo hago mejor entre más cerca estoy de Cath, pero sí. Solo tengo que poner mis manos en la sien de alguien y puedo ver lo que vio esa persona. Es... increíble.

Ese sello sin duda hará que Dain se destaque. Lo convertirá en una de las herramientas más valiosas que tenemos para los interrogatorios.

—Y dices que no has cambiado —comento, y no lo digo tan en broma.

—Este lugar puede pervertir casi todo en una persona, Vi. Se lleva la falsa cortesía y los modales y revela quién eres en realidad. Quieren que sea así. Quieren romper todos los vínculos que tenías antes para que tu lealtad esté con tu ala. Es una de las muchas razones por las que los de primero no tienen permitido cartearse con su familia y amigos, porque sabes que, de haber podido, te hubiera escrito. Pero un año no cambia que aún te considere mi mejor amiga. Sigo siendo Dain, y para el próximo año, tú seguirás siendo Violet. Seguiremos siendo amigos.

—Si sigo viva —bromeo mientras suena la campana—. Debo irme a clases.

—Sí, y yo voy a llegar tarde al campo de vuelo. —Señala hacia el borde del pilar—. Mira, Riorson sigue siendo líder de ala. Va a ir por ti, pero encontrará la forma de hacerlo dentro de las reglas del Código, al menos cuando haya testigos. Yo era... —Sus mejillas se ruborizan—. Muy buen amigo de Amber Mavis, la actual líder el Ala Tres, el año pasado, y créeme que el Código es sagrado para ellos. Ahora, vete tú primero. Te veo en el gimnasio de lucha. —Me ofrece una reconfortante sonrisa.

—Te veo allá. —Le devuelvo la sonrisa y me doy la vuelta para rodear el enorme pilar y salir hacia la rotonda semillena. Hay un par de docenas de cadetes que van de un edificio a otro, y me toma un momento ubicarme.

Veo las puertas hacia el área académica entre los pilares naranja y negro y voy para allá, perdiéndome entre la multitud.

Los vellos de la nuca se me erizan y un escalofrío me recorre la espalda cuando voy cruzando por el centro de la rotonda. Me detengo de golpe. Los cadetes se siguen moviendo a mi alrededor, pero mis ojos se elevan para ver hacia lo alto de las escaleras que llevan al salón de reuniones.

«Mierda».

Xaden Riorson me está viendo con los ojos entrecerrados, las mangas de su uniforme enrolladas sobre sus enormes brazos que tiene cruzados sobre el pecho, mostrando como advertencia la reliquia que le cubre el brazo mientras uno de tercero que está a su lado le dice algo que él ignora abiertamente.

El corazón me da un vuelco y se me atora en la garganta. Nos separan unos seis metros. Mis dedos se mueven, listos para tomar una de las armas envainadas sobre mis costillas. ¿Lo va a hacer aquí? ¿En medio de la rotonda? El piso de mármol es gris, así que al equipo de intendencia no se le complicaría tanto limpiar la sangre.

Inclina la cabeza y me estudia con esos ojos imposiblemente oscuros, como si estuviera decidiendo dónde soy más vulnerable.

Debería echarme a correr, ¿verdad? Pero, si me quedo aquí, al menos podré ver que se acerca.

Su atención cambia de blanco, se enfoca a mi derecha y vuelve a mirarme con una ceja enarcada.

El estómago se me retuerce al ver que Dain va saliendo de detrás del pilar.

—¿Qué estás ha...? —comienza a decir Dain, con el ceño fruncido en gesto de confusión.

—En lo alto de la escalera. Cuarto piso —susurro, interrumpiéndolo.

La mirada de Dain va subiendo mientras la multitud se disipa a nuestro alrededor y él suelta una maldición entre dientes, acercándose no muy sutilmente a mí. Entre menos personas, menos testigos, pero no soy tan tonta como para creer que Xaden no me mataría frente a todo el cuadrante si se le da la gana.

—Ya sabía que sus padres son cercanos —grita Xaden, y una sonrisa cruel se dibuja sobre sus labios—. Pero ¿es necesario que sean tan estúpidamente obvios?

Los pocos cadetes que siguen en la rotonda voltean a vernos.

—Déjenme adivinar —continúa Xaden, pasando la mirada de Dain a mí—. ¿Amigos de la infancia? ¿Su primer amor, quizá?

—No puede lastimarte sin razón, ¿verdad? —susurro hacia Dain—. Sin razón y sin tener quórum de líderes de ala, porque eres líder de pelotón. Artículo Cuatro, Sección Tres.

—Correcto —me responde, sin molestarse en bajar la voz—. Pero tú no eres líder.

—Esperaba que te esforzaras más en ocultar dónde está tu corazón, Aetos. —Xaden comienza a bajar por la escalera.

Mierda. Mierda. *Mierda.*

—Corre, Violet —me ordena Dain—. Ya.

Y corro tan rápido como puedo.

CINCO

> Sabiendo que estoy en desacuerdo directo con las órdenes del general Melgren, objeto oficialmente el plan que se presentó en el informe de hoy. Esta general no comparte la opinión de que los hijos de los líderes de la rebelión deberían ser forzados a atestiguar las ejecuciones de sus padres. Ningún hijo debe ver cómo asesinan a sus padres.
>
> —*LA REBELIÓN TYRRISH*, INFORME OFICIAL PARA EL REY TAURI DE LA GENERAL LILITH SORRENGAIL

—Bienvenidos a su primer Informe de Batalla —dice la profesora Devera desde la parte más baja del enorme auditorio ya entrada la mañana, con un brillante parche morado de la Sección Llama en el hombro que combina perfectamente con su cabello corto. Esta es la única clase que se da en la habitación circular y con gradas que recorre todo el lado curvo del área académica y una de las dos habitaciones en la ciudadela en la que caben todos los cadetes. Todos los rechinantes asientos de madera están ocupados y los de tercero están parados junto a las paredes detrás de nosotros, pero cabemos.

Es completamente distinto a la clase de historia que acabamos de tener, donde solo estuvimos tres pelotones de primer año, pero al menos todos los de primero de nuestro pelotón estamos juntos. Si tan solo me acordara de los nombres de todos.

Ridoc es fácil de recordar; se la pasó haciendo sus comentarios jocosos durante toda la clase de historia. Solo espero que sepa que no debe intentar lo mismo aquí. A la profesora Devera no le gustan los chistes.

—En el pasado, raramente llamaban a los jinetes al servicio antes de la graduación —continúa la profesora, tensando la boca mientras se pasea con lentitud frente a un mapa de seis metros del continente que está montado en la pared del fondo, con intrincadas marcas para cada uno de nuestros puestos de defensa en la frontera. Varias docenas de luces mágicas iluminan en espacio, compensando por mucho la falta de ventanas y brillando sobre la espada bastarda que lleva colgada sobre la espalda.

—Y a los que llamaron, siempre fueron de tercero y habían pasado un tiempo estudiando a las alas de avanzada, pero esperamos que se gradúen sabiendo perfectamente qué es a lo que nos enfrentamos. Tampoco se trata de saber dónde está posicionada cada ala. —Se toma su tiempo, hace contacto visual con cada persona de primero que ve. El rango en su hombro dice que es capitana, pero sé que se va a convertir en comandante antes de que termine su periodo docente en este lugar, dadas las medallas que trae en el pecho—. Tienen que entender las políticas de nuestros enemigos, las estrategias para defender nuestros puestos de los ataques constantes, y tener un amplio conocimiento de las batallas tanto recientes como actuales. Si no pueden procesar estos temas básicos, no tienen nada que hacer sobre el lomo de un dragón. —Enarca una ceja negra, un par de tonos más oscura que su piel.

—Qué estrés —masculla Rhiannon junto a mí mientras toma notas con desesperación.

—Vamos a estar bien —le respondo con un susurro—. A los de tercero solamente los han mandado a puestos en el interior como refuerzos, nunca al frente. —Lo sé porque he estado lo suficientemente atenta a las cosas que dice mi madre.

—Esta es la única clase que tendrán todos los días, porque es la única que importará si los llaman a servir con anticipación. —La mirada de la profesora Devera recorre el lugar de izquierda a derecha y se detiene sobre mí. Sus ojos se abren más por un instante, pero luego sonríe, asiente y sigue adelante—. Dado que esta clase se enseña todos los días y requiere la información más actual, también trabajarán con el profesor Markham, quien merece todo su respeto.

Con un movimiento de mano le indica al escriba que se acerque y él la obedece, poniéndose junto a la profesora. El color beige de su uniforme contrasta con el negro del de ella. El escriba se inclina cuando Devera le susurra algo y sus cejas gruesas se elevan mientras voltea hacia donde estoy yo.

No hay una sonrisa de aprobación cuando los ojos cansados del coronel se encuentran con los míos, solo un suspiro que me llena el corazón de pesar al escucharlo. Se suponía que yo iba a ser su alumna estrella en el Cuadrante de Escribas, la joya en su corona de logros antes de retirarse. Qué tremendamente irónico es que aquí yo soy la que menos probabilidades de éxito tiene.

—Los escribas tienen el deber no solo de estudiar y dominar el pasado, sino de conocer y registrar el presente —dice él, frotándose el puente de su nariz bulbosa tras despegar al fin sus ojos decepcionados de los míos—. Sin representaciones precisas de nuestros frentes, información confiable con la cual tomar decisiones estratégicas y, lo más importante, detalles veraces para documentar nuestra historia por el bien de las generaciones futuras, no hay esperanza para nosotros, no solo como reino, sino como sociedad.

Y es exactamente por eso que yo siempre quise ser escriba. Aunque es algo que ya no importa.

—Primer tema del día. —La profesora Devera se acerca al mapa y sacude la mano, haciendo que una luz mágica se encienda directamente sobre la frontera este con la provincia de Braevick en Poromiel—. El Ala Este enfrentó un ataque anoche cerca del pueblo de Chakir por parte de un grupo de grifos y jinetes braevianos.

«Mierda». Un murmullo recorre el auditorio y yo hundo la punta de mi pluma en la tinta sobre el escritorio para tomar notas. Ya quiero canalizar poderes para usar esas plumas increíbles como las que mi mamá tiene en su escritorio. Esto me dibuja una sonrisa en la boca. Sin duda ser jinete puede tener sus cosas buenas. Seguro tiene cosas buenas.

—Obviamente, hay información censurada por razones de seguridad, pero lo que sí podemos decirle es que los guardias en lo alto de las montañas Esben fallaron. —La profesora Devera separa las manos y la luz se expande, iluminando las montañas que conforman nuestra frontera con Braevick—. Permitiendo no solo que el grupo entrara a territorio navarro, sino que sus jinetes canalizaran y utilizaran sus poderes cerca de la medianoche.

El estómago se me retuerce mientras los cadetes comienzan a murmurar, especialmente los de primero. Los dragones no son los únicos animales capaces de canalizar poderes para sus jinetes. Los grifos de Poromiel también tienen esa capacidad, pero los dragones sí son los únicos que pueden activar la protección que evita que cualquier otra magia que no sea la suya se utilice dentro de nuestras fronteras. Ellos son la razón por la que las fronteras de Navarre son más o menos circulares: su poder irradia desde el Valle y tiene un límite de distancia, aunque haya pelotones en todos los puestos de avanzada. Sin esa protección, estamos jodidos. Si los grupos de ataque de Poromiel descendieran, y obviamente lo harían, todos los pueblos de Navarre estarían a su merced. Esos malditos codiciosos que nunca están conformes con los recursos que tienen. Siempre han querido los nuestros, y hasta que nuestros acuerdos comerciales sean suficientes para ellos, no podremos ponerles fin a los reclutamientos en Navarre. No tendremos ni esperanzas de vivir en paz.

Pero, si no estamos en alerta, deben haber tejido de nuevo las protecciones, o al menos las estabilizaron.

—Asesinaron a treinta y siete civiles durante el ataque que sucedió una hora antes de que pudiera llegar el Ala Este, pero los jinetes y dragones lograron detener al grupo —termina la profesora Devera, cruzándose de brazos—. Con base en esa información, ¿qué preguntas harían? —Levanta un dedo—. Solo quiero respuestas de los de primer año para empezar.

Mi primera duda sería por qué diablos fallaron las protecciones, pero no creo que me vayan a responder una pregunta como esa en un lugar lleno de cadetes con cero aprobaciones de seguridad.

Estudio el mapa. La cresta de Esben es la más alta en nuestra frontera este con Braevick, lo que lo convierte en el lugar menos probable para un ataque, en especial porque los grifos no toleran la altura tan bien como los dragones, quizá porque son mitad león, mitad águila, y no soportan el aire menos denso de los lugares con mayor altitud.

Hay una razón por la que hemos podido controlar todos los ataques importantes a nuestro territorio durante los últimos seiscientos años, y hemos defendido exitosamente nuestra tierra en esta guerra interminable de cuatrocientos años. Nuestras habilidades, tanto las menores como los sellos, son superiores porque nuestros dragones pueden canalizar más poder que los grifos. Entonces, ¿por qué atacar en una cresta? ¿Qué provocó que las protecciones fallaran ahí?

—A ver, novatos, demuéstrenme que tienen algo más que buen equilibrio. Demuéstrenme que también tienen la habilidad del pensamiento crítico para estar aquí —ordena la profesora Devera—. Ahora es más importante que nunca que estén preparados para lo que se encuentra más allá de nuestras fronteras.

—¿Es la primera vez que fallan las protecciones? —pregunta alguien de primero que está a unas filas delante de mí.

La profesora Devera y Markham se miran antes de que ella dirija su atención al cadete.

—No.

El corazón se me va a la garganta y todo el lugar se queda en un silencio sepulcral.

«No es la primera vez».

La chica de la pregunta se aclara la garganta.

—Y... ¿qué tan frecuentemente fallan?

Los ojos astutos del profesor Markham se posan sobre ella.

—Eso no le corresponde a tu grado, cadete. —Pasa su atención a nuestro sector—. ¿Otra pregunta sobre el ataque del que estamos hablando?

—¿Cuántas pérdidas tuvo el ala? —pregunta otra persona de primero que está en mi fila, a la derecha.

—Un dragón herido. Un jinete muerto.

Otro murmullo recorre el auditorio. Sobrevivir a la graduación no significa que sobreviviremos al servicio. Estadísticamente, la mayoría de los jinetes muere antes de llegar a la edad de retiro, en especial por el ritmo al que han estado muriendo durante los últimos dos años.

—¿Por qué haces esa pregunta? —inquiere la profesora Devera.

—Para saber cuántos refuerzos van a necesitar —responde el estudiante.

La profesora Devera asiente y mira a Pryor, el más tímido de primero que tenemos en nuestro pelotón y quien tiene la mano levantada, pero él la baja de inmediato y frunce el ceño, uniendo sus cejas oscuras.

—¿Querías hacer una pregunta?

—Sí. —El chico asiente, provocando que unos mechones de cabello negro le caigan sobre los ojos, y luego niega con la cabeza—. No. Olvídelo.

—Cuánta determinación —se burla Luca, la chica mala de nuestro pelotón que quiero evitar a toda costa, sentada junto a él. Los cadetes que los rodean se echan a reír. Una orilla de su boca se eleva en un gesto de satisfacción y la tipa se echa el largo cabello café sobre el hombro en un movimiento que no tiene nada de casual. Al igual que yo, es una de las pocas mujeres del cuadrante que no se cortó el cabello. Envidio la seguridad que tiene en que no lo usarán en su contra, pero no así su actitud, y no llevo ni un día de conocerla.

—Está en nuestro pelotón —la regaña Aurelie, creo que así se llama, y sus serios ojos negros se posan sobre Luca—. Ten un poco de lealtad.

—Por favor. Ningún dragón va a vincularse con un tipo que ni siquiera puede decidir si quiere hacer una pregunta. Y ¿lo viste esta mañana durante el desayuno? Detuvo a toda la fila porque no podía elegir entre el tocino y la salchicha. —Luca hace un gesto de fastidio con sus ojos completamente delineados de negro.

—¿Los del Ala Cuatro ya terminaron de destrozarse entre ellos? —dice la profesora Devera, con la ceja enarcada.

—Pregunta a qué altitud está el pueblo —le susurro a Rhiannon.

—¿Qué? —Frunce el ceño.

—Pregunta —repito, intentando poner en práctica el consejo de Dain. Juro que puedo sentirlo viéndome desde allá atrás, a siete filas de mí, pero no voy a voltear a ver, porque sé que Xaden también está por ahí.

—¿A qué altitud está el pueblo? —pregunta Rhiannon.

La profesora Devera levanta las cejas, mirando a Rhiannon.

—¿Markham?

—Como a unos tres mil metros —dice él—. ¿Por qué?

Rhiannon me lanza una mirada de reojo y se aclara la garganta.

—Solo porque parece un poco alto para un ataque planeado con grifos.

—Muy bien —le susurro.

—Sí es un poco alto para un ataque planeado —concede Devera—. ¿Por qué no me dices qué tiene eso de preocupante, cadete Sorrengail? Y tal vez te gustaría hacer tus propias preguntas de ahora en adelante —al decir esto, me lanza una mirada que me aplasta sobre mi asiento.

Todas las cabezas en el lugar se giran hacia mí. Si a alguien le quedaba la más mínima duda sobre quién soy, ya se le quitó. Genial.

—Los grifos no son tan fuertes en esa altitud, y tampoco su capacidad para canalizar —digo—. Es un lugar ilógico para su ataque a menos que supieran que las protecciones iban a fallar, especialmente porque el pueblo parece estar como a… ¿una hora de vuelo del puesto de defensa más cercano? —Miro el mapa para asegurarme de no estar diciendo una tontería—. Eso de ahí es Chakir, ¿no? —«El entrenamiento de escriba es lo mejor».

—Sí es. —La orilla de la boca de la profesora Devera se curva en una sonrisita—. Sigue desarrollando tu idea.

Un momento.

—¿No dijo que el pelotón de jinetes tardó una hora en llegar? —Entrecierro los ojos con suspicacia.

»Entonces ya iban de camino —suelto, reconociendo de inmediato lo tonto que suena. Las mejillas se me encienden mientras unas risitas bajas me van rodeando.

—Claro, eso sí que tiene sentido. —Jack se voltea sobre su silla en la fila de adelante para reírse de frente a mí—. El general Melgren conoce cuál será el resultado de una batalla antes de que ocurra, pero ni él sabe cuándo va a ocurrir, idiota.

Siento las risas de mis compañeros reverberando en sus huesos y me dan ganas de meterme bajo este ridículo escritorio y desaparecer.

—Vete al diablo, Barlowe —dice Rhiannon.

—Yo no soy quien piensa que la precognición existe —responde él con una sonrisa burlona—. Que los dioses nos amparen si esta se tiene que montar en un dragón. —Otra ronda de risa provoca que el cuello también se me encienda.

—¿Por qué crees eso, Violet…? —El profesor Markham hace un gesto de pesar—. ¿Cadete Sorrengail?

—Porque no hay forma lógica en la que puedan llegar a una hora del ataque a menos que ya estuvieran saliendo —respondo, lanzándole una mirada de odio a Jack. Que se jodan él y su risa. Puede que sí sea más débil que él, pero no hay ni lugar a duda de que soy muchísimo más inteligente—. Se necesitaría al menos media hora para encender los faros del área y lanzar la señal de alerta, y ningún pelotón entero está simplemente esperando que lo llamen. Más de la mitad de esos jinetes seguro estarían dormidos, lo cual significa que ya iban de camino.

—Y ¿por qué irían ya de camino? —insiste la profesora Devera, y la luz en su mirada me indica que tengo razón, lo cual me da la seguridad para seguir explicando lo que pienso.

—Porque de algún modo sabían que las protecciones estaban por romperse. —Levanto el mentón en gesto orgulloso, poniendo toda mi esperanza en tener razón y pidiéndole a Dunne, la diosa de la guerra, que me equivoque.

—Eso es lo más… —comienza a decir Jack.

—Tiene razón —lo interrumpe la profesora Devera, y el auditorio vuelve a quedar en silencio—. Uno de los dragones en el ala notó las fallas de la protección y el ala se puso en acción. De otro modo, las pérdidas humanas hubieran sido mucho más grandes y la destrucción del pueblo mucho peor.

Una burbujita de seguridad se va inflando en mi pecho, pero la mirada de Jack me la poncha de inmediato, diciéndome que no se ha olvidado de su promesa de matarme.

—Es el turno de los de segundo y tercero —anuncia la profesora Devera—. Vamos a ver si pueden ser un poco más respetuosos con sus compañeros. —Mira a Jack con una ceja enarcada mientras las preguntas empiezan a brotar a toda velocidad de los jinetes que están detrás de nosotros.

¿Cuántos jinetes enviaron al lugar?

¿Qué fue lo que mató a la única pérdida humana?

¿Cuánto tiempo les tomó para acabar con todos los grifos en el pueblo?

¿Quedó alguno para interrogarlo?

Anoto cada una de las preguntas y su respuesta, organizando en mi mente los hechos en una especie de reporte que habría hecho si estuviera en el Cuadrante de Escribas, cuál información es lo suficientemente importante para incluirla y cuál es superflua.

—¿En qué condición quedó el pueblo? —pregunta una voz profunda desde el fondo del auditorio.

El sonido me eriza la piel, pues mi cuerpo reconoce la inminente amenaza que está detrás de mí.

—¿Riorson? —pregunta Markham, protegiéndose los ojos de la luz mágica para alcanzar a ver hasta lo más alto del auditorio.

—El pueblo —repite Xaden—. La profesora Devera dijo que el daño hubiera sido mucho peor, pero ¿en qué condiciones quedó? ¿Se incendió? ¿Lo destruyeron? Si hubieran querido posicionarse ahí, no lo habrían destruido, así que las condiciones en las que quedó el pueblo importan para determinar el motivo del ataque.

La profesora Devera sonríe satisfecha.

—Los edificios por los que ya habían pasado quedaron quemados, y el resto estaba siendo saqueado cuando llegó el ala.

—Estaban buscando algo —dice Xaden con total convicción—. Y no eran tesoros. No es un distrito minero. Lo cual abre la pregunta: ¿qué tenemos que ellos desean tanto?

—Exactamente. Esa es la pregunta. —La profesora Devera observa a la gente en el auditorio—. Y por eso Riorson es líder de ala. Se necesita más que fuerza y valor para ser un buen jinete.

—Entonces ¿cuál es la respuesta? —pregunta uno de mi primero a mi izquierda.

—No sabemos —reconoce la profesora Devera, encogiéndose de hombros—. Es una pieza más del rompecabezas de por qué nuestras constantes ofertas de paz siempre son rechazadas por el reino de Poromiel. ¿Qué están buscando? ¿Por qué *ese* pueblo? Mañana, la próxima semana, el próximo mes, habrá otro ataque, y quizá tendremos otra pista. Si buscan respuestas, acérquense a la historia. Ya se han diseccionado y analizado esas guerras. Informe de Batalla es para las situaciones actuales. En esta clase, queremos que aprendan a saber qué preguntas deben hacer para que todos tengan la posibilidad de volver a sus casas con vida.

Algo en su tono me dice que no son solamente los de tercero quienes podrían ser llamados al servicio este año, y eso hace que se me hiele la sangre.

—En serio te sabías todas las respuestas en historia y aparentemente todas las preguntas correctas para Informe de Batalla —dice Rhiannon, negando con la cabeza mientras esperamos en una orilla de la colchoneta de lucha tras el almuerzo, y viendo a Ridoc y Aurelie acechándose en círculos con su ropa de pelea. Tienen más o menos el mismo tamaño. Ridoc es un poco más pequeño, y Aurelie tiene la complexión de Mira, lo cual no me sorprende porque tiene la herencia de su padre—. Ni siquiera vas a tener que estudiar para los exámenes, ¿verdad?

El resto de los de primer año se pone junto a nosotras, pero los de segundo y tercero se acomodan en las otras orillas. Definitivamente tienen la ventaja aquí, considerando que ya llevan al menos un año de entrenamiento para el combate.

—Estudié para ser escriba. —Me encojo de hombros, y el chaleco que me hizo Mira brilla ligeramente con el movimiento. Fuera de las veces en que las escamas reflejan la luz bajo la malla de camuflaje, se pierde perfectamente entre las camisas que nos dieron ayer. Ahora todas las mujeres están vestidas igual, aunque los cortes de su ropa son según la preferencia de cada una.

Casi todos los chicos están sin camisa, porque creen que las camisas le ofrecen a su oponente algo de qué agarrarse. En lo personal, no me opongo a su lógica y simplemente disfruto la vista... con respeto, claro, lo cual significa que tengo que mantener los ojos puestos en la colchoneta de mi pelotón y lejos de las otras veinte en el enorme gimnasio que ocupa todo el primer piso del ala académica. Una pared está conformada en su totalidad por ventanas y puertas, todas abiertas para que entre la brisa, pero igual me muero de calor. El sudor me recorre la espalda bajo mi chaleco.

Esta tarde hay tres pelotones de cada ala, y para mi suerte, el Ala Uno envió a su tercer pelotón, el cual incluye a Jack Barlowe, que se la ha pasado lanzándome miradas mortales a dos colchonetas de distancia desde que llegué.

—Supongo que eso significa que no te preocupa la teoría —dice Rhiannon, que me observa con las cejas enarcadas. Ella también eligió un chaleco de cuero, pero el suyo le cubre todo el pecho y se cierra sobre su cuello, dejándole los hombros descubiertos para tener más movimiento.

—¡Dejen de dar vueltas como si fueran pareja de baile y ataquen! —ordena el profesor Emetterio desde el otro lado de la colchoneta, donde Dain observa el encuentro de Aurelie y Ridoc con la líder ejecutiva de nuestro pelotón, Cianna. Gracias a los dioses que Dain trae la camisa puesta, porque no necesito otra distracción cuando llegue mi turno.

—Esto es lo que me preocupa —le digo a Rhiannon, señalando con la barbilla hacia la colchoneta.

—¿En serio? —Me mira como si no lo pudiera creer. Trae las trenzas recogidas en un pequeño chongo a la altura de la nuca—. Pensé que, siendo una Sorrengail, serías difícil de vencer en un mano a mano.

—No exactamente. —A mi edad, Mira ya llevaba doce años entrenando para este tipo de combates. Yo llevo la increíble cantidad de seis meses, lo cual no sería tan grave si no fuera tan delicada como una tacita de porcelana, pero aquí estamos.

Ridoc se lanza contra Aurelie, pero ella lo esquiva, le mete la pierna y hace que se tropiece. Él se tambalea, pero no cae, y de inmediato se da la vuelta, sacando una daga.

—¡Nada de armas hoy! —grita el profesor Emetterio desde su lugar junto a la colchoneta. Es apenas el cuarto maestro que conozco, pero definitivamente es el que más me intimida. O quizá es solo la clase que da lo que me hace percibir su cuerpo compacto como el de un gigante—. ¡Solo estamos haciendo evaluación física!

Ridoc gruñe y se guarda el cuchillo justo a tiempo para detener un derechazo de Aurelie.

—La morena sabe cómo lanzar golpes —dice Rhiannon con una sonrisa antes de voltear a verme.

—¿Y tú? —le pregunto mientras Ridoc le da un golpe en las costillas a Aurelie.

—¡Mierda! —El chico niega con la cabeza y da un paso atrás—. No quiero lastimarte.

Aurelie se agarra las costillas, pero levanta el mentón en gesto de orgullo.

—¿Quién dijo que me lastimaste?

—Que midas tus golpes no la ayuda en nada —dice Dain, cruzándose de brazos—. Los cygnianos de la frontera norte no la van a respetar por ser mujer si se cae de su dragón en territorio enemigo, Ridoc. La van a matar sin importarles nada.

—¡Vamos! —grita Aurelie, incitando a Ridoc con los puños. Es obvio que la mayoría de los cadetes ha entrenado toda su vida para entrar al cuadrante, especialmente Aurelie, que esquiva un golpe de Ridoc y se da la vuelta para atacarlo directo en los riñones.

Auch.

—Eso, carajo —dice Rhiannon entre dientes, mirando de nuevo a Aurelie antes de girar hacia mí—. Soy buena para la pelea. Mi pueblo está en la frontera cygniana, así que todos aprendemos a defendernos desde muy jóvenes. La física y la matemática tampoco son problema. Pero ¿la historia? —Niega con la cabeza—. Esa clase podría ser mi fin.

—No te matan por reprobar historia —digo mientras Ridoc se lanza contra Aurelie y la tira sobre la colchoneta con tanta fuerza que me provoca un gesto de dolor—. Probablemente mi fin estará en esas colchonetas.

Aurelie enreda sus piernas con las de Ridoc y logra moverlo hasta quedar encima de él, soltándole golpe tras golpe en un lado de la cara. La sangre salpica la colchoneta.

—Creo que yo puedo dar algunos tips para sobrevivir a estos entrenamientos —dice Sawyer al otro lado de Rhiannon, pasándose la mano sobre la barba de un día que no logra cubrirle las pecas—. Pero la historia tampoco es mi fuerte.

Un diente sale volando y la bilis me sube por la garganta.

—¡Basta! —ordena el profesor Emetterio.

Aurelie se quita de encima de Ridoc y se pone de pie, llevándose los dedos al labio roto y examinando la sangre. Luego estira la mano para ayudar al chico a levantarse.

Él la toma.

—Cianna, lleva a Aurelie con los curanderos. No hay razón para perder un diente durante el entrenamiento —dice Emetterio.

—Hagamos un trato —propone Rhiannon, mirándome fijamente con sus ojos cafés—. Vamos a apoyarnos unos a otros. Nosotros te ayudamos con el combate si tú nos ayudas con historia. ¿Qué te parece, Sawyer?

—Perfecto.

—Trato hecho. —Trago saliva mientras uno de los de tercero limpia la colchoneta con una toalla—. Pero creo que me está tocando la parte más fácil.

—No me has visto intentando memorizar fechas —bromea Rhiannon.

Un par de colchonetas más allá, alguien grita y todos volteamos a ver. Jack Barlowe tiene a alguien de primero sometido con una llave de cabeza. El otro tipo es más pequeño y delgado que Jack, y aun así debe pesar unos veintidós kilos más que yo.

Jack lo jala con los brazos, sin soltarle la cabeza que tiene asegurada con sus manos.

—Ese tipo es un pende... —comienza a decir Rhiannon.

El horrible crujido de huesos resuena por todo el gimnasio y el cuerpo del de primero se pone completamente flácido entre las manos de Jack.

—Santo Malek —susurro mientras Jack tira al hombre al suelo. Comienzo a preguntarme si el dios de la muerte vive aquí, con lo mucho que se debe pronunciar su nombre. Mi almuerzo amenaza con volver al mundo, pero tomo aire por la nariz y lo saco por la boca, porque no puedo poner la cabeza entre las rodillas aquí.

—¿Qué les dije? —grita su instructor mientras avanza con pasos furiosos hacia la colchoneta—. ¡Le rompiste el cuello!

—¿Cómo podía saber que su cuello era tan débil? —argumenta Jack.

La promesa que me hizo ayer aparece en mis recuerdos: «Estás muerta, Sorrengail, y yo voy a ser quien te mate».

—Miren hacia el frente —ordena Emetterio, pero su tono es más amable que el que había utilizado hasta ahora, y todos despegamos los ojos del muerto de primero—. No tienen que acostumbrarse a eso —nos dice—, pero sí tienen que aprender a sobrellevarlo. Tú y tú. —Señala a Rhiannon y a otro de primero de nuestro pelotón, un chico fornido de cabello negro azulado y facciones angulosas. Mierda, no recuerdo su nombre. ¿Trevor? ¿Thomas, quizá? Hay demasiada gente nueva como para recordar quién es quién.

Miro a Dain, pero él está observando al par que ya avanza hacia la colchoneta.

Rhiannon se mueve ágilmente ante el otro de primero, y me sorprende cada que esquiva un ataque y suelta un golpe certero. Es rápida y sus ataques son poderosos, lo cual es una combinación letal que la hará destacar, igual que a Mira.

—¿Te rindes? —le pregunta al tipo cuando lo tira de espaldas y se queda a punto de golpearle el cuello.

¿Tanner? Estoy casi segura de que su nombre empieza con T.

—¡No! —grita él, rodeando a Rhiannon con las piernas hasta hacerla quedar de espaldas. Pero ella rueda y rápidamente logra ponerse de pie para dejarlo de nuevo en la misma posición, esta vez con una bota sobre el cuello de él.

—No lo sé, Tynan, tal vez sí quieras rendirte —dice Dain, sonriendo—. Te está acabando.

Ah, es cierto. Tynan.

—¡Púdrete, Aetos! —responde Tynan, pero Rhiannon presiona la bota sobre su garganta y la última palabra sale ahogada. El tipo se vuelve de un rojo moteado.

Sí, Tynan tiene más ego que sentido común.

—Se rinde —anuncia Emetterio, y Rhiannon da un paso atrás, extendiéndole una mano.

Tynan la toma.

—Tú... —Emetterio señala hacia la de segundo que tiene el cabello rosa y una reliquia de la Rebelión—. Y tú. —Su dedo me apunta.

La chica me gana al menos por una cabeza en altura, y si el resto de su cuerpo es tan musculoso como sus brazos, ya perdí.

No puedo permitir que me ponga las manos encima.

Mi corazón amenaza con escapar de mi pecho, pero asiento y voy a la colchoneta.

—Tú puedes —dice Rhiannon, dándome unos golpecitos en el hombro cuando pasa junto a mí.

—Sorrengail. —La chica del cabello rosa me observa como si yo fuera algo que se quitó de la suela de la bota, entrecerrando sus ojos verde claro—. Deberías teñirte el cabello si no quieres que todos sepan quién es tu madre. Eres el único fenómeno de cabello plateado en el cuadrante.

—Nunca dije que me moleste que se sepa quién es mi madre. —Voy marcando círculos frente a ella en la colchoneta—. Me enorgullece el trabajo que ha hecho para proteger al reino... tanto de los enemigos de afuera como de los de adentro.

Mi comentario la hace tensar la quijada, y eso enciende una chispa de esperanza en mi pecho. Los marcados, como escuché esta mañana que algunas personas les dicen a quienes tienen reliquias de la Rebelión en los brazos, culpan a mi madre por la ejecución de sus padres. Pues, bueno. Que me odien. Mi mamá suele decir que en cuanto dejas que los sentimientos se metan a una pelea, ya perdiste. Jamás en mi vida he esperado tanto que mi madre, la que tiene hielo en el alma, tenga razón.

—Maldita perra —exclama, furiosa—. Tu madre asesinó a mi familia.

Se lanza hacia mí y suelta un golpe salvaje, pero lo esquivo de inmediato, girándome con las manos elevadas. Hacemos lo mismo por unas cuantas rondas más y logro darle algunos golpes, lo que me hace pensar que quizá mi plan podría funcionar.

Ella ahoga un gruñido cuando vuelve a fallar un ataque, y su pie se lanza hacia mi cabeza. Lo esquivo sin problemas, pero luego ella se echa al suelo y suelta una patada con el otro pie que me da directo en el pecho y me hace irme de espaldas. Para cuando azoto sobre la colchoneta con un golpe seco, la tipa ya está sobre mí. Es rapidísima, carajo.

—¡No puedes usar tus poderes aquí, Imogen! —grita Dain.

Imogen está haciendo todo lo que puede para matarme.

Sus ojos están sobre los míos, y siento cómo se desliza rápidamente algo duro contra mis costillas mientras veo la sonrisa en su rostro. Pero ese gesto desaparece cuando ambas bajamos la mirada y no puedo evitar ver cómo una daga vuelve a su funda.

La armadura acaba de salvarme la vida. «Gracias, Mira».

El rostro de Imogen se cubre de confusión por un instante, lo suficiente para que le suelte un puñetazo a la mejilla y pueda salir de debajo de ella.

La mano me duele horrible, aunque estoy segura de que formé bien el puño, pero ignoro el dolor mientras ambas nos ponemos de pie.

—¿Qué clase de armadura es esa? —pregunta, mirando mis costillas en lo que caminamos un poco en círculos una frente a la otra.

—La mía. —Me agacho y esquivo otro ataque, pero sus movimientos son apenas perceptibles por la velocidad que tienen.

—¡Imogen! —grita Emetterio—. Si lo haces otra vez te voy a...

Me giro hacia el lado equivocado y ella me atrapa y me echa al suelo. Mi cara azota contra la colchoneta y su rodilla se hunde en mi espalda mientras me dobla el brazo derecho hacia atrás.

—¡Ríndete! —me ordena.

No puedo. Si me rindo en el primer día, ¿qué pasará en el segundo?

—¡No! —Ahora soy yo a la que le falta sentido común, como Tynan, y soy mucho más delicada.

Imogen me jala más el brazo y el dolor se apodera de mi cabeza y comienza a nublarme la vista. Suelto un grito cuando los ligamentos se estiran, se rasgan y se sueltan.

—¡Ríndete, Violet! —grita Dain.

—¡Ríndete! —repite Imogen.

Luchando por tomar aire bajo su peso sobre mi espalda, giro la cabeza hacia un lado mientras ella me retuerce el hombro, el dolor me consume por completo.

—Se rinde —dice Emetterio—. Ya basta.

Lo escucho de nuevo, el sonido macabro de los huesos al romperse, pero esta vez son los míos.

SEIS

Opino que de todos los poderes sello de los jinetes, el de la reparación es uno de los más valiosos, pero no podemos permitirnos volvernos laxos ante la presencia de tal sello, pues reparadores hay pocos; y heridos, muchos.

—*GUÍA MODERNA PARA CURANDEROS*,
POR EL COMANDANTE FREDERICK

Unas llamas de agonía me devoran la parte alta del brazo y el pecho mientras Dain me lleva cargada por el pasadizo de abajo que nos saca del Cuadrante de Jinetes, sobre el acantilado y hacia el Cuadrante de Curanderos. Básicamente es un puente de piedra, cubierto y rodeado de más piedra, lo cual lo convierte en un túnel suspendido con unas cuantas ventanas, pero no tengo la claridad mental suficiente para observarlo todo en lo que avanzamos a toda velocidad con los enormes pasos de Dain.

—Ya casi llegamos —me asegura, con sus brazos firmes pero cuidadosos sobre mis costillas y bajo las rodillas, mientras mi brazo inutilizado descansa sobre mi pecho.

—Todos vieron cómo te exaltaste —susurro, esforzándome por bloquear el dolor de mi mente como lo he hecho tantas veces antes. Suele ser tan sencillo como crear un muro mental que rodea el tormento pulsante de mi cuerpo para luego decirme que el dolor solo existe en esa caja, así que no lo puedo sentir, pero esta vez no está funcionando tan bien.

—No me exalté. —Cuando llegamos a la puerta, la patea tres veces.

—Gritaste y me sacaste en brazos de ahí como si yo fuera alguien importante en tu vida. —Me concentro en la cicatriz en su mentón, en la barba incipiente sobre su piel bronceada, en lo que sea que me distraiga de sentir la profunda destrucción en mi hombro.

—Sí eres alguien importante en mi vida. —Patea de nuevo.

«Y ahora todos lo saben».

La puerta se abre y Winifred, una curandera que ha estado junto a mí demasiadas veces como para contarlas, da un paso atrás para que Dain pueda meterme al lugar.

—¿Otra herida? Parece que tus jinetes quieren abarrotar nuestras camas y... Ay, no. ¿Violet? —Sus ojos se abren en una expresión de sorpresa.

—Hola, Winifred —logro decir pese al dolor.

—Por aquí. —Nos lleva a la enfermería, que es un largo pasillo con camas, la mitad de las cuales ya están ocupadas por personas vestidas con el negro característico de los jinetes. Los curanderos no tienen magia, así que utilizan tinturas tradicionales y estudios médicos para sanarnos lo mejor que pueden, pero los reparadores sí. Espero que Nolon ande por aquí, pues él se ha encargado de repararme durante los últimos cinco años.

El sello de la reparación es excepcionalmente poco común entre los jinetes. Tienen el poder de arreglar, restaurar y devolver cualquier cosa a su estado original, desde ropa desgarrada hasta puentes pulverizados, pasando por huesos humanos rotos. Mi hermano, Brennan, era reparador, y se hubiera convertido en el mejor en la historia.

Dain me acomoda con cuidado sobre la cama a la que nos trajo Winifred, y luego ella se acerca a la orilla del colchón, cerca de mi cadera. Cada arruga de su rostro es un consuelo mientras acaricia mi frente con su mano avejentada.

—Helen, ve por Nolon —le ordena Winifred a una curandera de aproximadamente cuarenta años que va pasando por ahí.

—¡No! —grita Dain, con un dejo de pánico en la voz.

¿Por?

La curandera cuarentona pasa la vista entre Dain y Winifred, pues claramente no sabe a quién obedecer.

—Helen, ella es Violet Sorrengail, y si Nolon se entera de que estuvo aquí y que no lo llamaste, pues... tú te las vas a ver con él —dice Winifred en un engañoso tono tranquilo.

—¿Sorrengail? —repite la curandera con voz demasiado alta.

Intento enfocarme en Dain para evadir el dolor punzante en mi hombro, pero la habitación está comenzando a dar vueltas. Quiero preguntarle por qué no quiere que me reparen el hombro, pero otra oleada de dolor amenaza con dejarme inconsciente, así que lo único que puedo hacer es soltar un gemido.

—Ve por Nolon o va a hacer que su dragón te coma viva con todo y tu maldita cara, Helen. —Winifred enarca una ceja plateada, ignorando a Dain, que insiste de nuevo en que no llamen al reparador.

La mujer se pone pálida y luego desaparece.

Dain acerca una silla de madera a mi cama, y el rozar de las patas contra el suelo crea un rechinido horroroso.

—Sé que te duele mucho, Violet, pero quizá…

—¿Quizá qué, Dain Aetos? ¿Quieres verla sufrir? —le pregunta Winifred, con tono de regaño—. Le dije que te harían pedazos —masculla, acercándose más a mí, y sus ojos grises están llenos de preocupación mientras me recorren, evaluando el daño. Winifred es la mejor curandera en todo Basgiath, ella misma prepara todos los tónicos que prescribe, y me ha curado más heridas de las que puedo contar a lo largo de los años—. Pero ¿me hizo caso? Por supuesto que no. Tu madre es terriblemente obstinada, carajo.

Toma mi brazo lastimado y hago un gesto de dolor cuando lo levanta un par de centímetros y me toca el hombro.

—No hay duda de que está roto —anuncia Winifred, chasqueando la lengua y con las cejas enarcadas, sin quitarle la vista de encima a mi brazo—. Y me parece que necesitaremos a un cirujano para ese hombro. ¿Qué pasó? —le pregunta a Dain.

—Lucha —le explico con una sola palabra.

—Calla. Tú tienes que ahorrar energía. —Winifred vuelve a mirar a Dain—. Ayuda en algo, muchacho, y cierra las cortinas. Entre menos personas la vean herida, mejor.

Él se pone de pie y rápidamente hace lo que le pidieron, recorre la tela azul alrededor de nosotros para crear un cuarto pequeño pero efectivo que nos separa de los otros jinetes que terminaron aquí.

—Tómate esto. —Winifred saca un frasquito con líquido ámbar de su cinturón—. Se encargará del dolor en lo que te componen.

—No puedes pedirle a Nolon que la repare —protesta Dain mientras la curandera retira el corcho del cristal.

—Los dos la hemos estado reparando durante los últimos cinco años —dice ella, acercándome el botecito—. No quieras venir a decirme qué puedo hacer y qué no.

Dain mete una mano bajo mi espalda y la otra bajo mi cabeza, ayudándome a incorporarme un poco para que pueda beber el líquido. Está amargo, como siempre, pero sé que va a funcionar. Cuando termino de tragar, Dain me acomoda sobre la cama y se vuelve hacia Winifred.

—No quiero que sufra, por eso estamos aquí. Pero si está tan malherida, estoy seguro de que podemos ver si los escribas la aceptan como un ingreso tardío. Apenas ha pasado un día.

Mientras proceso su lógica para no querer que me atienda un reparador, mi rabia se abre paso entre el dolor lo suficiente para hacerme hablar.

—No me voy a ir con los escribas.

Luego suspiro y cierro los ojos mientras un zumbido placentero recorre mis venas. Pronto hay una buena distancia entre el dolor y yo, y al fin puedo pensar con algo de claridad, así que me obligo a abrir los ojos de nuevo.

Al menos, creo que es pronto, porque escucho una conversación a la que claramente no le estuve poniendo atención, así que supongo que ya pasaron algunos minutos.

La cortina se abre y Nolon entra, apoyando su peso en el bastón. Le sonríe a su esposa y sus dientes muy blancos contrastan con su piel morena.

—¿Me llamaste, mi...? —Su sonrisa se desvanece en cuanto me ve—. ¿Violet?

—Hola, Nolon. —Me obligo a curvar los labios hacia arriba—. Te saludaría con la mano, perouno demis brazos nosirve yelotro losiento muuuuuypesado. —Dioses, ¿estoy arrastrando las palabras?

—Suero de leigheas. —Winifred le ofrece una pequeña sonrisa a su esposo.

—¿Vino contigo, Dain? —Nolon le lanza una mirada acusatoria a Dain, y de pronto me siento de quince años otra vez, llegando en brazos de mi amigo porque me rompí el tobillo mientras trepábamos algo que no deberíamos andar trepando.

—Soy su líder de pelotón —responde Dain, moviéndose un poco para que el reparador pueda acercarse a mí—. Ponerla bajo mi mando fue lo único que se me ocurrió para mantenerla a salvo.

—Y no lo estás logrando mucho que digamos, ¿verdad? —Nolon lo mira con suspicacia.

—Es día de evaluación física para los combates —explica Dain—. Imogen, una de segundo año, le dislocó el hombro y le rompió el brazo a Violet.

—¿En el día de evaluación física? —gruñe Nolon mientras corta la tela de mi camisa de manga corta con una daga. El hombre tiene por lo menos ochenta y cuatro años y aún se viste con la ropa negra y las armas envainadas de los jinetes.

—Ssssumamáera. Unadelasss separa...separa...ssseparatistasde Fennn-Riorson —explico lentamente, intentando enunciar, pero sin éxito—. Y yossssoyuna Sorrengail, asíque loentiendo.

—Pues yo no —gruñe Nolon—. Nunca estuve de acuerdo con la manera en que reclutaron a esos chicos para el Cuadrante de Jinetes como castigo por los pecados de sus padres. Jamás habíamos tenido a personas obligadas en ese cuadrante. Nunca. Y hay buenas razones para eso. La mayoría de los cadetes no sobrevive, aunque supongo que ese es el punto. Como sea, está claro que tú no tendrías que sufrir por el honor de tu madre. La general Sorrengail salvó a Navarre al capturar al Gran Traidor.

—Entonces, no la vas a reparar, ¿verdad? —pregunta Dain en voz baja, para que no puedan escucharlo afuera de la cortina—. Lo único que pido es que los curanderos hagan su trabajo y dejen que la naturaleza se tome el tiempo que necesite. Sin magia. No hay esperanza para ella si vuelve con un yeso o tiene que defenderse mientras su hombro sana de la cirugía reconstructiva. La última le tomó cuatro meses. Esta es nuestra oportunidad para sacarla del Cuadrante de Jinetes mientras aún respira.

—Nomevoyairconlosesdribas. —Quiero hablar bien—. Esdribas —intento de nuevo—. ¡Esdribas! ¡Carajo! Repárame.

—Yo siempre te repararé —me promete Nolon.

—Solo. Esta. Vez. —Me concentro en cada palabra—. Si. Los otros. Ven que necesito. Reparación. Todoeltiempo, vana. Pensar. Que soy débil.

—¡Y por eso tenemos que aprovechar esta oportunidad para sacarte! —Se me aplasta el corazón al escuchar el pánico en la voz de Dain. No puede protegerme de todo, y ver cómo me rompo y, al final, mi muerte, lo va a arruinar—. Salir de aquí e irte directo al Cuadrante de Escribas es la mejor opción que tienes para sobrevivir.

Lo miro con rabia y elijo mis palabras cuidadosamente.

—No voy. Abandonar a los jinetes. Solo para que mamá. Me regrese a rastras. Me. Quedo. —Giro la cabeza y toda la habitación da vueltas mientras busco a Nolon—. Repárame... pero soloestavez.

—Sabes que te va a doler horriblemente y que te seguirá doliendo por un par de semanas, ¿verdad? —me pregunta él, sentándose en la silla junto a mi cama y mirando mi hombro.

Asiento. No es mi primera reparación. Cuando eres tan quebradizo como yo desde que nací, el dolor de las reparaciones está en segundo lugar después del de la herida original. Básicamente es un día cualquiera.

—Por favor, Vi —me ruega Dain—. Por favor, cambia de cuadrante. Si no es por ti, hazlo por mí... porque no hice algo antes. Debí detenerla. No puedo protegerte.

Quisiera haber descubierto su plan antes de tomarme la pócima de Winifred, porque se lo hubiera podido explicar mejor. Nada de esto es resultado de algo que él haya hecho, pero se va a sentir culpable como siempre.

—Yatomé midecisión —digo tras respirar hondo.

—Vuelve al cuadrante, Dain —le ordena Nolon sin levantar la vista—. Si fuera cualquier otra persona de primero, ya te hubieras ido.

Dain me sostiene la mirada con sus ojos angustiados.

—Vete —insisto—. Teveo enla formación porla mañana. —De todos modos, no quiero que presencie esto.

Él pasa saliva para tragarse la derrota, asiente, se da la vuelta y se va por la abertura de la cortina sin decir nada más. Espero con todo mi corazón que lo que elegí hoy no termine destruyendo a mi mejor amigo después.

—¿Lista? —me pregunta Nolon, pasando las manos por encima de mi hombro.

—Muerde esto. —Winifred me acerca una tira de cuero a la boca y la tomo entre los dientes.

—Aquí vamos —masculla Nolon, y levanta sus manos sobre mi hombro. Su ceño se frunce en gesto concentrado antes de hacer un movimiento de torsión.

Un dolor inclemente estalla en mi hombro y mis dientes se entierran en el cuero mientras grito. Aguanto un segundo y luego otro antes de desmayarme.

Las barracas están casi llenas para cuando vuelvo por la noche, con el brazo derecho adoloridísimo en un cabestrillo azul claro que me convierte en un blanco aún más obvio, si es que eso es posible.

Los cabestrillos hablan de debilidad. De fragilidad. Dicen que eres un lastre para el ala. Si me rompo así de fácil en la colchoneta, ¿qué va a pasar si me monto a un dragón?

El sol hace mucho que se puso, pero el pasillo está iluminado por el suave resplandor de las luces mágicas mientras otras chicas de primero se alistan para dormir. Le sonrío a una que tiene una tela manchada de sangre pegada al labio hinchado, y ella me devuelve el gesto seguido de una mueca de dolor.

Veo tres catres vacíos en nuestra fila, pero eso no significa que esos cadetes están muertos, ¿verdad? Podrían estar en el Cuadrante de Curanderos como yo o quizá están en los baños.

—¡Ya volviste! —Rhiannon se levanta con un salto de su cama, ya vestida con sus shorts y camiseta para dormir, y noto el alivio en sus ojos y sonrisa al verme.

—Ya volví. Perdí una camisa, pero ya volví.

—Te pueden dar otra mañana. —Me da la impresión de que quiere abrazarme, pero al ver mi cabestrillo da un paso atrás y se sienta en la orilla de su cama. Yo hago lo mismo en la mía, quedando de frente a ella—. ¿Cómo salió todo?

—Me va a doler durante unos días, pero estaré bien mientras lo tenga inmovilizado. Sanará por completo antes de que comencemos con los retos sobre las colchonetas.

Tengo dos semanas para averiguar cómo puedo evitar que esto pase de nuevo.

—Yo te ayudaré a vestirte —me promete—. Eres la única amiga que tengo aquí, por lo que prefiero que no te mueras cuando las cosas se pongan más difíciles. —Una esquina de su boca se eleva en una sonrisa juguetona.

—Haré lo posible por no morirme. —Sonrío pese al dolor en mi hombro y brazo. El efecto del tónico ya pasó y me está empezando a doler horrible—. Y yo te ayudaré en historia. —Apoyo mi peso sobre la mano izquierda, que se desliza bajo mi almohada.

Ahí hay algo.

—Somos invencibles —declara Rhiannon, que está siguiendo con la mirada a Tara, la chica voluptuosa de cabello oscuro de Morraine, mientras pasa junto a nuestras camas.

Saco un librito, no, es un diario, con una nota doblada encima que dice «Violet» con la letra de Mira. Abro la nota con una sola mano.

> Violet:
>
> Esperé hasta leer las listas esta mañana y no estás en ellas, gracias a los Dioses. No me puedo quedar. Me necesitan en mi ala, y aunque pudiera seguir aquí, no me dejarían verte. Soborné a un escriba para que dejara esto en tu catre. Espero que sepas lo orgullosa que me siento de ser tu hermana. Brennan me escribió esto el verano antes de mi ingreso al cuadrante. Me salvó, y te puede salvar a ti también. Agregué algo de mi sabiduría ganada a pulso por aquí y por allá, pero la mayor parte es suya, y sé que él hubiera querido que tú lo tuvieras. Él te hubiera querido viva.
>
> Te quiere,
>
> Mira

Trago saliva para deshacer el nudo en mi garganta y dejo la nota a un lado.

—¿Qué es? —me pregunta Rhiannon.

—Algo de mi hermano. —Las palabras apenas logran salir de mis labios mientras abro la tapa del cuaderno. Han pasado años desde la última vez que vi los trazos fuertes de sus letras, pero ahí están. El pecho se me aplasta y una nueva oleada de pena me va llenando—. El libro de Brennan —digo en voz alta, leyendo la primera página, y luego paso a la segunda.

> Mira:
>
> Eres una Sorrengail, así que vas a sobrevivir. Quizá no tan espectacularmente como yo, pero no todos pueden alcanzar estos niveles, ¿verdad? Ya en serio, esto es todo lo que he aprendido. Mantenlo a salvo. Escóndelo. Tienes que vivir, porque Violet está observando. No puedes dejar que te vea destruida.
>
> Brennan

Las lágrimas se me agolpan en los ojos.

—Solo es su diario —miento, pasando algunas páginas. Puedo escuchar su tonito bromista y sarcástico al ver sus palabras como si estuviera aquí, haciendo chistes ante el peligro con un guiño y una sonrisa. Cómo lo extraño, carajo—. Murió hace cinco años.

—Ay, lo... —Rhiannon se acerca, con los ojos llenos de compasión—. Nosotros tampoco quemamos todo siempre. A veces es lindo tener algo, ¿verdad?

—Sí —susurro. Tener esto es valiosísimo, pero sé que mamá lo lanzaría al fuego si lo encontrara.

Rhiannon se reclina en su cama, abre su libro de historia y yo vuelvo a la historia de Brennan, que comienza en la tercera página.

> Sobreviviste al parapeto. Bien. Mantente atenta durante los próximos días y no hagas nada que llame la atención. Dibujé un mapa donde podrás ver no solo dónde están los salones, sino también dónde se reúnen los instructores. Sé que estás nerviosa por los retos, pero no deberías, no con ese gancho derecho que tienes. Puede que parezca que eligen a los oponentes al azar, pero no es así. Lo que los instructores no te dicen es que deciden cuáles serán los retos desde una semana antes, Mira. Cualquier cadete puede pedir un reto, claro, pero los instructores ponen oponentes buscando deshacerse de los más débiles. Eso significa que cuando comience el combate real, los instructores ya saben a quién te enfrentarás ese día. Este es el secreto: si sabes dónde buscar y puedes colarte sin que nadie te vea, sabrás con quién vas a pelear y así podrás prepararte.

Ahogo una expresión de sorpresa y me devoro el resto de la entrada mientras la esperanza va floreciendo en mi pecho. Si sé con quién voy a pelear, podré comenzar con la batalla antes de llegar a la colchoneta. Mi mente se pone a trabajar y un plan empieza a tomar forma.

Dos semanas, ese es el único tiempo que tengo para conseguir todo lo que necesito antes de que comiencen los retos, y nadie conoce el territorio de Basgiath como yo. Todo está aquí.

Una sonrisa comienza a llenarme lentamente la cara. Sé cómo sobrevivir.

SIETE

En la búsqueda de preservar la paz dentro de Navarre, no se puede asignar a más de tres cadetes con reliquias de la Rebelión en un pelotón o cuadrante.

—*ADDENDUM* 5.2, CÓDIGO DE CONDUCTA DEL COLEGIO DE GUERRA BASGIATH

Además de los cambios hechos el año pasado, que los marcados se reúnan en grupos de tres, o más, ahora será considerado como un acto de conspiración sediciosa y por tanto es un delito mayor.

—*ADDENDUM* 5.3, CÓDIGO DE CONDUCTA DEL COLEGIO DE GUERRA BASGIATH

—Carajo —exclamo entre dientes cuando la punta del pie se me atora en una piedra y me tropiezo entre la hierba alta que crece junto al río bajo la ciudadela. La luna está llena y bella, e ilumina mi camino, pero eso implica que estoy sudando sin control bajo esta capa para mantenerme escondida, por si acaso alguien más anda aquí afuera después del toque de queda.

Por el río Iakobos corre el agua de las lluvias veraniegas que baja de las montañas, y la corriente es rápida y letal en este momento del año, especialmente al llegar a la enorme picada del barranco. Con razón el de primero murió ayer al caer durante nuestro tiempo libre. Desde el parapeto, nuestro pelotón es el único cuadrante que no ha perdido a nadie, pero sé que es poco probable que eso dure mucho en esta despiadada escuela.

Me acomodo el pesado morral sobre el cabestrillo y me acerco al río, por la ancestral arboleda de robles donde sé que una enredadera de bayas fonilí pronto estará en su punto. Cuando maduran, las bayas moradas son agrias y apenas se pueden comer, pero si se les recoge prematuramente y se les pone a secar, se convierten en una excelente arma en el creciente arsenal que he ido formando durante nueve noches de escabullirme. Esta es exactamente la razón por la que traje mi libro de venenos.

Los retos empiezan la próxima semana, y necesito todas las ventajas posibles.

Al ver la piedra que he utilizado como punto para ubicarme durante los últimos cinco años, empiezo a contar los árboles en la ribera.

—Uno, dos, tres —susurro, y encuentro exactamente el roble que necesito. Sus ramas crecen a lo ancho y largo, algunas incluso se atreven a extenderse sobre el río. Por suerte para mí, la más baja se puede trepar con facilidad, en especial por la hierba que está extrañamente aplastada debajo de ella.

Una ráfaga de dolor me recorre el hombro cuando saco el brazo derecho del cabestrillo y comienzo a trepar a la luz de la luna y de mi memoria. El dolor pronto baja hasta convertirse en solo una molestia, como ha pasado todas las tardes cuando Rhiannon me destruye sobre la colchoneta. Espero que mañana Nolon me deje quitarme al fin el molesto cabestrillo.

La enredadera de fonilí se ve engañosamente parecida a la hiedra venenosa al subir por el tronco, pero he escalado este árbol las veces suficientes para saber que es el que quiero. Es solo que nunca había tenido que treparlo con una maldita capa. Es una monserga. La tela se atora en casi todas las ramas mientras subo con movimientos lentos y firmes, dejando atrás la ancha rama en la que solía pasar horas leyendo.

—¡Mierda! —Un pie se me resbala en la corteza y el corazón se me detiene por un instante en lo que encuentro en qué apoyarme. Esto sería mucho más fácil durante el día, pero no puedo arriesgarme a que me atrapen.

La corteza me araña las palmas entre más alto voy trepando. Las puntas de las hojas de la enredadera son blancas aquí arriba, apenas visibles bajo la luz moteada de la luna que se cuela entre el dosel formado por los árboles, pero sonrío al encontrar exactamente lo que estaba buscando.

—Ahí están. —Las bayas tienen un hermoso color lavanda porque aún no han madurado. Perfecto. Entierro las uñas en la rama que está arriba de mí y logro no tambalearme lo suficiente como para sacar un bote vacío de mi morral y destaparlo con los dientes. Luego arranco unas cuantas bayas de la enredadera hasta llenar el frasco de cristal y le vuelvo a poner la tapa. Entre estas, los hongos que ya recogí esta noche, y otras cosas que he recolectado, debería poder sobrevivir a todos los retos del próximo mes.

Ya casi termino de bajar del árbol, solo me faltan unas ramas, cuando detecto movimiento debajo de mí y me detengo. Espero que solo sea un ciervo.

Pero no lo es.

Dos siluetas con capas negras, que aparentemente es el disfraz de moda esta noche, caminan bajo la protección del árbol. La más pequeña se recarga en una rama baja y se quita la capucha para revelar esa cabeza con cabello rosa y rapada a la mitad que conozco tan bien.

Imogen, la compañera de pelotón que casi me arrancó el brazo hace diez días.

El estómago se me tensa y luego se me revuelve cuando el segundo jinete se quita la capucha.

Xaden Riorson.

«Mierda».

Nos separan apenas unos cuatro metros y aquí no hay nada, ni nadie que evite que me mate. El miedo me agarra por el cuello y aprieta con fuerza mientras me aferro a las ramas que están a mi alrededor, debatiéndome si conviene contener la respiración para que Xaden no me escuche, aunque me caiga del árbol; o si me desmayo por la falta de oxígeno.

Comienzan a hablar, pero no alcanzo a escuchar lo que dicen por el sonido del río. El alivio me llena los pulmones. Si yo no puedo escucharlos, ellos tampoco me pueden escuchar mientras me quede donde estoy. Pero solo se necesita que él levante la vista para que esté frita, literalmente, si decide entregarme como bocadillo para su Azul Cola de Daga. La luz de la luna que hace unos minutos agradecía ahora se ha convertido en mi mayor problema.

Lenta, cuidadosa y silenciosamente, me alejo del espacio iluminado por la luna hacia la rama de más arriba para esconderme entre las sombras. ¿Qué está haciendo aquí con Imogen? ¿Son amantes? ¿Amigos? Por supuesto que no es de mi incumbencia, pero no puedo evitar preguntarme si Imogen es la clase de chica que le gusta, de esas cuya belleza solo es superada por su brutalidad. Se merecen mutuamente.

Xaden se da la vuelta, quedando de espaldas al río, como si estuviera buscando a alguien y, claro, de pronto llegan más jinetes a reunirse bajo el árbol. Todos están vestidos con capas negras y se saludan estrechando sus manos. Y todos tienen reliquias de la Rebelión.

Mis ojos se llenan de sorpresa mientras cuento. Son casi dos docenas; unos cuantos de tercero y un par de segundo, pero todos los demás son de primero. Conozco las reglas. Los marcados no pueden reunirse en grupos de más de tres personas. Están cometiendo un delito mayor solo por estar juntos. Obviamente es una especie de junta, y me siento como un gato aferrándose a las ramas llenas de hojas de este árbol mientras los lobos dan vueltas allá abajo.

Su reunión podría ser completamente inocente, ¿no? Quizá extrañan su hogar, como cuando los cadetes de la provincia de Morraine se pasan el domingo en el lago cercano solo porque les recuerda al océano que tanto echan de menos.

O quizá los marcados están haciendo un plan para convertir a Basgiath en cenizas y terminar lo que sus padres comenzaron.

Puedo quedarme aquí e ignorarlos, pero mi autocomplacencia, mi miedo, podría acabar con la vida de muchos, si están planeando algo. Decirle a Dain es lo correcto, pero ni siquiera alcanzo a escuchar qué dicen.

«Mierda. Mierda. Mierda». La náusea me revuelve el estómago. Tengo que acercarme más.

Manteniéndome en el lado opuesto del tronco y sin salir de entre las sombras que me envuelven, bajo una rama con la velocidad de un perezoso, conteniendo la respiración mientras pruebo cada rama con un poco de mi peso antes de bajar por completo. Sus voces siguen ahogadas por el río, pero puedo escuchar al que habla más fuerte, un tipo alto de cabello oscuro y piel pálida, cuyos hombros ocupan el doble del espacio que los de cualquiera de primer año, y que está parado en posición opuesta a Xaden y trae el rango de tercero.

—Ya perdimos a Sutherland y a Luperco —dice, pero no alcanzo a escuchar la respuesta.

Tengo que bajar otras dos ramas para escuchar sus palabras con claridad. El corazón me late como si quisiera escaparse de mis costillas. Estoy tan cerca que cualquiera podría verme si observara con atención; cualquiera menos Xaden, porque está de espaldas a mí.

—Nos guste o no, vamos a tener que mantenernos juntos si quieren llegar vivos a la graduación —dice Imogen. Con un saltito a la derecha podría devolverle esa cruel maniobra que hizo en mi hombro, le daría una patada veloz en la cabeza.

Es solo que en este momento valoro mi vida más de lo que quiero vengarme, así que dejo mis pies donde están.

—¿Y si descubren que nos estamos reuniendo? —pregunta una de primero con la piel oliva, mirando a todos en el círculo.

—Hemos hecho esto desde hace dos años y nadie se ha enterado —responde Xaden, quien se cruza de brazos y se recarga en la rama que está abajo a mi derecha—. No lo sabrán a menos que alguno de ustedes lo diga. Y si dicen, yo lo sabré. —La amenaza es obvia en su tono—. Como dijo Garrick, ya perdimos a dos de primero ante su propia negligencia. Solo quedamos cuarenta y uno en el Cuadrante de Jinetes y no queremos perder a nadie más, pero así será si no se ayudan. Las probabilidades siempre están en nuestra contra y, créanme, todos los navarros del cuadrante buscarán razones para llamarlos traidores o para obligarlos a fallar.

Los demás hacen un sonido de afirmación y la intensidad en la voz de Xaden Riorson me deja sin aliento. Carajo, no quiero encontrar nada admirable en ese tipo, pero ahí está, siendo insoportablemente admirable. Imbécil.

Tengo que reconocer que sería lindo que a algún jinete con un rango alto de mi provincia le importara si los demás que somos de ahí vivimos o morimos.

—¿A cuántos los han estado moliendo en los mano a mano? —pregunta Xaden.

Cuatro manos se elevan, ninguna de las cuales pertenece al rubio de los pelos parados que está con los brazos cruzados y les gana en altura por al menos una cabeza a todos los demás. Liam Mairi. Está en el Segundo Pelotón, Sección Cola de nuestra ala y ya es el mejor cadete del año. Prácticamente cruzó corriendo el parapeto y destruyó a todos sus oponentes el día de evaluación física.

—Mierda —maldice Xaden, y daría cualquier cosa por ver su expresión mientras se lleva una mano a la cara.

El grandote, Garrick, suspira.

—Yo les enseñaré. —Ya lo reconocí. Es el líder de la Sección Llama del Ala Cuatro. Mi superior directo, por encima de Dain.

Xaden niega con la cabeza.

—Eres el mejor para la lucha de todos nosotros...

—Tú eres el mejor para la lucha —replica con una pequeña sonrisa uno de segundo que está cerca de Xaden. Es guapo, con la piel morena y bronceada coronada por una nube de rizos negros y una letanía de parches en lo que alcanzo a ver de su uniforme bajo la capa. Sus facciones son lo suficientemente parecidas a las de Xaden como para que pudieran ser parientes. ¿Primos, quizá? Fen Riorson tenía una hermana, si mal no recuerdo. Mierda, ¿cómo se llamaba el tipo? Han pasado años desde la última vez que leí los registros, pero creo que empezaba con B.

—El más tramposo para la lucha, quizá —comenta Imogen con tono burlón.

Casi todos se ríen, y hasta los de primero muestran sus sonrisas.

—Más bien es un maldito despiadado —aclara Garrick.

Hay consenso general entre las cabezas que asienten, incluyendo la de Liam Mairi.

—Garrick es el mejor para la lucha, pero Imogen está a su nivel, y ella es mucho más paciente —comenta Xaden, lo cual es ridículo teniendo en cuenta que a mí no me pareció tan paciente mientras me rompía el brazo—. Así que ustedes cuatro se van a dividir entre ellos dos para que los entrenen. Un grupo de tres no atraerá ninguna atención indeseada. ¿Qué más les está causando problemas?

—No puedo con esto —dice un tipo desgarbado de primero, encorvándose y llevándose sus delgados dedos a la cara.

—¿Qué quieres decir? —pregunta Xaden, y hay algo áspero en su voz.

—¡No puedo con esto! —El pequeño niega con la cabeza—. Con la muerte. Con la lucha. ¡Con nada de esto! —Su tono se va volviendo más agudo con cada declaración—. ¡Le rompieron el cuello a un tipo frente a mí el día de evaluación física! ¡Quiero irme a casa! ¿Me puedes ayudar con eso?

Todas las cabezas se giran hacia Xaden.

—No —responde este, encogiéndose de hombros—. No vas a sobrevivir. Más vale aceptarlo desde ahora para que ya no me quites el tiempo.

Hago todo lo que puedo por ahogar un grito, y algunos del grupo ni siquiera se molestan en intentarlo. Qué. Idiota.

El tipo pequeño se ve derrotado, y no puedo evitar sentirme mal por él.

—Eso fue un poco duro de tu parte, primo —dice el de segundo que se parece un poco a Xaden, y enarca las cejas.

—¿Qué quieres que diga, Bodhi? —Xaden inclina la cabeza hacia un lado y habla con tono pausado y tranquilo—. No puedo salvarlos a todos, y especialmente no a quien no está dispuesto a trabajar para salvarse a sí mismo.

—Carajo, Xaden. —Garrick se frota el puente de la nariz—. Qué manera de levantar los ánimos.

—Si necesitan que les levante los ánimos, ambos sabemos que no vamos a salir volando del cuadrante el día de la graduación. Sean serios. Puedo tomar su mano y hacerles un montón de promesas estúpidas y vacías sobre cómo todos lo van a lograr si eso los ayuda a dormir por la noche, pero en mi experiencia, la verdad es mucho más valiosa. —Gira la cabeza y supongo que está viendo al de primero, que debe seguir en pánico—. La gente se muere en la guerra. Y no es algo glorioso como en los cantos de los bardos. Son cuellos rotos y caídas de más de sesenta metros. No hay nada romántico en la tierra calcinada o el olor del azufre. Esto... —Señala hacia la ciudadela—. No es una fábula donde todos salen con vida. Es la fría, dura e indiferente realidad. No todos los que estamos aquí vamos a volver a casa... a lo que queda de nuestras casas. Y no se equivoquen, estamos en guerra cada que ponemos un pie en el cuadrante. —Se inclina un poco hacia el frente—. Así que, si no agarras valor y luchas por tu vida, pues no. No vas a sobrevivir.

Solamente los grillos se atreven a romper el silencio.

—Ahora, alguien deme un problema que sí pueda resolver —ordena Xaden.

—Informe de Batalla —dice en voz baja una de primero que reconozco. Su catre está a una fila del de Rhiannon y el mío. Mierda... ¿cómo se llama? Hay demasiadas mujeres en el dormitorio para conocerlas a todas, pero estoy segura de que ella está en el Ala Tres—. No es que no lo entienda, pero la información... —Se encoge de hombros.

—Eso es complicado —responde Imogen, dándose la vuelta para ver a Xaden. Bajo la luz de la luna, su perfil es casi irreconocible como la misma persona que me destrozó el hombro. Aquella Imogen es cruel, hasta salvaje. Pero la forma en que ve a Xaden le suaviza los ojos, la boca, toda la postura, mientras se acomoda un mechón de cabello rosa detrás de la oreja.

—Apréndete lo que te enseñan —le dice Xaden a la de primero con algo de dureza en la voz—. Guárdate lo que sabes y repite lo que te dicen.

Mis cejas se fruncen. ¿Qué diablos quiere decir con eso? Informe de Batalla es una de las clases que imparten los escribas para mantener al cuadrante al día con todos los movimientos no clasificados de las tropas y las líneas de batalla. Lo único que nos piden repetir son eventos recientes y conocimientos generales de lo que está pasando alrededor de las primeras líneas.

—¿Alguien más? —pregunta Xaden—. Más vale que hagan sus preguntas ya. No tenemos toda la noche.

De pronto me doy cuenta de que, fuera de estar reunidos en un grupo de más de tres, no hay nada malo en lo que están haciendo aquí. No hay complot, no hay rebelión, no hay peligro. Es solo un grupo de jinetes mayores aconsejando a los de primero de su provincia. Pero si Dain supiera, estaría obligado a...

—¿Cuándo vamos a poder matar a Violet Sorrengail? —pregunta un tipo que está al fondo.

La sangre se me hiela.

Los sonidos de afirmación entre el grupo detonan una explosión de terror dentro de mi cuerpo.

—Sí, Xaden —dice Imogen con voz dulce, elevando sus ojos verde claro hacia él—. ¿Cuándo vamos a poder vengarnos por fin?

Él se da la vuelta lo suficiente como para que lo alcance a ver de perfil y la cicatriz que le cruza la cara mientras mira a Imogen con los ojos entrecerrados.

—Ya se los dije, la Sorrengail más chica es mía, y yo me encargaré de ella cuando llegue el momento.

Él... ¿se encargará de mí? Mis músculos se descongelan ante el calor de la indignación. No son una molestia de la que alguien se tiene que *encargar*. Mi breve admiración por Xaden se terminó.

—¿No aprendiste ya esa lección, Imogen? —comenta el que se parece a Xaden desde la mitad del círculo—. Por lo que escuché, Aetos te puso a lavar los trastes de la cena todo el mes por usar tus poderes en la colchoneta.

Imogen voltea a verlo con un movimiento furioso.

—Su madre es responsable por la ejecución de mi madre y mi hermana. Debí haber hecho mucho más que romperle el hombro.

—Su mamá es responsable de la captura de casi todos nuestros padres —aclara Garrick, cruzándose de brazos sobre su ancho pecho—. No la hija. Castigar a los hijos por los pecados de sus padres es lo que hacen los navarros, no los tyrrish.

—O sea que a nosotros nos reclutan por lo que hicieron nuestros padres hace años y nos echan a este colegio que es una sentencia de muerte... —comienza a decir Imogen.

—Por si no lo notaste, ella está en el mismo colegio que es una sentencia de muerte —replica Garrick—. Me parece que ya está sufriendo el mismo destino.

¿En serio los estoy viendo debatir sobre si debo ser castigada por ser hija de Lilith Sorrengail?

—Que no se les olvide que su hermano era Brennan Sorrengail —agrega Xaden—. Tiene tantas razones para odiarnos como nosotros a ella. —Mira directamente a Imogen y a la de primero que hizo la pregunta—. Y no se los voy a decir otra vez. Yo me encargo de ella. ¿Alguien tiene ganas de discutir?

Reina el silencio.

—Bien. Entonces, vuelvan a la cama y váyanse en grupos de tres —dice, haciendo un gesto con la cabeza, y los demás comienzan a dispersarse lentamente, alejándose en grupos de tres tal como les ordenó. Xaden es el último en irse.

Tomo aire muy lentamente. Puede que sí sobreviva a esto, carajo.

Pero tengo que asegurarme de que ya se hayan ido. No muevo ni un músculo, aunque los muslos se me acalambran y siento dormidos los dedos mientras cuento hasta quinientos en mi cabeza, respirando lo más tranquilamente que puedo para controlar los latidos de mi corazón desbocado.

No es hasta que me aseguro de estar sola, cuando las ardillas pasan corriendo por el suelo, que termino de bajar del árbol y doy un salto de un poco más de un metro hacia el suelo cubierto de hierba. Seguramente le caigo bien a Zihnal, porque soy la mujer más afortunada del continente...

Una sombra se abalanza hacia mí por detrás y abro la boca para gritar, pero me quedo sin aire cuando un brazo me rodea el cuello y me jala hacia un pecho duro.

—Grita y te mueres —susurra él, y siento un hueco en el estómago cuando el brazo es reemplazado por el filo de una daga en mi cuello.

Me congelo. Reconocería el tono ronco de la voz de Xaden en cualquier lugar.

—Maldita Sorrengail. —Su mano me quita la capucha.

—¿Cómo supiste? —Mi tono suena francamente indignado, pero me da igual. Si me va a matar, no me voy a ir como una llorona asustada—. Déjame adivinar: oliste mi perfume. ¿No es eso lo que siempre delata a la heroína en los libros?

Él suelta un resoplido burlón.

—Manejo las sombras, pero claro, fue tu perfume lo que te delató. —Baja el cuchillo y da un paso atrás.

—¿Tu sello es controlar las sombras? —pregunto, sorprendida. Con razón ya alcanzó un rango tan alto. Son increíblemente pocos quienes controlan las sombras y muy codiciados para las batallas, pues son capaces de desorientar a grupos enteros de grifos, y a veces hasta acabar con ellos, dependiendo de la fuerza del sello.

—¿Qué? ¿Aetos no te advirtió que no anduvieras en lo oscurito conmigo?

Su voz es como un terciopelo áspero sobre mi piel y me hace estremecer, pero luego saco mi propia arma de la vaina en mi muslo y la blando mientras me doy la vuelta hacia él.

—¿Así es como planeas encargarte de mí?

—O sea que andabas de metiche, ¿verdad? —Enarca una ceja negra y guarda su daga como si yo no pudiera hacerle ningún daño, lo cual solo consigue hacerme enojar más—. Puede que ahora sí tenga que matarte. —Hay algo de verdad entre la burla en sus ojos.

Esto es… una mierda.

—Pues ya, hazlo. —Saco otra daga, esta de debajo de mi capa, donde la traía envainada sobre las costillas, y me alejo un par de metros para tener distancia suficiente para lanzarlas… si no viene hacia mí.

Él solo mira una daga, luego la otra, suspira y se cruza de brazos.

—¿En serio esa postura es la mejor defensa que tienes? Con razón Imogen casi te arranca un brazo.

—Soy más peligrosa de lo que crees —fanfarroneo sin pena.

—Ya veo. No puedo dejar de temblar. —La comisura de su boca se eleva en una sonrisa burlona.

Maldito. Imbécil.

Giro las dagas en mis manos para tomarlas por la punta, doblo las muñecas y las lanzo sobre su cabeza, una a cada lado. Se entierran perfectamente en el tronco del árbol que está detrás de él.

—Fallaste. —Ni siquiera hizo una expresión de temor.

—¿Sí? —Llevo las manos a mis últimas dos armas—. ¿Por qué no das un par de pasos hacia atrás y pones a prueba esa teoría?

La curiosidad se enciende en sus ojos, pero desaparece en un instante, enmascarada por una indiferencia fría y burlona.

Todos mis sentidos están en alerta máxima, pero las sombras a mi alrededor no se mueven mientras él retrocede y me mira fijamente a los ojos. Su espalda choca contra el tronco y los mangos de mis dagas le rozan las orejas.

—Repíteme eso de que fallé —digo con tono amenazante, tomando por la punta la daga de mi mano derecha.

—Fascinante. Te ves toda débil y frágil, pero en realidad eres una cosita violenta, ¿verdad? —Una sonrisa complacida le curva sus perfectos labios mientras las sombras suben por el tronco del roble tomando la forma de unos dedos que sacan las dagas del árbol y las llevan a las manos de Xaden, que ya las estaban esperando.

El aire me abandona en una enorme exhalación. Tiene ese tipo de poder que podría acabar conmigo sin mover ni un dedo, el control de las sombras. La futilidad de que siquiera intente defenderme de él es risible.

Odio lo hermoso que es, lo letal que lo hacen sus habilidades mientras avanza hacia mí, con las sombras rodeándole los pasos. Es como una de esas flores venenosas de los bosques cygnianos al este sobre las que he leído. Su encanto es una advertencia de que no debes acertarte demasiado, y definitivamente yo estoy demasiado cerca.

Cambio la posición de mis dagas para tomarlas por el mango y me preparo para el ataque.

—Deberías enseñarle ese truquito a Jack Barlowe —dice Xaden, extendiendo las manos para entregarme mis dagas.

—¿Disculpa? —Es una trampa. Tiene que ser una trampa.

Él se acerca más y yo levanto el arma. El corazón me da un vuelco y mi pulso se vuelve irregular por el miedo que me va recorriendo el sistema.

—El tuercecuellos de primero que juró muy públicamente que te va a asesinar —aclara Xaden mientras la punta de mi cuchillo se pega a la tela a la altura del abdomen. Él mete una mano bajo mi capa y acomoda una daga en la vaina de mi muslo, luego abre el costado de mi capa y se detiene. Su mirada se clava en la trenza que cae sobre mi hombro, y podría jurar que se queda sin aliento por un instante antes de meter la otra daga en una de las fundas de mis costillas—. Probablemente se pensaría dos veces eso de planear matarte si le lanzaras algunas dagas a la cabeza.

Esto es... esto es... extraño. Tiene que ser una especie de juego para confundirme, ¿verdad? Y si es eso, lo está jugando muy, pero muy bien.

—¿Porque el honor de matarme te toca a ti? —insto—. Tú me querías muerta desde mucho antes que tu pequeño club eligiera mi árbol para reunirse, así que me imagino que en tu cabeza ya solo te falta enterrarme.

Mira la daga que tengo contra su estómago.

—¿Planeas contarle a alguien sobre mi *pequeño club*? —Me mira a los ojos y en ellos no encuentro más que muerte fría y calculadora.

—No —le respondo honestamente, intentando no temblar.

—¿Por qué no? —Inclina la cabeza hacia un lado y examina mi rostro como si fuera una rareza—. Es ilegal que los hijos de los oficiales separatistas se reúnan en...

—Grupos de más de tres. Lo sé bien. He vivido en Basgiath mucho más tiempo que tú. —Levanto la barbilla.

—Y ¿no vas a ir corriendo con mamita o con tu adorado Dain a decirles que nos hemos estado reuniendo? —Sus ojos se entrecierran sin dejar de ver los míos.

El estómago me da un vuelco como cuando me subí al parapeto, como si todo mi cuerpo supiera que la acción que elija a continuación determinará mi esperanza de vida.

—Los estabas ayudando. No veo por qué deberían ser castigados por eso. —No sería justo ni para él ni para los demás. ¿Su reunioncita era ilegal? Por supuesto que sí. ¿Deberían morir por eso? Por supuesto que no. Y eso es exactamente lo que pasará si los delato. A los de primero los ejecutarían tan solo por pedir que los entrenen, y los cadetes mayores se irían con ellos porque los ayudaron—. No voy a decir nada.

Me mira como si intentara ver mi interior y siento algo helado sobre mi cabeza.

Mi mano está firme, pero mis nervios están deshechos por lo que podría pasar en los próximos treinta segundos. Puede matarme aquí mismo, echar mi cuerpo al río y nadie sabría que desaparecí hasta que la corriente arrastre mi cadáver río abajo.

Pero no voy a permitir que acabe conmigo sin derramar antes su sangre, eso es seguro.

—Interesante —dice en voz baja—. Ya veremos si cumples tu palabra, y si lo haces, desafortunadamente me parece que te deberé un favor. —Con esto, se aleja, se da la vuelta y se va hacia la escalera en el risco que lleva hacia la ciudadela.

Un momento. ¿Qué?

—¿No te vas a encargar de mí? —le grito, con cara de sorpresa y confusión.

—¡Esta noche no! —dice por encima del hombro.

—¿Qué te detiene?

—No es divertido si ya te lo esperas —me responde mientras se adentra en la oscuridad—. Ahora, vete a la cama antes de que tu líder de ala se dé cuenta de que te saliste después del toque de queda.

—¿Qué? —Estoy boquiabierta—. ¡Tú eres mi líder de ala!

Pero ya desapareció entre las sombras y me dejó hablando sola como una tonta.

Ni siquiera me preguntó qué llevo en el morral.

Una pequeña sonrisa se dibuja en mi cara mientras meto el brazo al cabestrillo, soltando un suspiro de alivio cuando me quito el peso del hombro. «Una tonta con bayas fonilí».

OCHO

Hay un arte en el envenenamiento del que poco se habla y ese es el de encontrar el momento perfecto. Solo un maestro puede dosificar y administrar correctamente para un ataque efectivo. Se debe tener en cuenta tanto el cuerpo del individuo como el método de administración.

—*USOS EFECTIVOS DE LAS HIERBAS SALVAJES Y DE CULTIVO,*
POR EL CAPITÁN LAWRENCE MEDINA

El dormitorio de mujeres está en silencio mientras me visto por la mañana, cuando el sol apenas se está asomando por el horizonte en las ventanas allá a lo lejos. Tomo el chaleco de escamas de dragón del gancho donde lo colgué para que se secara en una esquina de mi cama y me lo pongo sobre mi camiseta negra de manga corta. Menos mal que ya aprendí a atarme las cintas de la espalda, porque Rhiannon no está en su cama.

Al menos una de nosotras está teniendo los orgasmos necesarios. Estoy casi segura de que al menos un par de personas están con sus parejas en los catres abarrotados de este lugar. Los líderes de pelotón hablan mucho sobre obedecer el toque de queda, pero en realidad a nadie le interesa. Bueno, excepto a Dain. A él le importan todas las reglas.

«Dain». Mi pecho se tensa y sonrío mientras termino de trenzarme el cabello para formar una corona. Verlo es la mejor parte de mi día, incluso en los momentos en que no es para nada amable en público. Incluso en esos momentos en que está obsesionado con intentar salvarme de este lugar.

Tomo mi mochila para salir, paso junto a una fila de camas vacías que eran de la docena de mujeres que no vivieron para llegar a agosto, y abro la puerta.

«Ahí está».

Los ojos de Dain se iluminan mientras se aleja de la pared del pasillo en la que estaba recargado, obviamente esperándome.

—Buenas.

No puedo contener la sonrisa que se dibuja en mi boca.

—No tienes que acompañarme todas las mañanas al trabajo, ¿sabes?

—Es el único momento en que puedo verte sin ser tu líder de pelotón —replica mientras avanzamos por el pasillo vacío, pasando junto a los corredores que nos llevarán a nuestras habitaciones si sobrevivimos a la Trilla—. Créeme que vale la pena levantarme una hora antes, aunque aún no entiendo por qué te ofreciste para hacer el desayuno en vez de cualquier otra cosa.

Me encojo de hombros.

—Tengo mis razones. —Y son muy, pero muy muy buenas razones. Aunque sí extraño la hora extra de sueño que tenía antes de que escogiéramos nuestros deberes la semana pasada.

Una puerta se abre de golpe a nuestra derecha y Dain se pone de inmediato frente a mí, moviéndome con un brazo con tanta fuerza que me estrello de cara contra su espalda. Huele a cuero, jabón y...

—¿Rhiannon? —dice él.

—¡Perdón! —los ojos de mi amiga se abren de par en par.

Salgo de detrás de Dain y me pongo a su lado para verla.

—Me preguntaba dónde estabas. —Una sonrisa me llena el rostro mientras Tara aparece junto a ella—. Hola, Tara.

—Hola, Violet. —Me saluda agitando una mano y luego se va por el pasillo, acomodándose la camisa dentro de los pantalones.

—Tenemos toque de queda, cadete —la regaña Dain, y tengo que controlar el impulso de poner los ojos en blanco—. Y sabes que nadie debería estar en las habitaciones privadas hasta después de la Trilla.

—Quizá solo nos levantamos temprano —argumenta Rhiannon—. Ya sabes, como ustedes. —Nos mira con una sonrisa traviesa.

Dain se frota el puente de la nariz.

—Vuelve a los dormitorios y finge que pasaste la noche ahí, ¿sí?

—Claro que sí. —Me da un apretoncito en la mano al pasar junto a mí.

—Bien hecho —le susurro. Tara le había gustado desde que llegamos a este lugar.

—¿Verdad que sí? —Se aleja con una sonrisa y luego da la vuelta hacia las puertas del dormitorio.

—Monitorear las vidas sexuales de los de primero no era lo que tenía en mente cuando apliqué para ser líder de pelotón —masculla Dain, y seguimos nuestro camino hacia la cocina.

—Ay, por favor. Como si tú mismo no hubieras sido de primero el año pasado.

Enarca una ceja con gesto pensativo y un poco después se encoge de hombros.

—Tienes un punto. Y ahora tú eres de primero... —Sus ojos se posan discretamente en mí mientras nos acercamos a las puertas en arco que llevan a la rotonda y sus labios se separan como si fuera a decir algo más, pero luego desvía la mirada y se adelanta para abrirme la puerta.

—¡Vaya, Dain Aetos! ¿Me estás preguntando sobre mi vida sexual? —Dejo que mis dedos acaricien los colmillos expuestos del dragón verde que conforma el pilar y disimulo una sonrisa mientras seguimos caminando.

—¡No! —Niega con la cabeza, pero luego se detiene a pensarlo—. Bueno... ¿hay una vida sexual sobre la que deba preguntarte?

Subimos los escalones que llevan al área común y me doy la vuelta justo frente a la puerta para mirarlo. Está dos escalones debajo de mí, lo que hace que nuestros ojos queden al mismo nivel.

—¿Desde que llegué? —Me doy unos golpecitos en el mentón con un dedo y sonrío—. No es de tu incumbencia. Y... ¿antes de llegar? Tampoco es de tu incumbencia.

—Tienes otro punto. —Su boca se curva en una enorme sonrisa que me hace desear que sí fuera de su incumbencia.

Me doy la vuelta antes de hacer algo increíblemente estúpido como convertirlo en un tema que sí le incumbe. Entramos al área común, pasando por las mesas vacías en la entrada de la biblioteca. No es para nada tan increíble como los Archivos de los escribas, pero tienen todos los libros que necesitaré para estudiar.

—¿Estás lista para lo de hoy? —me pregunta Dain mientras nos acercamos al salón de reuniones—. ¿Para los retos que empiezan esta tarde?

La sola pregunta me retuerce el estómago.

—Estaré bien —le aseguro, pero él se pone frente a mí y me obliga a detenerme.

—Sé que has estado practicando con Rhiannon, pero... —La preocupación le arruga la frente.

—Sí voy a poder —le prometo, mirándolo a los ojos para que sepa que lo digo en serio—. No tienes que preocuparte por mí. —Anoche pusieron el nombre de Oren Seifert junto al mío justo donde Brennan dijo que aparecerían. Es un chico rubio y alto del Ala Uno con suficientes habilidades con las dagas, pero unos golpes impresionantes.

—Siempre me preocuparé por ti. —La mano de Dain se cierra en puño.

—No lo hagas. —Niego con la cabeza—. Yo puedo sola.

—Es solo que no quiero volver a verte herida.

Las costillas me aplastan el corazón.

—Pues no lo veas. —Tomo su mano callosa entre la mía—. No me puedes salvar de esto, Dain. Tendré que enfrentar un reto cada semana como todos los demás cadetes. Y eso no será todo. No puedes protegerme de la Trilla, del Guantelete, de Jack Barlowe...

—Tienes que andarte con cuidado con ese tipo —dice Dain con un gesto de pesar—. Evita a ese imbécil creído lo más que puedas, Vi. No le des excusas para atacarte. Ya es responsable de demasiados nombres en la lista de muertos.

—O sea que los dragones lo van a amar. —Siempre prefieren a los más salvajes.

Dain me da un suave apretón en la mano.

—Solo mantente lejos de él.

Esto me sorprende. El consejo es tan diferente al de Xaden de lanzarle unas dagas a la cabeza.

«Xaden». El nudo de culpa que se ató en mi estómago desde la semana pasada se aprieta un poco más. De acuerdo con el código, debería decirle a Dain que vi a los marcados bajo el roble, pero no lo haré, y no porque le dije a Xaden que no diría nada, sino porque me parece que guardar ese secreto es lo correcto.

Nunca en mi vida le había escondido algo a Dain.

—¿Violet? ¿Me escuchaste? —pregunta Dain, llevando una mano hacia mi cara.

Me vuelvo para verlo, asiento y repito lo que me acaba de decir.

—Que me mantenga lejos de Barlowe.

Baja la mano y se la guarda en el bolsillo del pantalón.

—Espero que se le pasen esas ideas en tu contra.

—¿A la mayoría de los hombres se les olvida cuando una mujer les pone un cuchillo en la entrepierna? —Lo miro con una ceja levantada.

—No. —Suspira—. ¿Sabes? Aún no es tarde para llevarte con los escribas. Fitzgibbons te aceptaría...

La campana suena, anunciando que ya son las cinco y cuarto, y me salva de otra sesión de Dain rogándome que huya al Cuadrante de Escribas.

—Estaré bien. Te veo en la formación. —Le doy un apretoncito en la mano y me voy hacia la cocina. Siempre soy la primera en llegar, y hoy no es la excepción.

Me guardo el frasco de bayas fonilí secas y pulverizadas que traía en el morral y me pongo a trabajar mientras llegan los demás con sus caras llenas de modorra y pesadumbre. El polvo es casi blanco, casi invisible mientras tomo mi lugar en la línea para servir el desayuno una hora después, y casi indetectable cuando lo espolvoreo sobre los huevos revueltos de Oren Seifert, que ya viene hacia acá.

—Tengan en cuenta los temperamentos de cada raza cuando decidan a cuáles dragones acercarse y de cuáles huir en la Trilla —dice el profesor Kaori, con sus ojos serios y oscuros bajando hacia la nariz mientras observa por un instante a los nuevos reclutas, y luego cambia la proyección que él mismo hizo aparecer de un Verde Cola de Daga a un Rojo Cola de Escorpión. Es ilusionista y el único profesor del cuadrante cuyo sello es proyectar lo que ve en su cabeza, lo cual convierte a esta clase en una de mis favoritas. También es la razón por la que supe exactamente cómo se ve Oren Seifert.

¿Me siento culpable por engañar abiertamente a un profesor sobre las razones por las que necesitaba encontrar a otro cadete? No. ¿Creo que es trampa? Tampoco. Hice exactamente lo que Mira me sugirió: usé mi cerebro.

El Rojo Cola de Escorpión en el centro de nuestras mesas acomodadas en círculo tiene una fracción de su tamaño real, máximo un metro ochenta, pero es una réplica exacta de esa creatura con aliento de fuego que nos espera en el Valle para la Trilla.

—Los Rojos Cola de Escorpión, como Ghrian, a quien están viendo aquí, son los que se enojan más rápido —continúa el profesor, y su bigote perfectamente arreglado se curva cuando sonríe al ver la proyección como si se tratara del dragón real. Todos tomamos notas—. Así que si lo ofenden, serán…

—Su almuerzo —dice Ridoc a mi izquierda, y toda la clase se ríe. Hasta Jack Barlowe, que no ha dejado de lanzarme miradas de odio desde que su pelotón llegó a su lado del aula hace media hora, suelta una risita.

—Exactamente —responde el profesor Kaori—. Entonces, ¿cuál es la mejor manera de acercarse a un Rojo Cola de Escorpión? —Recorre al grupo con la mirada.

Yo sé la respuesta, pero no levanto la mano porque estoy siguiendo el consejo de Dain de no llamar la atención.

—No acercarse —susurra Rhiannon junto a mí, y ahogo unas risitas.

—Prefieren que se les acerquen por la izquierda y de frente, si es posible —responde una mujer de otro pelotón.

—Excelente. —El profesor Kaori asiente—. Para la Trilla, hay tres Rojos Cola de Escorpión dispuestos a crear un vínculo. —Frente a nosotros, la imagen cambia a otro dragón distinto.

—¿Cuántos dragones hay en total? —pregunta Rhiannon.

—Este año, cien —le responde el profesor Kaori, cambiando la imagen de nuevo—. Pero puede que algunos cambien de parecer durante la Presentación dentro de dos meses, dependiendo de lo que ven.

El corazón se me va al suelo.

—Son treinta y siete menos que el año pasado. —Y quizá aún menos si no les gusta lo que ven cuando desfilemos frente a ellos para que nos evalúen dos días antes de la Trilla. Pero, claro, siempre hay menos cadetes tras ese mismo evento.

El profesor Kaori eleva sus cejas oscuras.

—Sí, cadete Sorrengail, así es, y veintiséis menos que el año antepasado.

Hay menos dragones que deciden vincularse, pero el número de jinetes que entran al cuadrante sigue siendo el mismo. Mi mente se pone a trabajar. Los ataques en la frontera este están incrementando, de acuerdo con cada Informe de Batalla, pero hay menos dragones dispuestos a formar vínculos para defender a Navarre.

—¿Dicen por qué no quieren formar un vínculo? —pregunta otro de primero.

—No, tarado —se burla Jack, mirando al cadete con sus glaciares ojos azules entrecerrados—. Los dragones solo hablan con el jinete con el que se vincularon, así como solo les dan su nombre completo a ellos. Ya deberías saberlo.

El profesor Kaori le lanza una mirada a Jack que le cierra la boca, pero no evita que vea con desprecio al otro cadete.

—No comparten sus razones —dice nuestro instructor—. Y cualquier persona que respete su vida no hace preguntas que los dragones no están dispuestos a responder.

—¿Los números afectan las protecciones? —pregunta Aurelie, que está sentada atrás de mí, golpeteando su pluma en la orilla de su escritorio. Nunca se puede quedar quieta.

La quijada del profesor Kaori da dos saltitos.

—No estamos seguros. El número de dragones vinculados nunca antes ha afectado la integridad de las protecciones de Navarre, pero no les voy a mentir diciéndoles que no estamos viendo cada vez más fallas cuando, por Informe de Batalla, saben que sí.

Las protecciones están fallando a un ritmo que me revuelve el estómago cada que la profesora Devera comienza nuestro Informe de Batalla diario. O nos estamos volviendo más débiles o nuestros enemigos se están haciendo más fuertes. Ambas posibilidades implican que los cadetes en esta aula son más necesarios que nunca.

Incluso yo.

La imagen cambia a Sgaeyl, el dragón azul marino que está unido a Xaden.

El estómago se me retuerce al recordar cómo me miró el primer día.

—No tienen que preocuparse por cómo se pueden acercar a los dragones azules, porque no hay ninguno dispuesto a vincularse en esta Trilla, pero sí deberían reconocer a Sgaeyl si la ven —dice el profesor Kaori.

—Para que puedan salir corriendo como locos —agrega Ridoc.

Asiento mientras los demás se ríen.

—Es una Azul Cola de Daga, el menos común de los azules, y sí, si la ven sin su jinete, deberían... definitivamente deberían buscar otro lugar donde estar. La palabra *despiadada* no alcanza para describirla, y no responde a lo que suponemos que los dragones consideran ley. Incluso se vinculó con el pariente de uno de sus antiguos jinetes, lo cual, como saben, suele estar prohibido, pero Sgaeyl hace lo que se le da la gana, cuando se le da la gana. De hecho, si ven a cualquiera de los azules, no se les acerquen. Solo...

—Corran —dice Ridoc, pasándose una mano por su cabello café y despeinado.

—Corran —repite el profesor con una sonrisa, y el bigote sobre su labio tiembla un poco—. Hay unos cuantos azules en servicio actualmente, pero los encontrarán en las montañas Esben, al este, donde la lucha es más intensa. Todos son intimidantes, pero Sgaeyl es la más poderosa de todos.

Esto me deja sin aliento. Con razón Xaden puede manipular a las sombras, sombras que pueden sacar dagas de los árboles, sombras que probablemente pueden lanzar esas mismas dagas. Y sin embargo... me dejó vivir. Pongo la semilla de ternura que me da ese pensamiento muy pero muy lejos.

«Probablemente solo lo hizo para jugar con tu mente, como un monstruo que juega con su presa antes de matarla».

—¿Y el dragón negro? —pregunta el de primero que está junto a Jack—. Hay uno, ¿verdad?

El rostro de Jack se ilumina.

—Quiero ese.

—Va a dar igual. —El profesor Kaori gira la muñeca, Sgaeyl desaparece y un enorme dragón negro toma su lugar. Hasta la ilusión es más grande, por lo que tengo que echar la cabeza hacia atrás un poco para verlo completo—. Pero solo para calmar su curiosidad, porque es la única vez que lo verán, aquí tienen al único otro dragón negro además del que posee el general Melgren.

—Es enorme —exclama Rhiannon—. Y ¿tiene cola de garrote?

—No. Cola de maza. Tiene el mismo poder que un Cola de Garrote para aplastarte, pero esos picos pueden destripar a una persona con la misma facilidad que un Cola de Daga.

—Lo mejor de dos mundos —comenta Jack—. Parece una máquina de matar.

—Lo es —reconoce el profesor Kaori—. Y, honestamente, hace cinco años que no lo veo, así que esta imagen está bastante obsoleta. Pero, ya que lo tenemos aquí, ¿qué me pueden decir sobre los dragones negros?

—Son los más inteligentes y juiciosos —responde Aurelie.

—Y los menos comunes —agrego—. No ha nacido uno en el último... siglo.

—Correcto. —El profesor Kaori mueve la imagen y me encuentro con un par de ojos amarillos que me miran con furia—. También son los más astutos. No hay forma de engañar a un dragón negro. Este tiene un poco más de cien años, lo que significa que está a la mitad de su vida. Es considerado un dragón de guerra incluso entre los suyos, y si no fuera por él, probablemente hubiéramos perdido en la Rebelión tyrrish. Agréguenle a eso que es un Cola de Maza y verán que es uno de los dragones más mortíferos en Navarre.

—Apuesto a que da un sello impresionante. ¿Cómo te acercas a él? —pregunta Jack, inclinándose hacia adelante en su asiento. Sus ojos están llenos de avaricia, y la expresión es la misma en los de su amigo que está junto a él.

Eso es lo último que este reino necesita, que alguien tan cruel como Jack se vincule con un dragón negro. No, gracias.

—No lo haces —responde el profesor Kaori—. No ha aceptado vincularse desde que su anterior y único jinete murió en las revueltas, y la única forma en que podrías estar cerca de él es en el Valle, adonde no llegarás, porque te calcinaría antes de cruzar el cañón.

La pelirroja de piel muy blanca que está frente a mí, al otro lado del círculo, se mueve incómodamente en su asiento y se jala una manga para cubrir su reliquia de la Rebelión.

—Alguien debería preguntarle de nuevo —sugiere Jack con tono ansioso.

—No funciona así, Barlowe. Ahora, solo hay otro dragón negro, que está en servicio...

—El del general Melgren —dice Sawyer. Tiene el cuaderno cerrado frente a él, pero no lo culpo. Yo tampoco tomaría muchas notas si estuviera repitiendo esta clase—. Codagh, ¿verdad?

—Sí. —El profesor Kaori asiente—. El mayor de su madriguera, un Cola de Espada.

—Por pura curiosidad... —Los ojos azul glaciar de Jack no se despegan de la ilusión del dragón negro que sigue proyectándose—. ¿Qué sello le daría este muchacho a su jinete?

El profesor Kaori cierra la mano y la ilusión desaparece.

—No se puede saber. Los sellos son resultado de la química particular entre el jinete y el dragón, y por lo general dicen más del jinete que del dragón. Entre más fuerte sea el vínculo y más poderoso el dragón, más fuerte será también el sello.

—Bueno. ¿Cuál era el de su jinete anterior? —pregunta Jack.

—El sello de Naolin era el de la apropiación. —El profesor Kaori encorva un poco la espalda—. Podía absorber poderes de distintas fuentes, otros dragones, otros jinetes, y utilizarlos o redistribuirlos.

—Qué brutal. —El tono de Ridoc es el de todo un fan.

—Sí era brutal —reconoce el profesor.

—¿Qué puede matar a alguien con esa clase de sello? —pregunta Jack, cruzándose de brazos.

El profesor Kaori me mira por un segundo antes de voltear a otro lado.

—Intentó usar ese poder para revivir a un jinete caído, lo cual no funcionó, porque no hay sello capaz de hacer una resurrección, y agotó sus fuerzas en el proceso. Usando una frase a la que se acostumbrarán después de la Trilla, se consumió y murió junto al otro jinete.

Algo se mueve dentro de mi pecho, una sensación que no puedo explicar, pero que a la vez es imposible de ignorar.

Suenan las campanas, anunciando que se acabó la hora, y todos nos ponemos a recoger nuestras cosas. Los pelotones salen al pasillo, dejando la habitación vacía, y yo me levanto de mi escritorio y me echo el morral al hombro mientras Rhiannon me espera en la puerta con gesto confundido.

—Fue Brennan, ¿verdad? —le pregunto al profesor.

La tristeza llena su mirada al posarse sobre mis ojos.

—Sí. Murió intentando salvar a tu hermano, pero ya era demasiado tarde para Brennan.

—¿Por qué lo hizo? —Me reacomodo el morral—. No es posible resucitar a alguien. ¿Por qué se mataría si Brennan ya se había ido? —Una estampida de dolor me aplasta el corazón y me deja sin aliento. Brennan no hubiera querido que nadie muriera por él. No era así.

El profesor Kaori se recarga en su escritorio y jala los pelitos cortos y oscuros de su bigote, mirándome.

—Ser una Sorrengail no te ha ayudado en nada aquí, ¿verdad?

Niego con la cabeza.

—Hay bastantes cadetes que quisieran ponernos a mí y a mi apellido en mi lugar.

Él asiente.

—No será así cuando te vayas. Después de la graduación, descubrirás que ser la hija de la general Sorrengail significa que los demás harán lo que sea por mantenerte con vida, incluso contenta, no porque amen a tu madre, sino porque o le temen o porque quieren algo de ella.

—¿Cuál de esos dos era Naolin?

—Un poco de ambos. Y a veces es difícil que un jinete con un sello tan poderoso acepte sus límites. Después de todo, vincularte con un dragón te convierte en jinete, pero ¿revivir a alguien? Eso te convierte en un dios. Yo no creo que a Malek le agrade que un mortal se ande queriendo meter en sus territorios.

—Gracias por responder. —Giro y comienzo a caminar hacia la puerta.

—Violet —dice el profesor Kaori, y me doy la vuelta de nuevo para mirarlo—. Les di clases a tus dos hermanos. Un sello como el mío es demasiado útil en el aula para dejar que esté con un ala mucho tiempo. Brennan era un jinete espectacular y un buen hombre. Mira es astuta y tiene talento sobre el lomo de un dragón.

Asiento.

—Pero tú eres más lista que ellos dos.

Esto me toma por sorpresa. No es frecuente que me comparen con mis hermanos y resulte que soy mejor en algo que los dos.

—Y, porque te he visto ayudando a tu amiga en sus estudios en el área común todas las noches, me parece que también eres más compasiva. Que no se te olvide eso.

—Gracias, pero ser inteligente y compasiva no me va a ayudar cuando llegue la Trilla. —Se me escapa una carcajada de burla hacia mí misma—. Usted sabe más de dragones que nadie en todo el cuadrante, y probablemente más que cualquiera en el continente. Eligen la fuerza y la astucia.

—Eligen por razones que no les parece prudente compartir con nosotros —me dice, levantándose del escritorio—. Y la fuerza física no lo es todo, Violet.

Asiento, porque no encuentro palabras adecuadas para sus halagos bien intencionados, y voy hacia la puerta a reunirme con Rhiannon. Lo único que tengo por seguro en este momento es que la compasión no me va a ayudar sobre la colchoneta después del almuerzo.

Estoy tan nerviosa que podría vomitar mientras espero en una orilla de la ancha colchoneta negra, viendo cómo Rhiannon muele a su oponente.

Es un tipo del Ala Dos, y en muy poco tiempo ella lo atrapa en una llave de cabeza y lo deja sin aire. Es un movimiento que ha intentado enseñarme una y otra vez durante las últimas semanas.

—Hace que parezca tan fácil —le digo a Dain, que está junto a mí, con su codo rozando el mío.

—Va a intentar matarte.

—¿Qué? —Levanto la vista y sigo el rumbo de sus ojos, que van a dos colchonetas de donde estamos.

Dain está lanzándole dagas con la mirada a Xaden, quien está al otro lado de la colchoneta con una expresión de aburrimiento profundo mientras Rhiannon le aprieta más el cuello al primerizo del Ala Dos.

—Tu oponente —dice Dain en voz baja—. Lo escuché hablando con algunos de sus amigos. Creen que eres un lastre para el ala gracias al tal Barlowe. —Su mirada pasa a Oren, que me está observando como si yo fuera un maldito adorno que planea romper.

Pero hay un tono verdoso en su piel que me hace sonreír.

—Estaré bien —aseguro, porque ese es mi maldito mantra. Estoy vestida con el chaleco de escamas de dragón que ya empiezo a sentir como una segunda piel y mi ropa de combate. Llevo las cuatro dagas envainadas y, si mi plan sale como espero, pronto tendré una más en mi colección.

El de primero del Ala Dos se desmaya y Rhiannon se incorpora victoriosa mientras aplaudimos. Luego se agacha hacia su oponente y le quita la daga que trae en un costado.

—Me parece que ahora esto me pertenece. Disfruta tu siesta. —Y le da unos golpecitos en la cabeza, lo que me hace reír.

—No sé por qué te estás riendo, Sorrengail —dice una voz maliciosa desde atrás de mí.

Me vuelvo para ver a Jack, que está recargado contra los tablones de madera que cubren la pared a unos tres metros de mí, con una sonrisa que solo se puede describir como macabra.

—Jódete, Barlowe —le respondo, pintándole dedo.

—Honestamente espero que ganes el reto de hoy. —Sus ojos brillan con una alegría sádica que me asquea—. Sería una pena que alguien más te matara antes que me toque mi turno. Pero no me sorprendería. Las violetas son algo tan delicado... tan frágil.

Delicadas sus nalgas.

«Probablemente se pensaría dos veces eso de planear matarte si le lanzaras algunas dagas a la cabeza».

Desenfundo las dos dagas que traigo sobre las costillas y las lanzo hacia él con un movimiento ágil. Caen justamente donde quería: una casi rozándole la oreja y la otra a un par de centímetros debajo de su entrepierna.

El miedo se evidencia en sus ojos.

Sonrío sin recato y agito los dedos a manera de saludo.

—Violet —sisea Dain mientras Jack se mueve entre mis dagas para alejarse de la pared.

—Vas a pagar por eso. —Jack me señala y se va, furioso, pero se le nota un temblorcito en el movimiento de sus hombros.

Veo su espalda alejándose y luego recojo mis dagas y las guardo en las vainas de mis costillas antes de volver a pararme junto a Dain.

—¿Qué diablos fue eso? —me pregunta, molesto—. Te dije que mantuvieras bajo perfil con él, y tú... —Niega con la cabeza sin quitarme la vista de encima—. ¿Tú lo haces enojar aún más?

—Mantener un perfil bajo no me estaba llevando a ningún lado —digo encogiéndome de hombros mientras sacan en brazos al oponente de Rhiannon de la colchoneta—. Tiene que darse cuenta de que no soy un lastre. —«Y que será más difícil matarme de lo que cree».

No hay forma de ignorar el cosquilleo en mi cabeza, así que dejo que mi mirada se mueva para encontrarse con la de Xaden.

El corazón me da esos estúpidos brinquitos otra vez, como si Xaden hubiera mandado a sus sombras para apachurrarme el órgano. Levanta su ceja con la cicatriz y podría jurar que hay una sonrisita escondida en su cara cuando se va a ver a los cadetes del Ala Cuatro que están en la otra colchoneta.

—Qué genial —dice Rhiannon mientras se acomoda junto a mí—. Pensé que Jack se iba a cagar en los pantalones.

Disimulo una sonrisa.

—No la celebres —la regaña Dain.

—Sorrengail. —El profesor Emetterio mira su cuaderno y enarca una ceja negra y tupida antes de continuar—. Seifert.

Paso saliva para tragarme el pánico que va subiendo por mi garganta y entro a la colchoneta frente a Oren, que en definitiva ya se ve totalmente verde.

«Justo a tiempo».

Me preparé lo mejor que pude, vendando mis tobillos y rodillas por si ataca hacia las piernas.

—No te lo tomes personal —dice mientras empezamos a acecharnos con ambas manos levantadas—. Pero eres un estorbo para tu ala.

Se lanza hacia mí, pero su patada tiene poca potencia y la esquivo con un giro, dándole un golpe en el riñón antes de volver a mi posición inicial y tomar una daga.

—No soy más estorbosa que tú —comento.

Su pecho se agita un poco y el sudor le perla la frente, pero se lo quita sacudiendo la cabeza y parpadeando furiosamente mientras busca su propia arma.

—Mi hermana es curandera. Escuché que tus huesos se rompen como ramitas.

—¿Por qué no te acercas para descubrirlo? —Finjo una sonrisa y espero que vuelva a atacarme, porque esa es su técnica. He tenido tres sesiones para observarlo en las otras colchonetas. Es un toro, puro poder y nada de agilidad.

Su cuerpo entero se sacude como si fuera a vomitar, lo que lo hace cubrirse la boca con la mano vacía, tomando aire antes de volver a erguirse. Debería ir contra él, pero solo espero. Y luego se lanza hacia mí blandiendo su arma en posición de ataque.

El corazón se me acelera mientras espero los tortuosos instantes que le toma alcanzarme, pero mi corazón logra convencer a mi cuerpo de quedarme firme hasta el último segundo posible. Él baja el cuchillo y lo esquivo hacia la izquierda, le provoco una pequeña cortada en el costado con mi arma durante ese movimiento, luego me doy la vuelta y le suelto una patada por la espalda que lo hace tambalearse.

«Ahora».

Se cae a la colchoneta y de inmediato tomo ventaja al hundirle una rodilla en la espalda como lo hizo Imogen conmigo y además le pongo el filo de la daga en la garganta.

—Ríndete. —¿Quién necesita fuerza cuando tienes velocidad y acero?

—¡No! —grita, pero su cuerpo se retuerce debajo de mí y le sobreviene una arcada que lanza todo lo que ha comido desde el desayuno junto a nosotros sobre la colchoneta.

Qué perro asco.

—Ay, dioses —grita Rhiannon, obviamente asqueada.

—Ríndete —le exijo de nuevo, pero sus arcadas son tan intensas que tengo que alejar mi arma para no partirle la garganta por accidente.

—Se rinde —declara el profesor Emetterio con un gesto de asco.

Guardo mi arma en su funda y me quito de encima, esquivando los charcos de porquería. Luego tomo la daga que Orden tiró unos metros más allá mientras sigue vomitando. El cuchillo es más pesado y más largo que los que yo tengo, pero ahora es mío, y me lo gané. Lo envaino en un espacio vacío sobre mi muslo izquierdo.

—¡Ganaste! —dice Rhiannon, envolviéndome en un abrazo mientras salgo de la colchoneta.

—Está enfermo —comento, encogiéndome de hombros.

—Yo sin problemas prefiero tener suerte que tener habilidades —me responde.

—Tengo que buscar a alguien que limpie esto —dice Dain, que también parece que está por vomitar.

Gané.

Encontrar el momento perfecto es lo más difícil de mi plan.

La semana después de lo de Oren también gano, cuando una chica fornida del Ala Uno no logra concentrarse lo suficiente para lanzar un golpe digno gracias a unos cuantos hongos leigorrhel y sus propiedades alucinógenas que quién sabe cómo terminaron en su almuerzo. Alcanza a darme una buena patada en la rodilla, pero nada que un par de días vendada no arreglen.

Gano la semana después de eso cuando un tipo alto del Ala Tres se tropieza porque sus enormes pies temporalmente pierden por completo la sensibilidad, cortesía de la raíz de zihna que crece en un saliente cerca del barranco. Pero fallé un poco con el tiempo y alcanza a darme unos buenos golpes en la cara que me dejan el labio roto y un moretón que me llena de color la mejilla durante once días, pero al menos no me rompió la quijada.

Gano de nuevo la otra semana cuando la vista de una cadete rolliza se pone borrosa por culpa de las hojas de tarsila que de algún modo se colaron en su té. Es rápida; me tira a la colchoneta y me suelta unas patadas increíblemente dolorosas en el abdomen, me deja varios golpes coloridos y la clara huella de su bota sobre las costillas. Esta ocasión casi no lo soporté y quise ir a ver a Nolon, pero apreté los dientes y me vendé las costillas, decidida a no darles razones a los demás para que me quisieran sacar como Jack o cualquiera de los marcados.

Me gano mi quinta daga, que tiene un bonito rubí en el mango, en el último reto en agosto, cuando me enfrento a un tipo especialmente sudoroso con los dientes del frente separados y lo dejo tirado en la colchoneta. La corteza del árbol carmín que se metió en su odre lo enfermó y lo volvió torpe. Los efectos son muy parecidos a los de las bayas fonilí, y es una pena que todo el Tercer Pelotón, Sección Garra del Ala Tres esté sufriendo del mismo mal. Debe ser algo viral, al menos eso dicen cuando el tipo al fin se rinde ante mi llave de cabeza tras dislocarme el pulgar y casi romperme la nariz.

Para inicios de septiembre me subo a la colchoneta con pasos animados. Ya vencí a cinco oponentes sin matar a ninguno, algo que la cuarta parte de los de nuestro año no puede decir luego de que casi veinte nombres se han sumado a la lista de muertos en el último mes, y eso solo con los de primero.

Giro mis hombros adoloridos y espero a mi oponente.

Pero Rayma Corrie del Ala Tres no se ve por ningún lado esta semana.

—Perdón, Violet —dice el profesor Emetterio, rascándose la barba corta y negra—. Se supone que te ibas a enfrentar a Rayma, pero la llevaron con los curanderos porque parece que no puede caminar derecho.

Las cáscaras de la fruta walwyn provocan eso cuando se les come crudas… por ejemplo, si se mezclan en el glaseado de tu pan en la mañana.

—Qué… —Mierda—. Qué mal. —«Se las diste demasiado pronto», pienso, apesadumbrada—. ¿Debería…? —comienzo a decir, aunque ya me estoy retirando de la colchoneta.

—Con gusto tomaré su lugar. —Esa voz. Ese tono. Esa sensación helada sobre mi cabeza…

Ay, no. Pero claro que no. No. No. *No.*

—¿Estás seguro? —pregunta el profesor Emetterio, lanzando una mirada sobre su hombro.

—Completamente.

El estómago se me va al suelo.

Y Xaden se sube a la colchoneta.

NUEVE

No voy a morir hoy.

—*ADDENDUM* PERSONAL DE VIOLET SORRENGAIL
AL LIBRO DE BRENNAN

Estoy totalmente jodida.

Xaden avanza, con toda su gran altura, vestido con ropa de combate del color de la medianoche y una camisa entallada, de manga corta, que destaca como una advertencia mayor las brillantes y oscuras reliquias de la Rebelión sobre su piel; sé que es ridículo pero real.

Mi corazón se pone a latir a toda velocidad, como si mi cuerpo supiera la verdad que mi mente no ha podido aceptar. Están a punto de dejarme molida… o algo peor.

—Están por ver todo un espectáculo —dice el profesor Emetterio, dando un aplauso—. Xaden es uno de los mejores luchadores que tenemos. Miren y aprendan.

—Claro que sí —mascullo, y el estómago se me revuelve como si me la hubiera pasado botaneando cáscaras de fruta walwyn.

Una orilla de la boca de Xaden se eleva en una sonrisita de superioridad y los destellos dorados en sus ojos parecen bailar. El maldito sádico lo está disfrutando.

Traigo las rodillas, tobillos y muñecas vendadas, y la tela blanca que protege mi pulgar lastimado contrasta con el resto de mi ropa negra.

—No es un combate muy justo para ella, ¿verdad? —argumenta Dain desde el otro lado de la colchoneta, y cada una de sus palabras irradia tensión.

—Relájate, Aetos. —Xaden lanza una mirada sobre mi hombro y sus ojos se endurecen al llegar al punto en el que sé que está Dain, donde siempre se pone cuando yo estoy en la colchoneta. El gesto que le hace Xaden me hace darme cuenta de que no me ha ido tan mal en cuanto a las expresiones que puede lanzarle a alguien—. Va a seguir entera cuando termine de educarla.

—No me parece que sea justo... —Dain sube el tono de su voz.

—Nadie preguntó tu opinión, líder de pelotón —le suelta Xaden mientras se mueve hacia un lado, quitándose todas las armas que trae en la ropa, y son muchas, para luego entregárselas a Imogen.

El amargo e ilógico sabor de los celos me llena la boca, pero no hay tiempo para examinar esa cosa tan extraña, porque solo quedan unos segundos antes de que esté de nuevo frente a mí.

—¿No crees que las vas a necesitar? —pregunto, tocando mis propias armas. Su pecho es enorme, con hombros anchos y los brazos tremendamente musculosos a los costados. Un blanco tan grande debe ser fácil de atacar.

—No. Tú traes suficientes para los dos. —Una sonrisa perversa le curva los labios mientras estira una mano y dobla los dedos con un movimiento provocador—. Vamos.

Mi corazón bate más rápido que las alas de un colibrí mientras tomo la postura de pelea y espero el ataque. Esta colchoneta solo se extiende seis metros a cada lado, y sin embargo mi mundo entero se limita a sus confines y el peligro que habita aquí.

Xaden no está en mi pelotón. Puede matarme sin recibir un castigo.

Lanzo una daga directo a su pecho ridículamente bien esculpido.

Y el maldito la agarra y chasca la lengua.

—Ese movimiento ya lo conocía.

Es rapidísimo, carajo.

Así que yo tengo que ser más rápida. Es la única ventaja que tengo, y es en lo que pienso mientras me lanzo en una combinación de puñalada y patada que Rhiannon lleva enseñándome hasta la perfección desde hace seis semanas. Él esquiva elegantemente mi cuchillo y luego me agarra por la pierna. La tierra gira y caigo de espaldas; el golpe inesperado me deja sin aire.

Pero Xaden no se lanza a matar. Simplemente tira la daga que me acaba de quitar, la saca de la colchoneta con una patada y, un segundo después, cuando el aire regresa trabajosamente a mis pulmones, me levanto de un salto con el otro cuchillo en mano y lo asesto hacia su muslo.

Él bloquea mi ataque con el brazo, me toma por la muñeca con la otra mano y me quita la daga, inclinándose hasta que su cara queda a unos centímetros de la mía.

—¿Conque tenemos ganas de sangre, Violencia? —susurra. El arma cae sobre la colchoneta y él la aleja de una patada junto a mi cabeza para dejarla fuera de mi alcance.

No me está quitando las dagas para usarlas contra mí; me está desarmando solo para demostrar que puede hacerlo. Esto me hace hervir la sangre.

—Me llamo *Violet.*

—Creo que mi versión te queda mejor. —Me suelta de la muñeca y se levanta, ofreciéndome una mano—. Aún no terminamos.

Estoy jadeando, pues aún no me recupero del golpe contra el suelo, y acepto su ofrecimiento. Xaden me levanta de un tirón y luego me tuerce el brazo hacia la espalda y me pega a su pecho, inmovilizando mi mano con la suya antes de que pueda siquiera recuperar el equilibrio.

—¡Carajo! —exclamo.

Siento un tirón en mi muslo y otra de mis dagas aparece contra mi garganta mientras su pecho descansa en mi nuca. Tiene mis costillas aseguradas con su brazo, y bien podría ser una estatua, teniendo en cuenta la dureza de su cuerpo. No tiene caso intentar darle un golpe con la cabeza, pues es tan alto que no haría más que enojarlo.

—No confíes en nadie que esté frente a ti en esta colchoneta —me advierte en un susurro, y siento su aliento tibio sobre mi oreja. Aunque estamos rodeados de gente, entiendo que tiene razones para hablar en voz baja. Esta lección es solo para mí.

—¿Ni siquiera en alguien que me debe un favor? —replico, y mi voz imita su tono de secreto. Mis hombros ya casi no aguantan el ángulo antinatural, pero no me muevo. No le voy a dar esa satisfacción.

Él tira la tercera daga que me ha quitado y la patea hacia donde está Dain, que ya tiene las otras dos en la mano y mira a Xaden con ojos asesinos.

—Soy yo quien decide cuándo te concederé ese favor. No tú. —Xaden me suelta la mano y da un paso atrás.

Me giro y lanzo un golpe hacia su garganta, pero él simplemente me desvía la mano.

—Bien —dice con una sonrisa mientras esquiva mi siguiente golpe sin el más mínimo esfuerzo—. Atacar la garganta es tu mejor opción, si está expuesta.

La furia me hace patear de nuevo con el mismo patrón, pues la memoria muscular ya se apoderó de mí, y él atrapa mi pierna, me saca la daga que traigo ahí y la echa a la colchoneta antes de soltarme, mirándome con un gesto decepcionado.

—Espero que aprendas de tus errores —me dice, pateando el arma.

Solo me quedan cinco, y todas están envainadas a la altura de mis costillas.

Tomo una, levanto las manos en posición de defensa y comienzo a acecharlo, pero, para mi máximo enojo, él ni siquiera se molesta en moverse en círculos para quedar de frente a mí. Solo se mantiene en su lugar en el centro de la colchoneta, con las botas firmes en su sitio y los brazos relajados mientras lo voy rodeando.

—¿Vas a bailar o me vas a atacar?

Desgraciado.

Le lanzo un golpe, pero él se agacha y mi cuchillo pasa a unos quince centímetros de su hombro. El estómago se me va a los pies cuando me toma por el brazo, me jala y me hace dar una voltereta junto a su cuerpo. Quedo suspendida en el aire por un instante antes de azotar contra la colchoneta sobre mis costillas, que absorben todo el impacto.

Xaden me somete doblándome el brazo y un dolor insoportable me recorre mientras grito y suelto la daga, pero él aún no termina. No, su rodilla está en mis costillas y, aunque tiene mi brazo cautivo con una mano, la otra me saca una daga de su vaina y la lanza a los pies de Dain antes de agarrar otra y llevarla al área vulnerable donde mi mentón se une con el cuello.

Luego se acerca más a mí.

—Debo reconocer que acabar con tus enemigos antes del combate es un movimiento muy inteligente —susurra, y su aliento cálido me acaricia la oreja.

«Ay, dioses». Sabe lo que he estado haciendo. El dolor en mi brazo no es nada comparado con las náuseas que siento al pensar que Xaden podría hacer algo con esa información.

—El problema es que si no te estás poniendo a prueba aquí… —Me raspa el cuello con la daga, pero no siento el correr de la sangre, por lo que sé que no me cortó—. No vas a mejorar.

—Me queda claro que preferirías que me muriera —respondo, con el rostro aplastado contra la colchoneta. Esto no es solamente doloroso, además es humillante.

—¿Y quedarme sin el placer de tu compañía? —pregunta en tono de burla.

—Te odio, carajo. —Las palabras salen de mis labios antes de que pueda cerrar la boca.

—Eso no te hace especial.

La presión se libera de mi pecho y brazo mientras él se levanta, pateando ambas dagas hacia Dain.

Dos más. Ya solo me quedan otras dos, y ahora mi indignación y rabia son mucho más grandes que mi miedo.

Ignorando la mano extendida de Xaden, me pongo de pie y sus labios se curvan en una sonrisa de aprobación.

—Sí aprendes.

—Y aprendo rápido —agrego.

—Eso está por verse. —Retrocede un par de pasos, abriendo un poco de espacio entre nosotros antes de hacerme de nuevo ese gesto, llamándome con los dedos.

—Ya probaste tu maldito punto —exclamo tan alto que escucho que Imogen ahoga un grito.

—Créeme, apenas empecé. —Se cruza de brazos y todo en su postura dice que está esperando que yo me mueva.

No pienso, solo actúo. Me agacho y le suelto una patada justo debajo de las rodillas.

Xaden se cae como un árbol, haciendo un sonido más que satisfactorio, y me lanzo sobre él intentando hacerle una llave en la cabeza. No importa qué tan grande sea una persona, igual necesita aire. Al atrapar su garganta en el pliegue de mi brazo, comienzo a apretar.

En vez de irse contra mis brazos, él se gira y toma la parte de atrás de mis muslos, lo que me hace perder el equilibrio y nuestros cuerpos se ponen a rodar. Él termina arriba.

Obviamente.

Su brazo está sobre mi garganta, sin cortarme el suministro de aire, aunque por supuesto que podría hacerlo, y su cadera aplasta la mía, dejando a mis piernas inutilizadas a los lados de las suyas mientras se apoya con fuerza entre mis muslos. Es imposible moverlo.

Todo desaparece a mi alrededor, pues mi mundo se limita al brillo arrogante en sus ojos. Él es lo único que puedo ver, lo único que puedo sentir.

Y no puedo permitir que me gane.

Libero una de mis últimas dagas y la asesto hacia su hombro.

Él me toma por la muñeca y la sostiene sobre mi cabeza.

«Mierda. Mierda. ¡Mierda!».

El calor me sube por el cuello y las llamas me lamen las mejillas mientras él baja la cara hasta que sus labios quedan a centímetros de los míos. Puedo ver hasta el último destello dorado en sus ojos color ónix, cada detalle de su cicatriz.

Maldito. Y hermoso. Desgraciado.

Me quedo sin aliento y mi cuerpo se enciende, el muy traidor. «No te atraen los hombres tóxicos», me recuerdo, pero aquí estoy, totalmente atraída. Y así ha sido desde el primer instante en que lo vi, la verdad.

Xaden lleva sus dedos a mi puño, me obliga a abrirlo y luego lanza el arma sobre la colchoneta antes de soltarme la muñeca.

—Toma tu daga —me ordena.

—¿Qué? —Estoy en *shock*. Ya me tiene indefensa y lista para matarme.

—Toma. Tu. Daga —repite, tomando mi mano con la suya para sacar la última arma que me queda. Sus dedos se posan sobre los míos, rodeando el mango.

El fuego me recorre la piel al sentir sus dedos entrelazándose con los míos.

«Tóxico. Peligroso. Te quiere matar». No, no importa. Mi pulso sigue tan acelerado como el de un adolescente.

—Eres diminuta. —Lo dice como si fuera un insulto.

—Lo sé bien. —Entrecierro los ojos.

—Entonces deja de intentar movimientos grandes que solo te exponen. —Arrastra la punta de la daga por su costado—. Una puñalada a las costillas habría salido bastante bien. —Luego guía nuestras manos hacia su espalda, poniéndose en una posición vulnerable—. Los riñones también son buenos desde este ángulo.

Trago saliva, negándome a pensar en qué otras cosas son buenas desde este ángulo.

Lleva nuestras manos a su cintura sin quitar sus ojos de los míos.

—Lo más probable es que, si tu oponente trae armadura, aquí sea débil. Esos son tres lugares fáciles a los que pudiste haber atacado antes de que tu oponente tuviera tiempo de detenerte.

También son heridas fatales, y es algo que he evitado a toda costa.

—¿Me escuchas?

Asiento.

—Bien. Porque no podrás envenenar a todos los enemigos —susurra, y esto me hace palidecer—. No vas a tener tiempo de ofrecerle té a un jinete de grifo braeviano cuando venga contra ti.

—¿Cómo supiste? —pregunto al fin. Mis músculos se tensan, incluyendo los muslos, que curiosamente siguen abrazando sus caderas.

La mirada de Xaden se oscurece.

—Mira, Violencia, eres buena, pero he conocido mejores maestros del veneno. El truco es que no sea tan obvio.

Separo los labios, pero me guardo el comentario de que sí me cuidé de no ser obvia.

—Creo que ya la educaste suficiente por hoy —grita Dain, recordándome que no estamos para nada solos. No, estamos dando un gran espectáculo, carajo.

—¿Siempre es así de sobreprotector? —gruñe Xaden, separándose unos centímetros de la colchoneta.

—Se preocupa por mí. —Lo miro con odio.

—Está deteniendo tu crecimiento. No te preocupes. Tu secretito del veneno está a salvo conmigo. —Xaden enarca una ceja como para recordarme que yo también tengo secretos suyos, y luego lleva nuestras manos a mis costillas y desliza la daga con mango de rubí dentro de su vaina.

El movimiento es insoportablemente... sexy.

—¿No me vas a desarmar? —lo reto mientras me suelta y se levanta un poco más, quitando su peso de mi cuerpo. Mi caja torácica se expande cuando al fin puedo tomar una bocanada completa de aire.

—No. Nunca me han gustado las mujeres indefensas. Ya terminamos por hoy. —Luego se levanta y se va sin decir más, recogiendo sus armas que se quedó Imogen mientras yo me doy la vuelta y me apoyo en las rodillas. Me duele todo el cuerpo, pero logro levantarme.

En los ojos de Dain no veo más que alivio cuando llego junto a él para tomar las dagas que Xaden me quitó.

—¿Estás bien?

Asiento, pero los dedos me tiemblan mientras me guardo las armas. Ha tenido todas las oportunidades, y todas las razones, para matarme, y ya van dos veces que me deja ir. ¿Qué clase de juego es este?

—Aetos —grita Xaden desde el otro lado de la colchoneta.

Dain levanta la cabeza y tensa la quijada.

—Le vendría bien un poco menos de protección y un poco más de guía. —Xaden mira a Dain hasta que este asiente.

El profesor Emetterio llama a los que siguen para competir.

—Es solo que me sorprende que te haya dejado viva —dice Dain por la noche en su habitación mientras su pulgar se clava en el músculo entre mi cuello y hombro.

Es un dolor tan delicioso que hace que valga la pena el dolor de colarme a su cuarto.

—No creo que se ganaría mucho respeto rompiéndome el cuello en la colchoneta. —Su manta se siente suave contra mi estómago y pecho, pues estoy desnuda sobre su cama de la cintura para arriba, salvo por la venda de presión que me rodea los senos y las costillas—. Además, él no hace las cosas así.

Las manos de Dain se detienen sobre mi piel.

—¿Tú sabes cómo hace las cosas?

La culpa de guardar el secreto de Xaden me abre un hueco en el estómago.

—Me dijo que no veía razón para matarme él mismo si el parapeto podía encargarse de eso —le respondo, y es verdad—. Además, honestamente ya ha tenido varias oportunidades para acabar conmigo si quisiera.

—Mmm —murmura Dain con su clásico tono pensativo mientras sigue trabajando sobre mis músculos tensos y adoloridos, inclinado sobre un lado de su cama. Rhiannon me puso a entrenar por dos horas más después de la cena, y para el final, apenas podía moverme.

Supongo que no fui a la única que Xaden asustó esta tarde.

—¿Crees que podría estar tramando algo contra Navarre y aun así haberse vinculado con Sgaeyl? —pregunto, con la mejilla contra su manta.

—Al principio sí lo creía. —Sus manos bajan por mi columna vertebral, deshaciendo los nudos que hicieron que fuera casi imposible levantar los brazos durante la última hora de entrenamiento de hoy—. Pero luego me vinculé con Cath y me di cuenta de que los dragones harían cualquier cosa para proteger el Valle y sus áreas sagradas de incubación. Es imposible que un dragón hubiera elegido a Riorson o a cualquier separatista si sus intenciones de proteger a Navarre no fueran reales.

—Pero ¿un dragón puede saber si estás mintiendo? —Giro la cabeza para verlo a la cara.

—Sí. —Sonríe—. Cath lo sabría porque está en mi cabeza. Es imposible esconderle algo así a tu dragón.

—¿Siempre está en tu cabeza? —Sé que va contra las reglas preguntar... No se puede hablar de casi nada sobre los vínculos por lo misteriosos que son los dragones, pero es Dain.

—Sí —me responde, y su sonrisa se suaviza un poco—. Puedo bloquearlo si es necesario, y te enseñarán cómo hacerlo después de la Trilla... —Su expresión cambia a una de pesar.

—¿Qué pasa? —Me incorporo, cubriéndome el pecho con una de sus almohadas, y me recargo en la cabecera.

—Hablé con el coronel Markham esta mañana. —Va a la silla de su escritorio, se sienta y descansa la cabeza entre sus manos.

—¿Pasó algo? —El miedo me recorre la espalda—. ¿En el ala de Mira?

—¡No! —Dain levanta la cabeza de inmediato y hay tanta tristeza en su mirada que bajo los pies de la cama—. No es nada de eso. Le dije... que creo que Riorson quiere matarte.

Vuelvo a acomodar todo mi cuerpo sobre la cama.

—Ah. Bueno, eso no es novedad, ¿o sí? Cualquiera que haya leído algo de historia de la rebelión puede sacar la misma conclusión, Dain.

—Pues sí, pero también le dije de Barlowe y de Seifert. —Se pasa una mano por el cabello—. No creas que no vi cómo Seifert te aventó contra la pared antes de la formación de esta mañana. —Enarca una ceja, mirándome.

—Solo está enojado porque le quité la daga en el primer reto. —Aprieto la almohada contra mi pecho.

—Y Rhiannon me dijo que encontraste flores aplastadas en tu cama la semana pasada. —Me mira con severidad, pero yo solo me encojo de hombros.

—Solo eran flores marchitas.

—Eran violetas mutiladas. —Su boca se tensa y voy hacia él para poner mis manos sobre su cabeza.

—No es como que trajeran una amenaza de muerte escrita ni nada parecido —comento en tono de broma mientras acaricio su suave cabello café.

Él levanta la mirada hacia mí, y las luces mágicas hacen que sus ojos se vean un poco más brillantes sobre su barba bien acicalada.

—Son una amenaza.

Me encojo de hombros una vez más.

—Todos los cadetes reciben amenazas.

—Pero no todos los cadetes tienen que vendarse las rodillas diario —responde.

—Los que están heridos sí. —Frunzo el ceño, pues el enojo ya comenzó a anidarse en mi pecho—. ¿Por qué se lo contaste a Markham? Es escriba, y no haría nada aunque pudiera.

—Dijo que aún está dispuesto a aceptarte —suelta Dain, tomándome por la cadera para que no me vaya cuando intento dar un paso atrás—. Le pregunté si te admitiría en el Cuadrante de Escribas por tu propio bien, y dijo que sí. Te pondrán con los de primer año. No tendrás que esperar hasta el próximo Día de Reclutamiento.

—¿Que hiciste qué? —Me muevo para escapar de sus manos y alejarme de mi mejor amigo.

—Encontré una manera de alejarte del peligro y la aproveché. —Se levanta.

—Hiciste algo a mis espaldas porque crees que no lo voy a lograr. —El significado de esas palabras me rodea el pecho y se va cerrando hasta cortar el aire en vez de mantenerme en una pieza, y me hace sentir débil y sin aliento. Dain me conoce mejor que nadie, y si él aún piensa que no puedo con esto cuando ya he llegado hasta aquí…

Los ojos se me llenan de lágrimas, pero me niego a dejarlas caer, así que solo bajo la cabeza, tomo mi chaleco de escamas de dragón, me lo pongo y aprieto los lazos hasta anudarlos en mi espalda baja.

Dain suspira.

—Nunca dije que crea que no lo vayas a lograr, Violet.

—¡Lo dices todos los días! —grito—. Lo dices cuando me acompañas de la formación a las clases, aunque sabes que vas a llegar tarde al entrenamiento de vuelo. Lo dices cuando le gritas a tu líder de ala cuando me lleva a la colchoneta...

—No tenía derecho de...

—¡Es mi líder de ala! —Me meto la túnica por la cabeza—. Tiene derecho a hacer lo que se le dé la gana... incluso ejecutarme.

—¡Y por eso tienes que largarte de aquí! —Dain entrelaza los dedos en su nuca y comienza a caminar de un lado a otro—. He estado observando, Vi. Solo está jugando contigo, como un gato que juega con el ratón antes de matarlo.

—Me ha ido bien hasta ahora. —Siento el peso de mi morral lleno de libros al echármelo al hombro—. He ganado todos los retos...

—Menos el de hoy, cuando trapeó el piso contigo una y otra vez. —Me toma por los hombros—. ¿O no viste la parte en la que te quitó arma por arma para que supieras exactamente lo fácil que es derrotarte?

Levanto el mentón y lo miro con odio.

—¡Estuve ahí, y ya he sobrevivido casi dos meses en este lugar, que es más de lo que puedo decir de una cuarta parte de los de mi año!

—¿Sabes lo que pasa en la Trilla? —me pregunta, bajando el tono.

—¿Me estás diciendo ignorante? —La rabia hierve en mis venas.

—No solo se trata de los vínculos —continúa diciendo—. Echan a todos los de primero a los campos de entrenamiento, esos donde nunca han estado, y luego los de segundo y tercero deben verlos mientras deciden a cuáles dragones acercarse y de cuáles huir.

—Sé cómo funciona. —Aprieto los dientes.

—Bueno, pues mientras los jinetes están viendo, los de primero sacan sus rencores y eliminan cualquier... lastre del ala.

—No soy un maldito lastre. —El pecho se me apachurra de nuevo, pero en el fondo, en un nivel físico, sé que sí lo soy.

—Para mí no lo eres —susurra, llevando una mano a mi mejilla—. Pero ellos no te conocen como yo, Vi. Y mientras los de primero como Barlowe y Seifert se van contra ti, tendremos que verlo. Yo voy a tener que verlo, Violet. —La voz se le quiebra y eso me arranca la rabia de golpe—. No tenemos permitido ayudarles. Salvarlos.

—Dain...

—Y cuando recogen sus cuerpos para la lista, nadie va a documentar cómo murió cada cadete. Tienes las mismas probabilidades de morir por el arma de Barlowe que por la garra de un dragón.

Tomo aire para controlar el miedo que estalla dentro de mí.

—Markham dice que te puede tener todo el primer año sin decirle a tu madre. Para cuando se entere, ya estarás iniciada como escriba y no habrá nada que ella pueda hacer. —Levanta la otra mano para sostener mi cara entre ambas palmas y la acerca a la suya—. Por favor. Si no lo haces por ti, hazlo por mí.

El corazón se me detiene por un instante y vacilo, pues sus palabras me jalan exactamente hacia lo que él está sugiriendo. «Pero ya llegaste hasta acá», dice una parte de mí.

—No te puedo perder, Violet —susurra, apoyando su frente contra la mía—. Simplemente... no puedo.

Cierro los ojos con todas mis fuerzas. Es mi oportunidad de salir de aquí, y sin embargo no quiero aprovecharla.

—Solo te pido que me prometas que lo vas a pensar —me ruega—. Aún nos quedan cuatro semanas antes de la Trilla. Solo... piénsalo. —La esperanza en su voz y la ternura con la que me sostiene derriba todas mis defensas.

—Lo voy a pensar.

DIEZ

No subestimes el reto del Guantelete, Mira. Está diseñado para poner a prueba tu equilibrio, fuerza y habilidad. El tiempo importa un carajo, solo tienes que llegar a la cima. Agarra las cuerdas cuando haga falta. Llegar al último es mejor que llegar muerta.

—PÁGINA 46, EL LIBRO DE BRENNAN

Elevo la vista y luego la elevo más y más; el miedo se va enroscando en mi estómago como una serpiente lista para atacar.

—Esto es... —Rhiannon traga saliva, con la cara tan levantada como la mía mientras vemos la amenazante pista de obstáculos que está tallada en el costado de una cresta tan empinada que bien podría ser un risco. El camino, que es más bien una zigzagueante trampa mortal, se eleva frente a nosotras, separándose en cinco distintas curvas de ciento ochenta grados, cada una más difícil que la anterior, para llegar a la parte alta del acantilado que separa la ciudadela del campo de vuelo y el Valle.

—Increíble —dice Aurelie con un suspiro.

Rhiannon y yo nos damos la vuelta y la miramos como si se hubiera golpeado la cabeza.

—¿Te parece que ese horror se ve increíble? —le pregunta Rhiannon.

—¡Llevo años esperando por esto! —Aurelie sonríe, y sus negros ojos que casi siempre están serios brillan bajo el sol de la mañana mientras se frota las manos, cambiando su peso de una musculosa pierna a otra en unos saltitos de alegría—. Mi papá, que era jinete hasta el año pasado que se retiró, solía hacer pistas de obstáculos como esta para que practicáramos, y Chase, mi hermano, dijo que es lo mejor de estar aquí antes de la Trilla. Es todo un subidón de adrenalina.

—Está con el Ala Sur, ¿verdad? —le pregunto, enfocándome en la pista de obstáculos que sube por la ladera de un jodido acantilado. Se ve más como una trampa mortal que como un subidón de adrenalina, pero claro, digamos que es eso. Hay que pensar positivo, ¿no?

—Sí. Básicamente hace trabajo de oficina comparado con toda la acción que ven cerca de la frontera con Krovla. —Se encoje de hombros y señala como a dos tercios de la pista—. Me dijo que tenga cuidado con esos postes gigantes que salen del costado de la pendiente. Giran, y te pueden aplastar si no eres lo suficientemente rápida.

—Ah, bueno. Me estaba preguntando cuál sería la parte difícil —masculla Rhiannon.

—Gracias, Aurelie. —Ubico la serie de troncos de casi un metro de ancho casi juntos que salen del terreno rocoso como si fueran escalones redondeados que se elevan desde el suelo hasta lo alto de una de las puntas y asiento. Hay que hacerlo rápido. Entendido. «Hubieras incluido ese dato, Brennan».

La pista de obstáculos es la materialización de mi peor pesadilla. Por primera vez desde que Dain me rogó que me fuera la semana pasada, considero la oferta de Markham. No hay senderos mortales en el Cuadrante de Escribas, eso es seguro.

«Pero ya llegaste hasta aquí». Aaah, ahí está, la vocecita que no me deja en paz últimamente y que se atreve a darme esperanzas de que quizá sí podría sobrevivir a la Presentación.

—Aún no tengo claro por qué le dicen el Guantelete —dice Ridoc a mi derecha, echándose vaho entre las manos para combatir el frío matutino. El sol no ha tocado este rincón, pero ya brilla sobre la última parte de la pista.

—Porque arranca a los debiluchos del camino para asegurarse de que los dragones sigan yendo a la Trilla —se burla Tynan al otro lado de Ridoc, cruzándose de brazos mientras me lanza una mirada.

Tras responderle con un gesto de odio, lo dejo ir. Ha estado de malas desde que Rhiannon lo molió en la colchoneta durante la evaluación física.

—Cállate, estúpido —suelta Ridoc, ganándose la atención de todo el pelotón.

Esto me sorprende, porque nunca antes había visto a Ridoc enojado ni usando nada que no fuera humor para aliviar la tensión del momento.

—¿Cuál es tu problema? —Tynan se quita un mechón de cabello grueso y oscuro de los ojos y se da la vuelta como si fuera a lanzarle unas miradas intimidantes a Ridoc, pero no sirven de nada, porque Ridoc es el doble de ancho y al menos quince centímetros más alto que él.

—¿Mi problema? ¿Crees que porque te hiciste amigo de Barlowe y Seifert tienes derecho a ser un cretino con una compañera de tu propio pelotón? —lo reta Ridoc.

—Exactamente. Es mi compañera de pelotón. —Tynan señala hacia los obstáculos—. Nuestros tiempos no solo se miden individualmente, Ridoc. También nos evalúan como pelotón, y así es como se decide el orden para la Presentación. ¿En serio crees que algún dragón quiere vincularse con un cadete que desfila después de todos los demás pelotones?

Bueno, tiene un punto. Es un punto de mierda, pero es un punto.

—No nos van a tomar el tiempo para la Presentación hoy, imbécil. —Ridoc da un paso al frente.

—Basta. —Sawyer se pone entre los dos, dándole un empujón en el pecho a Tynan lo suficientemente fuerte como para hacerlo tambalearse hacia la chica que está detrás—. Se los dice alguien que sobrevivió a la Presentación el año pasado: su tiempo no significa nada. El último cadete que desfiló el año pasado consiguió un vínculo sin problemas, y algunos de los cadetes del primer pelotón que entraron al campo se quedaron sin nada.

—Y estás un poquito amargado por eso, ¿no? —Tynan le muestra una sonrisa burlona.

Sawyer lo ignora.

—Además, no se llama Guantelete porque arranque a algunos cadetes.

—Se llama Guantelete porque este es el risco que protege al Valle —dice el profesor Emetterio que aparece detrás de nuestro pelotón, con su cabeza rasurada brillando bajo el creciente sol—. Además, los guanteletes de verdad, que son guantes de armadura, hechos de metal, son terriblemente resbalosos, y el nombre se le quedó desde hace como veinte años. —Mira a Tynan y a Sawyer con una ceja enarcada—. ¿Ya terminaron de discutir? Porque los nueve que están aquí tiene exactamente una hora para llegar a la cima antes de que le toque practicar a otro pelotón, y por lo que vi de su agilidad en la colchoneta, van a necesitar hasta el último segundo.

Nuestro pequeño grupo asiente entre gruñidos.

—Como saben, los combates mano a mano están en pausa durante las próximas dos semanas y media antes de la Presentación para que puedan concentrarse en esto. —El profesor Emetterio le da la vuelta a una hoja en la libretita que trae—. Sawyer, tú les vas a enseñar cómo se hace, porque ya te sabes el camino. Luego Pryor, Trina, Tynan, Rhiannon, Ridoc, Violet, Aurelie y Luca. —Una sonrisa le curva las líneas severas de sus labios cuando termina de decir cada uno de los nombres de nuestro pelotón y nos ponemos en fila con ese orden—. Son el único pelotón que sigue intacto desde el parapeto. Es algo increíble. Su líder de pelotón debe estar muy orgulloso. Espérenme aquí por un segundo. —Pasa junto a nosotros para ir a hacerle una seña con la mano a alguien que está en lo alto del risco.

De seguro ese alguien tiene un reloj.

—Aetos está especialmente orgulloso de Sorrengail. —Tynan me regala una sonrisa burlona cuando nuestro instructor ya no nos alcanza a escuchar.

Veo rojo.

—Mira, una cosa es que quieras decir idioteces sobre mí, pero no metas a Dain.

—Tynan —le advierte Sawyer, negando con la cabeza.

—¿Qué a ustedes no les molesta que nuestro líder de pelotón se esté tirando a una de nosotros? —Tynan echa las manos al aire en gesto derrotado.

—Yo no... —comienzo a decir, porque la indignación está tomando el control, pero logro tomar aire y calmarme—. Honestamente, no es de tu maldita incumbencia con quién me acuesto, Tynan. —Aunque si me van a acusar, ¿no podría tener algo que disfrutar? Con lo que conozco a Dain, sé que está obsesionado con eso de que la fraternización-no-se-recomienda-entre-la-cadena-de-mando como este imbécil. Pero seguramente Dain sí haría algo conmigo si en realidad lo quisiera, ¿no?

—¡Sí es, si eso significa que te dan trato preferencial! —agrega Luca.

—Ay, por favor —masculla Rhiannon, frotándose el puente de la nariz—. Luca, Tynan, cállense. Esos dos no tienen relaciones. Han sido amigos desde niños, ¿o no saben lo suficiente sobre nuestros propios líderes como para saber que el papá de Dain es consejero de la mamá de Violet?

Los ojos de Tynan se abren de par en par, como si realmente estuviera sorprendido.

—¿En serio?

—En serio. —Niego con la cabeza y observo la pista.

—Mierda. Lo siento. Barlowe dijo...

—Y ese fue tu primer error —lo interrumpe Ridoc—. Escuchar a ese idiota sádico va a terminar matándote. Y tienes suerte de que Aetos no esté aquí.

Es cierto. Dain no toleraría las suposiciones de Tynan y probablemente lo pondría a hacer la limpieza por un mes. Menos mal que está en el campo de vuelo a esta hora.

«Xaden simplemente lo azotaría».

Sorprendida, saco esa comparación y cualquier otro pensamiento de Xaden Riorson de mi cabeza y lo aviento lo más lejos que puedo.

—¡Allá vamos! —El profesor Emetterio se pone a la cabeza de nuestra fila—. Al llegar a la cima, si es que llegan, les dirán su tiempo, pero recuerden, aún les quedan nueve sesiones de práctica antes de que los clasifiquemos para la Presentación dentro de dos semanas y media, y en la que se determinará si los dragones los consideran merecedores de la Trilla.

—¿No tendría más sentido dejar que los de primero comencemos a practicar para esta cosa justo después del parapeto? —le pregunta Rhiannon—. Ya sabe, ¿para darnos un poco más de tiempo para no morir?

—No —responde el profesor—. El tiempo es parte del reto. ¿Algún consejo, Sawyer?

Sawyer exhala lentamente y su mirada recorre la pista llena de peligros.

—Cada dos metros hay cuerdas que van desde lo alto del empinado risco hasta el fondo —dice—. Así que, si empieza a caerse, estírense y tomen una cuerda. Les costará unos treinta segundos, pero la muerte cuesta más.

«Maravilloso».

—Bueno, pero hay unos escalones buenísimos allá. —Ridoc señala hacia la escalera tallada en la piedra junto a las anchas curvas del Guantelete.

—Las escaleras son para llegar al campo de vuelo que está en la cresta después de la Presentación —dice el profesor Emetterio, y luego levanta la mano hacia la pista y gira la muñeca, señalando distintos obstáculos.

El tronco de cuatro metros y medio al inicio de la subida comienza a girar. Los pilares que están en el segundo y tercer nivel vibran. La enorme rueda en la primera curva comienza a rotar en contrasentido del reloj. ¿Y los postecitos que Aurelie mencionó? Todos se mueven en direcciones opuestas.

—Cada una de las cinco elevaciones de esta pista están diseñadas para imitar los retos que enfrentarán en la batalla. —El profesor Emetterio se gira para mirarnos con el mismo rostro serio que tiene cuando imparte nuestro entrenamiento de combate normal—. Desde el equilibrio que deben tener sobre su dragón hasta la fuerza que necesitarán para aferrarse a su asiento, pasando por... —Señala hacia arriba, al último obstáculo, que parece una rampa de noventa grados de este ángulo—. La resistencia que requerirán para luchar en tierra y luego poder montarse en su dragón en un instante.

Los postes tiran un pedazo de piedra y, en su camino por la pista, la roca aplasta todos los obstáculos en su camino hasta caer a seis metros de nosotros. Si estuviera buscando una metáfora de mi vida pues... ahí está.

—Guau —susurra Trina, que está mirando la roca pulverizada con sus ojos cafés muy abiertos. Yo soy la más pequeña del pelotón, pero Trina es la más callada, la más reservada. Puedo contar con ambas manos el número de veces que me ha hablado desde lo del parapeto. Si no tuviera amigos en el Ala Uno, me preocuparía por ella, pero no necesita abrirse para sobrevivir al cuadrante.

—¿Estás bien? —le pregunto en un susurro.

Ella traga saliva y asiente, haciendo que uno de sus rizos color caoba rebote contra su frente.

—¿Y si no logramos llegar hasta arriba? —pregunta Luca a mi derecha, recogiéndose su largo cabello en una trenza algo suelta. Hoy su arrogancia no es tan obvia—. ¿Cuál es la ruta alterna?

—No hay ruta alterna. Si no lo logran, no pueden ir a la Presentación. Ve a tu lugar, Sawyer —ordena el profesor Emetterio, y Sawyer va al inicio de la pista—. Cuando cruce el obstáculo final, para que todos puedan aprender de este cadete cómo se llega hasta allá, el resto de ustedes empezará a salir cada sesenta segundos. Y... ¡fuera!

Sawyer sale como rayo. Cruza corriendo sin problema los cuatro metros y medio del tronco que da vueltas en paralelo a la ladera del risco y luego por los pilares elevados, pero le toma tres giros dentro de la rueda antes de saltar por la única abertura. Fuera de eso, no veo ni un solo fallo en la primera subida. Ni. Uno.

Da la vuelta y corre hacia una serie de bolas colgantes enormes que están en la segunda subida, saltando y abrazándose de una tras otra. Cuando sus pies vuelven a estar en la tierra, da la vuelta de nuevo y toma la tercera subida, que está dividida en dos secciones. La primera parte tiene unas varas metálicas gigantes que cuelgan en paralelo a la pared del risco, y él sin problemas los cruza colgándose con un brazo y luego el otro, usando su propio peso e impulso para mecer la vara hacia adelante y alcanzar la siguiente, que está unos quince centímetros más alto que la anterior, y así va subiendo por la ladera. Desde la última barra, salta a la serie de pilares movedizos que conforman la segunda parte de esa subida antes de saltar al fin al camino de grava.

Para cuando llega a la cuarta subida, a los troncos giratorios de los que nos advirtió el hermano de Aurelie, Sawyer ha hecho que todo esto parezca un juego de niños, y empiezo a sentir una chispa de esperanza en que quizá esta pista no sea tan difícil como se ve desde abajo.

Pero entonces se enfrenta a la enorme formación con forma de chimenea que se cierne frente a él en un ángulo de veinte grados y se detiene.

—¡Tú puedes! —le grita Rhiannon junto a mí.

Como si la hubiera escuchado, Sawyer se echa a correr hacia la chimenea inclinada y se lanza hacia arriba, agarrándose de los lados con su cuerpo en forma de X, y luego se pone a saltar por el conducto hasta llegar al final y salir frente al obstáculo final: una enorme rampa que se extiende hasta la orilla del risco en una subida casi vertical.

Me quedo sin aliento al ver cómo Sawyer corre hacia la rampa, usando su velocidad e impulso para recorrer dos tercios del camino. Justo antes de que comience a caer, estira un brazo hacia la parte alta de la rampa y se jala para llegar hasta arriba.

Rhiannon y yo gritamos y lo vitoreamos. Lo logró. Y casi sin una sola falla.

—¡Técnica perfecta! —exclama el profesor Emetterio—. Eso es exactamente lo que todos ustedes deberían hacer.

—Perfecta, y sin embargo lo ignoraron en la Trilla —se burla Luca—. Supongo que los dragones sí tienen sentido del gusto.

—Ya cálmate, Luca —dice Rhi.

¿Cómo es posible que alguien tan inteligente y atlético como Sawyer no haya conseguido un vínculo? Y, si él no lo consiguió, ¿qué esperanza tenemos los demás?

—Soy demasiado bajita para la rampa —le susurro a Rhi.

Ella me lanza una mirada y luego a la rampa.

—Eres tremendamente rápida. Si agarras carrera, apuesto a que el impulso te llevará hasta arriba.

Pryor, el cadete tímido de la región fronteriza de Krovla, tiene algunos problemas en las varas de acero de la tercera subida por su vacilación bastante predecible, pero al final lo logra justo cuando Trina casi se cae en los pilares movedizos y toma una cuerda. Solo puedo ver lo rojo de su cabello cuando comienza a subir los escalones rotatorios, pero su grito me llega hasta la punta de los pies cuando la cuerda se balancea muy cerca del suelo.

—¡Tú puedes! —grita Sawyer desde arriba.

—¡Van en direcciones opuestas! —le responde Aurelie.

—Tynan, comienza —ordena el profesor Emetterio, mirando su reloj de bolsillo y no a la pista.

Escucho los latidos de mi corazón en los oídos cuando Trina termina de cruzar los escalones, y ese tamborileo no se detiene cuando llaman a Rhiannon para que empiece. Pasa la primera subida con la agilidad que he aprendido a esperar de ella antes de detenerse.

Tynan está colgando de la segunda de cinco bolas para mecerse en la segunda subida, justo donde el suelo se abre al vacío. Si se cae, tiene una posibilidad minúscula de caer en el tronco giratorio de la primera subida y enormes probabilidades de caer casi diez metros hasta el suelo.

—¡Tienes que seguirte moviendo, Tynan! —grito, aunque no creo que pueda escucharme hasta allá. Puede que sea un tonto que se cree todo, pero sigue siendo mi compañero de pelotón.

Él grita, con los brazos alrededor de la bola. Es imposible que la rodee por completo, ese es el punto, y se está resbalando.

—Va a joder el tiempo de la otra —dice Aurelie, y suelta un suspiro aburrido.

—Menos mal que solo es una práctica —comenta Ridoc, y luego le grita a Tynan—. ¿Qué pasa, Tynan? ¿Les tienes miedo a las alturas? ¿Quién es el lastre ahora?

—Basta. —Le doy un codazo. Ya no está tan flaco. Las últimas siete semanas le han dado algo de músculo—. No porque él sea un cretino también tienes que serlo tú.

—Pero me está dando tanto material —responde Ridoc, y su boca se tuerce en una sonrisita mientras se va al punto de salida.

—¡Mécete hacia la siguiente! —sugiere Trina desde arriba de la pista.

—¡No puedo! —El alarido de Tynan podría romper cristal mientras baja haciendo eco por la montaña, y eso me estruja el pecho.

—Ridoc, ¡comienza! —ordena el profesor Emetterio.

Ridoc se lanza hacia el tronco.

—¡Rhi! —grito, mirando para arriba—. ¡La cuerda está entre la primera y la segunda!

Ella asiente y luego salta a la primera bola, agarrándose por arriba, cerca de donde la cadena la sostiene del tubo de hierro, y mece su peso por un lado.

Es un enfoque muy inspirado, y algo que puede funcionarme.

La grava cruje bajo mis botas mientras avanzo a la posición de salida. Ah, mira, sí es posible que mi corazón lata más rápido. La maldita cosa prácticamente vibra mientras me limpio las palmas sudorosas en los pantalones de cuero.

Rhiannon le pone la cuerda en la mano a Tynan, pero en vez de usarla para mecerse hacia la otra bola, él... baja.

La quijada casi se me va al suelo mientras lo veo descendiendo. Definitivamente eso no lo vi venir.

—Violet, ¡comienza! —ordena Emetterio.

«Acompáñame, Zihnal». No he pasado el tiempo suficiente en el templo como para que al dios de la suerte le importe mucho lo que me pase en este momento, pero no pierdo nada con intentarlo.

Recorro a toda velocidad la primera parte de la subida y llego al tronco giratorio en unos segundos. Siento como si esta barra de equilibrio del infierno me estuviera batiendo el estómago.

—Solo es equilibrio. Tú puedes mantener el equilibrio —digo entre dientes, y empiezo a cruzarla—. Rápido, rápido, rápido —repito durante todo el camino hasta bajarme de un salto al final para caer en la primera de cuatro columnas de granito, cada una más alta que la anterior.

Hay como un metro de distancia entre cada una, pero logro saltar de un pilar a otro sin derrapar en las orillas. «Y esta es la parte fácil». Un nudo de miedo se va formando en mi garganta.

Salto a la rueda giratoria y corro, esquivando la única abertura cuando pasa para luego esperar su segunda vuelta. El momento correcto. Esto se trata del encontrar el momento correcto.

Cuando llega la oportunidad, la tomo, me lanzo por la abertura y corro hacia el camino de grava de la segunda subida. Las bolas que se mecen están frente a mí, pero me voy a resbalar como estúpida si no me tranquilizo y hago que mis manos dejen de sudar.

«Los dragones Cola de Plumas son la raza de la que menos sabemos», recito en mi cabeza, utilizando hasta la última micra de mi capacidad pulmonar mientras salto de la orilla a la primera bola, agarrándome de arriba como lo hizo Rhiannon. El tirón inmediato en mis hombros me hace tensar todos los demás músculos para que no se me disloquen las articulaciones.

«Mantén la calma. Mantén la calma».

Obligo a la bola a rotar cargándole mi peso y luego me mezo hacia la siguiente. «Esto es porque, supuestamente, los Cola de Plumas aborrecen la violencia y no son candidatos para vincularse».

Repito los movimientos, pasando de una bola a la siguiente y con los ojos puestos en las cadenas y nada más.

«Aunque este académico no puede estar seguro, pues jamás ha salido ni uno del Valle en lo que tengo de vida». Sigo recitando de memoria mientras llego a la quinta y última bola. Con un balanceo final, me lanzo de lado, suelto la bola y caigo en el estrecho camino de grava sin torcerme un tobillo.

La siguiente subida es de puro impulso.

—Los dragones verdes —digo entre dientes—, conocidos por su gran intelecto, descienden de la honorable estirpe Uaineloidsig, y siguen siendo los más racionales de entre todos los dragones, lo que los hace armas perfectas para sitiar al enemigo, especialmente en el caso de los Cola de Garrote. —Termino mientras alineo mi cuerpo con la primera vara de metal y me preparo para lanzarme hacia allá.

—Estás... ¿estudiando? —me grita Aurelie desde abajo, donde está saltando a la primera bola.

—Me ayuda a tranquilizarme —le explico en pocas palabras. Aquí no hay tiempo para sentir vergüenza, eso puede esperar para después.

Hay tres barras de hierro frente a mí, cada una alineada como un ariete hacia la siguiente.

—El Cuadrante de Escribas se antoja mucho en este momento —mascullo, y luego me lanzo a la primera. Al menos la textura me da algo de qué agarrarme mientras avanzo moviendo una mano y luego la otra. El malestar en mis hombros se vuelve un dolor punzante para cuando llego al final de la primera barra, meciendo los pies para conseguir el impulso necesario para pasar a la siguiente.

El primer golpe del hierro cuando las barras se encuentran hace que se me resbalen los dedos y ahogo un grito porque el terror me entierra las garras en el estómago. «Los dragones naranja, que vienen en varios tonos, desde el durazno hasta el zanahoria, son los más...» me lanzo a la siguiente barra «... impredecibles de todos y por tanto siempre son un riesgo». Cruzo la barra con el mismo movimiento de una mano y después la otra, ignorando las obvias protestas de mis hombros. «Descienden de la estirpe Fhaicorain...».

La mano derecha se me resbala y mi peso me mece hacia la ladera hasta que la mejilla se me estampa en la roca. Un zumbido agudo estalla en mis orejas y los bordes de la visión se me oscurecen.

—¡Violet! —grita Rhiannon desde arriba.

—¡Al lado! ¡La cuerda está a tu lado! —dice Aurelie desde abajo.

El hierro me araña las puntas de los dedos mientras la mano se me resbala, pero encuentro la cuerda y me agarro de ella, apoyando los pies sobre el nudo que está debajo de mí y aferrándome con todas mis fuerzas hasta que el zumbido en mi cabeza desaparece. Tengo que mecerme o bajar por la cuerda.

He sobrevivido siete semanas en este maldito cuadrante, y la pista no me va a vencer hoy.

Me empujo de la orilla, me mezo hacia la barra y, cuando la alcanzo, de inmediato me pongo a avanzar una mano tras otra para pasar a la siguiente y luego a la otra hasta que al fin me suelto y caigo sobre el primer pilar movedizo de hierro. El cerebro se me sacude mientras la cosa esa se agita violentamente y salto a la otra. Apenas logro recuperar el equilibrio antes de brincar al camino de grava al final de la subida.

Aurelie, que viene detrás de mí, cae con una sonrisa.

—¡Esto es lo mejor!

—Claramente tienen que revisarte los curanderos. Te debes haber golpeado la cabeza si crees que esto es divertido. —Mi respiración está entrecortada, pero no puedo contener una sonrisa ante su obvia felicidad.

—Para este solo tienes que pasarlo corriendo —dice cuando llegamos a la escalera de postes que salen de la ladera del risco.

Cada uno de los troncos de un metro rota desde la base en una de las secciones más empinadas de la pista. Con rapidez calculo que, si te resbalas de uno de los postes, probablemente sería una caída de entre nueve y doce metros hacia el terreno rocoso de allá abajo. Paso saliva para tragarme el terror que intenta subir por mi garganta y me concentro en la posibilidad de que mi agilidad y ligereza me darán ventaja en este obstáculo en particular.

—Créeme. Si te detienes, vas a girar con el tronco y te caerás —continúa ella.

Asiento y doy unos saltitos, reuniendo los restos de valor que me quedan. Y luego me echo a correr. Mis pies son rápidos y solo hacen contacto con cada poste el tiempo suficiente para impulsarme hacia el siguiente y, en unos segundos, estoy al otro lado.

—¡Sí! —grito, elevando un puño en celebración mientras me quito para no estorbarle a Aurelie.

—¡Bien, Violet! —dice ella—. ¡Ahora voy yo! —Sus pasos son mucho más ágiles que los míos al saltar de un poste a otro.

Desde arriba se escucha un rugido y levanto la cabeza justo a tiempo para ver la barriga de un Verde Cola de Daga que va volando justo sobre nosotros con dirección hacia el Valle.

Nunca me voy a acostumbrar a esto.

Aurelie suelta un grito y mi cabeza se gira de inmediato hacia ella para verla tambalearse y resbalarse en el quinto poste. El aire se congela en mis pulmones mientras se va de boca, azotando de panza en el penúltimo tronco giratorio como en cámara lenta.

—¡Aurelie! —exclamo, y corro hacia ella, tocando el séptimo poste con la punta de los dedos.

Nuestras miradas se encuentran y el *shock* y el terror llenan sus enormes ojos negros mientras el poste la rueda alejándola de mí y la hace caer. Hasta la mitad del risco.

El sol me quema los ojos esta mañana mientras estamos en la formación.

—Calvin Atwater —lee el capitán Fitzgibbons con la voz solemne de siempre.

«Primer Pelotón, Sección Garra, Ala Cuatro». Se sienta a dos filas detrás de mí en Informe de Batalla. «Se sentaba».

No hay nada especial en esta mañana. Nuestro primer entrenamiento en el Guantelete hizo la lista más larga, pero solo es otra lista en otro día cualquiera... salvo porque no. La excepcional crueldad de este ritual nunca me había pegado tan duro. Ya no es como el primer día. Conozco a la mitad de los nombres que se están leyendo y esto me hace ver borroso.

—Newland Jahvon —continúa el capitán.

«Segundo Pelotón, Sección Llama, Ala Cuatro». Preparaba el desayuno conmigo.

Seguro ya estamos en los veinte. ¿Cómo es posible que esto sea todo? ¿Decimos sus nombres una vez y luego seguimos adelante como si no hubieran existido?

Rhiannon se mueve incómodamente junto a mí y de pronto solloza, y el movimiento le sacude los hombros una sola vez.

—Aurelie Donans.

Una lágrima solitaria se me escapa y la hago desaparecer con la mano, arrancándome una de las costras en mi mejilla. A la lágrima la sigue un hilillo de sangre mientras dicen el siguiente nombre, pero a ese sí lo dejo correr sobre mi piel.

—¿Estás segura de esto? —me pregunta Dain la noche siguiente, agarrándome por los hombros y con dos surcos de preocupación entre sus cejas.

—Si sus padres no van a venir a enterrarla, tengo que ser yo quien se encargue de sus cosas. Fui la última persona que la vio —le explico, girando los hombros para acomodarme el peso de la mochila de Aurelie.

Todos los padres de Basgiath tienen la misma opción cuando matan a su cadete. Pueden recoger el cuerpo y sus objetos personales para enterrarlos o quemarlo, o la escuela misma pondrá el cadáver bajo una piedra y quemará sus cosas. Los padres de Aurelie eligieron la puerta número dos.

—¿Y no quieres que vaya contigo? —me pregunta, acariciándome el cuello.

Niego con la cabeza.

—Sé dónde está la hoguera.

Dain maldice entre dientes.

—Debería haber estado ahí.

—No podrías haber hecho nada, Dain —digo en voz baja, cubriendo su mano con la mía hasta que nuestros dedos se entrelazan ligeramente—. Nadie pudo haber hecho nada. Ni siquiera tuvo tiempo de tomar una cuerda —susurro. He revivido el momento en mi cabeza una y otra vez, y siempre llego a la misma conclusión.

—Ni siquiera te pregunté si lograste llegar hasta arriba —dice.

Niego con la cabeza.

—Me atoré en la chimenea y tuve que usar una cuerda para bajar. Soy demasiado bajita para cubrir esa distancia, pero no voy a pensar en eso hoy. Ya se me ocurrirá algo antes de que nos cronometren oficialmente en el Guantelete durante el Día de Presentación.

Tengo que hacerlo. No permiten que los cadetes se bajen el último día. O recorres todo el Guantelete… O te caes y te mueres.

—Bueno. Avísame si me necesitas. —Dicho esto, me suelta.

Asiento y uso mil excusas para salir de los dormitorios. El peso de la mochila de Aurelie me hace tambalearme. Era tan fuerte que pudo cargar todo esto por el parapeto, pero igual se cayó.

Y, de algún modo, yo sigo en pie.

No puedo evitar la sensación de que la estoy cargando a ella mientras subo por las escaleras del torreón en el área académica, pasando junto al aula de Informe de Batalla para luego subir al techo de piedra, donde encuentro a unos cuantos cadetes que vienen bajando de allá. La hoguera no es más que un barril de hierro extra ancho, cuyo único propósito es incinerar, y el brillo de las llamas se extiende hacia el cielo nocturno mientras llego al techo con movimientos torpes y los pulmones lamentando la falta de oxígeno.

Hace un par de meses no hubiera podido cargar algo tan pesado.

Ya no hay nadie aquí arriba mientras me quito la mochila de los hombros.

—Lo siento tanto —susurro, enterrando los dedos en la ancha correa para lanzar la maleta sobre el borde metálico del contenedor.

Las llamas se avivan y hacen unos sonidos siseantes mientras el equipaje de Aurelie se convierte en combustible para el fuego. Ya no es más que un tributo para Malek, el dios de la muerte.

En vez de regresar por donde vine, voy hacia la orilla del torreón. La noche está nublada, pero puedo distinguir las siluetas de tres dragones que se acercan desde el oeste e incluso ver la cresta donde está el Guantelete, esperando para cobrarse a su próxima víctima.

«No voy a ser yo».

Pero ¿por qué? ¿Porque lo voy a conquistar? ¿O porque voy a ceder a la petición de Dain y me esconderé en el Cuadrante de Escribas? Mi ser entero rechaza la segunda opción, lo cual me hace cuestionarme todo mientras estoy aquí, dejando que pasen los minutos antes de que suenen las campanas que anuncian el toque de queda. Bajo por las escaleras sin tener una respuesta concreta a ese por qué.

Cruzo el patio, que está vacío salvo por un par de cadetes que no deciden si prefieren besarse o irse hacia la tarima, y desvío la mirada, dirigiéndome hacia el rincón donde Dain y yo nos sentamos ese primer día después del parapeto.

Ya casi pasaron dos meses y aún estoy aquí. Sigo viendo el sol salir cada mañana. ¿Eso no significa algo? ¿No existe una posibilidad, por más pequeña que sea, de que sea capaz de llegar a la Trilla? ¿De que quizá este sí sea mi lugar?

La puerta que lleva al túnel que tomamos para cruzar la montaña hacia el Guantelete esta mañana se abre en el muro del patio, a la izquierda del edificio académico, y frunzo el ceño. ¿Quién volvería a estas horas?

Me recargo en la pared y dejo que la oscuridad me esconda mientras Xaden, Garrick y Bodhi, el primo de Xaden, pasan bajo una luz mágica con dirección hacia donde estoy.

«Tres dragones». Salieron a... ¿a qué? Hasta donde sé, esta noche no había operativos de entrenamiento, aunque no es que esté enterada de todo lo que hacen los de tercero.

—Debe haber algo más que podamos hacer —dice Bodhi, mirando a Xaden y con voz baja al pasar junto a mí. Sus botas hacen crujir la grava.

—Estamos haciendo todo lo posible —sisea Garrick.

Siento un cosquilleo sobre la cabeza y Xaden se detiene a unos tres metros y tensa los hombros.

«Mierda».

Sabe que estoy aquí.

En vez del típico miedo que se despierta dentro de mí cuando él está cerca, ahora solo siento una rabia creciendo dentro de mi pecho. Si me quiere matar, pues bueno. Ya me harté de esperar que llegue el momento. Ya me harté de andar recorriendo los pasillos con miedo.

—¿Qué pasa? —le pregunta Garrick, que de inmediato mira por encima de su hombro hacia otro lado, a la pareja que definitivamente decidió que besuquearse es más importante que llegar a los dormitorios antes del toque de queda.

—Adelántense. Los veo adentro —dice Xaden.

—¿Estás seguro? —La frente de Bodhi se arruga y su mirada recorre el patio.

—Váyanse —ordena Xaden, y se queda completamente inmóvil hasta que los otros dos entran a las barracas y giran a la izquierda hacia la escalera que los llevará al segundo y al tercer piso. Cuando ya no se alcanzan a ver, se da la vuelta y mira al punto exacto en el que estoy sentada.

—Sé que sabes que estoy aquí. —Me obligo a levantarme e ir hacia él para que no piense que me estoy escondiendo o, peor, que le tengo miedo—. Y por favor no te pongas a presumir que tienes dominio sobre la oscuridad. Hoy no tengo ánimos para eso.

—¿Tampoco tienes preguntas sobre dónde estaba? —Se cruza de brazos y me observa bajo la luz de la luna. Su cicatriz se ve aún más amenazante desde aquí, pero no encuentro la energía para sentir miedo.

—La verdad, no me interesa. —Me encojo de hombros y el movimiento hace que el dolor en esta parte de mi cuerpo se intensifique. «Genial, justo a tiempo para la práctica en el Guantelete de mañana».

Él inclina la cabeza hacia un lado.

—En serio no te interesa, ¿verdad?

—No. Además, yo también estoy afuera después del toque de queda. —Un fuerte suspiro se escapa de mis labios.

—¿Qué haces tú afuera después del toque de queda, novata?

—Debatiéndome si debería huir —respondo—. ¿Y tú? ¿Tienes ganas de hablar? —le pregunto con tono de broma, sabiendo que no me va a contestar.

—Lo mismo.

Este cretino y su sarcasmo.

—Mira, ¿me vas a matar o no? La expectativa me está empezando a caer pésimo. —Me llevo una mano al hombro y lo giro, presionando sobre los músculos tensos, pero no ayuda en nada al dolor.

—Aún no decido —responde, como si le hubiera preguntado qué quiere de cenar, pero su mirada se planta sobre mi mejilla.

—Bueno, ¿podrías decidirlo ya? —mascullo—. Me ayudaría mucho para planear la próxima semana. —Markham o Emetterio. Escriba o jinete.

—¿Estoy interfiriendo con tu agenda, Violencia? —Sin duda hay una sonrisa burlona en esos labios.

—Solo necesito saber qué tantas posibilidades tengo aquí. —Cierro los puños.

El imbécil todavía se atreve a sonreír.

—Es la forma más extraña en que me han coqueteado…

—¡No mis posibilidades contigo, cretino engreído! —A la mierda con esto. A la mierda con todo esto. Empiezo a caminar, pero él me toma por la muñeca sin apretar mucho, pero con firmeza.

Sus dedos sobre mi pulso hacen que me dé un vuelco el corazón.

—¿Tus posibilidades de qué? —pregunta, jalándome apenas lo suficiente para que mi hombro roce con su bíceps.

—De nada. —No lo entendería. Es un maldito líder de ala, lo cual significa que ya dominó todo en el cuadrante, logrando incluso superar la carga de su propio apellido.

—¿Tus posibilidades de qué? —repite—. No me obligues a preguntártelo tres veces. —Su tono ominoso contrasta con la suavidad de su mano en mi muñeca y, mierda, ¿por qué tiene que oler tan bien? Como a menta, cuero y algo que no logro identificar, algo entre lo cítrico y lo floral.

—¡De sobrevivir a todo esto! No puedo llegar a lo alto del maldito Guantelete. —Intento sin mucho esfuerzo zafar mi muñeca, pero él no la suelta.

—Entiendo. —Su actitud es insoportablemente tranquila, y yo no puedo controlar ni una sola de mis emociones.

—No, no entiendes. Probablemente estás celebrando porque me voy a morir en la caída y no tendrás que meterte en el problema de matarme.

—Matarte no sería ningún problema, Violencia. Es dejarte con vida lo que, al parecer, me genera la mayoría de mis problemas.

Mi mirada sube para encontrarse con la suya, pero su rostro está indescifrable, cubierto por las sombras, qué sorpresa.

—Perdón por ser una molestia. —Mi voz está llena de sarcasmo—. ¿Sabes cuál es el problema de este lugar? —Jalo el brazo de nuevo, pero él lo detiene con firmeza—. ¿Además de que andes tocando lo que no es tuyo? —La lanzo una mirada acusadora.

—Estoy seguro de que me vas a decir cuál es. —Mi estómago se agita cuando su pulgar me acaricia la muñeca antes de soltarme.

Respondo antes de poder pensarlo mejor.

—La esperanza.

—¿La esperanza? —Inclina la cabeza para quedar más cerca de mí, como si creyera que quizá no me escuchó bien.

—La esperanza —asiento—. Alguien como tú nunca lo va a entender, pero yo sabía que venir aquí era una sentencia de muerte. No importó que toda mi vida haya estudiado para entrar al Cuadrante de Escribas; cuando la general Sorrengail te da una orden, no puedes simplemente ignorarla. —Dioses, ¿por qué le estoy diciendo todo a este tipo? «¿Qué es lo peor que podría hacer? ¿Matarte?».

—Claro que puedes —dice, encogiéndose de hombros—. Solo puede que no te gusten las consecuencias.

Hago un gesto de fastidio y, para mi gran vergüenza, en vez de alejarme ahora que estoy libre, me acerco un poquito más, como si pudiera tomar un poco de su fuerza. Sin duda tiene suficiente para dar y regalar.

—Sabía cuáles eran mis probabilidades, y de todos modos vine, concentrándome en ese mínimo porcentaje que decía que puedo lograrlo. Y luego sobrevivo casi dos meses y tengo… —Niego con la cabeza y aprieto los dientes—. Esperanza. —La palabra me sabe amarga.

—Ah. Y luego pierdes a una compañera de pelotón y no puedes subir por la chimenea y te rindes. Ya voy entendiendo. No te va a dar buena imagen, pero si quieres huir al Cuadrante de Escribas…

Ahogo un grito mientras el miedo me abre un agujero en el estómago.

—¿Cómo sabes de eso? —Si él sabe… si lo dice, Dain está en peligro.

Una sonrisa perversa le curva sus labios perfectos.

—Sé todo lo que pasa aquí. —La oscuridad baila a nuestro alrededor—. Las sombras, ¿recuerdas? Escuchan todo, lo ven todo, lo ocultan todo.

—El resto del mundo desaparece. Podría hacerme cualquier cosa aquí y nadie se enteraría.

—Sin duda mi madre te recompensaría si le contaras el plan de Dain —digo en voz baja.

—Y definitivamente te recompensaría a ti si le contaras sobre mi... ¿cómo le dijiste? Club.

—No le voy a decir. —Las palabras suenan defensivas.

—Lo sé. Por eso sigues viva. —Me sostiene la mirada—. Entiende esto, Sorrengail. La esperanza es una cosa voluble y peligrosa. Te roba la concentración y se la lleva hacia las posibilidades en vez de dejarla donde tiene que estar: en las probabilidades.

—Entonces, ¿qué debería hacer? ¿No tener esperanza de sobrevivir? ¿Planear mi muerte?

—Deberías enfocarte en las cosas que te pueden matar para encontrar formas de no morirte. —Niega con la cabeza—. Apenas alcanzo a contar el número de personas en este cuadrante que te quieren muerta, unas por venganza hacia tu madre y otras simplemente porque eres muy buena para hacer enojar a los demás, pero sigues aquí, contra todo pronóstico. —Las sombras me envuelven y podría jurar que siento una caricia en mi mejilla herida—. Ha sido un espectáculo bastante sorprendente, a decir verdad.

—Me alegra que te entretengas conmigo. Me voy a la cama. —Con esto, me doy la vuelta y voy hacia la entrada de las barracas, pero él va detrás de mí, tan cerca que la puerta se le estrellaría en la cara si no fuera tan antinaturalmente rápido para detenerla.

—Quizá si dejaras de sentir lástima de ti misma, verías que tienes todo lo necesario para escalar el Guantelete —dice desde atrás de mí, y su voz hace eco por el pasillo.

—¿Lástima de qué? —Me doy la vuelta y lo miro boquiabierta.

—La gente se muere —agrega él lentamente, y su quijada da un saltito antes de inhalar profundo—. Es algo que va a pasar una y otra vez. Es la naturaleza de lo que pasa aquí. Lo que te convierte en jinete es lo que haces después de que la gente se muere. ¿Quieres saber por qué sigues viva? Porque eres la vara con la que me mido cada noche. Cada día que te dejo vivir, puedo convencerme de que sigue habiendo una parte de mí que es una persona decente. Así que, si quieres renunciar, evítame la tentación y renuncia ya, carajo. Pero si quieres hacer algo, hazlo.

—¡Soy demasiado bajita para abarcar esa distancia! —siseo, y ya no me importa que alguien pueda escucharnos.

—La forma correcta no es la única manera. Piénsalo. —Luego se da la vuelta y se va.

Que. Se. Joda.

ONCE

Es una grave ofensa contra Malek guardar las pertenencias de un ser querido tras su muerte. Deben estar en el más allá con el dios de la muerte y los difuntos. A falta de un templo, el fuego bastará. Aquel que no queme las cosas por Malek, será quemado por Malek.

—*GUÍA PARA COMPLACER A LOS DIOSES*,
POR EL COMANDANTE RORILEE (SEGUNDA EDICIÓN)

Las siguientes sesiones de práctica en el Guantelete no son mucho más fructíferas para mí que la primera, pero al menos no hemos perdido a ningún otro compañero de pelotón. Tynan al fin dejó de estar de hablador, pues parece que él tampoco logra llegar hasta arriba.

Las bolas que se mecen son su ruina.

La chimenea es la mía.

Para la novena y penúltima sesión, estoy lista para para arrasar con toda la pista de obstáculos. La sección de la pista que es mi problema está hecha para simular la fuerza y la agilidad necesarias para montarse a un dragón, y cada vez está más claro que mi tamaño es lo que me va a joder.

—Quizá podrías subirte a mis hombros y luego... —Rhiannon niega con la cabeza mientras analizamos la grieta que se ha convertido en mi némesis.

—Luego seguiría sin saber qué hacer a la mitad —respondo, limpiándome el sudor de la frente.

—Da igual. No podemos tocar a otro cadete en el sendero. —Sawyer se cruza de brazos junto a mí. Tiene la punta de la nariz muy roja por el sol abrasador.

—¿Viniste a destruir nuestros sueños y esperanzas, o tienes una sugerencia? —le pregunta Rhiannon—. Porque mañana es la Presentación, así que, si tienes ideas brillantes, es hora de dárnoslas.

Si voy a huir al Cuadrante de Escribas, tendrá que ser esta noche. El corazón se me aplasta al pensarlo. Es la elección lógica. La elección segura.

Solo hay dos cosas que me detienen.

Una: no hay garantía de que mi madre no se vaya a enterar. Que Markham esté dispuesto a no decir nada, no significa que los instructores también se van a callar.

Pero la más importante: si me voy, si me escondo... nunca sabré si soy lo suficientemente buena para alcanzar el éxito en este cuadrante. Y, aunque puede que no sobreviva si me quedo, no estoy segura de que podré vivir tranquila si me voy.

—Doria Merril —dice el capitán Fitzgibbons desde la tarima. Todas sus facciones se ven muy claras, no solo porque el sol está velado por las nubes, sino porque estoy más cerca de él. Nuestra formación se va volviendo más pequeña con cada cadete caído.

De acuerdo con Brennan y las estadísticas, hoy será uno de los días más mortales para los de primer año.

Es el Día de Presentación, y para llegar al campo de vuelo, tendremos que subir el Guantelete primero. Todo en el Cuadrante de Jinetes está diseñado para deshacerse de los débiles, y hoy no es la excepción.

—Kamryn Dyre. —El capitán Fitzgibbons sigue leyendo de la lista.

Hago un gesto de pesar. Él se sentaba frente mí en la clase de Dragones.

—Arvel Pelipa.

Imogen y Quinn, ambas de segundo año, ahogan un grito adelante de mí. Los de primero no somos los únicos que estamos en riesgo; solo somos los que más probabilidades tenemos de morir.

—Michel Iverem. —El capitán Fitzgibbons cierra la lista—. Que sus almas estén con Malek. —Y, con esas palabras, la formación se rompe.

—Los de segundo y tercero, a menos que tengan que ayudar en el Guantelete, váyanse a clases. Los de primero: es hora de que nos enseñen de qué están hechos. —Dain finge una sonrisa y me salta en su recorrido con la mirada por nuestro pelotón.

—Buena suerte. —Imogen se acomoda un mechón rosa errante detrás de la oreja y me dirige una sonrisa ridículamente dulce—. Espero que el reto no te quede grande.

—Te veo luego —le respondo, levantando la barbilla.

Ella me mira con el más absoluto desprecio por un segundo y luego se va con Quinn y Cianna, nuestra líder ejecutiva, cuyos rizos en un corte hasta el hombro van rebotando al ritmo de sus pasos.

—Mucha suerte. —Heaton, la persona más rolliza de tercero en nuestro pelotón, con un diseño de llamas en corte y tinte en el cabello, se da unos golpecitos en el corazón, justo encima de sus parches, y nos ofrece a todos una genuina pero tensa sonrisa antes de irse a clases.

Mientras observo su espalda alejándose, me pregunto qué significará el parche circular de agua y esferas flotantes que trae en la parte alta del brazo derecho. Sé que el parche triangular del izquierdo, con la espada bastada, significa que no hay que meterse con esa persona en la colchoneta. Desde que Dain me contó sobre el parche que señala su sello ultrasecreto, les he prestado más atención a los suyos que a los parches cosidos en los uniformes de los demás cadetes. La mayoría los porta como medallas de honor, pero yo los reconozco como lo que realmente son: información que algún día podría necesitar para derrotarlos.

—No sabía que Heaton podía hablar. —Aparecen dos surcos entre las cejas de Ridoc.

—Quizá se dio cuenta de que debería saludarnos al menos una vez, porque puede que hoy terminemos calcinados —dice Rhiannon.

—Vuelvan a la formación —ordena Dain.

—¿Vas a ir con nosotros hoy? —le pregunto.

Él asiente, pero sigue sin mirarme.

Los ocho que quedamos nos ponemos en dos filas de cuatro, igual que los otros pelotones a nuestro alrededor.

—Qué incómodo —susurra Rhiannon junto a mí—. Parece que está molesto contigo.

Echo un vistazo sobre los delgados hombros de Trina mientras la brisa me sacude la trenza que tejí como una corona en mi cabeza. También a ella le está soltando algunos rizos.

—Quiere algo que no le puedo dar.

Rhiannon enarca las cejas y le respondo con un gesto de fastidio.

—No, no es... eso.

—No te juzgaría si fuera eso —me responde en voz baja—. Es muy sexy. Tiene esa vibra de chico lindo que a la vez puede acabar contigo.

Me esfuerzo por no sonreír, porque tiene razón. Súper sí tiene esa vibra.

—Somos el pelotón más grande —señala Ridoc detrás de nosotros mientras los pelotones más alejados del lado izquierdo, del Ala Uno, salen en fila del patio por la puerta oeste.

—¿Cuántos quedamos? —pregunta Tynan—. ¿Ciento ochenta?

—Ciento setenta y uno —responde Dain. Los pelotones del Ala Dos comienzan a avanzar, guiados por su líder de ala, lo que significa que Xaden está por ahí, delante de nosotros.

Mis nervios están reservados para la pista de obstáculos, pero no puedo evitar preguntarme hacia qué lado se inclinará su balanza hoy.

—¿Para cien dragones? Pero ¿qué vamos a...? —pregunta Trina hasta que los nervios la dejan sin palabras.

—Deja de permitir que el miedo se te cuele en la voz —le ordena Luca desde atrás de Rhiannon—. Si los dragones creen que eres cobarde, mañana no serás nada más que un nombre.

—Dice ella —narra Ridoc—, provocando más miedo.

—Cállate —exclama Luca—. Sabes que es verdad.

—Solo tienes que aparentar seguridad, y confío en que te irá bien. —Me inclino hacia adelante para que los que están detrás de nosotras no puedan escucharme mientras el Ala Tres comienza a marchar hacia la puerta.

—Gracias —me responde Trina en un susurro.

Los ojos entrecerrados de Dain al fin se encuentran con los míos, pero al menos no me dice mentirosa. Pero sus ojos me acusan tanto que bien podrían haberme detenido y juzgado por eso.

—¿Estás nerviosa, Rhi? —pregunto, sabiendo que están por llamarnos.

—¿Por ti? Para nada. Estamos listas para esto.

—Ah, yo preguntaba por el examen de historia de mañana —agrego, con tono juguetón—. Hoy no hay nada de qué preocuparse.

—Ahora que lo mencionas, todo eso del Tratado de Arif podría ser mi fin. —Sonríe.

—Aaah, el acuerdo entre Navarre y Krovla sobre el espacio aéreo compartido tanto para dragones como para grifos sobre una pequeña franja de las montañas Esben, entre Sumerton y Draithus —recito, y asiento.

—Tu memoria es aterradora. —Me sonríe.

Pero mi memoria no me va a llevar hasta el final del Guantelete.

—¡Ala Cuatro! —grita Xaden a lo lejos. Ni siquiera necesito buscarlo para saber que fue él quien dio la orden y no su oficial ejecutiva—. ¡Muévanse!

Salimos en fila: Sección Llama, luego Garra y finalmente Cola.

Hay un pequeño embotellamiento en la puerta, pero pronto cruzamos y salimos a la penumbra apenas iluminada por luces mágicas del túnel que hemos tomado todas las mañanas para llegar al Guantelete. Las sombras cubren las orillas del suelo rocoso de nuestro camino.

¿Cuáles serán los límites del poder de Xaden? ¿Puede usar sombras para ahogar a todos los pelotones que están aquí? ¿Necesitaría descansar para recargarse después? ¿Un poder tan enorme tiene algún precio o compensación?

Dain se retrasa un poco para caminar entre Rhiannon y yo.

—Cambia de parecer. —Es apenas un susurro.

—No. —Sueno mucho más segura de lo que me siento.

—Cambia. De. Parecer. —Su mano encuentra la mía, escondidas por el poco espacio que hay entre todos los cuerpos mientras bajamos por el pasaje—. Por favor.

—No puedo. —Niego con la cabeza—. Así como tú no podrías dejar a Cath e irte con los escribas.

—Es diferente. —Su mano aprieta la mía y puedo sentir la tensión en sus dedos, en su brazo—. Yo soy un jinete.

—Pues quizá yo también lo soy —susurro mientras aparecen unas luces más adelante. No lo creía antes, no cuando no podía irme porque mi padre no me lo permitiría, pero ahora sí tengo opción. Y he elegido quedarme.

—No seas… —Se interrumpe y me suelta la mano—. No quiero tener que enterrarte, Vi.

—Es inevitable, uno de los dos tendrá que enterrar al otro. —No lo digo como algo macabro, simplemente es un hecho.

—Sabes a qué me refiero.

La luz va creciendo hasta convertirse en un arco de tres metros de alto que nos llevará a la base del Guantelete.

—Por favor, no lo hagas —me ruega Dain, ya sin molestarse en bajar la voz mientras salimos a la luz moteada del sol.

La vista es tan espectacular como siempre. Seguimos muy alto en la montaña, a cientos de kilómetros del valle, y parece que el verdor se extiende infinitamente hacia el sur, con algunos grupitos de árboles achaparrados entre coloridas cuestas cubiertas de flores salvajes. Mi mirada va hacia el Guantelete tallado en la ladera del risco, y no puedo evitar seguir con los ojos todos los obstáculos, cada uno más arriba que el otro, hasta que llego a la parte más alta de la cresta que los mapas que he estudiado dicen que lleva a un cañón semicerrado: el campo de vuelo. Me muerdo el labio mientras observo el espacio que corta la arboleda.

Por lo general, solamente los jinetes tienen permitido ir al campo de vuelo, excepto el Día de Presentación.

—No sé si puedo ver esto —dice Dain, haciendo que mi atención vuelva a su rostro fuerte. La barba perfectamente recortada enmarca sus labios gruesos que están torcidos en una mueca.

—Pues cierra los ojos. —Tengo un plan… de porquería, pero vale la pena intentarlo.

—¿Qué cambió entre el parapeto y hoy? —me pregunta Dain de nuevo, con una mezcla de emociones en sus ojos que no puedo ni comenzar a interpretar. Bueno, excepto el miedo. Ese no necesita ninguna interpretación.

—Yo.

Una hora después, mis pies vuelan sobre los postes giratorios de la escalera y salto a la seguridad del camino de grava. Tercera subida completada. Me faltan dos. Y no he tocado ni una sola cuerda.

Juro que puedo sentir los ojos de Dain desde allá abajo, donde Tynan y Luca aún esperan su turno para subir, pero no bajo la vista. No hay tiempo para lo que él cree que será la última mirada, y no me puedo retrasar consolándolo cuando aún me quedan dos obstáculos por superar.

Lo cual significa que hay uno que ni siquiera he tenido la oportunidad de practicar: la rampa casi vertical del final.

—¡Tú puedes! —grita Rhiannon desde arriba cuando llego a la chimenea.

—¡O puedes hacernos un favor a todos y caerte! —agrega otra voz. La de Jack, sin duda. Al menos en las sesiones de práctica solo estaba nuestro pelotón, pero ahora todos los de primero nos pueden ver, ya sea desde la base de la pista o por las orillas del barranco allá arriba.

Levanto la vista hacia la columna hueca que tengo que trepar y luego retrocedo algunos metros por el camino.

—¿Qué haces? —grita Rhiannon mientras tomo una de las cuerdas y la arrastro horizontalmente sobre la superficie del risco, tirando algunas piedritas al vacío.

Está tremendamente pesada y se opone al tironeo, pero al final logro que la parte de abajo entre en la chimenea. Jalando la cuerda lo más posible, pongo un pie en un costado de la grieta, le doy un tirón a la cuerda y elevo una oración a Zihnal para que esto funcione.

—¿Puede hacer eso? —pregunta alguien.

«Ya lo estoy haciendo».

Luego levanto el otro pie y comienzo a subir por la chimenea, usando solo el lado derecho, caminando por la piedra hacia arriba y jalando mi peso con la cuerda, una mano tras otra. Me resbalo un poco a la mitad, cuando la cuerda roza una enorme roca, pero de inmediato recupero el ritmo y sigo subiendo. Escucho los latidos de mi corazón retronándome en los oídos, pero son mis manos las que me están matando. Siento como si el fuego estuviera devorándose mis palmas y tengo que apretar los dientes para no gritar.

Ahí está. La cima.

La cuerda apenas se acerca a la orilla de la estructura, y uso lo que me queda de fuerza en la parte superior del cuerpo para jalarme hasta llegar arrastrándome con manos y rodillas al camino.

—¡Así se hace, carajo! —grita Ridoc, que está lanzando vítores desde arriba—. ¡Esa es nuestra chica!

—¡Levántate! —me dice Rhiannon—. ¡Uno más!

Estoy jadeando y me duelen los pulmones, pero logro ponerme de pie. Estoy en la última subida, el último tramo hacia el campo de vuelo, y frente a mí se cierne una rampa hecha de madera que sobresale tres metros de la pared del acantilado y luego se curva hacia arriba como el interior de un cuenco, con su punto más alto a nivel del risco que está tres metros más arriba.

El obstáculo está creado para poner a prueba la capacidad de un cadete de escalar la pierna de un dragón y llegar al asiento. Y yo soy demasiado bajita.

Pero las palabras de Xaden sobre que la forma correcta no es la única manera se repitieron toda la noche en mi cabeza. Para cuando salió el sol, llevándose la oscuridad, ya tenía un plan.

Solo espero que sí lo pueda concretar.

Desenvaino la daga más larga que traje de casa y me limpio el sudor de la frente con el dorso de mi palma sucia. Luego olvido la agonía de mis manos, el dolor en mis hombros y las punzadas en mi rodilla porque caí mal al pasar los pilares. Bloqueo todo el dolor, encerrándolo detrás de un muro como lo he hecho toda mi vida, y me enfoco en la rampa como si mi vida dependiera de llegar hasta arriba.

Aquí no hay cuerda. Solo hay una manera en la que puedo superar esto.

Pura maldita fuerza de voluntad.

Y entonces, me lanzo hacia allá, usando mi velocidad como ventaja.

Escucho un sonido como de tambores mientras mis pies azotan la rampa y la pendiente se vuelve más marcada. Que no haya cruzado personalmente este obstáculo no significa que no he visto cómo lo hicieron mis compañeros de pelotón una y otra vez. Echo mi cuerpo hacia adelante y el impulso me ayuda a subir, corriendo por un costado de la rampa.

Espero hasta que siento el bendito cambio, el momento en que la gravedad reclama mi cuerpo a casi un metro de la parte alta, y entonces levanto un brazo y hundo la daga en la madera suave y resbalosa de la rampa y la uso para impulsarme hacia arriba por los treinta centímetros que me faltan.

Un grito salvaje se escapa de mi garganta cuando estalla el dolor en mi hombro, al mismo tiempo que mis dedos tocan la orilla. Echo un brazo sobre el borde para afianzarme más y me jalo hacia arriba, usando el mango de mi daga como el último escalón para llegar a lo alto del acantilado.

«Aún no terminas».

Tumbada sobre mi estómago, me giro hacia la rampa y estiro un brazo para recuperar mi daga y la guardo en su funda sobre mis costillas antes de ponerme torpemente de pie. Lo logré. El alivio me saca toda la adrenalina del cuerpo.

Los brazos de Rhiannon me envuelven y me elevan mientras jadeo. Ridoc me abraza por la espalda y me aprieta como si fuera el relleno de un sándwich mientras grita de felicidad. Protestaría, pero en este momento ellos son lo único que me mantiene de pie.

—¡No puede hacer eso! —grita alguien.

—¡Pues ya lo hizo! —comenta Ridoc, mirando hacia atrás y soltándome un poco.

Me tiemblan las rodillas, pero logran sostenerme mientras inhalo y exhalo una y otra vez.

—¡Lo lograste! —Rhiannon toma mi rostro entre sus manos y veo que sus ojos cafés están llenos de lágrimas—. ¡Lo lograste!

—Fue pura suerte. —Inhalo de nuevo y le pido a mi corazón galopante que se tranquilice—. Y. Adrenalina.

—¡Trampa!

Me doy la vuelta hacia la voz. Es Amber Mavis, la líder del Ala Tres, la de cabello rubio rojizo que fue «amiga cercana» de Dain el año pasado, y no hay nada más que furia en su cara mientras avanza hacia Xaden, que está a unos metros de aquí con la lista, registrando tiempos con un cronómetro y con una expresión bastante aburrida.

—Contrólate, Mavis —le ordena Garrick, y el sol se refleja en las dos espadas que el rizado líder de sección lleva siempre colgadas en la espalda mientras pone su cuerpo entre Amber y Xaden.

—La muy tramposa claramente usó materiales ajenos y no una sino dos veces —grita Amber—. ¡Eso no debe tolerarse! ¡Vivimos gracias a las reglas o morimos siguiéndolas!

Con razón ella y Dain son tan cercanos: ambos están enamorados del Código.

—No me gusta que le digan tramposo a nadie de mi sección —le advierte Garrick, y sus enormes hombros me impiden ver a Amber—. Y mi líder de ala se encargará de cualquier violación a las reglas en su propia ala. —Aquí se hace a un lado y vuelvo a encontrarme con los ojos azules de Amber llenos de odio.

—¿Sorrengail? —pregunta Xaden, con la ceja enarcada en un gesto que es obviamente retador y con la pluma sobre el libro. Noto, y no por primera vez, que fuera de sus emblemas del Ala Cuatro y de líder de ala, no usa los parches que a los otros tanto les gusta mostrar.

—Espero la trigésimo segunda penalización por usar la cuerda —respondo, ya con la respiración un poco más controlada.

—¿Y el cuchillo? —Amber me mira con suspicacia—. Está descalificada. —Como Xaden no dice nada, ella pasa la mirada de odio hacia él—. ¡Tienes que sacarla! ¡No puedes tolerar la anarquía en tu propia ala, Riorson!

Pero la mirada de Xaden no se despega de la mía mientras espera en silencio que yo le responda.

—Un jinete solo puede traer al cuadrante las cosas que pueda cargar… —comienzo a decir.

—¿Me estás citando el Código a mí? —grita Amber.

—… y no se les deben quitar esas cosas, sean cuales sean —continúo—, pues tras cruzar el parapeto con ellas, se les considera parte de su ser. Artículo Tres, Sección Seis, *Addendum* B.

Los ojos azules de Amber se abren de par en par cuando volteo para verla.

—Ese *addendum* se escribió para que el robo fuera un delito merecedor de la muerte.

—Correcto. —Asiento, pasando la mirada entre ella y esos ojos ónix capaces de ver mi interior—. Pero, al hacerlo, les dio a todos los objetos que crucen el parapeto sobre nuestros cuerpos el estatus de ser parte del jinete. —Desenvaino el arma maltratada sintiendo un fuerte dolor en mis manos—. Esta no es una daga de combate. La crucé por el parapeto y por tanto se considera parte de mí.

Los ojos de Xaden se encienden y no puedo dejar de notar la sonrisa disimulada que aparece en esa insoportablemente deliciosa boca. El Código debería prohibir verse tan bien y ser tan despiadado.

—La forma correcta no es la única manera. —Uso sus propias palabras contra él.

Xaden me sostiene la mirada.

—Te ganó, Amber.

—¡Por un tecnicismo!

—Aun así te ganó. —Se gira ligeramente y le lanza esa mirada que no quiero que jamás me eche a mí.

—Piensas como escriba —me grita ella.

Lo dice como insulto, pero yo solo asiento.

—Ya lo sé.

Amber se va, furiosa, y yo vuelvo a envainar mi daga, dejando caer mis manos y cerrando los ojos mientras el alivio me quita un peso de los hombros. Pasé otra prueba.

—Sorrengail —dice Xaden, y abro los ojos de golpe—. Estás goteando. —Su mirada va directo a mis manos.

Donde hay sangre saliendo de las puntas de mis dedos.

El dolor estalla dentro de mí y derriba mi dique mental como un río salvaje al ver cómo me destruí las manos. Están hechas trizas.

—Arréglalas de alguna forma —me ordena.

Asiento y me voy adonde está mi pelotón. Rhiannon me ayuda a cortar las mangas de mi camisa para vendarme las manos y luego voy a animar a los últimos dos miembros de nuestro pelotón que faltan por subir.

Todos lo logramos.

DOCE

El Día de Presentación es distinto a cualquier otro. El aire está lleno de posibilidades, y quizá también del olor a azufre de algún dragón al que ofendieron. Nunca mires a un rojo a los ojos. Nunca retrocedas ante un verde. Si le muestras tus dudas a un café... mejor no lo hagas.

—*GUÍA DE CAMPO DE LOS DRAGONES*, DEL CORONEL KAORI

Para cuando termina la mañana, quedamos ciento sesenta y nueve de primero y, con todo y mi penalización por lo de la cuerda, calificamos en onceavo lugar de treinta y seis pelotones para la Presentación, ese aterrador desfile de cadetes frente a los dragones que este año están dispuestos a buscar un vínculo.

La ansiedad me paraliza las piernas solo de imaginarme caminando tan cerca de unos dragones decididos a deshacerse de los débiles antes de la Trilla, y de pronto desearía que hubiéramos quedado en último lugar.

El que subió más rápido el Guantelete fue Liam Mairi, como era de esperarse, y esto le ganó el parche del Guantelete. Estoy bastante segura de que ese tipo no sabe cómo aceptar un segundo lugar, pero yo no fui la más lenta y eso me basta.

El cañón semicerrado que alberga al campo de entrenamiento se ve espectacular en el sol de la tarde, con miles de praderas y colinas en colores otoñales que se elevan por tres lados mientras esperamos en la parte más estrecha, que es la entrada al valle. Al fondo, alcanzo a ver la silueta de la cascada que puede que en este momento sea solo un hilillo, pero cobrará todas sus fuerzas en la temporada de lluvias.

Todas las hojas de los árboles se están volviendo doradas, como si alguien hubiera traído una brocha con un solo color y hubiera dado algunas pinceladas sobre el paisaje.

Y ahí están los dragones.

Con un promedio de siete metros y medio de altura, están en su propia formación, alineados a varios metros del camino, pero lo suficientemente cerca como para juzgarnos mientras desfilamos.

—Vamos, Segundo Pelotón, les toca —dice Garrick, haciéndonos una seña con la mano que hace que brille la reliquia de la Rebelión en su brazo.

Dain y los demás líderes de pelotón se quedan atrás. No sé si estará emocionado porque logré subir el Guantelete o decepcionado porque rompí las reglas. Pero yo jamás me había sentido más llena de emoción.

—A sus lugares —ordena Garrick con tono serio, lo cual no me sorprende porque su estilo de liderazgo es más del tipo de que los negocios van antes que la cortesía. Con razón se lleva tan bien con Xaden. Pero, a diferencia de Xaden, el lado derecho de su uniforme tiene una prolija línea de parches que dejan saber que es líder de ala además de otros cinco que anuncian sus habilidades con distintas armas.

Hacemos lo que nos dice, y esta vez Rhiannon y yo quedamos casi al final.

En la distancia se escucha un sonido como de ventarrón que se detiene tan rápidamente como comenzó, y sé que alguien más fue considerado inútil.

Los ojos avellana de Garrick nos recorren.

—Espero que Aetos haya hecho su trabajo, para que sepan que hay que caminar derecho hasta la pradera. Recomiendo que se mantengan con una distancia de al menos dos metros de los demás...

—Por si flamean a alguno —masculla Ridoc, que está más adelante.

—Correcto, Ridoc. Júntense si quieren, solo deben saber que si al dragón no le agrada uno de ustedes, probablemente los va a quemar a todos solo para deshacerse de uno —nos advierte Garrick, sosteniéndonos la mirada por un instante—. Además, recuerden que no vienen a acercarse a ellos, y si lo hacen, no van a volver al dormitorio esta noche.

—¿Puedo hacer una pregunta? —dice Luca desde la primera fila.

Garrick asiente, pero la tensión en su quijada dice que está molesto. No lo culpo. Luca también me molesta muchísimo a mí. Es su necesidad de hacer pedazos a los demás lo que hace que la mayoría nos mantengamos alejados de ella.

—El Tercer Pelotón, Sección Cola del Ala Cuatro ya pasó, y hablé con algunos de los cadetes...

—Eso no es una pregunta. —Garrick enarca las cejas.

Sí, está molesto.

—Claro. Es solo que ¿dijeron que hay un Cola de Plumas? —Su voz toma un tono más agudo.

—¿Un C-cola de Plumas? —tartamudea Tynan justo delante de mí—. ¿Quién diablos querría vincularse con un Cola de Plumas?

Pongo los ojos en blanco y Rhiannon niega con la cabeza.

—El profesor Kaori no nos dijo que habría un Cola de Plumas —dice Sawyer—. Lo sé porque me aprendí de memoria todos los dragones que nos mostró. Los cien.

—Pues supongo que ahora son ciento uno —responde Garrick, mirándonos como si fuéramos niños de los que ya quiere deshacerse antes de echar un vistazo sobre su hombro hacia la entrada del valle—. Relájense. Los Cola de Plumas no hacen vínculos. Ni siquiera recuerdo la última vez que se vio uno fuera del Valle. Probablemente solo sintió curiosidad. Les toca. No se salgan del camino. Avanzan, esperan a que pase todo el pelotón y regresan. La verdad no puede ser más fácil que eso, niños, así que si no pueden seguir esas sencillas instrucciones, se merecen lo que les pase allá. —Se da la vuelta y va hacia el camino frente a la pared del cañón, donde están posados los dragones.

Los demás lo seguimos, alejándonos de los demás de primero. La brisa me da en los hombros desnudos de donde arrancamos las mangas para hacerlas vendajes, pero logramos detener la sangre que me estaba saliendo de las manos.

—Son todos tuyos —le dice Garrick a la líder superior de ala del cuadrante, una mujer que he visto un par de veces en Informe de Batalla murmurándole cosas a Xaden. Su uniforme aún tiene sus clásicos picos en los hombros, pero esta vez son dorados y se ven increíblemente afilados, como si hoy hubiera querido darse un toque extra de rudeza.

Ella asiente y lo despide.

—Hagan una sola fila.

Hacemos lo que nos dice. Rhiannon queda detrás de mí y Tynan adelante, lo cual significa que estaré a merced de sus comentarios durante todo el camino. «Genial».

—Hablen —dice la líder superior de ala, cruzándose de brazos.

—Hoy es un buen día para la Presentación —comenta Ridoc en tono de broma.

—No para mí —dice la mujer, que mira a Ridoc con los ojos entrecerrados, y luego señala hacia la fila de cadetes frente a ella—. Hablen con sus compañeros cercanos mientras van en el camino, pues eso ayuda a los dragones a saber quiénes son y qué tan bien se llevan con los demás.

Hay una correlación entre cadetes que consiguen vínculos y el nivel de plática.

Y ahora quiero cambiarme de lugar.

—Siéntanse libres de observar a los dragones, especialmente si les muestran sus colas, pero yo evitaría hacer contacto visual si valoran su vida. Si encuentran cenizas, solo asegúrense de que nada siga en llamas antes de continuar. —Hace una pausa para que entendamos ese consejito y luego agrega—: Los veo cuando terminen su paseo.

Con un movimiento de mano, la líder superior de ala se hace a un lado, revelando el camino de tierra que lleva al centro del valle. Más arriba, tan inmóviles que bien podrían ser gárgolas, están los ciento un dragones que decidieron buscar un vínculo este año.

La fila avanza y uno a uno vamos esperando los dos metros recomendados antes de empezar a caminar.

Estoy hiperalerta de cada paso que doy sobre el camino, que se siente duro bajo mis botas y sin duda tiene un olorcito a azufre.

Primero pasamos frente a un trío de dragones rojos. Sus garras miden casi la mitad de todo mi cuerpo.

—¡Ni siquiera puedo ver sus colas! —grita Tynan desde adelante de mí—. ¿Cómo vamos a saber de qué raza son?

Mantengo los ojos al nivel de sus hombros gigantes y musculosos mientras seguimos avanzando.

—No se supone que sepamos de qué raza son —respondo.

—A la mierda con eso —dice él—. Tengo que ver a cuál me voy a acercar durante la Trilla.

—Estoy bastante segura de que este paseíto es para que ellos decidan —le aclaro.

—Espero que uno de ellos decida que no llegarás a la Trilla —dice Rhiannon con una voz tan baja que apenas la escucho.

Me río mientras nos acercamos a un par de cafés, ambos ligeramente más pequeños que Aimsir, el de mi madre, pero no por mucho.

—Son un poco más grandes de lo que esperaba —comenta Rhiannon, subiendo el volumen de su voz—. No es que no haya visto a los del parapeto, pero…

Miro sobre mi hombro para encontrarme con sus ojos muy abiertos que van y vienen entre el camino y los dragones. Está nerviosa.

—Oye, ¿ya sabes si vas a tener sobrino o sobrina? —le pregunto, pasando junto a varios naranjas.

—¿Qué? —responde ella.

—He escuchado que algunos curanderos pueden hacer predicciones bastante acertadas cuando el embarazo de una mujer ya está avanzado.

—Ah, no —dice—. Ni idea. Aunque espero que tenga una niña. Supongo que lo sabré cuando terminemos el año y podamos escribirles a nuestras familias.

—Esa es una regla muy estúpida —comento, bajando la mirada de inmediato tras hacer contacto visual por accidente con uno de los dragones. «Respira con normalidad. Trágate el miedo». El temor y la debilidad harán que me maten, y como ya estoy sangrando, las probabilidades no están exactamente a mi favor.

—¿No crees que ayuda a mantener la lealtad hacia el ala? —me pregunta Rhiannon.

—Creo que le tengo la misma lealtad a mi hermana me escriba o no me escriba —argumento—. Hay vínculos que no se pueden romper.

—Yo también le tendría lealtad a tu hermana —dice Tynan, y se voltea para mostrarme una sonrisa mientras camina de espaldas—. Es una jinete increíble, y qué trasero. La vi antes del parapeto y, carajo, Violet. Está buenísima.

Pasamos frente a otros rojos y luego un café y un par de verdes.

—Date la vuelta. —Hago un gesto de giro con el dedo—. Mira te comería vivo, Tynan.

—Solo me pregunto cómo es que a una de ustedes le tocó todo lo bueno y la otra se ve como si le hubieran echado las sobras. —Su mirada me recorre todo el cuerpo.

Qué cosa más asquerosa.

—Eres un imbécil. —Le pinto dedo.

—Solo digo que quizá yo mismo le escribiré una carta cuando tenga esos privilegios. —Se da la vuelta y sigue caminando.

—Sería bueno tener un sobrino —dice Rhiannon, como si nunca se hubiera interrumpido nuestra conversación—. Los chicos no están tan mal.

—Mi hermano era increíble, pero él y Dain son la única experiencia que tengo de cómo es crecer con niños. —Pasamos frente a otros dragones y mi respiración comienza a tranquilizarse. El olor a azufre desaparece, o quizá es solo que ya me acostumbré a él. Están lo suficientemente cerca como para calcinarnos con un soplido, y como muestra está la media docenas de marcas, pero no los escucho ni los siento bufando—. Aunque probablemente Dain era un poco más apegado a las reglas que la mayoría de los niños. Le gusta el orden y creo que detesta todo lo que no encaje a la perfección en su plan. Supongo que me va a poner una regañina por cómo subí el Guantelete, igual que Amber Mavis.

Pasamos la marca que anuncia que llegamos a la mitad del tramo y continuamos.

¿La forma en la que nos miran los dragones es completamente aterradora? Claro que sí, pero ellos quieren estar aquí tanto como nosotros, así que al menos espero que sean un poco juiciosos para soltar las bocanadas de fuego.

—¿Por qué no me contaste sobre el plan de la cuerda? ¿O el de la daga? —me pregunta Rhiannon con un dejo de dolor en su voz—. ¿No sabes que puedes confiar en mí?

—No lo pensé sino hasta ayer —le respondo, y me tomo el tiempo de mirar sobre mi hombro para verla—. Y, si no salía bien, no quería que fueras cómplice. Tienes un futuro real aquí, y me niego a arrastrarte conmigo si yo no lo logro.

—No necesito que me protejas.

—Lo sé. Pero es lo que hacen las amigas, Rhi. —Me encojo de hombros mientras pasamos frente a un trío de cafés y el suave crujir de nuestras botas sobre la grava oscura es lo único que se escucha durante algunos minutos.

—¿Estás guardando algún otro secreto? —pregunta Rhiannon al fin.

La culpa me revuelve el estómago al pensar en Xaden y su reunión con los otros marcados.

—Creo que es imposible saber todo de la otra persona. —Me siento terrible, pero al menos logro no mentir.

Ella suelta una risita.

—Qué manera de esquivar la pregunta. ¿Qué tal esto? Prométeme que si necesitas ayuda, vas a dejar que yo te la dé.

Una sonrisa me llena la cara pese a los aterradores verdes que nos están observando.

—¿Qué tal esto? —digo sobre mi hombro—. Te prometo que, si necesito ayuda que tú me puedas dar, te lo pediré, pero solo... —Levanto el dedo índice—. Si tú me prometes lo mismo.

—Trato hecho —responde, con una enorme sonrisa.

—¿Ya terminaron de hacerse promesitas? —pregunta Tynan con tono burlón—. Porque, si no se han dado cuenta, ya casi llegamos al final. —Se detiene a medio camino y mira hacia la derecha—. Y aún no sé a cuál voy a elegir.

—Con esa arrogancia, estoy segura de que cualquier dragón estaría feliz de vivir en tu cabeza por el resto de tu vida. —Pobre del dragón que lo elija, si es que alguno lo hace.

El resto del pelotón ya está reunido más adelante, parados de frente a nosotros al final del camino, pero toda su atención está enfocada a la derecha.

Pasamos frente al último dragón café e inhalo profundamente.

—¿Qué diablos? —Tynan se detiene, con la mirada clavada en un dragón.

—Sigue caminando —le ordeno, pero yo tampoco puedo desviar la mirada.

Al final de la fila está un pequeño dragón dorado. La luz del sol se refleja en sus escamas y cuernos cuando se yergue y acomoda la cola emplumada junto a su cuerpo. «El Cola de Plumas».

Me quedo boquiabierta al ver sus dientes afilados y los movimientos rápidos de su cabeza, estudiándonos. Probablemente del suelo a la cabeza es solo unos metros más alto que yo, y es una réplica en miniatura perfecta del café que está a su lado.

Salgo de mi trance al estrellarme con la espalda de Tynan. Ya llegamos al final del camino, donde esperaba el resto del pelotón.

—Quítate, Sorrengail —exclama Tynan, dándome un empujón—. ¿Quién diablos querría unirse a esa cosa?

Sus palabras hacen que se me aplaste el corazón.

—Te pueden escuchar —le recuerdo.

—Es amarillo, carajo. —Luca señala al dragón con un gesto de asco en la cara—. O sea que no solo es demasiado pequeño para cargar un jinete en la batalla, sino que ni siquiera tiene poder suficiente para ser de un color real.

—Quizá es un error —dice Sawyer en voz baja—. Quizá es un naranja bebé.

—Es adulto —aclara Rhiannon—. Es imposible que los otros dragones permitan que un bebé busque vínculo. Ningún humano vivo ha visto siquiera a un bebé.

—Claro que es un error. —Tynan mira al dorado y suelta un resoplido burlón—. Deberías unirte a esa cosa, Sorrengail. Ambos son increíblemente débiles. Los dioses los hacen y ustedes se juntan.

—A mí me parece lo suficientemente poderoso como para calcinarte —le respondo, con las mejillas ruborizadas. Me dijo débil, y no solo frente a todo nuestro pelotón, sino frente a ellos.

Sawyer se mete entre los dos y agarra del cuello de la camisa a Tynan.

—Jamás vuelvas a decir algo así de alguien de tu pelotón, especialmente no enfrente de dragones sin vínculo.

—Suéltalo... Solo está diciendo lo que todos pensamos —masculla Luca.

Me giro lentamente para quedar de frente a ella con la boca un poco abierta. ¿Esto es lo que pasa en cuanto los superiores no pueden escucharnos? Nos ponemos unos contra los otros.

—¿Qué? —Señala mi cabello—. La mitad de tu pelo es plateado y eres... pequeña —termina con una sonrisa falsa—. Dorado y... pequeño. Es para ti.

Trina pone una mano sobre el brazo de Sawyer.

—No cometas un error frente a ellos. No sabemos qué harán —susurra. Y ahora estamos en grupo.

Retrocedo un poco mientras Sawyer suelta a Tynan.

—Alguien debería matarlo antes de que haga un vínculo —comenta Tynan, y por primera vez en mi vida quiero patear a alguien caído… y seguirlo pateando para que se quede en el suelo—. Solo va a hacer que maten a su jinete, y no es como que tengamos opción si quiere unirse a alguno de nosotros.

—Apenas lograste entender eso, ¿verdad? —Ridoc niega con la cabeza.

—Deberíamos regresar —dice Pryor, recorriendo al grupo con la mirada—. O sea… si ustedes lo consideran correcto. No tenemos que hacerlo, claro.

—Por una vez en tu vida… —Tynan empuja a Pryor en su camino para volver al sendero— toma una maldita decisión, Pryor.

Nos vamos uno por uno, dejando el espacio sugerido entre nosotros. Esta vez Rhiannon va adelante de mí y Ridoc atrás, con Luca en la retaguardia.

—Son increíbles, ¿verdad? —dice Ridoc, y la emoción en su voz me hace sonreír.

—Lo son —respondo.

—Honestamente son un poco decepcionantes después de haber visto al azul en el parapeto. —La voz de Luca llega hasta Rhiannon, que se da la vuelta con una expresión de incredulidad.

—Como si esto no fuera lo suficientemente estresante, encima los insultas —dice Rhi.

Necesito detener esto, y rápido.

—Bueno, podría ser peor, podríamos estar desfilando frente a una fila de guivernos, ¿no?

—Ay, por favor, Violet, cuéntanos una de esas historias que balbuceas cuando estás nerviosa —pide Luca con tono sarcástico—. Déjame adivinar. Los guivernos son una élite de jinetes de grifos creados porque algo que hicimos en una batalla que solo tú y tu cerebro de escriba pueden recordar.

—¿No sabes lo que es un guiverno? —le pregunta Rhi, y comienza a caminar de nuevo—. ¿Qué tus padres no te contaban cuentos para dormir, Luca?

—Ilumíname —dice Luca con tono aburrido.

Hago un gesto de fastidio y sigo caminando.

—Son parte del folclor —comento sobre mi hombro—. Como dragones, pero más grandes, con dos patas en vez de cuatro, una melena de plumas afiladísimas que les baja del cuello y aficionados a comer humanos. A diferencia de los dragones, a los que no les gusta mucho nuestro sabor.

—A mi mamá le encantaba contarnos a mi hermana Raegan y a mí que nos iban a robar del porche con sus garras si le contestábamos, y que sus jinetes venin de ojos aterradores nos harían sus prisioneras si comíamos dulces sin permiso —dice Rhi, sonriéndome, y noto que sus pasos se sienten más ligeros.

La mía hacía lo mismo. Noto la presencia de cada dragón mientras pasamos, pero mis latidos se van tranquilizando.

—Mi papá solía leerme esas fábulas todas las noches —le digo—. Y una vez le pregunté en serio si mi mamá se iba a convertir en un venin porque podía canalizar.

Rhiannon se ríe mientras pasamos frente a un par de rojos que nos miran con gesto enojado.

—¿Te dijo que se supone que la gente solo se convierte en venin si canaliza directo de la fuente?

—Sí, pero fue después de que mi mamá tuvo una larga noche cuando estábamos en la frontera este y tenía los ojos muy rojos, así que me asusté y me puse a gritar. —No puedo evitar sonreír ante el recuerdo—. Ella me quitó el libro de fábulas durante un mes porque todos los guardias vinieron corriendo, y yo estaba escondida detrás de mi hermano, que no podía dejar de reírse y... bueno, fue un caos. —Mantengo la mirada fija frente a mí mientras un enorme naranja olfatea el aire al verme pasar.

Los ojos de Rhiannon se sacuden por la risa.

—Me hubiera gustado tener un libro así. La verdad creo que mi mamá alteraba las historias para asustarnos cuando nos portábamos mal.

—Eso suena a puras tonterías de pueblos de la frontera —comenta Luca, burlándose—. ¿Venin? ¿Guivernos? Cualquiera con un poco de educación sabe que nuestras protecciones detienen toda la magia que no se canaliza directamente de los dragones.

—Son cuentos, Luca —dice Rhi, y no puedo evitar darme cuenta de lo mucho que avanzamos ya—. Pryor, puedes caminar un poco más rápido si quieres.

—¿Quizá deberíamos ir un poco más lento y tomarnos nuestro tiempo? —sugiere Pryor, que va adelante de Rhiannon, frotándose las palmas en los costados de su uniforme—. O supongo que podemos ir más rápido si queremos salir de aquí.

Un rojo se separa de la fila, echando una pata hacia nosotros, y el estómago se me aplasta con el peso del miedo que me llena todo el cuerpo.

—No, no, no —susurro, y me detengo, pero es demasiado tarde.

El rojo abre la boca, mostrando sus colmillos brillantes y afilados, y el fuego corre sobre su lengua, cruzando el aire directo a un punto delante de Rhiannon, quien grita horrorizada.

Siento el golpe del calor en la cara.

Y eso es todo.

El olor a azufre y pasto quemado... algo quemado me llena los pulmones y una parte de suelo calcinado frente a Rhiannon que no estaba ahí antes.

—¿Estás bien, Rhi? —le pregunto.

Ella asiente, pero el movimiento se nota nervioso y apresurado.

—Pryor está... está...

«Está muerto». Siento la boca llena de saliva como si fuera a vomitar, pero tomo aire por la nariz y lo suelto por la boca hasta que se me pasa esa sensación.

—¡Sigan caminando! —grita Sawyer desde más adelante.

—Tranquila, Rhi. Solo tienes que... —¿Solo tiene que qué? ¿Pasar sobre el cadáver? ¿Hay un cadáver?

—El fuego ya se apagó —dice Rhiannon sobre su hombro.

Asiento, porque no tengo palabras para consolarla.

Somos tan insignificantes, carajo.

Ella avanza y yo la sigo, rodeando la pila de cenizas que solía ser Pryor.

—Ay, dioses, qué olor —se queja Luca.

—¿Podrías tener un poco de decencia? —Me doy la vuelta para lanzarle una mirada de odio, pero la expresión de Ridoc me hace detenerme.

Tiene los ojos desorbitados y la boca muy abierta.

—Violet.

Es un susurro, y por un momento me pregunto si lo escuché o solo vi la palabra formándose en sus labios.

—Vi...

Siento una exhalación de vapor caliente en la nuca y mi corazón se acelera, latiendo con un ritmo errático mientras tomo aire por lo que podría ser la última vez y me volteo hacia la fila de dragones.

Los ojos dorados de no uno sino dos verdes se encuentran con los míos, consumiendo mi campo de visión.

Ay. Mierda.

«Para acercarte a un dragón verde, baja los ojos con gesto de súplica y espera su aprobación». Eso fue lo que leí, ¿verdad?

Bajo la mirada mientras uno me lanza otra exhalación. Está caliente y asquerosamente húmeda, pero aún no estoy muerta, así que eso es bueno.

El de la derecha hace un sonido como de gorgoteo desde el fondo de la garganta. Un momento, ¿ese es el sonido de aprobación que estoy buscando? Mierda, cómo quisiera poder preguntarle a Mira.

«Mira». Va a quedar deshecha cuando lea las listas.

Levanto la cabeza y tomo aire. Están aún más cerca. El de la izquierda me toca las manos con su enorme nariz, pero de algún modo logro mantenerme de pie, meciéndome sobre mis talones para no irme de espaldas.

«Los verdes son los más razonables».

—Me lastimé las manos trepando por la pista de obstáculos. —Levanto las palmas como si pudieran ver a través de la tela con la que me vendé las heridas.

El de la derecha pone su nariz sobre mis senos y suelta otra exhalación.

Pero. Qué. Demonios.

Luego inhala y hace ese sonidito con su garganta mientras el otro pone su nariz en mis costillas y me hace levantar los brazos por si se les ocurre soltar una mordidita.

—¡Violet! —exclama Rhiannon entre susurro y grito.

—¡Estoy bien! —le respondo, y luego hago un gesto de miedo porque quizá acabo de sellar mi destino gritándoles en las orejas.

Otra exhalación. Otro gorgoteo, como si estuvieran hablando entre ellos mientras me olisquean.

El que está bajo mi brazo lleva su nariz a mi espalda y vuelve a olfatear.

Es aquí donde me doy cuenta y ahogo una carcajada tensa e irreal.

—¿Huelen a Teine, verdad? —les pregunto en voz baja.

Ambos retroceden un poco, apenas lo suficiente para que pueda mirarlos directamente a sus ojos dorados, pero mantienen las fauces cerradas y eso me da el valor para seguir hablando.

—Soy la hermana de Mira, Violet. —Bajo lentamente los brazos y paso las manos sobre mi chaleco cubierto de mocos y la armadura cuidadosamente cosida dentro de él—. Ella guardó las escamas que se le cayeron a Teine el año pasado y las encogió para coserlas en este chaleco y ayudarme a sobrevivir.

El de la derecha parpadea.

El de la izquierda me acerca su nariz de nuevo y olfatea escandalosamente.

—Las escamas me han salvado la vida un par de veces —susurro—. Pero nadie más sabe que las tengo. Solo Mira y Teine.

Ambos me miran y parpadean, y yo desvío los ojos e inclino la cabeza porque siento que es lo correcto. El profesor Kaori nos enseñó todas las formas posibles para acercarse a un dragón y exactamente cero para alejarse de uno.

Paso a paso, se retiran hasta que por el rabillo del ojo los veo tomando sus lugares en la fila, y al fin levanto la cabeza.

Respiro un par de veces e intento tensar mis músculos para no ponerme a temblar.

—Violet. —Rhiannon está unos metros adelante de mí con una expresión de terror en los ojos. Seguramente estaba detrás de las cabezas de los dragones.

—Estoy bien. —Finjo una sonrisa y asiento—. Tengo una armadura de escamas de dragón bajo el chaleco —susurro—. Olieron al dragón de mi hermana. —Si quería confianza, ahí la tiene—. Por favor, no le digas a nadie.

—No lo haré. ¿Estás bien?

—Fuera de que acabo de perder unos cuantos años de vida... —Me río, pero el sonido es tembloroso, casi histérico.

—Vámonos de aquí. —Traga saliva y su mirada pasa por la fila de dragones.

—Buena idea.

Se da la vuelta y vuelve a su lugar. Cuando hay más de cuatro metros entre nosotras, la sigo.

—Creo que me cagué en los pantalones —dice Ridoc, y mi risa solo se vuelve más aguda mientras avanzamos por el camino.

—Honestamente, pensé que te iban a comer —señala Luca.

—Yo también —admito.

—Y no los hubiera culpado —continúa ella.

—Eres insoportable —le dice Ridoc.

Me concentro en el camino y sigo caminando.

—¿Qué? Obviamente es nuestro eslabón más débil después de Pryor, y no los culpo por haber acabado con él —agrega ella—. Nunca fue capaz de tomar una decisión, y nadie quiere a alguien así como su jinete...

Una ráfaga de calor me chamusca la espalda y me detengo.

«Que no sea Ridoc. Que no sea...».

—Supongo que a los dragones también les pareció insoportable —murmura Ridoc.

En nuestro pelotón ya solo quedamos seis de primer año.

TRECE

No hay nada que genere mayor impacto o que plante tus pies en la tierra tanto como presenciar una Trilla... al menos para los que logran sobrevivir a ella.

—*GUÍA DE CAMPO DE LOS DRAGONES*, DEL CORONEL KAORI

La Trilla siempre es el primero de octubre.

Lunes, miércoles o domingo, no importa en qué día caiga según el año. El primero de octubre, los cadetes de primer año del Cuadrante de Jinetes entran en el valle boscoso con forma de cuenco al suroeste de la ciudadela y rezan para salir con vida de ahí.

No voy a morir hoy.

Esta mañana ni siquiera me molesté en comer, y siento lástima por Ridoc, que en este mismo momento está vaciando todo lo que trae en el estómago contra el árbol a mi derecha.

Rhiannon trae una espada colgada en la espalda y el mango le rebota contra la columna mientras salta y estira los brazos sobre su pecho, uno a la vez.

—Recuerden que tienen que escuchar aquí —dice el profesor Kaori al frente de las ciento cuarenta y siete personas que estamos aquí, dándose unos golpecitos en el pecho—. Si un dragón ya los eligió, los va a llamar. —Se toca el pecho de nuevo—. Así que pongan atención no solo a sus alrededores, sino a sus emociones, y háganles caso. —Hace un gesto de pesar—. Y si sus emociones les dicen que se vayan a otro lado... escúchenlas también.

—¿A cuál te vas a acercar? —me pregunta Rhiannon en voz baja.

—No sé. —Niego con la cabeza, pero no puedo sacarme la sensación de derrota del pecho. Para este punto, Mira ya sabía que quería buscar a Teine.

—Te aprendiste las tarjetas, ¿verdad? —pregunta, enarcando una ceja—. ¿Sabes lo que hay allá?

—Sí. Es solo que no me siento conectada con ninguno de ellos. —Lo cual es mejor que sentirme conectada con un dragón al que otro jinete ya le echó el ojo. Hoy no tengo ganas de luchar a muerte—. Dain intentó convencerme de un café.

—Dain perdió su opción de votar cuando intentó convencerte de que te fueras —señala ella.

Hay mucho de verdad en sus palabras. Solo he hablado con él una vez en los últimos dos días desde la Presentación, y en los primeros cinco minutos intentó que me fuera. Esta mañana solo hemos visto profesores, pero sé que los jinetes de segundo y tercero están por aquí y por allá en el valle para observar.

—¿Y tú?

Rhiannon sonríe.

—Estoy pensando en ese verde. El que estaba más cerca de mí cuando se pusieron todos intensos contigo.

—Bueno, pues no te comió, así que tus probabilidades son buenas de entrada. —Sonrío pese al miedo que me corre por las venas.

—Pienso lo mismo. —Entrelaza su brazo con el mío y me enfoco en lo que el profesor Kaori nos está diciendo.

—Si andan en grupos, tienen más probabilidades de que los calcinen que de ser elegidos para formar un vínculo. —El profesor Kaori está discutiendo con alguien cerca del centro del valle—. Los escribas han sacado las estadísticas. Tendrán más suerte solos.

—Y ¿si no nos han elegido para la hora de la cena? —pregunta un hombre de barba corta a mi izquierda.

Miro detrás de él y veo a Jack Barlowe, que me está haciendo un gesto como de cortarse el cuello con el dedo. Qué original. Luego Oren y Tynan se ponen a sus lados.

Cuánta lealtad en el pelotón. Hoy nadie está para nadie.

—Si no los eligen para cuando caiga la noche, hay un problema —responde el profesor Kaori con las puntas de su bigote apuntando hacia abajo—. Los sacará un profesor o un líder superior, así que no se rindan ni crean que ya los olvidamos. —Revisa su reloj de bolsillo—. Recuerden dispersarse y usar cada metro de este valle para su beneficio. Son las nueve, lo que significa que en cualquier momento van a llegar volando.

Las únicas palabras que me quedan para ustedes son: buena suerte. —Asiente, recorriéndonos con la mirada con tal intensidad que sé que va a poder recrear este momento en una proyección.

Luego se va, subiendo por la colina a nuestra derecha hasta desaparecer entre los árboles.

La cabeza me da vueltas. Llegó la hora. Saldremos de este bosque como jinetes... o quizá nunca saldremos.

—Con cuidado. —Rhiannon me envuelve en un abrazo y sus trenzas bailan sobre mi hombro.

—Tú también. —Le devuelvo el abrazo apretado y de inmediato me toma otro par de brazos.

—No te mueras —me ordena Ridoc.

Esa es nuestra única meta mientras lo que queda de nuestro pelotón se dispersa, cada uno hacia su lado como si nos hubiera separado una fuerza centrífuga, como si estuviéramos a merced de una rueda de la fortuna.

A juzgar por la posición del sol, ha pasado al menos un par de horas desde que los dragones llegaron volando y aterrizaron sobre el valle en una sucesión que sonó como un trueno e hizo que la tierra se sacudiera.

Me he topado con dos verdes, un café, cuatro naranjas y...

El corazón me da un vuelco y los pies se me quedan pegados al suelo del bosque cuando un rojo se aparece en mi campo de visión, con la cabeza apenas debajo del dosel que forman los enormes árboles.

Este no es mi dragón. No estoy segura de cómo, pero lo sé.

Contengo la respiración, intentando no hacer ni un sonido cuando su cabeza se mueve hacia la derecha, luego a la izquierda, y mi mirada se planta en el piso al agachar la cabeza.

Durante la última hora he visto dragones lanzarse al aire con un cadete, que ya es un jinete, sobre su lomo, pero también he visto más de un par de columnas de humo y no tengo ganas de ser una de esas.

El dragón exhala y luego sigue su camino. Su cola de garrote se eleva y se atora en una de las ramas bajas, haciéndola caer al suelo con un monstruoso estruendo, y no levanto la cabeza hasta que ya no escucho sus pasos.

Ya me encontré con casi todos los colores de dragones y ninguno me ha hablado ni me ha despertado esa conexión que supuestamente debemos sentir.

Se me hace un hueco en el estómago. ¿Y si soy uno de esos cadetes que están destinados a nunca convertirse en jinetes? ¿Uno de los que rechazan una y otra vez y tienen que repetir el primer año hasta que al fin algo me ponga en la lista de muertos? ¿Todo esto fue por nada?

La sola idea es demasiado pesada como para poder con ella.

Quizá si tan solo pudiera ver el valle, tendría esa sensación de la que hablaba el profesor Kaori.

Cuando encuentro el árbol más cercano que puedo trepar, pongo manos a la obra, escalando rama tras rama. Me duelen las manos, pero no dejo que eso me distraiga. La corteza se atora en las vendas que aún me cubren las palmas, y eso es una lata que me hace detenerme cada par de metros para liberar la tela de la corteza.

Estoy casi segura de que las ramas más altas no van a soportar mi peso, así que me detengo como a tres cuartos de llegar hasta arriba y observo el área a mi alrededor.

Hay unos cuantos verdes a plena vista a mi izquierda, los cuales destacan entre el follaje otoñal. Curiosamente, esta es la temporada del año en que los naranjas, cafés y rojos tienen más posibilidades de camuflarse con el entorno. Busco algún movimiento entre los árboles y veo un par más directamente al sur, lo cual probablemente significa que esos tampoco son el mío.

Siento un vergonzoso y profundo alivio cuando veo a al menos media docena de personas de primero caminando sin rumbo. No debería alegrarme que ellos tampoco hayan encontrado a su dragón, pero el menos no soy la única, y eso me da esperanza.

Hay un claro al norte y mis ojos se entrecierran cuando algo brilla como un espejo bajo el sol.

«O como un dragón dorado».

Supongo que el pequeño Cola de Plumas sigue por aquí, saciando su curiosidad. Pero aparentemente no voy a encontrar a mi dragón sobre un árbol, así que me bajo tan cuidadosa y silenciosamente como puedo. Mis pies tocan el suelo justo antes de que una voz se acerque y me pongo detrás del tronco para no ser vista.

No deberíamos estar en grupos.

—En serio, creo que vi que venía para acá. —Es esa voz engreída que de inmediato reconozco como la de Tynan.

—Más te vale que tengas razón, porque si subimos hasta acá para no encontrar nada, te voy a hacer pedazos. —Se me retuerce el estómago. Es Jack. Ninguna voz tiene ese efecto físico en mí, ni siquiera la de Xaden.

—¿Estás seguro de que no deberíamos aprovechar el tiempo para buscar a nuestros dragones en vez de andar cazando al fenómeno? —Mi cabeza me dice que también reconozco esa voz, pero me asomo un poco solo para estar segura. Sí, es Oren.

Vuelvo a esconderme tras el árbol cuando pasa el trío, cada uno de ellos trae colgando una espada mortal. Yo tengo nueve dagas pegadas a mi cuerpo en distintos lugares, así que no es que ande desarmada, pero me siento trágicamente en desventaja por mi incapacidad de blandir bien una espada. Pero es que son demasiado pesadas, carajo.

Un momento... ¿qué dijeron que están haciendo? ¿Cazando?

—De todos modos, nuestros dragones no se van a unir a otros jinetes —aclara Jack—. Nos esperarán, y esto se tiene que hacer. Ese flacucho va a hacer que alguien termine muerto. Tenemos que deshacernos de él.

La náusea me revuelve el estómago y mis uñas se entierran en las palmas de mis manos. Intentarán matar al pequeño dorado.

—Si nos atrapan, estamos jodidos —comenta Oren.

Es poco decir. No creo que los dragones se tomen bien que maten a uno de los suyos, pero parece que están decididos a sacrificar a los débiles de la manada de nuestra especie, así que no es una locura pensar que podrían hacer lo mismo con la suya.

—Entonces cállate para que nadie nos escuche —le responde Tynan, subiendo la voz con ese tono burlón que me hace querer darle un puñetazo en la cara.

—Es lo mejor —señala Jack, bajando el tono—. Obviamente es un monstruo inmanejable, y saben que los Cola de Plumas son inútiles para el combate. Se niegan a pelear. —Su voz se va perdiendo conforme se alejan con dirección al sur.

Hacia el claro.

—Mierda —murmuro, aunque los imbéciles ya no pueden escucharme. Nadie sabe nada sobre los Cola de Plumas, así que no sé de dónde sacó esa información Jack, pero en este momento no tengo tiempo para concentrarme en sus suposiciones.

No tengo cómo contactar al profesor Kaori, y no ha habido ni una señal de que los jinetes mayores nos estén viendo, así que tampoco puedo contar con ellos para que detengan este desastre. El dragón dorado debería poder exhalar fuego, pero ¿y si no puede?

Hay posibilidades de que no lo encuentren, pero... Mierda, ni siquiera yo me puedo convencer de eso. Van en la dirección correcta y ese dragón es básicamente un faro encendido. Lo van a encontrar.

Encorvo la espalda y suspiro mirando al cielo, frustrada.

No puedo quedarme aquí sin hacer nada.

«Puedes llegar antes que ellos y ponerlo en alerta».

Es un plan sólido y mejor que la opción dos, donde me vería obligada a enfrentarme a tres hombres armados que en conjunto me ganan por al menos noventa kilos.

Con pasos silenciosos, corro por el bosque en un ángulo ligeramente distinto al del grupito de Jack, agradecida porque crecí jugando a las escondidas en el bosque con Dain. Esta es un área que sin duda puedo decir que domino.

Los tipos me llevan ventaja y el claro está más cerca de lo que creí, así que acelero el paso, con la mirada yendo y viniendo entre el camino cubierto de hojas que elegí y donde creo, no, más bien donde sé que van avanzando hacia la izquierda. Alcanzo a distinguir sus enormes siluetas en la distancia.

Escucho un tronido y el suelo desaparece de mis pies para encontrarse con mi cara. Extiendo las manos para protegerme un segundo antes de estrellarme con la tierra. Me muerdo el labio inferior para no soltar un chillido mientras mi tobillo grita de dolor. Los tronidos no son buenos. Nunca son buenos.

Miro hacia atrás y maldigo al encontrar la rama caída que se escondió entre la hojarasca y me acaba de torcer el tobillo. Mierda.

«Bloquea el dolor. Bloquéalo». Pero no hay trucos mentales que eviten que la terrible agonía me revuelva el estómago mientras me arrastro para ponerme de rodillas y me levanto con cuidado, manteniendo mi peso sobre el tobillo izquierdo.

No me queda más que cojear los casi cuatro metros que me faltan hasta el claro, apretando los dientes durante todo el camino. El dejo de satisfacción de saber que le gané a Jack para llegar hasta aquí casi es suficiente para hacerme sonreír.

La pradera es lo bastante grande como para diez dragones y está rodeada por árboles enormes, pero el dorado está solo en el centro, como si quisiera broncearse. Es tan hermoso como lo recuerdo, pero a menos que pueda exhalar fuego, es una presa fácil.

—¡Tienes que irte de aquí! —siseo, aún escondida entre los árboles, pues sé que podrá escucharme—. ¡Te van a matar si no te vas!

Su cabeza se gira hacia a mí y luego se tuerce en un ángulo que hace que hasta a mí me duela el cuello.

—¡Sí! —susurro más alto—. ¡Tú! ¡Doradito!

La creatura cierra y abre sus ojos de oro y sacude la cola.

«No puede ser, carajo».

—¡Vete! ¡Corre! ¡Vuela! —Le hago unas señas para que se vaya, pero luego recuerdo que es un maldito dragón, capaz de hacerme pedazos con sus garras, y bajo las manos. Esto no está saliendo bien, sino todo lo contrario.

Los árboles al sur se sacuden y Jack sale al claro, blandiendo su espada con la mano derecha. Un instante después, es flanqueado por Oren y Tynan, ambos con las armas listas.

—Mierda —murmuro, y mi pecho se aplasta. Oficialmente esto está saliendo terrible.

El dragón dorado gira la cabeza hacia ellos y un rugido bajo le hace vibrar el pecho.

—Haremos que no te duela —le promete Jack, como si eso volviera aceptable al asesinato.

—Quémalos —exclamo muy alto, y el corazón se me acelera más con cada paso que dan. Pero el dragón no lo hace y, de algún modo, estoy convencida por completo de que no puede. Fuera de sus dientes, está totalmente indefenso contra los tres guerreros armados.

Va a morir solo porque es más pequeño y débil que los otros dragones... igual que yo. Esto hace que se me cierre la garganta.

Con el estómago revuelto, tengo de nuevo esa sensación del parapeto de que, haga lo que haga a continuación, tiene grandes probabilidades de acabar con mi vida.

Y, aun así, lo voy a hacer, porque esto está mal.

—¡No pueden hacerlo! —Doy mi primer paso hacia la hierba que me cubre casi hasta la mitad de las piernas y la atención de Jack se pasa hacia mí. Mi tobillo tiene sus propios latidos y el dolor me sube como ráfagas por la columna, y me hace cascabelear los dientes cada que obligo a mi articulación lastimada a sostener mi peso para que no me vean cojear. No pueden saber que estoy herida, porque solo atacarían más rápido.

De uno en uno, podría detenerlos el tiempo suficiente para que el dragón escape, pero juntos...

«No lo pienses».

—¡Ah, miren! —Jack sonríe y me apunta con su espada—. ¡Podemos deshacernos de los dos eslabones más débiles al mismo tiempo! —Mira a sus amigos y se ríe interponiéndose en su camino.

Cada paso me duele más que el anterior, pero logro llegar al centro del claro para ponerme entre el grupo de Jack y el dragón dorado.

—Tengo mucho tiempo esperando por esto, Sorrengail. —Avanza lentamente.

—Si puedes volar, este es un buen momento para hacerlo —grito sobre mi hombro hacia el dragoncito, sacando dos dagas de las fundas sobre mis costillas.

El dragón gorgorea. Muy útil.

—No pueden matar a un dragón. —Intento razonar con ellos, negando con la cabeza hacia el trío mientras el miedo se mezcla con la adrenalina en mis venas.

—Claro que podemos. —Jack se encoge de hombros, pero Oren parece un poco inseguro, así que planto mi mirada sobre él mientras se separan ligeramente, como unos tres metros y medio, haciendo la formación perfecta para un ataque.

—No pueden —le digo directamente a Oren—. ¡Va contra todo en lo que creemos!

Él hace un gesto de pesar. Jack no.

—¡Dejar que algo tan débil, tan incapaz de pelear, siga con vida va contra lo que creemos! —grita Jack, y sé que no solo se refiere al dragón.

—Pues van a tener que pasar por encima de mí. —El corazón se me azota contra las costillas mientras levanto mis dagas, girando una para tomarla por la punta, lista para lanzarla y midiendo los seis metros que me separan de mis atacantes.

—No creo que eso vaya a ser problema —se burla Jack.

Todos levantan sus espadas y yo tomo aire y me preparo para la lucha. No estamos en la colchoneta. No hay instructores. No nos podemos rendir. Nada los detiene de acabar conmigo... con nosotros.

—Les recomiendo que reconsideren lo que van a hacer —exige una voz, su voz, al otro lado del campo, a mi derecha.

Siento un cosquilleo en la cabeza mientras todos giramos hacia allá.

Xaden está recargado contra un árbol con los brazos cruzados sobre el pecho; detrás de él está Sgaeyl, su aterradora Cola de Daga azul marino, que nos observa con sus ojos dorados entrecerrados y con sus colmillos expuestos.

CATORCE

En los seis siglos que se lleva registrando la historia de dragones y jinetes ha habido cientos de casos conocidos en el que un dragón simplemente no puede recuperarse a nivel emocional de la pérdida del jinete con el que se unió. Esto pasa cuando el vínculo es particularmente fuerte y, en tres casos documentados, incluso ha provocado la muerte prematura del dragón.

—*NAVARRE, HISTORIA SIN CENSURA*,
POR EL CORONEL LEWIS MARKHAM

«Xaden». Por primera vez, verlo me llena el pecho de esperanza. Él no va a permitir que esto pase. Puede que me odie, pero es líder de ala. No puede quedarse ahí, viendo cómo matan un dragón.

Pero yo conozco las reglas probablemente mejor que cualquier otra persona en este cuadrante.

«Tiene que hacerlo». La bilis me sube por la garganta y tengo que levantar un poco la cara para controlar la sensación. Lo que Xaden quiera, que siempre es debatible, no importa en este momento. Solo puede observar, no interferir.

Voy a tener público para mi muerte. Maravilloso.

Adiós a la esperanza.

—Y ¿si no queremos reconsiderar lo que vamos a hacer? —grita Jack.

Xaden me mira; juraría que tensa la quijada y lo puedo ver desde acá.

«La esperanza es una cosa voluble y peligrosa. Te roba la concentración y se la lleva hacia las posibilidades en vez de dejarla donde tiene que estar: en las probabilidades». Las palabras de Xaden vuelven a mi cabeza con alarmante claridad, y despego mis ojos de los suyos para concentrarme en las tres probabilidades que están frente a mí.

—No puedes hacer nada, ¿verdad? ¿Líder de ala? —se burla Jack.

Supongo que él también conoce las reglas.

—No es de mí de quien tienen que preocuparse hoy —les responde Xaden, y Sgaeyl inclina la cabeza con una expresión de pura amenaza en los ojos cuando me volteo para verla.

—¿En serio vas a hacer esto? —le pregunto a Tynan—. ¿Vas a atacar a una compañera de pelotón?

—Hoy los pelotones importan un carajo —me responde, furioso, y una sonrisa amenazante y siniestra le curva los labios.

—¿Supongo que eso es un no a lo de volar? —digo sobre mi hombro de nuevo, y el dragón dorado hace un gorgoreo grave en su garganta como respuesta—. Genial. Bueno, si pudieras apoyarme con esas garras, te lo agradecería.

Gorgorea dos veces más y le echo una mirada a sus garras.

Aunque más bien debería decirles... patas.

—Carajo. ¿No tienes garras?

Me giro hacia los tres hombres justo cuando Jack suelta un grito de guerra y se lanza contra mí. No vacilo. Asesto mi arma hacia el espacio entre nosotros que rápidamente va disminuyendo, y la daga encuentra su blanco en el hombro del brazo en el que trae la espada, la cual se le cae cuando él se pone de rodillas y vuelve a gritar, pero esta vez de dolor.

Bien.

Pero Oren y Tynan se lanzaron al mismo tiempo y ya casi me alcanzan. Le lanzo mi segunda daga a Tynan y le doy en el muslo, con lo que lo hago avanzar un poco más lento, pero no logro detenerlo.

Oren se va contra mi cuello y lo esquivo, desenvainando otra daga para hacerle un corte en las costillas como lo hice durante nuestro reto. Mi tobillo no me permitirá soltar patadas y ni siquiera dar un golpe decente, así que mi única opción son las armas.

Él se recupera rápidamente y gira con la espada, dándome en el estómago con un corte limpio que me hubiera destripado si no fuera por la armadura de Mira, pero el filo solo roza las escamas y se me resbala.

—¿Qué diablos fue eso? —Oren tiene una expresión sorprendida.

—¡Me destruyó el hombro! —grita Jack, poniéndose de pie torpemente y distrayendo a los otros con eso—. ¡No lo puedo mover! —Se agarra la articulación y esto me hace sonreír.

—Es lo bueno de tener articulaciones débiles —comento, tomando otra daga—. Te sabes los puntos perfectos para atacar.

—¡Mátenla! —ordena Jack sin soltarse el hombro mientras retrocede algunos pasos, y luego se da la vuelta y se va corriendo en la dirección opuesta hasta desaparecer entre los árboles en poco tiempo.

Maldito cobarde.

Tynan suelta un espadazo y me tambaleo, con un dolor insoportable que me roba la vista por un instante antes de hacer un movimiento hacia atrás para luego hundir mi daga en su costado, después giro y le pego con el codo en la barbilla a Oren mientras me ataca, haciendo que su cabeza se sacuda.

—¡Perra maldita! —grita Tynan, con la mano sobre su costado sangrante.

—Qué insulto... —Me aprovecho de la expresión azorada de Oren para hacerle un corte en la cadera—. Más original.

El movimiento me cuesta, pues un chillido se escapa de mi garganta cuando la espada de Tynan me tasajea la parte alta del brazo siguiendo la dirección del hueso.

La armadura evitó que penetrara en mis costillas, pero sé que mañana tendré un moretón horrible; mientras retrocedo la sangre corre libremente al separarme de la espada.

—¡Detrás de ti! —grita Xaden.

Me doy la vuelta para encontrarme con la espada de Oren en lo alto, lista para separarme la cabeza de los hombros, pero el dragón dorado abre las fauces y Oren se va de lado con los ojos llenos de terror, como si apenas se hubiera dado cuenta de que la creatura tiene dientes.

Doy un paso de lado y le golpeo la base del cráneo con el mango de mi daga.

Oren se desploma, inconsciente, y no espero para verlo caer antes de girarme hacia Tynan, que ya tiene lista su espada ensangrentada.

—¡No puedes interferir! —le grita Tynan a Xaden, pero no me atrevo a despegar la mirada de mi oponente lo suficiente para ver cómo reacciona el líder de ala.

—No, pero sí puedo narrar —le aclara Xaden.

Obviamente en este momento está de mi lado, lo cual me confunde muchísimo, pues estoy más que segura de que me quiere muerta. Pero quizá no es mi vida la que está protegiendo, sino la del dragón dorado.

Arriesgo una mirada, y sí, Sgaeyl se ve enojada. Su cabeza está ondulando en un movimiento sinuoso, clara señal de inquietud, y sus ojos dorados y furiosos están bien puestos sobre Tynan, que ahora está intentando acecharme haciendo círculos como si estuviéramos en la colchoneta, pero no voy a permitir que se ponga entre el dragoncito dorado y yo.

—Tienes el brazo lastimado, Sorrengail —sisea Tynan, con la cara pálida y sudorosa.

—Estoy acostumbrada a vivir con dolor, imbécil. ¿Y tú? —Levanto la daga en mi mano derecha solo para demostrarle que puedo pese a la sangre que me corre por el brazo y gotea por la punta de mi arma, empapando los vendajes sobre mi palma. Mis ojos van directo a su costado—. Sé exactamente dónde te corté. Si no encuentras un curandero pronto, vas a tener una hemorragia interna.

La rabia le distorsiona la cara; hace un movimiento de ataque.

Intento lanzarle mi cuchillo, pero se me resbala de la mano empapada de sangre y cae con un golpe seco sobre el pasto a unos metros de mí.

Y sé que mis fanfarronerías ya no serán suficiente para salvarme.

Tengo el brazo herido. Tengo la pierna herida. Pero al menos hice que Jack Barlowe saliera huyendo antes de morirme.

No está tan mal como último pensamiento.

Justo cuando Tynan levanta su espada con las dos manos, preparándose para un golpe mortal, veo cierto movimiento a mi derecha. Es Xaden. Y, sin importarle las reglas, viene hacia acá como si planeara evitar que Tynan me mate.

Apenas tengo un momento para sentir la sorpresa de que Xaden pudiera salvarme por la razón que sea cuando una ráfaga de viento me azota la espalda y me tambaleo hacia adelante mientras pongo más peso sobre mi tobillo destruido y sacudo los brazos para recuperar el equilibrio, y con una mueca en la cara por el dolor insoportable.

Tynan se queda con la boca abierta y da unos pasos torpes hacia atrás, levanta tanto la cabeza que casi queda perpendicular a su torso. Las sombras nos envuelven a los dos mientras él sigue alejándose.

Jadeando, porque mis pulmones están desesperados por tomar aire, me atrevo a lanzar una miradita sobre mi hombro para ver por qué se está retirando Tynan.

Y el corazón se me atora en la garganta.

Junto al dorado, que se encuentra metido bajo una enorme ala negra llena de cicatrices, está el dragón más grande que he visto en mi vida, el dragón negro sin jinete que el profesor Kaori nos mostró en clase. No le llego ni cerca del tobillo.

Un gruñido resuena en su pecho y hace vibrar el suelo mientras baja su cabeza gigante, mostrando sus colmillos húmedos.

El miedo me recorre cada célula del cuerpo cuando su aliento caliente pasa sobre mí.

—*Hazte a un lado, Plateada* —ordena una voz profunda y ronca, definitivamente masculina.

Parpadeo. Un momento. «¿Qué? ¿Está hablando conmigo?».

—*Sí. Tú. Muévete.* —Hay cero espacio para el debate en su tono, así que me hago a un lado cojeando y casi me tropiezo con el cuerpo inconsciente de Oren mientras Tynan se echa a correr entre gritos, intentando huir hacia los árboles.

Los ojos del dragón negro se entrecierran sobre Tynan y abre la boca de par en par un segundo antes de lanzar un fuego, cuyo calor puedo sentir junto a mi cara, sobre el campo y quemando todo a su paso... incluyendo a Tynan.

Las llamas crepitan en las orillas del camino calcinado y me giro lentamente para ver al dragón, preguntándome si seré la siguiente.

Sus enormes ojos dorados me observan, pero no me muevo y levanto la frente con gesto de dignidad.

—Deberías acabar con el enemigo a tus pies.

Mis cejas se enarcan en una expresión sorprendida. Su boca no se movió. Me habló, pero su boca no se movió. Ay, mierda. Es porque está en mi cabeza.

—No puedo matar a un hombre inconsciente. —Niego con la cabeza, aunque si lo hago a manera de protesta por lo que me está sugiriendo o si es resultado de mi confusión, está abierto a debate.

—Él te mataría si estuviera en tu posición.

Miro a Oren, que sigue inconsciente en la hierba bajo mis pies. No es como que pueda negarle que tiene razón en su astuta aseveración.

—Pues será porque así es él. Pero yo no soy así.

El dragón solo parpadea como respuesta y no sé si eso es bueno o malo.

Veo un borrón azul por el rabillo del ojo y luego siento la ráfaga de viento cuando Xaden y Sgaeyl se van volando y me dejan aquí con el enorme dragón negro y el pequeñín dorado. Supongo que la momentánea preocupación de Xaden por mi vida ya se terminó.

Las fosas nasales del dragón se ensanchan.

—Estás sangrando. Haz que pare.

Mi brazo.

—No es tan fácil cuando te enterraron una... —Sacudo la cabeza. ¿En serio estoy discutiendo con un dragón? Esto es jodidamente surrealista—. ¿Sabes qué? Es una gran idea. —Como puedo corto lo que me queda de la manga derecha y me envuelvo la herida, sosteniendo una esquina de la tela con los dientes mientras la aprieto con fuerza para hacer presión y detener el sangrado—. Listo. ¿Mejor?

—Algo es algo. —Inclina la cabeza hacia un lado, mirándome—. *También traes las manos amarradas. ¿Sueles sangrar mucho?*

—Intento no hacerlo.

Él suelta un resoplido burlón.

—Vámonos, Violet Sorrengail. —Levanta la cabeza y el dragón dorado se asoma debajo de su ala.

—¿Por qué sabes mi nombre? —le pregunto mirándolo hacia arriba con la boca abierta.

—Y pensar que ya casi se me había olvidado lo parlanchines que son los humanos. —Suspira y la ráfaga de su aliento hace que los árboles se sacudan—. *Súbete a mi lomo.*

Ay. Mierda. Me está… eligiendo.

—¿Que me suba a tu lomo? —repito como un maldito perico—. ¿Te has visto? ¿Tienes idea de lo enorme que eres? —Necesitaría una maldita escalera para llegar hasta allá arriba.

El gesto con el que me está mirando solo podría describirse como fastidio.

—Uno no vive durante un siglo sin estar bien consciente del espacio que ocupa. Ahora, súbete.

El dorado sale de su refugio bajo el ala del grandote. Es diminuto comparado con la monstruosidad frente a mí y parece estar completamente indefenso a excepción de sus dientes, como un cachorro juguetón.

—No puedo dejarlo aquí —digo—. ¿Y si Oren despierta o Jack vuelve?

El dragón negro gorgorea.

El dorado se agacha, flexionando las piernas, y luego se eleva hacia el cielo y sus alas doradas reflejan la luz del sol en su vuelo sobre las copas de los árboles.

O sea que sí puede volar. Hubiera estado bien saberlo hace unos veinte minutos.

—Súbete —gruñe el dragón negro, haciendo que se sacudan el suelo y los árboles en las orillas del campo.

—No quieres que me vaya contigo —le discuto—, soy…

—No te lo voy a decir otra vez.

Entendido.

El miedo me aprieta la garganta como un puño y avanzo tambaleándome hacia su pierna. Esto no es como trepar un árbol. No hay de dónde agarrarse ni un camino fácil, solo una serie de escamas duras como piedras que no sirven de mucho para apoyarse. Además, mi tobillo y mi brazo no son de gran ayuda. ¿Cómo diablos voy a subir hasta allá? Levanto el brazo izquierdo y tomo aire antes de poner una mano en su pata de adelante.

Las escamas son más grandes y gruesas que mi mano y están sorprendentemente tibias. Se van superponiendo a las otras en un intrincado diseño que no deja espacio para agarrarse.

—Eres jinete, ¿o no?

—Me parece que eso está abierto a debate en este momento. —Mi corazón se desboca. ¿Me va a asar viva por ser demasiado lenta?

Un gruñido de frustración retumba en su pecho y luego me sacude salvajemente cuando estira la pata hacia adelante y la convierte en una rampa. Los dragones nunca le suplican a nadie y, sin embargo, aquí está él, haciendo una reverencia para que me sea más fácil subirme. Está empinado, pero puedo lograrlo.

Sin vacilar, subo a gatas por su pierna para equilibrar mi peso y no lastimarme más el tobillo, pero el dolor en el brazo hace que esté jadeando para cuando llego a su hombro y me subo de ahí a su espalda, esquivando los picos afilados que le bajan por la nuca como una melena.

Carajo. Estoy en el lomo de un dragón.

—Siéntate.

Veo el asiento, el hueco suave y escamoso justo frente a sus alas, y me acomodo ahí, doblando las rodillas como nos enseñó el profesor Kaori. Luego me agarro de los gruesos bordes de escamas a las que llamamos el pomo, donde su cuello se encuentra con los hombros. Todo en él es más grande que cualquier modelo en el que hayamos practicado. Mi cuerpo no está hecho para mantenerse encima de *ningún* dragón, mucho menos uno de este tamaño. No hay forma de que pueda permanecer sentada. Esto está por ser el primer y último viaje en dragón de mi vida.

—Mi nombre es Tairneanach, hijo de Murtcuideam y Fiaclanfuil, descendientes de la astuta estirpe Dubhmadinn. —Se yergue tan alto como es, dejándome al nivel de las copas de los árboles que rodean el claro, y aprieto mis piernas un poco más—. *Supongo que no podrás recordar todo eso para cuando lleguemos al campo, así que Tairn bastará hasta que inevitablemente tenga que recordártelo.*

Tomo una rápida bocanada de aire, pero no hay tiempo para procesar su nombre, su historia, antes de que se incline ligeramente y nos lancemos al vuelo.

Se siente como me imagino que sentirá una piedra al ser lanzada de una catapulta, salvo que se requiere hasta la última gota de fuerza que hay en mi cuerpo para mantenerme sobre esta piedra.

—¡Santos dioses! —El suelo se va alejando de nosotros en el vuelo, y las enormes alas de Tairn azotan el aire hasta manejarlo a su gusto y nos siguen elevando.

Mi cuerpo se separa de su lomo y me aferro con las manos, intentando mantenerme en mi lugar, pero el viento, el ángulo, todo es demasiado, y me falla el agarre y se me resbalan las manos.

—¡Mierda! —Buscando cómo agarrarme, mis manos arañan el lomo de Tairn mientras bajo junto a sus alas, acercándome rápidamente a las afiladas escamas de su cola de maza—. ¡No, no, no!

Él gira a la izquierda y la poca esperanza que tenía de agarrarme de algo sale volando junto conmigo.

Voy en caída libre.

QUINCE

Que sobrevivas a la Trilla no significa que sobrevivirán al viaje hasta el campo de vuelo. Ser elegido no es la única prueba y, si no puedes aferrarte al asiento, saldrás volando hacia el suelo.

—PÁGINA 50, EL LIBRO DE BRENNAN

El terror me cierra la garganta y me descontrola el pulso. El aire pasa a toda velocidad junto a mí mientras voy cayendo a toda velocidad al terreno montañoso que está allá abajo, y el sol se refleja en las escamas del dorado que va mucho más abajo que yo.

Me voy a morir. Ese es el único resultado posible.

Siento que algo se cierra sobre mis costillas y hombros, deteniendo mi caída, y mi cuerpo se sacude violentamente cuando me jalan hacia arriba.

—Nos estás haciendo quedar mal. Ya basta.

Estoy entre las garras de Tairn. Me... atrapó en vez de dejarme morir en la caída por ser indigna de él.

—¡No es tan fácil quedarse sobre tu lomo cuando haces acrobacias! —le grito.

Él baja la mirada y podría jurar que el borde sobre su ojo se enarca.

—No se puede decir que un simple vuelo sea una acrobacia.

—¡Tú no haces nada simple! —Envuelvo los nudillos de sus patas con mis brazos, notando que sus afiladas garras se curvan peligrosamente cerca de los costados de mi cuerpo. Es enorme, pero también es cuidadoso mientras volamos sobre la montaña.

«Es uno de los dragones más mortíferos en Navarre». La clase del profesor Kaori. ¿Qué más dijo? Que el único dragón negro sin jinete no había aceptado buscar vínculo este año. Que ni siquiera lo habían visto en los últimos cinco años. Que su jinete murió en la Rebelión tyrrish.

Tairn me levanta y luego me suelta, echándome a volar sobre él, y yo solo sacudo los brazos. El estómago se me revuelve por la altura a la que me lanzó, y luego caigo por unos dos segundos antes de que el dragón se mueva rápidamente para atraparme sobre su lomo entre las alas.

—*Siéntate y ahora sí agárrate bien, o nadie va a creer que de verdad te elegí* —gruñe.

—¡Yo misma no puedo creer que me elegiste! —Me dan ganas de expresarle que volver al asiento no es tan fácil como insinúa, pero él se pone en horizontal y sus alas planean sobre el aire, cortando la resistencia del viento. Centímetro a centímetro, me arrastro sobre su espalda hasta llegar al asiento y acomodarme de nuevo. Me aferro a sus protuberancias con tanta fuerza que se me acalambran las manos.

—*Vas a tener que ganar fuerza en las piernas. ¿No practicaste?*

La indignación me sube por la espalda.

—¡Claro que practiqué!

—*No hace falta que grites. Te escucho perfectamente. Yo creo que toda la montaña te escucha.*

¿Todos los dragones serán cascarrabias? ¿O solo el mío?

Esa pregunta me hace abrir los ojos de par en par. Tengo... un dragón. Y no cualquier dragón. Tengo a Tairneanach.

—*Aprieta más con las rodillas. Apenas puedo sentirte allá arriba.*

—Eso intento. —Acerco una rodilla a la otra y los músculos de mis muslos tiemblan mientras él gira a la izquierda, esta vez con más suavidad que la anterior y con un ángulo menos inclinado, cambiando de rumbo con un enorme arco que nos lleva de regreso a Basgiath.

—Es solo que... no soy tan fuerte como otros jinetes.

—*Sé perfectamente quién y qué eres, Violet Sorrengail.*

Las piernas me tiemblan hasta que al fin se quedan firmes, con los músculos tensos como si los hubieran envuelto con una banda, pero no hay dolor. Miro sobre mi hombro y veo su cola de maza a lo que se sienten como kilómetros detrás de nosotros.

Él lo está haciendo. Me tiene firme en mi lugar.

Siento la culpa creciendo en mi estómago. Debí haberme enfocado más en entrenar la fuerza de mis piernas. Debí haber pasado más tiempo preparándome para esto. Él no tendría por qué gastar su energía en que su jinete no se caiga.

—Lo siento. Es solo que no creí que iba a llegar hasta aquí.

Un fuerte suspiro resuena en mi mente.

—*Yo tampoco creí que iba a llegar hasta aquí, así que eso es algo que tenemos en común.*

Me estiro sobre el asiento y miro el paisaje mientras el viento me arranca unas lágrimas por las orillas de mis ojos. Con razón la mayoría de los jinetes elige usar *goggles.* Hay al menos una docena de dragones en el aire y todos están haciendo que sus jinetes soporten varios giros y caídas en picada. Rojos, naranjas, verdes, cafés, el cielo está lleno de puntos de color.

El corazón me da un vuelco cuando veo que un jinete se cae del lomo de un Rojo Cola de Espada y, a diferencia de Tairn, el dragón no baja a atrapar al de primero. Desvío la mirada antes de que el cuerpo choque contra el suelo.

«No es nadie que conozcas», me digo. Rhiannon, Ridoc, Trina, Sawyer... Probablemente todos están ya unidos a un dragón y esperando en la seguridad del campo.

—*Vamos a tener que dar un espectáculo.*

—Genial. —La idea es todo menos eso.

—*No te vas a caer. No lo voy a permitir.* —Las bandas que me rodean las piernas se extiendes a mis manos y siento cómo me recorre una energía invisible—. *Vas a confiar en mí.*

No es una pregunta. Es una orden.

—Hagámoslo ya. —No puedo mover las piernas, los dedos, las manos, así que no hay nada que pueda hacer más que quedarme donde estoy y guardar la esperanza de que pueda disfrutar lo que sea que el dragón esté por hacer.

Con un vigoroso aleteo, nos lanzamos hacia arriba en lo que se siente como una subida de noventa grados que deja a mi estómago allá abajo. Tairn pasa sobre las cimas de las montañas cubiertas de nieve y nos quedamos ahí por un instante antes de que se gire y se lance hacia abajo en el mismo ángulo aterrador.

Es el momento más horrible y a la vez el más emocionante de mi vida.

Hasta que vuelve a girar y comenzamos a movernos en espiral.

Mi cuerpo se retuerce para acá y para allá con cada vuelta y el movimiento no se detiene, bajando y girando con tanta fuerza que puedo jurar que la tierra se convierte en el cielo, y luego lo repite una y otra vez hasta que en mi rostro aparece una enorme sonrisa.

No hay *nada* como esto.

—*Creo que demostramos lo suficiente.* —Se pone en horizontal, gira a la derecha y se dirige al valle que nos llevará al cañón semicerrado de los campos de entrenamiento. El sol está por ponerse detrás de las montañas, pero aún hay luz suficiente para ver al dragón dorado allá arriba, que está adelante de nosotros sin avanzar, como si esperara algo. Quizá no eligió un jinete, pero vivirá para decidir de nuevo el próximo año, y eso es lo único que importa.

O quizá verá que los humanos no somos tan buenos después de todo.

—¿Por qué me elegiste? —Necesito saberlo, porque en cuanto aterricemos, habrá preguntas.

—Porque la salvaste. —La cabeza de Tairn se inclina hacia la dorada mientras nos acercamos y cuando ella se echa a volar detrás de nosotros, bajamos la velocidad.

—Pero... —Niego con la cabeza—. Los dragones eligen según la fuerza, las tretas y... la fiereza de los jinetes. —Y nada de eso me define.

—Por favor, cuéntame más sobre cuáles deben ser mis razones para elegir. —Su tono está lleno de sarcasmo mientras pasamos sobre el Guantelete y nos acercamos a la estrecha entrada de los campos de entrenamiento.

Tomo una enorme bocanada de aire, sorprendida, al ver tantos dragones. Hay cientos reunidos por la orilla de la ladera de la montaña detrás de las gradas que se montaron durante la noche. Espectadores. Y en la parte baja del valle, en el mismo campo por el que desfilé hace apenas un par de días, hay dos hileras de dragones frente a frente.

—Están divididos entre los del cuadrante que eligieron en años pasados y los que eligieron hoy —me informa Tairn—. *Somos la septuagésima primera tanda de vínculos que entra al campo.*

Mamá estará aquí, en la tarima frente a las gradas, y quizá recibiré un poco más que una miradita de pasada, pero su atención estará principalmente en los más o menos setenta pares recién unidos.

Un feroz rugido de celebración sale de entre los dragones cuando llegamos volando. Todas las cabezas se vuelven hacia nosotros y sé que es por respeto a Tairn. Igual que la manera en que se separan los dragones al centro del campo, haciendo espacio para que Tairn aterrice. Él retira las bandas que me mantenían fija en mi asiento y luego vuela sobre el pasto por un par de aleteos, y veo al dragón dorado volando a toda velocidad para alcanzarnos.

Qué ironía. Tairn es el dragón más admirado en el Valle, y yo soy el jinete con menos probabilidades en el cuadrante.

—Eres la más inteligente de tu año. La más astuta.

Al escuchar el cumplido, trago saliva para intentar ignorarlo. Me entrené como escriba, no como jinete.

—Defendiste a la más pequeña con gran valor. Y la fuerza de la valentía es más importante que la física. Te lo digo porque aparentemente necesitas saberlo antes de que aterricemos.

Sus palabras me forman un nudo en la garganta y tengo que tragar saliva para bajármelo.

Ay. Mierda. No dije esas cosas en voz alta. Las pensé.

Puede leer mi mente.

—¿Ves? Eres la más lista de tu año.

Adiós a la privacidad.

—Nunca más estarás sola.

—Eso suena a amenaza más que a consuelo —pienso. Claro que ya sabía que los dragones tienen un vínculo mental con sus jinetes, pero las implicaciones de eso son un poco más que abrumadoras.

Tairn suelta un resoplido burlón como respuesta.

La dragona dorada nos alcanza, batiendo sus alas al doble de velocidad que las de Tairn, y aterrizamos en el justo centro del campo. El impacto me sacude un poco, pero me mantengo firme y erguida en el asiento e incluso logro soltar el pomo.

—¿Ves? Me puedo mantener en mi lugar perfectamente si no te mueves.

Tairn pega las alas a su cuerpo y me mira sobre el hombro con una expresión que es lo más parecido que he visto en un dragón a poner los ojos en blanco.

—Más vale que te bajes antes de que reconsidere mi elección, y ve a decirle al de la lista...

—Sé qué tengo que hacer. —Tomo aire, nerviosa—. Es solo que no pensé que seguiría viva para hacerlo. —Tras sopesar ambas opciones para bajarme, me muevo hacia la derecha para proteger mi tobillo lo más posible. No se permite que haya curanderos en el campo de vuelo, solo jinetes, así que espero que a alguno se le haya ocurrido cargar un equipo médico porque voy a necesitar puntadas y una tablilla.

Comienzo a bajar por las escamas del hombro de Tairn y, antes de que pueda lamentar la distancia que voy a tener que saltar con mi tobillo destrozado, el dragón se mueve un poco y estira la pierna para formar una rampa.

Desde la ladera se escucha un sonido como de cuchicheos... si es que los dragones cuchichean.

—Sí cuchichean y sí lo están haciendo. Ignóralos. —Una vez más, no hay espacio para el debate en su tono.

—Gracias —susurro, y me deslizo de nalgas como si fuera un juego letal y escamoso en un parque infantil, recibiendo el impacto al llegar al suelo sobre mi pierna izquierda.

—Esa es una forma de hacerlo.

No puedo contener la sonrisa en mi rostro ni la alegría que amenaza con llenarme los ojos de lágrimas al ver a los otros de primero que están frente a sus dragones. Estoy viva, y ya no soy cadete. «Soy jinete».

El primer paso es horriblemente doloroso, pero me giro para ver a la dorada, que está pegadita a Tairn, observándome con sus ojos brillantes mientras sacude su cola de plumas.

—Me alegra que hayas sobrevivido. —«Me alegra» es poco decir. Me llena de felicidad, me hace sentir aliviada, llena de gratitud—. Pero quizá la próxima vez deberías echarte a volar cuando alguien sugiera que te pongas a salvo, ¿no?

Ella me mira con gesto intrigado.

—*Quizá yo te estaba salvando a ti.* —Su voz se escucha más aguda y dulce en mi cabeza.

Abro la boca y la cara se me cubre de una expresión de sorpresa.

—¿Nadie te dijo que no debes hablar con humanos que no son tu jinete? No te andes metiendo en problemas, Doradita —susurro—. Por lo que he escuchado, los dragones son bastante estrictos con esa regla.

Ella simplemente se sienta, pega las alas a su cuerpo y me mira con la cabeza inclinada hacia un lado en un ángulo que debería ser imposible y que casi me hace reír.

—¡Carajo! —exclama el jinete del dragón rojo que está a mi derecha, y me volteo para verlo. Es uno de primero de la Sección Garra, Ala Cuatro, pero no recuerdo su nombre—. ¿Ese es...? —Mira a Tairn descaradamente con los ojos llenos de terror.

—Sí —le digo, sonriendo aún más—. Sí es.

El dolor en mi tobillo es intenso, punzante, y en general se siente como si se me fuera a romper en pedazos en cualquier momento mientras avanzo cojeando por el enorme campo hacia la pequeña formación que está más adelante. Detrás de mí hay algunas ráfagas de viento que anuncian la llegada de otros dragones y sus jinetes se bajan para que registren sus nombres, pero se escuchan cada vez más lejos conforme la fila sigue avanzando por el campo.

El crepúsculo comienza a caer y una serie de luces mágicas iluminan a la multitud en las gradas y en la tarima. Al centro, justo encima de donde la pelirroja del parapeto está anotando los nombres en la lista, se encuentra mi mamá, vestida con su uniforme militar de gala y todas sus medallas, para que a nadie se le olvide exactamente quién es. Aunque hay varios generales sobre la tarima representando a sus respectivas alas, solo hay uno con muchas más condecoraciones que Lilith Sorrengail.

Y Melgren, el general comandante de todas las fuerzas de Navarre, tiene sus ojillos malvados puestos sobre Tairn, estudiándolo sin disimulo. Su atención pasa a mí y tengo que esforzarse por no temblar, pues su mirada no es más que fría y calculadora.

Mamá se levanta cuando me acerco a la pelirroja de la lista bajo la tarima, que está anotando los pares que se formaron antes de hacerle una seña al siguiente jinete para que se acerque y mantener en secreto el nombre completo del dragón.

El profesor Kaori se baja de un salto de la plataforma de casi dos metros a mi izquierda y mira a Tairn con la boca abierta, recorriendo al enorme dragón negro con los ojos para memorizarse hasta el último detalle.

—¿En verdad es...? —comienza a decir el comandante Panchek mientras se acerca a la orilla de la tarima con más de una docena de oficiales de altos mandos, todos uniformados y todos con la boca abierta.

—No lo digas —ordena mi mamá, con los ojos puestos en Tairn y no en mí—. No hasta que ella lo diga primero.

Porque solo un jinete y la persona que lleva la lista saben el nombre completo de un dragón, y mi madre no está segura de que realmente me haya unido a él. Eso es exactamente lo que está insinuando. *Como si pudiera robarme a Tairn.* La rabia me hace hervir la sangre y logra tapar el dolor que me recorre el cuerpo mientras avanzo en la fila hasta que solo queda otro jinete antes de mí.

Mamá me obligó a entrar al Cuadrante de Jinetes. No le importó si vivía o moría al cruzar el parapeto. Y lo único que le interesa ahora es cómo mis defectos podrían manchar su impecable reputación o cómo mi vínculo podría servir a sus propios planes.

Y ahora está viendo a mi dragón sin siquiera molestarse en bajar la mirada para ver si yo estoy bien.

Que. Se. Joda.

Es todo lo que esperaba y al mismo tiempo es tan decepcionante.

El jinete de adelante de mí termina y se retira, y la de la lista levanta la mirada y ve a Tairn con expresión de sorpresa antes de posar sus ojos impactados sobre los míos y hacerme una señal para que me acerque.

—Violet Sorreingail —dice mientras escribe en el Libro de Jinetes—. Me alegra ver que lo lograste. —Me ofrece una sonrisita nerviosa—. Por favor, dime el nombre del dragón que te eligió.

Levanto el mentón.

—Tairneanach.

—Podrías mejorar esa pronunciación —ruge la voz de Tairn en mi cabeza.

—Oye, al menos lo recordé —le respondo, dirigiendo el pensamiento hacia donde está y preguntándome si podrá escucharme hasta allá.

—Al menos no dejé que te murieras en la caída. —Suena profundamente aburrido, pero sin duda me escuchó.

La mujer sonríe y niega con la cabeza mientras anota su nombre.

—No puedo creer que se haya unido a alguien. Violet, es una leyenda.

Abro la boca para decirle que así es...

—*Andarnaurram.* —La voz dulce y aguda de la dorada llena mi mente—. *Andarna, si quieren la versión corta.*

Siento cómo la sangre me abandona la cara y veo un poco borroso mientras me doy la vuelta sobre mi tobillo bueno, mirando hacia donde la dragona dorada, Andarna, ahora está entre las patas delanteras de Tairn.

—¿Disculpa?

—¿Estás bien, Violet? —me pregunta la pelirroja, y todos a mi alrededor y sobre mí se acercan más.

—*Dile* —insiste la dorada.

—*Tairn. ¿Qué se supone que...?* —pienso hacia él.

—*Dile su nombre a la de la lista* —me ordena Tairn.

—¿Violet? —repite la de la lista—. ¿Necesitas un reparador?

Me doy la vuelta hacia la mujer, aclarándome la garganta.

—Y Andarnaurram —susurro.

Sus ojos se abren de par en par.

—¿Ambos dragones? —chilla.

Asiento.

Y estalla el caos.

DIECISÉIS

Aunque este oficial se considera experto en todos los temas sobre dragones, hay mucho que no sabemos sobre las leyes a las que obedecen. Hay una clara jerarquía entre los más poderosos y tienen respeto a sus mayores, pero yo no he logrado definir cómo crean sus leyes o en qué punto un dragón decide unirse a un solo jinete en vez de elegir tener mejores probabilidades con dos.

—*GUÍA DE CAMPO DE LOS DRAGONES*, DEL CORONEL KAORI

—¡Pero claro que no! —grita un general, con tal fuerza que lo alcanzo a escuchar hasta la pequeña estación médica que montaron al fondo de las gradas para los jinetes. No es más que una fila de unas doce mesas y algunos suministros que trajeron para ayudarnos a aguantar hasta que podamos ir al Cuadrante de Curanderos, pero al menos la medicina para el dolor está haciendo efecto.

Dos dragones. Tengo… dos dragones.

Los generales llevan media hora gritándose unos a otros, el tiempo suficiente para que la noche se enfriara por el aire nocturno y para que un instructor al que nunca había visto me cosiera ambos lados del brazo.

Afortunadamente, Tynan solo me cortó el músculo, pero no lo destrozó.

Desafortunadamente, a Jack le están revisando el hombro a unos metros de mí. Se bajó a trompicones del lomo de un Naranja Cola de Escorpión para registrar su vínculo con la de la lista, que siguió haciendo su trabajo a pesar de la discusión de los generales en la plataforma detrás de ella.

Jack no ha dejado de ver a Tairn al otro lado del campo.

—¿Qué tal quedó? —me dice el profesor Kaori en voz baja mientras me aprieta las vendas en el tobillo esguinzado. Hay otras mil preguntas en sus ojos serios y oscuros, pero se las guarda.

—Me duele horrible. —La inflamación hizo que sea casi imposible ponerme la bota sin aflojar todas las agujetas para abrirla al máximo, pero al menos no tengo que arrastrarme por el campo como una chica del Ala Dos que se rompió la pierna al desmontar. Está a siete mesas de mí, llorando bajito mientras los médicos del campo intentan entablillarle la extremidad.

—Te vas a enfocar en afianzar tus vínculos y en montar durante los próximos meses, así que mientras no tengas problemas para subir y bajar... —Ladea la cabeza mientras aprieta las vendas de mi tablilla—. Que después de lo que vi, creo que no los tendrás, este esguince sanará antes de tu próxima ronda de retos. —Los dos surcos entre sus cejas se vuelven más profundos—. O puedo llamar a Nolon...

—No. —Niego con la cabeza—. Sanaré.

—¿Estás segura? —Claramente él no lo está.

—Todos los ojos en este valle están puestos sobre mí y mi dragón... mis dragones —me corrijo—. No puedo permitirme darles una imagen de debilidad.

Él frunce el ceño, pero asiente.

—¿Sabe quién de mi pelotón lo logró? —pregunto, con un nudo de miedo en la garganta. «Por favor, que Rhiannon esté viva. Y Trina. Y Ridoc. Y Sawyer. Todos».

—No he visto a Trina ni a Tynan —responde lentamente el profesor Kaori, como si estuviera intentando suavizar un golpe. Pero sin éxito.

—Tynan no va a llegar —susurro, sintiendo el dolor de la culpa en mi estómago.

—*Esa muerte no está a tu nombre* —gruñe mentalmente Tairn.

—Entiendo —murmura el profesor.

—¿A qué diablos te refieres con que va a necesitar cirugía? —grita Jack a mi izquierda.

—Pues parece que el arma te cortó algunos ligamentos, pero tendremos que ir con los curanderos para estar seguros —dice el otro instructor con una voz muchísimo más paciente que la de Jack mientras le acomoda el cabestrillo.

Miro a Jack directamente a sus ojos llenos de maldad y sonrío. Ya no le tengo miedo. Fue él quien salió huyendo en la pradera.

La rabia le salpica de rojo las mejillas bajo la luz mágica y baja las piernas de la mesa para lanzarse hacia mí.

—¡Tú!

—¿Yo qué? —Me bajo yo también de la mesa y acerco las manos a las vainas sobre mis muslos.

El profesor Kaori enarca las cejas, pasando la vista de uno al otro.

—¿Tú?

—Yo —le respondo, sin quitarle la mirada de encima a Jack.

Pero el profesor Kaori se pone entre los dos y extiende una mano con la palma levantada hacia Jack—. Yo que tú no me acercaría más a ella.

—¿Así que ahora te escondes detrás de los instructores, Sorrengail? —Jack cierra el puño que no trae lastimado.

—No me escondí allá, y no me estoy escondiendo aquí. —Levanto la quijada en gesto de orgullo—. No fui yo quien se echó a correr.

—No tiene que esconderse detrás de mí cuando se unió al dragón más poderoso de su año —le advierte el profesor Kaori a Jack, cuyos ojos se entrecierran sobre mí—. Tu naranja es una buena elección, Barlowe. Es Baide, ¿verdad? Ha tenido otros cuatro jinetes antes de ti.

Jack asiente.

El profesor Kaori mira sobre su hombro hacia la fila de dragones.

—Por más agresivo que sea Baide, teniendo en cuenta la forma en que Tairn te está viendo, no tendría problema en calcinarte entero si das un paso más hacia su jinete.

Jack me mira con gesto de incredulidad.

—¿Tú?

—Yo. —El dolor en mi tobillo ya se volvió un malestar soportable, aunque me apoye en él.

Jack niega con la cabeza y la expresión en su mirada pasa del *shock* a la envidia al miedo mientras se voltea hacia el profesor.

—No sé qué le dijo sobre lo que pasó allá…

—Nada. —El instructor se cruza de brazos—. ¿Hay algo que deba saber?

Jack se pone pálido y su rostro se ve blanco como la nieve bajo la luz mágica mientras otro herido de primero se acerca tambaleándose y con chorros de sangre corriéndole por un muslo y el torso.

—Todos los que necesitan saberlo ya lo saben. —Miro a Jack a los ojos.

—Supongo que ya terminamos por hoy —dice Kaori mientras una fila de dragones llega volando. Solo se ven sus siluetas en la oscuridad—. Los jinetes mayores están de regreso. Ustedes dos deberían irse con sus dragones.

Jack suelta un bufido y se va.

Le lanzo una mirada a los generales que siguen metidos en su acalorada discusión sobre la tarima.

—Profesor Kaori, ¿alguien se había unido a dos dragones antes? —Si alguien sabe la respuesta, tiene que ser el maestro de Dragones.

Él se da la vuelta para ver a los líderes discutiendo.

—Serías la primera. Aunque no sé por qué están discutiendo. La decisión no será de ellos.

—¿No? —El viento se levanta cuando una docena de dragones aterriza enfrente de los de primero con luces mágicas entre ellos.

—Nada respecto a quién elijan los dragones les corresponde a los humanos —me asegura Kaori—. Es solo que nos gusta mantener la ilusión de que estamos al mando. Algo me dice que solo estaban esperando a que regresaran los demás para reunirse.

—¿Los líderes? —Frunzo el ceño.

Kaori niega con la cabeza.

—Los dragones.

¿Los dragones se van a reunir?

—Gracias por ayudarme con el tobillo. Tengo que volver allá. —Le ofrezco una sonrisa tímida y cruzo el campo tenuemente iluminado hacia donde están Tairn y Andarna, sintiendo el peso de todas las miradas en el valle cuando me detengo y me paro entre ambos dragones—. *Ustedes dos están causando un relajo, ¿saben?* —Miro a Andarna y luego levanto la vista hacia Tairn antes de darme la vuelta para quedar de frente al campo como todos los de primero—. *No nos van a dejar hacer esto.* —Ay, mierda, ¿y si quieren que yo elija?

El corazón se me va al suelo.

—El Empíreo es quien va a decidir —dice Tairn, pero hay un dejo de tensión en su tono—. *No te vayas del campo. Esto podría tomar un buen rato.*

—¿Qué podría tomar...? —La pregunta muere en mi lengua cuando el dragón más grande que he visto en mi vida, aún más grande que Tairn, se acerca hacia nosotros desde la entrada al valle. Cada que pasa junto a un dragón, este camina al centro del campo y empieza a caminar tras él, y así reúne docenas a su paso—. ¿Es...?

—Codagh —responde Tairn.

El dragón del general Melgren.

Veo los agujeros irregulares en sus alas llenas de cicatrices de batalla mientras se acerca, con su mirada dorada puesta sobre Tairn y una expresión que me da náuseas. Con un gruñido bajo en su garganta, pone esos mismos ojos siniestros sobre mí.

Tairn gruñe también y da un paso adelante para ponerme entre sus enormes patas.

No hay ni una sola duda de que soy el tema de discusión de esos rugidos molestos.

—¡Sí! ¡Estamos hablando de ti! —dice Andarna mientras pasa la fila y luego se le une.

—*Mantente cerca del líder de ala hasta que regresemos* —ordena Tairn.

Seguramente quiso decir «líder de pelotón».

—*Escuchaste bien.*

O no.

Miro a mi alrededor hasta encontrar a Xaden al otro lado del campo, con los brazos cruzados, las piernas separadas y la mirada puesta en Tairn.

Los jinetes están escalofriantemente callados mientras los dragones vacían la pradera y se echan a volar en una fila ordenada cerca de la orilla para posarse a la mitad de la montaña más al sur, en un grupo de sombras que apenas puedo distinguir bajo la luz de la luna.

En cuanto el último de los dragones se va volando, estalla el caos. Los de primero se agolpan al centro del campo, donde estoy yo, y gritan exageradamente buscando a sus amigos. Mis ojos recorren a la multitud con la esperanza de encontrar algún rastro de...

—¡Rhi! —exclamo al ver a Rhiannon cojeando entre la gente.

—¡Violet! —Me envuelve en un apretado abrazo, pero me suelta en cuanto ve mi gesto de dolor por mi brazo herido—. ¿Qué pasó?

—La espada de Tynan. —Apenas puedo terminar la respuesta antes de que Ridoc me levante del suelo y se ponga a darme vueltas, haciendo que mis pies vuelen frente a mí.

—¡Miren quién llegó sobre el hijo de perra más rudo del lugar!

—¡Bájala! —lo regaña Rhiannon—. ¡Está sangrando!

—Ay, no. Perdón —dice Ridoc, y mis pies vuelven al suelo.

—Está bien. —Hay sangre fresca en las vendas, pero no creo que me haya abierto los puntos. Y los analgésicos son increíbles—. ¿Ustedes están bien? ¿Con quién se unieron?

—¡Con el Verde Cola de Daga! —Rhiannon sonríe con todas sus ganas—. Feirge. Y fue... fácil. —Suspira—. La vi y simplemente lo supe.

—Aotrom —dice Ridoc con orgullo—. Café Cola de Espada.

—¡Sliseag! —Sawyer echa sus brazos sobre los hombros de Rhiannon y Ridoc—. ¡Rojo Cola de Espada! —Todos vitoreamos y Sawyer me envuelve en un abrazo. De entre todos, él es de quien más me alegro, por todo lo que ha tenido que soportar para llegar hasta aquí.

—¿Trina? —pregunto, y él me suelta.

Uno por uno, niegan con la cabeza, mirando a los otros para la respuesta. Un peso insoportable se posa sobre mi corazón y busco alguna razón distinta.

—Bueno... es posible que solo no haya conseguido un vínculo, ¿no?

Sawyer niega con la cabeza y el pesar le encorva la espalda.

—La vi caerse del lomo de un Naranja Cola de Garrote.

El corazón se me aplasta.

—¿Tynan? —pregunta Ridoc, pasando la mirada de uno a otro.

—Tairn lo mató —digo en voz baja—. En su defensa, Tynan ya me había atacado una vez. —Señalo hacia la herida de mi brazo—. Y estaba intentando...

—¿Estaba intentando qué?

Alguien me toma por los hombros, me da la vuelta y me jala contra su pecho. «Dain». Mis brazos envuelven su espalda y me aferro a él mientras inhalo profundamente.

—Carajo. Violet. Simplemente... carajo. —Me aprieta con más fuerza y luego me separa de él—. Estás herida.

—Estoy bien —le aseguro, pero eso no apaga la preocupación en su mirada. No estoy segura de que haya algo que logre hacerlo—. Pero somos los únicos de primero que quedamos de nuestro pelotón.

Dain levanta la mirada para ver a los otros y asiente.

—Cuatro de nueve. Eso... —Su quijada tiembla ligeramente—. Era de esperarse. Los dragones están en una junta del Empíreo, su grupo de líderes. Quédense aquí hasta que regresen —les dice a los otros antes de volver a mí—. Tú vienes conmigo.

Probablemente es mi mamá que me mandó a llamar con él. Seguro quiere verme con todo lo que está pasando. Echo una mirada por el lugar, pero no es a mi madre a quien encuentro viéndome sino a Xaden, con una expresión indescifrable.

Cuando Dain me toma de la mano y me da un tirón, dejo de ver a Xaden y sigo a Dain hacia el otro lado del campo, donde estamos escondidos por las sombras. «Supongo que no era por mi mamá».

—¿Qué diablos pasó de verdad allá afuera? Porque Cath me dijo que no solo Tairn te eligió, sino también la pequeña... ¿Adarn? —Sus dedos se entrelazan con los míos y puedo ver el pánico en sus ojos cafés.

—Andarna —lo corrijo, y una sonrisita se aparece en mis labios al pensar en la dragoncita dorada.

—Van a hacer que tú elijas. —Su expresión se endurece y la certeza que veo ahí me tensa.

—No voy a elegir. —Niego con la cabeza y suelto su mano—. Ningún humano ha elegido jamás, y no voy a ser la primera. —Y ¿quién diablos se cree Dain para decirme eso?

—Sí vas a serlo. —Se pasa una mano sobre el cabello y pierde un poco la compostura—. Tienes que confiar en mí. Sí confías en mí, ¿verdad?

—Claro que sí...

—Entonces tienes que elegir a Andarna. —Asiente como si su orden fuera el equivalente a una decisión tomada—. La dorada es la opción más segura de las dos.

¿Por qué? ¿Porque Tairn es... Tairn? ¿Dain cree que soy demasiado débil para un dragón tan fuerte como Tairn?

Mi boca se abre y luego se cierra como la de un pez fuera del agua mientras busco cualquier respuesta que no sea «púdrete». Ni loca voy a rechazar a Tairn. Pero mi corazón tampoco me permitiría rechazar a Andarna.

—*¿Me van a obligar a elegir?* —pienso hacia ellos.

No hay respuesta, y donde antes sentí una... extensión de mi mente, de quien soy, extendiendo los límites de mi cabeza desde que Tairn me habló por primera vez en el campo, ahora no hay nada.

Me sacaron. «No entres en pánico».

—No voy a elegir —repito, esta vez más tranquila. ¿Y si no puedo quedarme con ninguno de los dos? ¿Y si rompieron una regla sagrada y ahora nos van a castigar a todos?

—Sí lo harás. Y tiene que ser Andarna. —Me toma por los hombros y se acerca a mí, hablándome con un tono desesperado en la voz—. Sé que es demasiado pequeña para montarla...

—Eso aún no se ha demostrado —digo a la defensiva, aunque sé que es verdad. La física simplemente no encaja.

—Y no importa. Eso significará que no podrás irte con un ala, pero probablemente te harán instructora permanente aquí, como Kaori.

—Eso es porque él tiene un sello que lo hace indispensable como maestro, no porque su dragón no pueda volar —discuto—. Y hasta él cumplió los cuatro años en un ala de combate que son requisito antes de que lo pusieran tras un escritorio.

Dain desvía la mirada y casi puedo sentir cómo van girando los engranes en su cabeza mientras calcula... ¿qué? ¿Mis riesgos? ¿Mis opciones? ¿Mi libertad?

—Aunque lleves a Andarna al combate, solo hay una posibilidad de que te maten. Si se llevas a Tairn, Xaden hará que te maten. ¿Crees que Melgren es aterrador? Llevo un año más que tú aquí, Vi. Al menos sabes en lo que te metes cuando se trata de Melgren. Xaden no solo es el doble de despiadado, sino que además es peligrosamente impredecible.

Lo miro con gesto confundido.

—Espera. ¿Qué me estás diciendo?

—Tairn y Sgaeyl son pareja. La pareja más unida en siglos.

La cabeza me da vueltas. Las parejas no pueden estar separadas por mucho tiempo porque su salud disminuye, así que siempre los ponen juntos. *Siempre.* Lo cual significa que... Ay, dioses.

—Solo... cuéntame cómo pasó. —Seguramente nota que estoy furiosa, porque su voz se suaviza.

Y entonces le cuento. Le digo lo de Jack y su banda de amigos asesinos intentando cazar a Andarna. Le digo que me caí, y lo del campo, y que Xaden lo vio todo, Xaden... sorprendentemente me protegió advirtiéndome que Oren estaba atrás de mí. Tuvo la oportunidad perfecta para acabar conmigo sin que pesara sobre su conciencia, y eligió ayudarme. ¿Qué diablos debería hacer con esa información?

—Xaden estaba ahí —repite Dain en voz baja, pero la suavidad abandona su voz.

—Sí. —Asiento—. Pero se fue cuando llegó Tairn.

—Xaden estaba ahí cuando defendiste a Andarna y luego Tairn simplemente... ¿apareció? —pregunta lentamente.

—Sí. Es lo que acabo de decir. —¿No está entendiendo mi narración?—. ¿En qué estás pensando?

—¿No ves lo que pasó? ¿Lo que hizo Xaden? —Me agarra con más fuerza. Gracias a los dioses por la armadura de escamas de dragón, porque de otro modo mañana tendría moretones.

—Por favor, dime qué es lo que crees que hice. —Una figura sale de entre las sombras y mi pulso se acelera cuando Xaden aparece bajo la luz de la luna con la oscuridad desprendiéndose de él como un velo.

Siento un calor que me recorre las venas y despierta todas mis terminaciones nerviosas. Odio la reacción que tiene mi cuerpo al verlo, pero no la puedo negar. Su atractivo es de lo más inconveniente, carajo.

—Manipulaste la Trilla. —Dain me suelta de los hombros y se da la vuelta para quedar de frente a nuestro líder de ala, con los hombros tensos mientras se coloca entre Xaden y yo.

Mierda, esa es una acusación tremenda.

—Dain, eso es... —«De paranoico». Doy un paso al lado para salir de detrás de su espalda. Si Xaden me iba a matar, no habría esperado tanto para hacerlo. Ha tenido todas las oportunidades posibles y sigo aquí. Con un vínculo. Con la pareja de su dragón.

«Xaden no me va a matar». Darme cuenta de esto hace que se me aplaste el pecho, me obliga a reexaminar todo lo que pasó en ese campo y hace que sienta que la gravedad me falla bajo los pies.

—¿Esa es una acusación oficial? —Xaden mira a Dain como si fuera un estorbo, una molestia.

—¿Interferiste? —le exige saber Dain.

—¿Que si hice qué? —Xaden enarca una ceja oscura y mira a Dain con una expresión que pondría a temblar a cualquiera menos valiente—. ¿Que si la vi rodeada y herida? ¿Que si pensé que su valor era tan admirable como asquerosamente imprudente? —Me mira con la misma expresión y siento el impacto hasta los dedos de los pies.

—Y lo haría de nuevo —digo, levantando la frente en gesto de orgullo.

—Me queda claro, carajo —gruñe Xaden, enfureciéndose por primera vez desde que lo conocí en el parapeto.

Tomo aire y Xaden hace lo mismo, como si su exabrupto lo hubiera tomado tan por sorpresa como a mí.

—¿Que si la vi enfrentarse a tres cadetes más grandes que ella? —Su mirada vuelve a Dain—. Porque la respuesta a todo eso es sí. Pero estás haciendo la pregunta equivocada, Aetos. Lo que deberías estar preguntando es si Sgaeyl lo vio también.

Dain traga saliva y desvía la mirada, reconsiderando su posición.

—Su pareja le dijo —susurro. Sgaeyl llamó a Tairn.

—Mi dragona nunca ha sido fan de los *bullies* —me dice Xaden—, pero no lo confundas como un acto de cortesía hacia ti. Le tiene mucho afecto a la dragoncita. Desafortunadamente, Tairn te eligió.

—Mierda —masculla Dain.

—Exactamente eso dije yo. —Xaden niega con la cabeza mirando a Dain—. Sorrengail es la última persona del continente a la que hubiera querido atarme. Así que esto no es algo que hice yo.

«Auch». Necesito hacer uso de toda la fuerza de voluntad que tengo para no llevarme una mano al pecho y confirmar que no me acaba de sacar el corazón, lo cual no tiene ningún sentido, pues siento exactamente lo mismo que él. Es el hijo del Gran Traidor. Su padre fue directamente responsable de la muerte de Brennan.

—Y, aunque lo hubiera hecho… —Xaden se acerca a Dain, mostrando que es mucho más alto que él—. ¿En serio lanzarías esa acusación sabiendo que fue lo que salvó a la mujer a la que llamas tu mejor amiga?

Mi mirada se posa en Dain y hay un maldito momento de silencio. Es una pregunta sencilla, y sin embargo tengo que contener la respiración en espera de su respuesta. ¿Qué soy realmente para él?

—Hay… reglas. —Dain levanta la cara para ver a Xaden a los ojos.

—Y, por curiosidad, ¿te hubieras, digamos, saltado esas reglas para salvar a tu adorada Violet en ese campo? —Su voz es gélida mientras observa la expresión de Dain con absoluta fascinación.

Xaden había dado un paso. Justo antes de que Tairn llegara, se movió… hacia mí.

Dain tensa la quijada y puedo ver la guerra en sus ojos.

—Es injusto que le preguntes eso. —Me pongo junto a Dain mientras el sonido de alas al vuelo interrumpe la noche. Los dragones vienen de regreso. Ya tomaron su decisión.

—Te ordeno que me respondas, líder de pelotón. —Xaden ni siquiera me lanza una mirada.

Dain traga saliva y cierra los ojos.

—No. No lo hubiera hecho.

El corazón se me va al suelo. Siempre supe, en lo más profundo de mí, que Dain valora las reglas y el orden más que las relaciones, más aun que a mí, pero escucharlo tan cruelmente se me clava más profundo que la espada de Tynan.

Xaden suelta un resoplido burlón.

Dain de inmediato voltea para verme.

—Me hubiera matado ver que algo te pasara, Vi, pero las reglas...

—Está bien —me obligo a decir, tocándole el hombro, pero no está bien.

—Los dragones vienen de regreso —anuncia Xaden cuando el primero aterriza en el campo iluminado—. Vuelve a la formación, líder de pelotón.

Dain arranca sus ojos de los míos y se va, perdiéndose entre la gente de jinetes apresurados y sus dragones.

—¿Por qué le hiciste eso? —le pregunto a Xaden, y luego niego con la cabeza. No me interesa el por qué—. Olvídalo —susurro, y luego me voy hacia el punto donde Tairn me dijo que esperara.

—Porque pones demasiada fe en él —responde Xaden, que me alcanza sin siquiera apresurar sus pasos—. Y saber en quién confiar es lo único que te mantendrá con vida... que nos mantendrá con vida a nosotros dos... no solo en el cuadrante sino después de la graduación.

—No hay un nosotros dos —le digo, esquivando a una cadete que pasa corriendo. Los dragones aterrizan por todos lados y el suelo tiembla con la fuerza del caótico movimiento. Nunca había visto tantos dragones volando en el mismo momento.

—Ah, creo que pronto verás que ese ya no es el caso —susurra Xaden junto a mí, tomándome por el codo para quitarme del camino de otro jinete que viene corriendo.

Ayer me hubiera dejado estrellarme de frente con él.

Es más, quizá hasta me hubiera empujado.

—Los vínculos de Tairn son tan poderosos, tanto con su pareja como con su jinete, porque él es poderoso. Perder a su último jinete casi lo mató, lo cual a su vez casi mató a Sgaeyl. Las vidas de las parejas son...

—Interdependientes, lo sé. —Seguimos caminando hasta que estamos al centro en la fila de jinetes. Si no estuviera tan molesta por la actitud cruel de Xaden hacia Dain, me tomaría el tiempo de admirar lo espectacular que es ver a cientos de dragones aterrizando a nuestro alrededor. O quizá preguntaría cómo es que el hombre junto a mí logra consumir todo el aire en este campo gigantesco.

—Cada que un dragón elige a un jinete, ese vínculo es más fuerte que el anterior, lo cual significa que si mueres, Violencia, desencadenará una serie de eventos que posiblemente terminará también en mi muerte. —Su expresión es firme como la de una estatua de mármol, pero la rabia en sus ojos me deja sin aliento. Es pura… furia—. Así que, sí, desafortunadamente para todos los involucrados, ahora hay un nosotros si el Empíreo deja que Tairn mantenga su elección.

Ay. Dioses.

Estoy atada a Xaden Riorson.

—Y ahora que Tairn se apareció, que otros cadetes saben que está dispuesto a formar un vínculo… —Suspira y todo en su cara denota enfado, su quijada se tensa cuando desvía la mirada.

—Por eso Tairn me dijo que me quedara contigo —susurro mientras las consecuencias de hoy van tomando forma en mi estómago revuelto—. Por los que no consiguieron dragón. —Hay al menos una docena de ellos al otro lado del campo, viéndonos con avaricia en los ojos, incluido Oren Seifert.

—Los que no consiguieron dragón intentarán matarte con la esperanza de que Tairn se una a ellos. —Xaden niega con la cabeza hacia Garrick, que viene hacia nosotros, y el líder de sección nos mira con gesto serio antes de retirarse—. Tairn es uno de los dragones más fuertes del continente, y el vasto poder que canaliza está por ser tuyo. Por los próximos meses, los que no consiguieron dragón intentarán matar a un jinete recién elegido mientras el vínculo es débil, cuando aún tienen la esperanza de que el dragón cambie de parecer y los elija para no tener que volver a empezar el año. Y ¿por Tairn? Estarán dispuestos a hacer casi cualquier cosa. —Suspira de nuevo como si ese fuera su nuevo trabajo—. Hay cuarenta y un jinetes sin dragón para los cuales ahora eres el blanco número uno. —Levanta un dedo.

—Y Tairn cree que la vas a hacer de guardaespaldas —comento con tono burlón—. No tiene ni idea de lo mucho que te desagrado.

—Sabe exactamente cuánto valoro mi vida —aclara Xaden, recorriéndome el cuerpo con la mirada—. Estás sorprendentemente tranquila para alguien que se acaba de enterar que será la presa preferida.

—Es un miércoles cualquiera para mí —digo, encogiéndome de hombros e ignorando la manera en que su mirada me enciende la piel—. Y, para ser honestos, que cuarenta y un personas me quieran atacar es mucho menos intimidante que estar vigilando constantemente los rincones oscuros por si tú andas por ahí.

Siento una brisa en la espalda cuando Andarna aterriza detrás de mí, luego un ventarrón y estremecimiento en el suelo cuando llega Tairn. Sin decir más, Xaden despega sus ojos de los míos y se va, trazando una ligera diagonal sobre el campo hacia donde Sgaeyl ya sobresale entre los dragones de los otros líderes de ala.

—*Díganme que todo va a estar bien* —susurro hacia Andarna y Tairn.

—*Es lo que tiene que ser* —responde Tairn con tono serio y aburrido al mismo tiempo.

—*No me respondieron hace rato.* —Bueno, suena un poco a reclamo.

—*Los humanos no pueden saber lo que se dice en el Empíreo* —responde Andarna—. *Es una regla.*

O sea que todos los jinetes estaban bloqueados, no solo yo. Saberlo es extrañamente reconfortante. Además, todo eso del Empíreo es un término nuevo para mí. Kaori debe estar feliz con todas las políticas de dragones que están saliendo a la luz esta noche. ¿Qué decidieron?

Miro a mi madre, pero ella está viendo a todas partes menos a donde estoy yo.

El general Melgren va hacia el frente de la plataforma con su uniforme cubierto de medallas. Dain tiene razón en una cosa: el general máximo de nuestro reino es aterrador. Nunca ha tenido problemas en usar a la infantería como carne de cañón, y su crueldad al supervisar los interrogatorios y ejecuciones de prisioneros es bien conocida, al menos en el comedor de mi familia. Su enorme y pesadillesco dragón ocupa todo el espacio junto a la plataforma y la multitud se queda en silencio cuando Melgren pone las manos de lado frente a su cara.

—Codagh me informa que los dragones hablaron sobre la muchachita Sorrengail. —Una magia menor hace que su voz se amplifique por el campo para que todos la escuchen.

«Mujer», lo corrijo mentalmente con el estómago revuelto.

—Aunque la tradición ha demostrado que hay un jinete para cada dragón, nunca se había presentado un caso de dos dragones eligiendo al mismo jinete, y por tanto no hay una ley de los dragones que se oponga a ello —declara—. Aunque quizá algunos jinetes no sientan que esto es… equitativo… —Su tono indica que es uno de ellos—. Los dragones hacen sus propias reglas. Tanto Tairn como… —Mira sobre su hombro y su asistente corre para susurrarle al oído—. Andarna han elegido a Violet Sorrengail y se respetará esa elección.

La multitud cuchichea, pero yo solo siento cómo el cuerpo se me afloja por el alivio. No tendré que tomar una decisión imposible.

—*Como debe ser* —gruñe Tairn—. *Los humanos no tienen derecho a opinar en las leyes de los dragones.*

Mamá da un paso al frente y hace el mismo gesto con las manos para proyectar su voz, pero no puedo concentrarme en lo que dice mientras cierra la parte formal de la ceremonia de la Trilla, y les promete a los jinetes sin dragón que el próximo año tendrán otra oportunidad. «Si no logran matar a alguno de nosotros en los próximos meses, mientras nuestros vínculos son débiles, e intentan unirse a nuestros dragones».

Le pertenezco a Tairn y Andarna... y, de alguna forma muy retorcida... a Xaden.

Siento un cosquilleo en la cabeza y volteo para verlo al otro lado del campo.

Como si sintiera mi mirada, él posa sus ojos sobre mí y levanta un dedo. «Blanco número uno».

—Bienvenidos a una familia que no conoce límites y no tiene fronteras ni fin —termina mi madre, y los vítores estallan por todo el campo—. Jinetes, adelante.

Miro a la izquierda y a la derecha, confundida, pero todos los demás jinetes están haciendo lo mismo.

—Da unos cinco pasos —dice Tairn.

Eso hago.

—Dragones, como siempre, es un honor para nosotros —grita mamá—. Ahora ¡a celebrar!

El calor me azota la espalda y ahogo una expresión de dolor mientras los jinetes a mis lados gritan. Siento como si tuviera la piel en llamas, pero todos en el campo están celebrando y algunos vienen corriendo hacia acá.

Otros cadetes son envueltos en abrazos.

—Te va a gustar —me promete Tairn—. *Es especial.*

El dolor baja hasta convertirse en solo una molestia y miro sobre mi hombro. Hay un... algo negro asomándose bajo mi chaleco.

—¿Qué me va a gustar?

—¡Violet! —Dain llega adonde estoy y toma mi cara entre sus manos con una enorme sonrisa en el rostro—. ¡Te pudiste quedar con los dos!

—Supongo que sí. —Mis labios se curvan. Todo es tan... irreal; demasiado para un solo día.

—¿Dónde está tu...? —Me suelta la cara y se pone detrás de mí—. ¿Puedo desatarte esto? ¿Solo la parte de arriba? —me pregunta, dándome unos tironcitos en la parte del chaleco que me cubre la nuca.

Asiento. Unos cuantos tirones y empujones después, el fresco aire de octubre me roza la base del cuello.

—Carajo. Tienes que ver esto.

—Dile al muchacho que se mueva —ordena Tairn.

—Tairn dice que deberías moverte.

Dain se hace a un lado.

De pronto, mi visión no es mía. Estoy viendo mi propia espalda a través de... los ojos de Andarna. Una espalda que tiene una reluciente reliquia negra de un dragón a medio vuelo con las alas completamente abiertas y, al centro, la brillante figura de uno dorado.

—Es hermoso —susurro. Estoy marcada por su magia como jinete, como la jinete de ambos.

—*Ya lo sabemos* —responde Andarna.

Parpadeo y mi visión vuelve a ser mía y las manos de Dain me cierran rápidamente el corsé y luego van a mi cara para levantarla hacia la suya.

—Tienes que saber que haría cualquier cosa por salvarte, Violet, por mantenerte a salvo —suelta, con pánico en la mirada—. Lo que Riorson dijo... —Niega con la cabeza.

—Lo sé —le digo para tranquilizarlo, asintiendo, aunque algo se quiebra en mi corazón—. Siempre quieres que esté a salvo. —Haría cualquier cosa. *Menos romper las reglas.*

—Tienes que saber lo que siento por ti. —Su pulgar me acaricia la mejilla, sus ojos buscan algo y luego su boca está en la mía.

Sus labios son suaves pero el beso es firme y la felicidad me recorre la espalda. Tras todos estos años, Dain al fin me está besando.

La emoción se va en menos de un segundo. No hay calor. No hay energía. No hay golpe de lujuria. La decepción me amarga el momento, pero a Dain no. Él es todo sonrisas mientras se separa de mí.

Se acabó en un instante.

Fue todo lo que siempre quise, pero...

«Mierda». Ya no es lo que quiero.

DIECISIETE

> Por tanto, es natural que entre más poderoso el dragón, más poderoso será el sello que manifieste su jinete. Debemos estar alerta de los jinetes fuertes que se unen a un dragón más pequeño, pero hay que desconfiar aún más de los cadetes sin vínculo que no se detendrán ante nada para tener la oportunidad de conseguir unirse a un dragón.
>
> —*GUÍA PARA EL CUADRANTE DE JINETES*, POR EL COMANDANTE AFENDRA (EDICIÓN NO AUTORIZADA)

Tras haber pasado los últimos dos meses durmiendo en las barracas llenas de gente, es raro y parece hasta excesivo tener mi propia habitación. Nunca más volveré a creer que es cualquier cosa tener el lujo de la privacidad.

Cierro la puerta detrás y empiezo a cojear por el pasillo.

La puerta de Rhiannon, que está enfrente de la mía, se abre y veo cómo aparece la silueta alta y delgada de Sawyer, quien se pasa los dedos por el cabello y, cuando me ve, enarca las cejas y se queda petrificado, con las mejillas casi tan rojas como sus pecas.

—Buenos días —le digo, sonriendo.

—Violet —me responde con una sonrisa incómoda y se va hacia el dormitorio de los de primero.

Una pareja del Ala Dos sale de la habitación junto a la de Rhiannon tomados de las manos y les sonrío mientras me recargo en mi puerta y espero, girando mi tobillo para ver cómo va. Me duele como siempre que se me esguinza, pero la venda y la bota lo protegen lo suficiente para poder apoyarme en él. Si fuera cualquier otra persona, pediría unas muletas, pero eso solamente me pondría otra diana en la espalda y, de acuerdo con Xaden, ya tengo una lo suficientemente grande sin eso.

Rhiannon sale de su habitación y sonríe en cuanto me ve.

—¿Ya no vas a preparar el desayuno?

—Anoche me dijeron que les pasarán los trabajos «menos deseables» a los que no consiguieron dragón para que podamos canalizar nuestra energía en las clases de vuelo. —Lo cual significa que tendré que encontrar otra manera para debilitar a mis oponentes antes de los retos. Xaden tiene razón. No siempre puedo contar con acabar con todos los enemigos con veneno, pero tampoco voy a ignorar la única ventaja que tengo aquí.

—Una razón más para que los que no encontraron vínculo nos odien —murmura Rhiannon.

—Oye, Rhi, conque Sawyer, ¿eh? —Nos vamos por el pasillo y pasamos junto a algunos cuartos antes de llegar al corredor principal que lleva a la rotonda. Tengo que decir que las habitaciones de los de primero no son tan espaciosas como las de segundo, pero al menos a ambas nos tocaron con ventanas.

Una sonrisa le curva los labios.

—Me dieron ganas de celebrar. —Me lanza una miradita de lado—. Y ¿por qué no he escuchado que tú celebres?

Nos perdemos entre la multitud que va hacia el salón de reuniones.

—No he encontrado a nadie con quien quiera celebrar.

—¿En serio? Porque me enteré de que tú y cierto líder de pelotón tuvieron su momento.

Me volteo para mirarla y casi me tropiezo.

—Por favor, Vi. Todo el cuadrante estaba ahí y ¿crees que no hubo gente que los vio? —Pone los ojos en blanco—. No te voy a regañar. ¿A quién carajos le importa que no esté bien visto estar en una relación con un oficial superior? No hay reglas respecto a eso, y no es como que nadie tenga garantizado seguir vivo al día siguiente.

—Tienes un punto —reconozco—. Pero... —Niego con la cabeza, buscando las palabras correctas—. Las cosas no son así entre nosotros. Siempre había esperado que así fueran, pero cuando me besó... no sentí nada. En serio. Nada. —Es imposible disimular la decepción en mi voz.

—Pues qué mal. —Me toma del brazo—. Lo siento.

—Yo también. —Suspiro.

Una puerta se abre más adelante y Liam Mairi sale con su brazo rodeando la cintura de otra de primero que se unió a un Café Cola de Garrote. Parece que anoche todos «celebraron» menos yo.

—Buenos días, señoritas. —Ridoc se abre paso entre la gente y se cuelga de nuestros hombros con los brazos mientras entramos a la rotonda—. ¿O debería decir «jinetes»?

—Me gusta cómo suena jinetes —responde Rhiannon, sonriéndole.

—Tiene algo —acepta Ridoc.

—Definitivamente es mejor que «cadáveres». ¿Dónde está tu reliquia? —le pregunto a Ridoc mientras pasamos por las columnas de dragones y subimos hacia el área común.

—Justo aquí. —Su brazo se retira de mi hombro y se levanta la manga de la túnica para mostrarme la marca café de la silueta de un dragón en la parte de arriba de su brazo—. ¿Y la tuya?

—No se ve. Está en mi espalda.

—Eso te mantendrá a salvo si en algún momento estás lejos de tu dragón gigante. Juro que creí que me iba a cagar de miedo cuando lo vi en el campo. Y la tuya, ¿Rhi?

—Está en un lugar que nunca verás —responde ella.

—Me lastimas. —Se pega en el pecho con una mano.

—Lo dudo mucho —dice ella, pero hay una sonrisa en su rostro. Cruzamos el área común hacia la sala de reuniones y luego nos vamos a formar para el desayuno.

Es raro estar de este lado, y me sobresalto al ver quién está detrás del mostrador.

Es Oren.

En su mirada puesta sobre mí hay un odio que me corre como hielo por la espalda. Me salto sus bandejas y elijo las de fruta fresca, a la que sé que no le pueden hacer nada, solo por si decidió copiar mi forma de enfrentar los conflictos y envenenarme.

—Imbécil —murmura Ridoc detrás de mí—. Aún no puedo creer que hayan intentado matarte.

—Yo sí —digo, encogiéndome de hombros, mientras me arriesgo a tomar un vaso de jugo de manzana—. Soy el eslabón más débil, ¿no? Desafortunadamente para mí, eso significa que la gente intentará deshacerse de mí por el bien del ala. —Nos vamos a la sección del Ala Cuatro y encontramos una mesa con tres asientos libres.

—¿Les importa si...? —comienza a preguntar Ridoc.

—¡Por supuesto! ¡Son suyos! —Un par de chicos de la Sección Cola se quitan de la banca.

—¡Perdón, Sorrengail! —dice el otro mientras buscan otra mesa.

¿Qué diablos fue eso?

—Qué cosa más rara. —Rhiannon se va al otro lado de la mesa y la sigo, nos ponemos de espaldas a la pared mientras nos sentamos en la banca y colocamos las bandejas frente a nosotros.

Casi estoy tentada a olerme las axilas para comprobar si apesto.

—¿Lo más raro? —comenta Ridoc, señalando al otro lado del lugar, hacia el Ala Uno.

Miro hacia donde apuntan sus ojos y enarco las cejas. Están sacando a empujones de su mesa a Jack Barlowe, obligándolo a pararse mientras otros ocupan su lugar.

—¿Qué demonios está pasando? —Rhiannon muerde una pera y mastica.

Jack se va a otra mesa, cuyos ocupantes no están dispuestos a hacerle espacio, y luego encuentra un lugar a dos mesas de ahí.

—Cayeron los grandes —señala Ridoc, viendo el mismo espectáculo que yo, pero no hay satisfacción en ver a Jack en problemas. Los perros salvajes muerden más fuerte cuando están acorralados.

—Hola, Sorrengail —dice la chica regordeta del Ala Uno, a la que vencí en mi segundo reto, con una sonrisa tensa mientras pasa junto a nuestra mesa.

—Hola. —La saludo agitando la mano con incomodidad y luego me volteo para susurrarles a Ridoc y Rhiannon—. No me había hablado desde que le quité una de sus dagas en aquel reto.

—Es porque te uniste a Tairn. —Imogen se quita el pelo rosa de la cara con un soplido y pasa las piernas sobre la banca frente a nosotras para sentarse, levantándose las mangas de la túnica y enseñándonos su reliquia de la Rebelión—. La mañana después de la Trilla siempre es un caos. El poder cambia de manos y tú, pequeña Sorrengail, estás por convertirte en la jinete más poderosa del cuadrante. Cualquiera que tenga sentido común te tendrá miedo.

Esto me toma por sorpresa y mi pulso se acelera. ¿Eso es lo que está pasando? Miro a mi alrededor y tomo nota. Los grupos sociales se disgregaron, y algunos cadetes a los que antes podía considerar como una amenaza ya no están donde solían sentarse.

—Y ¿por eso te viniste a sentar con nosotros? —pregunta Rhiannon con una ceja enarcada hacia la de segundo—. Porque puedo contar con una mano el número de palabras amables que le has dicho a cualquiera de nosotros. —Levanta un puño con cero dedos levantados.

Quinn, la chica alta de segundo en nuestro pelotón que no se había molestado ni en vernos desde el parapeto, se sienta junto a Imogen. Luego llega Sawyer y se sienta al otro lado de Rhiannon. Quinn se acomoda los rubios rizos detrás de las orejas y se quita el fleco de los ojos mientras sus redondos pómulos se elevan por la sonrisa en su rostro ante algo que le dijo Imogen. Tengo que admitir que las arracadas que le recorren las dos orejas son bastante increíbles, y entre su media docena de parches está el verde oscuro, del mismo color que sus ojos, con dos siluetas, que es el más intrigante. Debí averiguar el significado de cada parche, pero por lo que he escuchado, cambian todos los años.

Yo soy fan de los primeros que nos dieron. Tuve que coser el parche en forma de llama con el emblema del Ala Cuatro y al centro el número dos en rojo con mucho cuidado, asegurándome de solo agarrar la tela de mi armadura, porque ninguna aguja puede penetrar las escamas.

Mi parche favorito está junto al de la Sección Llama. Somos el pelotón que tiene más sobrevivientes desde el parapeto, lo que nos convierte en el Pelotón de Hierro de este año.

—Antes no eran lo suficientemente interesantes como para sentarnos con ustedes —responde Imogen antes de darle una mordida a un muffin.

—Yo casi siempre me siento con mi novia en la Sección Garra. Además, no tiene caso conocer a los de primero cuando la mayoría se va a morir —agrega Quinn, acomodándose los rizos de nuevo detrás de la oreja, aunque de inmediato se vuelven a soltar—. Sin ofender.

—No nos ofendimos, creo. —Muerdo mi manzana.

Y casi la escupo cuando Heaton y Emery, los únicos de tercero en nuestro pelotón, se ponen junto a Imogen y Quinn en la banca frente a nosotros.

Las únicas personas que faltan son Dain y Cianna, que están comiendo con los otros líderes como siempre.

—Pensé que Seifert iba a conseguir un dragón —le dice Heaton a Emery, que está al otro lado de la mesa, como si estuvieran a media discusión. Las llamas normalmente rojas de su cabello hoy son verdes—. Fuera de haber perdido contra Sorrengail, le fue bien en todos los demás retos.

—Intentó matar a Andarna. —«Mierda. Quizá debí guardarme eso».

Todas las cabezas se giran hacia mí.

—Supongo que Tairn les dijo a los demás —agrego, encogiéndome de hombros.

—Pero ¿Barlowe sí consiguió un dragón? —pregunta Ridoc—. Aunque, por lo que he escuchado, su Naranja Cola de Escorpión es más bien pequeña.

—Sí —confirma Quinn—. Y por eso Barlowe ha estado teniendo problemas esta mañana.

—No se preocupen... Estoy totalmente segura de que va a compensar por su falta de popularidad en otras formas —comenta Rhiannon entre dientes mientras observa mi bandeja con suspicacia—. Tienes que comer algo de proteína, Vi. No puedes sobrevivir con pura fruta.

—Es la única comida a la que sé que no le han echado nada, en especial con Oren a cargo. —Me pongo a pelar una naranja.

—Ay, por favor. —Imogen echa tres pedazos de salchicha en mi plato—. Ella tiene razón. Vas a necesitar todas tus fuerzas para el vuelo, sobre todo con un dragón tan grande como Tairn.

Miro las salchichas. Imogen me odia tanto como Oren. Es más, fue ella la que me rompió el brazo y me destrozó el hombro el día de la evaluación física.

—*Puedes confiar en ella* —dice Tairn. Su voz me toma por sorpresa y me hace soltar la naranja.

—*Me odia.*

—*Deja de discutir conmigo y come algo.* —Hay cero espacio para el debate en su tono.

Mis ojos se elevan para encontrarse con los de Imogen y ella inclina la cabeza y me sostiene la mirada con actitud retadora.

Uso el cuchillo para cortar la salchicha, me echo el pedazo a la boca y mastico, concentrándome de nuevo en la conversación en la mesa.

—¿Cuál es tu sello? —le pregunta Rhiannon a Emery.

Una ráfaga de aire recorre la mesa y hace vibrar los vasos. Manipular el fuego. Entendido.

—Qué genial —dice Ridoc con expresión de sorpresa—. ¿Cuánto aire puedes mover?

—Eso a ti qué te importa —le responde Emery casi sin voltear para verlo.

—Sorrengail, después de la clase de hoy, eres mía —anuncia Imogen.

Me paso el bocado que tengo en la boca.

—¿Disculpa?

Sus ojos verde claro se clavan en los míos.

—Nos vemos en el gimnasio de lucha.

—Yo ya estoy trabajando con ella lo de la lucha... —comienza a decir Rhiannon.

—Bien. No podemos permitir que pierda ningún reto —la interrumpe Imogen—. Pero yo te voy a ayudar con las pesas. Necesitamos fortalecer los músculos alrededor de tus articulaciones antes de que vuelvan a empezar los retos. Es la única forma en la que podrás sobrevivir.

Esto hace que se me ericen los vellos de la nuca.

—Y ¿desde cuándo te importa si sobrevivo o no? —Esto no se trata del pelotón. No puede tratarse de eso, porque antes no le importaba un carajo.

—Desde ahora —dice, tomando el tenedor con el puño, pero es la mirada de un milisegundo que lanza hacia la tarima al final de la habitación lo que la delata. No es que se preocupe por mí de corazón. Algo me dice que es una orden—. Los pelotones se van a juntar en la formación de la mañana. Quedarán dos en cada sección —continúa—. Aetos conservó el mayor número de su gente de primero viva, y por eso le dieron el parche, así que podrá quedarse con su pelotón, pero probablemente ganaremos algunas personas cuando desmantelen a los pelotones de quienes no tuvieron tanto éxito.

Tan discretamente como puedo, miro a mi derecha, más allá de las otras mesas del Ala Cuatro y hacia la tarima donde está Xaden con su oficial ejecutivo y líderes de sección, incluyendo a Garrick, cuyos hombros deberían ocupar al menos dos asientos. Es Garrick quien se voltea para mirarme primero y en su frente aparecen unas líneas de… ¿Qué es eso? ¿Preocupación? Y luego desvía la mirada.

La única razón por la que podría estar remotamente preocupado… «Ya sabe». Sabe que mi destino está atado al de Xaden.

Mi mirada se va a él y mi pecho se tensa. Es. Jodidamente. Hermoso. Aparentemente a mi cuerpo no le importa que sea el más peligroso del cuadrante, porque el calor me recorre las venas y me enciende la piel.

Está pelando una manzana con una daga, le quita la cáscara en un largo bucle; el filo sigue su camino mientras Xaden levanta la mirada y la clava en mis ojos.

Tengo una sensación de cosquilleo en toda la cabeza.

Dioses, ¿hay alguna parte de mi cuerpo que no reaccione físicamente a su presencia?

Él mira a Imogen y luego a mí, y eso es lo único que necesito para estar segura. Le ordenó que me entrenara. Ahora Xaden Riorson tiene la misión de mantener a su peor enemiga con vida.

Un par de horas después, cuando terminan de reorganizar a los pelotones y leen la lista de muertos, todos los de jinetes de primero en el Ala Cuatro estamos vestidos con nuestra nueva ropa de vuelo, esperando frente a nuestros dragones en el campo de vuelo. El uniforme es más grueso que el normal, con una chamarra que me cerré sobre la armadura de escamas de dragón.

Y, a diferencia de nuestros uniformes de siempre, los que sean que elijamos, la ropa de vuelo no tiene ninguna insignia fuera de nuestro rango sobre el hombro y la marca de líder para quien lo es. No hay nombres. No hay parches. Nada que nos delate si nos separamos de nuestros dragones tras las líneas enemigas. Solo un montón de fundas para nuestras armas.

Intento no pensar en la posibilidad de tener que luchar en la guerra algún día y me concentro en el caos organizado que se está desplegando sobre el campo de vuelo esta mañana. No puedo evitar notar la forma en que los otros cadetes miran a Tairn o en el enorme espacio que le dan los demás dragones. Honestamente, si a mí me mostraran esos dientes en un gesto furioso, también me haría a un lado.

—No, no lo harías, porque no lo hiciste. Te quedaste a defender a Andarna. —Su voz llena mi cabeza y sé por su tono que preferiría estar haciendo otras cosas.

—Solo porque estaban pasando demasiadas cosas en ese momento —le respondo—. *¿Hoy no va a venir Andarna?*

—No necesita tomar clases de vuelo porque no puedes montarte en ella.

—Buen punto. —Aunque me hubiera gustado verla. Ella también es más callada en mi cabeza y no tan metiche como Tairn.

—Escuché eso. Pon atención.

Hago un gesto de fastidio, pero me concentro en lo que Kaori está diciendo desde el centro del campo. Tiene una mano levantada, usando magia menor para proyectar su voz para que todos podamos escucharlo.

Que los dioses nos amparen cuando Ridoc descubra cómo hacer eso. Disimulo una sonrisa, pues sé que encontrará una manera de molestar a todos los jinetes del cuadrante, no solo a su pelotón.

—... y con solo noventa y dos jinetes, ustedes son la clase más chica a la fecha.

Encorvo la espalda en expresión derrotada.

—Creí que había ciento un dragones dispuestos a formar un vínculo, además de ti.

—La disposición no asegura que encontraremos jinetes dignos —me responde Tairn.

—Y, aun así, ¿ustedes dos me eligieron a mí? —¿Con cuarenta y un libres? Vaya insulto.

—Lo mereces. Al menos eso creo, pero aparentemente no pones atención en clase. —Gorgorea y siento una exhalación de vapor tibio en la nuca.

—Hay cuarenta y un jinetes sin dragón que matarían por estar en su lugar en este momento —continúa Kaori—. Y sus dragones saben que su vínculo está en su punto más débil, así que si se caen, si fallan, hay grandes posibilidades de que su dragón los deje si cree que los que no encontraron vínculo serían una mejor opción.

—Qué reconfortante —murmuro.

Tairn hace un ruidito que parece una risa burlona.

—Ahora, vamos a montar, y luego seguirán una serie de maniobras específicas que sus dragones ya conocen. Sus órdenes son sencillas hoy. Quédense en su asiento —termina Kaori, luego se da la vuelta y se echa a correr, cruzando los cuatro metros que lo separan de la pata de su dragón y subiendo por ella para montarse.

Igual que en el último obstáculo del Guantelete.

Trago saliva, deseando que no hubiera comido tanto en el desayuno, y me doy la vuelta para quedar de frente a Tairn. A mi derecha e izquierda, los otros jinetes están haciendo la misma maniobra para montar. No hay manera de que yo pueda hacer eso normalmente, y mucho menos con el tobillo aún lastimado.

Tairn baja el hombro y convierte su pierna en una rampa para mí.

La derrota me traga entera. Me uní al dragón más grande, y sin duda el más gruñón, de todo el cuadrante, y tiene que hacer ajustes para mí.

—Son ajustes para mí. He visto tus recuerdos. No voy a permitir que me encajes dagas en la pierna para subir. Y ya, vámonos.

Suelto un resoplido falsamente molesto y me pongo a trepar, negando con la cabeza mientras rodeo sus picos para encontrar el asiento. Me duelen los muslos por lo de ayer y hago una mueca cuando me acomodo y me agarro del pomo de escamas.

El dragón de Kaori se lanza al cielo.

—Agárrate fuerte.

Siento las mismas bandas de energía apretándose sobre mis piernas y Tairn se agacha por un milisegundo antes de echarse hacia el cielo.

El viento me araña los ojos mientras el estómago siente el tirón, y me arriesgo a agarrarme solo con una mano para ponerme los *goggles* de vuelo. Alivio inmediato.

—¿Teníamos que ser los segundos? —le pregunto a Tairn mientras salimos volando del cañón y avanzamos sobre la cordillera. Ahora entiendo por qué no veía a los dragones entrenando muy seguido, aunque básicamente crecí en Basgiath. Las únicas personas a nuestro alrededor son jinetes—. *Todos van a ver cuando me baje por la rampa.*

—Solo acepté ir después de Smachd porque su jinete es tu instructor.

—O sea que eres de esos tipos que siempre quieren ir al frente. Es bueno saberlo. Recuérdame ir al templo para rezarle a Dunne. —Mantengo la vista puesta en Kaori, observándolos en espera del momento en que comiencen las maniobras.

—¿La diosa de la fuerza y la guerra? —Esta vez me queda claro que Tairn sí soltó una risita burlona.

—¿Qué? ¿Los dragones no creen que necesitamos a los dioses de nuestro lado? —Mierda, qué frío hace aquí arriba. Mis manos enguantadas se aferran al pomo.

—A los dragones no nos interesan sus pobres dioses.

Kaori gira a la derecha y Tairn hace lo mismo, lanzándonos en picada junto a la ladera de una de las montañas. Aprieto las piernas, pero sé que es Tairn lo que me mantiene pegada a mi asiento.

Me sostiene por otra subida y un giro casi en espiral, y es inevitable notar que está tomando todo lo que hace Kaori y volviéndolo más complicado.

—No me puedes sostener en el asiento todo el tiempo, ¿sabes?

—Verás que sí puedo. ¿A menos que prefieras que raspen tus restos del glaciar de ahí abajo como el jinete de Gleann allá atrás?

Giro la cabeza para ver de qué me habla, pero lo único que veo es la cola de Tairn meciéndose y sus enormes picos que me bloquean la vista.

—No mires.

—¿Ya perdimos un jinete? —Se me hace un nudo en la garganta.

—Gleann hizo una mala elección. De todos modos, nunca logra tener vínculos fuertes.

Ay. Dioses.

—Si siempre me sostienes así, tu energía se agotará en eso en vez de canalizarla cuando necesitemos poder para la batalla —comento.

—Es una cantidad mínima de mi poder.

¿Cómo diablos se supone que sea jinete si no puedo sostenerme sola sobre mi maldito dragón?

—Si eso quieres.

Las bandas me sueltan.

—¡Graciaaaamierda! —Gira a la derecha y mis muslos se resbalan. Mis manos se resbalan. Me deslizo sobre su costado y mis dedos buscan desesperadamente de qué agarrarse sin encontrar nada.

El aire al vuelo me llena los oídos mientras voy cayendo hacia el glaciar, sintiendo cómo el miedo más puro me envuelve el corazón y me lo aprieta. La silueta de un cuerpo allá abajo cada vez se ve más grande.

Las garras de Tairn me jalan hacia arriba, sosteniéndome igual que lo hizo durante la Trilla. El dragón sube y me vuelve a aventar, pero al menos esta vez estoy preparada para el impacto cuando su lomo en subida llega al encuentro de mi trasero en bajada.

En mi cabeza, escucho un rugido molesto que dice algo que no entiendo.

—¿Qué diablos significa eso? —Me muevo torpemente para acomodarme en el asiento mientras él avanza en horizontal.

—La traducción más cercana para los humanos probablemente es «maldita sea». Ahora, ¿esta vez sí te vas a quedar en el asiento? —Baja para volver a la formación y yo logro mantenerme en mi lugar.

—Tengo que ser capaz de hacer esto sola. Ambos necesitamos que lo logre —argumento.

—Humana plateada y obstinada —murmura Tairn, siguiendo a Kaori en picada.

Y me caigo de nuevo.

Y de nuevo.

Y de nuevo.

Más tarde, después de la cena, voy al gimnasio de lucha. Me duele todo por las caídas de la espalda de Tairn, y estoy casi segura de que tengo moretones bajo los brazos por cada vez que me atrapó.

Estoy en la rotonda, dirigiéndome al ala académica, cuando escucho que Dain me llama y viene corriendo para alcanzarme.

Espero la conocida felicidad que solía llenarme el pecho al saber que tendríamos un momento a solas, pero no llega. Solo hay un mar de incomodidad que no sé cómo navegar.

¿Qué diablos me está pasando? Dain es hermoso y amable y un hombre muy, pero muy bueno. Es honorable y mi mejor amigo en el mundo. Entonces, ¿por qué no tenemos química?

—Rhiannon dijo que venías para acá —anuncia cuando me alcanza, con el ceño fruncido por la preocupación.

—Solo voy a hacer ejercicio. —Finjo una sonrisa mientras doblamos la esquina, donde el gimnasio nos espera con sus enormes puertas en arco abiertas.

—¿No tuviste suficiente durante el vuelo de hoy? —Me toca el hombro y se detiene, así que yo hago lo mismo, dándome la vuelta para quedar de frente a él en el pasillo vacío.

—Definitivamente me caí lo suficiente hoy. —Reviso el vendaje en mi brazo. Al menos no se me abrieron los puntos.

La quijada de Dain se tensa.

—Honestamente creí que estarías bien después de que Tairn te eligió.

—Y lo voy a estar —le aseguro, levantando la voz—. Solo necesito fortalecer mis músculos para mantenerme en el asiento durante las maniobras, y Tairn insiste en hacer más complicado todo lo que enseña Kaori.

—Es por tu propio bien.

—¿Siempre estás por aquí? —pregunto mentalmente con tono molesto.

—Sí. Acostúmbrate.

Contengo el impulso de gruñirle por entrometido, controlador…

—Sigo aquí.

—¿Violet? —dice Dain.

—Perdón, es que no estoy acostumbrada a que Tairn se meta en mis pensamientos.

—Es buena señal. Significa que su vínculo se está volviendo más fuerte. Y, honestamente, no sé por qué te está complicando las cosas con las maniobras. No hay ninguna amenaza aérea fuera de los grifos, y todos sabemos que con una exhalación de fuego se resuelve el problema de esos pajarracos. Dile que se tranquilice.

—Dile que no se meta en lo que no le importa.

—Eh... sí... se lo diré. —Ahogo una carcajada—. *Tranquilo con él. Es mi mejor amigo.*

Tairn suelta un resoplido burlón.

Un suspiro se escapa de los labios de Dain y me toma el rostro entre sus manos con cuidado, bajando su mirada a mi boca por un instante antes de dar un paso atrás.

—Mira. Lo de anoche...

—¿La parte en la que me dijiste que Xaden me iba a matar si me unía a Tairn? ¿O la parte en la que me besaste? —Me cruzo de brazos con cuidado de no lastimarme el derecho.

—Del beso —reconoce, bajando la voz—. No... no debió pasar.

Sus palabras me llenan de alivio.

—¿Verdad? —Sonrío. Gracias a los dioses que él siente lo mismo—. Y eso no significa que no seamos amigos.

—Los mejores amigos —acepta, pero sus ojos están cargados de una tristeza que no comprendo—. Y no es que no te desee...

—¿Qué? —Enarco las cejas—. ¿De qué hablas? ¿Se nos cruzaron los cables?

—Hablo de lo mismo que tú. —Dos surcos aparecen entre sus cejas—. Está increíblemente mal visto tener una relación física con cualquier persona en nuestra cadena de mando.

—Ah. —Sí, eso definitivamente no es de lo que yo estoy hablando.

—Y sabes lo mucho que me he esforzado para ser líder de pelotón. Estoy decidido a ser líder de ala el próximo año, y por más que me importes muchísimo... —Niega con la cabeza.

«Ah». Esto es pura política para él.

—Claro. —Asiento lentamente—. Entiendo. —No debería importar que la única razón por la que no me corteja es el rango, y honestamente no importa. Pero definitivamente me hace perder un poco de respeto por él, lo cual es algo que no me esperaba.

—Y quizás el próximo año, si estás en otra ala o incluso después de la graduación —comienza a decir, y la esperanza le ilumina los ojos.

—Vamos, Sorrengail. No te voy a esperar toda la noche —dice Imogen desde la puerta, con los brazos cruzados sobre el pecho—. Si nuestro líder de pelotón ya te desocupó, claro.

Dain retrocede y pasa la mirada entre Imogen y yo.

—¿Ella te va a entrenar?

—Se ofreció —le respondo, encogiéndome de hombros.

—Por la lealtad al pelotón y todo eso. Bla, bla. —Imogen le ofrece una sonrisa que no se refleja en sus ojos—. No te preocupes. La cuidaré. Adiós, Aetos.

Le lanzo una sonrisita a Dain y me voy, negándome a mirar sobre mi hombro para ver si sigue ahí. Imogen me sigue y luego me lleva a la esquina de la izquierda, donde el cristal se encuentra con la piedra y abre una puerta que nunca me había tomado el tiempo de notar.

La habitación está iluminada por luces mágicas y llena de una variedad de máquinas de madera con repisas, cuerdas y poleas, bancas con pesas y barras pegadas a la pared.

Y, al otro lado, haciendo lagartijas sobre un tapete, está una de las tyrs de primero que vi en el bosque aquella noche, con Garrick acuclillado junto a ella, dándole órdenes.

—No te preocupes, Sorrengail —dice Imogen con tono cantarín y falsamente dulce—. Solo estamos tres aquí. Estás completamente a salvo.

Garrick se da la vuelta y su mirada se encuentra con la mía mientras sigue marcándole repeticiones a la otra de primero. Asiente una vez y luego vuelve a lo que está haciendo.

—Tú eres la única que me preocupa —le comento a Imogen mientras me lleva a una máquina con un asiento de madera pulida y dos cuadros acojinados que se encuentran al frente, a la altura de las rodillas.

Ella se ríe, y creo que es el primer sonido sincero que le he escuchado.

—Lo entiendo. Como no podemos trabajar con ese tobillo que traes ni con tus brazos hasta que sanen, vamos a comenzar con los músculos más importantes que tienes para mantenerte sobre el lomo de un dragón. —Recorre mi cuerpo con la mirada y suspira con obvio desagrado—. Esos horriblemente débiles muslos interiores.

—Solo estás haciendo esto porque Xaden te obligó, ¿verdad? —le pregunto, poniendo mi trasero en el asiento de la máquina con la madera acojinada entre mis rodillas mientras ella acomoda algunas partes.

Sus ojos se encuentran con los míos y se entrecierran.

—Regla número uno. Para ti es Riorson, novata, y nunca vuelvas a cuestionarme sobre él. Jamás.

—Esas son dos reglas. —Comienzo a pensar que lo primero que pensé sobre ellos era correcto. Con esa clase de lealtad salvaje, tienen que ser amantes.

No estoy celosa. No. Ese espantoso agujero que va creciendo en mi pecho no es de celos. No puede serlo.

Ella suelta una risa burlona y jala una palanca que de inmediato tensa la madera y hace que abra en dos partes hacia afuera, separando mis muslos.

—Ahora, ponte a trabajar. Ciérralos. Treinta repeticiones.

DIECIOCHO

No hay nada más sagrado que los Archivos. Hasta los templos se pueden reconstruir, pero los libros no pueden ser reescritos.

—*GUÍA PARA ALCANZAR LA EXCELENCIA EN EL CUADRANTE DE ESCRIBAS*, POR EL CORONEL DAXTON

El carrito de madera de la biblioteca rechina mientras lo empujo por el puente que conecta el Cuadrante de Jinetes con el de Curanderos, y luego hacia las puertas de la clínica en el corazón de Basgiath.

Las luces mágicas iluminan mi paso por los túneles mientras tomo un camino tan conocido que podría recorrerlo con los ojos cerrados. El aroma a tierra y piedra me va llenando los pulmones entre más desciendo, y la punzada de nostalgia que me ha dado casi todos los días durante el último mes desde que me pusieron a trabajar en los Archivos no se siente tan fuerte como la de ayer, la cual no se sintió tan fuerte como la del día anterior.

Saludo con un movimiento de cabeza al escriba de primero que está en la entrada de los Archivos y él se levanta de un salto de su asiento, corriendo para abrir la puerta abovedada.

—Buenos días, cadete Sorrengail —dice, sosteniendo la puerta abierta para que yo pueda entrar—. Te extrañé ayer.

—Buenos días, cadete Pierson. —Le ofrezco una sonrisa mientras empujo el carrito. De entre todos los trabajos del cuadrante, me tocó mi favorito—. No me sentía bien. —Me estuve mareando todo el día, sin duda por no tomar suficiente agua, pero al menos pude descansar.

Los Archivos huelen a pergamino, pegamento para libros y tinta. Huelen a mi hogar.

Filas de libreros de seis metros de alto recorren toda la estructura cavernosa y disfruto lo que veo mientras espero en la mesa más cerca de la entrada, el lugar donde pasé la mayoría de mis horas libres durante los últimos cinco años. Solamente los escribas pueden pasar de aquí, y yo soy jinete.

Pensar en eso me pinta una sonrisa en el rostro mientras una mujer se me acerca con una túnica beige con capucha y un rectángulo de oro tejido en el hombro. Es de primer año. Cuando se quita la tela de la cabeza, mostrando su largo cabello café, y sus ojos se encuentran con los míos, sonrío de oreja a oreja.

—¡Jesinia! —la saludo con señas.

—Cadete Sorrengail —me responde igual. Sus ojos se encienden, pero disimula la sonrisa.

Por un segundo, aborrezco los rituales y costumbres de los escribas. No tendría nada de malo abrazar a mi amiga, pero la regañarían por perder la compostura. Después de todo, ¿cómo sabemos qué tan en serio se toman los escribas su trabajo, qué tan dedicados son, si se atreven a mostrar una sonrisa?

—Me da mucho gusto verte —le digo en señas, y no puedo dejar de sonreír—. Sabía que pasarías el examen.

—Solo porque estudié contigo todo el año pasado —me responde en señas, apretando los labios para que no se curven hacia arriba. Luego su rostro se entristece—. Me horrorizó enterarme de que te obligaron a entrar al Cuadrante de Jinetes. ¿Estás bien?

—Estoy bien —le aseguro, y luego hago una pausa para buscar en mi memoria la seña correcta para el vínculo con un dragón—. Tengo un vínculo y… —Mis sentimientos son complicados, pero recuerdo lo que sentí al volar sobre el lomo de Tairn, los suaves empujoncitos de Andarna para motivarme a seguir cuando pensé que mis músculos se iban a rendir mientras entrenaba con Imogen y mi relación con mis amigos, y no puedo negar la verdad—. Estoy feliz.

Sus ojos se abren de par en par.

—¿No estás todo el tiempo preocupada de…? —Mira a su derecha e izquierda, pero no hay nadie lo suficientemente cerca como para vernos—. Ya sabes, ¿morirte?

—Claro. —Asiento—. Pero aunque es extraño, como que te acostumbras a eso.

—Si tú lo dices. —Parece escéptica—. Ahora me toca atenderte. ¿Vas a devolver todo esto?

Asiento y meto la mano en el bolsillo de mis pantalones para sacar un pequeño pergamino y entregárselo.

—Y unos cuantos pedidos de la profesora Devera —le digo con señas. La jinete a cargo de nuestra pequeña biblioteca envía una lista de peticiones y devoluciones todas las noches y yo paso por ellas antes del desayuno, lo cual probablemente es la razón por la que mi estómago está gruñendo.

Al quemar todas las calorías extra por una combinación de vuelo, las lecciones de lucha de Rhiannon y las sesiones de tortura de Imogen, tengo nuevo espacio para la comida.

—¿Algo más? —me pregunta tras poner el pergamino en un bolsillo escondido en su bata.

Quizá es por estar en los Archivos, pero un golpe de nostalgia por mi hogar casi me derriba.

—¿De casualidad tendrán una copia de *Las fábulas del Páramo*? —Mira tenía razón, no hacía falta que trajera el libro de fábulas, pero sería lindo pasar una tarde acurrucada con una historia familiar.

Jesinia frunce el ceño.

—No conozco esa obra.

La miro con extrañeza.

—No es para nada académico, solo una colección de historias del folclor que mi papá me contaba. Un poco oscuras, la verdad, pero me encantan. —Lo pienso por un momento. No hay seña para los guivernos o los venin, así que se los digo deletreándolos—. Guivernos, venin, magia, las batallas entre el bien y el mal... ya sabes, esas cosas geniales. —Sonrío. Si alguien entiende mi amor por los libros, esa es Jesinia.

—Nunca he escuchado de ese, pero lo buscaré mientras voy por estos.

—Gracias. En serio te lo agradecería. —Ahora que voy a ser yo quien maneje la magia, me vendrían bien algunos cuentos de lo que pasa cuando los humanos hacen mal uso del poder que se les entrega. Sin duda los escribieron como una parábola para advertirnos de los peligros de vincularse con dragones, pero en los seiscientos años de historia de unificación en Navarre, nunca he leído de un solo jinete que perdiera el alma por sus poderes. Los dragones nos protegen de eso.

Jesinia asiente y empuja el carrito hasta desaparecer entre las estanterías.

Normalmente se tardan unos quince minutos en encontrar las peticiones que vienen tanto de profesores como de cadetes en mi cuadrante, pero no tengo problemas con esperar. Los escribas van y vienen, algunos en grupos mientras se entrenan para ser los historiadores de nuestro reino, y miro a todas las figuras encapuchadas, buscando un rostro que sé que no podré encontrar... Buscando a mi padre.

—¿Violet?

Giro a la izquierda y veo al profesor Markham a la cabeza de un grupo de escribas de primero.

—Hola, profesor. —Es más fácil mantener un rostro inexpresivo frente a él, porque sé que es lo que espera.

—No sabía que te tocó el trabajo de la biblioteca. —Mira hacia el punto entre los libreros donde desapareció Jesinia—. ¿Ya te están ayudando?

—Jesinia... —Hago una mueca—. Digo, la cadete Neilwart está prestando un excelente servicio.

—¿Saben? —le dice al grupo de cinco que ahora me está rodeando—. La cadete Sorrengail era mi mejor estudiante hasta que se la robó el Cuadrante de Jinetes. —Su mirada se encuentra con la mía bajo su capucha—. Esperaba que volviera, pero miren, ya se vinculó no solo con uno, sino con dos dragones.

Una chica a su derecha ahoga un grito y luego se cubre la boca y murmura una disculpa.

—No te preocupes, yo sentí exactamente lo mismo —le digo.

—Quizá podrías explicarle algo al cadete Nasya aquí presente, quien se estaba quejando de que no hay suficiente aire aquí. —El profesor Markham pasa su atención a un chico a su izquierda—. Este grupo está por empezar su rotación en los Archivos.

Nasya se pone del color de un betabel bajo su capucha beige.

—Es parte del sistema para minimizar los incendios —le digo—. Entre menos aire haya, menos riesgo de que nuestra historia se vuelva cenizas.

—¿Y las capuchas calientísimas? —me pregunta Nasya, mientras enarca una ceja.

—Hace más difícil que destaquen entre los tomos —explico—. Es símbolo de que nada ni nadie es más importante que los documentos y libros en esta habitación. —Mis ojos recorren el lugar y siento un nuevo golpe de nostalgia.

—Exactamente. —El profesor Markham le lanza una mirada molesta a Nasya—. Ahora, si nos disculpas, cadete Sorrengail, tenemos trabajo que hacer. Te veré mañana en Informe de Batalla.

—Sí, señor. —Retrocedo un poco para que el grupo pueda pasar.

—¿Estás triste? —me pregunta Andarna con voz suave.

—Solo estoy visitando los Archivos. Nada de qué preocuparse —le digo.

—Es difícil amar un segundo hogar tanto como al primero.

Trago saliva.

—Es fácil cuando el segundo es el correcto. —Y eso es en lo que se ha convertido el Cuadrante de Jinetes para mí, en el hogar correcto. La nostalgia por la paz y soledad que encontraba aquí no se compara con la adrenalina del vuelo.

Jesinia reaparece con el carrito, cargado con los libros que le pedí y algunas cartas para los profesores de mi cuadrante.

—Lo siento —me dice en señas—, pero no pude encontrar ese libro. Hasta busqué guivernos, creo que así dijiste, en el catálogo, pero no hay nada.

La miro por un segundo. Nuestros Archivos tienen una copia o el original de casi todos los libros en Navarre. Con las únicas excepciones de los tomos ultra raros o prohibidos. ¿En qué momento el folclor se convirtió en alguno de esos dos? Aunque, pensándolo bien, nunca vi nada parecido a *Las fábulas del Páramo* en las repisas cuando estaba estudiando para ser escriba. ¿Quimeras? Sí. ¿El kraken? Claro. Pero ¿guivernos o los venin que los crearon? Ni uno. Qué raro.

—Está bien. Gracias por buscarlo —le respondo en señas.

—Te ves diferente —dice, pasándome el carrito.

Mi expresión es de sorpresa.

—No diferente mal, solo... diferente. Tu rostro está más delgado y hasta tu postura... —Niega con la cabeza.

—He estado entrenando. —Hago una pausa y mis manos cuelgan junto a mis costados mientras pienso en mi respuesta—. Es difícil, pero también maravilloso. Cada vez soy más rápida en la colchoneta.

—¿La colchoneta? —me pregunta con el ceño fruncido.

—Para la lucha.

—Cierto. Se me olvida que también se pelean entre ustedes. —Sus ojos se llenan de lástima.

—En serio estoy bien —le prometo, sin mencionar las veces que he visto a Oren tomando una daga cuando estoy cerca o la rabia en la mirada de Jack cuando me ve.

—¿Y tú? ¿Es todo lo que habías deseado?

—Es todo y más. Mucho más. La responsabilidad que tenemos, no solo de registrar la historia sino de recopilar con rapidez la información de las primeras líneas es más de lo que podría haber imaginado, y me hace sentir plena. —Vuelve a apretar los labios.

—Qué bueno. Me alegro por ti. —Y lo digo en serio.

—Pero yo me preocupo por ti. —Toma aire—. El aumento de ataques en la frontera... —Unas arrugas de preocupación le cruzan la frente.

—Lo sé. Nos hablan de eso en Informe de Batalla. —Siempre es lo mismo, ataques donde fallan las protecciones, saqueos en pueblos ubicados en lo alto de las montañas y más jinetes muertos. Se me rompe el corazón cada que nos hacen un reporte y una parte de mí se apaga con cada ataque que tenemos que analizar.

—¿Y Dain? —me pregunta mientras vamos hacia la puerta—. ¿Lo has visto?

Mi sonrisa vacila.

—Esa es una historia para otro día.

Jesinia suspira.

—Intentaré estar aquí como a esta hora para poder verte.

—Me parece maravilloso. —Contengo las ganas de abrazarla y salgo por la puerta que ella abrió.

Para cuando dejo el carrito en la biblioteca y voy a formarme en la fila de la comida, ya casi se acabó nuestro tiempo, lo cual significa que me tengo que atiborrar la boca de comida lo más rápido que puedo mientras los miembros de nuestro pelotón original platican a mi alrededor. Los nuevos, dos de primero y dos de segundo, que recibimos cuando disolvieron el tercer pelotón, están a una mesa de aquí. Se negaron a sentarse con gente que tuviera reliquias de la Rebelión.

Que se jodan.

—Fue lo más *cool* del mundo —continúa Ridoc—. Sawyer estaba luchando contra el de tercero que tiene unas habilidades increíbles con el sable y un instante después…

—Podrías dejar que él cuente la historia —lo regaña Rhiannon, poniendo los ojos en blanco.

—No, gracias —comenta Sawyer, negando con la cabeza y sin quitarle la vista a su tenedor con expresión de miedo.

Ridoc sonríe, disfrutando la gloria de poder contarlo.

—Y entonces la espada se tuerce en la mano de Sawyer, curvándose hacia el de tercero, aunque Sawyer estaba lejísimos de atinarle. —Hace un gesto de pena hacia Sawyer—. Perdón, amigo, pero es la verdad. Si tu espada no hubiera decidido doblarse e ir directo contra el brazo de ese tipo…

—¿Eres metalúrgico? —pregunta Quinn, sorprendida—. ¿En serio?

Carajo, Sawyer puede manipular los metales. Trago un poco más de pavo y lo miro abiertamente. Hasta donde sé, es el primero de nosotros en mostrar algo de poder, y además es un sello.

Sawyer asiente.

—Eso dijo Carr. Aetos me llevó a rastras con el profesor cuando vio qué estaba pasando.

—¡Qué envidia! —Ridoc se agarra el pecho—. ¡Ya quiero que mi sello se manifieste!

—No te emocionarías tanto si implicara que tu tenedor se te podría enterrar en el paladar porque aún no lo controlas. —Sawyer aleja su comida.

—Buen punto. —Ridoc observa su propia bandeja.

—Van a manifestar cuando su dragón esté listo para confiarles todo ese poder —dice Quinn, y luego se termina su agua—. Solo espero que sus dragones confíen en ustedes antes de que pasen unos seis meses y... —Hace un sonido como de explosión y el mismo gesto con las manos.

—Deja de asustar a los niños —le ordena Imogen—. Eso no ha pasado en... —Lo piensa por un momento—. Décadas. —Cuando todos volteamos a verla, hace un gesto de fastidio—. Miren, la reliquia que sus dragones les transfirieron en la Trilla es el conducto para que toda la magia entre a su cuerpo. Si no manifiestan un sello y lo dejan salir, tras varios meses pasan cosas malas.

Todos nos quedamos con la boca abierta.

—La magia te consume —agrega Quinn, haciendo otra vez el sonido de explosión.

—Relájense, no es que haya una fecha límite. Solo es un promedio. —Imogen se encoge de hombros.

—Mierda, siempre sale algo más aquí —se queja Ridoc.

—¿Ya te sientes un poco más afortunado? —pregunta Sawyer, mirando su tenedor.

—Te conseguiremos cubiertos de madera —le digo—. Y probablemente deberías evitar la armería o luchar con... cualquier cosa.

Sawyer suelta un resoplido burlón.

—Es verdad. Al menos estaré a salvo durante el vuelo esta tarde.

Agregar las clases de vuelo a nuestras agendas ha sido esencial desde la Trilla. Las alas rotan para tener acceso al campo de vuelo, y hoy es uno de nuestros días de suerte en la semana.

Siento un cosquilleo en la cabeza y sé que, si me doy la vuelva, encontraré a Xaden viéndome. Observándome. Pero no le doy la satisfacción de voltear. No me ha dicho casi nada desde la Trilla. Eso no significa que esté sola, no, jamás estoy sola. Siempre hay alguien mayor que yo cerca cuando ando por los pasillos o cuando voy al gimnasio en la noche.

Y todos tienen reliquias de la Rebelión.

—Me gusta más cuando es en la mañana —dice Rhiannon con gesto de pesar—. Es mucho peor después de que ya comimos el desayuno y el almuerzo.

—De acuerdo —confirmo con la boca llena.

—Termínate el pavo —me ordena Imogen—. Te veo en la noche. —Ella y Quinn limpian sus bandejas y las llevan a la ventanilla del fondo para que las laven.

—¿Es más amable cuando te está entrenando? —pregunta Rhiannon.

—No. Pero es eficiente. —Me termino el pavo mientras la habitación se empieza a vaciar y todos vamos hacia la ventanilla donde reciben las bandejas sucias—. ¿Cómo es el profesor Carr? —le pregunto a Sawyer mientras pongo la bandeja en la pila. El profesor de poderes es uno de los pocos que no he conocido, pues aún no he manifestado un sello.

—Jodidamente aterrador —responde Sawyer—. Ya quiero que todos los de primero empiecen sus clases de poderes para que puedan disfrutar su estilo tan especial de enseñanza.

Salimos hacia el área común, a la rotonda y al patio, todos abotonándonos los abrigos. Noviembre llegó con fuertes vientos y hierba congelada por la mañana, y la primera nevada no está muy lejos.

—¡Sabía que iba a funcionar! —dice Jack Barlowe delante de nosotros, al tiempo que jala a una chica bajo su brazo y le da unos golpecitos cariñosos en la cabeza.

—¿No es Caroline Ashton? —pregunta Rhiannon, viendo con la boca abierta a Caroline, que va hacia el ala académica con Jack.

—Sí. —Ridoc se tensa—. Se vinculó con Gleann esta mañana.

—¿No tenía ya jinete? —Rhiannon los ve hasta que desaparecen en el ala.

—Su jinete murió en nuestra primera clase de vuelo. —Me concentro en la puerta frente a nosotros que lleva al campo de vuelo.

—Supongo que los que no encontraron un vínculo siguen teniendo posibilidades —murmura Rhiannon.

—Sí. —Sawyer asiente con gesto tenso—. Sí las tienen.

—Solo te caíste como una docena de veces en ese viaje —comenta Tairn mientras aterrizamos en el campo de vuelo.

—No sé si es un halago o no. —Tomo aire e intento tranquilizar mi corazón acelerado.

—Tómalo como prefieras.

Pongo los ojos en blanco mentalmente y me bajo del asiento mientras él agacha el hombro para que me pueda deslizar por su pata. El movimiento se ha vuelto tan común para mí que ya casi ni noto que los demás jinetes sí pueden saltar al suelo o bajar como se debe.

—Además, podrías hacerlo más fácil, ¿sabes?

—Claro que lo sé.

—No soy yo quien nos está haciendo girar en espiral con giros cerradísimos mientras Kaori solo nos está enseñando cómo descender. —Mis pies llegan al suelo del campo y miro a Tairn con una ceja enarcada.

—Te estoy entrenando para la batalla. Él les está enseñando truquitos. —Me guiña un ojo dorado y mira hacia otro lado.

—¿Crees que podríamos hacer que Andarna nos acompañe la próxima semana? ¿Aunque sea para volar junto a nosotros? —Reviso todo lo que Kaori

nos ha enseñado, buscando cosas que pudieran haberse atorado entre las enormes y picudas garras de Tairn o en las escamas duras como piedras de su barriga.

—*No soy tan tonto como para no saber si tengo algo atorado en la piel. Y no le pediría a Andarna que nos acompañe a menos que así lo soliciten. No puede seguirnos el ritmo y solo atraería atención indeseada.*

—*Nunca la veo* —me quejo abiertamente—. *Siempre tengo que estar contigo, gruñón.*

—*Siempre estoy aquí* —me responde Andarna, pero no veo un brillo dorado. Seguramente está en el Valle como siempre, pero al menos ahí está segura.

—*Este gruñón te atrapó una docena de veces, Plateada.*

—*Algún día podrías decirme Violet, ¿sabes?* —Me tomo el tiempo para examinar cada fila de sus escamas. Uno de los mayores peligros para los dragones son las cosas pequeñas que ellos mismos no pueden quitarse y que penetran las escamas y les causan infecciones.

—*Lo sé* —repite—. *Y podría decirte Violencia como el líder de ala.*

—*No te atreverías.* —Avanzo con una mirada suspicaz para revisarle donde el pecho comienza a elevarse—. *Y ya sabes lo mucho que me molesta eso.*

—*¿Te molesta?* —Tairn se ríe arriba de mí y el sonido es como el de un gato olisqueando—. *¿Así le dices cuando tu corazón se acelera y...?*

—*No empieces.*

Un gruñido estalla en el pecho de Tairn sobre mí y reverbera en mis huesos. Me doy la vuelta, con las manos sobre las dagas envainadas mientras Dain se acerca.

—*Solo es Dain.* —Salgo de entre las patas de Tairn cuando Dain se detiene a unos metros de nosotros.

—*La rabia no le va bien* —gruñe de nuevo, y siento el vapor de su exhalación en mi nuca.

—*Relájate* —le digo, mirándolo sombre mi hombro, pero lo que veo me toma por sorpresa.

Tairn está viendo a Dain con sus ojos color dorado entrecerrados y muestra esos dientes que gotean saliva al soltar otro gruñido.

—*No seas problemático. Ya basta* —le digo.

—*Dile que, si te hace daño, lo haré cenizas en un instante.*

—*Ay, por favor, Tairn.* —Hago un gesto de fastidio y voy hacia donde está Dain, que tiene la quijada tensa, pero veo la preocupación en sus ojos muy abiertos.

—*Dile, o voy a tener que hablar con Cath.*

—Tairn dice que, si me haces daño, te va a quemar —le informo, mientras los dragones se lanzan al cielo por todas partes sin sus jinetes para volver al Valle. Pero Tairn no. No, sigue atrás de mí como un papá sobreprotector.

—¡No te voy a hacer daño! —grita Dain.

—*Palabra por palabra, Plateada.*

Exhalo lentamente.

—Perdón, en realidad dijo que, si me haces daño, te hará cenizas en un instante. —Miro sobre mi hombro—. ¿Así está mejor?

Tairn parpadea.

Dain mantiene los ojos puestos en mí, pero en ellos puedo ver moviéndose la rabia sobre la que me advirtió Tairn.

—Preferiría morir antes que hacerte daño, y lo sabes.

—*¿Ya estás contento?* —le pregunto a Tairn.

—*Lo que estoy es hambriento. Creo que voy a disfrutar de un rebaño de ovejas.* —Se echa a volar con grandes aletazos.

—Necesito hablar contigo. —Dain baja la voz y entrecierra los ojos.

—Bueno. Acompáñame. —Le hago una seña a Rhiannon para que se vaya sin mí y eso hace, se aleja con los demás para dejarnos a Dain y a mí a la retaguardia.

Nos detenemos en la orilla del campo.

—¿Por qué no me dijiste que no puedes sostenerte en el maldito asiento? —me grita, agarrándome del codo.

—¿Disculpa? —Retiro mi brazo de su mano.

Tairn gruñe en mi mente.

—*Yo me encargo* —grito.

—Todo este tiempo he permitido que Kaori te enseñe, creía que de seguro él tenía todo bajo control. Después de todo, si la jinete del dragón más fuerte del cuadrante no pudiera quedarse en su asiento, sin lugar a dudas todos lo sabríamos. —Se pasa las manos por el cabello—. ¡Seguramente yo sabría si mi mejor amiga se cayera todos los malditos días que vuela!

—¡No es un secreto! —Siento la rabia hirviéndome en las venas—. ¡Todos en nuestra ala lo saben! Lamento que no estés atento a tu pelotón, pero créeme, Dain, todos lo saben. Y no voy a quedarme aquí a escuchar tus regaños como si fuera una niña. —Me voy, furiosa, siguiendo a mi ala con pasos apresurados.

—Tú no me lo dijiste —agrega, y el coraje en su voz se convierte en dolor mientras me alcanza y hasta me sobrepasa.

—No hay problema. —Niego con la cabeza—. Tairn puede amarrarme con magia si es necesario. Soy yo quien le pide que me suelte. Y yo que tú me lo pensaría dos veces antes de cuestionarlo. Es de los que achicharran primero y hacen preguntas después.

—Es un gran problema, porque no puede canalizar...

—¿Todos sus poderes? —le pregunto mientras salimos del campo y vamos hacia las escaleras que están junto al Guantelete—. Lo sé. ¿Por qué crees que me la paso pidiéndole que me suelte allá arriba? —La frustración es un ente vivo dentro de mí que se va comiendo toda mi capacidad de razonar.

—Llevas un mes volando y todavía te caes. —Su voz me sigue por la escalera que vamos bajando.

—¡Igual que la mitad del ala, Dain!

—No, nadie se cae una docena de veces —me aclara. Como ya está demasiado cerca de mí, acelero el paso hacia el camino que me llevará a la ciudadela y la grava cruje bajo mis botas—. Solo quiero ayudarte, Vi. ¿Cómo puedo hacerlo?

Suspiro ante el tono lastimero de su voz. Se me olvida que es mi mejor amigo y que tiene que verme arriesgando la vida todos los días. No sé cómo me sentiría si nuestros papeles estuvieran invertidos. Probablemente estaría igual de preocupada. Así que hago lo que puedo por aligerar el momento.

—Me hubieras visto hace un mes, cuando eran tres docenas de veces.

—¿Tres docenas? —Su voz se eleva en la última palabra.

Me detengo en la entrada del túnel y le ofrezco una sonrisa.

—Suena peor de lo que es, Dain. Te lo prometo.

—¿Al menos me dirías con cuál parte del vuelo tienes problemas? Siquiera déjame ayudarte.

—¿Quieres una lista de mis defectos? —Pongo los ojos en blanco—. Mis muslos son demasiado débiles, pero estoy haciendo músculo. Mis manos no pueden agarrarse bien del pomo, pero se están volviendo más fuertes. A mi bíceps le tomó semanas sanar, así que también estoy entrenando para eso. Pero no tienes que preocuparte por mí, Dain. Imogen me está entrenando.

—Porque Riorson se lo pidió —supone, cruzándose de brazos.

—Probablemente. ¿Qué más da?

—Él no quiere lo mejor para ti. —Niega con la cabeza y me parece un desconocido, como nunca—. Primero fue lo de saltarte las reglas para subir el Guantelete; y sí, Amber me contó durante una hora cómo actuaste deshonrosamente.

¿Deshonrosamente? A la mierda con esto.

—¿Y tú le creíste así nada más? ¿Sin preguntarme qué pasó?

—Es líder de ala, Vi. ¡No voy a poner en tela de juicio su integridad!

—Me defendí con el Código y Riorson lo aceptó. Él también es líder de ala.

—Bueno. Llegaste hasta arriba. No me malinterpretes, no podría vivir si algo te hubiera pasado, estuvieras enfrentando correctamente el reto o no. Y luego pensé que estarías bien si sobrevivías a la Trilla, pero aun unida al más fuerte... —Niega con la cabeza.

—Vamos. Dilo. —Mis manos se cierran en puños y las uñas se me entierran en las palmas.

—Me aterra que no vayas a llegar a la graduación, Vi —al decir esto, se encorva—. Sabes exactamente lo que siento por ti, aunque no pueda hacer nada al respecto, estoy aterrado.

Es eso último lo que me colma y una carcajada me sube por la garganta y se me escapa.

Dain me mira con expresión sorprendida.

—Este lugar se lleva la falsa cortesía, los modales y revela quién eres en realidad —repito sus palabras del verano—. ¿No fue eso lo que me dijiste? ¿Esto es quien eres en realidad? ¿Alguien tan obsesionado con las reglas que no sabe cuándo saltárselas o romperlas por alguien a quien quiere? ¿Alguien tan enfocado en lo que peor hago, que no cree que puedo hacer mucho más?

Sus ojos cafés pierden toda la calidez.

—Entiende una cosa, Dain. —Me acerco más a él, pero la distancia entre nosotros crece—. La razón por la que nunca vamos a ser nada más que amigos no es por tus reglas. Es porque no tienes fe en mí. Incluso ahora, cuando sobreviví contra todo pronóstico y me uní no solo a uno sino a dos dragones, sigues creyendo que no lo voy a lograr. Así que, perdóname, pero estás por ser parte de lo que este lugar me quite. —Me hago a un lado y paso junto a él por el túnel, me obligo a llevar aire a mis pulmones.

Fuera del año pasado, cuando entró al Cuadrante de Jinetes, no recuerdo otro momento de mi vida en el que haya estado sin Dain.

Pero ya no puedo con su pesimismo constante sobre mi futuro.

La luz del sol me abruma por un momento al salir al patio. Las clases ya terminaron y veo a Xaden y Garrick recargados en la pared del edificio académico como dioses que vigilan sus dominios.

Xaden enarca una ceja oscura al verme pasar.

Y yo le pinto dedo.

Hoy tampoco voy a soportar sus estupideces.

—¿Todo bien? —me pregunta Rhiannon cuando los alcanzo a ella y los chicos.

—Dain es un imbécil...

—¡Ya basta! —grita alguien que viene bajando por las escaleras de la rotonda con la cabeza entre las manos. Es uno de primero del Ala Tres que se sienta dos filas atrás de mí en Informe de Batalla y siempre se le cae la pluma—. ¡Por el amor de los dioses, ya basta! —vocifera mientras llega tambaleándose al patio.

Mis manos van a las armas.

Una sombra se mueve a mi izquierda y un breve vistazo me deja saber que Xaden se movió, casualmente poniéndose justo delante de mí.

La multitud se abre y forma un círculo alrededor del de primero, que sigue gritando con la cabeza entre las manos.

—¡Jeremiah! —grita alguien que se acerca.

—¡Tú! —Jeremiah se da la vuelta y señala con un dedo al de tercero—. ¡Crees que me volví loco! —Inclina la cabeza hacia un lado y sus ojos se encienden—. ¿Cómo lo sabe? ¡No debería saberlo! —Su tono cambia, como si las palabras no fueran suyas.

Siento un escalofrío que me recorre la espalda y se me abre un hueco en el estómago.

—¡Y tú! —Se voltea de nuevo, señalando a uno de segundo del Ala Uno—. ¿Qué diablos le pasa? ¿Por qué grita? —Se gira de nuevo y se enfoca en Dain—. ¿Violet me va a odiar por siempre? ¿Por qué no puede entender que solo quiero que siga viva? ¿Cómo es que él...? ¡Está leyendo mis pensamientos! —Su imitación es increíble, vergonzosa y aterradora.

—Ay, dioses —susurro, y el corazón me late tan escandalosamente que puedo escuchar el golpeteo de la sangre en mis oídos. Lo de menos es la vergüenza. ¿A quién le importa si la gente sabe que Dain está pensando en mí? El sello de Jeremiah se está manifestando. Puede leer mentes, es un inntinncista. Su poder es una sentencia de muerte.

Ridoc se tambalea hacia atrás a mi derecha por un empujón, y no necesito voltear para saber de quién es el brazo musculoso que me está rozando el hombro. Por alguna razón, el aroma a menta calma los latidos de mi corazón.

Jeremiah desenvaina su espada corta.

—¡Ya basta! ¿No se dan cuenta? ¡Los pensamientos no se detienen! —Su pánico se puede sentir y me cierra la garganta.

—Haz algo —le ruego a Xaden, mirándolo.

Su concentración firme y letal está puesta en Jeremiah, pero su cuerpo se tensa al escuchar mi súplica, listo para atacar.

—Ponte a recitar cualquiera de esas cosas que has aprendido en los libros.

—¿Disculpa? —le respondo.

—Si valoras tus secretos, despeja tu mente. Ya —ordena Xaden.

Ay, mierda.

No se me ocurre nada, y claramente estamos en peligro inminente. Eh... «Existen muchos puestos de defensa navarros más allá de la seguridad de nuestras protecciones. Se considera que dichos puestos están en peligro inminente y solo deben ser atendidos por personal militar y nunca por los civiles que suelen acompañarlos».

—¡Y tú! —Jeremiah se da la vuelta y clava sus ojos en Garrick—. Que se vaya todo al diablo. Él se va a enterar de… —Las sombras que rodean los pies de Jeremiah le suben como serpientes por las piernas en un instante y le rodean el pecho hasta cubrirle la boca como unas bandas negras.

Trago saliva para bajar la piedra que se había alojado en mi garganta.

Un profesor se abre paso entre la multitud y su cabello blanco rebota con cada paso de su enorme cuerpo.

—¡Es un inntinncista! —grita alguien, y parece que eso era lo único que se necesitaba.

El profesor toma la cabeza de Jeremiah con ambas manos y un crujido hace eco por los muros del patio silencioso. Las sombras de Xaden desaparecen y Jeremiah cae al suelo con la cabeza en un ángulo antinatural y macabro. Le rompieron el cuello.

El profesor se agacha y recoge el cuerpo de Jeremiah con una fuerza sorprendente y se lo lleva a la rotonda.

Xaden respira profundamente junto a mí y luego se va con Garrick hacia el ala académica. «También a mí me dio gusto verte».

—Quizá mejor no quiero un sello —murmura Ridoc.

—Esa muerte es compasiva en comparación con lo que te pasa si no manifiestas uno —dice Dain, y juro que puedo sentir que las reliquias de mi espalda se encienden, aunque mis dragones no han empezado a canalizar.

—Y ese —anuncia Sawyer junto a Rhiannon— era el profesor Carr.

—Siempre tienes que revisar tus fuentes —me dice papá y me revuelve el cabello mientras está parado junto a mí en la mesa en los Archivos—. Recuerda que lo que te cuenten de primera mano siempre es más acertado, pero tienes que ir más allá, Violet. Tienes que ver quién está contando esa historia.

—Pero ¿qué pasa si quiero ser jinete? —pregunto con la voz de una versión mucho más joven de mí—. Como Brennan o mamá.

—¡Despierta! —ruge una voz conocida y potente que recorre los Archivos. Una voz que no debería estar aquí.

—No eres como ellos, Violet. Ese no es tu camino. —Papá me muestra una sonrisa pesarosa, esa que dice que me entiende, pero no hay nada que él pueda hacer; esa que me da cuando mamá toma una decisión con la que él no está de acuerdo—. Y es lo mejor. Tu madre nunca ha entendido que, aunque los jinetes son las armas de nuestro reino, son los escribas quienes tienen todo el poder real de este mundo.

—*¡Despierta antes de que te mueras!* —Los libreros de los Archivos se sacuden y el corazón me da un vuelco—. *¡Ya!*

Abro los ojos de golpe y ahogo un grito cuando el sueño se desintegra. No estoy en los Archivos. Estoy en mi habitación en el Cuadrante de Jine…

—*¡Muévete!* —me ordena Tairn.

—¡Mierda! ¡Se despertó! —La luna se refleja en una espada que viene cortando el aire hacia mí.

«Carajo». Ruedo al otro lado de la cama, pero no lo suficientemente rápido, y el arma se estrella en el costado de mi espalda con tanta fuerza que ni mis gruesas cobijas de invierno logran detener.

La adrenalina esconde el dolor mientras la espada rebota al no poder cortar las escamas de dragón.

Mis rodillas chocan contra el piso de madera y meto las manos bajo la almohada para sacar dos dagas mientras me quito las cobijas de encima y logro ponerme de pie. ¿Cómo diablos le quitaron el seguro a mi puerta?

Soplo para quitarme el cabello suelto que me cubre la cara y me encuentro con los ojos muy abiertos por el *shock* de uno de primero que no consiguió vincularse, y no es el único. Hay siete cadetes en mi cuarto. Cuatro son hombres sin dragón. Tres son mujeres sin dragón… ahogo un grito al reconocerla… ya solo son dos, pues ella se echó a correr y cerró la puerta al salir.

Fue ella quien abrió la puerta. No hay otra explicación.

Todos los demás están armados. Todos decididos a matarme. Todos entre mi puerta sin seguro y yo. Mis manos se curvan sobre los mangos de mis dagas y el pulso se me descontrola.

—¿Supongo que no tendría caso que les pidiera de buena manera que se vayan?

Voy a tener que pelear para salir de aquí.

—*¡Aléjate de la pared! ¡No dejes que te atrapen!*

Buen punto. Pero no es como que haya muchos lugares adonde me pueda mover en esta habitación diminuta.

—¡Mierda! ¡Les dije que su armadura es impenetrable! —grita Oren desde el otro lado del cuarto, bloqueándome la salida. Maldito imbécil.

—Debí matarte en la Trilla —reconozco. Mi puerta está cerrada, pero seguramente alguien va a escuchar si gri…

Una mujer se lanza contra mí sobre mi cama, pero la esquivo, pegándome al cristal helado de la ventana. «¡La ventana!».

—*Está demasiado alto. ¡Te caerías al barranco, y no puedo llegar tan rápido!*

Entonces la ventana no. Entendido. Otra mujer lanza su cuchillo y me corta la manga del camisón de dormir en su paso a clavarse en el armario, pero no me tocó la piel. Me doy la vuelta, dejando que la manga se arranque sola, y lanzo mi daga al doblar la esquina de mi cama. Se entierra en su hombro, mi blanco favorito, y la mujer se tira al suelo, gritando y agarrándose la herida.

El resto de mis armas están guardadas cerca de la puerta. Mierda. Mierda. Mierda.

—Ya no lances cosas. ¡Quédate con esa arma!

Para alguien que no puede ayudar, Tairn no tiene problemas dando su opinión.

—¡Tienen que darle en la garganta! —grita Oren—. ¡O lo haré yo mismo!

Paso el arma a mi mano derecha y detengo un ataque por la izquierda, le hago un corte vertical en el brazo a la chica, y luego otro a la derecha, apuñalo a un hombre en el muslo. Suelto una patada con el talón y le doy a otro en la panza mientras ataca, se va de espaldas sobre mi cama y suelta la espada.

Pero ahora estoy acorralada entre mi escritorio y el armario.

Son demasiados.

Y todos vienen hacia mí al mismo tiempo, carajo.

Alguien me quita la daga de la mano con una simple patada y mi corazón se paraliza cuando Oren me agarra por la garganta y me jala hacia él. Intento patearlo en las rodillas, pero mis pies descalzos ni siquiera lo tocan mientras me despega del suelo, está cortándome el aire. Solo puedo patalear, buscando de qué agarrarme.

«No. No. No».

Le entierro las manos en el brazo y mis uñas le perforan la piel hasta sacarle sangre. Puede que le vayan a quedar mis cicatrices después de esto, pero sus manos no dejan de apretarme el cuello.

Aire. No hay aire.

—¡Ya casi llega! —me promete Tairn, pero hay pánico en su voz.

¿Él quién? No puedo respirar. No puedo pensar.

—¡Acábala! —grita uno de los hombres—. ¡Él solo nos respetará si acabamos con ella!

Quieren a Tairn.

El rugido de rabia de Tairn me llena la cabeza mientras Oren baja mi cuerpo y me da la vuelta, atrapándome con el brazo, para que mi espalda quede contra su pecho. Al menos mis pies ya están en el suelo, pero empiezo a ver borroso en la lucha de mis pulmones por encontrar oxígeno donde no lo hay.

Los ojos verdes y codiciosos de una de primero que están sangrando se clavan en los míos.

—¡Hazlo! —exige.

—Tu dragón es mío —sisea Oren en mi oído, y su mano me suelta para ser reemplazada por un arma.

El aire entra de golpe a mis pulmones mientras el frío metal me acaricia la garganta. El oxígeno me inunda la sangre y me aclara la cabeza lo suficiente para permitirme ver que se acabó. Voy a morir. De un latido a otro que probablemente será el último, un pesar insoportable me llena el pecho, y no puedo dejar de preguntarme si lo habría logrado. Si habría sido lo suficientemente fuerte para graduarme. Si me habría convertido en una jinete digna de Tairn y Andarna. Si al fin habría conseguido que mi madre se sintiera orgullosa de mí.

La punta del cuchillo toca mi piel.

La puerta de mi habitación se abre y la madera se astilla al azotar contra la pared de piedra, pero no tengo tiempo para darme la vuelta y ver quién está ahí antes de que un chillido atraviese mi visión.

—*¡Es mía!* —grita Andarna. Una energía que me eriza la piel recorre mi espalda, extendiéndose hasta los dedos de mis manos y pies; un instante después todo está en el más absoluto silencio.

—*¡Vete!* —me ordena Andarna.

Parpadeo y me doy cuenta de que la de primero que está frente a mí no lo hace. No está respirando. No se mueve.

Igual que los demás.

Todos en esta habitación están congelados... menos yo.

DIECINUEVE

En respuesta a la Gran Guerra, los dragones se adjudicaron las tierras del oeste y los grifos las centrales, abandonaron el Páramo y el recuerdo del general Daramor, que casi destruyó al continente con su ejército. Nuestros aliados se fueron a casa y nosotros comenzamos un periodo de paz y prosperidad con las provincias de Navarre uniéndose por primera vez bajo la seguridad de nuestras protecciones y al cuidado de nuestros primeros jinetes unidos a sus dragones.

—*NAVARRE, HISTORIA SIN CENSURA*, POR EL CORONEL LEWIS MARKHAM

Qué. Diablos. Está. Pasando.

Es como si todos los que están en mi cuarto se hubieran convertido en estatuas, pero sé que eso no puede ser verdad. El cuerpo de Oren está tibio detrás de mí y su piel es maleable bajo mis dedos mientras me suelto y retiro su brazo ensangrentado, alejándome el cuchillo de la garganta.

Hay una sola gota de sangre en la punta afilada que cae sobre la madera y siento un hilillo húmedo corriéndome por el cuello.

—*¡Rápido! ¡No los puedo detener por mucho tiempo!* —me dice Andarna con voz débil.

¿Ella lo está haciendo? Trago aire por mi tráquea maltrecha y me escapo del brazo de Oren para luego dar un paso de lado, en silencio.

En el más profundo y espectral silencio.

El reloj en mi escritorio no está avanzando cuando paso entre el codo de Oren y un tipo gigante que solía ser del Ala Dos. Nadie respira. Sus miradas están congeladas. A la izquierda, la mujer a la que le hice el corte está agazapada, agarrándose el brazo, y el hombre al que apuñalé está recargado en la pared a la derecha, mirando su muslo con gesto horrorizado.

Cuento el tiempo por los estruendosos latidos de mi corazón mientras voy al único espacio vacío en mi habitación, pero mi camino hacia la puerta ahora abierta no está libre.

Xaden llena el espacio como un ángel oscuro y vengador, el mensajero de la reina de los dioses. Está completamente vestido y su rostro es una máscara de pura rabia mientras las sombras suben por las paredes a cada lado de él y se quedan suspendidas en el aire.

Por primera vez desde que crucé el parapeto me siento tan jodidamente aliviada de verlo que podría llorar.

Andarna ahoga un grito en mi mente... y el caos vuelve.

Siento que voy a vomitar.

—*Ya era hora* —gruñe Tairn.

La mirada de Xaden se encuentra con la mía y sus ojos ónix se abren por el *shock* menos de un milisegundo antes de que entre a la habitación, con sus sombras escoltándolo mientras se pone junto a mí. Chasca los dedos y la habitación se ilumina por unas luces mágicas que flotan sobre nosotros.

—Todos ustedes están muertos. —Su voz suena perturbadoramente tranquila, y eso la vuelve más aterradora.

Todas las cabezas en la habitación se giran hacia nosotros.

—¡Riorson! —la daga de Oren cae al suelo.

—¿Crees que rendirte te va a salvar? —El tono suave pero letal de Xaden hace que se me ponga la piel de gallina—. Atacar a otro jinete mientras duerme va en contra del Código.

—Pero ¡sabes que no debió unirse a ella! —Oren levanta las manos y nos muestra las palmas—. Tú más que nadie tienes suficientes razones para querer que la debilucha se muera. Nosotros solo estamos corrigiendo un error.

—Los dragones no cometen errores. —Las sombras de Xaden toman a cada atacante menos a Oren del cuello y empiezan a apretarlos. Los jinetes luchan, pero no sirve de nada. Sus rostros se vuelven morados mientras las sombras los ahogan hasta que caen de rodillas con sus cuerpos arqueados frente a mí como marionetas sin vida.

No puedo sentir lástima por ellos.

Xaden avanza con pasos elegantes, como si tuviera todo el tiempo del mundo, y extiende una mano con la palma hacia arriba mientras otro tentáculo de oscuridad recoge mi daga que se quedó tirada en el suelo.

—Permíteme explicarte. —Oren ve la daga y sus manos tiemblan.

—Ya escuché todo lo necesario. —Los dedos de Xaden rodean el mango—. Ella debió matarte en el campo, pero es misericordiosa. Ese no es un defecto que yo tenga. —Asesta la daga a tal velocidad que apenas noto el movimiento, y la garganta de Oren se abre en una línea horizontal de donde corre la sangre en un torrente por su cuello y pecho.

Se agarra la garganta, pero no sirve de nada. En segundos se desangra y cae al suelo. Un charco carmesí va creciendo a su alrededor.

—Carajo, Xaden —dice Garrick, que viene entrando, mientras envaina su espada y su mirada recorre la habitación—. ¿No hubo tiempo para hacer preguntas? —Sus ojos pasan sobre mí como si estuvieran catalogando heridas y se detiene en mi garganta.

—No hicieron falta —le responde Xaden. Bodhi entra después y hace la misma evaluación que Garrick. El parecido entre los primos aún me desconcierta. Bodhi tiene la misma piel bronceada y cejas fuertes, pero sus facciones no son tan angulosas como las de Xaden y sus ojos son de un café más claro. Parece una versión más suave y amable de su primo mayor, pero mi cuerpo no se enciende al verlo como lo hace con Xaden. O quizá es solo que el estrangulamiento de Oren me dejó sin sentido común.

Una risa ilógica se escapa de mis labios y los tres hombres se giran para verme como si me hubiera golpeado la cabeza.

—Déjame adivinar —dice Bodhi, frotándose la nuca—. ¿Nos toca limpiar?

—Pidan ayuda si la necesitan —responde Xaden, asintiendo.

«Cadáveres».

«Estoy viva. Estoy viva. Estoy viva». Repito el mantra en mi cabeza mientras Xaden limpia la sangre de mi daga en la túnica de Oren.

—Sí. Estás viva. —Xaden pasa sobre los cadáveres de Oren y de otros dos, y saca mi daga del hombro de la mujer caída antes de llegar a mi armario. Ni siquiera la reconozco, pero intentó matarme.

Garrick y Bodhi sacan los primeros cuerpos.

—No me di cuenta de que lo dije en voz alta. —Las rodillas me empiezan a temblar y la náusea está por ganarme. Carajo, pensé que ya había superado esta clase de reacción a la adrenalina, pero aquí estoy, temblando como una hoja mientras Xaden revisa mi armario como si no acabara de matar a media docena de gente.

Como si esta clase de masacres fueran algo normal.

—Es por la impresión —dice, quitando mi capa del gancho para luego sacar unas botas—. ¿Estás herida? —El ritmo de sus palabras rompe el bloqueo que tenía sobre mi dolor, que vuelve de golpe en una oleada punzante que se centra en mi espalda. Adiós a la adrenalina.

Cada respiración se siente como si estuviera aventando mis pulmones sobre vidrios rotos, así que inhalo poco y superficialmente. Pero logro mantenerme de pie y voy dando pasos hacia atrás hasta que siento la pared de piedra contra el lado que no tengo herido y recargo ahí mi peso.

—Vamos, Violencia. —Sus palabras serias contrastan con la tersura del tono en el que las pronuncia mientras se pone mi capa sobre el brazo y me trae las botas entre los cuerpos que aún están en mi piso—. Contrólate y dime dónde te lastimaron. —Mató a seis personas y no le cayó ni una sola gota de sangre en su ropa negra como la medianoche. Mis botas caen al suelo junto a mis pies y mi capa queda sobre el pequeño sillón en la esquina.

Apenas puedo respirar, pero ¿será riesgoso reconocer mi debilidad actual frente a él?

Sus dedos se sienten tibios bajo mi mentón mientras me levanta la cara para que nuestras miradas se encuentren. Un momento... ¿es pánico eso que se mueve en sus ojos?

—Tu respiración está de la mierda, así que supongo que tiene que ver con...

—Mis costillas —termino, antes de que él pueda adivinarlo. Intentar enmascarar mi dolor no va a funcionar con él—. El que está junto a la cama me dio en un lado de las costillas con la espada, pero creo que solo se me hará un moretón. —No escuché el clásico crujido de los huesos rotos.

—Seguramente fue una espada sin filo. —Enarca una ceja oscura—. A menos que tenga algo que ver con la razón por la que duermes con tu chaleco de cuero.

—*Confía en él* —me ordena Tairn.

—*No es tan fácil.*

—*Por ahora, tendrá que serlo.*

—Es de escamas de dragón. —Levanto el brazo derecho y me giro ligeramente para que pueda ver el agujero en mi camisón de dormir—. Me lo hizo Mira. Por eso he sobrevivido hasta ahora.

Pasa la vista de su cuerpo al mío y su boca se tensa antes de que asienta una sola vez.

—Qué ingeniosa, aunque yo diría que hay distintas razones por las que has sobrevivido hasta ahora. —Antes de que pueda debatir ese punto, su mirada sube a mi garganta y se entrecierra sobre lo que supongo debe ser la huella morada de una mano—. Debí matarlo lentamente.

—Estoy bien. —No estoy bien.

Vuelve a mirarme a los ojos.

—No me mientas nunca. —Lo dice con tanta fiereza y con los dientes apretados, que no puedo evitar asentir a manera de promesa.

—Me duele —reconozco.

—Déjame ver.

Abro y cierro la boca dos veces.

—¿Es una petición o una orden?

—Tú elige, mientras pueda ver si ese desgraciado te rompió las costillas. —Aprieta los puños.

Otros dos hombres entran por la puerta abierta con Garrick y Bodhi detrás. Todos están... vestidos. Completamente vestidos a las... miro el reloj... dos de la mañana.

—Llévense a esos dos y nosotros nos encargamos de los últimos —ordena Garrick, y los otros se ponen a trabajar, sacando los últimos cuerpos de mi habitación. Noto que todos tienen reliquias de la Rebelión brillando en sus brazos, pero no comento nada al respecto.

—Gracias —dice Xaden, y luego mueve la mano y mi puerta se cierra con un suave «clic»—. Ahora, déjame ver tus costillas. Estamos perdiendo tiempo.

Trago saliva y luego asiento. Más vale saber desde ahora si están rotas. Le doy la espalda, pero puedo ver su rostro en el espejo de cuerpo completo mientras me saco las mangas sueltas de mi camisón y sostengo la tela sobre mis senos, dejando que caiga hasta mi cintura por atrás.

—Tienes que...

—Sé cómo manejar un corsé. —Su quijada se mueve un poco y algo que me recuerda a un hambre desesperada pasa sobre su rostro antes de que él lo controle y me eche el cabello sobre el hombro con sorprendente suavidad.

Sus dedos recorren mi piel desnuda y lucho por no estremecerme, tenso mis músculos para no arquearme ante su tacto.

¿Qué diablos me pasa? Aún hay sangre en mi piso, pero mi respiración se está entrecortando por otra razón mientras él va soltando las cintas, empezando desde abajo. No mentía. Sabe perfectamente cómo manejar un corsé.

—¿Cómo diablos te metes en esta cosa todas las mañanas? —pregunta, aclarándose la garganta mientras mi espalda va quedando expuesta, centímetro a centímetro.

—Soy increíblemente flexible. Es parte de que se me rompan los huesos y se me destrocen las articulaciones —le respondo sobre mi hombro.

Nuestros ojos se encuentran y siento que algo tibio me revolotea en el estómago. El momento se acaba tan rápidamente como empezó, y Xaden me quita la armadura e inspecciona mi costado derecho. Sus dedos pasan con suavidad sobre las costillas maltratadas y luego las presionan con cuidado.

—Tienes un moretón enorme, pero no creo que estén rotas.

—Es lo que pensé. Gracias por revisarme. —Debería sentirme incómoda, pero por alguna razón no es así, ni siquiera cuando me vuelve a amarrar el corsé y anuda las cintas al final.

—Vivirás. Date la vuelta.

Hago lo que me pide, bajándome el camisón sobre los hombros; él se pone de rodillas.

Mis ojos de abren de par en par. Xaden Riorson está arrodillado frente a mí, con su cabello negro a la altura perfecta para que acaricie su espesura con los dedos. ¿Cuántas mujeres han sentido esas hebras entre sus dedos?

¿Y a mí qué diablos me importa?

—Tendrás que aguantarte el dolor en el camino, y necesitamos hacerlo rápido. —Toma una bota y me da unos golpecitos en el pie—. ¿Lo puedes levantar?

Asiento y lo levanto. Luego me roba todos los pensamientos lógicos de la cabeza al ponerme las botas y amarrármelas una a la vez.

Es el mismo hombre que no tenía problemas con verme muerta hace unos meses, y al parecer mi cerebro no puede abrazar todos sus lados.

—Vámonos. —Me pone la capa sobre los hombros y la abotona en mi cuello como si yo fuera algo muy querido. Así es como sé que estoy en *shock*, porque no soy ni un poco querida por Xaden Riorson. Su mirada pasa sobre mi pelo y parpadea una vez antes de ponerme la capucha sobre la cabellera negra que se va destiñendo hasta ser clara en la parte de abajo. Luego me toma de la mano y me jala hacia el pasillo. Sus dedos fuertes rodean los míos y me sostienen con firmeza, pero sin apretar demasiado.

Casi todas las puertas están cerradas. El ataque no fue lo suficientemente fuerte ni para despertar a mis vecinos. Ya estaría muerta si Xaden no se hubiera aparecido, aun si hubiera podido escapar de las manos de Oren. Pero ¿cómo pasó?

—¿A dónde vamos? —Los pasillos están tenuemente iluminados por unas luces mágicas azules, de las que anuncian que aún es de noche para los que no tienen ventanas.

—Sigue hablando tan alto que los demás te puedan escuchar y alguien nos detendrá antes de que lleguemos a ninguna parte.

—¿No puedes escondernos entre tus sombras o algo así?

—Claro, porque una nube negra gigante avanzando por el pasillo no se verá más sospechosa que una pareja que anda por ahí a escondidas. —Me lanza una mirada que evita que intente discutirle.

Entendido.

No que somos una pareja.

Aunque no me negaría a treparme a este hombre como si fuera un árbol si se dieran las circunstancias correctas. Hago una mueca cuando llegamos al pasillo principal del dormitorio. Nunca jamás en la vida existirán las circunstancias correctas cuando se trata de él, y mucho menos después de que acaba de ejecutar a media docena de personas.

Sin embargo, en mi defensa, y en un sentido enfermo y retorcido, su rescate fue jodidamente sexy, aunque me esté arrastrando por el pasillo a una velocidad insostenible. Aunque solamente lo haya hecho porque mi vida está atada a la suya. Mi pecho suplica un descanso, pero no hay nada de eso mientras Xaden me guía por la escalera en espiral que lleva a los dormitorios de segundo y tercero y a la rotonda.

Mis costillas van a necesitar varias semanas para sanar por completo.

Nuestras botas contra el suelo de mármol son los únicos sonidos mientras entramos al ala académica. En vez de dar vuelta a la izquierda, hacia el gimnasio de lucha, Xaden nos lleva a la derecha, por unas escaleras que sé que bajan hacia una bodega.

Se detiene a media escalera y casi choco con la espada que trae detrás. Luego hace un gesto con la mano derecha sin soltar la mía de su izquierda.

«Clic». Xaden empuja las piedras y se abre una puerta escondida.

—Carajo —susurro al ver el enorme túnel que aparece frente a nosotros.

—Espero que no le tengas miedo a la oscuridad. —Me mete y una oscuridad sofocante nos envuelve cuando se cierra la puerta.

«Está bien. Todo está perfectamente bien».

—Pero por si acaso sí le tienes miedo —dice Xaden con la voz a todo volumen mientras chasca los dedos y una luz mágica flota sobre nuestras cabezas, iluminando todo alrededor.

—Gracias. —El túnel está sostenido por arcos de piedra y el suelo es suave, como si lo hubieran recorrido más veces de las que aparenta por su entrada. Huele a tierra, pero no está húmedo, y se extiende por lo que parece una eternidad.

Xaden suelta mi mano y empieza a caminar.

—No te quedes atrás.

—Podrías... —Hago una mueca; carajo, me duele el pecho—. Ser un poco más considerado. —Avanzo con pasos pesados detrás de él, quitándome la capucha.

—No te voy a tratar como si fueras un bebé, así como Aetos —dice sin darse la vuelta—. Eso solo hará que te maten cuando salgamos de Basgiath.

—No me trata como bebé.

—Sí lo hace, y lo sabes. Además, lo detestas, de acuerdo con la vibra que he podido percibir. —Se espera un momento para caminar junto a mí—. O ¿te parece que la malinterpreté?

—Cree que este lugar es demasiado peligroso para alguien... como yo, y después de lo que acaba de pasar, no estoy segura de que pueda discutírselo. —Estaba dormida. Es el único momento en que se supone que tenemos garantizada nuestra seguridad en este lugar—. No creo que vuelva a dormir. —Por el rabillo del ojo veo su insoportablemente hermoso perfil—. Y aunque consideres sugerir que vas a dormir conmigo por mi seguridad de ahora en adelante...

Él suelta un resoplido burlón.

—Para nada. No me cogía a gente de primero ni cuando yo estaba en ese año, y mucho menos... a ti.

—¿Quién habló de coger? —le respondo de inmediato, maldiciendo mientras el dolor en mis costillas se intensifica—. Tendría que ser masoquista para acostarme contigo, y te aseguro que no lo soy. —Fantasear con eso no cuenta.

—¿Masoquista? —La orilla de la boca se eleva en una sonrisita.

—No pareces ser del tipo que le gusta cucharear la mañana siguiente. —Ahora a mí me curva los labios una sonrisa—. A menos que te preocupe que yo te mate mientras dormimos. —Doblamos una esquina y el túnel continúa.

—Eso me preocupa exactamente nada. Por más violenta que eres y aunque tienes habilidades con las dagas, no estoy seguro de que puedas matar ni a una mosca. No creas que no noté que heriste a tres hoy y no intentaste matar a ninguno. —Me lanza una mirada de desaprobación.

—Nunca he matado a nadie. —Lo digo en un susurro.

—Vas a tener que hacerte a la idea. Después de la graduación no somos más que armas, y lo mejor es que estemos acostumbrados antes de salir por la puerta principal.

—¿Es allá adónde vamos? ¿Saldremos por la puerta principal? —Ya perdí todo el sentido de la orientación.

—Vamos a preguntarle a Tairn qué diablos pasó. —Mueve la quijada—. Y no me refiero al ataque. ¿Cómo diablos quitaron tus seguros?

Me encojo de hombros, sin molestarme en darle una explicación. No me creería. Apenas puedo creerlo yo.

—Más vale que lo descubramos para que no vuelva a pasar. Me niego a dormir en tu maldito piso como si fuera un perro de guardia.

—Espera. ¿Este es otro camino para llegar al campo de vuelo? —Me esfuerzo por amurallar el dolor de mi garganta y costillas—. *Me lleva contigo* —le digo a Tairn.

—Lo sé.

—¿Me vas a decir qué fue eso?

—Te lo diría si supiera.

—Sí —dice Xaden, y hay otra curva en el camino—. No es exactamente del conocimiento público. Y te voy a pedir que guardes este túnel en el archivo de secretos míos que estás guardando.

—Déjame adivinar: ¿te enterarás si lo cuento?

—Sí. —Aparece otra sonrisa y desvío la mirada antes de que me descubra viéndolo.

—¿Me vas a prometer otro favor? —El camino comienza a elevarse, y la subida no es nada ligera. Cada respiración me recuerda lo que pasó hace menos de una hora.

—Tener uno de mis favores es más que suficiente, y además ya tenemos un acuerdo de destrucción mutua asegurada, Sorrengail. Ahora, ¿puedes hacerlo sola o necesitas que te cargue?

—Eso suena más a insulto que a ofrecimiento.

—Ya me estás entendiendo. —Pero sus pasos se vuelven más lentos para ir a ritmo con los míos.

El suelo bajo mis pies se mueve como si se estuviera meciendo, pero sé que no es así. Es mi cabeza, el resultado del dolor y el estrés. Mis pasos vacilan.

El brazo de Xaden me envuelve por la cintura y me ayuda a mantener el equilibrio. Odio cómo el contacto con él me acelera el pulso mientras seguimos subiendo, pero no protesto. No quiero agradecer nada que tenga que ver con él, pero su aroma a menta es delicioso.

—¿Qué estabas haciendo tan noche?

—¿Por qué lo preguntas? —Su tono claramente insinúa que no debería hacerlo.

Lástima.

—Llegaste a mi cuarto en unos minutos y no estás vestido como para dormir. —Trae una espada colgando, por el amor de los dioses.

—Quizá yo también duermo con armadura.

—Entonces deberías elegir a personas más confiables para meterlas a tu cama.

Una risita burlona deja ver su sonrisa, aunque desaparece en un instante. Pero fue una sonrisa real. No ese gesto falso y tenso que tanto le he visto o la sonrisita de superioridad. Esta fue una sonrisa honesta, de esas que hacen que te dé un vuelco el corazón, y por supuesto que no soy inmune a ella. Aunque desapareció tan rápido como llegó.

—¿En serio no me vas a decir? —Me sentiría frustrada si no tuviera tanto dolor. Y ni siquiera voy a tocar el tema de por qué tiene que llevarnos hasta donde está Tairn si yo puedo hablar con él cuando y donde quiera.

A menos que sea él quien quiere hablar con Tairn, lo cual es... de alguien con agallas.

—No. Asuntos de tercer año. —Me suelta cuando llegamos al final del túnel que está bloqueado por un muro de piedra. Tras unos movimientos de su mano, se escucha otro «clic» antes de que empuje la puerta para abrirla.

Salimos al gélido aire de noviembre.

—Pero qué diablos... —susurro. La puerta está empotrada entre un montón de piedras gigantes en el lado este del campo.

—Está camuflada. —Xaden agita una mano y la puerta se cierra, perdiéndose entre la roca como si fuera parte de ella.

Escucho un sonido que ya reconozco como el batir de alas y levanto la vista para encontrar a tres dragones que tapan las estrellas mientras bajan. La tierra se estremece cuando aterrizan frente a nosotros.

—*Supongo que el líder de ala quiere hablar conmigo.* —Tairn da un paso al frente y Sgaeyl hace lo mismo, con las alas bien pegadas a su cuerpo y sus ojos dorados mirándome con suspicacia.

Andarna se mueve entre las patas de Sgaeyl, trotando hacia nosotros. Derrapa en los últimos tres metros, hundiendo sus patas en el suelo para detenerse justo frente a mí y llevar su nariz a mis costillas mientras una sensación ansiosa y desesperada me llena la cabeza, ahogándome en emociones que sé que no son mías.

—No hay huesos rotos —le prometo, acariciándole las rugosidades en su cabeza—. Solo me lastimaron.

—*¿Estás segura?* —me pregunta, con los ojos llenos de preocupación.

—Segurísima. —Finjo una sonrisa. Venir hasta acá en mitad de la noche vale la pena por aliviar su ansiedad.

—Sí, quiero hablar contigo. ¿Qué clase de poderes le estás canalizando? —exige saber Xaden, mirando a Tairn con la cabeza levantada como si no fuera... Tairn.

«Sí. Es alguien con agallas». Todos los músculos de mi cuerpo se tensan, convencidos de que Tairn está por flamear a Xaden por su imprudencia.

—*Lo que elija o no canalizar hacia mi jinete no es de tu incumbencia* —responde Tairn con un gruñido.

Esto va bien.

—Dice que...

—Lo escuché —me interrumpe Xaden sin siquiera voltear a verme.

—¿Lo escuchaste? —Mis cejas se elevan tanto que casi me llegan al cabello y Andarna se va a reunirse con los otros. Los dragones solo hablan con sus jinetes. Eso es lo que siempre me han dicho.

—Es totalmente de mi incumbencia si esperas que yo la proteja —suelta Xaden, subiendo la voz.

—*Te envié el mensaje perfectamente, humano.* —Tairn mueve la cabeza como una serpiente y eso me pone en alerta. Está más que molesto.

—Y apenas alcancé a llegar. —Las palabras salen entrecortadas porque no dejó de apretar los dientes—. Estaría muerta si hubiera llegado treinta segundos después.

—*Parece que te regalaron treinta segundos.* —El pecho de Tairn vibra con un gruñido.

—¡Y quiero saber qué diablos pasó allá!

Inhalo profundamente.

—*No le hagas daño* —le ruego a Tairn—. *Él me salvó.* —Nunca había visto que nadie se atreviera siquiera a hablarle al dragón de otro jinete, mucho menos a gritarle, en especial no a uno tan poderoso como Tairn.

El dragón gruñe como respuesta.

—Necesitamos saber qué pasó en esa habitación. —La mirada oscura de Xaden corta la mía como un cuchillo por un milisegundo antes de volver a posarse sobre Tairn.

—*No te atrevas a intentar leerme, humano, o te arrepentirás.* —Tairn abre la boca y su lengua se curva en un movimiento que conozco demasiado bien.

Me pongo entre los dos y levanto el mentón para mirar a Tairn.

—Solo está un poco exaltado. No lo calcines.

—*Al menos estamos de acuerdo con algo* —dice una voz femenina en mi cabeza.

Sgaeyl.

Azorada, levanto la vista hacia la cola de daga azul marino mientras Xaden se pone junto a mí.

—Ella me habló.

—Lo sé. Lo escuché. —Se cruza de brazos—. Es porque son pareja. La misma razón por la que estoy atado a ti.

—Haces que suene como todo un placer.

—No lo es. —Se gira para quedar de frente a mí—. Pero así estamos tú y yo, Violencia. Atados. Encadenados. Si tú te mueres, yo me muero, así que claro que merezco saber cómo diablos estabas bajo el cuchillo de Seifert en un momento y un segundo después ya estabas al otro lado de la habitación. ¿Ese es el sello que has manifestado con Tairn? Di la verdad. Ahora mismo. —Sus ojos se clavan en mí.

—No sé qué pasó —le respondo con toda honestidad.

—*A la naturaleza le gusta que todo esté en equilibrio* —dice Andarna como si estuviera recitando información, justo como hago yo cuando estoy nerviosa—. *Eso es lo primero que nos enseñan.*

Me doy la vuelta para ver a la dragona dorada y le repito lo que dijo a Xaden.

—¿Qué se supone que significa eso? —me pregunta él sin dirigirse a la dragona.

Supongo que eso quiere decir que puede escuchar a Tairn, pero no a Andarna.

—*Bueno, no lo primero.* —Andarna se sienta y mueve la cola sobre la hierba cubierta de hielo—. *Lo primero es que no debemos unirnos hasta que seamos grandes.* —Inclina la cabeza hacia un lado—. *¿O quizá lo primero es dónde están las ovejas? Aunque a mí me gustan más las cabras.*

—*Por eso los Cola de Plumas no forman vínculos.* —Tairn suspira con una fuerte dosis de exasperación.

—*Deja que ella lo explique* —ordena Sgaeyl, golpeteando el suelo con sus garras.

—*Los Cola de Plumas no deben formar vínculos porque pueden darles sus poderes a los humanos por accidente* —continúa Andarna—. *Los dragones no podemos canalizar, no realmente, hasta que somos grandes, pero todos nacemos con algo especial.*

Paso el mensaje.

—¿Como un sello? —pregunto en voz alta para que Xaden pueda escuchar.

—*No* —responde Sgaeyl—. *El sello es una combinación de nuestro poder con la propia capacidad de canalizar del jinete. Refleja quién eres en el fondo de tu ser.*

Andarna se yergue e inclina la cabeza hacia un lado con orgullo.

—*Pero yo te di mi don directamente. Porque sigo siendo una Cola de Plumas.*

Repito lo que acaba de decir la dragona más pequeña sin quitarle la vista de encima. No se sabe casi nada sobre los Cola de Plumas, porque nunca se les había visto fuera del Valle. Están protegidos. Son... Trago saliva. «Un momento». ¿Qué acaba de decir?

—¿Cómo que sigues siendo una Cola de Plumas?

—*¡Sí! Probablemente por un par de años más.* —Parpadea lentamente y luego bosteza y enrolla su cola bífida.

Ay. Dioses.

—Eres... eres una cría —susurro.

—*¡Claro que no!* —Andarna echa un poco de vapor—. *¡Tengo dos! ¡Las crías ni siquiera pueden volar!*

—¿Es una qué? —La mirada de Xaden va y viene entre Andarna y yo.

Miro a Tairn.

—¿Dejaron que una menor hiciera un vínculo? ¿Que una menor se entrene para la guerra?

—*Maduramos mucho más rápido que los humanos* —argumenta Tairn, y todavía tiene el descaro de poner cara de ofendido—. *Y no creo que nadie deje que Andarna haga nada.*

—¿Qué tan rápido? ¡Tiene dos años!

—Crecerá en un año o dos, pero algunos son más lentos que otros —dice Sgaeyl—. *Y si hubiera creído que iba a formar un vínculo, me habría opuesto más a su Derecho a la Caridad.* —Resopla hacia Andarna con obvia desaprobación.

—Un momento. ¿Andarna es tuya? —Xaden se acerca a Sgaeyl y el tono en su voz es algo que nunca le había escuchado. Está... herido—. ¿Tienes dos años ocultándome una cría?

—No seas ridículo. —Sgaeyl suelta una exhalación que le sacude el cabello a Xaden—. *¿Crees que permitiría que mis crías formaran un vínculo cuando aún tienen plumas?*

—Sus padres murieron antes de que saliera del huevo —aclara Tairn.

Esto me aplasta el corazón.

—Oh, lo siento, Andarna.

—Tengo muchas personas mayores de mi lado —responde, como si eso lo compensara, pero como yo misma perdí a mi padre... sé que no.

—Pero no las suficientes para evitar que fueras a la Trilla —gruñe Tairn—. *Los Cola de Plumas no se vinculan porque su poder es demasiado impredecible. Inestable.*

—¿Impredecible? —pregunta Xaden.

—No le darías tu sello a un bebé, ¿verdad, líder de ala? —Tairn refunfuña cuando Andarna se recarga en su pata.

—Dioses, no. Yo apenas podía controlarlo cuando estaba en primer año. —Xaden niega con la cabeza.

Es raro imaginar que Xaden alguna vez no haya tenido el control de algo. Pagaría mucho por verlo cómo lo pierde. Ser la persona con la que lo pierde. «No». Saco esa idea de mi cabeza de inmediato.

—Exacto. Crear un vínculo demasiado jóvenes les permite dar su don directamente, y un jinete podría agotarlos con facilidad hasta acabar con ellos.

—¡Yo jamás haría eso! —Niego con la cabeza.

—Por eso te elegí a ti. —Andarna recarga la cabeza en la pierna de Tairn. ¿Cómo no lo vi antes? Sus ojos redondos, sus patitas...

—Obviamente no podías saberlo. Los Cola de Plumas no deben ser vistos —dice Tairn, mirando de soslayo a su pareja.

Ella ni siquiera pone los ojos en blanco.

—Si los líderes supieran que los jinetes pueden tomar sus dones en vez de depender de sus propios sellos... —dice Xaden, mirando a Andarna mientras ella parpadea cada vez más lento.

—La cazarían —termino en voz baja.

—Y por eso no le pueden decir a nadie lo que es Andarna —explica Sgaeyl—. *Esperemos que, para cuando salgas del cuadrante, ya haya madurado, y los ancianos ya están poniendo... restricciones más estrictas sobre los Cola de Plumas.*

—No le diré a nadie —prometo—. Gracias, Andarna. Lo que sea que hayas hecho, me salvó la vida.

—*Detuve el tiempo.* —Su boca se abre en otro bostezo descomunal—. *Pero solo por un momento.*

¿Qué? El estómago me da un vuelco mientras veo los ojos dorados de Andarna y olvido el dolor, la tierra firme bajo mis pies, hasta la necesidad de respirar, pues la impresión me arranca toda la lógica.

Nadie puede detener el tiempo. Nada puede detenerlo. Es... inaudito.

—¿Qué te dijo? —me pregunta Xaden, tomándome de los hombros para que no me caiga.

Tairn gruñe y una bocanada de vapor nos azota a ambos.

—*Yo que tú le quitaría las manos de encima a la jinete* —le advierte Sgaeyl.

Xaden afloja un poco las manos, pero no me suelta.

—Dime lo que dijo. Por favor. —Su boca se tensa y sé que esa última parte le costó.

—Puede detener el tiempo —digo al fin, aunque con trabajo—. Brevemente.

El rostro de Xaden se descompone y por primera vez no se ve como el líder de ala fuerte y letal que conocí en el parapeto. Está absolutamente en *shock* mientras su mirada va hacia Andarna.

—¿Puedes detener el tiempo?

—*Y ahora las dos podemos detenerlo.* —Parpadea con lentitud y puedo sentir su agotamiento. Canalizarme ese don esta noche tuvo un costo para ella. Apenas puede mantener los ojos abiertos.

—En pequeñas cantidades —susurro.

—En pequeñas cantidades —repite Xaden lentamente, como si estuviera absorbiendo la información.

—Y, si lo uso demasiado, podría matarte —le digo a Andarna con voz suave.

—*Matarnos.* —Se levanta sobre sus cuatro patas—. *Pero sé que no lo harás.*

—*Me esforzaré por ser digna de ti.* —Las implicaciones de este don, de este poder excepcional, me llegan como un golpe mortal que me perfora las entrañas.

—¿El profesor Carr me va a matar a mí también?

Todas las miradas se posan sobre mí y Xaden aprieta las manos sobre mis hombros, con sus pulgares marcando círculos para relajarme.

—¿Por qué lo dices?

—Mató a Jeremiah. —Hago el pánico a un lado para enfocarme en los destellos dorados de los ojos color ónix de Xaden—. Tú mismo viste cómo le rompió el cuello como si fuera una rama frente a todo el cuadrante.

—Jeremiah era inntinncista. —Xaden baja la voz—. Leer la mente es un delito mayor. Y lo sabes.

—Y ¿qué van a hacer si descubren que puedo detener el tiempo? —El terror me congela la sangre en las venas.

—No lo descubrirán —me promete Xaden—. Nadie les va a decir. Ni tú ni yo ni ellos. —Señala con una mano a nuestro trío de dragones—. ¿Entendido?

—*Tiene razón* —dice Tairn—. *No pueden enterarse. Y no se sabe por cuánto tiempo tendrás esa habilidad. La mayoría de los dones de los Cola de Plumas desaparece con la madurez, cuando comienzan a canalizar.*

Andarna bosteza de nuevo y casi parece muerta, aunque sigue de pie.

—*Ve a dormir un poco* —le digo—. *Gracias por tu ayuda esta noche.*

—*Vámonos, Dorada* —ordena Tairn, y todos se agachan ligeramente y luego se echan a volar, soltando un ventarrón contra mi cara. A Andarna le cuesta trabajo y aletea con todas sus fuerzas, pero Tairn se acomoda debajo de ella para cargarla y siguen su camino hacia el Valle.

—Prométeme que no le vas a decir a nadie sobre lo de detener el tiempo —me pide Xaden mientras volvemos al túnel, pero se siente más como una orden—. No es solo por tu seguridad. Las habilidades poco comunes, cuando se mantienen en secreto, son la moneda de cambio más valiosa que tenemos.

Frunzo el ceño mientras estudio las duras líneas de la reliquia de la Rebelión que le sube por el cuello y anuncian que es el hijo de un traidor, alertando a todos sobre que no se debe confiar en él. Quizá me pide que no diga nada por su propia conveniencia, para que pueda usarme más adelante.

Al menos eso significa que está en sus planes que siga viva en un futuro.

—Necesitamos averiguar cómo entraron los cadetes sin vínculo a tu habitación —dice.

—Había una jinete —le informo—. Salió huyendo antes de que llegaras. Seguramente ella abrió la puerta desde afuera.

—¿Quién? —Se detiene y me toma con suavidad por el codo para jalarme hacia él.

Niego con la cabeza. No me va a creer. Apenas lo puedo creer yo.

—En algún momento tú y yo vamos a tener que empezar a confiar en el otro, Sorrengail. El resto de nuestras vidas depende de eso. —La rabia se mueve en su mirada—. Ahora, dime quién.

VEINTE

Acusar a un líder de ala de una infracción es el más peligroso de todos los señalamientos. Si tienes razón, significa que fallamos como cuadrante al no seleccionar a los mejores líderes. Si te equivocas, estás muerto.

—*MIS TIEMPOS DE CADETE: AUTOBIOGRAFÍA*,
POR EL GENERAL AUGUSTINE MELGREN

—Oren Seifert. —El capitán Fitzgibbons termina de leer la lista de muertos y cierra el libro mientras estamos en la formación de la mañana, con nuestro aliento creando nubes en el aire helado—. Que sus almas estén con Malek.

No hay espacio para el pesar en mi corazón por seis de los ocho nombres, no cuando estoy cambiando mi peso de un pie a otro para controlar el dolor de la marca azul y negra en mis costillas e ignorando cómo los demás jinetes se le quedan viendo a la gargantilla de moretones que traigo en el cuello.

Los otros dos de la lista de hoy son de tercero del Ala Dos; murieron en una operación de entrenamiento cerca de la frontera de Braevick, de acuerdo con los chismes en el desayuno, y me pregunto si ahí estaba Xaden antes de venir a rescatarme anoche.

—No puedo creer que hayan intentado matarte mientras dormías. —Rhiannon sigue furiosa después de que le conté a todos en nuestra mesa del desayuno lo que pasó anoche.

Quizá Xaden está intentando que lo que pasó anoche se mantenga en secreto, esconder que soy un punto débil para él, porque ningún otro líder sabe. No dijo ni una palabra después de que le conté quién abrió la puerta, así que no tengo idea de si me cree o no.

—Lo peor es que creo que ya me estoy acostumbrando. —O tengo una capacidad increíble para reprimir las cosas o en serio me estoy aclimatando a estar en la mira siempre.

El capitán Fitzgibbons hace algunos anuncios menores y dejo de escucharlo mientras alguien viene hacia nosotros con enormes zancadas por el espacio entre la Sección Llama y la Sección Cola de nuestra ala.

Como siempre, mi estúpido corazón que se rinde a las hormonas da un vuelco al ver a Xaden. Hasta los venenos más efectivos vienen en empaques bonitos, y Xaden es exactamente eso: tan hermoso como letal. Se ve extrañamente tranquilo mientras se acerca, pero puedo sentir su tensión como si fuera mía, como una pantera acercándose con sigilo a su presa. El viento le revuelve el cabello y suspiro ante la ventaja completamente injusta que tiene sobre cualquier otro hombre en este patio. Ni siquiera tiene que esforzarse por verse sexy... simplemente lo es.

«Ay, mierda». Esta sensación, la manera en que me quedo sin aliento y todo mi cuerpo se tensa cuando él está cerca, es la razón por la que no me he llevado a nadie a la cama ni he «celebrado» como el resto de mis amigos que sí son normales. Esta sensación es la razón por la que no he deseado a nadie... más.

Porque lo deseo a él.

No hay suficientes palabras altisonantes en el mundo para esto.

Su mirada se clava en la mía apenas lo suficiente para acelerarme el pulso antes de que se dirija a Dain, ignorando los anuncios de Fitzgibbons allá atrás.

—Hay un cambio en tu pelotón.

—¿Líder de ala? —pregunta Dain, irguiéndose—. Acabamos de recibir a cuatro tras la disolución del tercer pelotón.

—Sí. —Xaden mira a la derecha, donde está el Segundo Pelotón, Sección Cola—. Belden, vamos a hacer un cambio en las listas.

—Sí, señor. —El líder de pelotón asiente una vez.

—Aetos, Vaughn Penley dejará de estar bajo tu mando y ahora Liam Mairi de la Sección Cola estará contigo.

Dain cierra la boca y asiente.

Todos vemos cómo los dos jinetes de primero intercambian lugares. Penley solo ha estado con nosotros desde la Trilla, así que no hay despedidas con mucho sentimiento de parte de nuestro pelotón original, pero los otros tres refunfuñan.

Liam asiente mirando a Xaden y el estómago se me revuelve. Sé exactamente por qué lo están poniendo al mando de Dain. El tipo es enorme, tan alto como Sawyer y tan musculoso como Dain, con el cabello rubio claro, una gran nariz y ojos azules, y la gran reliquia de la muerte que comienza en su muñeca y desaparece bajo la manga de su túnica revela su misión.

—No necesito un guardaespaldas —le digo a Xaden, molesta. ¿Está mal que le hable así a un líder de ala? Claro que sí. ¿Me importa? Ni un poco.

Él me ignora y sigue hablando con Dain.

—Liam es estadísticamente el más fuerte de primero en el cuadrante. Fue quien subió más rápido el Guantelete, no ha perdido ni un solo reto y se unió a un Rojo Cola de Daga excepcionalmente fuerte. Cualquier pelotón se sentiría afortunado de tenerlo, y es todo tuyo, Aetos. Ya me lo agradecerás cuando ganen la Batalla de Pelotones en la primavera.

Liam toma su lugar detrás de mí, donde antes estaba Penley.

—No. Necesito. Un. Guardaespaldas —repito, esta vez un poco más alto. Me importa un carajo quién me escuche.

Uno de los de primero adelante de mí ahoga un grito, sin duda angustiado por mi descaro.

Imogen suelta un resoplido burlón.

—Buena suerte con esa forma de pedirlo.

Xaden pasa junto a Dain y se para justo frente a mí, inclinándose para hablarme.

—Sí lo necesitas, como bien lo vimos anoche. Y yo no puedo estar siempre contigo. Pero Liam aquí presente —señala al tyr rubio— es de primero, así que puede estar en todas las clases, en todos los retos, y hasta lo puse a trabajar en la biblioteca, así que espero que te acostumbres a su compañía, Sorrengail.

—Te estás pasando. —Me entierro las uñas en las palmas.

—Esto no es ni el principio de lo mucho que me puedo meter —me advierte, bajando la voz de una forma que me da escalofríos—. Cualquier amenaza contra ti es una amenaza contra mí y, como ya habíamos establecido, tengo cosas más importantes que hacer que dormirme en tu piso.

El calor sube por mi cuello y me enciende las mejillas.

—No va a dormir en mi habitación.

—Claro que no. —El infeliz se atreve a sonreír y algo revolotea en mi estómago traidor—. Hice que lo cambiaran al cuarto junto al tuyo, porque no quiero pasarme. —Se da la vuelta y se va hacia su lugar al frente de nuestra formación.

—Maldita pareja de dragones —murmura Dain con rabia, sin dejar de mirar hacia el frente.

Fitzgibbons termina sus anuncios y vuelve al fondo de la tarima, que suele ser la señal de que se terminó la formación, pero el comandante

Panchek va al podio. Tiene por costumbre evitar la formación matutina, así que algo debe estar pasando.

—¿Por qué vino Panchek? —pregunta Rhiannon junto a mí.

—No estoy segura. —Inhalo profundamente y hago una mueca por el dolor en mis costillas.

—Debe ser algo grande, porque está buscando algo en el Código allá arriba —dice Rhiannon.

—Silencio —ordena Dain, lanzando una mirada sobre su hombro hacia nosotras por primera vez esta mañana. Luego se voltea otra vez y sus ojos se llenan de sorpresa al ver mi cuello—. ¿Vi?

No me ha hablado desde la pelea que tuvimos ayer. Dioses, ¿cómo es posible que hayan pasado menos de veinticuatro horas cuando me siento como una persona completamente distinta?

—Estoy bien —le aseguro, pero no me quita la vista de la garganta, paralizado por el *shock*—. Líder de pelotón Aetos, la gente te está viendo. —Tenemos varios ojos encima mientras el comandante Panchek empieza a hablar en el podio, diciéndonos que hay otro tema que resolver esta mañana, pero Dain no deja de verme—. ¡Dain!

Con esto, parpadea, me mira a los ojos y el arrepentimiento en esos suaves ojos cafés me hace un nudo en la garganta.

—¿A eso se refería Riorson con «anoche»?

Asiento.

—No sabía. ¿Por qué no me dijiste?

«Porque, aunque te hubiera dicho, no me habrías creído».

—Estoy bien —repito, señalando con la cabeza hacia la tarima—. Luego.

Se da la vuelta, pero con un movimiento que me deja saber que no quisiera hacerlo.

—Como su comandante, he sido informado que se cometió una violación al Código —dice Panchek hacia el patio—. Como saben, no se deben tolerar las violaciones a nuestras leyes más sagradas. Este tema se discutirá aquí y ahora. Que la parte acusadora pase al frente, por favor.

—Alguien está en problemas —susurra Rhiannon—. ¿Crees que al fin atraparon a Ridoc en la cama de Tyvon Varen?

—Eso no va contra el Código —murmura Ridoc detrás de nosotras.

—Es líder ejecutivo del Ala Dos —digo, mirándolo con gesto de acusación sobre mi hombro.

—¿Y? —Ridoc se encoge de hombros y sonríe sin el más mínimo remordimiento—. Fraternizar con los superiores no está bien visto, pero no va contra la ley.

Suspiro y vuelvo a mirar al frente.

—Extraño el sexo. —En serio lo extraño, y no solo por el placer físico. Anhelo la conexión que se da en esos momentos, la momentánea desaparición de la soledad.

Lo primero es algo que estoy segura de que Xaden sería más que capaz de proveerme, si es que me considerara para eso, pero ¿lo segundo? Es la última persona que debería desear para eso, pero parece que la lujuria y la lógica nunca van de la mano.

—Si quieres algo de diversión, yo con gusto te la doy... —comienza a decir Ridoc, quitándose el cabello café de la frente con un guiño.

—Extraño el buen sexo —aclaro, disimulando una sonrisa mientras alguien va del frente de la formación a la tarima, indistinguible entre las filas de pelotones delante de nosotros—. Además, aparentemente ya estás apartado. —Tengo que admitir que se siente bien bromear con un amigo sobre algo tan trivial. Es una mínima chispa de normalidad en un entorno por demás macabro.

—No somos exclusivos —dice Ridoc—. Es como Rhiannon y ¿cómo se llama?

—Tara —responde Rhiannon.

—¿Podrían callarse, carajo? —ordena Dain, furioso, con su voz de jefe.

Todos cerramos la boca de inmediato.

Pero la mía se vuelve a abrir cuando veo que es Xaden quien va subiendo los escalones hacia la tarima. El estómago se me retuerce y tomo aire con dificultad.

—Esto se trata de mí —susurro.

Dain me mira con el ceño fruncido por la confusión antes de regresar su atención a la tarima, donde Xaden ahora está en el podio y, de alguna manera, llena todo el escenario con su presencia.

Por lo que recuerdo de mis lecturas, su padre tenía el mismo magnetismo, la capacidad de atrapar al público con nada más que sus palabras... esas palabras que provocaron la muerte de Brennan.

—Hoy en la madrugada —comienza a decir, y su voz grave llega a todos los puntos de la formación—, una jinete recibió un ataque brutal e ilegal mientras dormía, fue un intento de asesinato por parte de un grupo mayormente compuesto por personas sin dragón.

Una colección de murmullos y gritos ahogados llena el aire y Dain tensa los hombros.

—Como todos sabemos, esto es una violación al Artículo Tres, Sección Dos, del Código de Jinetes de Dragones y, además de ser deshonroso, es un delito que se castiga con la muerte.

Siento una docena de miradas sobre mí, pero la de Xaden es la que más me pesa.

Sus manos aprietan los bordes del podio.

—Tras alertarme un dragón, interrumpí el ataque con otros dos jinetes del Ala Cuatro. —Señala hacia nuestra ala con la barbilla y dos jinetes, Garrick y Bodhi, sale de las filas y suben a la tarima para ponerse detrás de Xaden con las manos a los costados—. Dado que era un tema de vida o muerte, yo personalmente ejecuté a seis de los futuros asesinos, como atestiguó el líder de la Sección Llama, Garrick Tavis, y el oficial ejecutivo de la Sección Cola, Bodhi Durran.

—Ambos tyrs. Qué conveniente —dice Nadine, una de las nuevas en el pelotón desde la fila de atrás de la de Ridoc y Liam.

Volteo sobre mi hombro para mirarla directamente.

Liam sigue viendo hacia el frente.

—Pero el ataque fue orquestado por una jinete que salió huyendo antes de que yo llegara —continúa Xaden, subiendo la voz—. Una jinete que tuvo acceso al mapa que indica cuál es la habitación de cada uno de los de primero, y esa jinete debe enfrentar la justicia de inmediato.

Mierda. Esto se va a poner feo.

—Te llamo a responder por tu crimen contra la cadete Sorrengail. —La mirada de Xaden se planta al centro de la formación—. Líder de ala Amber Mavis.

El cuadrante hace un sonido de sorpresa colectivo antes de que el caos estalle entre la gente.

—¿Qué demonios? —exclama Dain.

Siento un peso en el pecho. Dioses, odio cuando Dain demuestra que tengo razón.

Rhiannon me toma de la mano y la aprieta a manera de apoyo mientras la atención de todos los jinetes en el patio pasa de Xaden a Amber a… mí.

—Ella también es tyr, Nadine —dice Ridoc sobre su hombro—. ¿O solo estás en contra de los marcados?

La familia de Amber le fue fiel a Navarre, así que no la obligaron a presenciar la ejecución de sus padres ni la marcaron con una reliquia de la Rebelión.

—Amber no haría algo así. —Dain niega con la cabeza—. Un líder de ala jamás haría algo así. —Se gira para quedar completamente de frente a mí—. Sube y diles a todos que está mintiendo, Vi.

—Pero no está mintiendo —respondo, de la manera más tranquila que puedo.

—Es imposible. —Sus mejillas se tiñen de un rojo moteado.

—Yo estaba ahí, Dain. —Comprobar que no me cree me lastima mucho más de lo que esperaba, como un golpe a mis costillas malheridas.

—No se puede acusar a los líderes…

—Entonces ¿por qué no tienes problemas en acusar a nuestro líder de ala de ser un mentiroso? —Enarco una ceja con gesto retador, incitándolo a que saque lo que tanto se ha cuidado de no decir.

Detrás de él, Amber se separa de la formación.

—¡Yo no cometí tal crimen!

—¿Ves? —Dain gira su brazo para apuntar hacia la pelirroja—. ¡Detén esto ahora mismo, Violet!

—Estaba con ellos en mi habitación —digo sin más. No lo voy a convencer con gritos. No lo voy a convencer con nada.

—Eso es imposible. —Levanta las manos como si quisiera agarrarme la cara—. Déjame ver.

Lo que quiere hacer me toma tan por sorpresa que doy unos pasos torpes hacia atrás. ¿Cómo se me pudo olvidar que su sello le permite ver los recuerdos de otras personas?

Pero si lo dejo ver mi recuerdo de la participación de Amber, le mostraré también que detuve el tiempo, y no puedo permitir que eso pase. Niego con la cabeza y doy otro paso atrás.

—Dame el recuerdo —me ordena.

La indignación me eleva la barbilla.

—Tócame sin mi permiso y lo lamentarás el resto de tu vida.

La sorpresa le deforma las facciones.

—Líderes de ala. —Xaden proyecta su voz sobre el caos—. Necesitamos un quórum.

Nyra y Septon Izar, los líderes de ala tanto del Ala Uno como del Dos, suben a la tarima, pasando junto a Amber, que está completamente expuesta en el patio.

Un caos conocido llena el aire y todos volteamos a ver la cresta de la montaña por donde seis dragones vienen volando hacia nosotros. El más grande de todos es Tairn.

En unos segundos llegan a la ciudadela y sobrevuelan los muros del patio. El viento de sus fuertes aleteos recorre el lugar. Luego, uno por uno, se posan en su percha, con Tairn al centro de su formación.

Cada parte de su cuerpo se ve amenazante mientras sus garras destruyen la mampostería bajo sus patas, y sus ojos entrecerrados y llenos de furia se clavan en Amber.

Sgaeyl está a la derecha, tomando su lugar detrás de Xaden. Se ve tan imponente como el primer día, pero en ese tiempo no imaginé que me uniría a un dragón aún más aterrador… con todos menos conmigo. El Rojo Cola de Escorpión de Nyra también se coloca detrás de ella, y el Café Cola de Daga replica la posición a la derecha. En las orillas, soltando bocanadas de vapor, están el Verde Cola de Garrote del comandante Panchek y el Naranja Cola de Daga de Amber.

—Carajo, esto se va a poner fuerte —dice Sawyer, rompiendo la formación para ponerse junto a mí, y siento a Ridoc a mis espaldas.

—Puedes detener esto ahora mismo, Violet. Tienes que hacerlo —me ruega Dain—. No sé qué viste anoche, pero no fue Amber. Le importan demasiado las reglas como para romperlas.

Cree que yo las rompí al usar mi daga en la última subida del Guantelete.

—¡Estás usando esto para vengarte de mi familia! —le grita Amber a Xaden—. ¡Por no apoyar la rebelión de su padre!

Vaya golpe bajo de mierda.

Xaden ni siquiera reacciona a sus palabras y solo se da la vuelta hacia los otros líderes de ala.

Él no exige pruebas como Dain. Me cree y está decidido a ejecutar a una líder de ala con nada más que mi palabra. Como si realmente fueran una estructura física, siento que mis defensas se quiebran ante Xaden.

—*¿Puedes ver mis recuerdos?* —le pregunto a Tairn—. *¿Y compartirlos?*

—*Sí.* —Mueve la cabeza de izquierda a derecha en un ligerísimo gesto serpenteante—. *Nunca se ha compartido un recuerdo fuera de una unión de pareja. Se considera una violación.*

—*Xaden está ahí arriba peleando porque le dije que fue ella. Ayúdalo.* —Y, dioses, cómo lo admiro por lo que está haciendo. Tomo aire—. *Solamente lo que necesitan ver.*

¿Cómo lo admiro y lo deseo? Estoy jodida.

Tairn olfatea y todos los dragones menos Sgaeyl tensan su postura sobre la pared, incluso el de Amber. Los jinetes hacen lo mismo de inmediato y, por el silencio que llena el patio, sé que ya saben.

—Maldita cobarde —exclama Rhiannon, furiosa, y su mano aprieta la mía con más fuerza.

Dain se pone pálido.

—¿Ahora sí me crees? —Lo digo como la acusación que es—. Se supone que eres mi amigo de toda la vida, Dain. Mi mejor amigo. Por algo no te lo dije.

Al escuchar esto, da unos pasos nerviosos hacia atrás.

—Los líderes de ala formaron quórum y todos están de acuerdo —anuncia Xaden, flanqueado por Nyra y Septon mientras el comandante espera atrás—. Te declaramos culpable, Amber Mavis.

—¡No! —grita ella—. ¡No es un crimen deshacerse del jinete más débil del cuadrante! ¡Lo hice para proteger la integridad de las alas! —Se mueve de aquí para allá en pánico, mirando a todos… a cualquiera dispuesto a ayudarla.

Y, como una masa, la formación retrocede.

—Y, como dicta nuestra ley, tu sentencia se cumplirá con fuego —anuncia Nyra.

—¡No! —Amber mira a su dragón—. ¡Claidh!

El Naranja Cola de Daga les gruñe a los demás dragones y levanta una garra.

Tairn gira su cabeza gigante hacia Claidh y su rugido hace que se sacuda el suelo bajo mis pies. Luego le muestra los dientes a la naranja, que es más pequeña, y esta se echa para atrás, agachando la cabeza mientras se aferra al muro.

La imagen me rompe el corazón, no por Amber, sino por Claidh.

—*¿Es necesario?* —le pregunto a Tairn.

—*Así es como lo hacemos.*

—Por favor, no lo hagan —le ruego, olvidándome de pensar las palabras. Una cosa es castigar a Amber, pero Claidh también sufrirá.

Quizá podría hablar con Amber. Quizá aún podemos resolver nuestros problemas. Quizá podemos encontrar un punto medio, convertir nuestra rabia en amistad o al menos en indiferencia casual. Niego con la cabeza y siento los latidos de mi corazón como si lo tuviera atorado en la garganta. Yo provoqué esto. Estaba tan concentrada en si me iban a creer o no, que no me puse a pensar qué pasaría si sí me creían.

Miro a Xaden y suplico una vez más.

—Por favor, denle una oportunidad. —Mi voz se quiebra al final.

Él me sostiene la mirada, pero no muestra ni un rastro de emoción.

—*Ya dejé que alguien viviera una vez y casi te mató anoche, Plateada* —dice Tairn. Luego, como si eso fuera lo único que importa en el fondo, agrega—: *La justicia no siempre es misericordiosa.*

—Claidh. —Amber lo dice entre sollozos, pero el patio está tan increíblemente en silencio que todos podemos escucharlo.

La formación se abre al centro.

Tairn se agazapa, extendiendo su cabeza y cuello sobre la tarima y apuntando hacia donde está Amber. Luego sus dientes se separan, dobla la lengua y la incinera con una ráfaga de fuego tan caliente que la puedo sentir hasta acá. Todo termina en un instante.

Un grito terrible corta el aire y destruye una ventana en el ala académica. Todos los jinetes se cubren los oídos con las manos mientras Claidh llora.

VEINTIUNO

No entres en pánico si no puedes canalizar de inmediato los poderes de tu dragón, Mira. Sí, ya sé que tienes que ser la mejor en todo, pero esto no es algo que puedas controlar. Ellos canalizan cuando sienten que estás lista. Y, cuando el tuyo lo haga, más te vale que estés preparada para manifestar un sello. Hasta entonces, no estás lista.
No te presiones.

—PÁGINA 61, EL LIBRO DE BRENNAN

—En serio, esto no es necesario. —Miro a Liam mientras caminamos hacia la puerta de los Archivos. El carrito ya no rechina, él lo arregló el primer día.

—Como me has dicho durante toda la semana. —Me lanza una sonrisa que revela un hoyuelo.

—Y aquí sigues. Todo el día. Todos los días. —No es que me caiga mal. Lo peor es que de hecho es un tipo agradable. Cortés, divertido y ridículamente servicial. Me complica odiar su presencia constante, aunque deja pedacitos de madera a su paso por todos lados, que ahora son todos los lados adonde voy yo. Se la pasa tallando con su pequeño cuchillo. Ayer terminó una figurita de oso.

—Hasta que me den nuevas órdenes —dice.

Niego con la cabeza mientras Pierson se yergue, sobresaltado, en la puerta de los Archivos y se acomoda la túnica.

—Buenos días, cadete Pierson.

—Buenos días, cadete Sorrengail. —Me ofrece una sonrisa amable que muere en cuanto ve a Liam—. Cadete Mairi.

—Cadete Pierson —responde Liam, como si el tono del escriba no hubiera cambiado por completo.

Mis hombros se tensan mientras Pierson abre la puerta con premura. Quizá es solo porque antes no había estado con marcados en Basgiath, pero la hostilidad con la que los tratan se está volviendo exagerada e incómodamente obvia para mí.

Entramos a los Archivos y esperamos junto a la mesa como todas las mañanas.

—¿Cómo lo haces? —le pregunto a Liam en un susurro—. ¿Cómo toleras que la gente sea tan grosera sin reaccionar?

—Tú siempre eres grosera conmigo —responde con tono juguetón, tamborileando sus dedos sobre la agarradera del carrito.

—Porque eres mi niñero, no porque... —Ni siquiera lo puedo decir.

—¿Porque soy hijo del deshonrado coronel Mairi? —Su quijada se tensa y frunce el ceño por un instante, desviando la mirada.

Asiento y se me abre un hoyo en el estómago al pensar en los últimos meses.

—Supongo que yo tampoco me salvo. Odié a Xaden en cuanto lo vi, y no sabía absolutamente nada de él. —Aunque sigo sin saber nada. Es insoportablemente bueno para ser inaccesible.

Liam suelta un resoplido que hace que el escriba que está en una esquina nos lance una mirada molesta.

—Tiene ese efecto en la gente, especialmente en las mujeres. O lo odian por lo que hizo su padre o se lo quieren coger por la misma razón, solo depende de dónde estemos.

—Tú sí lo conoces bien, ¿verdad? —Estiro el cuello para mirarlo a la cara—. No solo te eligió para seguirme porque eres el mejor de nuestro año.

—¿Apenas te das cuenta? —Una sonrisa se aparece en su rostro—. Te lo habría dicho el primer día si no hubieras estado tan ocupada quejándote sobre el placer de mi compañía.

Pongo los ojos en blanco mientras Jesinia se acerca, con la capucha sobre el cabello.

—Hola, Jesinia —le digo a señas.

—Buenos días —me responde igual, y su boca se curva en una ligera sonrisa mientras su mirada va hacia Liam.

—Buenos días —dice él con señas y un guiño. Claramente está coqueteando.

Me sorprendió muchísimo el primer día, cuando vi que sabía hablar en señas, pero honestamente he sido algo juzgona solo porque no quería que alguien me estuviera siguiendo a todas partes.

—¿Hoy solo son estos? —pregunta Jesinia, inspeccionando el carrito.

—Y estos. —Tomo la lista de pedidos entre las obvias miraditas de esos dos y se la entrego.

—Perfecto. —Sus mejillas se ruborizan mientras revisa la lista antes de guardársela en el bolsillo—. Ah, y el profesor Markham se fue antes de que llegara su reporte diario para la clase que les da a ustedes. ¿Podrías llevárselo?

—Con gusto. —Espero hasta que se aleja empujando el carrito y le doy un golpe en el pecho a Liam. —Ya basta —susurro sin mucha discreción.

—¿Ya basta de qué? —La mira hasta que dobla una esquina en la primera hilera de libreros.

—De coquetear con Jesinia. Es una mujer a la que le gustan las relaciones a largo plazo, así que a menos que estés buscando eso... simplemente... no.

Sus cejas se elevan casi hasta tocarle el cabello.

—¿Cómo se puede pensar a largo plazo en este lugar?

—No todos están en un cuadrante donde la muerte no es una posibilidad tanto como una conclusión inevitable. —Inhalo el aroma de los Archivos e intento absorber un poco de la paz que hay aquí.

—O sea que hay gente que aún intenta hacer cositas tiernas como planes.

—Exacto, y esa gente es Jesinia. Créeme, la conozco desde hace años.

—Claro. Porque tú querías ser escriba de grande. —Recorre los Archivos con una mirada tan intensa que casi me hace reír. Como si existiera la posibilidad de que alguien vaya a salir de entre los libreros para atacarme.

—¿Cómo sabes eso? —Bajo la voz porque va pasando un grupo de segundo, debatiendo con expresión sombría los méritos de dos historiadores distintos.

—Me puse a investigarte cuando me... ya sabes... dieron este trabajo. —Niega con la cabeza—. Te he visto esta semana practicando con tus armas, Sorrengail. Riorson tenía razón. Hubiera sido un desperdicio que te convirtieras en escriba.

El pecho se me hincha con más que un poco de orgullo.

—Eso aún está por verse. —Al menos no han regresado los retos. Supongo que ya estamos muriendo suficientes jinetes durante las clases de vuelo como para matar más en los mano a mano—. ¿Tú qué querías ser de grande? —le pregunto, solo para seguir la conversación.

—Quería estar vivo —dice, encogiéndose de hombros.

Pues... bueno.

—Y... ¿de dónde conoces a Xaden? —No soy tan ingenua como para creer que todos conocen a todos en la provincia de Tyrrendor.

—A Riorson y a mí nos mandaron a vivir a casas de acogida en el mismo estado después de la apostasía —me responde, usando el término tyrrish para la Rebelión, el cual llevaba siglos sin escuchar.

—¿Estuvieron en hogares de acogida? —Me quedo con la boca abierta. Llevar a otros hogares a los hijos de aristócratas fue una costumbre que murió después de la Unificación de Navarre hace más de seiscientos años.

—Pues sí. —Se encoge de hombros otra vez—. ¿Adónde creías que se fueron los hijos de los traidores… —hace un gesto de pesar al decir esa palabra— cuando ejecutaron a nuestros padres?

Miro las enormes estanterías llenas de libros, preguntándome si en alguna de ellas está la respuesta.

—No pensé en eso. —Mi garganta se cierra en la última palabra.

—La mayoría de nuestras casonas les fueron entregadas a los nobles que siguieron siendo leales. —Se aclara la garganta—. Como debe ser.

No me molesto en debatir lo que obviamente es una respuesta condicionada. La reacción del rey Tauri tras la Rebelión fue rápida, incluso cruel, pero yo era una quinceañera demasiado perdida en su propio dolor para lamentarme por las personas que provocaron la muerte de mi hermano. Pero el incendio de Aretia, que era la capital de Tyrrendor antes de convertirse en cenizas, nunca me pareció correcto. Liam tenía la misma edad que yo. No fue su culpa que su madre rompiera su relación con Navarre.

—Pero ¿no te fuiste con tu padre a su nuevo hogar?

Sus ojos se posan sobre los míos y frunce el ceño.

—Es difícil vivir con un hombre que fue ejecutado el mismo día que mi madre.

El corazón se me va al suelo.

—No. No, no puede ser. Tu padre era Isaac Mairi, ¿verdad? He estudiado todas las casas nobles de cada provincia, incluyendo Tyrrendor. —¿Entendí algo mal?

—Sí, Isaac era mi padre. —Inclina la cabeza hacia un lado, viendo hacia el área donde desapareció Jesinia, y tengo la clara sensación de que ya no quiere seguir hablando de esto.

—Pero él no fue parte de la rebelión. —Sacudo con la cabeza, intentando entender lo que me está diciendo—. No está en la lista de muertos de las ejecuciones de Calldyr.

—¿Leíste la lista de muertos de las ejecuciones de Calldyr? —me pregunta con los ojos desorbitados.

Tengo que hacer uso de todo mi valor, pero logro sostenerle la mirada.

—Necesitaba ver que alguien estaba ahí.

Se relaja un poco.

—Fen Riorson.

Asiento.

—Él mató a mi hermano en la Batalla de Aretia. —La cabeza me da vueltas, intentando encajar lo que he leído con lo que él me está diciendo—. Pero tu padre no estaba en esa lista. —Pero Liam sí... como testigo. Esto me llena de vergüenza. ¿Qué diablos estoy haciendo?—. Discúlpame. No debí preguntar.

—Lo ejecutaron en nuestra propia casa. —Sus facciones se tensan—. Antes de que se la entregaran a otro noble, obviamente. Y sí, también esa vez vi cómo lo hicieron. Para entonces ya tenía la reliquia de la Rebelión, pero el dolor fue el mismo. —Desvía la mirada y veo cómo se mueve su garganta mientras traga saliva—. Luego me enviaron a Tirvainne para vivir con el duque Lindell, igual que Riorson. A mi hermanita la mandaron a otro lado.

—¿Los separaron? —Abro tanto la boca que casi se me zafa la quijada. En ningún libro que haya leído sobre la rebelión se menciona que hayan llevado a los niños con otras familias o que se hayan separado hermanos, y he leído muchísimos.

Él asiente.

—Es solo un año menor que yo, así que la podré ver cuando ella entre al cuadrante, el próximo año. Es fuerte, rápida y tiene buen equilibrio. Lo va a lograr. —El pánico escondido en su voz me recuerda al de Mira.

—O podría elegir otro cuadrante —digo en voz baja, con la esperanza de que eso lo calme.

Pero Liam solo me mira sin entender.

—Todos somos jinetes.

—¿Qué?

—Todos somos jinetes. Fue parte del trato. Nos dejaron vivir, nos dieron la oportunidad de demostrar nuestra lealtad, pero solo si sobrevivimos al Cuadrante de Jinetes. —Me mira con gesto de incredulidad—. ¿No lo sabías?

—Pues... —Niego con la cabeza—. Sé que a todos los hijos de líderes y oficiales los obligaron a reclutarse, pero eso es todo. Gran parte de los *addendums* de ese tratado son clasificadas.

—Yo personalmente creo que eligieron ese cuadrante para darnos más posibilidades de escalar de rango, pero otros... —Hace un gesto de pesar—. Otros creen que es porque el número de muertes es mucho más alto entre los jinetes, o sea que esperaban matarnos a todos sin tener que hacerlo ellos mismos. Escuché a Imogen diciendo que originalmente creyeron que los dragones tenían un honor intachable, por lo que jamás se unirían a un marcado, y ahora ya no saben qué hacer con nosotros.

—¿Cuántos son? —Pienso en mi madre y no puedo evitar preguntarme cuánto de esto sabe, cuánto aceptó ella misma cuando se convirtió en general comandante de Basgiath tras la muerte de Brennan.

—¿Xaden nunca...? —Se detiene—. Sesenta y ocho oficiales tenían hijos menores de veinte años. Somos ciento siete, todos con reliquias de la Rebelión.

—Xaden es el mayor —murmuro.

Liam asiente.

—Y el más joven tiene casi seis actualmente. Se llama Julianne.

Creo que voy a vomitar.

—¿Está marcada?

—Nació con la marca.

Entiendo que lo hizo un dragón, pero ¿qué carajos?

—Y está bien que preguntes. Alguien debería saberlo. Alguien debería recordarlo. —Sus hombros suben y bajan mientras toma y suelta una enorme bocanada de aire—. Pero, bueno, ¿es difícil para ti estar aquí? ¿O más bien te reconforta?

«Cambio de tema, entendido».

Veo las filas de mesas que lentamente se van llenando de escribas que se preparan para trabajar e imagino a mi padre entre ellos.

—Es como volver a casa, pero no. Y no es porque haya cambiado; este lugar jamás cambia. Es más, creo que el cambio es el enemigo mortal de un escriba. Pero he comenzado a darme cuenta de que yo sí cambié. No encajo tan bien aquí. Ya no.

—Sí. Lo entiendo. —Algo en su voz me dice que realmente lo entiende.

Tengo en la punta de la lengua la pregunta de cómo fueron los últimos cinco años para él, pero Jesinia reaparece con todos los libros que le pedí en el carrito.

—Te traje todo —dice con señas, y luego apunta al pergamino que está arriba—. Y eso es para el profesor Markham.

—Nos aseguraremos de que lo reciba —le prometo, estirándome para tomar el carrito. El cuello de mi camisa se mueve y Jesinia ahoga un grito y se lleva la mano a la boca para cubrírsela.

—Ay, dioses, Violet. ¡Tu cuello! —Los movimientos de su mano son tensos y la conmiseración en sus ojos me aplasta el corazón—. Conmiseración no es una palabra que se encuentre en nuestro cuadrante. Hay rabia, ira e indignación... pero conmiseración no.

—No es nada. —Me acomodo el cuello, cubriendo las marcas que ya se están volviendo amarillas, y Liam se cruza frente a mí para tomar el carrito—. Te vemos mañana.

Ella asiente y se frota las manos mientras vamos hacia la puerta. Pierson la cierra cuando salimos al pasillo.

—Riorson me enseñó a pelear durante los años que estuvo en Tirvainne. —Agradezco el cambio de tema de Liam y sé que de nuevo es intencional—. Nunca había visto a alguien que se moviera como él. Es la única razón por la que superé la primera ronda de retos. Puede que no lo demuestre, pero siempre cuida a los suyos.

—¿Estás intentando vendérmelo con sus mejores puntos? —En la subida, noto con algo de satisfacción que mis piernas se sienten fuertes hoy. Me encantan los días en que mi cuerpo coopera.

—Estás un poco atada a él por… —Hace una mueca—. Pues, por siempre.

—O hasta que alguno de los dos se muera —digo en tono de broma, pero veo que no fue gracioso mientras doblamos una esquina y tomamos el camino junto al Cuadrante de Curanderos—. ¿Cómo puedes hacer esto? Proteger a alguien cuya propia madre supervisaba al ala que capturó a la tuya. —Llevaba toda la semana queriendo preguntarle eso.

—¿Quieres saber si puedes confiar en mí? —Me muestra otra sonrisa noble.

—Sí. —La respuesta es simple.

Liam se ríe y el sonido rebota en las paredes del túnel y en las ventanas de cristal de la clínica.

—Buena respuesta. Lo único que puedo decir es que tu supervivencia es esencial para la de Riorson, y a él le debo todo. *Todo.* —Me mira directamente a los ojos al decir esa última palabra, aunque el carrito se atora en una piedra elevada en el pasillo pavimentado.

El pergamino se cae al suelo y hago un gesto al sentir el dolor en mis costillas mientras me agacho para recoger el papel que se desenrolló por la ligera inclinación hacia abajo del pasaje.

—Lo tengo. —El grueso pergamino se niega a enrollarse de nuevo y veo una frase que me hace detenerme.

«Las condiciones en Sumerton son particularmente preocupantes. Anoche saquearon un pueblo y robaron una caravana de suministros…».

—¿Qué dice? —me pregunta Liam.

—Atacaron Sumerton. —Le doy la vuelta al pergamino para ver si dice que es clasificado, pero no.

—¿En la frontera sur? —Se ve tan confundido como yo me siento.

—Sí. Y es otro ataque en un punto alto, si mal no recuerdo de mis clases de geografía. Dice que robaron una caravana de suministros. —Leo un poco más—. Y saquearon la bodega comunitaria que está en unas cuevas cercanas. Pero eso no tiene sentido. Tenemos un acuerdo comercial con Poromiel.

—Entonces fue un grupo de ataque.

Me encojo de hombros.

—Ni idea. Supongo que ya lo sabremos hoy en Informe de Batalla. —Los ataques en nuestras fronteras sur se están elevando, y todos tienen la misma descripción. Destruyen los pueblos en la montaña cada que las protecciones se debilitan.

De pronto me llega un hambre inmensa e increíble y en mi estómago aparece un vacío que exige satisfacerse con la sangre de…

—¿Sorrengail? —Liam me mira, con un gesto preocupado entre las cejas.

—Tairn está despierto —digo trabajosamente, agarrándome el estómago como si fuera yo quien se muere de ganas por comerse un rebaño de ovejas. O cabras. O lo que se le antoje esta mañana. *—Por todos los dioses, come algo.*

—Podría sugerirte lo mismo a ti —me contesta, enojado.

—No eres de los que despiertan de buenas, ¿verdad? —El hambre desaparece y sé que es porque él está disminuyendo el vínculo, pues yo no puedo. Sus emociones solo me llegan cuando se le salen de control—. *Gracias. ¿Andarna?*

—Sigue dormida. Y así seguirá por unos días más tras usar todo ese poder.

—¿Con el tiempo se vuelve más fácil? —le pregunto a Liam—. Lo de que te llegue de golpe por lo que están sintiendo.

Él hace un gesto de pesar.

—Buena pregunta. Deigh se controla bastante bien, pero ¿cuando tiene hambre? —Niega con la cabeza—. Se supone que mejora cuando comienzan a canalizar y tenemos el poder de bloquearlos, pero sabes que Carr no nos va a hacer caso hasta que eso pase.

Ya había supuesto que Liam aún no tiene sus habilidades, pues está conmigo en todas las clases, pero es reconfortante saber que sigue conmigo en la menguante población de jinetes sin poder. Aunque Andarna me dio su don para detener el tiempo, estoy bastante segura de que no lo voy a usar mucho, especialmente si requiere días para recuperarse.

—O sea que Tairn tampoco te ha canalizado, ¿verdad? —me pregunta Liam con una expresión de incertidumbre y vulnerabilidad en el rostro.

Niego con la cabeza.

—Creo que le cuesta trabajo comprometerse —susurro.

—Escuché eso.

—Pues no te metas en mi cabeza.

Me asalta otra oleada de hambre paralizante y casi aplasto el pergamino de Markham en mi mano.

—No seas desgraciado.

Juro que lo escucho soltar una risita como respuesta.

—Más vale que nos demos prisa para no perdernos el desayuno.

—Cierto. —Termino de enrollar el pergamino y lo pongo de vuelta en el carrito.

—Quiero ser como los chicos *cool* —refunfuña Rhiannon por la tarde mientras los de primero de las alas Dos y Tres salen a raudales de la escalera del torreón que lleva al aula del profesor Carr, y se crea más caos en el pasillo por el que nos dirigimos hacia Informe de Batalla.

—Lo seremos —le prometo, y la tomo del brazo con el mío. Tengo que admitir que hay algo más que un poquito de celos en mi pecho.

—Puede que sean cool, pero ¡nunca serán tan cool como yo! —Ridoc pasa junto a Liam y me echa un brazo sobre los hombros.

—Se refiere a todos los que ya están canalizando —le explico, malabareando con los libros para que no se me caigan—. Aunque, si no estamos canalizando, al menos no estamos estresados por manifestar un sello antes de que la magia nos mate. —Siento un cosquilleo en la reliquia al centro de la espalda y me pregunto si el don de Andarna echó a andar esa cuenta regresiva.

—Ah, yo creí que estábamos hablado de lo bien que hice ese examen de física. —Sonríe de oreja a oreja—. Definitivamente la mejor calificación del grupo.

Rhiannon hace un gesto de fastidio.

—Por favor. Saqué cinco puntos más que tú.

—Hace meses que dejamos de tener en cuenta tus calificaciones. —Se inclina ligeramente hacia adelante—. Tus calificaciones en esa clase hacen que sea injusta para el resto. —Nos mira a una y luego a otra—. Un momento. ¿Tú cuánto sacaste, Mairi?

—No me voy a meter en esto —responde Liam.

Me río mientras nos separamos para meternos al embotellamiento de cadetes que intentan entrar al salón del informe.

—Perdón, Sorrengail —dice alguien, haciéndose a un lado y jalando a su amigo para que entremos al aula con gradas.

—¡No tienes nada de qué disculparte! —le digo, pero ya van más arriba—. Nunca me voy a acostumbrar a eso.

—Definitivamente hace que sea más fácil conseguir lugares —bromea Rhiannon mientras bajamos los últimos escalones que siguen la forma curva del enorme torreón.

—*Te muestran un nivel apropiado de respeto* —gruñe Tairn.

—*Por lo que creen que seré, no por lo que soy.* —Encontramos nuestra fila y vamos a nuestros lugares, y nos sentamos como pelotón entre los de primero.

—*Eso demuestra que tienen claridad sobre el futuro.*

La habitación se va llenando de energía conforme entran más jinetes, y noto que ya nadie se tiene que quedar parado. Nuestros números han disminuido exponencialmente en los últimos cuatro meses. La cantidad de sillas vacías te obliga a poner los pies en la tierra. Ayer perdimos a uno más de primero cuando se acercó demasiado al Rojo Cola de Escorpión de otro jinete en el campo de vuelo. Estaba ahí y, un instante después, ya solo era un montón de cenizas sobre el suelo. El resto de la sesión me mantuve lo más pegada a Tairn que pude.

Siento un cosquilleo en la cabeza, pero combato el impulso de girarme.

—Riorson acaba de llegar —dice Liam a mi derecha, separando la vista de la figurita de dragón que está tallando para ver hacia las filas de los de tercero.

—Eso pensé. —Levanto el dedo medio y mantengo los ojos hacia enfrente. No es que no me agrade Liam, pero sigo enojada con Xaden por ponérmelo.

Liam suelta una risa por la nariz y sonríe, mostrando su hoyuelo.

—Y ahora te está viendo con coraje. Dime, ¿es divertido molestar al jinete más poderoso de todo el cuadrante?

—Podrías intentarlo y averiguarlo tú mismo —sugiero, abriendo mi cuaderno en la siguiente página vacía. No puedo girarme. No lo haré. Desear a Xaden está bien. Tiene que estar bien. Pero ¿ceder a los impulsos que despierta en mí? Eso sería una idiotez.

—No, gracias, paso.

Pierdo la batalla con mi autocontrol y miro sobre mi hombro. Como era de esperarse, Xaden está sentado en la fila de hasta arriba junto a Garrick, perfeccionando el arte de poner cara de aburrimiento. Saluda a Liam con un movimiento de cabeza y Liam le devuelve el gesto.

Yo solo pongo los ojos en blanco y vuelvo a mirar hacia el frente.

Liam se concentra en su figurita, que se parece mucho a su Rojo Cola de Daga, Deigh.

—De verdad parece que intentaran asesinarme durante todas las clases por cómo hace que me sigas siempre. —Niego con la cabeza.

—En su defensa, sí está de moda querer matarte. —Rhiannon acomoda sus cosas.

—¡Una vez! ¡Ha pasado una vez, Rhi! —Me reacomodo para evitar cargarles peso a mis costillas lastimadas. Están bien vendadas, pero recargarme en el respaldo de mi asiento no es opción.

—Claro. Y ¿cómo le dirías a todo eso que pasó con Tynan? —pregunta Rhiannon.

—La Trilla. —Me encojo de hombros.

—¿Y las constantes amenazas de Barlowe? —Me mira con una ceja enarcada.

—Tiene un punto —comenta Sawyer, asomándose desde el asiento junto a Rhiannon.

—Solo son amenazas. La única vez que en realidad me atacaron directamente fue de noche, y no es como que Liam duerma en mi habitación.

—Pues yo no me opongo a... —comienza a decir, deteniendo su cuchillo sobre el pedazo de madera.

—Ni empieces. —Giro la cabeza para verlo y no puedo evitar reírme—. Eres un donjuán desvergonzado.

—Gracias. —Sonríe y vuelve a su figurita.

—No lo dije como halago.

—No le hagas caso a Violet, es solo que tiene mucha frustración sexual, y eso pone de malas a una chica. —Rhiannon anota la fecha en su página en blanco y yo hago lo mismo, mojo la pluma en mi tintero portátil. Esas plumas sencillas que no causan desastres y que otros ya pueden usar son solo una de las razones por las que me urge canalizar. Adiós a las plumas que dependen de un botecito de tinta.

—Eso no tiene nada que ver. —Dioses, ¿no lo pudo decir un poco más fuerte?

—Pero igual no lo estás negando —dice Rhiannon, y me sonríe con dulzura.

—Lamento no dar el ancho —comenta Liam con tono de broma—. Pero estoy seguro de que Riorson estará de acuerdo con que evalúe a algunos candidatos, especialmente si eso significa que dejarás de pintarle dedo frente a toda su ala.

—Y ¿cómo exactamente vas a evaluar a los candidatos? ¿Qué parámetros usarás? —pregunta Rhiannon con una ceja enarcada sobre su enorme sonrisa—. Esto tengo que escucharlo.

Logro mantener un rostro serio por dos segundos antes de reírme por lo horrorizado que se ve de pronto.

—Gracias por la oferta. Me aseguraré de checar contigo cualquier posible amorío.

—Podrías ver —continúa Rhiannon, que lo mira con gesto inocente—. Solo para asegurarte de que esté totalmente cubierta. Ya sabes, para que nadie... se la meta.

—Ah, ¿estamos haciendo chistes de pitos? —pregunta Ridoc junto a Liam—. Porque me he estado preparando toda mi vida para este momento.

Hasta Sawyer se ríe.

—Me lleva —dice Liam entre dientes—. Solo digo que como ya estás protegida durante la noche... —Nos reímos más y él exhala escandalosamente.

—Espera. —Dejo de reírme—. ¿Cómo que estoy protegida durante la noche? ¿Porque duermes a un lado? —Mi sonrisa desaparece—. Por favor dime que no te está haciendo dormir en el pasillo o una cosa horrible así.

—No. Claro que no. Puso una protección en tu puerta la mañana después del ataque. —Su expresión claramente dice que yo debería saberlo—. ¿Supongo que no te dijo?

—¿Que hizo qué?

—Puso una protección en tu puerta —dice Liam, esta vez más bajo—. Para que solo tú puedas abrirla.

Mierda. No sé cómo me siento al respecto. Es más que ligeramente controlador y está totalmente fuera de lugar, pero también es... adorable.

—Pero si él le puso la protección, también puede entrar, ¿no?

—Pues sí. —Liam se encoge de hombros mientras los profesores Markham y Devera bajan por las escaleras hacia el frente de la habitación—. Pero no es como que Riorson te vaya a matar.

—Claro. Verás, aún me estoy adaptando a ese cambio de parecer. —Juego con mi pluma y se me cae, pero antes de que pueda agacharme a recogerla, las sombras bajo mi mesa levantan el instrumento como una ofrenda. Lo retiro de las sombras y volteo para ver a Xaden.

Está metido en una conversación con Garrick, sin ponerme ni un mínimo de atención.

Salvo porque aparentemente sí está atento a mí.

—¿Podemos comenzar? —dice Markham hacia el auditorio y todos nos quedamos en silencio mientras pone el pergamino que Liam y yo le entregamos antes del desayuno sobre el podio—. Excelente.

Escribo «Sumerton» en la parte de arriba de la página mientras Liam cambia su cuchillo por una pluma.

—Primer anuncio —dice Devera, dando un paso al frente—. Decidimos que los ganadores de este año de la Batalla de Pelotones no solo recibirán el derecho a presumir... —Sonríe como si nos fuera a dar una gran noticia—. Sino que también les daremos un viaje al frente para observar de cerca un ala activa.

La gente a nuestro alrededor se pone a vitorear.

—O sea que ¿si ganamos, tendremos la oportunidad de morir antes? —susurra Rhiannon.

—Quizá están probando eso de la psicología inversa. —Observo a los demás, que claramente están felices, y me preocupa su cordura. Pero, claro, casi todos en este salón pueden mantenerse sobre su dragón.

—Tú también puedes.

—¿No tienes nada mejor que hacer con tu día que escuchar las cosas horribles que pienso de mí misma?

—*No realmente. Ahora, pon atención.*

—*Deja de meterte y quizá podré hacerlo* —le respondo.

Tairn resopla. Un día podré traducir ese sonido, pero no es hoy.

—Sé que la Batalla de Pelotones no empieza hasta la primavera —continúa Devera—, pero supuse que esta noticia les daría la motivación necesaria para que se apliquen en todas las áreas que tendrán que ver con los retos.

Suenan más vítores.

—Y ahora que tenemos su atención. —Markham levanta una mano y la habitación se queda en silencio—. Los frentes están relativamente tranquilos hoy, así que aprovecharemos esta oportunidad para analizar la batalla de Gianfar.

Mi pluma se queda flotando sobre la libreta. No puede haber dicho eso.

Las luces mágicas van hacia los riscos de Dralor que separan a Tyrrendor, y que eleva a toda la provincia a cientos de metros sobre el resto del continente, antes de subir de intensidad iluminando a la antigua fortaleza en la frontera sur.

—Esta batalla fue crucial para la Unificación de Navarre, y aunque ocurrió hace más de seis siglos, hubo importantes lecciones que aún impactan en nuestras formaciones de vuelo hasta hoy.

—¿Habla en serio? —le susurro a Liam.

—Sí. —La tensión en la mano de Liam dobla su pluma—. Creo que sí.

—¿Qué hizo única a esta batalla? —pregunta Devera con una ceja enarcada—. ¿Bryant?

—La fortaleza no solo estaba preparada para un sitio —dice el de segundo que está sentado más arriba de nosotros—, sino que además estaba equipada con la primera ballesta de fuego, que demostró ser letal contra los dragones.

—Sí. ¿Y? —Devera quiere escuchar algo más.

—Fue una de las últimas batallas en la que los grifos y los dragones trabajaron lado a lado para aniquilar al ejército del Páramo —continúa el de segundo.

Miro a mi izquierda y a mi derecha, viendo cómo los demás jinetes comienzan a tomar notas. Es irreal. Esto es simplemente... irreal. Hasta Rhiannon está escribiendo con ánimo.

Nadie sabe lo que nosotros sabemos, que atacaron en la frontera a todo un pueblo de navarros anoche y que se robaron los suministros. Y, sin embargo, estamos discutiendo una batalla que pasó antes de que se inventaran las convenientes tuberías dentro de las construcciones.

—Ahora, pongan atención —pide Markham—, porque me van a entregar un reporte detallado en tres días en el que harán comparaciones con las batallas de los últimos veinte años.

—¿El pergamino era clasificado? —pregunta Liam, susurrando.

—No —le respondo en el mismo tono—. Pero ¿quizá no vi bien? —El mapa de batallas ni siquiera muestra actividad cerca de esa cordillera.

—Sí. —Asiente, moviendo su pluma sobre el papel mientras comienza a tomar notas—. Eso debe ser. No viste bien.

Parpadeo y obligo a mi mano a moverse para escribir sobre una batalla que analicé docenas de veces con mi padre. Liam tiene razón. Esa es la única explicación posible. No tenemos el rango suficiente para saber, o quizá aún no han terminado de reunir toda la información que requieren para un informe detallado.

O debió haber estado marcado como clasificado. Simplemente no vi bien.

VEINTIDÓS

El primer golpe de poder es inconfundible. La primera vez que se presenta ante ti, que te envuelve con una fuente de energía aparentemente inagotable, te volverás adicta a esa sensación, a las posibilidades de todo lo que puedes hacer con él, al control que tienes en la palma de tu mano. Pero este es el secreto: ese poder puede darse la vuelta fácilmente y controlarte.

—PÁGINA 64, EL LIBRO DE BRENNAN

El resto de noviembre transcurre sin mención de lo que pasó en Sumerton, y para cuando los vientos ululantes traen la nieve en diciembre, ya me rendí en esperar que los superiores liberen esa información. Ni Liam ni yo podemos preguntarles directamente a los profesores sin incriminarnos por haber leído lo que obviamente era un reporte clasificado, aunque no estuviera marcado como tal.

Me pregunto qué otras cosas no llegan a Informe de Batalla, pero no lo digo. Entre eso y mi creciente frustración por mi incapacidad de canalizar, a diferencia de tres cuartos de los de mi año, en estos días paso mucho tiempo sola.

—*No del todo* —refunfuña Tairn.

—*No quiero escucharte después de que casi me dejaste estrellarme en la ladera de la montaña hoy.* —El estómago se me revuelve solo de pensar lo mucho que me dejó caer.

La de primero del Ala Tres no tuvo tanta suerte. Se cayó de su asiento durante una maniobra y terminó en la lista de muertos esta mañana.

Rhiannon asesta con su vara y echo mi peso hacia atrás, formando un arco con la espalda para escapar, aunque por poco, del golpe. Para mi absoluta sorpresa, mantengo el equilibrio sobre la colchoneta de entrenamiento.

—*Pues quédate en el asiento la próxima vez.*

—*Empieza a canalizar y tal vez podré hacerlo* —replico.

—Estás distraída hoy. —Rhiannon retrocede mientras recupero el equilibrio, ofreciéndome una oportunidad que ningún oponente me daría durante un reto. Su mirada pasa de la colchoneta a donde Liam está sentado en una banca, tallando otro dragón, y vuelve a mí, con una expresión que me dice que hablaremos de eso después, en la noche, cuando sea liberada de mi constante compañía—. Pero eres más rápida que antes. Lo que sea que esté haciendo Imogen, está funcionando.

—*Aún no estás lista para canalizar, Plateada.*

—Como si hubiera lugar a dudas —grita Imogen desde la colchoneta de al lado, donde tiene a Ridoc atrapado en una llave de cabeza como si no fuera nada, esperando a que se rinda.

A mi izquierda, Sawyer y Quinn se están acechando en círculos, preparándose para otro *round,* y detrás de Rhiannon, Emery y Heaton se esfuerzan por entrenar a los otros de primero que se nos sumaron tras la Trilla mientras Dain observa, evitando cuidadosamente cualquier cosa que tenga que ver conmigo.

Por órdenes recientes, los martes por la noche son para las prácticas de mano a mano de cada pelotón, porque la pesada carga académica que tenemos, además de las clases de vuelo, y ahora las de manejo de poderes para algunos, no nos dejan mucho tiempo para la colchoneta. Algunas colchonetas más allá están ocupadas por otros jinetes con la misma idea, una de las cuales incluye a Jack Barlowe.

Y por eso Liam se negó cuando Ridoc le pidió practicar con él.

—Me estás dando chance —le digo a Rhiannon. Siento el sudor corriendo por mi espalda y mojando la túnica entallada que elegí mientras mi chaleco de escamas de dragón se seca en la banca junto a Liam.

Él no necesita práctica extra. Ya les ganó a todos, menos a Dain en la colchoneta, y una parte de mí cree que es solo porque Dain se niega a ser superado por un jinete más joven.

—Llevamos una hora haciendo esto. —Rhiannon asesta con su vara al aire—. Estás cansada, y lo último que quiero es lastimarte.

—Los retos volverán después del solsticio —le recuerdo—. No me ayudas si no lo das todo.

—Tiene razón —dice una voz profunda detrás de mí.

Por el rabillo del ojo veo que Liam se levanta y maldigo entre dientes.

—Lo sé —comento sobre mi hombro mientras Xaden pasa junto a nuestra colchoneta, acompañado por Garrick como siempre. Pero es imposible dejar de verlo. Dioses, estoy perdida—. Lárgate a menos que tengas algo útil que decir.

—Muévete más rápido. Así será menos probable que mueras. ¿Qué tan útil te parece eso? —responde, acomodándose en una colchoneta cerca del centro del gimnasio.

Rhiannon abre los ojos de par en par y Liam niega con la cabeza.

—¿Qué?

—¿Cómo le hablas así? —murmura Rhiannon.

—¿Qué va a hacer? ¿Matarme? —Ataco sus piernas con mi vara.

Ella la esquiva, se da la vuelta, y el choque de su vara con la mía hace un crujido.

—Probablemente se van a matar entre ustedes —comenta Liam, volviendo a su lugar—. Ya quiero ver cómo les va después de la graduación.

«Después de la graduación».

—No me he permitido pensar más allá de esta semana, mucho menos hasta la graduación. —No cuando hay preguntas muy difíciles que no estoy lista para hacer.

—Mira, sé que estás… indignada por lo mucho que le está tomando a Tairn canalizar —dice Rhiannon mientras vuelve a acecharme en la colchoneta—. Solo digo que esta colchoneta conmigo es un lugar más seguro para que saques tu rabia que el gigante líder de ala capaz de manipular las sombras.

—No quiero sacar mi rabia contigo. Eres mi amiga. —Señalo ligeramente hacia Xaden—. Él es el que me puso un guardaespaldas que no me puedo quitar de encima porque cree que soy su punto débil. Pero ¿me ayuda? —Ataco con la vara y ella responde—. No. ¿Me entrena? —Otro ataque, otro golpe de nuestras varas—. No. Es particularmente bueno para aparecerse cuando estoy a punto de morir y para eliminar las amenazas en ese momento, pero eso es todo. —Por supuesto que él no tiene problemas para quitarme los ojos de encima como yo con él.

—O sea que definitivamente sí hay rabia —comenta Rhiannon mientras gira ágilmente para alejarse.

—Tú también estarías furiosa si alguien te quitara tu libertad. Si tuvieras a Liam en tu puerta cada mañana hasta la noche, por mucho que aparentemente sea un tipo genial. —Esquivo uno de sus ataques.

—Te lo agradezco —dice Liam, demostrando mi punto.

—Sí —reconoce Rhiannon—. Sí lo estaría. Y te acompaño en tu coraje. Ahora, vamos a canalizar esa rabia. —Suelta otra lluvia de movimientos sobre mí y yo le sigo el ritmo, pero solo porque está haciendo exactamente de lo que la acusé y dándome chance.

Cometo el error de mirar sobre su hombro, al centro del gimnasio.

«Qué. Sexy. Es. Carajo».

Xaden y Garrick se quitaron las camisas y están luchando como si sus vidas dependieran de ello entre patadas, golpes y músculos tensos que apenas se alcanzan a ver por la velocidad con la que actúan. Jamás había visto a dos personas moviéndose tan rápido. Es un baile hermoso e hipnótico con una coreografía letal que me deja sin aliento cada que Garrick tira a matar y Xaden lo esquiva.

He visto una infinidad de jinetes luchando sin camisa en los últimos meses. Esto no es nada nuevo. Debería ser completamente inmune al cuerpo masculino, pero nunca lo había visto *a él* sin camisa.

Cada parte del cuerpo de Xaden es como un arma perfecta, todo en él es fuerza y poder a punto de estallar. Su reliquia de la Rebelión le sube por el torso y contrasta con el bronce de su piel, acentuando cada golpe que da, y su estómago... o sea, ¿cuántos músculos tiene el abdomen? Los suyos están tan claramente definidos que quizá podría contarlos de uno en uno si el resto de él no me distrajera tanto. Y tiene la reliquia de dragón más grande que he visto. La mía ocupa la piel entre los omóplatos, pero la marca de Sgaeyl le abarca toda la espalda.

Y sé exactamente cómo se siente ese cuerpo sobre el mío, cuánto poder...

Un golpe en la cadera que me toma por sorpresa me saca de mi trance.

—*Te lo mereces* —comenta Tairn con tono de regaño.

—¡Pon atención! —grita Rhiannon, retirando su vara—. Pude haberte... Ah. —Claramente ve lo mismo que yo, lo que casi todas las mujeres, y varios de los hombres, están viendo con alegría.

¿Cómo no hacerlo cuando los dos son tan hipnotizantes?

Garrick es más ancho, con más músculo que Xaden, y su reliquia de la Rebelión se extiende solo hasta su hombro; es la segunda más grande que he visto. Solamente la de Xaden llega hasta su mandíbula perfecta.

—Eso es... —murmura Rhiannon junto a mí.

—Sí que lo es —reconozco.

—Dejen de cosificar a nuestro líder de ala —dice Liam con tono burlón.

—¿Eso estamos haciendo? —pregunta Rhiannon, sin molestarse en desviar la mirada.

Se me hace agua la boca al ver su musculosa espalda y ese trasero tallado por los dioses.

—Sí, creo que eso estamos haciendo.

Liam suelta una carcajada.

—Podríamos estar observando solo por la técnica.

—Sí. Claro que podríamos. —Pero eso no es lo que estoy haciendo. Yo me estoy preguntando descaradamente cómo se sentirá su piel bajo mis dedos, cómo reaccionaría mi cuerpo a tener cada gramo de esa intensidad puesto sobre mí. El calor me corre por las venas y me enciende las mejillas.

Un sonido repetitivo de golpes lleva mi atención a la derecha, donde Ridoc está rindiéndose con mucho afán. Imogen lo suelta y lo deja jadeando sobre la colchoneta, y siento una ilógica, fea y retorcida puñalada de celos en el pecho al notar el obvio deseo en su expresión al ver a Xaden y Garrick.

—Si se distraen así de fácil, nos va a ir terrible en la Batalla de Pelotones —gruñe Dain—. Pueden irse despidiendo de la idea de ir al frente.

Todos volvemos a la realidad y yo sacudo la cabeza como si con eso pudiera sacarme la abrumadora necesidad que exige que haga algo más que mirar a Xaden, lo cual es simplemente… ridículo. Él solo tolera mi existencia porque nuestros dragones son pareja, y aquí estoy, babeando por su cuerpo semidesnudo.

Aunque es un cuerpo semidesnudo muy hermoso.

—A trabajar. Nos queda otra media hora —ordena Dain, y siento que me está hablando directamente a mí, por lo que sería lo primero que me ha dicho desde que mi recuerdo hizo que mataran a Amber.

—*Ella hizo que la mataran al romper el Código* —dice Tairn.

Como era de esperarse, cuando volteo para ver a Dain, sus ojos están clavados en mí, pero debo estar malinterpretando su expresión. Seguramente la tensión en su boca no es de traición.

—¿Retomamos? —pregunta Rhiannon, levantando su vara.

—Sí, retomamos. —Giro los hombros y comenzamos de nuevo. Imito cada uno de sus movimientos, usando los patrones que me enseñó, pero ella los cambia en cada ataque.

—*¡Deja de defenderte y ataca!* —ordena Tairn, y su coraje me llena el cuerpo y me hace fallar una patada.

Rhiannon lanza un ataque bajo y me tira de espaldas. Me quedo sin aliento al chocar con la colchoneta.

Lucho por tomar aire, aunque no hay.

—Mierda. Perdón, Vi. —Rhiannon se hinca junto a mí—. Relájate y espera un poco.

—Y esa es la jinete que eligió Tairn —se burla Jack, hablando con alguien en su pelotón mientras sonríe maliciosamente en la orilla de una colchoneta—. Empiezo a pensar que escogió mal, pero considerando que no he visto que tengas ningún poder, apuesto a que tú también estás pensando lo mismo, ¿verdad, Sorrengail? Con dos dragones, ¿no deberías tener el doble de capacidad de canalizar?

No funciona así con Andarna, pero nadie de ellos sabe eso.

Liam se levanta y viene a ponerse entre Jack y yo mientras el primer hililIo de aire va entrando a mis pulmones.

—Cálmate, Mairi. No voy a atacar a tu carguita, porque puedo retarla en un par de semanas y accidentalmente romperle ese débil cuello frente al público. —Jack se cruza de brazos y ve con cara de placer cómo sufro—. Pero, dime, ya te estás cansando de hacer de niñera, ¿no? —Su amigo del Ala Uno le ofrece algo, un gajo de la naranja que se está comiendo, y Jack le aleja la mano de golpe—. Aleja ese veneno de mí. ¿Quieres que termine en la enfermería?

—Lárgate, Barlowe —le advierte Liam con la daga en mano.

Logro respirar una vez y luego dos mientras la mirada de Jack pasa de mí a alguien que tengo parado atrás. La expresión de su cara, que es mitad envidia, mitad miedo como para cagarse en los pantalones, significa que debe ser Xaden.

—Solo sigue viva por ti —escupe Jack, pero la cara se le pone pálida.

—Claro, porque fui yo quien te enterró una daga en el hombro durante la Trilla.

Ya que al fin estoy respirando de manera más o menos normal, me levanto como puedo y tomo la vara con ambas manos.

—Podríamos resolver esto ahora mismo —dice Jack, moviéndose para que Liam no lo tape y dirigirse directamente a mí. —Si ya terminaste de esconderte detrás de los hombres grandes y fuertes.

Sus palabras me abren un hoyo en el estómago, porque está en lo correcto. La única razón por la que no acepto su reto es porque no estoy segura de que podría ganar, y la única razón por la que él no me ataca es por Liam y Xaden. Si ataco a Jack en este momento, ellos lo matarían. La silueta gigantesca de Garrick aparece a la izquierda y a regañadientes lo agrego a mi lista de protectores. Hasta Imogen se acercó un poco más, carajo, aunque no lo hace por mí.

Solo por él.

—Eso pensé. —Jack me manda un beso.

—Tú te echaste a correr —suelto, con ganas de poder lanzarme hacia él y molerlo a golpes, pero obligando a mis pies a quedarse donde están—. Ese día en el campo, te echaste a correr cuando eran tres contra una, y ambos sabemos que a la hora de la hora, huirás de nuevo. Eso es lo que hacen los cobardes.

Jack se pone rojo y los ojos casi se le salen de las cuencas.

—Ay, por favor, Violet —murmura Dain.

—Ella tiene razón —aclara Xaden sin entusiasmo.

Garrick se ríe y Liam retira de un empujón a Jack de la colchoneta cuando se lanza contra mí. Sus botas rechinan sobre la madera mientras lucha sin éxito por defenderse, y Liam lo saca del gimnasio.

Con un movimiento de mano, Xaden cierra las enormes puertas con su poder y deja a Jack afuera.

—¿Cómo diablos se te ocurre azuzarlo así? —Dain viene hacia mí con gesto de incredulidad.

—Ah, ¿ahora sí se te da la gana hablar conmigo? —Levanto la barbilla, pero es Xaden quien llena mi campo de visión al pararse entre Dain y yo. La furia en sus ojos casi se puede tocar, pero no retrocedo.

—Danos un segundo. —Sus ojos están clavados en los míos, pero ambos sabemos que no me está hablando a mí.

Mi pulso se acelera.

Rhiannon da un paso atrás.

—¿Me quieres decir por qué diablos no traes eso puesto? —Su tono es suave pero mortal mientras señala hacia la banca donde está mi armadura.

—Tengo que lavarlo en algún momento.

—¿Y pensaste que era una buena idea hacerlo durante el entrenamiento de lucha? —Su pecho sube y baja rápidamente como si no lograra mantener el control.

Yo solo intento ignorar su pecho o el calor que emana como si fuera un maldito horno.

—Lo lavé antes del entrenamiento, sabiendo que se puede secar mientras tus perros guardianes me vigilan, en vez de dormir sin él porque ambos sabemos lo que pasa tras las puertas cerradas en este lugar.

—Ya no pasará tras la tuya. —Tensa la quijada—. Me aseguré de eso.

—¿Y se supone que debo confiar en ti?

—Sí. —Se le salta una vena del cuello.

—Me facilitas mucho hacerlo. —Mi voz está llena de sarcasmo.

—Sabes que no puedo matarte. Carajo, Sorrengail, todo el cuadrante sabe que no puedo matarte. —Se inclina para acercarse a mí, eclipsando el resto de la habitación.

—Eso no significa que no puedes hacerme daño.

Con un gesto sorprendido, retrocede un poco y se recompone en menos de un segundo mientras mi corazón sigue desbocado.

—Deja de entrenar con una vara. Es demasiado fácil quitártela de las manos con un golpe. Sigue con las dagas.

Para mi sorpresa, no me quita la vara solo para demostrar que puede.

—Iba bien hasta que Tairn se metió en mi cabeza con toda su furia y me distrajo —discuto, y mis defensas se elevan como los pelos del lomo de un perro.

—Entonces aprende a bloquearlo. —Lo dice como si fuera tan fácil.

—¿Cómo? ¿Con todo este poder que tengo? —Enarco las cejas—. ¿O no sabías que aún no he canalizado? —Quiero ahorcarlo, sacudirlo hasta que se acomode un poco de sentido en su hermosa cabeza.

Él se agacha más hasta que estamos casi nariz con nariz.

—Estoy terriblemente consciente de todo lo que haces.

Gracias a Liam.

Cada centímetro de mi cuerpo vibra de rabia, de molestia, de... lo que sea esta tensión eléctrica entre nosotros mientras estamos aquí, en un enfrentamiento de miradas.

—Líder de ala Riorson —dice Dain—. Es solo que aún no está acostumbrada al vínculo. Ya aprenderá cómo bloquearlo.

Las palabras de Dain me duelen como un golpe. Tomo aire y retrocedo para alejarme de Xaden. Dioses, estamos dando todo un espectáculo. ¿Qué tiene Xaden que hace que el resto del mundo desaparezca para mí?

—Eliges los momentos más extraños para defenderla, Aetos. —Xaden casi hace un gesto de fastidio al mirar a Dain—. Y los más convenientes para no hacerlo.

Dain tensa la quijada y cierra los puños a sus costados.

Está hablando de Amber. Lo sé. Dain lo sabe. Todos en esta enorme e incómoda habitación lo saben. Nuestro pelotón estaba ahí cuando Dain exigió que dijera que Xaden era un mentiroso.

Xaden vuelve sus impenetrables ojos a mí.

—Haznos un favor a los dos y ponte la maldita armadura —concluye.

Antes de que pueda debatirle, se da la vuelta y sale de la colchoneta para encontrarse con Garrick en la orilla.

«Esa espalda».

Mi discreta exclamación de sorpresa es incontrolable, y Xaden se tensa por un segundo antes de tomar la camisa que Garrick le ofrece y ponérsela, cubriendo la reliquia azul marino del dragón que empieza en su cintura y se extiende entre ambos hombros, con intrincada textura de líneas plateadas que no alcanzaba a ver desde el otro lado el gimnasio.

Líneas plateadas que de inmediato reconozco como estrellas.

—*Fuiste fuerte y controlaste tu temperamento* —dice Tairn, y una enorme oleada de orgullo me llena el pecho.

—*Está lista* —agrega Andarna con una descarga de alegría que de inmediato me hace sentir mareada.

—*Está lista* —acepta Tairn.

Un par de horas después me cepillo el cabello en la privacidad de mi habitación, aún totalmente vestida, con todo y botas y armadura. Aún no puedo creer que haya hecho el ridículo frente a todo mi pelotón solo porque Xaden decidió entrenar sin camisa.

Necesito un acostón.

Me detengo a media cepillada cuando una descarga de energía me corre por la espalda y se disipa en un instante.

Eso estuvo... raro.

Quizá es... No. No puede ser. Se sintió completamente distinto cuando Andarna detuvo el tiempo a través de mí. Eso fue un aluvión por todo mi cuerpo que se expandió hasta los dedos de mis manos y pies, y luego... se fue.

Otra oleada me recorre, esta vez más fuerte, y suelto el cepillo, aferrándome a la orilla del tocador para no caerme cuando mis rodillas amenazan con doblarse. Esta vez la energía no se disipa; se queda, vibrando bajo mi piel, zumbando en mis oídos y abrumando todos mis sentidos.

Algo dentro de mí se expande, demasiado grande para mi cuerpo, demasiado vasto para ser contenido, y siento el dolor en cada nervio mientras me abro entre crujidos, con el sonido como huesos al romperse reverberando en mi cráneo. Es como si se estuvieran rompiendo todas las costuras de mi ser.

Mis rodillas azotan contra el piso y me llevo las manos a la cien, intentando meter todo lo que soy de vuelta en mi cabeza, obligándome a encogerme.

La energía entra a raudales, como una avalancha de poder puro e infinito, destruyendo todo lo que era y creando algo completamente nuevo mientras llena cada poro, cada órgano, cada hueso. Me duele la cabeza y siento como si Tairn hubiera volado demasiado alto, demasiado rápido y no pudiera destaparme los oídos. Lo único que puedo hacer es quedarme tirada en el piso y rezar para que la presión se equilibre.

Miro mi cepillo, con la mejilla aplastada contra el suelo de madera, y respiro.

Inhalo y exhalo.

Inhalo... y exhalo... entregándome al violento ataque.

Al fin el dolor baja, pero la energía, el poder, no. Simplemente... está ahí, merodeando por mis venas, saturando cada célula de mi cuerpo. Es todo lo que soy y todo lo que puedo ser a la vez.

Me incorporo y levanto las manos para observar mis palmas, en las que aún siento un cosquilleo. Creo que deberían verse diferentes, cambiadas, pero no. Siguen siendo mis dedos, mis muñecas delgadas, y sin embargo ahora son mucho más. Tienen la fuerza suficiente para darle forma al torrente en mi interior, para convertirlo en lo que yo quiera.

—*Este es tu poder, ¿verdad?* —le pregunto a Tairn, pero no me responde—. *¿Andarna?*

No hay más que silencio.

Mira nada más. Siempre andan por aquí, metiéndose en mi cabeza cuando me vendría bien un poco de privacidad, pero cuando es al revés no están por ningún lado. Ayer los escuché decir que estaba lista, pero pensé que mi mente se tomaría un día o dos para abrirse por completo cuando Tairn comenzara a canalizar. Supongo que no.

Rhiannon. Tengo que decirle a Rhiannon. Se va a volver loca al saber que al fin podré ir a la clase del profesor Carr con ella. ¿Y Liam? Ya puede dejar de fingir que no puede canalizar solo para que no lo obliguen a dejarme sola por una hora al día.

De pronto me baña un calor que me eriza la piel y se posa en mi estómago.

Estuvo raro, pero bueno. Probablemente solo es un efecto secundario del poder. Quito el seguro de mi puerta y la abro.

Mi visión se vuelve borrosa y la necesidad me llega de golpe, arrancándome cualquier pensamiento lógico fuera de saciar la insoportable...

—¿Violet? —Veo la silueta borrosa de un hombre en el pasillo y parpadeo hasta que logro enfocar a Liam—. ¿Estás bien?

—¿Duermes en el pasillo? —Me aferro al marco de la puerta mientras una imagen de una caída me llena la cabeza, y siento el chisporroteo de unas brasas al entrar en contacto con mi piel caliente. Desaparece de inmediato, pero el deseo descontrolado y torrencial sigue ahí.

Ay, mierda. Esto es... lujuria.

—No. —Liam niega con la cabeza—. Solo me estaba esperando un rato antes de irme a acostar.

Lo veo. Lo miro de verdad. Es más que guapo, con facciones fuertes y unos ojos sorprendentemente hermosos. No son azul claro como los míos, sino más cercanos al color del cielo.

—¿Por qué me estás viendo así? —Baja su cuchillo y el dragón semitallado.

—¿Así cómo? —Mis dientes se hunden en mi labio inferior y me debato entre frotarme contra él como una gata en celo intentando aminorar este inimaginable anhelo.

«Pero él no es a quien realmente deseas».

No es Xaden.

—Como... —Inclina la cabeza hacia un lado—. Como si pasara algo. No parece que te sientas como... ya sabes... como tú misma.

«Ay, mierda».

Es porque no soy yo misma. Todo esto, el ansia, la lujuria, el deseo de una persona con quien tengo que estar... es Tairn.

Las emociones de Tairn no solo me llenan, sino que me están controlando.

—¡Estoy bien! ¡Vete a la cama! —Me meto a mi cuarto y azoto la puerta mientras aún tengo la capacidad mental para hacerlo.

Luego me pongo a caminar de un lado a otro, pero eso no detiene a la siguiente ráfaga de calor o la compulsión de...

Tengo que salir de aquí antes de que cometa un error gigantesco y saque los deseos de Tairn con Liam.

Tomando mi capa con interior de piel en una mano y recogiéndome el cabello con la otra, me echo la tela sobre los hombros y cierro el broche bajo mi garganta. Un segundo después me asomo por la puerta y, cuando me aseguro de que no hay moros en la costa, salgo corriendo.

Llego hasta la escalera en espiral, esa que lleva al río, antes de tener que recargarme en el muro de piedra y tomar aire para disipar un poco la bruma de las emociones de Tairn.

Cuando pasa la oleada, bajo corriendo los escalones, con una mano en la pared por si viene otro ataque.

Las luces mágicas se encienden cuando me acerco y se vuelven a apagar cuando me voy corriendo, como si este nuevo poder ya estuviera actuando y extendiéndose al mundo.

Lejos. Tengo que irme lejos de todos hasta que Tairn termine... lo que sea que él y Sgaeyl estén haciendo.

Salgo de las escaleras con pasos torpes y llego a los muros que conforman la base de la ciudadela. La nieve llena el cielo y echo la cabeza hacia atrás, saboreando el breve beso de los copos sobre mi piel que está ardiendo por las razones equivocadas.

El aire está limpio y frío y...

Abro los ojos de golpe ante el aroma en el aire y me giro, con mi capa latigueando detrás de mí mientras encuentro la fuente del humo dulce y fácil de identificar.

Xaden está recargado en la pared, con un pie apoyado en la piedra, fumando y viéndome como si no tuviera un solo problema en la vida.

—¿Eso es... churam?

Suelta una bocanada de humo.

—¿Quieres? A menos que hayas venido a seguir con nuestra discusión de hace rato, en ese caso, no te doy.

La quijada casi se me va al suelo.

—¡No! ¡No tenemos permitido fumar eso!

—Bueno, sí, pero la gente que hizo esa regla obviamente no estaba unida a Sgaeyl y Tairn, ¿verdad? —Una sonrisita le curva una orilla de la boca.

Dioses, podría ver esos labios por siempre. Tienen la forma perfecta y sin embargo demasiado deliciosa para la dureza de su mentón.

—Te ayuda a... distanciarte. —Me ofrece el churam liado, mirándome con una ceja enarcada, la de la cicatriz—. Además de lo que se logra bloqueándolos, claro.

Niego con la cabeza y cruzo la nieve recién caída para apoyar mi peso en el muro junto a él, dejando que mi cabeza se recargue en la piedra.

—Como quieras. —Le da una enorme calada al churam y luego lo apaga contra la pared.

—Siento como si me estuviera quemando, carajo. —Y eso es poco decir.

—Sí, así pasa. —Hay algo perverso en su carcajada, y cometo el terrible e imperdonable error de voltear para ver su sonrisa.

Xaden, cuando está siendo taciturno y mandón, peligroso y letal, tiene un aspecto increíble que me acelera el pulso. Pero Xaden riéndose, con la cabeza inclinada hacia atrás y una sonrisa en la boca, es simplemente hermoso. Mi estúpido y tonto corazón siente como si un puño lo envolviera y lo apretara con fuerza.

No hay nada que no sacrificaría, nada que no daría por tener un momento de vulnerabilidad con este hombre al que voy a estar atada por el resto de nuestras vidas.

Todo esto debe ser por Tairn. Debe ser eso.

Pero sé bien que no es así. Aunque me gustó lo que vi en Liam ahí arriba, estoy total y profundamente obsesionada con Xaden.

Sus ojos se encuentran con los míos bajo la luz de la luna.

—Ay, Violencia, vas a tener que aprender a bloquear a Tairn o sus momentos íntimos con Sgaeyl te harán terminar en el manicomio... o en la cama de alguien.

Cierro los ojos solo para poder escapar de su hermoso rostro cuando una oleada de calor me recorre, lo cual hace que arda cada centímetro de mi piel. Estiro una mano para sostenerme en la pared y no perder el equilibrio.

—Ah, lo sé. Tengo miedo de volver a ver a Liam.

—¿A Liam? ¿Por qué? —Se da la vuelta para mirarme de frente, apoyándose en su hombro—. ¿Dónde diablos está tu guardaespaldas?

—Soy mi propio guardaespaldas —le aclaro, descansando mi mejilla en la piedra helada—. Y él está en la cama.

—¿En tu cama? —Su voz es como un trueno.

Abro los ojos para encontrarme con su mirada. La nieve hace que todo se vea más brillante, iluminando el gesto fruncido entre sus cejas y su boca tensa.

—No. Aunque eso no debería importarte.

¿Está celoso? Eso es... extrañamente reconfortante.

Exhala y relaja los hombros.

—No me importa mientras los dos lo hagan con consentimiento, y créeme, no estás en condiciones de consentir.

—No tienes idea de lo que soy capaz de consentir... —Una necesidad innegable e insaciable casi me tira de rodillas.

El brazo de Xaden me toma por la cintura para que no me caiga.

—¿Por qué diablos no lo estás bloqueando?

—¡No nos han dado clases a todos! Acababa de empezar a canalizar cuando pasó... todo esto, y por si se te olvida, solo puedes ir a la clase del profesor Carr si tienes poderes.

—Siempre me pareció una regla ridícula. —Suspira—. Bueno. Clase rápida. Solo porque he pasado por eso y desperté con más de unos cuantos arrepentimientos.

—¿En serio me vas a ayudar?

—Llevo meses ayudándote. —Su mano me aprieta la cintura y juro que puedo sentir el calor de su tacto pese a la capa y la ropa.

—No, enviaste a Liam a ayudarme. Él lleva meses ayudándome. —Arrugo la frente—. Semanas. Casi meses. Lo que sea.

Todavía se atreve a poner gesto de ofendido.

—Fui yo quien llegó corriendo a tu puerta y mató a todos los que te atacaron, y luego retiré a la otra amenaza de tu vida con un despliegue de venganza muy pública y muy polarizadora. Liam no hizo eso. Fui yo.

—El público no estaba dividido. A todos les pareció bien. Yo estaba ahí.

—Tú estabas dividida. De hecho, le rogaste a Tairn que no la matara, sabiendo bien que ella volvería a atacarte.

Ese punto era debatible.

—Bueno. Pero no vamos a fingir que no hiciste la mayor parte de esas cosas por ti. Sería inconveniente para ti que me muriera. —Me encojo de hombros, molestándolo abiertamente para ayudarme a ignorar la creciente oleada de lujuria que estalla dentro de mí.

Él me mira sin poder creerlo.

—¿Sabes qué? Esta noche no vamos a pelear. No si quieres aprender a bloquearlo.

—Está bien. No vamos a pelear. Enséñame. —Levanto la barbilla. Dioses, apenas le llego a la clavícula.

—Pídemelo amablemente. —Se acerca más a mí.

—¿Siempre has sido así de alto? —Suelto lo primero que se me viene a la cabeza.

—No. En algún momento fui niño.

Hago un gesto de fastidio.

—Pídemelo amablemente, Violencia —susurra—. O me voy.

Puedo sentir a Tairn en la orilla de mi mente, sus emociones yendo y viniendo, y sé que la próxima ola va a ser enorme. ¿Cuánto tiempo se pueden tomar esos dos?

—¿Qué tan frecuentemente se ponen así?

—Lo suficiente para que necesites protegerte bien. Nunca podrás bloquearlos por completo, y a veces ellos se olvidan de bloquearnos a nosotros, como esta noche. Por eso ayuda el churam, pero al menos es como pasar junto a un burdel en vez de estar dentro de él, participando.

Mierda.

—Bueno. De acuerdo. ¿Me podrías enseñar cómo bloquearlos?

Una sonrisa curva su boca y mis ojos se plantan en sus labios.

—Di por favor.

—¿Siempre eres así de difícil?

—Solo cuando sé que tengo algo que necesitas. ¿Qué te puedo decir? Me gusta hacer que sientas vergüenza. Es como una dulce rebanada de venganza por todo lo que me has hecho en los últimos meses. —Me quita la nieve del cabello.

—¿Lo que yo te he hecho? —Increíble.

—Me has dado un par de sustos de muerte, así que me parece una buena regla de compensación pedirte que digas «por favor».

Como si él alguna vez hubiera seguido las reglas. Tomo aire y me quito de un golpe un copo de nieve que me cae en la nariz.

—Como desees. ¿Xaden? —Le ofrezco una sonrisa dulce y me acerco un poco más a él—. ¿Podrías, por favorcito, enseñarme a bloquearlos antes de que accidentalmente te trepe como a un árbol y ambos despertemos arrepentidos?

—Ah, yo controlo perfectamente mis habilidades. —Sonríe de nuevo, y lo siento como una caricia.

Peligroso. Esto es jodidamente peligroso. El calor me enciende la piel, tanto que me debato si tirar o no mi capa al suelo solo para sentir un poco de alivio. Notablemente, Xaden no trae una.

—Como lo pediste amablemente... —Acomoda su postura y lleva ambas manos a mis mejillas, acunando mi rostro antes de levantarlas para agarrar mi cabeza—. Cierra los ojos.

—¿Es necesario que me toques? —Mis ojos se cierran al sentir su piel sobre la mía.

—Para nada. Solo es una de las ventajas de no pensar con tanta claridad. Tienes una piel increíblemente tocable.

El cumplido me hace ahogar un grito. Mira qué bien controla sus habilidades.

—Tienes que visualizar un lugar. Cualquiera. Yo prefiero la cima de mi colina favorita cerca de lo que queda de Aretia. Sea donde sea, tienes que sentirlo como tu hogar.

El único lugar en el que puedo pensar son los Archivos.

—Siente cómo tus pies tocan el suelo y haz como si quisieras enterrarlos.

Imagino mis botas sobre el suelo de mármol pulido de los Archivos y las muevo un poco.

—Listo.

—Eso se llama hacer tierra, y es para mantener tu ser mental en algún lugar del que el poder no pueda sacarte. Ahora llama a tu poder. Abre tus sentidos.

Mis palmas comienzan a cosquillear y la energía me rodea de forma tan abrumadora como en mi habitación, pero sin el dolor. Está en todas partes, llena los Archivos y quiere salir por las paredes, hace que se curven y se doblen, amenaza con romperlas.

—Es demasiado.

—Concéntrate en tus pies. Mantente en la tierra. ¿Puedes ver de dónde viene el poder? Si no, simplemente elige un lugar.

Me doy la vuelta en mi cabeza. La descarga de poder está entrando por la puerta.

—Lo veo.

—Perfecto. Tienes el don. A la mayoría de la gente le toma una semana solo para aprender cómo hacer tierra. Ahora, haz lo que necesites para formar una barrera mental que te proteja de esa corriente. Tairn es la fuente. Si bloqueas ese poder, recuperarás un poco de control.

La puerta. Solo tengo que cerrar la puerta y girar la enorme manija circular que sella los Archivos para evitar incendios.

El deseo me acelera el corazón y me aferro a los brazos de Xaden, anclándome en la realidad.

—Tú puedes. —Su voz suena tensa—. Lo que sea que crees en tu mente es real para ti. Cierra la válvula. Construye un muro. Haz lo que tenga sentido.

—Es una puerta. —Mis dedos se clavan en la suave tela de su túnica y mentalmente cargo mi peso contra la puerta, obligándola a cerrarse un centímetro a la vez.

—Eso es. Sigue.

Mi cuerpo físico tiembla por el esfuerzo que requiere cerrar mentalmente la puerta, pero lo consigo.

—Ya la cerré.

—Excelente. Ponle seguro.

Imagino que giro la enorme manija y escucho el «clic» del seguro al ponerse. El alivio es inmediato, como una ráfaga de nieve contra mi piel febril. El poder late y vuelve transparente la puerta.

—Cambió. Ahora puedo ver a través de la puerta.

—Sí. Nunca podrás bloquearlo del todo. ¿Le pusiste el seguro?

Asiento.

—Abre los ojos, pero haz todo lo que puedas por mantener la puerta cerrada. Eso significa que debes mantener un pie en la tierra. No te sorprendas si se te resbala. Solo empezaremos de nuevo.

Abro los ojos y mantengo en mi mente esa imagen mental de la puerta cerrada de los Archivos. Aunque mi cuerpo aún está encendido y lleno de calor, esa necesidad imperiosa e ineludible afortunadamente está... un poco velada.

—Está... —No encuentro las palabras correctas.

Xaden me observa con una intensidad que me hace tambalearme hacia él.

—Eres increíble. —Niega con la cabeza—. Yo pasé semanas sin poder hacer eso.

—Supongo que tuve un mejor maestro. —La emoción que me corre por el cuerpo es más que alegría. Es una euforia que me hace sonreír de oreja a oreja como estúpida. Al fin no solo soy buena en algo, sino increíble.

Su pulgar acaricia la suave piel bajo mis orejas y su mirada se posa sobre mis labios y se enciende. Flexiona las manos y me acerca un poco más a él antes de soltarme de pronto y alejarse.

—Carajo. Fue mala idea tocarte.

—La peor —acepto, pero mi lengua acaricia mi labio inferior.

Él gime y mis entrañas se derriten con ese sonido.

—Besarte sería un error cataclísmico.

—Calamitoso. —¿Qué tendría que hacer para escuchar ese gemido de nuevo?

Los centímetros de nosotros se sienten como yesca, lista para arder ante el primer indicio del calor, y yo soy una llama viva. Esto es todo de lo que debería huir y, sin embargo, negar la atracción animal que siento es completa y absolutamente imposible.

—Los dos nos vamos a arrepentir. —Niega con la cabeza, pero hay más que hambre en sus ojos que se clavan en mi boca.

—Claramente —susurro. Aunque el saber que me voy a arrepentir no evita que desee esto... que lo desee a él. El arrepentimiento es un problema para la Violet del futuro.

—A la mierda.

Un segundo está fuera de mi alcance y al siguiente su boca está sobre la mía, cálida y desesperada.

Dioses, sí. Esto es exactamente lo que necesitaba.

Estoy atrapada entre la piedra inflexible del muro y la dureza del cuerpo de Xaden, y no hay un lugar en el mundo en el que preferiría estar. Darme cuenta de esto debería regresarme a la realidad, pero solo provoca que me acerque pidiendo más.

Xaden me acaricia el cabello con una mano, me toma por la parte de atrás de la cabeza, moviéndome para que el beso sea más profundo, y mis labios se abren, ansiosos. Él aprovecha la invitación y desliza su lengua sobre la mía con movimientos expertos y deliciosos que me hacen aferrarme a su pecho, agarrando con los puños la tela de su camisa para jalarlo hacia mi cuerpo mientras el deseo sube y baja por mi espalda.

Sabe a churam y menta, a todo lo que no debería querer, y sin embargo no puedo evitar necesitarlo. Lo beso con todo mi ser, succionando su labio inferior y raspándolo con los dientes.

—Violencia —gime, y el sonido de ese apodo en sus labios me despierta un deseo voraz.

Más cerca. Lo necesito más cerca.

Como si pudiera escuchar mis pensamientos, me besa con más intensidad, conquistando cada línea y curva de mi boca con un dejo de locura que me enciende todo el cuerpo. Siente tanto deseo como yo, y cuando sus manos me agarran por las nalgas y me levanta, envuelvo su cintura con mis piernas y me aferro a él como si mi vida dependiera de que este beso nunca termine.

La pared se me entierra en la espalda, pero no me importa. Mis manos al fin están en su cabello y es tan suave como imaginé. Me besa hasta que me siento completamente devorada y explorada, y luego succiona mi lengua hacia su boca para que yo pueda hacer lo mismo.

Esto no tiene ningún sentido, pero no puedo detenerme. No me siento satisfecha. Podría vivir por siempre en este instante de locura si con eso pudiera conservar su boca sobre la mía, haciendo que mi mundo se reduzca al calor de su cuerpo y los hábiles movimientos de su lengua.

Sus caderas se mueven contra las mías y ahogo un grito ante la deliciosa fricción. Rompe el beso y va bajando la boca por mi mentón, por mi cuello, y sé que haré cualquier cosa para que se quede aquí conmigo. Quiero sentir su boca en todas partes.

Somos una revoltura de lenguas y dientes, de labios y manos exploradores mientras la nieve cae a nuestro alrededor, y el beso me consume como el poder lo hizo antes, tan profundamente que puedo sentirlo en cada célula de mi cuerpo. El deseo late entre mis muslos y me sobresalto al darme cuenta de que no hay nada que él pudiera hacer que yo no aceptaría. Lo deseo.

Lo deseo solo a él. Aquí. Ahora. En cualquier lugar. En cualquier momento.

Nunca en mi vida había perdido tanto el control por un simple beso. Nunca había deseado a alguien como lo deseo a él. Es excitante y aterrador al mismo tiempo, porque sé que en este momento tiene el poder de hacer lo que quiera conmigo.

Y dejo que lo haga.

Me rindo por completo. Me derrito en él, mi cuerpo se vuelve dócil y pierdo todo el control mental que me enseñó. Un destello de luz arde detrás de mis ojos cerrados, seguido del estallido de un trueno. Las tormentas de nieve con truenos no son poco comunes aquí, pero qué bien resume todo esto, lo salvaje y fuera de control que se siente.

Pero, de pronto, Xaden detiene el beso con un sonido ahogado y su ceño se frunce con algo parecido al pánico antes de cerrar los ojos.

Aún estoy luchando por recuperar la respiración cuando se aleja de golpe de la pared y baja las manos por la parte posterior de mis muslos y pone mis pies sobre el suelo. Se asegura de que esté bien parada antes de alejarse unos metros, como si la distancia le fuera a salvar la vida.

—Tienes que irte. —Sus palabras salen entrecortadas y no encajan con el fuego en sus ojos y lo desesperado de su respiración.

—¿Por qué? —El frío azota mi sistema al ya no tener el calor de su cuerpo.

—Porque no puedo. —Se pasa ambas manos por el cabello y las deja sobre su cabeza—. Y me niego a actuar ante un deseo que no es tuyo. Así que tienes que irte por esas escaleras. Ahora mismo.

Niego con la cabeza.

—Pero quiero… —Todo.

—Esto no es lo que tú quieres. —Eleva la cara hacia el cielo—. Ese es el maldito problema. Y no puedo dejarte aquí sola, así que te pido que tengas un poco de misericordia y te vayas.

El silencio se congela entre nosotros mientras recupero la compostura. Me está diciendo que no.

Y lo horrible no es la frialdad de su caballeroso rechazo. Es que tiene razón. Esto comenzó porque no podía distinguir las emociones de Tairn de las mías. Pero esas emociones ya no están, ¿verdad? Mi puerta está completamente abierta y no siento nada viniendo del dragón.

Asiento como puedo y luego me echo a correr por segunda vez esta noche, subo las escaleras lo más rápido que puedo para volver a la ciudadela. Mis defensas están abiertas, pero ni me molesto en detenerme a cerrar esa puerta mental, porque Tairn no quiere cruzarla.

El sentido común toma el mando para cuando llego al final de las escaleras, y me duelen los muslos por lo mucho que los trabajé. Xaden evitó que cometiéramos un gran error.

Pero yo no me quería detener.

¿Qué diablos me pasa? Y ¿cómo pude haber estado a un segundo de arrancarme la ropa para estar más cerca de alguien que no me agrada y, peor aún, alguien en quien ni siquiera puedo confiar del todo?

Seguir avanzando hacia mi habitación es más difícil de lo que debería, porque todo lo que quiero es volver a bajar por esas malditas y estúpidas escaleras.

Mañana va a ser horrible.

VEINTITRÉS

La imagen más preocupante para cualquier instrucción definitivamente es cuando los poderes se ponen en contra de quien los posee. Perdimos nueve cadetes durante mi primer año por sellos que no se pudieron controlar en su primera manifestación. Una lástima.

—*GUÍA PARA EL CUADRANTE DE JINETES*,
POR EL COMANDANTE AFENDRA (EDICIÓN NO AUTORIZADA)

—Ni siquiera sé en qué estaba pensando —le digo a Rhiannon, sentada con las piernas cruzadas en su cama, viéndola echar sus libros en el morral. Hoy me está ardiendo la reliquia en la espalda como si quisiera recordarme que ya puedo canalizar, y giro los hombros en el intento de aliviar la sensación, pero es imposible. Mi reloj ya empezó a avanzar.

—No puedo creer que hayas aguantado tanto tiempo sin contármelo. —Mete la cabeza por la correa de lona y se da la vuelta, recargándose en su escritorio—. Y no te juzgo. Para nada. Me encanta que explores... lo que sea que quieras explorar.

—He estado con Liam desde que crucé la puerta por la mañana, y anoche me sentía demasiado desconcertada como para poder expresarlo. —El nudo entre mis hombros me obliga a mover el cuello en círculos para ver si se mejora un poco. Entre las clases de vuelo y las pesas que Imogen me pone para fortalecer los músculos que rodean mis articulaciones con la esperanza de que no se subluxen tan seguido, lo cual hasta el momento pasa a veces y otras no, soy una maraña de dolores y tensión—. Primero Tairn al fin canalizó y luego todo lo demás, así que fue una noche complicada.

—Buen punto. —Una sonrisa aparece en su boca y sus ojos cafés se iluminan—. ¿Estuvo bueno? Dime que estuvo bueno. Se ve que ese hombre sabe exactamente lo que está haciendo.

—Solo fue un beso. —El calor me enciende las mejillas ante la mentira descarada—. Pero sí. Sabe exactamente lo que está haciendo. —Frunzo el ceño mientras mi imaginación recorre las mil consecuencias distintas de lo que hice anoche, cosa que se ha repetido durante toda la mañana.

—¿Te arrepientes? —Inclina la cabeza hacia un lado, estudiándome—. Me parece que te arrepientes bastante.

—No. —Niego con la cabeza—. Bueno, ¿quizá? Pero solo si hace que las cosas entre nosotros se pongan raras.

—Claro. Porque estás atada a él por el resto de sus carreras. Incluso de sus vidas. ¿Ya han hablado de lo que pasará después de la graduación? —Enarca las cejas—. Ah, apuesto a que podrán elegir en qué estación los pondrán. Los líderes de ala siempre pueden elegir.

—Él podrá elegir —digo, un poco de malas, mientras juego con un hilo suelto de mi morral—. Yo solo voy a seguirlo. Tairn y Sgaeyl no se han separado en años. El último jinete de la dragona murió hace casi cincuenta años y, hasta donde sé, iba adonde se le diera la gana para estar cerca de Tairn antes de que Naolin, el último jinete de él, muriera en Tyrrendor. Son dos días de vuelo hasta esa parte de la frontera, dependiendo de dónde esté, entonces ¿qué vamos a hacer el próximo año y el año después de ese?

Frunce los labios, pensándolo.

—No sé. Feirge dice que no podremos estar lejos de nuestros dragones por más de un par de días, o sea que ¿eso significa que uno de ustedes siempre tendrá que seguir al otro?

—Ni idea. Creo que es por eso que la mayoría de las parejas busca vínculos con personas del mismo año, para no enfrentar estos problemas. ¿Cómo se supone que siga avanzando aquí el próximo año si me la tengo que pasar volando al frente con Tairn? ¿Cómo se supone que Xaden trabaje bien si tiene que regresarse aquí a cada rato? —Hago una mueca—. Es el jinete más poderoso de nuestra generación. Lo van a necesitar en el frente, no aquí.

—Hasta ahora. —Rhiannon me mira con gesto serio y enarca las cejas—. Es el jinete más poderoso de nuestra generación *hasta ahora.*

—¿Qué…?

Tres toques en la puerta nos hacen voltear hacia allá.

—¿Rhi? —pregunta Liam, y el pánico en su voz es evidente—. ¿Sorrengail está ahí contigo? Porque…

Rhiannon abre la puerta y Liam entra desesperado, tanto que casi se cae antes de que su mirada recorra la habitación hasta encontrarme.

—¡Ahí estás! ¡Fui al baño y desapareciste!

—Nadie la intentará asesinar en mi habitación, Mairi. —Rhiannon pone los ojos en blanco—. No tienes que estar con ella cada maldito segundo de cada día. Danos cinco minutos y nos iremos a clase. —Le da un empujón en el pecho y él retrocede, abriendo y cerrando la boca como si estuviera buscando sin éxito cómo debatirle mientras ella lo saca y le cierra la puerta en la cara.

—Es muy... —Suspiro—. Comprometido.

—Es una forma de decirlo —dice ella entre dientes—. Por la manera en que no se te despega, parecería que el tipo le debe la vida a Riorson o algo así.

Liam ya me dijo que básicamente sí, pero no lo voy a contar. Entre las reuniones de Xaden, lo de detener el tiempo y la edad de Andarna, empiezo a tener demasiados secretos.

—¡Oh! —Sus ojos se iluminan y se sienta junto a mí en la orilla de la cama—. A mí también me pasó algo anoche.

—¿Sí? —Me giro para verla de frente—. Cuéntame.

—Bueno. —Toma aire—. Apenas lo he hecho tres veces. Dos anoche y una esta mañana, así que sé paciente.

—Claro. —Asiento.

—Mira el libro que está en mi escritorio.

—Listo. —Mis ojos se posan en el libro de historia que está en el lado izquierdo del escritorio. Pasa un minuto, pero no desvío la mirada.

Y entonces, la cosa desaparece.

—¿Qué demonios, Rhi? —Me pongo de pie con un salto y me vuelvo para verla—. ¿Qué fue...? —Me quedo con la boca abierta.

Rhiannon tiene el libro entre sus manos y me mira con una enorme sonrisa.

—¿Es el mismo libro? —Me acerco para verlo. Sí, es el mismo.

—Supongo que puedo llamar a las cosas. —Su sonrisa se ensancha aún más.

—¡Carajo! —La tomo por los hombros, emocionada—. ¡Qué maravilla! ¡Es... increíble! ¡Ni siquiera tengo palabras para describirlo! —Mover objetos y cerrar puertas es magia menor, lo mínimo del poder que nos da la constante conexión con nuestros dragones a través de nuestras reliquias cuando comienzan a canalizar. Pero ¿hacer que algo desaparezca y traerlo hacia ti? No he leído sobre un sello como ese en el último siglo. Es un sello tremendo.

—¿Verdad? —Se pega el libro al pecho—. Solo puedo hacerlo a unos metros de distancia, y no puedo atravesar paredes ni nada parecido.

—Todavía... —La corrijo, llena de gozo—. Todavía no puedes atravesar paredes, Rhi. ¡Tienes la clase de sello poco común que será la base de toda tu carrera!

—Eso espero. —Se levanta y devuelve el libro a la mesa—. Solo tengo que desarrollarlo.

—Lo harás. —Lo digo con la misma seguridad que siento.

Los tres vamos hacia el ala académica minutos después, y Sawyer y Ridoc se nos unen en el área común, pues vienen saliendo de la biblioteca.

—Te hice esto —dice Liam, entregándome una figurita mientras subimos por la ancha escalera en espiral que lleva al tercer piso.

Es Tairn. Incluso replicó su gesto al gruñir.

—Está... increíble. Gracias.

—Gracias. —Liam me sonríe y se aparece su hoyuelo—. Quería tallar a Andarna primero, pero no he pasado mucho tiempo con ella, ¿sabes?

—No es muy social. —Salimos de entre la multitud que va al cuarto piso, guardo el dragón en mi bolsa y luego le doy un abrazo a Liam—. En serio, me encanta. Gracias. —El pasillo está lleno de gente, pero se va vaciando conforme seguimos caminando hacia el aula del profesor Carr.

—De nada. —Se gira para ver a Rhiannon—. La siguiente será Feirge.

Rhiannon comenta en broma que espera que pueda capturar toda su rudeza, pero me pierdo el resto de la conversación porque miro por el enorme ventanal de piso a techo que está frente a la entrada de la torre de Informe de Batalla y me quedo sin aliento.

Xaden está con los demás líderes, metido en lo que parece ser una discusión muy tensa, con los brazos cruzados sobre el pecho. Al comandante le tomó exactamente cinco minutos designar a Lamani Zohar como líder de ala del Ala Tres cuando Amber fue ejecutada, pero como ella era ya oficial ejecutiva, tenía sentido que la eligieran.

Nunca voy a entender lo rápido que se superan las cosas aquí, la insensibilidad con la que la muerte se echa bajo el tapete y todos pasan sobre ella poco después.

Dioses, Xaden se ve muy bien hoy, con el ceño ligeramente fruncido mientras escucha con atención algo que está diciendo Lamani, y luego asiente. Es difícil creer que anoche tenía esa boca sobre la mía, esos brazos alrededor de mi cuerpo. Adiós al arrepentimiento. Quiero más.

Como si pudiera sentir mi mirada, Xaden levanta la cabeza y sus ojos se encuentran con los míos desde allá, con el mismo efecto que el del contacto. Mi pulso se acelera y mis labios se separan.

—Vamos a llegar tarde —me recuerda Rhi, mirando sobre su hombro.

Xaden mueve la vista al punto detrás de mí y su boca se tensa.

—Vi, ¿podemos hablar? —pregunta Dain, que está un poco sin aliento, como si hubiera corrido para alcanzarme.

—¿Ahora? —Dejo de ver a Xaden y me doy la vuelta para quedar de frente a la persona que creía que era mi mejor amigo.

Dain hace una mueca, se frota la nuca y asiente.

—Intenté alcanzarte después de la formación, pero desapareciste muy rápido, y después de lo que pasó anoche, creo que lo mejor es no esperar más.

—Puede que sea conveniente para ti querer hablar tras semanas de ignorarme, pero yo tengo clase en este momento. —Agarro la correa de mi morral.

—Tenemos un par de minutos. —La súplica en sus ojos es tan grande que la siento como un peso sobre mí—. Por favor.

Miro de reojo a Rhiannon, que está viendo a Dain con sus sentimientos reales expuestos en lugar del respeto que le debe como líder de nuestro pelotón.

—Entro en un momento.

Ella me ve, asiente y entra al salón de Carr con el resto del pelotón.

Sigo a Dain por la puerta hacia un lugar junto a la pared donde no obstruiremos el tráfico.

—Dejaste que Tairn compartiera tu recuerdo con todos en vez de solo mostrármelo a mí —suelta, y sus manos le caen a los costados.

—¿Disculpa? —¿De qué diablos habla?

—Cuando pasó todo lo de Amber, te pedí que me mostraras lo que pasó, y te negaste. —Se reacomoda en su lugar, que es una de las formas en que sé que está nervioso, y el movimiento me quita un poco de la rabia que siento.

Al final del día, es mi amigo de toda la vida, aunque se esté portando como un imbécil.

—No te creí, y eso tengo que aceptarlo. —Se lleva una mano al corazón—. Debí haberte creído, pero no podía entender que la mujer que conocía fuera la misma que hizo lo que me estabas diciendo, y además no me buscaste tras el ataque. —Hay dolor en su voz—. Tuve que enterarme en la formación, Vi. Pese a la pelea que tuvimos en el campo de vuelo, para mí sigues siendo... tú. Y mi mejor amiga sufrió un ataque violento en el que casi la matan, y no me dijiste nada.

—No me pediste permiso —digo en voz baja—. Me quisiste agarrar la cabeza como si tuvieras derecho a ver mis recuerdos tras decirme abiertamente que no me creías, y me exigiste que te los mostrara. —Requiero todas mis fuerzas para mantener un tono tranquilo.

Entre sus cejas aparecen dos surcos.

—¿No te pedí permiso?

—No me pediste permiso. —Niego con la cabeza—. Y después de que me has dicho infinidad de veces que no tengo lo que se necesita para estar aquí, que no soy lo suficientemente fuerte... lo que pasó en el campo de vuelo era algo que ya se veía venir entre tú y yo. Lo peor es que sabía que no me ibas a creer. También estuve a punto de no decírselo a Xaden, porque estaba segura de que él tampoco me iba a creer.

—Pero sí te creyó. —La voz de Dain se corta y tensa la quijada—. Y fue él quien los mató en tu habitación.

—Porque Tairn le dijo a Sgaeyl. —Me cruzo de brazos—. No porque estuviera ahí desde antes ni nada parecido. Y sé que lo odias…

—Tú también tienes más que suficientes razones para odiarlo —me recuerda, acercándose a mí antes de reconsiderarlo y retirar la mano.

—Lo sé —replico—. Su padre enterró una flecha en el pecho de Brennan, de acuerdo con los reportes de batalla. Vivo con eso todos los días. Pero ¿no crees que él me ve y recuerda que mi madre mató a su papá? Es… —No logro encontrar las palabras—. Las cosas son complicadas entre nosotros. —La cabeza se me llena de imágenes de lo que pasó anoche, desde la primera sonrisa de Xaden hasta el último roce de sus labios, pero las hago a un lado.

Dain se encorva, apesadumbrado.

—Confías más en él que en mí. —No es una acusación, pero igual me duele.

—No es eso. —El estómago se me retuerce. Un momento. ¿Es cierto?—. Es solo que… tengo que confiar en él, Dain. No para todo, claro. —Mierda, me estoy haciendo bolas—. Ninguno de los dos podemos hacer nada respecto a que Sgaeyl y Tairn sean pareja, y créeme, a ninguno nos gusta la situación, pero tenemos que encontrar la manera de sobrellevarla. No tenemos otra opción.

Dain maldice entre dientes, pero no me lo discute.

—Sé que solo quieres que esté a salvo, Dain —susurro—. Pero mantenerme a salvo también evita que crezca. —Él me mira, sorprendido, y algo cambia entre nosotros. Es como si quizá, solo quizá, al fin estuviera listo para escucharme—. Cuando me dijiste que este lugar te quita todo y se revela quién eres en realidad, sentí miedo. ¿Qué tal si, debajo de los huesos frágiles y los ligamentos débiles, solo tenía más debilidad? Y ya no podría culpar de eso a mi cuerpo.

—Para mí nunca has sido débil, Vi… —comienza a decir Dain, pero yo niego con la cabeza.

—¿No entiendes? —Lo interrumpo—. No importa lo que tú pienses, solo importa lo que yo piense. Y, tenías razón, pero el Cuadrante de Jinetes me quitó el miedo e incluso la rabia de obligarme a entrar aquí y reveló quién soy en realidad. En el fondo, Dain, soy una jinete. Tairn lo supo. Andarna lo supo. Por eso me eligieron. Y hasta que logres dejar de buscar formas de tenerme guardada en un escaparate de cristal, no vamos a poder superar esto por muchos años de amistad que haya entre nosotros.

Mira sobre mi hombro.

—Y ¿qué? ¿A Riorson se le perdonan sus problemas de control? Porque lo último que supe fue que pasaron a Liam a nuestro pelotón específicamente para que te siguiera a todas partes.

Es un excelente punto.

—Liam se mantiene cerca de mí porque ni el jinete más fuerte puede cuidarse las espaldas de más de treinta cadetes sin dragón que andan tras él. Y, si me muero, Xaden se muere también. ¿Cuál es tu excusa?

Dain se queda tieso como una estatua, y solo se mueve el músculo de su quijada antes de que se incline hacia mí para susurrarme algo.

—Mira, no sabes todo sobre Xaden, Vi. A mí me permiten tener más información por mi sello, y tienes que andarte con cuidado. Xaden tiene secretos, razones para nunca perdonar a tu madre, y no quiero que te use para su venganza.

Esto me enfurece. Hay algo de verdad en lo que está diciendo, pero no tengo tiempo para enfocarme en la maraña que es Xaden en este momento. Una relación jodida a la vez.

Miro a Dain con los ojos entrecerrados mientras se reacomoda en su lugar y una semilla de sospecha se siembra en mi pecho.

—Un momento, ¿me rogaste tanto que me fuera de Basgiath porque no creías que pudiera sobrevivir... o porque querías alejarme de Xaden? —Niego con la cabeza antes de que pueda responderme—. ¿Sabes qué? Da igual. —Y lo digo en serio—. Solo querías que estuviera a salvo, y te lo agradezco. Pero se acabó, Dain. Xaden está atado a mí por Sgaeyl. Nada más. No necesito protección, y si la necesitara, tengo dos dragones rudísimos de mi lado. ¿Puedes respetar eso?

Lleva una mano a mi mejilla y le sostengo la mirada, decidida a hacer que entienda que o comienza a respetar mis elecciones o no vamos a poder reparar nuestra amistad.

—Está bien, Vi. —Aparecen unas arruguitas en las orillas de sus ojos y su boca se curva en una sonrisa a medias—. ¿Cómo puedo discutir con alguien que tiene «dos dragones rudísimos»?

Siento cómo se me quita un peso del pecho y al fin puedo respirar de nuevo.

—Exactamente —le digo, con una sonrisa juguetona.

—Perdón por no pedirte permiso para ver el recuerdo. —Baja la mano a mi hombro—. Más vale que te vayas a clase. —Y me da un suave apretón en el hombro antes de irse.

Exhalo y voy hacia la puerta del aula de Carr. El pasillo está vacío.

Entro al salón, una habitación increíblemente larga con paredes acolchonadas y sin ventanas. Todo el espacio está iluminado por candelabros con luces mágicas tan brillantes que parece que es la luz del día sobre tres docenas de estudiantes de las alas Tres y Cuatro, que ya están sentados en filas en el suelo, con espacio entre uno y otro para ocupar casi todo el lugar.

Rhiannon y Liam me están esperando en la puerta y el profesor Carr enarca su peluda ceja blanca al verme mientras nos acercamos al frente del salón, donde está él, dominando el espacio sin hacer nada más que estar parado ahí. El hombre no solo impone, sino que además intimida muchísimo.

Trago saliva al recordar cómo le rompió el cuello a Jeremiah.

—¿Al fin lista para acompañarnos, cadete Sorrengail? —No hay amabilidad en su voz, sino pura y dura observación clínica.

—Sí, señor. —Asiento.

Me estudia con la mirada como si fuera un insecto clavado en la pared del salón de biología.

—¿Sello?

—Aún no. —Niego con la cabeza, guardándome lo de detener el tiempo como me sugirió Xaden. «Confías más en él que en mí». En este sentido, Dain tiene razón y siento la culpa como una piedra que cae en mi estómago.

—Ya veo. —Chasca la lengua mientras me recorre con los ojos—. Sabes que tus dos hermanos recibieron sellos extraordinarios. La capacidad de Mira para manifestar una protección alrededor de ella y de su pelotón ha sido fundamental para su ala, y ha recibido muchas condecoraciones por su valor tras las líneas enemigas.

—Sí. Mira es una inspiración. —Me obligo a sonreír, más que consciente de los logros de mi hermana en el campo de batalla.

—Y Brennan... —Desvía la mirada—. Los reparadores son tan poco comunes, y perder a uno tan joven fue una tragedia.

—A mí me parece que haber perdido a Brennan fue la tragedia. —Me acomodo el morral sobre el hombro—. Pero perder su sello sin duda fue un fuerte golpe para las alas.

—Mmm. —Parpadea dos veces y vuelve a posar su mirada gélida sobre mí—. Bueno, pues parece que la estirpe Sorrengail tiene la bendición de los dioses, hasta en una jinete tan... pues, delicada como tú. Como Tairn te eligió, no esperamos menos que un sello descomunal en ti. Siéntate. Al menos puedes empezar a hacer magias menores con tu reliquia. —Hace un gesto desinteresado con la mano para que me vaya a mi lugar.

—Sin presión —murmuro mientras avanzamos hacia los espacios obviamente vacíos en la fila con el resto de nuestro pelotón.

—No te angusties —dice Rhiannon, sentándose en el suelo acolchonado—. Eso era lo que intentaba recordarte hace rato. Eres la jinete de Tairn.

—¿Qué quieres decir? —Acomodo el morral en el piso junto a mí.

—Te preocupa mucho qué va a pasar con el ala porque Riorson quizá tenga que venir para que su dragona esté feliz, pero, Violet, él no es el jinete más poderoso de nuestra generación. Eres tú. —Me sostiene la mirada apenas lo suficiente para dejarme saber que lo dice en serio.

El corazón se me sube a la garganta.

—Ahora ¡comencemos! —anuncia Carr.

Diciembre se convierte en enero.

Haz tierra. Bloquea. Imagina que cierras tu puerta. Construye tu muralla. Siente qué y quién tiene acceso a tu alrededor. Traza el vínculo con tu dragón. «Dragones» en mi caso. Construyo una segunda entrada, una ventana, en el archivo de mi poder para la energía dorada de Andarna. Bloquea esos vínculos tanto como puedas.

Visualiza.

Imagina un nudo de poder, no demasiado intrincado; nadie está listo para eso aún, frente a ti, y luego desátalo. Quítale el seguro a la puerta.

Visualiza.

Mantén un pie siempre en la tierra. No sirves de nada si no estás conectada con tu poder, y eres un peligro si no puedes contenerlo. Solamente el punto medio te convierte en una gran jinete.

En tu mente, ve el poder como una mano que toma el lápiz y lo lleva hacia ti. Agárralo. No. Así no. Inténtalo de nuevo. No, otra vez.

¡Visualiza!

Estudio para los exámenes. Me preparo para los vuelos. Levanto pesas con Imogen. Me pregunto cuántas horas más me hará pasar Xaden en la colchoneta con Rhiannon. Gano mi primer reto y tengo una nueva daga de una chica del Ala Dos. Pero la tarea más agotadora es pasar infinitas horas en el archivo de mi cabeza, aprendiéndome cuál es la puerta de Tairn y cuál es la de Andarna para luego trabajar diligentemente en separarlas.

Resulta que, aunque mi poder viene de los dragones, la capacidad de controlarlo requiere todo mi esfuerzo, y hay noches en que caigo en la cama y me pierdo en el sueño antes de siquiera quitarme las botas.

Para el final de la segunda semana de enero no solo estoy enojada porque Xaden no se haya molestado en hablar del beso sino además exhausta, y eso es sin que se haya manifestado mi sello, por lo que no se me va toda la energía en controlarlo.

Ridoc puede manipular el hielo, que puede ser un sello más común, pero es un espectáculo impresionante.

Los poderes metalúrgicos de Sawyer crecen día con día.

Liam puede ver un árbol a cinco kilómetros de distancia.

Supongo que yo puedo detener el tiempo, pero no estoy dispuesta a agotar a Andarna solo por volver a intentarlo, no cuando le tomó más de una semana de puro dormir para recuperarse. Sin un sello, lo único que puedo hacer es magia menor. Al fin estoy usando una pluma que no requiere del tintero, cerrar puertas y abrirlas. Soy perfecta para animar las fiestas.

Para la tercera semana de enero me gano otra daga en un reto contra un chico del Ala Tres, la segunda sin debilitar a mi oponente con veneno. Me dejó con una muñeca lastimada, pero mis articulaciones están intactas.

Y en la cuarta semana, durante el clima más frío que he sentido en Basgiath, me escabullo a medianoche para ver el tablón de retos.

Al fin le dieron a Jack la oportunidad de acabarme en la colchoneta mañana.

—*Me va a matar.* —Eso es lo único que me viene a la mente mientras me visto para empezar el día, envainado todas mis dagas en los mejores lugares.

—*Lo va a intentar.* —Tairn despertó temprano.

—*¿Algún consejo?* —Sé que Liam está esperando para que vayamos a la biblioteca antes del desayuno.

—*No se lo permitas.*

Suelto un resoplido burlón. Lo dice como si fuera tan fácil.

Ya vamos de regreso de la biblioteca cuando al fin encuentro el valor para hablarlo con Liam.

—Si te cuento algo, ¿se lo reportarás a Xaden?

Su cabeza se gira hacia mí mientras empuja el carrito por el puente entre cuadrantes.

—¿Por qué crees que...?

—Ay, por favor. —Hago un gesto de fastidio—. Ambos sabemos que le reportas todo lo que hago. No soy tonta. —La nieve golpetea en las ventanas con un sonido ahogado y ligeramente metálico.

—Se preocupa, y yo alivio sus preocupaciones. —Me echa otra mirada antes de volver a ver hacia el frente—. Sé que no es justo. Sé que es una violación a tu privacidad. Pero no es nada comparado con lo que le debo.

—Sí. Eso lo entiendo. —Me adelanto y abro la gruesa y pesada puerta hacia la ciudadela para dejarlo pasar—. Quizá debería replantear mi pregunta. Si te contara algo y te pidiera específicamente que se quedara entre nosotros, ¿aceptarías? ¿Somos amigos o solo soy un trabajo para ti?

Se detiene mientras cierro la puerta, y sé que está pensando por la manera en que tamborilea los dedos sobre la agarradera del carrito.

—Si me lo guardo, ¿afectaría tu seguridad de algún modo?

—No. —Lo alcanzo y comenzamos a avanzar por la pendiente que más adelante se separa en dos túneles, uno hacia los dormitorios y otro hacia el área común—. No hay nada que puedas hacer, y ese es el punto.

—Somos amigos. Cuéntame. —Hace un gesto de pesar—. No diré nada.

—Van a dejar que Jack Barlowe me rete hoy.

Deja de caminar, así que hago lo mismo.

—¿Cómo lo sabes?

—Es justo por eso que te pido que no le digas a nadie. Solo... intenta confiar en que lo sé.

—Los instructores no lo pueden permitir. —Niega con la cabeza y sus ojos se van llenando de pánico.

—Lo harán. —Me encojo de hombros y finjo una sonrisa—. Lo ha estado pidiendo desde el primer día, así que no es como que no me lo esperaba. El punto es que Jack me va a retar hoy y, cuando lo haga, no puedes meterte, pase lo que pase.

Sus ojos azules se abren de par en par.

—Vi, si le decimos a Riorson, él podrá detenerlo.

—No. —Busco su mano y le pongo la mía encima—. No puede. —Se me revuelve el estómago, pero al menos no vomito como cuando me enteré—. Lo que Xaden puede hacer para protegerme, tanto aquí como en el frente, tiene un límite. Tú y yo sabemos que si detiene esto, se hará un escándalo en el cuadrante después de lo que le pasó a Amber.

—Y ¿esperas que me quede ahí parado, solo viendo, y que pase... lo que tenga que pasar? —pregunta, incrédulo.

—Como lo has hecho en los últimos dos retos. —Finjo otra sonrisa—. No te preocupes. Voy a usar todo lo que tengo a mi favor. —Y actualmente todo lo que tengo es un frasquito guardado en el pequeño bolsillo junto a mi cintura.

—No me gusta esto. —Niega con la cabeza.

—Pues sí, ya somos dos.

No hay práctica de vuelo hoy, pues toda la semana los dragones han considerado que hace demasiado frío como para volar, así que todos nos vamos al gimnasio de lucha después de la formación. Ni me molesto en desayunar, pero pongo atención a cada cosa que está en la bandeja de Jack cuando paso junto a él, fijándome en lo que hay... y en lo que no.

Mi corazón late con un ritmo caótico y mareador para cuando los ochenta y un sobrevivientes de primero terminan de reunirse en el gimnasio.

El profesor Emetterio llama a los retos de uno por uno, asigna a los pares en sus colchonetas correspondientes. Por lo menos vamos a pelear todos a la vez, lo cual significa que no van a estar viendo absolutamente a todos los jinetes.

Por lo menos Xaden no está aquí, lo que significa que Liam cumplió con su palabra.

—Colchoneta diecisiete, Jack Barlowe del Ala Uno contra... —Enarca una ceja y toma una enorme bocanada de aire—. Violet Sorrengail.

Gracias a los dioses que Rhiannon ya está al otro lado del lugar, lista para enfrentarse a una mujer del Ala Tres, así que no tiene que ver cómo toda la sangre le abandona la cara a Liam. No debería ver nada de esto. También Sawyer ya se fue para acomodarse en la colchoneta nueve.

—Mierda, no puede ser —exclama Ridoc entre dientes, negando con la cabeza.

—¡Al fin! —Jack eleva los brazos como si ya hubiera ganado.

—Allá vamos. —Giro los hombros y voy hacia la colchoneta. Ni Liam ni Ridoc son llamados a la colchoneta hoy, así que caminan a mis costados.

—Dime que puedo romper la promesa —me ruega Liam, y la expresión de súplica en sus ojos me deja saber que lo puse en una posición de mierda.

—Los de tercero están haciendo sus cosas de tercero —le respondo mientras los dedos de mis pies tocan la colchoneta—. No puedes hacer que llegue a tiempo, pero sé lo que implica para ti cumplir con tu palabra. Especialmente cuando se trata de él. Así que, ve.

—Cuídala como si fueras yo —le dice a Ridoc.

—O sea, ¿como si midiera quince centímetros más y tuviera la constitución física de un toro? —Ridoc le hace una seña de confirmación con el pulgar hacia arriba—. Claro. Haré todo lo que pueda. Ahora, corre.

La mirada de Liam se clava en la mía.

—No te mueras.

—Eso intentaré, y no solo por mí. —Le sonrío—. Gracias por ser tan buen guardián.

Sus ojos se abren exageradamente por un segundo antes de que salga corriendo del gimnasio.

—Barlowe y Sorrengail —dice Emetterio desde el otro lado de la colchoneta—. ¿Armas?

Jack está dando saltitos como un niño que acaba de recibir un regalo.

—Lo que sea que pueda sostener con sus manitas enclenques —comenta. La expresión en su mirada me pone la piel de gallina.

Subo a la colchoneta y Jack hace lo mismo, avanzando hasta que ambos estamos al centro, frente a frente.

—No se pueden usar poderes. —Nos recuerda Emetterio—. Si el otro se rinde o queda noqueado, la victoria es suya.

Estoy casi segura de que todos los que están reunidos alrededor de esta colchoneta saben que Jack no va a elegir ninguna de esas dos opciones. Si logra ponerme las manos al cuello, estoy muerta.

—*Eso de que si yo me muero, Xaden se muere, en realidad solo es una hipótesis, ¿verdad?* —pregunto, desenvainando las dagas que son más difíciles de alcanzar durante una pelea, las que traigo en las botas.

—*Una hipótesis que yo preferiría no poner a prueba* —me responde Tairn, gruñendo.

Me yergo, apretando con fuerza las empuñaduras de mis dagas, mientras Jack se acomoda frente a mí con un solo cuchillo.

—Es broma, ¿verdad? ¿Solo uno?

—Solo necesito uno —dice, sonriendo con una emoción repugnante.

—*Vete directo al gaznate* —sugiere Tairn.

—*No tengo la energía para bloquearte en este momento, así que voy a necesitar que te calles por unos minutos.*

Un gruñido es la única respuesta que recibo.

—Sin trampas —nos advierte Emetterio—. Empiecen.

Mi corazón late tan estruendosamente que lo puedo escuchar en mis oídos mientras comenzamos a acecharnos en círculos.

—*A la ofensiva. Ahora. Ataca primero* —dice Tairn.

—*¡No me ayudas!*

Jack se lanza contra mí. Blande su cuchillo, pero yo le hago un corte en el dorso de la mano con mi daga y sale el primer hilito de sangre.

—¡Mierda! —Da un salto hacia atrás con las mejillas enrojecidas.

Eso es lo que yo quería, lo que necesitaba para ganar este enfrentamiento, que su coraje lo hiciera actuar sin pensar y cometiera un error.

Vuelve a avanzar y suelta una patada dirigida al centro de mi cuerpo. Retrocedo torpemente, pero logro, aunque por poco, esquivar el golpe.

—Apuesto a que quisieras lanzar tu arma, ¿verdad? —se burla, sabiendo que no voy a romper una regla si con eso podría lastimar a alguien en los retos que se están llevando a cabo a nuestro alrededor.

—Apuesto a que desearías no saber qué se siente sacarte uno de mis cuchillos, ¿verdad? —replico.

Aprieta los labios en un gesto de rabia antes de lanzarse contra mí con una serie de golpes y ataques con su daga. No lo puedo detener, es demasiado fuerte para mí, y como testigo está la daga que me arranca fácilmente de la mano con una patada, así que hago uso de mi velocidad, agachándome y esquivándolo mientras le hago otro corte, esta vez a lo largo de su antebrazo.

—¡Mierda! —exclama, furioso, y se da la vuelta mientras intento atacarlo por la espalda. Me toma por sorpresa, me agarra del brazo y me gira sobre su espalda para dejarme tirada en la colchoneta.

Recibo el impacto en el hombro y hago un gesto de dolor, pero no escucho rasgaduras ni nada quebrándose. Darle las gracias a Imogen será de lo primero en mi lista si sobrevivo a esto.

Sin soltarme del brazo, Jack asesta su cuchillo directo a mi pecho, pero mi chaleco lo detiene y solo se resbala sobre mis costillas para terminar enterrado en la colchoneta.

—¡Está haciendo ataques mortales! —grita Ridoc—. ¡Eso no está permitido!

—¡Basta, Barlowe! —ordena Emetterio.

—¿Qué opinas, Sorrengail? —Jack me susurra al oído, mientras me mantiene inmovilizada con el brazo detrás de mi espalda—. Admítelo. Ambos sabíamos que así iban a ser las cosas. Rápidas. Vergonzosamente fáciles. Fatales. Tu adorado líder de ala no está aquí para salvarte.

No, pero Xaden va a sufrir... si no es que algo peor si Jack logra su cometido. Pensar en eso me pone en acción. Ignorando el dolor, ruedo mi cuerpo y con esto me subluxo el hombro, pero logro liberarme de su mano cuando él se enreda entre mis piernas.

Luego lo pateo directo en la entrepierna.

Jack cae de rodillas mientras recupero el equilibrio, agarrándose la entrepierna con la boca abierta en un grito silencioso.

—Ríndete —le ordeno, recogiendo la daga que se me cayó—. Puedo tasajearte en cualquier momento. Ambos sabemos que, si esto fuera la vida real, sería tu fin.

—Si fuera la vida real, te habría matado en cuanto entraste a la colchoneta —dice entre dientes con un tono lleno de rabia.

—Ríndete. Ya.

—¡Jódete! —Lanza su daga.

Levanto las manos para bloquearla, pero se entierra en mi maldito antebrazo izquierdo, hace que la sangre se deslice y que el dolor me recorra todos los nervios del brazo con una intensidad alarmante, pero sé que no debo sacarlo. En este momento, el arma es lo único que mantiene la herida más o menos cerrada.

—¡No se pueden lanzar armas! —grita Emetterio desde la orilla, pero Jack ya viene contra mí con una serie de patadas y golpes para los que no estoy preparada. Su mano se estrella en mi mejilla y puedo sentir cómo se me abre la piel.

Su rodilla me saca todo el aire del cuerpo cuando me la clava en el estómago.

Pero me mantengo de pie mientras me agarra de la cara con las manos. La agonía me llena todas las células del cuerpo cuando una energía violenta y vibrante empieza a correr dentro de mí con tal intensidad que siento como si me estuviera arrancando los ligamentos del hueso, los músculos del tendón.

Grito, abrumada por esta fuerza interna que no entiendo, como si Jack estuviera metiendo su poder en mi cuerpo, atacándome con una serie de descargas de energía vibrante.

Ya. Si no lo hago ya, me va a matar. Mi vista ya se está oscureciendo por los bordes.

Llevo una mano temblorosa al bolsillo de mi pantalón y retiro con un dedo el tapón del frasquito.

Su sonrisa sádica y su mirada enrojecida son lo único que puedo ver mientras mete más y más poder a mi cuerpo, pero tiene las manos ocupadas y está demasiado obsesionado con su propia victoria como para escuchar que ya dejé de gritar, como para ver que me estoy moviendo.

—¡Está usando sus poderes! —anuncia Ridoc, furioso, y por el rabillo de mis ojos cada vez más nublados alcanzo a ver movimiento en ambos lados.

Le meto el frasco en la boca a Jack con tanta fuerza que siento cómo se le rompe un diente.

A ambos nos detienen unas manos y escucho que Ridoc y Emetterio gritan y retiran las manos tras el contacto. Lo que sea que Jack esté haciendo, se les transfirió al tocarme.

Los dientes me cascabelean por el dolor que me consume y mi cuerpo lucha por no desmayarse, por escapar de esta tortura insoportable, pero me niego a sucumbir a la oscuridad hasta que Jack exhala con un silbido.

Sus ojos se abren más de lo que se creería posible y baja las manos para agarrarse el cuello mientras se le cierra la tráquea.

Caigo de rodillas y mi cuerpo sigue temblando sobre la colchoneta, pero Jack también se cae y jadea con las manos moviéndose desesperadamente sobre su cuello mientras la cara se le va poniendo morada.

En unos segundos, el rostro de Ridoc aparece frente al mío.

—Respira, Sorrengail. Solo respira.

—¿Qué diablos le está pasando a Barlowe? —pregunta alguien mientras él se retuerce.

—Naranjas —le susurro a Ridoc mientras mi cuerpo al fin se va rindiendo—. Es alérgico a las naranjas. —Y me pierdo en la oscuridad.

Cuando despierto, ya no estoy en la colchoneta, y las ventanas de la enfermería del Cuadrante de Curanderos me dejan saber que ya cayó la noche. Pasé horas inconsciente.

Y no es Ridoc quien está tumbado en la silla junto a mi cama, viéndome como si tuviera ganas de matarme también.

Es Xaden. Tiene el cabello revuelto, como si se lo hubiera estado jaloneando, y juega con una daga, lanzándola y atrapándola por la punta una y otra vez, casi sin verla, antes de guardarla en la funda que trae en un costado.

—¿Naranjas?

VEINTICUATRO

Sé que no quieres escuchar esto, pero a veces debes saber cuándo dar un golpe mortal, Mira. Por eso tienes que asegurarte de que Violet entre al Cuadrante de Escribas. Ella nunca sería capaz de matar a nadie.

—PÁGINA 70, EL LIBRO DE BRENNAN

Intento recorrerme sobre la cama para sentarme, pero el dolor en mi brazo me recuerda que tenía una daga enterrada ahí hace apenas un par de horas. Ya está vendado.

—¿Cuántas puntadas?

—Once de un lado y diecinueve del otro. —Enarca una ceja oscura y se reclina hacia adelante, apoyando los codos sobre sus rodillas—. ¿Convertiste unas naranjas en armas, Violencia?

Me muevo lentamente hasta lograr sentarme y luego me encojo de hombros.

—Usé lo que tenía.

—Viendo que te salvó… que nos salvó la vida, no puedo discutírtelo, y no te voy a preguntar cómo es que siempre sabes a quién te vas a enfrentar. —Claramente hay enojo en su mirada, pero también es posible notar un poco de alivio—. Que le hayas dicho a Ridoc permitió que Emetterio lo trajera a tiempo. Desafortunadamente, está a cinco camas de aquí y va a sobrevivir, a diferencia del de segundo que está en la otra cama. Pudiste haberlo matado y ahorrarnos un montón de drama. Pero no lo hiciste…

—No quería matarlo. —Giro el hombro para ver cómo está. Me duele, pero no se dislocó. También siento dolor en la cara—. Solo quería que dejara de matarme.

—Debiste decírmelo. —La acusación brota de sus labios en un gruñido.

—Y no había nada que tú pudieras hacer además de convencer a la gente de que soy débil y no puedo sola. —Le lanzo una mirada acusadora—. Y no se puede decir que hayas estado disponible para hablar sobre nada en las últimas semanas. Casi podría pensar que ese beso te asustó. —Mierda. No quería decir eso.

—Eso no está a discusión. —En sus ojos aparece algo que rápidamente es disfrazado por la fría máscara de la indiferencia.

—¿En serio? —Debí saberlo, teniendo en cuenta que lleva todo este tiempo evitándolo.

—Fue un error. Tú y yo vamos a estar trabajando juntos por el resto de nuestra vida, incapaces de escapar del otro. Involucrarnos, aunque solo sea a nivel físico, es una estupidez colosal. No tiene caso hablar de eso.

Apenas logro contener el impulso de tocarme el pecho para ver si mis órganos siguen donde deben estar, porque siento como si me hubieran sacado víscera por víscera con esas cuatro oraciones. Pero él lo disfrutó tanto como yo. Estuve ahí, y ese… entusiasmo es inconfundible. «Pero quizá fue el churam».

—¿Y si yo quiero hablar de eso?

—En ese caso, adelante, pero eso no significa que yo tenga que ser parte de la conversación. Ambos tenemos derecho a poner nuestros límites, y este es uno de los míos. —La firmeza en su voz me abre un hueco en el estómago—. Reconozco que poner distancia entre nosotros no resultó tan bien, y si el relajito de hoy fue para llamar mi atención: felicidades. Es toda tuya.

—No sé de qué hablas. —Bajo las piernas por un lado de la cama. Necesito mis botas y salir de aquí antes de que me ponga más en ridículo.

—Aparentemente no puedo confiar en que Liam me va a reportar situaciones de peligro mortal ni en que Rhiannon sabe entrenarte en la colchoneta, con lo fácil que te tumbó Barlowe, así que, a partir de ahora, yo me voy a encargar.

—¿De qué te vas a encargar?

—De todo lo que tiene que ver contigo.

Al día siguiente, durante lo que deberían ser nuestras horas de vuelo, si no fuera por los vientos gélidos y salvajes, Xaden me lleva a la colchoneta. Afortunadamente trae la camisa puesta, así que no me distrae lo que sé que está abajo. No, no solo trae su ropa y botas de combate, sino que además está armado hasta los dientes con lo que parece ser una docena de dagas distintas en una docena de fundas diferentes.

¿Es absolutamente tóxico que me atraiga este look en él? Probablemente. Pero solo tengo que voltearme y verlo para que mi temperatura se eleve.

—Deja tus armas fuera de la colchoneta —me ordena, y casi una docena de jinetes se gira para vernos.

Al menos Liam ganó tiempo para ir a entrenar a un par de colchonetas de aquí con Dain, lo cual es la primera vez que pasa. La mayoría de los pelotones está en el gimnasio, aprovechando el inesperado tiempo libre, así que por suerte todos están ocupados entrenando en vez de fijarse en nosotros.

—Pero tú sí estás armado. —Señalo sus vainas con la vista.

—O confías en mí o no. —Inclina la cabeza ligeramente hacia un lado, exponiendo la reliquia de la Rebelión que sube por su cuello. La misma reliquia que acaricié con mi mano mientras él me tenía pegada a la pared hace más de un mes.

«No. No voy a pensar en eso».

Pero mi cuerpo no tiene problema en recordarlo.

Suelto un enorme suspiro y voy a un extremo de la colchoneta para desenvainar todas mis dagas más las que me he ganado y dejarlas en el suelo.

—Ya no tengo armas. ¿Contento? —Me doy la vuelta para quedar de frente a él y extiendo los brazos. La manga larga me cubre el vendaje del brazo, pero el dolor es persistente—. Aunque quizá podríamos haber esperado un par de días para que mi brazo sanara antes de hacer esto. —Las puntadas me lastiman, pero he sentido cosas peores.

—No. —Niega con la cabeza, desenfundando una de sus dagas y avanzando hacia mí—. Al enemigo le importa un carajo si estás herida. Lo usaría a su favor. Si no sabes cómo pelear cuando tienes dolor, nos vas a matar a ambos.

—Bueno. —Me reacomodo con gesto enojado. Ni se imagina que siempre tengo dolor. Es casi como mi zona de confort—. De hecho, tienes un punto, lo reconozco.

—Gracias por tu generosidad. —Sonríe e ignoro el calor que se despierta de inmediato en mi vientre bajo. Extiende su palma y me muestra una daga con empuñadura extrañamente corta—. El problema no es necesariamente tu estilo para pelear. Eres rápida y te has vuelto bastante increíble desde agosto. El problema es que estás usando dagas que te pueden sacar fácilmente de las manos. Necesitas armas diseñadas para tu tipo de cuerpo.

Al menos no dijo «debilidades».

Observo el cuchillo en su mano. Es hermoso, con una empuñadura negra grabada con nudos tyrrish, runas míticas de intrincadas ondas y giros. La hoja claramente está hecha para tener una perfección letal.

—Es espectacular.

—Es tuya.

Levanto la cabeza de golpe, pero sus ojos ónix no me están mintiendo.

—La mandé hacer para ti. —Sus labios se curvan ligeramente.

—¿Qué? —La boca se me abre y el pecho se me tensa. ¿Se tomó esa molestia? Mierda. Eso me provoca sentimientos que no quisiera experimentar. De esos que son suaves y confusos.

—Ya me oíste. Tómala.

Trago saliva para deshacer el ilógico nudo en mi garganta y tomo el arma. Se siente sólida en mi mano, pero es infinitamente más ligera que cualquiera de mis dagas. No me pesa en la muñeca y mis dedos envuelven cómodamente la empuñadura, hace que me sienta mucho más segura que con el resto de los cuchillos que dejé en el suelo.

—¿Quién la hizo?

—Alguien que conozco.

—¿Del cuadrante? —Enarco las cejas.

—Te sorprendería las cosas que aprendes tras tres años aquí. —Una sonrisa se aparece en la orilla de su boca y lo veo embobada hasta que recuerdo dónde estamos.

—Es increíble—. Niego con la cabeza y se la devuelvo—. Pero sabes que no la puedo aceptar. Las únicas armas que se nos permite tener son las que nos ganamos. —Solamente se aceptan las armas calificadas y las de los retos. Hay una ballesta a la que le traigo ganas, pero aún no la domino lo suficiente.

—Exacto. —Sonríe por medio segundo antes de moverse con una velocidad que yo no creía posible. Es más rápido que Imogen al lanzarme un golpe a los pies que me derriba con un solo movimiento.

La facilidad con la que me tiene tumbada de espaldas es a la vez terrible y... ridículamente sexy, en especial por el peso de sus caderas entre mis muslos. Necesito hacer uso de toda mi fuerza de voluntad para no estirar la mano y quitarle ese mechón de cabello de la frente. «Fue un error».

Vaya que ese recuerdo funciona para bajarme la calentura de inmediato.

—Y ¿qué punto estás demostrando con esta pequeña maniobra? —le pregunto, sabiendo bien que lo hizo sin lastimarme.

—Hay una docena de esas dagas enfundadas en mi cuerpo, así que empieza a desarmarme. —Levanta una ceja sarcástica—. A menos que no sepas cómo enfrentar a un oponente cuando está encima de ti y, si es el caso, ese es otro problema.

—Sé cómo manejarte cuando estás encima de mí —lo reto en voz baja.

Acerca su boca a mi oreja.

—No te va a gustar lo que pasará si me presionas.

—O quizá sí. —Me giro apenas lo suficiente para que mis labios rocen el borde de su oreja.

Él se aleja de golpe y el fuego en su mirada me hace cobrar conciencia de cada punto donde nuestros cuerpos se están tocando.

—Desármame antes de que pruebe esa teoría frente a todos en este gimnasio.

—Interesante. No pensé que fueras un exhibicionista.

—Sigue presionando y supongo que ya lo descubrirás. —Su mirada se posa en mi boca.

—Creí que habías dicho que besarme fue un error. —No me importa que todo el cuadrante esté viendo si me va a besar de nuevo.

—Lo fue. —Sonríe con malicia—. Solo te estoy enseñando una lección sobre cómo las dagas no son la única manera de desarmar a un oponente. Dime, Violencia, ¿te desarmé?

Cretino arrogante.

Con un bufido, comienzo a sacar armas de sus vainas, lanzándolas al otro lado de la colchoneta mientras él me observa con gesto impaciente pero divertido. Luego rodeo sus caderas con mis piernas y lo obligo a girar hacia la izquierda, dejándolo de espaldas. Por su voluntad, claro, porque no hay forma de que pudiera ponerle una rodilla encima si él no quisiera, pero de todos modos pongo mi brazo contra su clavícula fingiendo que lo inmovilizo y procedo a robarme las demás dagas que tiene enfundadas por todo el costado.

—Y, por último —digo con una sonrisa, inclinándome hacia él, con nuestros cuerpos casi ardiendo mientras le quito la daga que trae en la mano—. Gracias.

Con la última arma en mi poder, Xaden pone las palmas sobre la colchoneta y empuja con una fuerza descomunal, echándose hacia atrás, conmigo encima, hasta que mi espalda vuelve a besar la colchoneta.

—Eso… —Tomo aire, pues el movimiento me dejó abrumado y él terminó entre mis muslos. Hago un gran esfuerzo para no arquearme hacia su cuerpo y ver si realmente cree que el beso fue un error—. No es justo que uses tus poderes en una competencia. —Mágicos. Sexuales. Lo que sea. Igual es injusto.

—Ese es el otro tema. —Se pone de pie con un salto y me ofrece su mano. La tomo y siento cómo me empieza a dar vueltas la cabeza. «Ahora no. No te marees en este momento»—. Emetterio no permite los poderes para hacer más justas las cosas en los retos. Pero ¿allá afuera? El campo no es para nada justo, y necesitas aprender a usar lo que tienes.

—No tengo gran cosa fuera de hacer tierra, bloquear y mover un trozo de pergamino. —Envaino la nueva daga y luego recojo las demás y hago lo mismo. En verdad son tan hermosas, y cada una tiene runas distintas. Es una pena que haya tantas partes de la cultura tyrrish que se perdieron hace siglos durante la Unificación, incluyendo la mayoría de las runas. Ni siquiera sé qué significan.

—Pues parece que también vamos a tener que trabajar en eso. —Suspira y retoma la postura de pelea—. Ahora, gánate tu apodo e intenta matarme con todo lo que tienes.

Febrero pasa volando en un remolino de agotamiento. Xaden ocupa cada momento libre de mi día y Dain se ha puesto furioso más de una vez cuando el líder de ala me ha sacado de un entrenamiento del pelotón porque tiene algo infinitamente más importante que hacer conmigo.

Lo cual por lo general termina con que me hace pedazos una y otra vez en la colchoneta.

Pero debo decir que no me trata como si fuera un bebé, como hacía Dain, ni me da chance como Rhiannon. Me lleva a mi límite físico en cada sesión, pero nunca más allá, lo cual suele dejarme como un trapo sudado en el suelo del gimnasio, luchando por recuperar el aliento.

Y por lo general es ahí cuando Imogen me recuerda que tengo que ir a hacer pesas.

Los odio a los dos.

Más o menos.

Es difícil discutir con los resultados cuando estoy aprendiendo a acabar con el mejor luchador del cuadrante. Aún no lo he vencido, pero eso no me molesta. Significa que no me está dejando ganar.

Tampoco me ha vuelto a besar, ni aunque lo presione.

Marzo llega con incontables cantidades de nieve que tienen que palearse cada mañana antes de la formación. Y los momentos en que la reliquia arde en mi espalda y siento que me voy a arrancar la piel si no dejo salir el poder que va creciendo dentro de mí me recuerdan que aún no tengo un sello. Ya casi han pasado tres meses.

Cada mañana despierto preguntándome si será el día en que me dé una combustión espontánea.

—Sharla Gunter —dice el capitán Fitzgibbons, que está leyendo la lista de muertos con el pergamino congelado resbalándose en sus manos enguantadas. Esta semana está más cálida, pero no mucho—. Y Mushin Vedie. Que sus almas estén con Malek.

—¿Vedie? —le pregunto a Rhiannon con gesto sorprendido mientras se dispersa la formación. No lo conocí mucho, porque era del Ala Dos, pero de todos modos el nombre me toma por sorpresa, pues se rumoraba que era uno de los mejores entre nosotros.

—¿No te enteraste? —Se aprieta la capa con interior de piel alrededor del cuello—. Su sello se manifestó a media clase de Carr ayer y se incendió.

—¿Se... murió quemado por sus propias llamas?

Ella asiente.

—Tara dijo que Carr cree que iba a manipular el fuego, pero la primera manifestación lo tomó tan por sorpresa que...

—Ardió como una antorcha —agrega Ridoc—. Casi puede servir para alegrarte de que tu sello aún siga escondido, ¿no?

—Escondido es una forma de decirlo. —Fuera de la habilidad que se supone que no debo mencionar ni en susurros, parece que soy justo lo que mi madre más odia: promedio. Y no puedo ir a pedirles ayuda a Tairn o Andarna. El sello se trata solo de mí, y aparentemente no estoy dando el ancho, como me recuerda constantemente la incómoda reliquia en mi espalda. Hay una diminuta y secreta parte de mí que espera que mi sello no se haya manifestado aún porque es diferente de los demás, no solo útil sino... trascendente como el de Brennan.

—Definitivamente sirve para que me den ganas de faltar a clases hoy —murmura Rhiannon, echándose vaho en las manos para calentárselas.

—Nada de faltar a clases —la regaña Dain, que nos está viendo con expresión severa—. Solo faltan unas semanas para la Batalla de Pelotones y necesitamos que todos estén bien entrenados para ganar.

Imogen suelta una carcajada burlona.

—Por favor, Aetos, creo que todos sabemos que el Ala Dos tiene un pelotón en la Sección Cola que va a acabar con todos. ¿Has visto la velocidad con la que suben el Guantelete? Estoy segura de que han estado yendo, aunque sigue cubierto de hielo.

—Vamos a ganar —anuncia Cianna, nuestra oficial ejecutiva, moviendo la cabeza con gesto de seguridad—. Puede que Sorrengail nos quite tiempo en el Guantelete —dice, arrugando su nariz aguileña—, y probablemente en lo que tenga que ver con el uso de poderes, al paso que va...

—Oye, gracias. —Me cruzo de brazos. Apuesto a que puedo bloquear mejor que todos ellos juntos.

—Pero las habilidades de Rhiannon lo compensan con creces —continúa Cianna—. Y todos sabemos que Liam y Heaton van a arrasar en la colchoneta durante la competencia de lucha. Así que solo faltan las maniobras de vuelo y la tarea con la que elijan los líderes de ala para que nos juzguen este año.

—Ah, ¿eso es todo? Vaya, y yo que creía que iba a estar complicado. —El sarcasmo de Ridoc es tan palpable que le gana una mirada de enojo de parte de Dain.

—Ya solo quedan diez de ustedes —dice Dain, mirándonos—. Somos doce, contándonos a nosotros, lo cual nos pone un poco en desventaja ante un par de pelotones, pero creo que nos las arreglaremos.

Perdimos a los dos nuevos la semana pasada cuando el sello del más pequeño se manifestó en Informe de Batalla y ambos murieron congelados en segundos. Casi se llevan a Ridoc de pasada. Lo tuvieron que atender por los daños que le causó el hielo, pero ninguno fue permanente. Ahora Nadine y Liam son los únicos que quedan de esa tanda que se nos sumó tras la Trilla.

—Pero, para arreglárnosla, necesito que vayan a clase. —Voltea para verme con una ceja enarcada—. En especial tú. Estaría buenísimo que tuvieras tu sello, ¿sabes? Por si puedes hacer que pase. —Es como si últimamente no lograra decidir cómo tratarme, si como la novata que tiene problemas pero sigue aquí o como la chica con la que creció.

Odio lo extraño que se siente todo entre nosotros, tan mal y pegajoso, como cuando te bañas y te pones la ropa antes de poder secarte, pero sigue siendo Dain. Al menos al fin me está apoyando.

—Violet va a faltar a la clase de Carr hoy —anuncia Xaden, que acaba de aparecer detrás de Sawyer, quien se quita para abrirle paso.

—No, no voy a faltar. —Niego con la cabeza, ignorando cómo se acelera mi pulso ante su presencia.

—Tiene que ir —le discute Dain, y luego aprieta los dientes—. A menos que el ala tenga asuntos más urgentes con la cadete Sorrengail, su tiempo se aprovecha mejor desarrollando sus habilidades para manejar el poder.

—Creo que ambos sabemos que no va a manifestar su sello en esa habitación. Ya lo hubiera hecho si esa fuera la clave. —No le desearía la mirada que le lanza Xaden a Dain ni a mi peor enemigo. No es de rabia ni de indignación. No, parece… molesto, como si las quejas de Dain fueran muy inferiores para él, lo cual, de acuerdo con nuestra cadena de mando, es verdad—. Y sí, el ala tiene cosas más urgentes con ella.

—Señor, no me siento cómodo con que Violet pase un día sin al menos practicar el manejo de poderes, y como su líder de pelotón…

No sabe que Xaden me ha estado dando clases extra de poderes mientras practicamos en la colchoneta.

—Por el amor de Dunne —exclama Xaden, invocando a la diosa de la guerra. Mete una mano en el bolsillo de su capa, saca un reloj y lo sostiene sobre su palma extendida—. Levántalo, Sorrengail.

Veo a los dos hombres y cómo quisiera que arreglaran sus problemas entre ellos, pero hay cero por ciento de probabilidades de que eso pase. Por mi propio bien, planto mis pies mentales en el suelo de los Archivos. Un poder ardiente fluye a mi alrededor, me pone la piel de gallina y me eriza los vellos.

Levanto mi mano derecha, veo en mi cabeza cómo ese poder se enreda en mis dedos y siento unas descargas en la piel mientras le doy forma a la energía, la convierto en una mano y le pido que se estire sobre el par de metros que me separan de Xaden.

De pronto se detiene, como si mis dedos de magia pura hubieran chocado contra un muro, pero luego la resistencia cede y sigo adelante, manteniendo el control de la mano ardiente. Escucho un crujido en mi cabeza como las brasas que están por apagarse, cuando mi poder roza la mano de Xaden, pero cierro mi puño mental sobre el reloj de bolsillo y lo jalo.

Está pesadísimo.

—Tú puedes —me anima Rhiannon.

—Déjala que se concentre —la regaña Sawyer.

El reloj se cae al suelo, pero echo la mano hacia atrás, jalándolo con mi poder como si fuera una cuerda, y el reloj viene hacia mí. Lo atrapo con la mano izquierda antes de que se me estrelle en la cara.

Rhiannon y Ridoc aplauden.

Xaden se acerca y me quita el reloj para guardárselo en la capa.

—¿Ves? Sí ha practicado. Ahora, tenemos cosas que hacer. —Pone su mano en mi espalda baja y me aleja de ahí.

—¿A dónde vamos? —Odio la manera en que mi cuerpo me exige que me pegue más a su mano, pero la extraño en cuanto la quita.

—Supongo que no traes ropa de combate bajo esa capa. —Abre la puerta hacia los dormitorios y la sostiene para dejarme pasar primero. El movimiento es tan ágil que sé que no solo lo ha practicado, sino que ya es natural para él, lo cual no encaja con... pues con nada de lo que sé de Xaden.

Me detengo y lo miro como si fuera la primera vez.

—¿Qué? —me pregunta, cerrando la puerta para impedirle el paso al viento helado.

—Me abriste la puerta.

—No es fácil dejar las viejas costumbres —responde, encogiéndose de hombros—. Mi padre me enseñó a hacerlo... —Su voz se apaga de pronto, baja los ojos y todos los músculos de su cuerpo se tensan como si se preparara para un ataque.

Se me parte el corazón porque la expresión en su rostro es de algo que conozco muy bien. Dolor por la muerte de un ser amado.

—¿No crees que hace demasiado frío para volar? —le pregunto, cambiando de tema en el intento de ayudarlo. El dolor en sus ojos es de ese que nunca muere, de ese que llega como una marea impredecible e inunda sin piedad todo lo que está más allá de la orilla.

Xaden parpadea y la expresión desaparece.

—Aquí te espero.

Asiento y corro a ponerme la ropa forrada de piel que nos dieron para volar en invierno. Cuando regreso, tiene esa máscara inescrutable y sé que no me abrirá más puertas hoy.

Cruzamos el patio que se está vaciando por los cadetes que corren hacia sus clases.

—No me respondiste.

—¿Sobre qué cosa? —Mantiene los ojos puestos en la puerta del camino hacia el campo de vuelo y casi tengo que trotar para seguirles el paso a sus zancadas.

—Sobre que hace frío para volar.

—Los de tercero tenemos el campo de vuelo esta tarde. Kaori y los demás profesores les están dando chance a los de primero porque se acerca la Batalla de Pelotones y saben que necesitan practicar sus poderes. —Abre la puerta y entro después de él.

—Pero ¿no necesito la práctica? —Mi voz hace eco en el túnel.

—Ganar la Batalla de Pelotones no es relevante para el plan de mantenerte con vida. El próximo año estarás en el frente antes que el resto.

Las luces mágicas juegan con las marcadas líneas de su cara y crean siniestras sombras a nuestro paso.

—¿Eso es lo que pasará el próximo año? —le pregunto cuando salimos al otro lado y la nieve me nubla la vista por un momento. Está en enormes pilas a los lados del sendero como resultado de este duro invierno—. ¿Voy a ir al frente?

—Es inevitable. No se sabe cuánto tiempo tolerarán estar separados Sgaeyl y Tairn. Yo supongo que ambos tendremos que hacer sacrificios para que estén felices. —Claramente él no está tan feliz con eso, pero no lo culpo. Tras tres años en el cuadrante, yo también querría largarme de aquí. Siento el estómago pesado al darme cuenta de que yo también estaré en sus zapatos cuando me gradúe, sin control real sobre cómo nuestros dragones dictarán dónde voy a estar en el futuro.

Asiento porque no sé qué más decir y seguimos caminando hacia el Guantelete en un silencio solidario.

—Ala Dos —señalo, viendo cómo el pelotón de la Sección Cola sube y baja por los obstáculos del Guantelete—. ¿Estás seguro de que no prefieres que tus pelotones vengan a practicar?

Una orilla de su boca se eleva y abre una grieta en su máscara inhumana.

—Cuando estaba en primero, yo también creía que ganar era lo más importante. Pero cuando llegas a tercero y ves las cosas que nosotros hemos visto... —Tensa la quijada—. Digamos que los Juegos son mucho más letales.

Vamos hacia la escalera que lleva al campo de vuelo, pero ya viene un grupo bajando, así que retrocedo para dejarlos bajar primero.

El corazón se me sube a la garganta cuando se acercan y mi cuerpo se yergue en posición de firmes. Son el comandante Panchek y el coronel Aetos.

El papá de Dain es el primero en llegar al nivel de suelo y me ofrece una sonrisa.

—Descansa. Te ves bien, Violet. Qué buenas líneas de vuelo —dice, señalando a las marcas que tiene en sus propios pómulos por los *goggles*—. Seguramente has estado volando mucho.

—Gracias, señor, así es. —Relajo mi postura y sé que tengo que devolverle el gesto, pero la sonrisa me sale tensa—. Dain también va bien. Es mi líder de pelotón este año.

—Sí me contó. —Con esto, me muestra una sonrisa de oreja a oreja. Sus ojos cafés son tan cálidos como los de Dain—. Mira preguntó por ti el mes pasado que estuvimos en el Ala Sur. No te preocupes, tendrás privilegios para escribir cartas en segundo, y así podrás estar en contacto con ella más seguido. Seguramente la extrañas.

—Todos los días. —Asiento, intentando controlar el enorme sentimiento que me despierta reconocer eso. Es mucho más fácil fingir que no hay nada fuera de estos muros que sufrir por lo mucho que extraño a mi hermana.

Xaden se tensa junto a mí cuando mi mamá aparece al final de la escalera. «Ay, mierda».

—Mamá —suelto, y ella gira la cabeza y sus ojos se encuentran con los míos. Han pasado más de cinco meses desde la última vez que la vi, y aunque quisiera controlarme tan bien como ella y tenerlo todo compartimentado, no puedo. No soy como ella ni como Mira. Soy como mi padre.

Su mirada juzgona me recorre con toda la confianza de una general comandante sobre una cadete de Basgiath y no hay calidez alguna en su expresión cuando termina de evaluarme.

—Me enteré de que te está costando trabajo manejar los poderes.

Esto me toma por sorpresa y doy un paso atrás, como si la distancia física pudiera protegerme de su gélido comentario.

—Soy la mejor para bloquear de mi año. —Por primera vez, realmente me alegra no haber manifestado un sello aún, no haberle dado algo de qué presumir.

—Con un dragón como Tairn, no esperaría menos. —Levanta una ceja—. Si no, todo ese increíble y envidiable poder sería un… —Suspira y su aliento forma una nubecilla de vapor en el aire—. Un malgasto.

Como puedo, paso saliva para tragarme el nudo que no para de crecer en mi garganta.

—Sí, general.

—Pero sí has sido tema de algunas conversaciones. —Su mirada pasa sobre mi cabeza y sé que está viendo la trenza de puntas plateadas que ella considera me delata como alguien con una maldición, el cabello que me dijo que debería cortarme.

—¿Sí? —¿En serio ella habla de mí?

—Todos nos preguntamos qué poderes tendrás por la dragona dorada, si es que hay alguno. —Sus labios forman una sonrisa que estoy segura de que ella considera amable, pero la conozco demasiado bien como para creerle.

—*No.* —Esa única palabra de Tairn retumba por todo mi cuerpo—. *No lo menciones.*

—Hasta ahora, ninguno. —Paso la lengua sobre mi agrietado labio interior. El invierno es horrible para la piel durante los vuelos—. Andarna me dijo que los Cola de Plumas son conocidos por no tener la capacidad de canalizarle poder a su jinete. —Solo entregan directamente sus dones, pero no le voy a decir eso—. Por eso casi nunca buscan vínculos.

—O nunca —comenta el papá de Dain—. De hecho, esperábamos que pudieras pedirle a tu dragona que nos deje estudiarla. Solamente con fines académicos, por supuesto.

La idea me asquea. Estas personas manosearían y picarían a Andarna por quién sabe cuánto tiempo para saciar su curiosidad académica, y podrían encontrarse con el poder sin explotar de los dragones jóvenes. No, gracias.

—Desafortunadamente, no creo que se sienta cómoda con eso. Valora mucho su privacidad, incluso cuando se trata de mí.

—Qué lástima —dice el coronel Aetos—. Hicimos que los escribas se pusieran a investigar desde la Trilla, y la única referencia que encontraron en los Archivos sobre el poder de los Cola de Plumas es de hace cientos de años, lo cual es curioso, porque recuerdo que tu padre investigó un poco sobre la segunda revuelta krovlana y mencionó algo sobre los Cola de Plumas, pero no hemos localizado ese tomo. —Se rasca la frente.

Mamá me mira con expectación, como si me estuviera preguntando algo sin preguntármelo realmente.

—Creo que no terminó su investigación sobre ese evento histórico antes de morir, coronel Aetos. Ni siquiera podría decirle dónde están sus notas. —Elegí esas palabras para que fueran lo más ciertas posible. Sé con exactitud dónde están sus notas: en el lugar en el que pasó la mayor parte de su tiempo libre. Pero hay algo en la advertencia de Tairn que simplemente hace que no se los pueda decir.

—Qué mal. —Mamá finge otra sonrisa—. Me alegra ver que sigues viva, cadete Sorrengail. —Sus ojos se mueven hacia un lado de mí y la mirada de inmediato se le vuelve dura como el acero—. Aunque la compañía que estás obligada a tener es más que cuestionable.

«Mierda. Mierda. Mierda».

No puedo pararme frente a Xaden y hacer que parezca débil. Ni siquiera puedo voltear para verlo sin revelarle a mi madre dónde está mi lealtad... sin decírmelo a mí misma.

—Siempre sentí que resolvimos todos esos temas hace años —dice Xaden en voz baja, pero está más tenso que la cuerda de un arco.

—Mmm. —Mamá se da la vuelta hacia la ciudadela en un claro gesto de desprecio—. Ve a ver si puedes dominar algún sello, cadete Sorrengail. Tienes un legado que honrar.

—Sí, general. —Las palabras informales me cuestan más de lo que estoy preparada para reconocer y, como el filo de una garra, rasgan la seguridad que me ha tomado casi ocho meses construir.

—Fue bueno verte, Violet. —El papá de Dain me ofrece una sonrisa empática y Panchek me ignora abiertamente, pues se va corriendo para alcanzar a mi mamá.

No le digo ni una palabra a Xaden antes de subir las escaleras, y con cada escalón me voy sintiendo más furiosa hasta que, al llegar a la cima del acantilado, soy una bola de rabia.

—No le contaste cómo sobreviviste al ataque en tu habitación —dice Xaden. Es afirmación, no pregunta—. Y no me refiero a cuando yo llegué.

Sé exactamente de qué está hablando.

—Ni siquiera la veo. Y me dijiste que no se lo contara a nadie.

—No sabía que las cosas estaban así entre ustedes —comenta, y su tono es sorprendentemente suave mientras bajamos por el cañón semicerrado hacia el campo de vuelo.

—Ah, eso no es nada. —Mi tono es intencionalmente lo más despreocupado posible—. Se pasó casi un año entero ignorándome cuando mi papá murió. —Una carcajada de lástima por mí misma se me escapa de la boca—. Que fue casi tan encantador como los años que se pasó apenas tolerando mi existencia porque no era perfecta como Brennan o una guerrera como Mira. —No debería decir estas cosas. Es la clase de temas que las familias mantienen a puerta cerrada para poder usar sus reputaciones pulidas y perfectas como una armadura cuando están en público.

—Entonces tu madre no te conoce muy bien —señala Xaden, que tiene que apresurarse para ir a ritmo con mis pasos furiosos.

Suelto un resoplido burlón.

—O puede ver lo que soy en realidad. El problema es que nunca estoy segura de cuál es la verdad. Me la paso intentando cumplir con los estándares imposibles que me va poniendo, y eso no deja tiempo para que me pregunte si son estándares que me importan a mí. —Mis ojos entrecerrados se enfocan en él—. Y ¿qué quisiste decir allá abajo? Con lo de que resolvieron temas hace años.

—Solo le recordaba que ya pagué el precio de mi lealtad. —Frunce el ceño, pero sigue mirando hacia el frente.

—¿Cuál precio pagaste? —La pregunta escapa de mis labios antes de que pueda detener a mi tonta lengua. De pronto recuerdo lo que dijo Dain, que Xaden tiene razones para nunca perdonar a mi madre.

—Límites, Violencia. —Agacha la cabeza por un segundo y, cuando la levanta, ya tiene esa máscara perfecta de alguien a quien no le importa nada y que le queda tan bien.

Por suerte, la tensión del momento se rompe cuando Tairn y Sgaeyl aterrizan en el campo, acompañados de una dragoncita brillante que de inmediato me hace sonreír.

—¿Hoy vamos a volar todos? —pregunto, siguiendo a Xaden en su camino hacia el trío.

—Hoy vamos a aprender todos. Tú tienes que aprender cómo quedarte en tu asiento, y yo tengo que aprender por qué es tan difícil para ti —me responde—. Andarna necesita aprender a seguirnos el paso. Tairn necesita aprender cómo compartir su espacio en una formación cerrada, y todos los demás dragones, menos Sgaeyl, le tienen demasiado miedo como para volar más cerca de él.

Tairn resopla a manera de asentimiento mientras nos acercamos.

—Y Sgaeyl ¿qué va a aprender? —pregunto, viendo a la enorme dragona azul.

Xaden sonríe.

—Lleva casi tres años dando órdenes. Ahora tendrá que aprender a seguirlas. O al menos practicarlo.

El resoplido de Tairn es sospechosamente parecido a una risa y ella suelta una mordida al aire a centímetros de su cuello.

—Las relaciones entre dragones son absolutamente incomprensibles —susurro.

—¿Sí? Deberías probar con una humana. Son igual de salvajes, pero hay menos fuego. —Se monta en Sgaeyl con una facilidad que envidio—. Vámonos.

VEINTICINCO

La Batalla de Pelotones es más importante de lo que dicen los líderes de ala. A ellos les gusta bromear diciendo que es un juego, que solo les otorga el derecho de presumir a los ganadores, pero no es así. Todos están observando. Los altos mandos, los profesores, los oficiales... Están observando para descubrir quiénes serán los mejores. Y están salivando por ver quiénes van a caer.

—PÁGINA 77, EL LIBRO DE BRENNAN

—¡Ríndete! —grita Rhiannon mientas un jinete del Ala Dos lucha por arrastrarse sobre la colchoneta, con las manos muy abiertas y enterrando las uñas mientras Liam tiene su pierna en una llave, curvando su espalda en un arco que debería ser imposible.

Mi corazón late escandalosamente, pues la emoción de las luchas de hoy está alcanzando su punto más alto.

Es el último reto de esta parte de la Batalla de Pelotones, y la multitud empuja tanto que tengo que esforzarme para no caer sobre la colchoneta. Tras dos eventos, estamos en el séptimo de veinticuatro lugares en el tablero de clasificación, pero si Liam gana, subiremos al tercero de estos puestos.

Mi tiempo de vuelo en la carrera aérea en el Guantelete fue el más lento del pelotón, pero es porque me la pasé obligando a Tairn a quitarme sus ataduras mágicas, y luego perdíamos valiosos segundos cuando tenía que lanzarse a atraparme y echarme de nuevo a su lomo. Una y otra y otra vez. Juro que los moretones en mis nalgas por caer sobre el duro asiento duelen menos que el bufido de Tairn porque humillé a toda su estirpe al hacerlo cruzar la meta en último lugar.

Mikael suelta un grito adolorido, un sonido agudo, casi ensordecedor, y hace que mi atención vuelva a lo que está pasando frente a mí. Liam no lo ha soltado y sigue haciendo presión.

—Mierda, se ve que eso duele —murmuro entre los vítores de los de primero.

—Sí, no va a caminar por un tiempo —comenta Ridoc, haciendo un gesto de dolor al ver el arco de la espalda de Mikael, que se ve como una futura columna vertebral rota.

Con otro grito, Mikael azota su palma en la colchoneta tres veces y la multitud enloquece.

—¡Sí! ¡Bien, Liam! —grita Sawyer detrás de mí, y Liam suelta a Mikael sobre la colchoneta, donde este se queda despatarrado y exhausto.

—¡Ganamos! —Liam corre hacia nosotros y quedo atrapada en una maraña de brazos y gritos y compañeros de pelotón felices.

Estoy casi segura de que incluso vi a Imogen en el revoltijo.

Pero no veo a Dain. ¿Dónde diablos está Dain? No se perdería de esto por nada.

—¡Su ganador! —grita el profesor Emetterio y su voz retumba por todo el gimnasio, calmando la energía descontrolada mientras Liam se escapa de nuestro abrazo—. ¡Liam Mairi del Segundo Pelotón, Sección Llama, Ala Cuatro!

Liam levanta ambos brazos en gesto de victoria, da una pequeña vuelta en su lugar y los gritos de celebración me lastiman los oídos, pero vale la pena.

El comandante Panchek sube a la colchoneta y Liam viene a reunirse con el resto del pelotón mientras el sudor le corre a chorros por la piel.

—Sé que todos esperaban que la última parte de la Batalla de Pelotones fuera mañana, pero les tenemos una sorpresa.

Ahora tiene la atención de absolutamente todos los jinetes.

—En vez de decirles cuál será la última y misteriosa tarea y darles la noche para planearla, ¡su última tarea comenzará ya! —Sonríe, levantando los brazos y dando una vueltita como hizo Liam.

—¿Esta noche? —susurra Ridoc.

El estómago se me va al suelo.

—Dain no está aquí. Y tampoco Cianna.

—Ay, mierda —exclama Imogen en voz baja, mirando hacia la multitud.

—Como quizá hayan notado, sus líderes de pelotón y sus oficiales ejecutivos fueron… digamos, aislados junto con sus líderes de sección y de ala, y no, antes de que alguien pregunte, su tarea no es encontrarlos. —Sigue moviéndose en el pequeño círculo para dirigirse a todos los extremos de la colchoneta—. Están por trabajar en equipo y realizar una misión única esta noche sin la guía y apoyo de sus líderes de pelotón.

—¿Eso no va en contra de la razón por las que tenemos líderes de pelotón? —pregunta alguien.

—La razón por la que tienen líderes de pelotón es para que formen una unidad sólida que pueda completar una misión tras la caída del mismo líder. Consideren a sus líderes... caídos. —Panchek se encoge de hombros con una alegre sonrisa—. Ahora todo está en sus manos, jinetes. Su misión es simple: busquen y traigan, por cualquier medio que sea necesario, lo más útil para nuestros enemigos en el tema de la guerra. Los líderes harán de jueces, y el pelotón ganador recibirá sesenta puntos.

—¡Eso basta para ponernos en primer lugar! —dice Rhiannon, cruzando su brazo con el mío—. ¡Podríamos ganar el honor de ir al frente!

—¿Cuáles son los límites? —pregunta alguien a mi derecha.

—Cualquier cosa que esté dentro de los muros de Basgiath —responde Panchek—. Y no se atrevan a querer traerse un dragón para acá. Los incinerarían solo por haberlos molestado.

Entre el pelotón a nuestra izquierda se escuchan unos murmullos decepcionados.

—Tienen... —Panchek saca su reloj de bolsillo— tres horas, después de las cuales esperamos que presenten sus tesoros robados en el aula de Informe de Batalla.

Todos lo observamos sin decir nada. De todo lo que imaginé que podría ser la tercera y última tarea... esto ni siquiera estuvo cerca de la lista.

—¿Qué están esperando? —Panchek agita la mano, haciendo un gesto para que nos vayamos—. ¡Comiencen!

Y se suelta el pandemónium.

Esto es lo que pasa cuando nos quitan a los líderes. Somos... un desastre absoluto.

—¡Segundo Pelotón! —grita Imogen, levantando las manos—. ¡Síganme!

Sawyer y Heaton se aseguran de que todos sigamos como patitos a Imogen, que va cruzando el gimnasio hacia el área de pesas.

—¡Lo hiciste muy bien! —le digo a Liam mientras caminamos. Aún no logra recuperar el aliento del todo.

—Fue épico. —Ridoc le pasa un odre, del cual Liam se bebe hasta la última gota en un instante.

—Vamos, vamos —dice Imogen, apurándonos para entrar al cuarto de pesas. Hace un conteo rápido y luego cierra la puerta y la asegura con magia.

Me siento en una de las bancas con Rhiannon y Liam a los lados.

—Primero que nada: ¿quién quiere estar al mando? —pregunta Imogen, mirándonos a los diez.

Ridoc levanta la mano.

Rhiannon voltea y se la baja.

—No —dice ella—. Convertirías todo esto en una broma.

—Tienes razón. —Ridoc se encoge de hombros.

—¿Liam? —pregunta Quinn.

Él niega con la cabeza, pero su mirada se posa sobre mí y eso revela sus motivos.

—Nadie intentará matarme esta noche —le aseguro.

Liam vuelve a ver a Imogen y niega con la cabeza una vez más.

Obviamente ella está de acuerdo. Los dos están del lado de Xaden.

—Sigue al mando tú —le sugiere Rhiannon a Imogen—. Ya nos trajiste hasta aquí.

Un murmullo que indica que la mayoría está de acuerdo llena el lugar.

—¿Emery? ¿Heaton? —pregunta Imogen—. Es su derecho por ser los de tercero.

—No, gracias. —Heaton se recarga en la pared.

—No. Hay una razón por la que ninguno de los dos quisimos ser líderes —agrega Emery, que está junto a Nadine—. ¿Alguna razón por la que no estarías de acuerdo con seguir las órdenes de Imogen por unas horas, Nadine?

Todos nos giramos para ver a la de primero que no ha sido ni un poco sutil sobre su odio a los marcados. Ahora que sé que es de un pueblo en la frontera norte de las provincias de Deaconshire y Tyrrendor, entiendo el por qué. Simplemente no estoy de acuerdo, y por eso se podría decir que no somos amigas.

Veo cómo traga saliva y su mirada nerviosa nos recorre a todos.

—No tengo problema con eso.

—Bien. —Imogen se cruza de brazos y la muñeca donde tiene la reliquia de la Rebelión se asoma bajo su túnica—. Tenemos un poco menos de tres horas. ¿Ideas?

—¿Qué les parece algún arma? —sugiere Ridoc—. Una ballesta de fuego en manos enemigas sería mortal para cualquiera de nuestros dragones.

—Demasiado grande —dice Quinn sin dudarlo—. Solo hay una en el museo y, honestamente, lo mortal ni siquiera es la flecha, sino el sistema que la lanza.

—¿Siguiente? —Imogen nos mira a todos.

—Podríamos robarnos los calzones de Panch... —comienza a decir Ridoc antes de que Rhiannon le tape la boca con una mano.

—Y por eso no puedes ser nuestro líder. —Lo ve con gesto de regaño.

—¡Vamos, chicos! —dice Liam. Su mirada viene hacia mí—. Violet, ¿qué opinas de robarnos los boletines informativos de los Archivos? Los que vienen del frente.

Niego con la cabeza.

—Pasan de las siete. Los Archivos están cerrados y es la clase de bóveda que no se puede abrir ni con magia. Todo el lugar está cerrado al vacío para evitar incendios.

—Mierda —exclama Imogen con un suspiro—. Era una buena idea.

Toda la habitación se llena de voces, cada una más fuerte que la anterior, mientras se lanzan sugerencias al aire.

«Información». El estómago se me retuerce cuando una idea comienza a tomar forma en mi cabeza. Sería impactante, algo que nadie podría superar. Pero... no. Es demasiado riesgo.

—¿En qué estás pensando, Sorrengail? —me pregunta Imogen, y todos se quedan en silencio—. Puedo ver cómo están girando los engranes en tu cabeza.

—Creo que no es nada. —Me volteo para ver a los miembros de nuestro pelotón. Pero ¿realmente no es nada?

—Ven para acá y sácalo —ordena Imogen.

—En serio, es una locura. O sea, es imposible. Nos echarían a la mazmorra si nos atrapan. —Cierro la boca antes de que se me salga algo más.

Pero es demasiado tarde... los ojos de Imogen ya están ardiendo por la intriga.

—Ven. Para. Acá. Y. Sácalo —repite, dejando claro que es una orden y no una sugerencia.

—Podemos usar poderes, ¿verdad? —Me pongo de pie y paso las manos sobre mis costados y las empuñaduras de las seis dagas que traigo envainadas ahí.

—Por cualquier medio que sea necesario —repite Heaton.

—Bueno. —Meciéndome sobre mis talones, dejo que mi mente dé vueltas y vaya formando un plan—. Sé que Ridoc puede controlar el hielo, Rhiannon puede llamar a las cosas, Sawyer manipula el metal e Imogen puede borrar recuerdos recientes...

—Y soy rápida —agrega.

Es algo que tiene en común con Xaden.

—¿Y tú, Heaton? —pregunto.

—Puedo respirar bajo el agua —responde.

Esto me toma por sorpresa.

—Genial, pero no creo que nos vaya a servir si hacemos esto. ¿Emery?

—Puedo controlar el viento. —Sonríe—. Mucho viento.

Bien, eso sería útil como defensa, pero no es exactamente lo que estoy buscando.

Mis botas rechinan sobre el suelo cuando me muevo para quedar frente a Quinn.

—¿Y tú?

—Puedo hacer viajes astrales. Mi cuerpo se queda en un lugar mientras recorro otro.

Me quedo con la boca abierta, igual que la mitad del pelotón.

—Lo sé, es bastante genial —dice con un guiño, y se recoge los rizos en un chongo.

—Sí. Eso sí que nos sirve. —Asiento y sigo pensando en cuál será la mejor forma de hacerlo.

—¿Qué estás pensando, Sorrengail? —insiste Imogen, acomodándose el cabello corto en un lado de su cabeza rapada detrás de la oreja.

—Me vas a decir que estoy loca, pero si logramos hacerlo, seguro que ganamos. —Quizá no sea lo suficientemente parecida a mi madre para ganarme su aprobación, pero sé dónde guarda la información más valiosa.

—¿Y?

—Nos vamos a colar en la oficina de mi madre.

—Das miedo, carajo —dice Ridoc dos horas después, alejándose de Quinn, bueno, de la forma astral de Quinn. En este momento su cuerpo está con Heaton, quien lo cuida en el cuarto de pesas.

Los demás vamos a hurtadillas por los pasillos que cruzan por el Cuadrante de Curanderos. Ya nos encontramos a un pelotón del Ala Dos y otro de la Tres, pero ninguno teníamos tiempo para hacer preguntas o retrasar a los otros.

En esta situación, triunfaremos o fallaremos por méritos propios, y ya desperdiciamos dos horas esperando que cayera la noche para poder comenzar con nuestro plan.

—Nunca había pasado de aquí —dice Emery mientras cruzamos la última puerta para salir de la clínica.

—¿Nunca has ido a los Archivos? —le pregunta Imogen.

—He huido de ese trabajo como si fuera la peste —responde Emery—. Los escribas me dan miedo. Son sabelotodo calladitos que se portan como si tuvieran todo el poder para salvar o destruir a alguien con su pluma.

Esto me hace sonreír. Sus palabras son más ciertas de lo que la mayoría podría pensar.

—La infantería aún está en sus campamentos. —Rhiannon señala por la ventana hacia la docena de fogatas que iluminan el campo.

—Debe ser lindo tener descansos —comenta Nadine, pero no con el tono engreído al que me tiene acostumbrada, sino con el mismo cansancio que me parece que sentimos todos—. Los escribas se irán a sus casas durante el verano. Los curanderos pasan los fines de semana en esos retiros para sanar mente y cuerpo y, aunque los de infantería tengan que practicar la acampada en la nieve durante el invierno, al menos pasan esos meses alrededor de una fogata.

—Nosotros también podremos ir a casa —dice Imogen.

—Después de la graduación —le debate Rhiannon—. Y ¿por cuánto tiempo? ¿Un par de días?

Llegamos a una bifurcación en el camino, donde podemos seguir el túnel que baja hacia los Archivos o subir hacia la fortaleza del colegio de guerra.

—A partir de aquí, no hay vuelta atrás —le digo al grupo, mirando hacia la escalera en espiral que he subido tantas veces que conozco cada escalón de memoria.

—¡Allá vamos! —ordena Quinn, y todos damos un salto como de treinta centímetros.

—¡Shhh! —susurra Imogen—. Podrían atrapar a algunos de nosotros, ¿saben?

—Cierto. Perdón. —Quinn hace un gesto de pesar.

—Recuerden el plan —pido en voz baja—. Nadie se desvía. Nadie.

Todos asienten y comenzamos a subir en silencio por las escaleras oscuras y nos mantenemos escondidos entre las nombras mientras cruzamos el patio de piedra de Basgiath.

—Te vendría muy bien tener a Xaden en este momento.

—Lo estás haciendo genial —me dice Andarna para reconfortarme con su tono más alegre. De verdad que nada la angustia. Es la niña más intrépida que he conocido en mi vida, y eso que crecí con Mira.

—Hay que subir seis pisos —susurro cuando llegamos al próximo descanso, y seguimos subiendo lo más rápido que podemos sin hacer ningún sonido. La ansiedad se eleva y mi poder crece como respuesta, lo que provoca que la reliquia en mi espalda se caliente casi hasta quemarme. Últimamente la siento todo el tiempo, hierve a fuego lento bajo mi piel; me recuerda que hacer magias menores no será suficiente para darle salida si no manifiesto un sello pronto.

Cuando llegamos al final de las escaleras, Liam se asoma discretamente para ver la extensión de lo que siempre se ha sentido como el pasillo más largo del mundo.

—Hay luces mágicas en los candeleros —susurra—. Y, tenías razón, solo hay un guardia en la puerta. —Dicho esto, vuelve a ocultarse en la seguridad de la escalera.

—¿Viste luz bajo la puerta? —le pregunto en voz baja. Mi corazón late con tanta fuerza que siento que todo el colegio podría escucharlo, hasta los cadetes de infantería que están durmiendo a decenas de metros allá abajo.

—No. —Se gira para ver a Quinn—. Me parece que el guardia mide como un metro ochenta, pero se ve muy atlético. La otra escalera está al final del pasillo a la izquierda, lo que significa que tendrás que llamar su atención y luego echarte a correr.

Quinn asiente.

—No hay problema.

—¿Todos los demás saben lo que tienen que hacer? —pregunto.

Ocho cabezas asienten.

—Entonces, hagámoslo. Quinn, vas. Todos los demás, escóndanse para que el guardia no pueda vernos si voltea para acá. —No puedo creer que realmente vamos a hacer esto. Si mi madre nos atrapa, no tendrá piedad. No es algo que exista en ella.

Nos replegamos y Quinn sale de las escaleras. Su voz se ahoga un poco en las paredes de piedra, pero escuchamos claramente los pesados pasos del guardia que ya viene por el pasillo.

—¡Ven para acá! ¡No puedes estar aquí!

—¡Ya! —ordena Imogen.

Salimos corriendo y solo Rhiannon y Emery se quedan en la escalera. Sawyer va hacia la otra escalera, cerrando la puerta y trabando los goznes de metal con sus poderes mientras recorremos el pasillo a toda velocidad.

Nunca en mi vida había corrido tan rápido, y Nadine ya está en la puerta, intentando retirar las protecciones que mi madre puso, sean cuales sean.

Liam se para en el punto donde estaba el guardia y levanta la cara, tomando la misma postura que aquel.

—¿Estás bien?

—Sí —le respondo entre jadeos mientras Imogen va a ayudar a Nadine. El sello de Nadine es la capacidad de desmantelar protecciones, lo cual nunca pensé que sería tan útil. Los jinetes se la pasan creando las protecciones y cuidando que no se rompan para que Navarre esté a salvo. Pero, claro, no muchos jinetes intentan meterse a la oficina de la general comandante—. Y seguiré bien —le aseguro con una sonrisita—. Lo cual es curioso, porque no creía lo mismo la última vez que estuve aquí.

—¡Listo! —susurra Nadine mientras abre la puerta.

—Si me escuchan silbar… —comienza a decir Liam, y la preocupación le arruga la frente.

—Saldremos por la ventana o algo así —le digo mientras Ridoc y Sawyer van entrando a la oficina—. Relájate. —Dejo a Liam en su puesto de guardia y entro a la oficina de mi mamá con los demás.

—No toquen las luces mágicas, porque ella lo sabría —les advierto—. Tienen que encender sus propias luces. —Giro la muñeca y le doy a mi poder la forma de una brillante llama azul para luego dejar que se aleje de mí. Es una de las cosas que realmente hago bien.

—Pero qué agradable... —Ridoc se tumba en el sofá rojo.

—No tenemos tiempo para que te pongas a hacer.... tus cosas —lo regaña Sawyer, que ya va hacia el librero—. Ayúdame a buscar algo útil.

—Nosotras nos encargamos de la mesa. —Imogen y Nadine comienzan a revisar los papeles en la mesa de juntas con seis lugares.

—Lo cual me deja el escritorio a mí —murmuro, y voy hacia el intimidante mueble, rezando por no detonar ninguna protección que mi madre podría haber puesto. Hay tres cartas dobladas al centro y tomo la primera, revelando una daga afilada con una aleación de metales en la empuñadura y lo que parece ser una runa tyrrish. Seguramente la usa para abrir cartas o algo así. Desdoblo la hoja con el mayor cuidado posible.

> General Sorrengail:
>
> Los ataques en los alrededores de Athebyne han diezmado demasiado al ala. Estar lejos de la seguridad de las protecciones implica grandes riesgos y, aunque odio tener que pedir refuerzos, tengo que hacerlo. Si no reforzamos el puesto, posiblemente nos veremos obligados a abandonarlo. Estamos protegiendo a los ciudadanos de Navarre con nuestra carne, sangre y vida, pero no tengo palabras suficientes para explicar lo extrema que está la situación en este lugar. Sé que recibes los reportes diarios de nuestro escriba corresponsal, pero sería una negligencia de mi parte como oficial del Ala Sur si no te escribiera personalmente. Por favor, consigue refuerzos para nosotros.
>
> Sinceramente,
> Comandante Kallista Neema

Tomo aire para controlar el dolor que estalla en mi pecho ante la desesperación en su carta. En Informe de Batalla hemos hablado de ataques casi diarios, pero nada en este nivel.

«Quizá no quieren asustarnos».

Pero, si las cosas están así de terribles allá afuera, tenemos derecho a saberlo, pues probablemente nos llamarán al servicio antes de graduarnos. Incluso puede que este mismo año.

—Todo esto son... números —dice Imogen, que está revisando los papeles en la mesa de juntas.

—Es abril —le aclaro, tomando la siguiente carta—. Está trabajando en el presupuesto del próximo año.

Todos dejan lo que están haciendo y voltean para verme con distintos grados de incredulidad en sus caras.

—¿Qué? —Me encojo de hombros—. ¿Creen que este lugar se maneja solo?

—Sigan buscando —ordena Imogen.

Desdoblo la carta.

General Sorrengail:

Las protestas ante las leyes de reclutamiento están creciendo en la provincia de Tyrrendor. Sabiendo que, dado el tamaño de Tyrrendor, de ahí vienen la mayoría de nuestros conscriptos para reponer a los caídos en los frentes, no podemos perder de nuevo el apoyo de su gente. Quizá invertir en las defensas de los puestos de avanzada en este territorio no solo reavivaría la economía de la provincia y les recordaría a los tyrrish lo necesarios que son para la defensa de nuestro reino, sino que además calmaría los ánimos. Por favor, tengan en cuenta esta solución como una alternativa a controlar la molestia de la gente a través de la fuerza.

Sinceramente,

Teniente coronel Alyssa Travonte

¿Qué diablos es esto? Cierro la carta y la dejo sobre el escritorio de mi mamá, luego giro hacia el mapa gigante que está en la pared, justo arriba de mí.

La molestia no es algo nuevo en Tyrrendor, ni los sentimientos negativos hacia el reclutamiento, pero sin duda no hemos escuchado rumores políticos en Informe de Batalla. Fuera de aminorar la inconformidad, no tendría sentido aumentar las defensas en ese lugar, especialmente porque es donde hay menos puestos de avanzada gracias a la barrera natural que ofrecen los riscos de Dralor, pues los grifos no pueden escalarlos. Tyrrendor ya debería ser una de las provincias más seguras del continente. Con excepción de Aretia, claro. Donde tendría que estar esa capital, solo hay tierra quemada, como si el incendio de la ciudad hubiera achicharrado también esa parte del mapa.

Estudio el mapa frente a mí por unos segundos, y noto los señalamientos de almenas que recorren el campo. Lógicamente, hay más puestos en nuestras fronteras más activas y, de acuerdo con lo que estoy viendo, más tropas en esas ubicaciones.

La imagen muestra a todo Navarre, Krovla al sur, Braevick y Cygnisen en el sureste e incluso las barreras del Páramo, las tierras desérticas en la punta sur del continente. También muestra cada uno de nuestros puestos de avanzada y las rutas de suministros dentro de Navarre.

Una sonrisa lenta comienza a llenarme el rostro.

—Oigan, Segundo Pelotón. Ya sé qué tenemos que robarnos.

Nos toma unos minutos bajar el mapa y sacarlo del marco, luego otros más para enrollarlo y amarrarlo con unas cintas de cuero que Imogen saca de su morral.

Liam silba y el corazón casi se me sale del pecho.

—¡Mierda! —Ridoc corre a la puerta y la abre un poco mientras todos nos preparamos para darnos a la fuga—. ¿Qué pasa?

—¡Está golpeando la puerta del pasillo! La va a derribar en cualquier momento. Tenemos que irnos ya —susurra Liam, desesperado, mientras sostiene la puerta para que todos salgamos al pasillo. El mapa es demasiado grande como para que lo cargue una sola persona, así que Sawyer e Imogen se las arreglan para sacarlo mientras el guardia patea la puerta en el pasillo.

El estómago se me va al suelo y el pánico amenaza con aplastar toda la lógica que hay en mi cabeza.

—Estamos jodidos —anuncia Nadine.

—¿Qué diablos creen que están haciendo? —grita el guardia, que ya viene a toda velocidad hacia nosotros.

—Si nos encuentra con el mapa, estamos muertos. —Ridoc da unos saltitos como si se preparara para pelear. En cualquier otro momento, diría que los jinetes son los mejores para la lucha, tenemos que serlo, pero ese guardia de Basgiath bien podría darnos una sorpresa.

—No podemos lastimarlo —protesto.

El guardia pasa a toda velocidad junto a la primera escalera y Rhiannon se para en medio del pasillo con los brazos muy abiertos.

—Por favor, que funcione. Por favor, que funcione. Por favor, que funcione —repite Imogen.

El mapa desaparece de sus manos y reaparece al final del pasillo en las de Rhiannon.

Apenas tengo tiempo para darme cuenta de que funcionó en lo que el guardia se tropieza, pero sigue corriendo. Si se acerca un poco más, va a ver quién soy.

—Esto no era parte del plan. —Liam se pone junto a mí.

—¡Nuevo plan! ¡Emery! —ordena Imogen, y el de tercero se pone frente a nuestro pequeño grupo de saqueadores.

—Lo siento, amigo. —Extiende una mano y empuja. Un torrente de aire azota el pasillo, arrancando los tapices de la pared hasta derribar al guardia y echarlo a volar contra el muro de piedra—. ¡Corran!

Cruzamos el pasillo a toda velocidad hasta donde está tirado el guardia.

—Métanlo aquí —digo, abriendo la puerta más cercana, la que lleva a la oficina de los subsecretarios de mi madre.

Liam y Ridoc meten al guardia a rastras y le pongo los dedos en el cuello.

—Buen pulso, fuerte. Solo está noqueado. Ábranle la boca. —Saco el frasquito que traigo escondido en el bolsillo de mis pantalones, lo destapo y dejo que el tónico corra hacia la garganta del guardia—. Dormirá por el resto de la noche.

Los ojos desorbitados de Liam se encuentran con los míos.

—Das miedo.

—Gracias. —Sonrío y salimos a toda velocidad.

Quince minutos después, y entre jadeos, llegamos derrapando al salón de Informe de Batalla, justo a tiempo.

Somos los últimos en llegar y el saltito en la quijada de Dain, que está en la última fila con los demás líderes, me informa que nos va a regañar.

Desvío la mirada y vamos a sentarnos mientras comienzan las presentaciones en orden de pelotones, lo cual nos da tiempo suficiente para recuperarnos de nuestra carrera antes de tener que pasar al frente.

Un pelotón del Ala Uno se robó el manual escrito a mano de Kaori sobre los defectos y hábitos personales de todos los dragones activos. Impresionante.

Un pelotón del Ala Dos se gana varios cuchicheos de sorpresa cuando sacan el uniforme de uno de los profesores de infantería, completamente intacto con algo que los jinetes nunca usan: una placa con nombre. Eso, más el rango en el hombro, le daría acceso a cualquier enemigo a nuestros puestos de avanzada.

Lo mejor que tiene el Ala Tres es un escriba desconcertado al que se robaron de su cama y, como su boca no se está moviendo... sí, el sello de alguien es quitar el habla a las personas. El pobre va a quedar traumatizado cuando lo suelten.

Cuando llega nuestro turno de presentar, Sawyer y Liam, los dos más altos de nuestro pelotón, sostienen las partes de arriba de nuestro mapa, haciéndolo visible para todos mientras lo desenrollamos.

Yo me pongo atrás, junto a Imogen, y busco entre los líderes un par de ojos ónix. «Ahí está».

Xaden está recargado en la pared cerca de los otros líderes de ala, observándome con una excitante mezcla de curiosidad y expectativa.

—Fue tu idea —susurra Imogen, y me da un empujoncito para que pase al frente—. Preséntalo.

Markham abre los ojos como platos mientras se levanta con movimientos nerviosos, seguido por Devera, quien tiene la boca tan abierta que es casi cómico.

Me aclaro la garganta y señalo al mapa.

—Trajimos el arma más destructiva para nuestros enemigos. Un mapa actualizado de todos los puestos de las alas navarras, que incluye la fuerza de los batallones de infantería. —Apunto hacia los fuertes en la frontera de Cygnisen—. Además de la ubicación de todos los enfrentamientos que se han dado en los últimos treinta días. Incluido el de anoche.

Un murmullo recorre el cuadrante.

—Y ¿cómo sabemos que el mapa realmente es actual? —pregunta Kaori, que ya recuperó su diario y lo tiene bajo el brazo.

No hay forma de contener la sonrisa que me llena la cara.

—Porque lo robamos de la oficina de la general Sorrengail.

Con esto, estalla el caos, y algunos de los jinetes vienen hacia nosotros mientras los profesores luchan por abrirse paso y alcanzarnos, pero lo ignoro todo para ver cómo Xaden curva hacia arriba un extremo de su hermosa boca y se quita un sombrero imaginario, haciendo una reverencia con la cabeza durante un instante antes de clavar sus ojos en los míos. La satisfacción llena cada milímetro de mi ser mientras le devuelvo la sonrisa.

No importa cuál sea el resultado de la votación.

Yo ya gané.

VEINTISÉIS

No hay un vínculo más fuerte que el que se crea entre dos dragones que forman una pareja. Va más allá del amor o la adoración humana y se convierte en una necesidad animal e innegable de estar cerca. No pueden sobrevivir el uno sin el otro.

—*GUÍA DE CAMPO DE LOS DRAGONES*, DEL CORONEL KAORI

Volar distancias cortas es algo con lo que ya puedo.

En las maniobras de vuelo, entre los bajones y picadas que implican las formaciones de combate, aún salgo volando a menos que Tairn me sujete con bandas que requieren de su poder.

Pero volar seis horas seguidas para recibir nuestro premio, que es un tour de una semana a un puesto de avanzada, podría ser mi fin.

—Estoy casi segura de que me estoy muriendo. —Nadine se dobla hacia adelante y pone las manos sobre sus rodillas.

—Me siento igual. —Me duele cada vértebra de la columna cuando me estiro, y las manos que se me estaban congelando hace apenas unos minutos comienzan a sudar dentro de mis guantes de cuero.

Naturalmente, Dain casi no parece afectado, y su postura está solo ligeramente tensa mientras él y la profesora Devera saludan a un hombre alto que está vestido con el negro de los jinetes y quien supongo que es el comandante del puesto.

—Bienvenidos, cadetes —dice el comandante con una sonrisa profesional, cruzando los brazos sobre la tela ligera de su ropa. Su cabello entrecano hace difícil descifrar su edad, y tiene ese aspecto demacrado que toman todos los jinetes cuando llevan demasiado tiempo en la frontera—. Estoy seguro de que todos quieren dejar sus cosas y ponerse algo más apropiado para este clima. Después de eso, les daremos un recorrido por Montserrat.

Rhiannon toma una enrome bocanada de aire mientras recorre las montañas con la vista.

—¿Estás bien?

Ella asiente.

—Luego

«Luego» es exactamente doce minutos empapados de sudor después, cuando nos están mostrando nuestras barracas dobles. Son habitaciones sobrias que solo tienen dos camas, dos armarios y un escritorio bajo una ventana ancha.

Rhiannon no dice nada en todo el transcurso hacia el lavatorio, donde nos quitamos de encima el viaje con agua, y sigue alarmantemente callada mientras nos ponemos la ropa de verano. Si bien apenas es abril en Montserrat, se siente como Basgiath en junio.

—¿Me vas a decir qué pasa? —le pregunto, metiendo mi mochila bajo la cama antes de asegurarme que todas mis dagas están donde tienen que estar. Apenas se alcanzan a ver las puntas de las empuñaduras dentro de las fundas de mis muslos, pero dudo que mucha gente en esta parte del este reconozca los símbolos tyrrish.

A Rhiannon le tiemblan las manos con lo que parece ser una energía nerviosa mientras se cuelga la espada sobre la espalda.

—¿Sabes dónde estamos?

Abro un mapa en mi mente.

—Estamos a unos trescientos veinte kilómetros de la costa...

—Mi pueblo está a menos de una hora a pie de aquí. —Sus ojos buscan los míos con una súplica muda, y es tanta la emoción en esa mirada café oscuro que se me hace un nudo en la garganta y me impide hablar.

La tomo de la mano y asiento. Sé exactamente lo que me está pidiendo y exactamente lo que nos costará si nos atrapan.

—No le digas a nadie —susurro, aunque solo estamos las dos en la pequeña habitación—. Tenemos seis días para ver cómo hacerlo, y lo vamos a hacer. —Es una promesa y ambas lo sabemos.

Alguien da unos golpes en nuestra puerta.

—¡Vamos, Segundo Pelotón!

Dain. Hace nueve meses habría disfrutado este viaje con él. Ahora me la paso evitando sus constantes expectativas hacia mí... o simplemente evitándolo a él en general. Es curioso lo mucho que pueden cambiar las cosas en tan poco tiempo.

Vamos a reunirnos con los demás y el comandante Quade nos da el gran tour del puesto de avanzada. Me está gruñendo el estómago, pero lo ignoro y me concentro en la frenética energía de la base.

La fortaleza básicamente son cuatro enormes muros llenos de barracas y varios cuartos con torreones en cada esquina y una enorme entrada en arco con una verja levadiza de púas que se ve lista para caer en cualquier momento. En un extremo del patio hay un establo con herrería y armería para el grupo de infantería que está aquí, y en el otro extremo se encuentra el comedor.

—Como pueden ver —nos dice el comandante Quade cuando llegamos al centro del patio lodoso—, este lugar está hecho para que, en caso de ataque, seamos capaces de cerrar salidas y entradas y alimentar y proteger a todos los que estén adentro durante un periodo adecuado.

—¿Adecuado? —pregunta Ridoc sin pronunciar palabra, solo formándola con la boca y enarcando las cejas.

Tengo que apretar los labios para no reírme, pero Dain le lanza una mirada que le augura un buen regaño desde su lugar junto a mí y esto me quita la sonrisa.

—Como somos uno de los puestos del este, tenemos doce jinetes. Tres están patrullando en este momento, tres en espera por si se les necesita, y los otros seis están en distintos puntos de descanso —continúa Quade.

—¿Qué fue ese gesto? —susurra Dain.

—¿Cuál gesto? —le pregunto mientras el conocido rugido de un dragón hace eco en los muros de piedra.

—Debe ser uno de nuestros jinetes que vuelve de su patrullaje. —Quade sonríe como si realmente quisiera hacerlo, pero sin encontrar la energía necesaria.

—Ese gesto como de que le quité toda la alegría a tu mundo —me responde Dain, inclinando la cabeza ligeramente y con una voz tan baja que solo yo puedo escucharlo.

Podría mentirle, pero eso haría que nuestra semitregua se volviera aún más incómoda.

—Solo estaba recordando al muchacho con el que solía trepar árboles, nada más.

Mis palabras lo toman tan por sorpresa que pareciera que le di una cachetada.

—Ahora vamos a darles de comer y mandarlos a dormir, jinetes, y luego veremos a quién seguirán mientras estén aquí —anuncia Quade.

—¿Vamos a poder participar en enfrentamientos reales? —pregunta Heaton, y prácticamente está temblando por la emoción.

—¡Por supuesto que no! —suelta Devera.

—Si ven un combate, será señal de que fracasé, pues los enviaron al lugar más seguro de la frontera —responde Quade—. Pero recibes puntos extra por tu entusiasmo. Déjame adivinar. ¿Eres de tercero?

Heaton asiente.

Quade se gira un poco y sonríe al ver a tres siluetas indistinguibles y vestidas de negro que vienen cruzando bajo la verja levadiza.

—Llegaron. ¿Por qué no vienen los tres a conocer a…?

—¿Violet?

De inmediato giro hacia la puerta y mi corazón estalla en una serie de latidos erráticos que me obligan a llevarme las manos al pecho por la maravillosa impresión. «No puede ser». Voy corriendo torpemente hacia la puerta y me olvido de ser estoica, de que nada me pueda conmover, y ella también viene hacia mí a toda velocidad y abre los brazos un segundo antes de que nuestros cuerpos se encuentren.

Me levanta en un abrazo, aplastándome fuertemente contra su pecho. Huele a tierra, dragón y al hierro de la sangre, pero no me importa. Le respondo el abrazo con la misma fuerza.

—Mira. —Hundo mi cara en su hombro y siento el ardor en los ojos mientras mi hermana pone una mano sobre la trenza que ella misma me enseñó a hacer. Es como si el peso de todo lo que ha pasado en los últimos nueve meses cayera de golpe sobre mí, como disparado por una ballesta de fuego.

El viento del parapeto.

La expresión en los ojos de Xaden cuando descubrió que soy una Sorrengail.

El sonido de Jack jurando que me mataría.

El olor a carne humana quemada ese primer día.

La expresión en el rostro de Aurelie cuando se cayó del Guantelete.

Pryor y Luca y Trina y… Tynan. Oren y Amber Mavis.

Tairn y Andarna eligiéndome.

Xaden besándome.

Nuestra madre ignorándome.

Mira me separa de su cuerpo un instante para verme como si estuviera buscando daños.

—Estás bien. —Asiente y sus dientes se le entierran en el labio inferior—. Estás bien, ¿verdad?

Asiento, pero comienzo a verla borroso porque puede que esté viva, incluso progresando, pero no soy la misma persona que dejó en la base de ese torreón y, por su mirada, sé que ella también lo sabe.

—Sí —susurra, abrazándome de nuevo con fuerza—. Estás bien, Violet. Estás bien.

Si lo dice las veces suficientes, puede que empiece a creerle.

—¿Y tú? —Me alejo un poco para observarla. Tiene una nueva cicatriz que va del lóbulo de su oreja hasta la clavícula—. Dioses, Mira.

—Estoy bien —me promete, y luego sonríe—. Y ¡mírate! ¡No te moriste!

Una risa alegre e irracional va subiendo por mi garganta.

—¡No me morí! ¡No eres hija única!

Ambas nos echamos a reír a carcajadas y las lágrimas me corren por las mejillas.

—Las Sorrengail son raras —comenta Imogen.

—No tienes idea —agrega Dain, pero cuando volteo para verlo, en sus labios encuentro la primera sonrisa sincera que le he visto en meses.

—Cállate, Aetos —le ordena Mira, echando una mano sobre mi hombro—. Cuéntame todo, Violet.

Aunque estamos a cientos de kilómetros de Basgiath, nunca me había sentido más en casa.

Dos días después, por la noche, justo después de la cena, Rhiannon y yo salimos por la ventana de nuestra barraca en un primer piso y saltamos hacia el suelo. Mira salió a patrullar y, por más maravilloso que ha sido tenerla cerca, esta es nuestra única oportunidad.

—*Ya nos vamos.*

—*Que no te atrapen* —me advierte Tairn.

—*Eso intentaré.* —Rhiannon y yo nos escabullimos pegadas a la pared de la almena y doblamos hacia el campo…

Me estrello contra Mira con tal fuerza que reboto.

—¡Mierda! —exclama Rhiannon mientras me agarra para que no me caiga de espaldas.

—¿Ni siquiera se te ocurre revisar antes de doblar una esquina? —me regaña Mira, cruzándose de brazos con una expresión decepcionada que seguramente me merezco. Bueno, definitivamente me la merezco.

—En mi defensa, no creí que fueras a estar aquí —digo lentamente—. Porque se suponía que estabas patrullando.

—Estuviste súper rara durante la cena. —Inclina la cabeza hacia un lado y me observa como cuando éramos niñas y descubría todo de mí con esa mirada—. Así que cambié mi turno. ¿Me quieren decir qué hacen aquí afuera?

Me volteo para ver a Rhiannon, pero ella solo desvía la mirada.

—¿Ninguna de las dos? ¿En serio? —Suspira y se frota el puente de la nariz—. ¿Ustedes dos necesitan escapar de un puesto de defensa fuertemente protegido porque…?

—De todos modos, lo va a descubrir —le digo a Rhiannon con el estómago revuelto—. Es como un sabueso para estas cosas. Créeme.

—Vamos a ir volando a la casa de mi familia —confiesa.

Mira palidece ante esta respuesta.

—¿Creen que van a hacer qué?

—Vamos a ir volando a su pueblo. Es un viaje de cinco minutos, de acuerdo con Tairn, y... —comienzo a decir.

—Pero por supuesto que no. —Mira niega con la cabeza—. No. No pueden irse volando como si estuvieran de vacaciones. ¿Y si algo les pasa?

—¿En casa de sus papás? —pregunto en voz baja—. ¿Porque hay una gran emboscada esperando por si acaso se nos ocurre aparecer por ahí?

Mira entrecierra los ojos.

Mierda. Esto no está saliendo bien y, a juzgar por la fuerza con la que Rhiannon me tiene agarrada del brazo, creo que ella piensa lo mismo.

—Enfrentaríamos menos peligro visitando a sus padres que el que corremos en Basgiath —comento.

Mira frunce los labios.

—Buen punto.

—Ven con nosotras —le digo de pronto—. En serio. Ven con nosotras, Mira. Solo quiere ver a su hermana.

Sus hombros se relajan. Se está ablandando y aprovecho para tirarme a matar.

—Raegan estaba embarazada cuando Rhiannon se fue. ¿Te imaginas no estar conmigo si fuera a tener un bebé? ¿No harías cualquier cosa, incluyendo escapar de un puesto de defensa fuertemente protegido, por abrazar a tu sobrino o sobrina? —Arrugo la nariz en espera de su respuesta—. Además, con la heroína de Strythmore junto a nosotras, ¿qué podría salir mal?

—No empieces. —Me observa, luego a Rhiannon y después vuelve a mí antes de soltar un quejido—. Ay, está bien, carajo. —Su dedo empieza a agitarse frente a nosotras antes de que podamos sonreír—. Pero si se les ocurre siquiera decirle a alguien, haré que se arrepientan por el resto de su vida.

—Lo dice en serio —susurro.

—Le creo —me responde Rhiannon.

—Llevan dos días aquí y ya están rompiendo las reglas —masculla Mira—. Vamos, es más rápido por acá.

Una hora después, Mira y yo estamos tumbadas en las bancas acolchonadas que flanquean la mesa de Raegan, viendo cómo Rhiannon mece a su sobrino junto a la chimenea, metida en una conversación con su hermana mientras sus padres y su cuñado las miran desde un sillón cercano.

Verlos reunidos hace que todo valga la pena.

—Gracias por ayudarnos —le digo a Mira al otro lado de la mesa.

—Lo habrías hecho conmigo o sin mí. —Observa a la familia con una sonrisa suave y una mano sobre la taza de aluminio con vino que amablemente le dio la madre de Rhiannon—. Concluí que al menos así podría asegurarme de que estás a salvo. ¿Qué otras reglas has roto, hermanita? —Le da un trago a su vino y me echa una mirada.

Una sonrisa aparece en mis labios mientras levanto un hombro con gesto despreocupado.

—Quizá algunas por aquí y por allá. Me volví muy buena para envenenar a mis enemigos antes de los retos.

Mira casi escupe su vino y tiene que llevarse la mano a la boca para evitarlo.

Me río, poniendo un tobillo cubierto por la bota sobre el otro.

—¿No era lo que esperabas?

Veo cómo el respeto le ilumina los ojos.

—Honestamente no sé qué esperaba. Solo estaba desesperada por saber que sobreviviste. Y luego resultó que no solo te uniste a uno de los dragones más poderosos que existen, sino también con un Cola de Plumas. —Niega con la cabeza—. Mi hermanita es rudísima.

—No creo que mamá esté de acuerdo con eso. —Acaricio la agarradera de mi taza con el pulgar—. Aún no he manifestado un sello. Soy buena para hacer tierra y puedo crear y mantener un bloqueo bastante fuerte, pero… —no puedo decirle lo demás, lo del don que me dio Andarna al menos temporalmente— si no manifiesto mi sello pronto…

Ambas sabemos lo que pasará.

Me observa en silencio con ese gesto tan suyo.

—Escúchame —dice—. Si quieres que tu sello se manifieste, tienes que dejar de bloquearlo con esas ideas de que tiene algo que ver con mamá. Tu poder es tuyo y de nadie más, Vi.

Todo esto me pone de nervios y cambio de tema, posando mis ojos en su cuello.

—¿Cómo pasó eso?

—Un grifo —me responde, asintiendo—. Cerca del pueblo de Cranston hace como siete meses. Esa cosa salió de la nada durante un ataque. Las protecciones se derrumbaron, y normalmente mi sello me da un poco de inmunidad ante los poderes enemigos, pero no contra sus malditos pajarracos. Los curanderos se tardaron horas cosiéndome. Pero me dejó una cicatriz bastante cool. —Levanta la barbilla para mostrármela.

—¿Cranston? —Pienso en las clases de Informe de Batalla—. No nos han enseñado nada sobre ese lugar. Creo… —El sentido común me dice que cierre la boca.

—¿Qué crees? —Da otro trago a su bebida.

—Creo que están pasando más cosas en las fronteras de las que nos cuentan —reconozco en voz baja.

Mira enarca las cejas.

—Pues claro que sí. No esperas que se revele información clasificada en Informe de Batalla, ¿verdad? Sabes que no va a pasar. Y, la verdad, con el ritmo de ataques a nuestras fronteras, tendrían que pasarse todo el día en esa clase para poder analizarlos todos.

—Tiene sentido. ¿Ustedes sí reciben toda la información?

—Solamente la necesaria. Por ejemplo, juraría que vi un grupo de dragones al otro lado de la frontera durante este ataque. —Se encoje de hombros—. Pero los temas de las operaciones secretas están por encima de mi rango. Piénsalo así: si fueras curandera, ¿necesitarías saber detalles de los pacientes de todos los demás?

Niego con la cabeza.

—No.

—Exactamente. Ahora dime, ¿qué diablos está pasando entre Dain y tú? He visto menos tensión en una ballesta, y no es de la buena. —Me ve con un gesto que no deja espacio para las excusas.

—Necesitaba cambiar para sobrevivir. Y él no me lo permitía. —Es la explicación más simple de los últimos nueve meses—. Hice que mataran a su amiga Amber. Era líder de ala. Y, honestamente, todo lo de Xaden nos separó tanto que ya no sé cómo reparar nuestra amistad. No lo suficiente para que vuelva a ser lo que era.

—La ejecución de la líder de ala es conocida por todos. Tú no provocaste que la mataran. Ella lo consiguió sola por romper el Código. —Mira me estudia en silencio por un momento—. ¿Es cierto que Riorson te salvó esa noche?

Asiento.

—Xaden es un tipo complicado. —Tan complicado que ni siquiera puedo identificar lo que siento. Pensar en él me agita de una manera que me deja completamente enredada. Lo deseo, pero no puedo confiar en él, no como quisiera. Pero, en otro sentido, es la persona en la que más confío.

—Espero que sepas lo que estás haciendo. —Su mano aprieta la taza—. Porque recuerdo claramente que te advertí que no te acercaras al hijo de ese traidor.

El estómago se me revuelve al escuchar la manera en que Mira describe a Xaden.

—Claramente a Tairn no le importó la advertencia.

Ella suelta un resoplido burlón.

—Pero, en serio, si Xaden no se hubiera aparecido esa noche, o si yo no me hubiera dejado la armadura puesta para dormir... —Hago una pausa y me estiro hacia ella para tocar su mano—. Ni siquiera puedo contar las veces que me has salvado la vida sin siquiera estar ahí.

Mira sonríe.

—Me alegra que haya funcionado. Te juro que me tomó toda una temporada de muda para juntar las escamas.

—¿Has pensado en contárselo a mamá? ¿Para que se las den a todos los jinetes?

—Les dije a mis líderes. —Se reclina y da otro trago a su bebida—. Dijeron que lo iban a checar.

Vemos cómo Rhiannon besa las mejillas perfectamente regordetas de su sobrino.

—Nunca había visto a una familia tan feliz —reconozco—. Ni cuando Brennan y papá estaban vivos; nosotros no éramos... así.

—No, no éramos. —Una sonrisa triste le curva los labios—. Pero recuerdo muchas noches que pasamos acurrucadas junto al fuego con papá y ese libro que te encanta.

—Ah, sí, el libro que me hiciste dejar en mi antigua habitación. —Enarco una ceja acusadora.

—¿Te refieres al libro que me robé por si a mamá se le ocurre la locura de limpiar tu cuarto mientras estás en el cuadrante? —Su sonrisa se extiende más—. Lo tengo en Montserrat. Pensé que te enojarías muchísimo si te gradúas y ya no lo encuentras. O sea, ¿qué harías si se te olvidara un mínimo detalle sobre cómo los valientes jinetes derrotaron a un ejército de guivernos y a los venin que le arrancaron toda su magia a la tierra?

Esto me toma por sorpresa.

—Mierda. No recuerdo eso, pero ¡pronto podré leerlo! —Una burbuja de alegría comienza a subirme por el pecho—. Eres la mejor.

—Te lo daré en el puesto. —Se reacomoda y me observa con gesto pensativo—. Sé que solo son historias, pero nunca había entendido por qué los villanos eligieron arruinar sus almas y convertirse en venin, y ahora... —Frunce el ceño.

—¿Ahora empatizas con los villanos? —pregunto con tono juguetón.

—No. —Niega con la cabeza—. Pero tenemos esa clase de poder por el que la gente mataría, Violet. Los dragones y los grifos son los guardianes, y estoy segura de que, para alguien con los celos y la ambición suficientes, arriesgar su alma sería un precio justo por la capacidad de manejar esos poderes. —Se encoge de hombros—. Simplemente me alegra que nuestros dragones sean tan selectivos y que las protecciones mantengan a raya a los jinetes de grifos. Quién sabe qué clase de gente eligen esas creaturas peludas.

Nos quedamos todavía otra hora, hasta que sabemos que nos estamos exponiendo a que nos atrapen si esperamos un minuto más. Entonces Mira y yo salimos al húmedo exterior bajo el cielo nocturno, y le damos un momento a solas con su familia a Rhiannon para que se despidan. Tairn ha estado extrañamente callado estas últimas horas.

—¿Has estado en algún puesto donde haya jinetes cuyos dragones sean pareja? —le pregunto a Mira mientras cierro la puerta.

—Con uno —me responde, plantando su mirada suspicaz en el camino oscuro frente a nosotras—. ¿Por qué?

—Me pregunto cuánto tiempo pueden pasar separados.

—Resulta que tres días es su máximo. —Xaden aparece entre las sombras.

VEINTISIETE

Por su gran valor que fue más allá del deber en la batalla de Strythmore, donde no solo consiguió la destrucción de una tropa tras las líneas enemigas, sino que además salvó las vidas de todo un batallón de infantería, recomiendo que Mira Sorrengail reciba la Estrella de Navarre. Pero, si los criterios no se cumplen, aunque les aseguro que sí, bajar su condecoración a la Orden de la Garra sería una pena, pero suficiente.

—RECOMENDACIÓN PARA UN PREMIO DEL COMANDANTE POTSDAM A LA GENERAL SORRENGAIL

—Entonces ¿lo único que haremos será esperar a que pase algo? —pregunta Ridoc la tarde siguiente, reclinándose en la silla tras dejar sus botas en una esquina de la mesa de madera que se extiende por todo lo largo del salón de informes.

—Sí —dice Mira desde la cabecera. Luego gira la muñeca, haciendo que Ridoc se vaya de espaldas—. Y no pongas los pies en la mesa.

Uno de los jinetes de Montserrat se ríe y cambia los indicadores sobre el enorme mapa que ocupa la única pared de piedra en la habitación curva y con un gran ventanal. Es el torreón más alto en el puesto y ofrece unas vistas increíbles de la cordillera de Esben.

Hoy nos separaron en dos grupos. Rhiannon, Sawyer, Cianna, Nadine y Heaton pasaron la mañana con Devera en este cuarto, estudiando batallas anteriores que han tenido lugar aquí, y ahora están patrullando.

Dain, Ridoc, Liam, Emery, Quinn y yo pasamos el día volando dos horas sobre los alrededores con un agregado: Xaden. Ha sido la peor distracción desde anoche que llegó.

Dain no deja de lanzarle miradas de odio y hacer comentarios sarcásticos.

Mira también se la pasa vigilándolo, y ha estado sospechosamente callada desde anoche.

¿Y yo? Aparentemente ni siquiera puedo quitarle los ojos de encima. Hay una energía palpable en cualquier habitación a la que entra y me recorre la piel como una caricia cada que nuestras miradas se encuentran. Incluso en este momento, estoy consciente de cada una de sus respiraciones mientras está sentado junto a mí a la mitad de la mesa.

—Consideren esto como Informe de Batalla —continúa Mira, viendo con algo de desprecio a Ridoc, quien se está levantando torpemente para volver a su silla—. Esta mañana recorrimos un cuarto del tramo por el que volamos normalmente, así que, si hubiera sido el patrullaje de siempre, apenas estaríamos llegando para reportarle lo que vimos al comandante. Pero, para matar tiempo y ya que estamos aquí reunidos como el vuelo de la tarde, finjamos que nos encontramos con un nuevo puesto de avanzada fortificado cruzando la frontera… —Se gira hacia el mapa y pone una tachuela con una banderita roja cerca de una de las montañas como a tres kilómetros de la frontera de Cygnisen.

—¿Tenemos que suponer que simplemente apareció de la noche a la mañana? —pregunta Emery con tono abiertamente escéptico.

—Es para poder armar una discusión, muchachito de tercero. —La expresión de Mira lo hace erguirse en su silla.

—Me gusta este juego —dice uno de los jinetes de Montserrat que está en un extremo de la mesa, poniendo las manos detrás de su nuca con los dedos entrelazados.

—¿Cuál sería nuestro objetivo? —Mira observa a casi todos alrededor de la mesa, pero es claro que se salta a Xaden. Anoche, le echó un solo vistazo a la reliquia de la Rebelión en su cuello y se fue sin decir una sola palabra—. ¿Aetos?

Dain se sobresalta en su lugar, donde estaba viendo con odio a Xaden, y voltea hacia el mapa.

—¿Qué clase de fortificación tienen? ¿Hablamos de una estructura de madera enclenque? ¿O algo más firme?

—Como si pudieran construir una fortaleza de la noche a la mañana —masculla Ridoc—. Tiene que ser de madera, ¿no?

—¿Por qué se lo toman tan literal, carajo? —Mira suspira y se frota la frente con un pulgar—. Bueno, digamos que ocuparon una bodega que ya estaba ahí. Es de piedra y todo.

—Pero ¿los civiles no pidieron ayuda? —pregunta Quinn, rascándose su barbilla puntiaguda—. El protocolo pide que los lugares que estén tan perdidos en la montaña lancen señales de alerta. La gente tendría que haber encendido su faro de alarma para avisar a los jinetes que estaban patrullando, y en ese momento los dragones en el recorrido les habrían avisado a los demás dragones disponibles en el área. Los jinetes que están en esta habitación hubieran salido primero como reacción inmediata mientras los demás despertaban, y con eso los jinetes habrían evitado que tomaran la bodega.

Mira suelta un bufido y se agarra de la orilla de la mesa con las manos, viéndonos fijamente de uno en uno.

—Todo lo que les enseñan en Basgiath es teoría. Analizan ataques pasados y aprenden esas maniobras de combate tan… teóricas. Pero las cosas aquí afuera no siempre salen de acuerdo al plan. ¿Por qué no hablamos de todos los imprevistos que pueden ocurrir, para que sepan qué hacer cuando pasen, a diferencia de discutir por qué no debimos perder la bodega?

Quinn se reacomoda en su silla, incómoda.

—¿Cuántos de los de tercero que están aquí han sido llamados? —Mira se yergue y pone las manos sobre su ropa negra y la correa que sostiene la espada sobre su espalda.

Emery y Xaden levantan la mano, aunque lo de Xaden es apenas un gesto.

Dain se ve como si estuviera a punto de explotar.

—No puede ser. No nos llaman al servicio hasta después de la graduación.

Xaden tensa la boca y asiente, ofreciéndole un gesto sarcástico con el pulgar arriba.

—Sí, claro. —Emery se ríe—. Espérate al próximo año. Ni siquiera puedo contar todas las veces que hemos estado en una habitación como esta en los fuertes en el interior de Navarre porque llamaron a sus jinetes al frente por una emergencia.

Dain se pone pálido.

—Ya que aclaramos eso… —Mira mete una mano bajo la mesa, saca varias cosas a escala y pone una bodega de piedra de quince centímetros al centro de la mesa—. Atrápenlos. —Uno por uno, nos va lanzando miniaturas de dragón en madera pintada hasta quedarse ella con el último—. Finjan que Messina y Exal no existen y somos el único pelotón disponible para recuperar la bodega. Piensen en el poder que hay en esta habitación. Piensen en lo que cada jinete ofrece y cómo usarían esas habilidades en conjunto para lograr su objetivo.

—Pero no les enseñan eso a los de primero —dice Liam en voz baja junto a mí.

Mira ve la marca mágica y ondulada en su muñeca, pero hay que reconocerle a Liam que no se acomoda la manga. A veces es difícil recordar que los de tercero son los primeros jinetes que trabajarán junto a los hijos de los líderes de la Rebelión tyrrish, una rebelión que pudo dejar a nuestras fronteras desprotegidas y a la gente inocente de Navarre como muertos de guerra. Todos en esta habitación nos hemos acostumbrado a Liam, a Imogen... incluso a Xaden. Pero los que están en servicio activo nunca han volado con nadie marcado por una reliquia de la Rebelión.

Los jinetes tyrrish que siguieron siendo fieles a Navarre durante la revuelta recibieron ascensos en vez de castigos y, en cambio, asesinaron y ejecutaron a los jinetes que se pusieron en contra del rey y del país. Y, así como mi dolor por la pérdida de Brennan salió contra Xaden aquel primer día en el parapeto, habrá más de un jinete que canalice erróneamente su propia rabia hacia los marcados.

Me aclaro la garganta.

Mira posa sus ojos sobre los míos y enarco una ceja en obvio gesto de advertencia.

«No te metas con mis amigos».

Sus ojos empiezan a llenarse de sorpresa, pero el gesto desaparece de inmediato y vuelve su atención a Liam.

—Puede que no les enseñen esta estrategia de batalla a los de primero porque están ocupados intentando mantenerse sobre el lomo de sus dragones. Ya probaron un poco de lo que es la estrategia en la Batalla de Pelotones, y mayo se acerca, lo cual significa que los Juegos de Guerra están por comenzar, ¿verdad?

—En dos semanas —responde Dain.

—Pues llegan en buen momento. No todos sobrevivirán a los Juegos si no están preparados. —Me sostiene la mirada por un instante—. Pensar así le dará ventaja a su pelotón, incluso a toda su ala, pues les garantizo que su líder de ala ya está evaluando a cada jinete según sus habilidades.

Xaden juega con el dragón miniatura, pasándolo entre sus nudillos, pero no responde nada. No le ha dicho ni una sola palabra a Mira desde que llegó.

—Así que, hagámoslo. —Mira se levanta—. ¿Quién está al mando? —Se voltea para ver a Quinn—. Y finjamos que no tengo tres años más de entrenamiento que el que tenga el grado más alto entre ustedes aquí.

—Entonces, yo estoy al mando. —Dain se yergue y levanta el mentón un par de centímetros.

—Aquí está nuestro líder de ala —comenta Liam, señalando a Xaden—. Yo diría que eso lo pone al mando.

—Para el ejercicio, podemos fingir que no estoy aquí. —Xaden deja su dragón sobre la mesa y se reclina en su silla, poniendo un brazo en el respaldo de la mía, lo que provoca que Dain apriete los dientes de rabia.

—Dale a Ateos el puesto que todos sabemos que desea.

—No seas cretino —susurro.

—No me has visto ni cerca de lo cretino que puedo llegar a ser.

Giro la cabeza tan rápido que me mareo, y me quedo con la boca abierta al encontrarme con Xaden de perfil. Fue su voz pero... en mi maldita cabeza.

Él se voltea para verme y los destellos dorados en sus ojos reflejan la luz. Podría jurar que escucho cómo se ríe en mi mente, aunque tiene los labios cerrados con esa sonrisita de superioridad que me acelera el pulso.

—Me estás viendo fijamente. Las cosas se van a poner raras en unos treinta segundos si no dejas de hacerlo.

—¿Cómo? —murmuro, furiosa y confundida.

—Igual como hablas con Sgaeyl. Todos estamos maravillosa e insoportablemente conectados. Esta es solo una de las ventajas. Aunque empiezo a pensar que debí probarlo antes. La expresión en tu rostro es increíble. —Me guiña y vuelve a mirar al frente.

El. Infeliz. Me. Guiñó. Y ¿eso es una pequeña sonrisa?

—Eres. El. Líder. De. Ala —cada palabra de Dain tiene que luchar por salir entre sus dientes apretados.

—Ni siquiera debería estar aquí —responde Xaden, encogiéndose de hombros—. Pero, si te hace sentir mejor, para los Juegos de Guerra recibirás órdenes de tu líder de sección, Garrick Tavis, el cual a su vez las recibirá de mí. Harán sus maniobras como pelotón por el bien del ala. Solo finge que soy uno más de tu pelotón y úsame como prefieras, Aetos. —Xaden se cruza de brazos.

Me volteo para ver a Mira, que está siguiendo el minuto a minuto con las cejas enarcadas.

—A todo eso, ¿qué haces aquí? —pregunta Dain con tono retador—. Sin ofender, *señor*, pero no esperábamos a alguien de más alto rango en este viaje.

—Sabes bien que Sgaeyl y Tairn son pareja.

—¿Tres días? —contraataca Dain, acercándose a la mesa—. ¿No aguantaste tres días?

—No tiene nada que ver con él —interrumpo, dejando mi dragón sobre la mesa con un poco más de la fuerza necesaria—. Es cosa de Tairn y Sgaeyl.

—¿No has pensado que tal vez vine porque no soporté estar lejos de ti?

Le doy un codazo en el bíceps. No lo dice en serio. No cuando sigue sosteniendo que besarme fue un error. Y si está diciendo la verdad... Ni siquiera voy a pensar en eso.

—*Ya, ya, vas a revelar el secretito de cómo nos comunicamos, si no puedes evitar ser tan... violenta.* —Apenas logra disimular una sonrisa. Es obvio que le encanta tener la última palabra.

Necesito descubrir cómo diablos lo hace para poder discutirle mentalmente.

—Obviamente ibas a salir en su defensa. —Dain me lanza una mirada llena de rabia—. Aunque cómo se te pudo olvidar que este tipo te quería matar hace seis meses; eso es algo que nunca voy a entender.

—No puedo creer que te hayas atrevido a decir eso.

—Qué profesional, Aetos. —Xaden se rasca la reliquia en su cuello, pero estoy completamente segura de que no siente comezón—. No hay mejor forma de resaltar las habilidades de liderazgo.

Uno de los jinetes suelta un silbido.

—¿No prefieren sacársela y medírsela, muchachos? Sería más rápido.

Liam ahoga una carcajada, pero sus hombros se sacuden igual.

—¡Basta! —Mira azota una mano sobre la mesa.

—Ay, por favor, Sorrengail —se queja el jinete que hizo el comentario con una enorme sonrisa.

Tanto Mira como yo nos giramos para verlo.

—Le hablaba a la Sorrengail mayor. Es lo más entretenido que hemos visto en años.

Niego con la cabeza y observo a la gente alrededor de la mesa.

—Mira tiene la capacidad de extender un escudo si se caen las protecciones, así que lo primero que haría sería enviarla a explorar el área con Teine. Necesitamos saber si nos enfrentamos a infantería o jinetes de grifos.

—¿Quieres hacer tu trabajo? —le pregunto a Dain con una dulce sonrisa—. O sea, cómo se te pudo olvidar que eres el líder del pelotón es algo que nunca voy a entender.

Aprieta el dragón en su puño mientras aleja sus ojos de los míos.

—Quinn, ¿puedes hacer un viaje astral desde el lomo de tu dragón?

—Sí —responde ella.

—Entonces te pediría que viajes a la fortaleza para buscar puntos débiles —anuncia Dain—. Y que al regresar tengas un informe detallado. Lo mismo con Liam. Usaríamos tu visión a larga distancia para ver si te es posible ubicar dónde están los jinetes de grifos y si pusieron trampas.

—Bien. Los puntos débiles son la puerta de madera —anuncia Mira mientras Quinn y Liam ponen sus dragones donde les corresponde—, y los ciudadanos navarros que tienen en los calabozos.

—Adiós a la idea de hacer estallar todo —dice Ridoc.

—Tú controlas el aire, ¿verdad? —le pregunta Dain a Emery—. O sea que puedes darles forma a las llamas de tu dragón y llevarlas a las áreas de la bodega donde está el enemigo sin matar civiles.

—Sí —responde Emery—, pero tendrá que estar dentro de la bodega.

—Entonces tendrás que entrar a la bodega —dice Mira, y se encoge de hombros.

Emery se sorprende al escuchar esto.

—¿Quieres que deje mi dragón y vaya a pie?

—¿Por qué crees que nos dan tanto entrenamiento de combate mano a mano? ¿O vas a dejar que muera toda esa gente inocente? —Mira hace un movimiento con la muñeca y el dragón de Emery sale volando de su mano y llega a la de ella. Lo pone en el centro de la bodega—. La verdadera pregunta es: ¿cómo te acercas lo suficiente sin que te maten? —Recorre la mesa con la mirada—. Pues supongo que los demás estarán ocupados combatiendo a los grifos que vuelen cuando se suelte el fuego.

—¿Cuál es tu sello, Aetos? —pregunta Quinn.

—Tu rango no te permite saberlo —responde Dain, y mira a casi todos en la mesa, menos a Xaden. Luego repite la acción y, al fin, suelta un suspiro—. ¿Alguna idea?

¿En serio el cuadrante obliga a Dain a mantener en secreto lo de que puede ver recuerdos? ¿Cuando intentó agarrarme la cabeza el día en que quemaron a Amber, fue porque perdió el control? ¿Cómo ha llegado hasta aquí sin decirle a nadie cuál es su sello? Niego con la cabeza.

—Claro. —Tomo el dragón de Xaden y lo empujo hacia la bodega, poniendo un pie mental en los Archivos donde guardo mi poder y usándolo para levantar la figurita de dragón y dejarla flotando sobre la estructura—. Basta de ignorar que tienes a alguien con un poder increíble para controlar las sombras a tu disposición y pídele que oscurezca toda el área para que nadie te vea aterrizar.

—Tiene razón —dice Mira, pero sus palabras suenan tensas.

—¿Puedes hacer eso? —Dain se voltea para ver a Xaden a regañadientes.

—¿Lo preguntas en serio? —replica Xaden.

—Es solo que no sé si puedes cubrir un área tan…

Xaden pone una mano a unos centímetros sobre la mesa y unas sombras salen debajo de nuestras sillas, llenan la habitación y la vuelven tan oscura como la noche. El corazón me da un vuelco cuando mis ojos solo ven negro.

—*Relájate. Solo soy yo.* —El fantasma de una caricia pasa sobre mi mejilla.

Él solo es un poco… aterrador. Le lanzo ese pensamiento, pero no hay respuesta. Quizá nuestra comunicación no es de ida y vuelta, porque no creo que pueda hablarle como él lo hace conmigo.

¿Qué dijo Sgaeyl sobre los sellos? «Refleja quién eres en el fondo de tu ser». Tiene sentido. Mira es protectora. Dain necesita saberlo todo. Y Xaden... tiene secretos.

—Mierda —exclama alguien.

—Puedo cubrir todo este puesto, pero creo que asustaría a algunas personas —dice Xaden, y las sombras desaparecen, perdiéndose bajo la mesa.

Tomo aire y noto cómo todos en la mesa fuera de Emery, quien sin duda ya conocía este truco de Xaden, se ven un poco verdosos.

Incluso Mira, que está viendo a Xaden como si fuera una amenaza que necesita analizar.

Esto me revuelve el estómago.

—Espero que no se te hayan ocurrido cosas mientras estábamos en lo oscurito —bromea Xaden, y así como así, la pena que sentía por ese cretino se evapora. Ni siquiera me molesto en voltear a verlo y solo levanto un dedo.

Él se ríe y yo aprieto los dientes.

—Sácalo de mi cabeza —le digo a Tairn.

—Ya te acostumbrarás —me responde.

—¿Esto es normal entre todas las parejas de dragones y sus jinetes?

—Para algunos. Es una gran ventaja en las batallas.

—Pues es una monserga para mí en este momento. —Extraño a Andarna. Estamos tan lejos que casi ni puedo sentirla.

—Entonces bloquéalo como lo haces conmigo... o empieza a contestarle —refunfuña Tairn—. *Tú también tienes el poder de ser una cretina. Créeme.*

—Y ¿cómo exactamente se supone que le conteste? —Le lanzo varias miradas de enojo a Xaden, pero él está concentrado en la batalla contra la bóveda imaginaria.

—Averigua cuál de los caminos hacia tu mente es el suyo.

Ah, perfecto. Será facilísimo.

Terminamos la operación hipotética en la que cada uno usa su poder de la mejor manera posible... menos yo. Pero cuando llega el momento de enfrentar a los grifos al vuelo, Tairn les gana a todos los demás dragones que están aquí.

—Bien hecho —dice Mira y revisa su reloj de bolsillo—. Aetos, Riorson y Sorrengail, quiero hablar con ustedes en el pasillo. Los demás, pueden irse.

Como no tenemos más opción, salimos detrás de Mira hacia la escalera en espiral.

Ella cierra la puerta y lanza una línea de energía azul que cubre la entrada.

—Una barrera de sonido —dice Dain, sonriendo—. Genial.

—Cállate. —Mira se da la vuelta en el último escalón y pone un dedo en la cara de Dain—. No sé qué mosca te picó, Dain Aetos, pero ¿se te olvidó que eres líder de pelotón? ¿Y que tienes muchas posibilidades de ser líder de ala el próximo año?

Ay, mierda, está enojada, y eso es algo con lo que yo no quiero tener nada que ver. Doy un paso atrás, pero como Xaden está en el escalón de debajo de mí, no tengo adónde ir.

—Mira... —comienza a decir Dain.

—Teniente Sorrengail —lo corrige Mira—. Lo estás arruinando, Dain. Sé cuánto quieres tener su puesto el próximo año. —Señala a Xaden—. Que no se te olvide que crecimos separados solo por unos tres metros. Y lo estás arruinando porque... ¿Por qué? ¿Por qué te enoja que Violet se vinculara con la pareja de la dragona de él?

El calor me enciende las mejillas. Mi hermana nunca ha sido de las que suavizan lo que quieren decir, pero... guau.

—¡Él es lo peor para ella! —dice Dain.

—Ah, eso no te lo discuto. —Mira se le acerca—. Pero no se puede hacer nada respecto a las elecciones de los dragones. No les interesan las opiniones de los insignificantes humanos, ¿sabes? Pero, lo que sea que esté pasando entre ustedes dos... —ese dedo va y viene entre Dain y yo— está jodiendo a su pelotón. Si yo lo vi tras cuatro días con ustedes, es obvio que su gente lo sabe. Y de haber sabido que ibas a ser tan cuadrado e inflexible con las cosas que ella no puede controlar, jamás le hubiera dicho que te buscara al bajar del parapeto. —Me lanza una mirada y luego vuelve a dirigirse a él—. Ustedes dos han sido mejores amigos desde los cinco años. Encuentren la forma de arreglar su cagadero.

Dain está tan tenso que parece que podría quebrarse por la mitad, pero se voltea para verme y asiente.

Yo hago lo mismo.

—Bien, ahora, vete —ordena, señalando hacia la puerta con un movimiento de cabeza. Dain cruza la barrera de sonido y se va—. Y tú... —Baja dos escalones y clava a Xaden con una mirada—. ¿Esto es lo que Violet puede esperar el próximo año?

—¿Que Aetos sea un imbécil? —pregunta Xaden, relajando las manos a sus costados—. Probablemente.

Mira entrecierra los ojos.

—Los dragones en pareja suelen unirse a jinetes del mismo año por lo mismo. No puedes esperar que tu ala o sus instructores los dejen ir y venir cada tercer día.

—Yo no lo elegí —dice Xaden, encogiéndose de hombros.

—¿Qué quieres que hagamos? ¿Qué les digamos a los dragones gigantes con aliento de fuego cómo van a ser las cosas? —le pregunto a mi hermana.

—¡Sí! —exclama, y se da la vuelta hacia mí—. Porque no puedes vivir así, Violet. Serás tú quien termine perdiéndose los entrenamientos que necesitas, porque él es el más poderoso de los dos en este momento. Pero, si no te concentras en entrenar, así será siempre. Nunca llegarás a ser la persona en la que te puede convertir Tairn. ¿Eso es lo que quieres, Riorson?

—Mira —susurro, y niego con la cabeza—. Lo estás juzgando mal.

—Escúchame. —Me agarra de los hombros—. Puede que él controle a las sombras, Violet, pero dale chance y te convertirás en una sombra tú también.

—Eso no va a pasar —le prometo.

—Va a pasar si se lo permites. Matar a alguien no es la única manera para destruirlo. Evitar que alcances todo tu potencial me parece un excelente camino para la venganza que juró cobrarle a nuestra madre. Piénsalo, y piénsalo bien. ¿Qué tanto lo conoces en realidad?

Tomo aire. Confío en Xaden. Al menos eso creo. Pero Mira tiene razón, existe una infinidad de maneras para acabar con alguien sin quitarle la vida.

—Eso pensé. —La expresión en su mirada se convierte en algo peor que enojo: es lástima—. ¿Siquiera sabes por qué odia tanto a nuestra madre? ¿Por qué ponen a los chicos como él en el parape...?

—Estoy aquí —la interrumpe Xaden, subiendo un escalón para quedar junto a mí—. Por si no lo habías notado.

—Es difícil no notar tu presencia —responde ella.

—No me estás escuchando. —Xaden baja la voz—. Estoy. Aquí. Tairn no se la llevó a Basgiath. Él no demolió las barreras con las que lo bloquea para llenarla con sus sentimientos. No le exigió que volara hasta el otro lado del maldito reino. Tu hermana sigue aquí. Yo dejé mi puesto, mi trabajo y a mi oficial ejecutiva a cargo de mi ala. Ella no se está perdiendo ni mierda.

—Y ¿el próximo año? ¿Cuándo te estrenes como teniente? ¿Qué «mierda» se va a perder entonces? —pregunta Mira.

—Ya veremos. —Tomo la mano de mi hermana y le doy un apretón—. Mira, él ha usado cada minuto libre que tiene preparándome para los retos en la colchoneta o llevándome a volar con la esperanza de que al fin encuentre la manera de quedarme en mi maldito asiento sin que Tairn me detenga. Él...

Mira hace un gesto de pesar con todo el cuerpo.

—¿No te puedes quedar en tu asiento?

—No —le respondo en algo que es apenas un susurro, y el calor de la vergüenza me quema la piel.

—¿Cómo diablos no vas a poder? —Está con la boca abierta.

—¡Porque no soy tú! —grito.

Esto la hace retroceder como si le hubiera dado una cachetada, y nuestras manos se separan.

—Pero si... ya te ves mucho más fuerte.

—Mis músculos y articulaciones son más fuertes porque Imogen me hace levantar esas horribles pesas, pero eso no me... compone.

Mira palidece.

—No. No lo decía por eso, Vi. No eres algo que necesite componerse. Es solo que ignoraba que no puedes sostenerte en el asiento. ¿Por qué no me dijiste?

—Porque no hay nada que puedas hacer al respecto. —Finjo una sonrisa sarcástica—. No hay nada que nadie pueda hacer sobre esto que soy.

Un largo e incómodo silencio se planta entre nosotras, pues, aunque somos muy cercanas, hay muchas cosas que no nos contamos.

—Está mejorando —comenta Xaden con tono tranquilo—. Las primeras semanas fueron... desastrosas.

—Oye, Tairn siempre me atrapó antes de que llegara al suelo —le discuto.

—Pero por poco —se queja él, y luego se dirige a Mira—. No tienes que confiar en mí...

—Qué bueno, porque no confío. Todo ese poder en manos de alguien con tu historial es un problema, pero saber que sus dragones están tan obsesionados el uno con el otro que no puedes pasar más de tres días lejos de Violet es inaceptable en todos sentidos... —De pronto se queda completamente inmóvil y sus ojos se desenfocan.

—*¡Un grupo de grifos viene hacia acá!* —anuncia Tairn a voz en grito.

—¡Mierda! Las protecciones fallaron —murmura Mira, que aparentemente está recibiendo la misma alerta de parte de Teine. Luego me toma por los hombros y me envuelve en un abrazo—. Tienes que irte.

—¡Podemos ayudar! —le digo, pero ella me aprieta con tanta fuerza que no me puedo ni mover.

—No pueden. Y si Tairn está usando su poder para que te quedes en el asiento, también le está costando. Tienes que irte. Largo de aquí. Si me quieres, Violet, te irás para que no tenga que preocuparme además por ti. —Me suelta y ve a Xaden mientras nuestro pelotón sale por la puerta de arriba y baja corriendo por las escaleras—. Llévatela ya.

—¡Vámonos! —grita Dain—. ¡Ya!

—Aunque no confíes en mí, soy tu mejor arma —le dice Xaden a Mira con un tono severo.

—Si lo que dices es verdad, entonces eres la mejor arma de ella. La otra mitad del pelotón estará aquí en poco tiempo, y Teine calcula que tenemos unos veinte minutos antes de que lleguen los grifos. —Los ojos de Mira se clavan en los míos—. Tienes que ponerte a salvo, Violet. Te amo. No te mueras. No se me antoja ser hija única. —Y esta vez no hay sonrisa juguetona como cuando me dejó en Basgiath el Día de Reclutamiento.

Xaden me jala hacia él mientras Mira sube corriendo lo que queda de las escaleras hacia el techo.

Esto no puede estar pasando. No puedo huir a un lugar seguro y dejar a mi hermana aquí, sin una sola manera de saber si está viva o muerta. Esto se siente como la clase de cosas de las que jamás nos hablan en Informe de Batalla.

No puede ser, carajo. Todas las células de mi cuerpo se rebelan ante la sola idea de irme.

—¡No! —Intento zafarme, pero no tiene caso. Xaden es demasiado fuerte—. ¡Mira!, ¿y si te lastiman? La velocidad de Tairn podría ser lo único que te salve. Al menos deja que nos quedemos.

Mira sobre su hombro hacia la puerta, pero sus ojos tienen una expresión férrea.

—¿Quieres que confíe en ti, Riorson? Sácala de aquí y busca la manera de que se quede en su asiento. Ambos sabemos que morirá si no lo logra.

—¡Mira! —grito, arañando a Xaden, pero ya me lleva a media escalera, sosteniéndome por la cintura con un brazo como si pesara menos que la espada que cuelga sobre su espalda—. ¡Te amo! —grito hacia lo alto del torreón, pero no hay forma de saber si me escuchó.

—¿Puedo confiar en que vayas sola por tu maleta? —me pregunta Xaden mientras me lleva por el pasillo de las barracas—. ¿O voy a tener que sacarte de aquí sin lo que sea que hayas traído?

—Yo la traigo. —Con esto, me suelta.

Solo me toma unos minutos agarrar mis cosas y las de Rhiannon, pues nuestras maletas están intactas e incluso guardamos las capas. Luego regreso al pasillo donde me espera Xaden, con su propia maleta colgada al hombro. Se ve considerablemente más pequeña que cuando llegó, y ni quiero pensar en lo que está dejando para sacarme más rápido de aquí.

No me molesto en mirarlo y voy a la puerta, pero él me toma por el codo y me da la vuelta.

—No. Es demasiado peligroso abandonar los muros de la fortaleza. Vamos a subir. —Me rodea la cintura con un brazo y me lleva al torreón más cercano casi cargando—. Sube.

—¡Esto es una estupidez! —le grito, sin importarme que todos los miembros de nuestro pelotón que están subiendo el mismo torreón puedan escucharnos—. ¡Tairn podría ayudarlos!

—Tu hermana tiene razón. Necesitas sobrevivir, así que nos vamos. Ahora, sube, carajo.

—Dain —digo al darme cuenta de que está justo delante de nosotros.

Se da la vuelta y toma la maleta de Rhiannon, colgándosela al hombro.

—Por primera vez, Riorson y yo estamos de acuerdo. No solo tenemos que sacarte a ti, Violet. Piensa en todos los demás de primero. —La súplica en sus ojos me cierra la boca—. ¿Vas a condenar a muerte a todo un pelotón sin entrenamiento? Porque yo sí sobreviviría. Cianna, Emery y Heaton también. Y todos sabemos que el maldito Riorson no tendrá problemas. Pero ¿Rhiannon? ¿Ridoc? ¿Sawyer? ¿Quieres cargar con sus muertes? —me pregunta, y sus palabras suenan entrecortadas mientras subimos corriendo hacia la puerta abierta.

Esto no se trata de mí.

Salimos al techo justo cuando Emery está montándose en su dragón, quien está posado peligrosamente en el muro mucho más delgado que el del cuadrante.

Ay, dioses, desde este ángulo va a ser imposible que me suba a Tairn.

—Ridoc y Quinn ya están en el aire —nos informa Liam mientras Emery se echa a volar hacia donde esperan Cath y Deigh, batiendo el aire con sus alas.

—¡Sigues tú! —le grita Xaden a Liam, y Dain asiente.

Deigh tira una parte de la mampostería con la fuerza de su aterrizaje, y Liam se echa a correr por el estrecho camino que lo lleva al enorme Rojo Cola de Dragón.

—Sigues tú, Aetos —anuncia Xaden.

—Vi... —Dain empieza a discutir.

—Es una orden. —No hay espacio para el debate en su tono y todos lo sabemos, especialmente cuando Cath toma el lugar de Deigh en el muro—. Yo la cuido. Vete.

—Vete —repito. No podría vivir sabiendo que por mi culpa algo le pasó a Dain. Puede que haya sido un cretino los últimos meses, pero eso no cancela los años que ha sido mi mejor amigo.

Parece que Dain quiere pelear, pero al fin asiente y mira a Xaden.

—Voy a confiar en que la sacarás de aquí.

—Eso está de moda aquí —responde Xaden—. Súbete a tu dragón para que pueda montarla en el suyo.

Dain me mira con intensidad y luego se da la vuelta y corre para subir por la pata de Cath de una forma que me recuerda mucho al Guantelete.

—*¿Dónde estás?* —le pregunto a Tairn al ver el cielo vacío sobre nosotros.

—*Ya casi llego. Estaba haciendo lo que podía hacerse.*

—No puedo —le digo a Xaden, dándome la vuelta dentro de sus brazos para quedar de frente a él—. Los demás ya se fueron. Cuéntalo como el favor que me debes, no me importa. Podemos quedarnos. No puedo dejarla aquí. Está mal, y es algo que ella jamás me haría a mí. Tengo que quedarme por ella. Tengo que hacerlo.

Hay tanta compasión, tanto entendimiento en su mirada, que cuando me suelta, creo que quizá sí me dejará quedarme. Luego sus manos van a mis mejillas y se deslizan hacia mi nuca mientras su boca se posa sobre la mía.

El beso es intenso y desesperado, y me entrego completa, sabiendo que podría ser el último. Su lengua me recorre la boca con un hambre que le correspondo elevando la cara para que pueda ir más adentro.

Dioses, esto no solo es tan bueno como en mis fantasías en las que recordaba aquella noche. Es mucho mejor. La otra vez fue muy cuidadoso, pero ya no hay nada de dudas en la forma en que se proclama dueño de mi boca, nada de precaución en el ansia que late en mis entrañas. No rompe el beso hasta que ambos estamos jadeando, y luego apoya su frente contra la mía.

—Vete por mí, Violet.

—*Ya casi llego* —dice Tairn.

Xaden estaba haciendo tiempo para que llegaran Tairn y Sgaeyl. Siento el corazón como una piedra y su peso me clava los pies en el suelo.

—Te voy a odiar por esto.

—Sí. —Asiente y en su cara veo un sincero arrepentimiento mientras se separa de mí—. Puedo vivir con eso. —Sus manos me sueltan la cara y van a mis brazos para levantarlos hasta que tengo forma de T—. Brazos arriba. Ponte fuerte.

—Vete. Al. Diablo.

La enorme silueta de Tairn aparece detrás de él y Xaden se echa al piso justo cuando mi dragón pasa volando sobre su cabeza y su sombra me cubre por un segundo antes de que sus garras me agarren como han hecho incontables veces tras caerme a medio vuelo.

—*¡Tenemos que regresar!*

—*Ya hice todo lo que pude y no voy a poner tu vida en riesgo.* —Sigue elevándose y luego me avienta a su lomo con un movimiento que ya tenemos bien practicado—. *Ahora, agárrate para que podamos ganarles.*

Miro sobre mi hombro y veo a Xaden sobre Sgaeyl acercándose rápidamente a nosotros, y detrás de ellos, a cientos de metros más abajo, una docena de grifos rodean el puesto.

VEINTIOCHO

Los Juegos de Guerra no se ganan con fuerza. Se ganan con astucia. Para saber cómo atacar, tienes que entender los puntos más vulnerables de tus enemigos... de tus amigos. Nadie mantiene una amistad por siempre, Mira. Al final, los más cercanos se vuelven nuestros enemigos de alguna forma, aunque sea por apatía o por un cariño bien intencionado, o si vivimos lo suficiente para convertirnos en sus villanos.

—PÁGINA 80, EL LIBRO DE BRENNAN

La pared de piedra afuera de la oficina del profesor Markham en el Cuadrante de Jinetes se me entierra en la espalda e irrita mi reliquia cuando recargo todo mi peso junto a la puerta cerrada. Estoy a punto de arrancarme la piel por la preocupación y la insoportable cantidad de poder que amenaza con estallar en cualquier momento.

Han pasado dos días desde que nos fuimos de Montserrat. Un día de vuelo de regreso a Basgiath y un horriblemente largo día de silencio.

El sol apenas empieza a salir. No he ido a mi trabajo en la biblioteca desde que regresé, y de algún modo logré escaparme por mi puerta antes de que Liam se entere de que no estoy. El desayuno es irrelevante. Me importa un carajo si falto a la formación. Este es el único sitio en el que tolero estar.

Unos pasos por la escalera circular a mi izquierda me tensan y hacen que mi pulso se acelere mientras giro hacia la puerta, esperando el primer vistazo de una túnica beige.

Pero es Xaden quien aparece con dos tazas humeantes de aluminio y viene directo hacia mí.

—¿Todavía me odias?

—Totalmente. —No es del todo cierto, pero es fácil culparlo por todo lo que me ha estado consumiendo en los últimos dos días.

—Supuse que ya estarías esperando. —Me acerca una de las tazas como ofrenda—. Es café. Sgaeyl dice que no has dormido.

—Si duermo o no, no es de la incumbencia de Sgaeyl —aclaro, tajante—. Pero gracias. —Agarro la taza. Él se ve como si hubiera dormido ocho horas y acabara de regresar de vacaciones—. Apuesto a que tú duermes como bebé.

—Deja de contarle a Sgaeyl sobre mis hábitos de sueño —le pido de malas a Tairn.

—No me voy a rebajar a responderte un comentario como ese.

—Andarna es mi favorita.

Tairn suelta un resoplido burlón.

Xaden se recarga en la pared que está frente a mí y le da un trago a su café.

—No he dormido bien desde la noche en que mi padre salió de Aretia para anunciar la secesión.

Esto me toma por sorpresa.

—Fue hace más de seis años —digo.

Él solo mira su café.

—Eras... —Hago una pausa—. Ni siquiera sé cuántos años tienes ahora. —Mira tenía razón. No sé casi nada sobre él. Y sin embargo... siento como si supiera quién es realmente en lo más profundo de su ser. ¿Acaso mis sentimientos respecto a él podrían estar más enredados?

—Veintitrés —responde—. Mi cumpleaños fue en marzo.

Y yo ni me enteré.

—El mío es en...

—Julio —se me adelanta con una sonrisa casi invisible—. Lo sé. Me encargué de averiguar todo sobre ti en cuanto te vi en el parapeto.

—Lo cual no da nada de miedo. —Dejo que el café me caliente las manos heladas.

—No puedo saber cómo arruinar a alguien sin entenderla primero —dice en voz baja.

Levanto la vista para descubrir que sus ojos ya están sobre mí.

—¿Y ese sigue siendo tu plan? —Las palabras de Mira llevan dos días atormentándome.

—No —me responde con un gesto de pesar.

—¿Qué cambió? —La frustración me orilla a apretar la taza—. ¿Exactamente en qué momento decidiste no arruinarme?

—Quizá fue cuando vi a Oren con un cuchillo en tu garganta —dice—. O tal vez cuando me di cuenta de que los moretones en tu cuello eran marcas de dedos y me dieron ganas de matarlos otra vez solo para hacerlo más lento. Quizá fue la primera vez que perdí el control y te besé, o cuando descubrí que estoy jodido porque no puedo dejar de pensar en hacer mucho más que besarte. —Me quedo sin aliento al escucharlo, pero él solo suspira y echa la cabeza hacia atrás para recargarla en la pared—. *¿Qué más da cuándo, si las cosas ya cambiaron entre nosotros?*

—No hagas eso —susurro, y él levanta la cabeza de nuevo para verme a los ojos.

—¿Qué no haga qué? ¿Decirte que no te puedo sacar de mi cabeza? ¿O hablar directo a la tuya?

—Ninguna de las dos cosas.

—Podrías aprender a hacerlo tú también. —¿Por qué es tan imposible quitarle los ojos de encima, recordar que ese beso en la torre fue un juego para él, que todo esto podría ser un juego para él, saciar estas ansias imposibles que me revolotean en el estómago cada que pienso en él?—. *Vamos, inténtalo.*

Viendo sus ojos con destellos dorados, decido que tiene razón. Al menos podría intentarlo. Pongo un pie mental en mis Archivos y siento cómo el poder corre por mis venas. Una energía naranja y chisporroteante sale de la puerta detrás de mí, y veo una luz dorada que brilla por la ventana que cree para Andarna. Tomo aire y me giro lentamente.

Y ahí, moviéndose por la orilla del techo, está una sombra como una noche clara. «Xaden».

Se escuchan unos pasos en las escaleras y ambos nos volteamos hacia allá.

—Supongo que a los dos se les ocurrió lo mismo —dice Dain al vernos, y viene a recargarse en la pared junto a mí—. ¿Cuánto tiempo llevan esperando?

—Poco —responde Xaden.

—Horas —digo yo al mismo tiempo.

—Carajo, Violet. —Dain se pasa una mano sobre el cabello mojado—. ¿Tienes hambre? ¿Quieres ir a desayunar?

—No, tarado, obviamente no quiere. —El comentario insidioso de Xaden me llena la cabeza.

—Ya basta, infeliz —le respondo—. No, gracias.

—Mira quién averiguó cómo hacerlo. —La boca de Xaden se curva hacia arriba por un instante.

Otros pasos hacen eco por la escalera y contengo la respiración sin despegar los ojos del pasillo.

El profesor Markham se detiene cuando nos ve a los tres afuera de su oficina, y luego sigue avanzando hacia nosotros.

—¿A qué le debo el honor?

—Solo dígame si está muerta. —Me pongo en el centro del pasillo.

Markham me lanza una mirada que tiene mucho de desaprobación.

—Sabes que no puedo revelarles información clasificada. Si hay algo que contar, lo hablaremos en Informe de Batalla.

—Estábamos ahí. Si es clasificado, ya lo sabemos —replico. Las manos me tiemblan por la fuerza con la que estoy apretando la taza de aluminio.

Xaden me la quita.

—No es realmente apropiado que yo…

—Es mi hermana —le digo con tono de súplica—. Merezco saber si está viva, y merezco no enterarme en un aula llena de jinetes.

El profesor tensa la quijada.

—El puesto sufrió varios daños, pero ningún jinete perdió la vida en Montserrat.

«Gracias a los dioses». Mis rodillas se rinden y Dain me detiene, envolviéndome en su conocido abrazo mientras el alivio me va llenando el cuerpo.

—Está bien, Vi —susurra Dain sobre mi cabello—. Mira está bien.

Asiento, intentando mantener a raya el manojo de emociones para no perder el control. No me voy a quebrar. No voy a llorar. No me mostraré débil. Aquí no.

Solo hay un lugar al que puedo ir, solo hay alguien que no me regañará por derrumbarme.

En cuanto recupero la compostura, me alejo de los brazos de Dain.

Xaden ya no está.

Me salto el desayuno y no voy a la formación para ir directo al campo de vuelo, manteniéndome en una pieza lo suficiente para llegar al centro del prado, en donde caigo de rodillas.

—Está bien —grito, y dejo que mi cara se esconda entre mis manos—. No la dejé a su muerte. Está viva. —Escucho cómo se mueve el aire y luego siento la dureza de las escamas contra el dorso de mis manos. Me acerco al hombro de Andarna y me recargo en ella—. Está viva. Está viva. Está viva.

Lo repito hasta que lo puedo creer.

—¿Tienes hermanos? —le pregunto a Xaden la próxima vez que estamos sobre la colchoneta. Quizá fue el comentario de Mira sobre cómo no sé suficiente sobre él, o quizá es por mis propios sentimientos encontrados, pero él sabe mucho más de mí que yo de él, y necesito equilibrar las cosas en este juego.

—No. —Hace una pausa, sorprendido—. ¿Por qué?

—Solo por saber. —Me pongo en posición de pelear—. Vamos.

Al día siguiente le pregunto cuál es su comida favorita a media clase de Informe de Batalla usando nuestra conexión mental. Estoy casi segura de que escucho cómo se le cae algo al fondo del auditorio antes de responderme.

—*Pastel de chocolate. Y ya no seas tan rara.*

Sonrío.

Un día después, luego de que Tairn me hace pasar por un agotador set de maniobras de vuelo avanzadas en las que la mayoría de los de tercero tampoco podrían mantenerse en su asiento, estamos sobre una montaña con Tairn y Sgaeyl cuando le pregunto de dónde conoce a Liam, solo para ver si me dirá la verdad.

—*Nos enviaron al mismo hogar de acogida. ¿Por qué tantas preguntas últimamente?*

—*Casi no te conozco.*

—*Me conoces bastante bien.* —Me lanza una mirada que dice que ya no quiere seguir.

—*Para nada. Cuéntame algo real.*

—*¿Como qué?* —Se mueve en su lugar para quedar de frente a mí.

—*Algo como de qué son esas cicatrices plateadas que tienes en la espalda.* —Contengo la respiración esperando la respuesta, esperando que diga algo que me abra la puerta.

Aunque estamos a seis metros de distancia, puedo ver cómo se tensa.

—*¿Por qué quieres saber?*

Mis manos se aferran al pomo de escamas. Instintivamente sabía que las cicatrices eran algo privado, pero su reacción revela que hay algo más que un recuerdo doloroso detrás de ellas.

—*¿Por qué no me quieres decir?*

Sgaeyl se sobresalta y luego se echa a volar, dejándonos a Tairn y a mí en la montaña.

—*¿Hay alguna razón por la que lo estás presionando?* —me pregunta Tairn.

—*¿Podrías darme alguna para no hacerlo?*

—*Le importas. Y eso ya es bastante complicado para él.*

—*Le importa mantenerme con vida. Es diferente.*

—*Para él no lo es.*

El cielo de la tarde sobre Basgiath a mitad de mayo está completamente claro para la primera batalla de los Juegos de Guerra que anuncian que se acerca la graduación. Por más que quisiera sentirme emocionada por estar tan cerca de sobrevivir a mi primer año en el Cuadrante de Jinetes, la ansiedad me revuelve el estómago.

En Informe de Batalla cada vez nos comparten menos información. El profesor Carr está cada vez más nervioso de que yo aún no haya manifestado un sello como casi todos los cadetes de primero. Dain se está portando rarísimo, amigable en un momento e indiferente al siguiente. Xaden se está poniendo más misterioso, si tal cosa es posible, y me cancela algunos entrenamientos por razones que no me explica. Hasta Tairn siente que hay algo que Xaden no me está diciendo.

—¿Dónde crees que nos vayan a poner? —pregunta Liam a mi derecha mientras estamos formados al centro del patio con el resto del Ala Cuatro—. Deigh cree que en la ofensiva. Se la pasa hablando de cómo le va a dar una lección a Gleann... —De pronto deja de hablar como si estuviera escuchando a su dragón—. Supongo que los dragones son rencorosos —susurra al fin.

Los líderes están delante de nosotros, recibiendo instrucciones de Xaden.

—Definitivamente en la ofensiva —responde Rhiannon a mi izquierda—. Si no, ya estaríamos en el campo. No he visto a un solo jinete del Ala Uno desde el almuerzo.

Esto me abre un hoyo en el estómago. El Ala Uno. Quién se iba a imaginar que serían nuestro primer oponente. En los Juegos de Guerra todo se vale, y a Jack Barlowe no se le ha olvidado que lo dejé cuatro días en la enfermería. Me estuvo evitando por semanas luego de que Xaden ejecutó a Oren y los otros chicos que me atacaron, y por supuesto que todos dejaron de meterse conmigo tras la ejecución de Amber Mavis. Pero igual he visto cómo me mira cuando nos cruzamos en los pasillos o en la cafetería, con el odio más puro en las gélidas profundidades de sus ojos azules.

—Creo que Rhiannon tiene razón —le digo a Liam, luchando por no moverme de aquí para allá por el sol que me está asando bajo mi ropa de vuelo. Ha pasado un buen tiempo desde la última vez que envidié los uniformes beige de los escribas, pero este clima me hace sentir que nos tocó la peor parte en la rifa de uniformes. Y no ayuda que seguramente dormí chueca, porque la rodilla me está matando, y siento que la venda con la que me la estabilicé está a un millón de grados—. ¿Por qué creen que los jinetes visten de negro?

—Porque nos hace ver rudos —responde Ridoc detrás de mí.

—Para que sea más difícil ver cuando estamos sangrando —comenta Imogen.

—Olvídenlo. —Veo a los líderes, buscando señales de que su reunión terminará pronto. Sangrar es lo último que quiero hacer hoy—. *¿Estamos en la ofensiva o en la defensiva?* —le pregunto a Xaden.

—*Estoy un poquito ocupado en este momento.*

—*Ay, no me digas, ¿y te estoy distrayendo?* —Una sonrisa me curva los labios.

Mierda, ¿le estoy coqueteando? Creo que sí.

¿Me molesta? Extrañamente... no.

—*Sí.* —Su tono es tan hosco que tengo que apretar los labios para no soltar una carcajada.

—*Por favor. Se están tardando siglos. Dame una pista.*

—*En ambas* —gruñe, pero no me bloquea, y sé que lo puede hacer, así que le doy tregua durante la junta que se supone que él está dirigiendo y lo dejo en paz.

¿En la ofensiva y la defensiva? Esta tarde va a estar interesante.

—¿Supiste algo de Mira? —susurra Rhiannon.

Niego con la cabeza.

—Eso es simplemente... inhumano.

—¿En serio creías que iban a romper la regla de no correspondencia? Aunque lo intentaran, mamá lo detendría de inmediato.

Rhiannon suspira y no la culpo. No hay mucho más que decir al respecto.

La junta de líderes termina y Dain viene con Cianna. Tiene una sonrisa de oreja a oreja y abre y cierra las manos por los nervios.

—¿Qué nos tocó? —pregunta Heaton—. ¿Ofensiva o defensiva?

—Ambas —dice Dain mientras los otros líderes de pelotón van a hablar con sus jinetes.

Finjo sorpresa y miro detrás de él, pero Xaden y los líderes de sección ya no están allá adelante.

—El Ala uno está en posición defensiva en uno de los fuertes de práctica en las montañas y están protegiendo un huevo de cristal —nos dice Dain, y los jinetes mayores de nuestro pelotón murmuran, emocionados.

Tiene sentido. Probablemente es un guiño simbólico a las diferentes razas de dragón que trajeron sus huevos a Basgiath tras la unificación de Navarre.

—¿Hay algo que nos falta saber? —pregunta Ridoc—. Porque parecen emocionados por un huevo.

—Por los años anteriores, sabemos que los huevos valen más puntos —dice Cianna y asiente con entusiasmo—. Estadísticamente, las banderas son las que dan menos y los profesores secuestrados están como a la mitad.

—Pero les gusta cambiar los puntajes a veces —aclara Dain—. Así como podríamos ir por un objetivo real solo para descubrir que no era tan valioso como creíamos.

—Y ¿cómo es que somos ofensiva y defensiva? —pregunta Rhiannon—. Si ellos tienen el huevo, claramente deberíamos ir por él.

—Porque también nos dieron una bandera que debemos defender y ningún puesto para hacerlo —le responde Dain con una sonrisa—. Y a nuestro pelotón le tocó cargarla.

—¿Le diste a Dain la misión de defender la bandera del Ala Cuatro?

—Espero que haya aprendido algo de la clase de tu hermana en Montserrat —me responde Xaden, pero su voz se escucha más baja y he aprendido que eso significa que está más lejos. Me pregunto si tendremos la posibilidad de comunicarnos así en unos meses cuando haya más distancia entre nosotros.

Me duele el pecho de solo pensar que él no va a estar aquí. Estará arriesgando su vida en el frente.

—Y ¿quién va a cargar la bandera? —pregunta Imogen.

De alguna manera, Dain logra sonreír aún más.

—Eso va a ser lo divertido.

Pasamos los próximos veinte minutos repasando la estrategia en lo que caminamos hacia el campo de vuelo y, por lo que escucho, Dain sí le puso atención a Mira.

El plan es simple: usaremos nuestros puntos fuertes individuales y nos iremos pasando la bandera de uno a otro frecuentemente para que el Ala Uno nunca sepa quién la trae.

Cuando llegamos al campo hay docenas y docenas de dragones sobre el suelo enlodado, todos en sus posiciones, como si ellos también tuvieran formación en sus pelotones. Es fácil encontrar a Tairn, pues su cabeza sobresale de todas las demás.

Hay una emoción palpable en el aire mientras pasamos junto a los demás pelotones. Todos están montando mientras los líderes de pelotón y sección dan órdenes de último minuto.

—Vamos a ganar —dice Rhiannon con seguridad, cruzando su brazo con el mío mientras nos acercamos a nuestra sección en el campo.

—¿Por qué estás tan convencida?

—Te tenemos a ti, a Tairn, a Riorson y a Sgaeyl. Y obviamente… a mí. —Sonríe—. Ni de broma podríamos perder.

—Vaya que eres… —Mis palabras mueren cuando Tairn se aparece de cuerpo entero.

Está al frente de nuestra sección con una postura llena de orgullo y sin mostrarse sumiso a Cath por ser la dragona de Dain, pero no es su posición la que me roba el aliento. Es la silla que tiene amarrada sobre el lomo lo que me deja con la boca abierta.

—*Dicen que está muy de moda* —me presume Tairn.

—Eso es… —Ni siquiera encuentro las palabras. Las bandas de metal negro parecen estar intrincadamente entrelazadas y le rodean la parte alta de las patas de adelante para encontrarse al frente de su pecho, formando una placa circular antes de subir por sus hombros hasta una silla con estribos bien asegurados—. Eso es una silla de montar.

—Es genial, eso es lo que es. —Rhiannon me da un golpecito en la espalda—. Y se ve mucho más cómoda que la espalda huesuda de Fergie, eso te lo aseguro. Te veo allá arriba. —Pasa junto a Tairn para ir a montarse a su dragón.

—*No puedo usar eso.* —Niego con la cabeza—. *No está permitido.*

—*Yo decido qué está permitido y qué no* —gruñe Tairn, bajando la cabeza hacia mí para echarme una exhalación de vapor—. *No hay regla que diga que un dragón no puede modificar su asiento para el bien de su jinete. Has trabajado tanto o más que cualquier jinete de este cuadrante. Solo porque tu cuerpo es distinto al de los demás no significa que no merezcas quedarte sobre mi lomo. Para decir quién es jinete, se necesitan más que unas prendas de cuero y un pomo.*

—Tiene razón, ¿sabes? —comenta Xaden, que viene hacia acá, y por un momento me pregunto adónde fue que volvió tan pronto.

—Nadie te preguntó. —Mi pulso se acelera y mi piel se enciende al verlo. Nuestros uniformes hacen que todos los jinetes se vean bien, pero Xaden lo lleva al extremo con la forma en que le acentúa cada músculo de su cuerpo.

—Si no la usas, lo tomaré como una ofensa personal. —Se cruza de brazos y observa el equipo—. Teniendo en cuenta que la mandé hacer especialmente para ti y que casi muero quemado en el proceso de ponérsela encima. —Mira a Tairn con una ceja enarcada—. Aunque él me ayudó a diseñarla.

—*Los primeros modelos eran inaceptables y todavía tuviste el descaro de pellizcarme las escamas del pecho mientras la armabas con torpeza esta mañana.* —Tairn observa a Xaden con los ojos entrecerrados.

—¿Cómo iba a saber que el cuero del prototipo se quemaría tan fácil? Y no es como que haya muchos manuales sobre cómo ponerle una silla de montar a un dragón —comenta Xaden, arrastrando las palabras.

—No importa, porque no puedo usarla. —Me volteo hacia Xaden—. Es hermosa, una maravilla de la ingeniería…

—¿Pero? —Tensa la quijada.

—Pero todos sabrán que no puedo quedarme sobre el dragón sin ella. —El calor me quema las mejillas.

—Odio tener que ser yo quien te lo diga, Violencia, pero eso todos lo saben. —Señala hacia la silla—. Eso que ves ahí es la manera más práctica para que montes a Tairn. La atas sobre tus muslos cuando estés arriba y, en teoría, debería permitirte cambiar de posición en los vuelos largos sin tener que soltarte porque también construimos un cinturón para el regazo.

—¿En teoría?

—No le gustó la idea de que yo hiciera un vuelo de prueba.

—Podrás montarme cuando se me pudra la carne y solo queden mis huesos, líder de ala.

Qué descriptivo.

—Mira, no hay regla que lo impida. Revisé. Y, en todo caso, le estarías haciendo un favor a Tairn al liberar todo su poder y quitar el peso de la preocupación de su cabeza. Y de la mía también, si sirve de algo.

Mis uñas se me entierran en las palmas mientras busco otra razón, otra excusa, pero no la hay. Aunque no quiera parecer distinta a los demás jinetes de este campo, lo soy.

—Cómo odio ese gesto peleonero y obstinado que siempre me hace querer besarte. —La expresión de Xaden sigue siendo neutral, casi aburrida, pero sus ojos se encienden cuando su mirada se posa sobre mi boca.

—Y lo dices ahora, cuando la gente vería si lo haces. —Se me corta la respiración.

—¿Cuándo te he hecho creer que me importa un carajo lo que la gente piense sobre mí? —Una orilla de su boca se eleva y ahora es lo único en lo que puedo concentrarme, maldito—. *Solo me importa lo que piensen de ti.*

Porque es líder de ala.

«No hay nada peor que los cadetes corriendo el chisme de que conseguiste estar a salvo a punta de acostones», me advirtió Mira en el Parapeto.

—Súbete, Sorrengail. Tenemos que ganar una batalla.

Arranco mi mirada de sus ojos y estudio la exquisita e intrincada estructura de la silla.

—Es hermosa. Gracias, Xaden.

—De nada. —Se acerca a mí y un escalofrío me recorre la espalda cuando sus labios rozan mi oído—. Cuéntalo como el favor que te debía.

—¿Eso es una silla de montar?

Me alejo de Xaden con un salto, pero él no se mueve ni un centímetro cuando Dain nos interrumpe, sosteniendo una enorme bandera amarilla en un asta de más de un metro. Está viendo a Tairn con los ojos desorbitados.

—No, es un collar —dice Tairn, y aprieta los dientes.

Dain retrocede algunos pasos.

—Sí —le responde Xaden—. ¿Algún problema?

—No. —Dain ve a Xaden como si se estuviera portando de manera irracional—. ¿Por qué tendría algún problema? Estoy de acuerdo con todo lo que mantenga a salvo a Violet, por si no lo habías notado.

—Bien. —Xaden asiente una vez y se gira para verme—. *Te apuesto a que sería mucho más extraño si te besara justo en este momento.*

Sí, por favor.

—*Más vale que la próxima vez que nos besemos no sea solo para molestar a Dain.* —Más vale que la próxima vez sea solo porque lo deseamos.

—*Conque la próxima vez, ¿eh?* —Baja su mirada a mis labios.

Y obviamente ahora eso es lo único en lo que puedo pensar, en cómo se sienten sus labios sobre los míos, en la manera en que sus manos siempre me toman por la nuca, en cómo se desliza su lengua. Me tengo que contener para no acercármele más. Y casi no lo logro.

—Ve a liderar a tu ala... o a hacer lo que sea que hagas.

—Estaré robando un huevo. —Me muestra una sonrisa antes de voltear a ver a Dain—. No dejes que nuestra bandera caiga en manos del Ala Uno.

Dain asiente y Xaden se va hacia donde Sgaeyl lo está esperando.

—Es una gran silla —dice Dain.

—Lo es —reconozco, y Dain me ofrece una sonrisa antes de irse con Cath.

Yo me acerco a la pata de Tairn y tengo que reírme cuando inclina el hombro para que pueda subirme.

—¿Cómo? ¿No hay escalera?

—*Lo consideramos, pero decidimos que te haría demasiado vulnerable.*

—Por supuesto que lo conside... —Me detengo antes de subir porque veo algo dorado que viene corriendo hacia mí—. ¿Andarna?

—*Yo también quiero pelear.* —Se detiene derrapando frente a mí.

Abro y cierro la boca. Andarna ha estado volando con nosotros y, en periodos breves, puede seguirle el paso a Tairn, pero el brillo de esas escamas bajo el sol es un faro para... todos.

Pero si yo puedo tener una silla de montar, pues...

—Hecho. —Mis ojos recorren el campo, que está en su momento más lodoso desde que bajó el agua de los picos nevados—. Ve a rodar por ahí. —Señalo el lodo—. ¿A menos que te afecte en las alas? Lo que más me preocupa que sea demasiado visible son las escamas de tu panza.

—*¡No hay problema!* —Sale corriendo y yo me subo a Tairn para descubrir que la silla cubre el asiento en la base de su cuello y el pomo de escamas.

—Creí haber escuchado que dijeron que el cuero era malo. —La silla es de un cuero negro elegantísimo y tiene dos pomos para mis manos. Al acomodarme veo que me queda perfecta. Me agacho y ajusto los estribos con el sistema de hebillas.

—El cuero es un peligro en mi pecho si recibimos un ataque de fuego, pues tu silla se caería. Pero si recibes una ráfaga allá arriba, estar sentada en una montura de metal no te va a salvar.

Ni me molesto en señalarle que el único fuego con el que podrían atacarnos sería el de otros dragones, y eso no es un problema, porque los grifos solo tienen pico y garras. Pero mejor tomo las correas para mis muslos y me las amarro.

—Qué ingenioso —le digo a Xaden.

—Me avisas si necesita alguna modificación después de que ganemos.

Cretino arrogante.

Momentos después nos echamos a volar. Andarna nos sigue el ritmo y se mantiene cerca de Tairn como lo hemos estado practicando.

Nuestra misión es evitar que la bandera caiga en manos enemigas, así que sobrevolamos el perímetro del campo de batalla de ciento sesenta kilómetros que abarca la mayor parte de la cordillera central mientras los otros pelotones se encargan de explorar e ir por el huevo.

Una hora más tarde me pregunto si esta tarea en realidad es un castigo para Dain y no un honor. Los doce estamos divididos en dos formaciones cerradas de seis, siete si tomamos en cuenta a Andarna. Dain tiene la bandera en su grupo, arriba de nosotros, y cuando llegamos a otra montaña, él se separa hacia la derecha.

Tairn gira a la izquierda y de inmediato siento el jalón en el estómago mientras bajamos junto a la ladera. Las anchas bandas se me encajan en los muslos, manteniéndome en mi lugar, y el corazón me late estruendosamente por la euforia que despierta el golpe del viento contra mi cara y contra mis *goggles*. Vamos en picada y seguimos bajando y bajando y bajando.

Y, por primera vez, no tengo miedo de caerme. Lentamente, suelto los pomos y, un instante después, mis manos están sobre mi cabeza mientras caemos hacia el valle.

He vivido veinte años y jamás me había sentido tan viva como en este momento. Sin siquiera poner un pie en mis Archivos, el poder me corre por las venas, chisporroteando con vida propia y encendiendo todos mis sentidos hasta un punto que es casi doloroso.

Tairn abre las alas, se sostiene en el aire y dejamos de caer.

—Vas a tener que trabajar en los músculos de los hombros, Plateada. Lo practicaremos en la semana.

Asomándome lo más que la silla me permite, veo a Andarna sostenida entre las garras de Tairn mientras volamos en horizontal sobre el suelo del valle.

—*¡Gracias! Ya puedo sola* —dice Andarna, y Tairn la suelta.

El poder me sacude los huesos como si estuviera buscando una salida, y tengo que esforzarme por incorporarme. Es distinto a las otras veces... como si en vez de estar esperando que mis manos lo moldeen, quisiera moldearme a mí.

Un instante después el miedo me sube por la espalda. ¿Y si el contrataque del poder por no manifestar un sello eligió el día de hoy para liberarse al fin? Sacudo la cabeza. No tengo tiempo para preocuparme por lo que podría pasar, no en medio de los Juegos de Guerra. Es solo que mi poder al fin se siente libre porque no estoy tan concentrada en no caerme. Eso es todo.

Me yergo en la silla y recorro el paisaje con la mirada mientras Tairn comienza a subir de nuevo, y el corazón me da un vuelco. Allá arriba, en el lado oeste de la cordillera, está una torre gris que casi se pierde entre las montañas. Ni siquiera la habría notado si no fuera por los...

—*¿Eso es lo que creo que es?* —El miedo solo alimenta la incontrolable energía que me eriza la piel.

Tairn ya está viendo hacia allá.

—*Dragones.*

Miro sobre mi hombro hacia Liam y Rhiannon y veo que Tairn debe haber pasado ya el mensaje, porque rompemos la formación y nos dispersamos mientras tres dragones se lanzan desde el risco que está arriba de nosotros, apuntando en distintas direcciones.

Les habíamos dado distintos objetivos, pero ahora los vamos a tener que enfrentar uno a uno.

Una ráfaga de bolitas de hielo me azota la piel y rebota en las escamas de Tairn, pero se ve obligado a pegar las alas a su cuerpo para evitar daños.

El estómago se me sube a la garganta porque vamos en caída libre y el suelo del valle viene hacia nosotros a una velocidad alarmante. El calor y la energía amenazan con devorar hasta el último centímetro de mi cuerpo, incluso siento que mis ojos están ardiendo. Ay, mierda, mi sello sí va a contraatacarme durante los juegos.

—*¡Haz tierra, ya!* —ruge Tairn.

Cierro los ojos, planto ambos pies mentales en el piso de mármol de los Archivos y levanto las murallas que solo dejan entrar al torrente de poder de Tairn, a Andarna y a Xaden, e inmediatamente siento que tengo más control.

Cuando abro los ojos vamos hacia arriba. Las alas de Tairn baten con tanta fuerza que me deslizo hacia atrás en la silla con cada movimiento.

Dejó al cadete del Ala Uno que controla el hielo yendo en picada, y hago un gesto de dolor al ver cómo el dragón apenas puede manejar la caída, y luego gira en dirección opuesta hacia donde vamos nosotros.

—*Allá tienen el huevo.* —Es casi seguro, considerando que otros tres dragones tomaron el lugar de los otros en la orilla del risco, listos para lanzarse al ataque.

—*De acuerdo. Agárrate* —grita Tairn un segundo antes de que un dragón salga volando del valle por la derecha y nos lance una ráfaga de fuego.

—¡Tairn! —exclamo, viendo horrorizada cómo las llamas vienen hacia nosotros.

Tairn gira y recibe la ráfaga en su panza, protegiéndome así de todo menos del calor desmedido que llega hasta a mí.

Pero ¿qué diablos?

—*¿Andarna?* —Si algo le pasa porque el Ala Uno viene a matar…

—*Somos a prueba de fuego, ¿recuerdas?*

Suelto un suspiro tembloroso. Tenemos una preocupación menos, pero el otro dragón ya nos está alcanzando y tiene la boca abierta y la lengua curvada.

Tairn sacude su cola y azota al dragón en un costado, justo debajo de su ala. El otro dragón ruge y cae de lado, perdiendo altura a un ritmo alarmante.

Pero no me concentro en la caída. Mejor aprovecho el tiempo para estudiar las montañas hasta encontrar el puesto que vi hace rato. El corazón se me acelera al encontrarlo asomándose en un peñasco y ver que solo queda un dragón para protegerlo.

—*¡Xaden! ¡Aquí está el huevo!* —le aviso.

—*Ya voy para allá. Estamos como a treinta kilómetros.* —El dejo de pánico en su voz me hace un nudo en la garganta, que solo crece cuando veo a Deigh y Liam luchando allá arriba con un conocido Naranja Cola de Escorpión… Baide.

Jack.

—*Tenemos que ayudar a Liam.*

—*Voy.* —Tairn acelera y Andarna se desvía. Cuando la veo escondida en la ladera, donde estará segura, me inclino hacia adelante, pegándome al cuello de Tairn, para hacer menos resistencia contra el viento mientras volamos más rápido que nunca. El viento me jalonea la trenza que forma una aureola sobre mi cabeza y los mechones sueltos se azotan contra mi cara, pero no dejo de ver a Deigh y Liam.

Baide ataca a Deigh con la cola y su bulbo venenoso se acerca peligrosamente a la garganta del dragón de Liam.

—*Sus escamas son más gruesas de lo que crees. Liam es quien está en peligro* —me advierte Tairn, y sigue subiendo.

Ya casi llegamos cuando Jack desenvaina su espada y salta del lomo de Baide al de Deigh, tomando a Liam por sorpresa mientras los dragones se acercan, aún luchado, a la torre hacia la que nosotros vamos también a una velocidad mortal.

Liam apenas tiene tiempo para recuperar el equilibrio antes de que Jack entierre la espada en su costado.

—¡Liam! —El grito casi me destruye la garganta mientras Jack pone su bota en el estómago de Liam y empuja para sacarlo de su espada... y lo tira del lomo de Deigh.

«No. No. No».

Veo a Liam sacudiendo los brazos en la caída cuando pasa frente a nosotros.

—*¡Atrápalo!* —exijo, temiendo que no podamos llegar a tiempo.

Deigh y Baide se estrellan con la torre y de reojo veo a Jack rodando hasta la seguridad del torreón más alto, con una sonrisa sádica tan grande que la alcanzo a ver desde aquí mientras Tairn cambia de dirección con un dramático giro a la derecha.

Lo único que me mantiene en mi lugar son las bandas de cuero sobre mis muslos mientras nos lanzamos hacia el cuerpo de Liam, que sigue cayendo. Tairn tiene las alas pegadas al cuerpo, pero los salientes de la montaña están demasiado cerca y aún seguimos demasiado alto.

«No». Se me cierra la garganta. Me niego a verlo. No cuando ha dedicado tantos meses de su vida a protegerme. Fallar no es una opción. Simplemente... no lo es.

—*¿Andarna?* —grito, abriendo la ventana de mi cabeza donde espera su don resplandeciente.

—*Hazlo* —me responde—. *¡Enfócate en todo menos en Tairn y tú!*

Tiene razón. No tiene caso que yo alcance a Liam si Tairn está congelado.

—*¡Hazlo!*

Tomo el poder dorado y mi espalda se arquea cuando comienza a correr por mi columna vertebral y me va llenando hasta la punta de los dedos, cubriendo hasta la última célula de mi cuerpo antes de salir disparado como un manto de energía que pasa sobre Tairn.

De pronto somos los únicos en movimiento, bajando por un cielo sin viento hacia el cuerpo congelado de Liam, que está a un par de metros de las piedras afiladas de un saliente.

Solo tenemos instantes. Todo mi cuerpo tiembla por el esfuerzo de sostener el poder de Andarna, que ya va disminuyendo. Tairn extiende las alas y con una garra jala el cuerpo de Liam y derriba las rocas con un coletazo. Nosotros mismos estuvimos a punto de morir estrellados.

—Lo tengo.

El tiempo se reanuda y el viento me azota la cara mientras subimos, dando una vuelta cerrada para no chocar con la montaña.

—¿Andarna?

—Estoy bien. —Su voz es apenas un susurro en mi cabeza.

El odio y la rabia me hacen hervir la sangre cuando mis ojos se encuentran con la silueta que está en lo alto de esa torre. Esta será la última vez que ese imbécil nos atacará a mí o a mis amigos.

Fergie aparece debajo de nosotros y veo a Rhiannon con los brazos estirados mientras suben para estar más cerca. Tairn baja la velocidad para entregarle a Liam. Está vivo... Tiene que estar vivo. Es el único resultado que aceptaré.

Por el rabillo del ojo veo que Cath y otros dragones vienen llegando del norte al mismo tiempo que otro grupo de ataque se lanza desde lo alto del risco.

Baide viene volando detrás de nosotros hacia el imbécil de su jinete, que sigue regodeándose en lo alto de esa maldita torre.

—¡Sube! —ordeno, desenvainando la daga en mis costillas y dejando una mano libre para desabrochar las hebillas cuando llegue el momento.

—¡No te vas a soltar de la silla! —me grita mi dragón mientras aumenta la velocidad, dejando a la naranja detrás. Tairn gira la cabeza hacia la izquierda y lanza una ráfaga de fuego hacia la fila de dragones del Ala Uno a manera de advertencia cuando pasamos junto a ellos.

Un poder creciente hierve en mi pecho cuando mis ojos se clavan en los de Jack. Al acercarnos, puedo ver el asqueroso placer en su rostro y la sangre corriendo por su espada. La sangre de Liam.

Un enorme dragón aparece en el horizonte. No necesito voltear y ni siquiera consultar lo que siento para saber que es Xaden, pero igual lo hago, porque es él. Tairn va subiendo más rápido que nunca y siento el poder ardiendo en mi sangre, a punto de quemarme la piel.

Si llegó el momento, si mi poder me va a acabar, por supuesto que me voy a llevar a ese imbécil conmigo. Tairn es a prueba de fuego... pero Jack no.

—¡Más rápido! —grito, y mi voz suena desesperada por la angustia de no llegar a tiempo.

Apuntando hacia la torre, Tairn aletea más y más rápido, y por instinto estiro las manos hacia adelante como si pudiera proyectarle todo el poder que se está desatando dentro de mí hacia el enemigo que acaba de hacer el intento de matar a mi amigo y que no ha dejado de buscar maneras de matarme.

El hervor de la magia sube hasta convertirse en un vórtice descontrolado de energía letal, y aunque mis pies siguen plantados en el suelo, el poder llega a su límite y el techo de mis Archivos se destruye. El poder chisporrotea sobre mí, me rodea y me envuelve hasta los pies.

Soy el cielo y el poder de todas las tormentas del mundo.

Soy infinita.

Un grito escapa de mi garganta justo cuando un relámpago parte el cielo, seguido de un trueno aterrador.

El rayo de plata azulada azota la torre con su poder mortal y en la explosión que provoca vuelan chispas y piedras por todas partes. Tairn gira para esquivarlas y yo me doy la vuelta en la silla.

Jack va cayendo por la ladera en una avalancha de rocas a la que sé que no va a sobrevivir.

Por el grito de Baide, ella también lo sabe.

Me tiemblan las manos cuando guardo la daga limpia en su funda. La única sangre derramada está en las piedras allá abajo, aunque me miro las manos como si también debieran estar cubiertas de muerte.

Tairn ruge con el sonido inconfundible del orgullo.

—Manipulas los rayos.

VEINTINUEVE

La muerte de un cadete es una tragedia inevitable, pero a la vez aceptable. Este proceso reduce a la manada, deja solo a los jinetes más fuertes, y mientras la causa de muerte no viole el Código, cualquier jinete involucrado en el fin de la vida de otro no debe recibir un castigo.

—*GUÍA PARA EL CUADRANTE DE JINETES*,
POR EL COMANDANTE AFENDRA (EDICIÓN NO AUTORIZADA)

Siento que solo pasaron unos minutos y ya estamos de nuevo en el campo de vuelo. O quizá fue toda una vida. No lo sé.

El suelo se estremece mientras los dragones van aterrizando por todas partes y el campo rápidamente se llena de jinetes felices del Ala Cuatro y enojados de la Uno. Los dragones se van en cuanto sus jinetes desmontan, menos Andarna, que espera entre las patas delanteras de Tairn en lo que me las arreglo con las hebillas.

Jack está muerto.

Y yo lo maté.

Soy la razón por la que sus padres recibirán una carta, la razón por la que su nombre será grabado en una piedra.

Al otro lado del campo Garrick sostiene el huevo de cristal sobre su cabeza mientras Dain ondea la bandera, y los del Ala Cuatro sueltan vítores y corren hacia esos dos como si fueran dioses.

Tairn se mueve cuando la última hebilla se suelta de mis dedos y me salgo de la silla. La cabeza me da vueltas. Sin duda es el estrés que me tiene mareada y me complica mantener el equilibrio mientras voy hacia su hombro y me bajo de él.

Caigo torpemente sobre el lodo y me pongo de rodillas cuando llego adonde está Andarna, entre las patas de Tairn, claramente agotada.

—Dime que Liam está vivo. Dime que valió la pena.

—Deigh dice que sobrevivió. La espada solo le hirió el costado —dice Tairn.

—Bien. Bien. Eso es bueno. Gracias, Andarna. Sé lo mucho que te costó. —Miro sus ojos dorados y ella parpadea lentamente.

—Valió la pena.

La náusea me ataca y mi boca saliva. «Lo maté. Yo lo maté».

—¡Carajo, Sorrengail! —grita Sawyer—. ¿Relámpagos? ¡Qué guardadito te lo tenías!

Relámpagos que usé para acabar con una vida.

Me viene la primera arcada y una sombra oscura me envuelve, pero no es Xaden. Tairn nos cubrió con sus alas, protegiéndonos del mundo mientras vomito absolutamente todo lo que comí hoy.

—Hiciste lo que era necesario —me dice, pero eso no evita que mi estómago siga trabajando en el intento de sacar hasta lo que ya no está ahí.

—Salvaste a tu amigo —agrega Andarna.

Al fin mi estómago se tranquiliza y me pongo de pie como puedo, limpiándome la boca con el dorso de la mano.

—Necesitas descansar, ¿verdad?

—Me siento orgullosa de que seas mía. —La voz de Andarna suena temblorosa y sus parpadeos son cada vez más lentos—. *Aunque necesito un baño.*

Tairn retira sus alas y Andarna da unos pasos y se echa a volar con aleteos firmes hacia el valle.

Miro la silla de montar. Necesito quitársela para que él también descanse. Pero solo puedo pensar en que al fin tengo un sello, un sello de verdad, y que lo único que hice con él fue matar a un hombre.

—¿Violet? —Dain aparece a mi izquierda—. ¿Fuiste tú la del rayo? ¿El que destruyó la torre?

El que mató a Jack.

Asiento, pensando en todas las veces en que apunté al hombro en vez de al corazón. Los venenos que usé para incapacitar y no para matar. Dejé a Oren inconsciente en el suelo durante la Trilla y no me lancé a la yugular ni cuando invadió mi habitación.

Todo porque no quería ser una asesina.

—Nunca había visto nada como eso. Creo que no ha habido alguien que pueda controlar los rayos en más de un siglo… —Hace una pausa—. ¿Violet?

—Lo maté —susurro, estudiando la placa de la montura sobre el pecho de Tairn. Seguramente ahí se conecta todo. De algún modo tiene que sacarse esas cosas.

Mamá estará muy orgullosa de que al fin soy como los demás. Igual que ella. Mi estómago vacío se revuelve de nuevo y suelto una arcada como si intentara sacar la culpa.

—Mierda. —Dain me acaricia la espalda—. Todo está bien, Vi.

Esta vez el ataque de mi estómago pasa más rápido y Dain me jala hacia su pecho, meciéndome suavemente mientras su mano sube y baja por mi espalda, intentando calmarme.

—Lo maté. —¿Por qué diablos es lo único que puedo decir? Soy una caja de música descompuesta, repitiendo la misma melodía una y otra vez, y todos me están viendo. Todos saben que no puedo soportar las consecuencias de mi propio sello.

—Lo sé. Lo sé. —Me besa la coronilla—. Y si no quieres volver a usar ese poder, no tienes que...

—Deja de decirle esas idioteces. —Xaden le da un empujón en el pecho a Dain y me arranca de sus brazos, luego me toma por los hombros y me gira para que quede de frente a él—. Mataste a Barlowe.

Asiento.

—Rayos. Tu sello son los rayos, ¿verdad? —Me mira con tal intensidad que es como si mi respuesta fuera la llave a lo que él necesita.

—Sí.

Xaden tensa la quijada y asiente una vez.

—Eso pensé, pero no estuve seguro hasta que vi cómo destruiste la torre.

¿Eso pensó? ¿Qué diablos quiere decir?

—Escúchame, Sorrengail. —Levanta una mano para acomodarme unos mechones sueltos detrás de la oreja y el movimiento es sorprendentemente suave—. El mundo es un lugar mejor sin Barlowe. Ambos lo sabemos. ¿Quisiera haber sido yo quien acabara con su miserable vida? Totalmente. Pero lo que hiciste salvó a muchos otros. No era más que un agresor y se iba a poner peor entre más poderes fuera teniendo. Su dragona elegirá a otro jinete cuando esté lista. Me alegra que esté muerto. Me alegra que lo hayas matado.

—No quería hacerlo —digo, y es apenas un susurro—. Es solo que estaba tan enojada, y acabábamos de atrapar a Liam. Pensé que mi reliquia al fin iba a estallar y acabar conmigo. —Abro mucho los ojos—. Estuvo cerca, Xaden. Estuvo demasiado cerca. Tenía que hacer algo.

—Lo que sea que hayas hecho fue lo que le salvó la vida. —Me acaricia la mejilla con el pulgar y el movimiento contrasta con la severidad de sus palabras. Su expresión velada me deja saber que sabe lo que hice.

—No quiero esto —suelto—. Rhiannon puede transportar objetos a través del espacio y Dain tiene la retrocognición.

—Oye —exclama Dain.

—¿Crees que no lo sabía? —le grita Xaden por encima del hombro.

—Kaori puede mostrar lo que imagina y Sawyer dobla el metal. Mira puede extender las protecciones. Todos tienen un poder que no solo es útil en la batalla. Son herramientas para hacer un bien al mundo. Y ¿yo qué diablos soy, Xaden? Soy una maldita arma.

—No tienes que usar tu poder, Vi —comienza a decir Dain con tono suave y reconfortante.

—Deja. De. Tratarla. Así. Carajo. —Xaden le escupe palabra por palabra a Dain—. No es una niña. Es una mujer. Una jinete. Empieza a tratarla como tal y al menos ten la decencia de decirle la verdad. ¿Crees que Melgren o cualquier otro general, incluyendo a su propia madre, la va a dejar guardarse un poder así? Y obviamente no puede esconderlo, no después de que demolió uno de los fuertes de práctica.

—Solo quieres que sea como tú —le discute Dain—. Una asesina sin piedad. Pronto le vas a decir que está bien, que se acostumbrará a matar.

Ahogo un grito.

Xaden lo aplasta con la mirada.

—La sangre en mis venas es tan tibia como la tuya, Aetos, y si quieres tener mi puesto el próximo año, más te vale que empieces a entender que jamás te acostumbras a matar, pero sí llegas a entender que es necesario. —Voltea de nuevo hacia mí y sus ojos oscuros se clavan en los míos—. No estamos en la primaria. Estamos en la guerra, y ya me habías escuchado decirlo, pero la horrible verdad que los que están en el frente eligen olvidar es que en la guerra siempre hay bolsas para los cadáveres.

Empiezo a negar con la cabeza, pero sus ojos se entrecierran sin dejar de mirarme.

—Puede que no te guste, que incluso lo odies, pero un poder como el tuyo es lo que salva vidas.

—¿Matando a otros? —grito. Si Sgaeyl tiene razón y los sellos reflejan quién eres en el fondo de tu ser, entonces soy exactamente como el apodo que me puso Xaden: Violencia.

—Derrotando a los ejércitos invasores antes de que puedan lastimar a los civiles. ¿Quieres que el sobrino de Rhiannon sobreviva en ese pueblito en la frontera? Así es como lo lograrás. ¿Quieres que Mira siga viva cuando esté tras las líneas enemigas? Así. No eres solo un arma, Sorrengail. Eres la mejor arma. Entrena esa habilidad, hazla tuya, y tendrás el poder de defender a todo el reino. —Me acomoda detrás de la oreja otros mechones que me soltó el viento y con esto puedo ver mejor, lo que me deja sin excusas para observar la honestidad en sus ojos. Cuando está seguro de que ya no voy a discutir, voltea hacia un lado—. Rhiannon, ¿puedes llevarla a la ciudadela?

—Por supuesto. —Rhiannon viene corriendo hacia nosotros.

Dain resopla y se va hacia donde están los demás líderes de pelotón.

—La silla... —comienzo a decir.

—Tairn se la puede quitar solo. Fue una de sus muchas reglas para el diseño. —Xaden se da la vuelta para irse, pero luego se detiene—. Gracias por salvar a Liam. Es importante para mí.

—No tienes que agradecer... —Suspiro—. Ya se fue.

—Ustedes dos tienen la relación más extraña del mundo —dice Rhiannon, cruzando su brazo con el mío.

—No estamos en una relación. —Miro a Tairn, que increíblemente no comentó nada durante la escenita de Xaden y Dain.

—*Vete* —me dice—. *Pero no te hundas en la culpa, Plateada. Lo que sea que sientas es normal. Permítete sentirlo, pero luego déjalo ir. El líder de ala tiene razón. Con un sello como ese, eres lo mejor que tiene el reino contra las hordas de maldad que quieren hacerle daño. Descansa y te veré mañana. Yo me quito la silla.*

—Por supuesto que están en una relación —continúa Rhiannon mientras me da unos jalones para que nos vayamos—. Es solo que no decido si es eso de que los opuestos se atraen lo que los hace pasársela peleando o si es el lento y letal hervor de la tensión sexual. —Me lanza una miradita de lado—. Ahora dime cómo diablos se movieron tan rápido allá arriba.

—¿De qué hablas?

—Cuando Liam se estaba cayendo. Fergie y yo volamos lo más rápido posible, pero sabía que llegaríamos demasiado tarde teniendo en cuenta el ángulo y la velocidad, y creí que ustedes... —Niega con la cabeza—. Simplemente me pareció que estaban muy por arriba de él y al segundo siguiente ya lo habían atrapado. Nunca había visto a un dragón volar tan rápido. Fue cosa de un instante.

Ahora la culpa me come por una razón completamente distinta. Rhiannon es mi amiga, la más cercana que tengo aquí, y estoy siendo honesta sobre dónde está la amistad entre Dain y yo ahora. De todos, ella debería saber...

—*No sientas culpa por no poder decirle. Este secreto es de los dragones, no tuyo* —me advierte Tairn—. *Nadie tiene derecho a poner en riesgo a nuestras crías. Ni siquiera tú, Planteada.*

—Tairn es rapidísimo —digo a manera de explicación. No es mentira, pero tampoco es toda la verdad.

—Y gracias a los dioses por eso. Zihnal debe amar a Liam, porque hoy engañó a la muerte dos veces.

Pero no fue Liam quien engañó a la muerte.

Fui yo.

Y me pregunto si en algún lugar, en algún plano de la existencia, Malek está en su trono, enojado porque le quité un alma de las manos.

Aunque a cambio le di la de Jack.

Pero, claro, puede que eso haya roto la mía para siempre.

El blanco de madera en mi habitación se tambalea cuando una de mis dagas se clava junto a la que acababa de lanzar un momento antes. Puede que esté enojada con el mundo, pero al menos no he perdido la puntería. Si fallo, sería muy posible que el arma saliera volando por la ventana, teniendo en cuenta dónde recargué el blanco.

Lanzo otras tres seguidas y todas se clavan en la garganta de la persona de madera.

¿Qué caso tiene seguir lanzándolas hacia los hombros si mato gente con rayos? ¿Qué me detiene? Con un giro de mi muñeca, echo a volar la próxima daga y se entierra directo en la frente de la silueta de madera justo cuando alguien llama a mi puerta.

Debe ser Rhiannon para preguntarme por décima vez si quiero hablar de lo que pasó hoy, o Liam…

Pensándolo bien, no puede ser Liam que viene a confirmar si ya estoy en mi cuarto, porque sigue en la enfermería, sanando por la espada que le clavaron en un costado.

—Adelante. —¿Qué más da que esté en camisón de dormir? Perfectamente puedo matar a un intruso con el cuchillo. O con un rayo.

La puerta se abre junto a mí, pero ni me molesto en voltear para ver quién es mientras lanzo otra daga. ¿Esa altura? ¿Ese cabello oscuro que alcanzo a ver por el rabillo del ojo? ¿Ese aroma increíble? No hace falta que lo vea completo… mi cuerpo me dice que es Xaden.

Luego mi cuerpo me recuerda cómo se siente tener su boca en la mía y algo me revolotea en el estómago. Mierda, esta noche estoy demasiado tensa como para lidiar con él o con las cosas que me hace sentir.

—¿Te estás imaginando que soy yo? —pregunta mientras cierra la puerta y se recarga en ella con los brazos cruzados. Luego recorre todo mi cuerpo con sus ojos encendidos.

De pronto la brisa de la primavera que se cuela por mi ventana abierta no basta para quitarme el calor de la piel, no cuando tengo esa mirada sobre mí.

Mi larga trenza se mece sobre mi espalda mientras tomo otra daga del tocador.

—No. Pero sí fuiste tú hace unos veinte minutos.

—¿Ahora quién es? —Enarca una ceja y cruza un tobillo sobre el otro.

—Nadie que conozcas. —Con un giro de mi muñeca, la daga se clava en el esternón de la figura—. ¿Qué haces aquí? —Me volteo para verlo apenas lo suficiente para notar que se bañó y trae el uniforme normal en vez de la ropa de vuelo, y definitivamente no lo suficiente para notar lo jodidamente bien que se ve. Aunque fuera solo una vez, me gustaría verlo desaliñado o furioso, cualquier cosa fuera de ese control tranquilo que usa como una armadura—. Déjame adivinar. Como Liam no está trabajando, te toca sermonearme por dormir con puro algodón encima.

—No vine a sermonearte —dice en voz baja, y puedo sentir el calor de su mirada como una caricia mientras recorre los delgados tirantes negros de mi camisón—. Pero definitivamente puedo ver que no traes tu armadura.

—Ya nadie va a hacer la ridiculez de atacarme. —Tomo otra daga del tocador y noto que mi pila se está acabando—. No cuando los puedo matar a cincuenta metros de distancia. —Dándole unos golpecitos con el dedo a la punta afilada de mi arma, me giro un poco, apenas lo suficiente para verlo—. ¿Crees que funcione en interiores? O sea, ¿cómo se manipulan los rayos si no hay cielo? —Aún con los ojos clavados en él, lanzo la daga hacia el blanco. El satisfactorio crujido de la madera me informa que acerté.

—Mierda, eso es mucho más sexy de lo que debería. —Toma una enorme bocanada de aire—. Creo que es algo que tendrás que averiguar tú misma. —Su mirada se posa sobre mi boca y sus brazos se tensan.

—¿No vas a intervenir y decirme que me puedes entrenar? ¿Que me puedes salvar? —Chasco la lengua y siento el ridículo impulso de recorrer el delicado patrón de la reliquia en su cuello con ella—. Eso no es muy Xaden de tu parte.

—No tengo idea cómo se entrena a alguien que manipula los rayos y, por lo que vi hoy, no necesitas que nadie te salve. —La expresión en sus ojos es de ansia pura mientras recorre mi cuerpo desde los dedos de los pies hasta donde la tela comienza a cubrirme los muslos, subiendo por mis pechos hasta el cuello para al fin llegar a mis ojos.

—Solo de mí misma —murmuro. Las cosas que pienso hacerle cuando me mira así sin duda serían mi ruina, y esta noche creo que no me importa. Esa es una combinación peligrosa—. Entonces ¿qué haces aquí, Xaden?

—Porque al parecer no soporto estar lejos de ti. —No suena para nada complacido con la confesión, pero de todos modos me deja sin aliento.

—¿No deberías estar allá afuera, celebrando con todos los demás?

—Ganamos una batalla, no la guerra. —Se aleja de la puerta, da un solo paso, cruzando la distancia que nos separaba, y toma la trenza que cuelga sobre mi hombro para acariciarla lentamente con el pulgar—. Me imaginé que estarías triste.

—Me dijiste que lo superara, ¿no? ¿Qué diablos te va a importar si estoy triste? —Me cruzo de brazos, pues elegí la rabia sobre la lujuria.

—Dije que tendrás que aprender a tolerar el matar a alguien. Jamás dije que lo vas a superar. —Suelta mi trenza.

—Pero debería, ¿no? —Niego con la cabeza y voy al centro de la habitación—. Pasamos tres años aquí aprendiendo cómo ser asesinos, promoviendo y celebrando a los que lo hacen mejor.

Mis palabras no lo perturban ni un poco, solo me observa con su típica e insoportable expresión analítica.

—No me molesta que Jack esté muerto. Ambos sabemos que me quería matar desde el parapeto y en algún momento lo iba a lograr. Me molesta que su muerte me haya cambiado. —Me doy unos golpecitos en el pecho, justo arriba del corazón—. Dain me dijo que este lugar te arranca la falsa cortesía y los modales y revela quién eres en realidad.

—Eso no lo voy a discutir. —Me mira mientras comienzo a caminar de un lado a otro.

—Y no puedo dejar de pensar en que, cuando era más joven, le pregunté a mi papá qué pasaría si quisiera ser jinete como mamá o Brennan, y me dijo que yo no era como ellos. Que mi camino era distinto, pero este lugar me quitó la cortesía, los modales, y resulta que mi poder es más destructivo que los de ellos. —Me detengo justo frente a él y levanto las manos—. Y ni siquiera puedo echarle la culpa del poder a Tairn, aunque no lo haría. Los sellos están basados en el jinete, el dragón solamente los alimenta, lo cual significa que esto es algo que siempre estuvo bajo la superficie, esperando salir. Y pensar... —se me hace un nudo en la garganta— que todo este tiempo tuve una pequeña esperanza, la cual me impulsaba a seguir, de ser como Brennan, y que podría reparar todas las cosas arruinadas. Pero resulta que estoy hecha para destruirlas. ¿A cuántas personas voy a matar con esto?

Su mirada se suaviza.

—Tantas como tú elijas. Solo porque hoy ganaste un poder no significa que hayas perdido la voluntad.

—¿Cuál es mi problema? —Niego con la cabeza y cierro las manos en puño—. Cualquier otro jinete estaría feliz. —Hasta en este momento siento el poder hirviendo bajo mi piel.

—Jamás vas a ser como ningún otro jinete. —Se acerca más a mí, pero no me toca—. Probablemente porque nunca quisiste estar aquí.

Dioses, quiero que me toque, que me quite el horror de este día, que me haga sentir algo, cualquier cosa que no sea esta pena abrumadora.

—Ninguno de ustedes quería estar aquí. —Veo directamente hacia la reliquia en su cuello—. Y a todos les va bastante bien.

Él me mira, y lo hace en serio; siento que está viendo demasiado.

—La mayoría de nosotros quemaríamos este lugar hasta convertirlo en cenizas si tuviéramos la opción, pero todos los marcados queremos estar aquí porque es nuestro único camino para poder sobrevivir. No es lo mismo contigo. Tú querías una vida tranquila llena de libros y datos. Querías registrar las batallas, no estar en ellas. No tienes ningún problema. Puedes sentir enojo porque hoy mataste a un hombre. Puedes sentir enojo porque ese hombre intentó matar a tu amigo. Puedes sentir todo lo que quieras dentro de estas paredes.

Está tan cerca que puedo sentir el calor de su cuerpo atravesando la delgada tela de mi camisón.

—Pero no allá afuera. —No es pregunta.

—Somos jinetes —me dice como si fuera explicación suficiente. Me agarra las manos y las lleva a su pecho—. Haz lo que tengas que hacer para sacarlo. ¿Quieres gritar? Grítame a mí. ¿Quieres golpear a alguien? Golpéame a mí. Puedo soportarlo.

Golpearlo es lo último que quiero hacer y, de pronto, ya no quiero contenerme más.

—Vamos —susurra—. Muéstrame lo que tienes.

Me pongo de puntitas y lo beso.

TREINTA

Aunque no están prohibidos, no se recomienda que los cadetes formen fuertes vínculos románticos entre ellos mientras son alumnos del cuadrante, por el bien de la unidad.

—ARTÍCULO CINCO, SECCIÓN SIETE
EL CÓDIGO DE JINETES DE DRAGONES

Su cuerpo se queda inmóvil por un segundo, dos, y luego nos gira imposiblemente rápido y pone mi cuerpo contra la puerta con tal fuerza que el marco vibra. «Guau». Me atrapa las muñecas con una mano y las sostiene sobre mi cabeza.

—Violet —gime contra mi boca. La súplica en su tono me inunda las venas con un poder completamente distinto. Saber que nuestra indudable atracción lo afecta tanto como a mí me enloquece—. Esto no es lo que quieres.

—Es exactamente lo que quiero —replico. Quiero reemplazar la rabia por lujuria, la muerte del día por los latidos desesperados que me recuerdan que estoy viva, y sé que él es capaz de darme todo eso y más—. Dijiste que hiciera lo que necesitara. —Arqueo la espalda, pegando mis pezones a su pecho.

El ritmo de su respiración cambia y veo esa guerra en sus ojos que estoy decidida a ganar.

Es hora de dejar de darle la vuelta a la insoportable tensión y romperla.

Xaden se inclina y su boca queda a centímetros de la mía.

—Y ahora te estoy diciendo que esto es lo último que necesitas. —El rugido de su voz que apenas puede contener le hace vibrar el pecho y cada terminación nerviosa de mi cuerpo se enciende.

—¿Estás sugiriendo que busque a alguien más? —Mi corazón se acelera por el riesgo que estoy corriendo para demostrar que no habla en serio.

—Por supuesto que no. —El inconfundible ataque de los celos lo hace entrecerrar los ojos durante un segundo antes de que sus labios se lancen hacia los míos y mi alivio instantáneo por su respuesta se ve reemplazado por una ráfaga de puro deseo. Puedo ver su famoso control en la orilla, balanceándose peligrosamente sobre la punta de un cuchillo. Lo único que necesita es un. Pequeño. Empujón. Y estoy por aventarlo sin pena al vacío.

—Bien. —Levanto la cara y tomo su labio inferior entre los míos, succionándolo suavemente antes de darle una mordidita—. Porque solo te deseo a ti, Xaden.

Las palabras rompen algo en su interior, y se rinde.

«Al fin».

El choque de nuestras bocas se convierte en un beso ardiente, salvaje y completamente fuera de nuestro control. La urgencia me corre por la espalda cuando él me agarra por las nalgas y me apoya en sus caderas. Siento la textura de la puerta en mi espalda mientras me empujo para estar más cerca de él.

Le envuelvo la cintura con las piernas y cruzo los tobillos. Mi camisón se levanta con el movimiento, pero no me importa, no cuando me está besando así, consumiéndome por completo. La caricia de su boca y los latigazos de su lengua perversa me arrancan toda lógica y mi mundo se reduce a este beso, a este instante, a este hombre. Que es mío. En este momento, Xaden Riorson es mío.

O quizá yo soy suya. ¿A quién diablos le importa mientras me siga besando?

El calor me llena el cuerpo en oleadas salvajes y adictivas, encendiendo cada centímetro de mi piel mientras su boca baja por mi cuello en un ataque sensorial que me obliga a gemir.

—Dioses —dice contra mi garganta, y luego comenzamos a movernos.

La madera raspa el suelo y se rompe antes de que mis nalgas caigan sobre el escritorio, y mis tobillos se sueltan tras su espalda baja cuando se inclina sobre mí, pasando sus dedos por mi cabello y agarrándome de la nuca para volver a besarme. Le respondo con un hambre que solo he sentido por él.

Bajo las manos para sostenerme y tiro todo lo que se me atraviesa en el camino. Las manecillas del reloj dejan de moverse.

—Me vas a odiar en la mañana. En. Serio. Esto. No. Es. Lo. Que. Quieres. —Puntúa cada palabra con un beso por mi mentón hasta llegar a la oreja. Me muerde el lóbulo y mis entrañas se derriten por completo.

—Deja de decirme qué es lo que quiero. —Jadeo y paso mis dedos entre sus mechones de cabello corto, levantando la cara para darle más acceso. Él lo aprovecha y baja por mi cuello hasta la curva de mi hombro.

Qué bien se siente, carajo. Cada movimiento de su boca sobre mi piel es como fuego sobre la yesca, y ahogo un grito cuando se toma su tiempo en un punto sensible. Pero luego se detiene, con su aliento húmedo y caliente contra mi cuello.

Frunzo el ceño ante un pensamiento indeseado.

—A menos que no me desees...

—¿Te parece que esto es de alguien que no te desea? —Toma mi mano, la desliza entre nuestros cuerpos y mis dedos rodean su extensión sobre los pantalones. Ahogo un grito del más absoluto deseo al sentir lo dura que la tiene por mí—. Siempre te deseo, carajo —gime, y lo aprieto. Luego levanta la cabeza, clava sus ojos en los míos y reconozco la urgencia en esa profundidad oscura con destellos dorados. Es la misma que la mía—. Entras a una habitación y no puedo mirar hacia otro lado. Me acerco a ti y esto es lo que pasa. Instantáneamente dura. Mierda, casi ni puedo pensar cuando estás conmigo. —Mece su cadera contra mi mano y lo aprieto con más fuerza, sintiendo cómo me da un vuelco el estómago—. Desearte no es el problema.

—Entonces ¿cuál es?

—Estoy intentando ser decente y no aprovecharme de ti porque tuviste un día de mierda. —Tensa la quijada.

Sonrío y le doy un beso en la comisura de la boca.

—Aquí todos los días son de mierda. Y no te aprovecharías, porque te estoy pidiendo... —Le muerdo un poco el labio—... Corrijo, te estoy rogando que mejores mi día.

—Violet. —Dice mi nombre como una advertencia como si fuera algo que tuviera que temer. «Violet». Solo me llama así cuando estamos solos, cuando todos los muros y teatros se caen, y solamente los dioses saben cuánto quiero escucharlo una y otra vez, justo como lo acaba de decir.

—No quiero pensar, Xaden. Solo sentir. —Lo suelto. Solo necesito jalar una vez el listón para soltar mi trenza y pasar los dedos entre mi cabello.

Su mirada se intensifica, y sé que ya gané.

—Ese cabello, carajo —dice, y luego detiene sus labios a centímetros de los míos—. Y esta boca. Solo quiero besarte, incluso cuando me haces enojar.

—Pues bésame. —Me arqueo hacia él y poseo sus labios, besándolo como si fuera la única oportunidad que tendré. Esta clase de desesperación no es natural; es un incendio que nos va a convertir en cenizas a ambos, si se lo permitimos.

El beso es abierta y deliciosamente carnal, y me derrito en él, respondiendo cada ataque de su lengua con la mía. Sabe a menta y a Xaden, y no logro saciarme de él.

Es la peor adicción, peligrosa e imposible de controlar.

—Dime que me detenga —susurra mientras su pulgar acaricia la piel hipersensible de la cara interna de mi muslo.

—No te detengas. —Me moriría si lo hiciera.

—Maldita sea, Violet —gime, deslizando su mano entre mis piernas.

Mejor; así quiero que diga mi nombre de ahora en adelante. Justo así.

Frota la tela de mi ropa interior contra mi clítoris y mi espalda se arquea por la explosión de placer que me llena todo el cuerpo, tan dulce que siento su sabor en mi lengua.

Xaden atrapa mi boca con la suya de nuevo en un ataque salvaje y su lengua lucha con la mía mientras sus dedos me acarician sobre la tela, aprovechando la fricción de manera experta. Intento mover la cadera contra su mano para sentirlo más, pero mis pies están colgando del escritorio y no tengo en qué apoyarme. Solo puedo recibir lo que él decida darme.

—Tócame —le exijo, y entierro las uñas en su cuello fuerte por el deseo que late dentro de mí con el ritmo de un tambor.

Su voz se escucha entrecortada en mi boca.

—Si mis manos te tocan, si mis manos te tocan de verdad, no sé si podré parar.

Sí pararía. Lo sé en el fondo de mi ser. Por eso le confío mi cuerpo.

¿Mi corazón? Ese no tiene nada que ver en esta decisión.

—Deja de ser tan decente y cógeme, Xaden.

Sus ojos se encienden y luego me besa como si yo fuera el aire que le hacía falta, como si su vida dependiera de ello, y creo que la mía sí. Sus dedos se deslizan bajo mi ropa interior y acarician salvajemente mi sexo húmedo, provocando que un gemido se me escape de los labios. Es como si tuviera electricidad en las manos.

—Estás muy suave. —Me besa más y sus dedos tocan y juegan con mi sexo, intensificando el dulce ataque del placer. Entierro las uñas en su hombro y mi espalda se arquea mientras él va trazando círculos cada vez más pequeños sobre mi clítoris hinchado—. Apuesto a que sabes tan bien como te sientes.

El placer me recorre como un fuego vivo bajo mi piel.

—Más —es lo único que puedo decir, pero lo digo como una exigencia mientras mi piel arde y mi pulso se sale de control. Me voy a incendiar, voy a estallar en llamas, y lo único que puedo hacer es gemir contra su boca mientras hunde un dedo dentro de mí. Mis músculos se tensan y lo atrapan, y él mete otro.

—Eres tan sexy. —Su voz suena ronca como si la hubieran arrastrado sobre las piedras—. Puede que nos condene a los dos, pero no puedo esperar para sentir cómo te vienes sobre mi verga.

—Ay, dioses. —Esa boca. Echo las manos hacia atrás para apoyarme en la pared y tiro algo al mover la cadera. Algo se rompe al chocar contra el suelo a mi izquierda mientras me muevo sobre sus dedos. Xaden los curva hacia mis paredes internas y ahogo un grito, con mis muslos aferrándose a sus caderas cubiertas por el cuero. Y cuando usa su pulgar para acariciarme el clítoris, la fricción y la presión me llevan al borde de la cordura.

Grito y él cubre el sonido con su boca, besándome con esos movimientos perversos de su lengua que imitan los de sus dedos dentro de mí. El poder estalla en mi interior y me estremece hasta los huesos. Me aferro a Xaden con más fuerza, sorprendida por la súbita ráfaga de energía.

—Mírate, Violet. Eres hermosa, Violet. Déjate ir, hazlo por mí. —Sus palabras me llenan la mente mientras su boca está perdida en la mía, y la intimidad del momento me lleva al límite del placer y me lanzan al vacío del mismo.

Xaden recibe mi grito en su boca mientras mi espalda se encorva cuando el primer orgasmo me recorre completa, liberando la tensión en un estallido de chispas ante mis ojos y siento como si mi cuerpo explotara para convertirse en un millón de estrellas. Los relámpagos al otro lado de mi ventana llenan el cuarto de luz una y otra vez mientras él sigue moviendo su mano experta hasta hacerme tener un segundo orgasmo.

—Xaden —exclamo entre gemidos mientras el placer baja y vuelve a encenderse.

Él sonríe y saca los dedos de mi cuerpo, dejándome convertida en nada más que jadeos y deseo salvaje mientras lo agarro de la camisa. Quiero que se la quite y quiero que lo haga ya. Xaden responde a mi deseo arrancándose la tela y luego volvemos a unirnos entre besos y manos que tocan por todas partes. Su piel bajo mis dedos se siente increíble e imposiblemente suave sobre todos esos músculos fuertes. Recorro su espalda, memorizando cada centímetro mientras su cuerpo se estremece con cada movimiento.

—Te necesito ya —digo, y busco los botones de su pantalón.

—¿Sabes lo que estás diciendo? —me pregunta mientras le quito el pantalón, lo bajo por sus caderas hasta dejar libre esa verga larga y gruesa. Siento su calor y dureza entre mi mano y el gemido que se le escapa de los labios me hace sentir invencible.

—Te estoy pidiendo que me cojas. —Levanto la cara y lo beso.

Xaden gruñe y jala mis caderas hasta la orilla de la mesa, luego me quita la ropa interior y me deja desnuda.

Mi pulso se acelera descontroladamente.

—Tomo el supresor de fertilidad. —Los dos lo tomamos, claro está. Lo último que alguien quiere son bebés del cuadrante corriendo por todas partes. Pero más vale aclararlo.

—Yo también. —Me toma por las caderas, me levanta para ponerme en un mejor ángulo y la cabeza de su verga me frota el clítoris. Jadeo y sus ojos se clavan en los míos. El hambre que veo dibujada en la tensión de cada parte de su cuerpo es mi ruina. No me importa si esto será nuestra condena. Lo necesito.

Basta de contenerme. Ya no.

Meto la mano entre nuestros cuerpos y guío la cabeza de su verga hacia mi entrada, pero esta posición es horrible. Xaden es mucho más alto que la mesa, y si no estuviera tan desesperada por tenerlo adentro, me reiría, pero sí lo estoy. Arqueo la espalda, pero no ayuda en nada. Cada segundo de espera se siente como una década.

—Maldito escritorio —dice.

Pienso exactamente igual.

Su bíceps se tensa cuando me levanta agarrándome por debajo de los muslos y envuelvo su cuello con mis brazos y su cintura con mis piernas. Mi camisón queda atrapado entre los dos mientras él se da la vuelta. Nuestras bocas se encuentran en un beso desesperado mientras mi espalda choca contra el armario, pero apenas hago un gesto pues estoy demasiado perdida en el movimiento de su lengua y cómo se siente su cuerpo entre mis piernas.

—Mierda. ¿Estás bien? —me pregunta.

—Estoy bien. No me vas a romper.

Entra por esos primeros centímetros apretados de mi cuerpo y ahogo un grito al sentir cómo me estiro.

—Más. —Estoy demasiado ocupada besándolo como para hablar—. *Necesito sentirte entero.*

—Me vas a matar, Violet. —Lo que le quedaba de control desaparece y me toma por completo con una fuerte embestida.

Gimo contra su boca. Muy adentro. Está tan adentro que lo siento en todas partes.

—*Dime que estás bien.* —Gracias a los dioses, ya se está moviendo.

—*Estoy perfecto.* —Más que perfecto. El poder corre bajo mi piel como una exigencia frenética y sin palabras.

—*Te sientes tan bien.* —Me embiste una y otra vez, tomando un ritmo brutal mientras su boca me recorre el cuello y su mano sube para agarrarme un seno.

Ni siquiera puedo pensar por el placer enloquecedor mientras mi espalda se estrella contra el armario cada que me penetra, llenando la habitación con el sonido de nuestros cuerpos desesperados y los crujidos de la madera. Cada embestida es mejor que la anterior. Tengo la respiración entrecortada.

—*Nunca me voy a hartar de ti, ¿verdad?* —pregunta con su cara hundida en mi cuello mientras me pego más a él.

—*Cállate y cógeme, Riorson.* —Mañana llegará demasiado pronto como para arrepentirnos ahora.

Levanto un brazo y me agarro de la orilla del armario para poder mecerme con más fuerza y dejarlo que entre en mí con más fuerza y vaya más adentro. Me baja un tirante del camisón por el hombro y el frío aire de la noche me besa el pezón duro por un instante antes de que él lo cubra con su boca tibia. Las sensaciones suben, bajan, giran y dan vueltas, forman un apretado nudo de placer tan dentro de mí que la tensión es sublime e insoportable.

La puerta del armario rechina y luego se suelta de las bisagras. La sombra de Xaden se mueve para protegerme cuando el mueble cede y los pedazos de madera caen a nuestro alrededor. Mi poder se intensifica en respuesta al suyo y chisporrotea bajo mi piel mientras me cuelgo de sus hombros y mi boca encuentra la suya.

No hay forma de detenernos. No podemos parar.

—Carajo —exclama mientras me toma una y otra vez. Sin detenerse, nos voltea de nuevo y siento una tela detrás de mi espalda. Pero no es la cama. Son las cortinas en una esquina de la ventana.

La energía crepita de nuevo cuando nuestras bocas se encuentran y él me sigue embistiendo, provocando que el nudo dentro de mí se ponga tan apretado con cada movimiento que es doloroso.

Y el poder… es demasiado. Me quema y hace que mi sangre hierva por la necesidad de liberarlo.

—Xaden —grito, retorciéndome a la vez que me aferro a él como si fuera lo único que me mantiene anclada a la tierra.

—Confía en mí, Violet —me dice, jadeando contra mis labios—. Suéltalo.

Los relámpagos salen de mi cuerpo, tan brillantes que tengo que cerrar los ojos, y siento el calor sobre mí mientras estalla el trueno.

Y huele a humo.

—Mierda. —El poder de Xaden llena la habitación, eclipsando la poca luz que teníamos, y las cortinas se caen, pero nos alejamos antes de que la tela quemada pueda tocar mi piel.

Ese nudo de placer crece hasta el límite cuando me lleva al piso y al fin tengo todo su peso encima mientras me embiste. Las sombras desaparecen y verlo sobre mí, su mirada oscura clavada en la mía completamente concentrada, es lo más hermoso que he visto en la vida.

—*Tan. Exageradamente. Hermoso* —marco cada palabra con un beso.

Xaden se aleja un poco y sus ojos buscan los míos por un segundo o dos antes de atacarme con otro beso que me hace pedir más mientras muevo mis caderas de atrás hacia adelante contra las suyas.

Este hombre besa con todo el cuerpo, lanzando su cadera hacia mí al mismo tiempo que su lengua entra en mi boca y cuidándose de no poner más peso sobre mí del que me permitirá respirar mientras su pecho se estrella contra mis pezones hipersensibles. Me tiene en el mismo límite en el que está él, y no sé cuánto más voy a soportarlo antes de prenderle fuego a toda la habitación.

—Necesito… necesito… —Mis ojos desesperados buscan los suyos. ¿Dónde están mis palabras?

—Lo sé. —Toma mi boca de nuevo y baja la mano entre nuestros cuerpos, usando sus talentosos dedos para darme otro orgasmo. De nuevo hay luz, seguida de un trueno y la oscuridad que me consume mientras me deshago bajo su cuerpo.

El placer me llega en oleadas, bañándome una y otra vez hasta que lo único que puedo hacer es aferrarme a los hombros de Xaden y dejarme llevar por lo que siento.

—Qué belleza —susurra él.

En cuanto me calmo, detiene lo que está haciendo y pega mi rodilla a mi pecho para embestirme aún más profundo. Muevo la cadera para recibirlo, con el sudor perlando nuestra piel, y veo cómo empieza a venirse con absoluta fascinación. Amo que pierda el control tanto como temo perderlo yo; cuando me muevo otra vez, él gime, arquea el cuello y me penetra una vez. Dos.

En la tercera, grita y vibra dentro de mí, y su poder se libera en las sombras que salen disparadas con tal fuerza que rompen el blanco de madera al otro lado de la ventana.

Mientras vuelan los pedazos, Xaden extiende otro manto de oscuridad que dura apenas lo suficiente para protegernos de los escombros. Luego las sombras desaparecen y escucho cómo las dagas caen al suelo detrás de mí.

Él se ve tan impactado, tan embelesado como yo me siento mientras nos quedamos acostados aquí, viéndonos uno al otro, con nuestros pechos subiendo y bajando por los jadeos que nos dejó lo que solo podría ser descrito como la más absoluta locura.

—Nunca había perdido el control así —me dice, apoyándose en un brazo mientras me quita el cabello de la cara con la otra mano. El movimiento es tan suave, tan contrastante con todo lo que acabamos de hacer, que no puedo evitar hacer un gesto sorprendido y luego sonreír.

—Yo tampoco. —Mi sonrisa se vuelve más grande—. Aunque nunca había tenido un poder del cual perder el control.

Él se ríe y nos rueda hacia un lado, pegándome a su cuerpo y acomodando su bíceps como almohada para mi cabeza.

Olfateo el humo que aún queda en el aire.

—¿Fui yo...?

—¿La que les prendió fuego a las cortinas? —Arquea una ceja—. Sí.

—Ah. —Ni siquiera logro sentir vergüenza, así que solo paso el dorso de mis dedos sobre la barba incipiente en su mentón—. Y tú lo apagaste.

—Sí. Justo antes de destruir tu blanco para lanzar cuchillos. —Hace una mueca—. Te conseguiré otro.

Me giro para ver el armario.

—Y entre los dos...

—Sí. Y estoy casi seguro de que también vas a necesitar otra silla.

—Eso fue... —Ni siquiera le quité los pantalones por completo y el camisón me cuelga precariamente de un hombro.

—Escalofriantemente perfecto. —Me acuna la cara con una mano—. Deberíamos limpiarte y dormir. Ya nos preocuparemos por... tu habitación mañana. Irónicamente, tu cama es lo único que no destrozamos.

Me incorporo para confirmar que la cama sobrevivió y Xaden hace lo mismo, acercándose a mí. De inmediato pierdo el interés en todo lo que no sean los músculos de su espalda y la reliquia azul marino que Sgaeyl le transfirió.

Estiro la mano y recorro el trazo del dragón en su espalda, deteniéndome en las cicatrices plateadas, y él se tensa. Todas son líneas cortas y delgadas, demasiado precisas para ser resultado de latigazos y sin un patrón definido, pero nunca se cruzan.

—¿Qué pasó? —susurro, y contengo la respiración.

—En serio no quieres saber. —Se tensa, pero no se aleja del contacto de mi mano.

—Sí quiero. —No parecen accidentales. Alguien lo lastimó deliberadamente, con malicia, y me dan ganas de cazar a la persona que lo hizo y hacerle lo mismo.

Xaden aprieta la quijada y mira por encima de su hombro. Nuestros ojos se encuentran. Me muerdo el labio, sabiendo que este momento puede tener dos resultados completamente distintos. Puede cerrarse como siempre o puede al fin dejarme entrar.

—Son muchas —murmuro, recorriendo su columna con los dedos.

—Ciento siete. —Desvía la mirada.

Ese número me revuelve el estómago y dejo de mover la mano. «Ciento siete». Es el número que mencionó Liam.

—Es la cantidad de menores de edad que tienen la reliquia de la Rebelión.

—Sí.

Me muevo para poder verlo a la cara.

—¿Qué pasó, Xaden?

Me acaricia el cabello para echármelo hacia atrás y la expresión que pasa sobre su rostro es tan parecida a la ternura que me da un vuelco el corazón.

—Vi la oportunidad e hice un trato —dice en voz baja—. Y lo cumplí.

—¿Qué clase de trato te deja ese tipo de cicatrices?

Veo el conflicto en su mirada, pero después suspira.

—La clase en la que me hago personalmente responsable por la lealtad de los ciento siete hijos que dejaron los líderes de la rebelión y, a cambio, tenemos permitido luchar por nuestras vidas en el Cuadrante de Jinetes en vez de que nos mataran como a nuestros padres. —Desvía la mirada—. Elegí la posibilidad de la muerte sobre la seguridad de esta.

La crueldad de la oferta y el sacrificio que hizo para salvar a los otros me aplasta como si tuviera un peso físico. Pongo una mano en su mejilla y guío su cara hacia la mía.

—O sea que si alguno traiciona a Navarre… —Enarco las cejas.

—Lo pago con mi vida. Las cicatrices son un recordatorio.

Por eso Liam dice que le debe todo.

—Lamento tanto que te haya pasado eso. —Especialmente porque no fue él quien estuvo a cargo de la rebelión.

Me mira como si pudiera ver hasta lo más profundo de mi ser.

—Tú no tienes nada de qué disculparte.

Lo tomo de la mano cuando comienza a levantarse.

—Quédate.

—No debería. —Aparecen dos surcos entre sus cejas mientras me mira a los ojos—. La gente va a hablar.

—¿Cuándo te he hecho creer que me importa un carajo lo que la gente piense sobre mí? —digo lo que él mismo me dijo en su contra y me incorporo, poniendo una mano sobre la parte de su cuello donde está la reliquia—. Quédate conmigo, Xaden. No me obligues a rogarte.

—Ambos sabíamos que esto era una mala idea.

—Pero es *nuestra* mala idea.

Sus hombros se relajan y sé que ya gané. Esta noche es mío. Tomamos turnos para ir a limpiarnos y luego se acuesta en la cama junto a mí.

—Solo dentro de estas paredes —pide en voz baja, y entiendo lo que me está diciendo.

—Solo dentro de estas paredes —acepto. No es como que estemos en una relación ni nada parecido. Eso sería... desastroso, dados nuestros rangos—. Después de todo, somos jinetes.

—No confío en que pueda controlarme si alguien dice...

Pongo un beso suave sobre su boca para hacerlo callar.

—Sé lo que quieres decir. Es... adorable.

Me da unos mordisquitos en la piel.

—No soy adorable. Por favor, no creas que hay nada dulce o amable en mí. Eso solo te lastimará, y hagas lo que hagas... —Hunde su cara en mi cuello e inhala profundamente—. No te enamores de mí.

Paso una mano sobre su brazo marcado y pido a los dioses que no sea eso exactamente lo que estoy haciendo. Esta abrumadora yuxtaposición de deseo y satisfacción en mi pecho debe ser el resultado de haberme venido no una sino tres veces, ¿verdad? No puede ser nada más.

—¿Violencia?

Miro por la ventana hacia el infinito cielo negro y cambio de tema, sintiendo los párpados cada vez más pesados.

—¿Por qué supusiste que podía manipular los rayos?

Se estira apenas lo suficiente para dejarme acomoda la cabeza bajo su mentón.

—Me pareció que lo hiciste la primera noche, cuando Tairn te pasó poder, pero no estaba seguro y por eso no dije nada.

—¿En serio? —Intento traer ese momento a mi memoria, pero mi cerebro está tomado por un agradable ruido blanco mientras el sueño lucha por derribarme—. ¿Cuándo? —Cierro los ojos.

Sus brazos se cierran sobre mí para acercarme más a su cuerpo. Siento la tela de sus pantalones pegada a la parte de atrás de mis muslos mientras me voy quedando dormida.

—La primera vez que me besaste.

Cuando despierto, Xaden ya no está, pero eso no es exactamente una sorpresa. ¿Que se haya quedado a dormir? Eso sí estuvo de impacto.

¿Encontrar un frasco en mi mesita de noche lleno de violetas frescas? Se me esponja el corazón. Mierda, estoy en problemas.

Hasta apiló todos los escombros en una esquina, eso significa que seguro usó sus sombras mientras yo dormía porque no escuché nada.

Sigo exhausta, pero me visto y me recojo el cabello rápidamente, notando que el sol ya salió. Como Liam está en la enfermería, hoy haré sola el viaje a los Archivos, pero quizá pueda darme una escapadita para verlo cuando regrese.

Me estoy amarrando las botas cuando alguien llama a mi puerta.

—No puede ser —digo lo suficientemente alto para que la persona en la puerta escuche—. Que Liam esté convaleciente no significa que necesito otro… —Abro la puerta mientras suelto la última palabra—… guardaespaldas.

El profesor Carr está en el pasillo, con los pelos parados y viéndome como quien está haciendo un análisis científico, luego enarca una ceja al ver el desastre en mi cuarto.

—Tenemos que trabajar.

—Tengo que ir a los Archivos —le aclaro.

Él suelta un resoplido burlón.

—No vas a trabajar en los Archivos hasta que podamos estar seguros de que no vas a incendiarlos. Los rayos y el papel no se llevan bien. Créeme, Sorrengail, los escribas no van a querer que te acerques a sus adorados libros y, por lo que veo, ni siquiera puedes controlar tus poderes mientras duermes.

Intento ignorar cómo me hieren sus palabras, pues ni siquiera tiene razón, y termino siguiéndolo por el pasillo cuando comienza a caminar.

—¿Adónde vamos?

—A un lugar donde no provocarás un incendio forestal —dice sin voltear a verme.

Veinte minutos después estamos en el campo de vuelo y, para mi sorpresa, Tairn está ensillado.

—¿Cómo diablos hiciste eso?

Él exhala, indignado.

—Como si les hubiera permitido diseñar algo que no pudiera ponerme yo mismo. Recuerda de dónde viene tu poder, Plateada.

—¿Cómo está Andarna? —pregunto, mientras el profesor Carr me avienta una bolsa a las manos—. ¿Esto para qué es?

—Dormida, pero bien —me promete Tairn.

—El desayuno —responde Carr—. Con todo el trabajo que estás por hacer para manejar tus poderes, lo necesitarás. —Se sube a su Naranja Cola de Daga y, después de que yo monto a Tairn y me amarro, nos echamos a volar.

El golpe del viento primaveral me lastima las mejillas mientras nos internamos en la cordillera, y agradezco haberme puesto la ropa de vuelo, porque pensé que iba a tener una sesión después del almuerzo.

Aterrizamos casi media hora después, muy por encima de donde se terminan los árboles.

Tiemblo y me froto los brazos por la baja temperatura que da tanta altitud.

—No te preocupes. No tendrás frío por mucho tiempo —me asegura Carr, desmontando. Luego saca un cuadernito de su bolsillo—. De acuerdo con lo que leí anoche, esta habilidad en particular tiene el poder de sobrecalentar tu sistema, y por eso... —Señala nuestros alrededores.

—Además, no hay mucho que se pueda quemar por aquí, ¿verdad? —Ni testigos si decide romperme el cuello. Le lanzo una miradita antes de girar hacia otra parte. Abro las hebillas de mi montura y luego me bajo por la pierna de Tairn.

—No me dejes.

—Jamás. Lo quemaría vivo antes de que dé un solo paso hacia ti.

—Exactamente. —Me estudia con cuidado y evito su mirada mientras reviso la venda en mi rodilla para asegurarme de que no se movió bajo el pantalón—. Siempre me ha intrigado cómo la naturaleza encuentra su equilibrio.

—Creo que no entiendo lo que quiere decir, profesor.

—Esta clase de poder en alguien tan... —Suspira—. ¿No dirías que eres frágil?

—Soy lo que soy. —Sus palabras me enfurecen. A este maestro en específico jamás le he dado una razón para pensar que soy diferente.

—No es un insulto, cadete. —Se encoge de hombros, con los ojos puestos en la silla—. Es un equilibrio. Por mi trabajo, he descubierto que hay una especie de correlación que crea un sistema de control de poder. Me parece que el tuyo es tu cuerpo.

Un gruñido hace vibrar el pecho de Tairn mientras hace a un lado al dragón de Carr, que es más pequeño que él.

—Tu dragón no confía en mí —comenta el profesor, como si fuera un problema académico que hay que resolver—. Y considerando que es el más poderoso en el cuadrante...

—Pero no en el continente —reconoce Tairn.

—... eso significa que tú tampoco confías en mí, cadete Sorrengail. —Me sostiene la mirada y el viento de la montaña hace que su cabello blanco baile como si fueran plumas—. ¿Por qué?

—No tiene caso mentir.

—¿Además de porque me dijo frágil? —Me quedo junto a la pata delantera de Tairn, lista para montarlo si hace falta—. Estaba ahí cuando mató a Jeremiah. Su sello se manifestó y usted le quebró el cuello como una ramita frente a todos.

Carr inclina la cabeza hacia un lado con gesto pensativo.

—Bueno, sí. El muchacho estaba en un pánico profundo y se sabe bien que los inntinncistas no tienen permitido vivir. Le puse fin a su dolor antes de que pudiera darse cuenta de que era el fin.

—Nunca entenderé por qué leer mentes es una sentencia de muerte. —Pongo una mano en la pata de Tairn como si pudiera absorber su fuerza, aunque ya la siento corriendo dentro de mí.

—Porque el conocimiento es poder. Como hija de una general, deberías saberlo. No podemos permitir que alguien ande por ahí con libre acceso a información clasificada. Son un riesgo para la seguridad de todo el reino.

Pero Dain sigue vivo.

—*Porque Aetos les será útil mientras lo puedan tener bajo control.* —Tairn exhala una bocanada de vapor sobre mi cabeza y el Naranja Cola de Daga se aleja aún más—. *Además, su poder se limita al contacto, así que es más fácil de controlar.*

—Claro que no tienes que confiar en mí, e incluso puedes trabajar en tus poderes sobre tu dragón si así lo prefieres, pero espero que me creas cuando te digo que no tengo planes de matarte, cadete Sorrengail. Perder un instrumento como tú sería una tragedia para la guerra.

Un instrumento.

—Y el hecho de que te hayas vinculado con Tairn los convierte a ti y a Riorson en el par de jinetes más valiosos que este reino ha visto en mucho tiempo. ¿Te puedo dar un consejo? —me pregunta con los ojos entrecerrados.

—Por favor. —Al menos es brutalmente honesto, así puedo saber de qué va.

—Asegúrate de que tus lealtades estén claras. Tú y Riorson, individualmente, tienen poderes únicos y letales que cualquier jinete envidiaría. Pero ¿juntos? —Sus cejas pobladas se unen al centro—. Serían un enemigo descomunal que los altos mandos simplemente no podrían permitir que exista. ¿Entiendes lo que te estoy diciendo? —Su voz suena más suave.

—Navarre es mi hogar, profesor. Daría mi vida para defenderlo igual que todos los Sorrengail que han sido jinetes antes que yo.

—Excelente. —Asiente—. Ahora, a trabajar. Entre más pronto puedas contener los rayos, más pronto podremos dejar de congelarnos.

—Buen punto. —Miro hacia la cordillera—. ¿Quiere que...? —Señalo hacia las montañas que nos rodean.

—Sí, de preferencia apunta hacia cualquier lugar que no sea aquí.

Miro las montañas a lo lejos.

—No estoy segura de qué fue lo que hice para llamarlo. Fue... una reacción emocional. —Y lo que pasó anoche definitivamente no es algo de lo que quiera hablar.

—Interesante. —Anota algo en su libreta con un trozo de carbón—. ¿Has lanzado relámpagos además de lo que vimos ayer durante los Juegos de Guerra?

Me debato si guardarme la respuesta, pero mi silencio no va a ayudar.

—Un par de veces.

—¿Y ambas fueron resultado de una reacción emocional?

Tairn suelta un resoplido burlón y le doy un golpe en la pata.

—Sí.

—Bueno, entonces hay que empezar por ahí. Plántate en tu poder e intenta sentir lo que estabas sintiendo las otras veces. —Vuelve a su libreta.

—¿Te traigo al líder de ala? —Tairn se carcajea descaradamente en mi cabeza.

—Cállate. —Planto ambos pies en mis Archivos y el poder fluye a mi alrededor y entra en mí. La luz dorada de Andarna también está aquí, pero se ve más suave porque ayer se drenó, y en lo alto se mueven las sombras profundamente negras que sé que representan mi conexión con Xaden.

—¿Hay algún problema? —me pregunta Xaden, como si pudiera sentir lo que estoy haciendo—. *Y ¿qué haces tan lejos?*

—Entrenando con Carr. —Mis mejillas se encienden al escuchar su voz grave—. *¿Cómo sabes que estoy lejos?*

—Fortalece tus poderes y tú también podrás hacerlo. No existe un lugar al que pudieras irte donde no te encontraría, Violencia. —La promesa debería ser una amenaza, pero no lo es. Se siente demasiado reconfortante para serlo.

—En este momento me conformo con manipular un rayo. Carr me está viendo y creo que las cosas se van a poner muy incómodas si no descubro cómo...

Imágenes de... mí me llenan la cabeza. Es lo de anoche, pero de algún modo lo estoy viendo a través de los ojos de Xaden, sintiendo el inconfundible ardor del deseo insaciable. Pierdo el control, no, Xaden pierde el control mientras gimo bajo su cuerpo, mis caderas se mueven sobre sus dedos y mis uñas se le entierran en la piel con un dolor demasiado cercano al placer. Dioses, necesito... no, él me necesita. Su deseo se vuelve un hambre voraz por sentirme, por probarme, por tocar...

El poder corre por todo mi sistema, crepitando bajo mi piel, y hay relámpagos detrás de mis ojos cerrados.

Las imágenes se detienen y mis sentimientos son los míos de nuevo.

Carajo, estoy tan caliente que tengo que moverme para aliviar el ansia entre mis piernas.

—¡Buen trabajo! —El profesor Carr asiente, anotando algo.

—No puedo creer que hayas hecho eso.

—De nada.

Cuando me llevo las manos a la cara, descubro que mis mejillas están ardiendo.

—¿Ves? Te lo dije. —Carr levanta el cuadernito—. La última persona que pudo controlar los rayos dijo que siempre se sobrecalentaba. Ahora, hazlo de nuevo.

Tairn resopla.

—No te atrevas a decir una sola palabra —le advierto.

Esta vez me enfoco en cómo se siente el poder y no en lo que me llevó a sentirlo, abriendo todos mis sentidos para dejar que la energía ardiente me llene hasta el límite. Luego la libero, lanzando un rayo a casi dos kilómetros. Miren nada más. Soy una fregona certificada.

—¿Quizá podrías trabajar en tu puntería la próxima vez? —El profesor Carr me mira sobre su libreta—. Solo recuerda no agotar la fuerza física con la que controlas el poder. Nadie quiere que te consumas. Un poder como el de Tairn te comería viva si no puedes contenerlo.

Lanzo cinco rayos más antes de quedar exhausta, y ninguno da en el blanco al que estaba apuntando.

Esto va a ser más difícil de lo que pensé.

TREINTA Y UNO

A partir de este momento, el primero de julio, aniversario de la batalla de Aretia, es declarado como el Día de la Reunificación y será celebrado en todo Navarre cada año en esta misma fecha para honrar las vidas que se perdieron durante la guerra por salvar a nuestro reino de los separatistas y aquellas que fueron salvadas por el Tratado de Aretia.

—DECRETO REAL DEL REY TAURI EL SABIO

Alguien llama a mi puerta mientras recojo un montón de ropa de entre los restos mortales de lo que solía ser mi armario.

—Adelante —digo, echando la ropa en la cama.

La puerta se abre y Xaden entra, con el cabello revuelto como si viniera del campo de vuelo, y mi pulso se acelera.

—Solo quería… —comienza a decir, luego hace una pausa y observa el desastre que es mi habitación después de lo de anoche—. De algún modo me convencí de que no habíamos causado tantos daños, pero…

—Sí, es…

Me mira y ambos sonreímos.

—Esto no tiene por qué ser incómodo ni nada. —Me encojo de hombros, intentando aminorar la tensión—. Ambos somos adultos.

Su ceja de la cicatriz se enarca.

—Qué bueno, porque no me iba a incomodar, pero lo menos que puedo hacer es ayudarte a limpiar. —Su atención va al armario y hace una mueca—. Te juro que entre la oscuridad no se veía tan mal esta mañana cuando me fui. Resulta que anoche también incendiaste varios árboles. Se requirió a dos personas que pueden manipular el agua para sacarlos.

Mis mejillas se encienden.

—Te fuiste temprano. —Intento que mi tono suene lo más despreocupado posible mientras voy a mi escritorio, que milagrosamente sobrevivió, y me agacho para recoger algunos libros que tiramos.

—Tenía una junta con los líderes y tuve que levantarme temprano. —Su brazo roza el mío cuando se agacha a recoger mi libro favorito de fábulas, el que Mira metió en mi maleta cuando regresamos a Montserrat aquella noche.

—Ah. —Mi pecho se aligera—. Eso tiene sentido. —Me levanto y pongo las cosas sobre el escritorio—. Entonces no fue porque ronco ni nada parecido.

—No. —Su boca se curva hacia arriba por un lado—. ¿Cómo te fue en el entrenamiento con Carr?

Buen cambio de tema.

—Puedo lanzar, pero no logro dar en el blanco y es absolutamente agotador. —Frunzo los labios pensando en el primer relámpago que lancé—. ¿Sabes? Ayer fuiste medio cretino en el campo de vuelo.

Su mano aprieta el libro.

—Sí. Te dije lo que creí que necesitabas escuchar para seguir adelante en ese momento. Sé que no te gusta que los demás vean tu vulnerabilidad y estabas...

—Vulnerable —termino.

Él asiente.

—Si te hace sentir mejor, no pude comer sin vomitar después de la primera vez que maté a alguien. No te juzgo por tener una reacción así. Solo significa que aún tienes tu humanidad.

—Y tú también —le digo, y tomo el libro que trae en la mano.

—Eso es debatible.

Y lo dice el hombre que tiene ciento siete cicatrices en la espalda.

—No es. No para mí.

Desvía la mirada y sé que va a subir sus defensas en cualquier momento.

—Dime algo real —le pido, desesperada por que se quede conmigo.

—¿Como qué? —pregunta, justo como lo hizo cuando fuimos a volar y me dejó en aquella montaña cuando tuve la osadía de preguntarle sobre sus cicatrices.

—Como... —Mi cerebro trabaja a toda velocidad buscando qué pedirle—. Como adónde fuiste la noche en que te encontré en el patio.

Frunce el ceño.

—Vas a tener que ser más específica. A los de tercero nos mandan a distintas partes en cualquier momento.

—Ibas con Bodhi. Fue justo después de lo del Guantelete. —Me paso la lengua sobre el labio inferior en un gesto nervioso.

—Ah. —Recoge otro libro y lo pone sobre la mesa, claramente haciendo tiempo para decidir si se abrirá o no ante mí.

—Jamás le diría a nadie algo que tú me digas —le prometo—. Espero que lo sepas.

—Lo sé. No le dijiste a nadie lo que viste bajo el árbol el otoño pasado. —Se frota la nuca—. Athebyne. No puedes saber por qué ni preguntar nada más, pero ahí es adonde fuimos.

—Ah. —Eso definitivamente no es lo que esperaba, pero no es nada fuera de lo común que los cadetes vayan a llevar algo a un puesto de avanzada o defensa—. Gracias por decirme. —Voy a dejar el libro de fábulas y veo que el tomo antiguo está más maltratado que nunca después de cómo lo tiramos anoche—. Carajo. —Abro la contraportada para ver si no se despegó.

Algo se asoma entre las hojas.

—¿Qué es? —me pregunta Xaden, mirando sobre mi hombro.

—No sé. —Sostengo el pesado libro con una mano y saco lo que parece ser un trozo de pergamino tieso que estaba metido detrás de la hoja despegada del encuadernado. Siento que el suelo se mueve cuando reconozco la letra de mi padre, y está fechada a solo unos meses antes de su muerte.

> Violet mía:
>
> para cuando encuentres esto, seguramente ya estarás en el Cuadrante de Escribas. Recuerda que el folclor se pasa de generación en generación para enseñar a los que siguen sobre nuestro pasado. Si lo perdemos, perdemos también los vínculos con nuestro pasado. Solo se necesita a una generación desesperada para cambiar la historia... o incluso borrarla.
>
> Sé que tomarás la decisión correcta cuando llegue el momento. Siempre has sido lo mejor de tu madre y yo.
>
> Con amor,
>
> Papá

Frunzo el ceño y le paso la carta a Xaden mientras hojeo el libro. Conozco todos los cuentos y aún puedo escuchar la voz de mi padre leyendo cada palabra, como si fuera una niña acurrucada en su regazo tras un largo día.

—Qué críptico —dice Xaden.

—Se volvió algo... críptico después de la muerte de Brennan —reconozco en voz baja—. Perder a mi hermano hizo que mi padre se volviera aún más ermitaño. Yo solo compartía tiempo con él porque siempre estaba en los Archivos estudiando para ser escriba.

Paso las páginas recordando historias de un reino antiguo que se extendía de un océano a otro y una Gran Guerra entre tres hermanos que luchaban por controlar la magia en esa tierra mística. Algunas de las fábulas cuentan historias de los primeros jinetes que aprendieron a vincularse con los dragones y cómo esos vínculos podían ponerse en contra del jinete si intentaban consumir demasiado poder. Otras hablan del gran mal que se extendió por la tierra cuando el hombre se corrompió por la magia negra y se convirtió en creaturas conocidas como venin, quienes crearon ejércitos de creaturas aladas llamadas guivernos y le robaron toda la magia a la tierra por su sed de poder. Otros hablan sobre los peligros de tomar el poder de la tierra en vez del cielo, como si se pudiera simplemente sacar magia del suelo y terminar enloqueciendo por eso.

Uno de los propósitos de las fábulas es enseñarles a los niños sobre los peligros de tener demasiado poder. Nadie quiere convertirse en un venin; son los monstruos que se esconden bajo nuestras camas cuando tenemos pesadillas. Y sin duda jamás intentaríamos controlar la magia sin un dragón que nos ayude a hacer tierra. Pero no son más que eso, cuentos de buenas noches para niños. Entonces ¿por qué mi papá me dejó una nota tan críptica... y la escondió en este libro?

—¿Qué crees que intentaba decirte? —me pregunta Xaden.

—No lo sé. Todas las fábulas en este libro se tratan de cómo el exceso de poder corrompe, así que quizá sentía que hay corrupción entre los líderes. —Miro a Xaden y agrego con tono de broma—: Claro que no me sorprendería si el general Melgren un día se arrancara la máscara para revelar que es un aterrador venin. Ese hombre siempre me ha dado escalofríos.

Xaden suelta unas risitas.

—Esperemos que no sea eso. Mi papá solía decir que los venin estaban pasando el tiempo en el páramo y que un día vendrían por nosotros... si no nos comíamos las verduras. —Mira por la ventana a su izquierda y sé que está recordando a su papá—. Dijo que un día ya no quedaría magia en el reino si no nos andábamos con cuidado.

—Lamento... —empiezo a decir, pero cuando veo que se tensa, decido que lo que realmente necesita es un cambio de tema—. Ahora, ¿cuál desastre deberíamos arreglar primero?

—Tengo una mejor idea de cómo pasar nuestra noche —dice mientras pone otra pila de ropa sobre mi cama.

—¿Sí? —Me giro hacia él y veo cómo su mirada se vuelve más intensa al posarse sobre mi boca. El pulso se me acelera de inmediato y la idea de tocarlo lanza una ráfaga de energía que corre en mi interior.

«No te enamores de mí».

Sus palabras de anoche contrastan exageradamente con la manera en la que me está viendo en este momento.

Doy un paso atrás.

—Dijiste que no me enamorara de ti. ¿Cambiaste de parecer?

—Por supuesto que no —me asegura, tensando la quijada.

—Claro. —No esperaba que esa respuesta me doliera tanto, lo cual es parte del problema. Ya estoy demasiado involucrada emocionalmente como para separar el sexo, por más increíble que sea—. Mira, la cosa esta así: no creo que pueda separar el sexo de los sentimientos si se trata de ti. —Mierda, ya lo dije—. Ya estamos demasiado cerca como para que eso sea posible, y si nos volvemos a acostar, terminaré enamorándome. —Mi corazón late desesperado en la espera de su respuesta tras la confesión.

—No te vas a enamorar. —Algo parecido al pánico aparece en sus ojos. Cruza los brazos. Podría jurar que veo cómo este hombre está construyendo las defensas contra sus propios sentimientos—. Realmente no me conoces. No sabes lo que hay muy dentro de mí.

«Y ¿quién tiene la culpa de eso?».

—Sé lo suficiente —le debato en voz baja—. Y tenemos todo el tiempo del mundo para descubrir si dejarás de portarte como un gallina emocional y al fin admitirás que tú también te vas a enamorar de mí, si seguimos por este camino. —Sería imposible que hubiera diseñado la silla, que pasara todo ese tiempo entrenándome para pelear y volar, si no sintiera algo. También va a tener que luchar por esto, porque si no, simplemente no va a funcionar.

—No tengo ni la más mínima intención de enamorarme de ti, Sorrengail. —Entrecierra los ojos y pronuncia marcadamente cada palabra, como si fuera posible que lo malinterpretara.

A. La. Mierda. Con. Eso. Me dejó entrar. Me contó sobre sus cicatrices. Pidió que me hicieran todo un arsenal. Le importo. Está tan hundido en esto como yo, aunque sea un idiota que no sabe cómo demostrarlo.

—Auch. —Hago un gesto de dolor—. Bueno, queda claro que no estás listo para reconocer hacia dónde va esto. Así que lo mejor es acordar que esto fue cosa de una vez. —Me obligo a hacer una expresión despreocupada con los hombros—. Los dos necesitábamos sacar las tensiones y eso fue lo que hicimos, ¿no?

—Sí —acepta, pero en su frente aparecen los surcos de la incertidumbre.

—Entonces, la próxima vez que te vea te portarás tan relajado como estás ahora y fingirás que no estoy recordando cómo se siente cuando entras en mí. —Tibio y duro. De verdad tiene un cuerpo increíble, pero eso no le da derecho a decidir lo que hago con mi corazón.

Se me acerca con una sonrisa perversa y su mirada calienta cada centímetro de mi cuerpo.

—Y yo voy a fingir que no estoy recordando cómo se sienten tus muslos suaves rodeando mis caderas o esos soniditos ahogados que haces justo antes de venirte. —Se roza el labio inferior con los dientes y tengo que hacer uso de toda mi fuerza de voluntad para no tomar ese labio entre los míos.

—Y yo ignoraré el recuerdo de tus manos bajo mis muslos pegándome al armario para poder hundirte más profundo dentro de mí, y tu boca en mi garganta. Fácil. —Mis labios se separan cuando doy un paso atrás y el corazón me da un vuelco de emoción cuando él me sigue y me acorrala contra la pared.

Su mano se posa junto a mi cabeza, acercándome más su cuerpo, y sus labios se curvan en una sonrisa.

—Entonces supongo que yo ignoraré el recuerdo de lo suave y húmeda que te sentías sobre mi verga, y cómo pedías más a gritos hasta que lo único en lo que podía pensar era en cómo romper todos los límites físicos para ser exactamente lo que necesitabas.

«Mierda». Es mucho mejor en este juego que yo. El calor me enciende la piel. Lo quiero más cerca. Quiero repetir lo de anoche con detalle. Pero quiero más. Su aliento jadeante me roza los labios y yo no estoy en mejores condiciones.

Ya. Puedo tenerlo, ¿no? Puedo aceptar exactamente lo que me está ofreciendo y disfrutar cada minuto. Podemos destrozar hasta el último mueble de esta habitación y luego pasarnos a la suya. Pero ¿dónde nos dejaría eso mañana?

Justo aquí, con ambos deseándolo y nada más uno con el valor suficiente para aceptarlo, y yo merezco más que una relación que esté solo en sus términos.

—Me deseas. —Pongo la mano sobre su pecho y siento los latidos desesperados de su corazón—. Y sé que eso te da miedo, aunque yo también te deseo.

Se tensa.

—Pero... —Le sostengo la mirada, sabiendo que podría salir huyendo en cualquier momento—... No tienes derecho a decidir lo que siento. Puede que allá afuera tú des las órdenes, pero aquí no. No tienes derecho a decirme que podemos coger, pero no puedo enamorarme de ti. No es justo. Solo tienes derecho a respetar lo que yo elija. Así que no vamos a repetir esto hasta que yo quiera poner en riesgo mi corazón.

Y si me enamoro, es mi problema, no el tuyo. No eres responsable de mis elecciones.

Aprieta la quijada una vez. Dos veces. Y luego se aleja de la pared, dándome espacio.

—Creo que es lo mejor. Me voy a graduar pronto y quién sabe adónde iré. Además, tú y yo estamos atados por Sgaeyl y Tairn, lo cual complica... todo. —Se aleja de mí un paso a la vez, y la distancia entre nosotros es más que física—. Y con tanto fingir, estoy seguro de que terminaremos olvidándonos de lo que pasó anoche.

Por la forma en que estamos viendo al otro, creo que ninguno de los dos lo va a olvidar jamás. Y él puede evadirlo todo lo que quiera, pero vamos a terminar aquí una y otra vez hasta que esté dispuesto a reconocer la verdad. Porque si hay algo de lo que estoy segura, es que me voy a enamorar de este hombre, si no es que ya lo estoy, y él tampoco está muy lejos de eso, se dé cuenta o no.

Le doy la espalda y voy a recoger los dos pedazos en los que se convirtió mi blanco y los llevo hacia el otro lado de mi habitación.

—Nunca pensé que fueras mentiroso, Xaden. —Le aviento las mitades al pecho—. Me puedes traer uno nuevo cuando estés listo para ser sincero. Y entonces sacaremos las tensiones. —Dicho esto, saco a ese tipo fastidioso de mi cuarto.

—¿Ya se enteraron de que el rey Tauri va a celebrar el Día de la Reunificación aquí? —pregunta Sawyer mientras se acomoda en la banca junto a mí para almorzar.

—¿En serio? —Ataco mi pollo rostizado con desesperación. Como he estado entrenando todos los días con Carr, mi apetito se ha convertido en un pozo sin fondo. Al menos solo me tiene en las montañas una hora al día, pero de todos modos para cuando llega la hora del desayuno, me estoy muriendo de hambre.

Tras un mes, aún no puedo apuntar un rayo, ni cerca. Pero ya logro lanzar unos veinte por hora, así que voy mejorando. Recorro las mesas con la mirada y me encuentro con los ojos de Xaden, que está comiendo con los líderes en la tarima.

Esta mañana se ve maravilloso, hasta su aura pesarosa tiene un cierto encanto mientras pone los ojos en blanco por algo que dijo Garrick.

—No me mires así.

—¿Así cómo? —enarco una ceja.

Me ve a los ojos.

—Como si estuvieras pensando en lo del gimnasio anoche.

—Obvio sí —dice Rhiannon, que está enfrente de mí—. Por eso Devera tiene unos quinientos uniformes negros de gala en el área común en este momento. Adonde va el rey, va la fiesta.

—Pues ahora que lo mencionas... —Paso la lengua sobre mi labio inferior, recordando cómo sus caderas aplastaban las mías sobre esa colchoneta cuando todos terminaron su entrenamiento y se fueron. Lo cerca que ambos estuvimos de rendirnos al deseo que latía entre nosotros.

Tensa la quijada y aprieta el tenedor en su mano.

—En serio, no puedo pensar cuando me miras así.

—¿De verdad? Pensé que eran para la graduación —comenta Ridoc.

Imogen suelta un resoplido burlón.

—Como si alguien se arreglara para la graduación. Básicamente es una formación gigante donde Panchek dice: «Miren, sobrevivieron. Bien hecho. Vengan por sus tareas y luego empaquen sus cosas y lárguense».

Todos se ríen por su impecable imitación.

—Fuiste tú quien puso esa regla ridícula de no enamorarnos —le recuerdo.

—Sigues viéndome. —Se obliga a pasar la atención a su plato.

—No es fácil dejar de verte. —Extraño su boca sobre mi piel, cómo se siente el peso de su cuerpo sobre el mío. Extraño la expresión en su rostro cuando me vio entregándome por completo. Pero lo que más extraño es sentirlo acurrucado contra mi cuerpo mientras duermo.

—Estoy intentando no tocarte ni pensarte como me pediste, y tú me estás cogiendo con la mirada. No me parece justo.

Tiro el tenedor y todos en la mesa voltean a verme.

—¿Estás bien? —me pregunta Rhiannon, enarcando las cejas.

—Sí. —Asiento, ignorando el rubor que va subiendo por mi cuello—. Todo bien.

Liam deja su vaso sobre la mesa y mira a Xaden y luego a mí, negando con la cabeza mientras intenta disimular una sonrisa. Obviamente sabe lo que está pasando. Tendría que estar completamente ciego para no darse cuenta, considerando que ayudó a Xaden y a Garrick a llevarme el armario nuevo.

—Te dije que dejaras de verme. —Su voz suena risueña, pero su rostro sigue tan inexpresivo como siempre.

Golpeteo el tenedor sobre el plato para sacar la frustración. Ya. Que se joda. Yo también puedo jugar ese juego.

—Si fueras lo suficientemente hombrecito para reconocer que hay algo entre los dos, me quitaría prenda por prenda hasta que pudieras ver cada centímetro de mi cuerpo. Y cuando ya me estuvieras rogando, me pondría de rodillas, abriría tus pantalones de vuelo y pondría mis labios alrededor de tu...

Xaden empieza a ahogarse.

Todos en el comedor voltean a verlo y Garrick le da unos golpes en la espalda hasta que Xaden le hace una seña para que se detenga y toma un trago de agua.

Sonrío, lo cual me gana unas seis miradas de confusión en mi mesa y un gesto de fastidio de parte de Liam.

—*Me vas a matar.*

Estamos a diez días de la graduación y cuento cada uno de ellos. Será cuando al fin sabremos qué tan lejos de Basgiath van a mandar a Xaden. La mayoría de los tenientes nuevos se va a puestos en el interior del reino o a los fuertes en los caminos que llevan a los puestos en las fronteras, pero ¿alguien con el poder de Xaden? No quiero ni pensar lo lejos que podrían mandarlo.

O por qué aún no ha admitido que hay algo entre nosotros. O siquiera dado pistas de que al menos no se arrepiente de esa noche. Me conformo con eso.

«No te enamores de mí...».

Siento un cosquilleo conocido en la cabeza y sé que Xaden está entrando al salón de Informe de Batalla con los líderes y algunos cadetes que faltaban.

La profesora Devera va directo al informe de hoy, pero me cuesta trabajo poner atención.

Hoy se cumplen seis años del asesinato de Brennan. Ya sería capitán, o quizá incluso comandante, teniendo en cuenta lo rápido que despegó su carrera. Tal vez estaría casado y yo sería tía. Quizá el corazón de nuestro padre no habría fallado aquella primera vez por el dolor de perderlo o la última hace dos primaveras.

—*Llévame a la cama* —suelto mentalmente, y luego me hundo un poco en mi silla. Pero no me arrepiento. Hoy más que nunca necesito una distracción.

—*Sería raro frente a toda esta gente.*

No lo alcanzo a ver en su lugar en lo alto del auditorio, pero sus palabras se sienten como una caricia en mi cuello.

—*Quizá valga la pena.*

—Y ¿qué hubieran hecho diferente? —pregunta Devera, pasando los ojos sobre la multitud.

—Yo habría pedido refuerzo si hubiera sabido que las protecciones estaban débiles en el área —responde Rhiannon.

—*No he cambiado de parecer, Violencia. No hay futuro para nosotros.*

—Y ¿al saber que no hay refuerzos disponibles? —agrega Devera, enarcando una ceja—. Han notado que los grupos que se gradúan en el

Cuadrante de Jinetes son cada vez más pequeños, y el aumento de ataques nos ha costado otros siete jinetes y sus dragones este año, ¿verdad? Se necesitaría al menos un regimiento de infantería para compensar la pérdida de un jinete.

—Faltan diez días para la graduación. —La cercanía de la fecha me tiene al límite.

—Llamaría temporalmente a los jinetes de los puestos al interior para ayudar a restituir las protecciones —responde Rhiannon.

—No me lo recuerdes.

—Excelente. —Devera hace un gesto de aprobación.

—¿En serio te vas a ir de Basgiath sin...? —¿Sin qué? ¿Sin declararme su infinito... deseo?

—Sí.

Pero por supuesto que sí. Xaden es el mejor para contener sus sentimientos, y probablemente por eso está tan obsesionado con que yo contenga los míos también. ¿O hay otra razón por la que no quiere que no estoy considerando? El sexo fue increíble. ¿Nuestra química? Explosiva. Incluso éramos... amigos, sin embargo el constante dolor en mi pecho me dice que éramos mucho más que eso. Si Xaden se portara como un cretino, esa noche se convertiría para mí en nada más que sexo, aunque un sexo ridículamente maravilloso, y podría seguir con mi vida. Pero no está siendo ningún cretino... al menos no siempre, y es ahora cuando soy consciente de por qué se toma su trabajo tan en serio. Tiene sobre sus hombros la responsabilidad de todos los marcados que están aquí.

—Lo que sea que estés pensando puede esperar hasta que no haya un salón lleno de gente entre nosotros —me dice.

—¿Qué más tienen? —sigue Devera, y señala a uno de segundo.

Ha pasado un mes y medio desde que destruimos mi habitación; hemos logrado no volver a hacerlo, aunque una noche no fue suficiente para dejarnos satisfechos a ninguno de los dos, si tomamos como referencia las tardes llenas de tensión sobre las colchonetas del gimnasio de lucha. Claro que ambos sabemos que hacer algo más complicaría una situación que ya de por sí es difícil.

Pero estoy segura de que él no está aliviando la tensión sexual entre nosotros con alguien más. Segurísima. Aunque la duda insidiosa va creciendo con una velocidad abrumadora.

Dejo de escuchar porque mi estómago se retuerce cuando la duda se vuelve una posibilidad demasiado real.

—¿Hay alguien más?

—No voy a discutir eso contigo en este momento. Pon atención.

Tengo que hacer uso de todo mi control para no darme la vuelta y gritarle. Si he pasado cada noche sola dando vueltas entre mis sábanas mientras él…

—También es buena idea, Aetos. —Devera sonríe—. Y una respuesta muy de líder de ala, a decir verdad.

Ay, dioses. El ego de Dain va a estar insoportable al rato durante el entrenamiento de lucha si Devera lo sigue halagando.

El entrenamiento… Aprieto mi pluma con demasiada fuerza mientras recuerdo cómo veía Imogen a Xaden esa noche. Mierda. Tendría sentido. Ella tiene una reliquia de la Rebelión y definitivamente no es hija de la mujer que mató a su padre, así que también tiene eso a su favor.

—¿Es Imogen?

—Mierda, Violencia.

—¿Sí es? Sé que dijimos que ya no íbamos a hablar de eso, pero… —Ahora me odio por haberle dicho que quiero más, y por el hecho de que debería estar poniendo atención en vez de pelearme con Xaden—. *Al menos dime.*

—Sorrengail —dice Xaden.

Me quedo petrificada, sintiendo el peso de todos los ojos puestos sobre mí.

—¿Sí, Riorson? —Devera le da la pauta para que desarrolle.

Él se aclara la garganta.

—Si no hay refuerzos disponibles, le pediría a Mira Sorrengail que cambiara de base temporalmente. Las protecciones son más fuertes en Montserrat, y con su sello, ella podría reforzar las que están débiles hasta que lleguen los otros jinetes a repararlas.

—Buena idea. —Devera asiente—. Y ¿cuáles jinetes serían la opción más lógica para ayudar a reconstruir las protecciones en este espacio entre las montañas en especial?

—Los de tercero —respondo.

—Explica. —Devera me mira con la cabeza inclinada hacia un lado.

—A los de tercero les enseñan a construir protecciones, y para este punto del año, de todos modos, ya casi se van a ir. —Me encojo de hombros—. Está bien si los mandamos antes para que sirvan de algo.

—Anotado.

Pongo mi protección y lo bloqueo

—Es una elección lógica —dice Devera—. Y eso es todo por hoy. No se les olvide que tienen que prepararse para el último ejercicio de los Juegos de Guerra antes de la graduación. Además, esperamos que todos estén en el patio del frente de Basgiath esta noche a las nueve para los fuegos artificiales con los que celebraremos el Día de la Reunificación. Solo se aceptan uniformes de gala. —Se voltea para ver a Ridoc con una ceja enarcada.

Él se encoge de hombros.

—¿Qué otra cosa podría ponerme?

—Nunca se sabe con lo que vas a salir —le responde Devera, y hace una seña para que nos vayamos.

—¿Hay algo que necesite saber sobre lo que está pasando entre tú y...? —me pregunta Liam con gesto suspicaz mientras recogemos nuestras cosas.

—No está pasando nada entre nosotros. Nada en absoluto, carajo —insisto. Si Xaden no quiere ver que podría haber algo más entre nosotros, ya lo entendí. Me volteo hacia Rhiannon—. ¿Estás emocionada porque dentro de diez días al fin podrás escribirle a tu hermana?

—Llevo un mes escribiéndole desde que regresamos —me responde con una sonrisa—. Ahora al fin podré enviarle esas cartas.

Al menos algo bueno traerá la graduación. Todos podremos volver a hablar con nuestros seres queridos.

Por la noche, me acomodo la banda sobre el corsé de mi uniforme, que es un vestido negro, y suelto un mechón de cabello del bonito peinado que Quinn me ayudó a hacerme antes de ir a reunirme con Rhiannon en el pasillo.

Se deshizo las trenzas que suele usar siempre y sus rizos cerrados forman un hermoso halo alrededor de su cara, la cual se polveó con un rubor con destellos dorados. Eligió unos elegantes pantalones de vestir y un jubón que enmarca la diagonal de su torso y se ve increíble en alguien alta como ella.

—Qué sexy —le digo mientras se acomoda la faja.

Yo preferí la opción sin mangas y de cuello alto para esconder mi armadura y la banda larga y vaporosa con una abertura hasta el muslo, que Devera me dijo que era para poder moverse en caso de un ataque. En lo personal, no me molesta que el vestido enseñe mi pierna cuando me muevo, especialmente con lo mucho que he trabajado con Imogen para fortalecerlas. Mi banda es sencilla, del mismo raso negro que todas las demás, y tiene mi nombre bordado bajo el hombro y la estrella que indica que soy de primero.

—Escuché que habrá un montón de chicos de infantería —dice Nadine, que acaba de alcanzarnos.

—¿No prefieres un poco de cerebro acompañando los músculos? —Ridoc llega junto con Sawyer.

—¡No me digas que intentas irte sin mí! —grita Liam mientras corre hacia nosotros, abriéndose paso entre la gente mientras vamos a la escalera que lleva al campus principal de Basgiath.

—Tenía la esperanza de que te hubieran dado la noche libre —le respondo con sinceridad mientras me alcanza—. Qué guapo te ves.

—Lo sé. —Presume burlonamente su atuendo y se acomoda la banda sobre el jubón negro como la medianoche—. Dicen que a las cadetes curanderas les gustan los jinetes.

—Lo dudo. —Rhiannon se ríe—. Con lo mucho que nos tienen que curar, apuesto a que prefieren a los escribas.

—¿Qué les gusta a los escribas? —me pregunta Liam mientras bajamos por las escaleras en un mar de ropa negra, siguiendo el camino que tomamos todas las mañanas hacia los Archivos—. Pregunto porque casi eras una de ellas.

—Por lo general, otros escribas —respondo—. Pero supongo que también jinetes, en el caso de mi padre.

—A mí lo que me emociona es ver gente que no sea jinete —dice Ridoc mientras sostiene la puerta para dejarnos entrar al túnel—. Las cosas se están poniendo un poco incestuosas aquí.

—De acuerdo. —Rhiannon asiente.

—Ay, como sea. Tú y Tara llevan terminando y regresando todo el año —comenta Nadine, y luego se pone nerviosa—. Mierda. ¿Terminaron otra vez?

—Nos vamos a dar un tiempo hasta el parapeto —le responde Rhiannon, y entramos al Cuadrante de Curanderos.

—No puedo creer que en poco más de dos semanas estaremos en segundo —dice Sawyer.

—Yo no puedo creer que sobrevivimos —agrego. Esta semana solo hubo un nombre en la lista de muertos, una persona de tercero que no volvió de una misión nocturna.

Para cuando llegamos al patio, la fiesta ya está en su apogeo. Hay una mezcla del azul claro de los curanderos, el beige de los escribas y los uniformes azul marino de la infantería que le gana por mucho a los uniformes negros que se ven por aquí y por allá. Seguramente somos más de mil personas en este lugar.

Las luces mágicas cuelgan sobre nosotros en una docena de candelabros y las hermosas cortinas de terciopelo que cubren los muros de piedra de Basgiath transformaron el espacio funcional en una especie de salón de baile. Incluso hay un cuarteto de cuerdas tocando en una esquina.

—*¿Dónde estás?* —le pregunto a Xaden, pero no hay respuesta.

Al entrar, todos nos dispersamos, pero Liam se queda junto a mí, tan tenso como la cuerda de mi ballesta.

—Dime que traes una armadura debajo de todo eso.

—¿Crees que alguien me va a acuchillar frente a mi madre? —Señalo hacia el balcón abierto donde mamá parece ser el centro de atención mientras observa sus dominios. Nuestras miradas se encuentran, le susurra algo al hombre que está junto a ella y se va del balcón.

También me dio gusto verte.

—Creo que si alguien te va a acuchillar, este sería el mejor momento, especialmente al saber que matarte podría acabar también con el hijo de Fen Riorson —me dice con voz tensa.

Aquí es donde noto las miradas de los oficiales y cadetes a nuestro alrededor. No están viendo mi cabello o el nombre en mi banda. No, sus ojos muy abiertos están clavados en la muñeca de Liam y las líneas ondulantes de su reliquia de la Rebelión que alcanzan a verse ahí.

Cruzo mi brazo con el suyo y levanto la barbilla.

—Lo siento muchísimo.

—No tienes nada de qué disculparte. —Me da unas palmaditas en la mano para confirmar que lo que dice es cierto.

—Claro que sí —susurro. Ay, dioses, todo mundo está aquí para celebrar el fin de lo que él y los otros llaman la apostasía. Están celebrando la muerte de su madre—. Puedes irte. Tienes que irte. Esto es… —Niego con la cabeza.

—Yo voy adonde tú vayas. —Su mano aprieta la mía.

Siento como si tuviera una piedra atorada en la garganta y observo a la multitud, sabiendo instintivamente que él no está aquí. No está Garrick ni Bodhi ni Imogen y definitivamente no está Xaden. Con razón estaba tan de malas hoy.

—Esto no es justo para ti. —Le lanzo una mirada de odio al oficial de infantería que tiene el descaro de hacer un gesto de asco al ver la muñeca de Liam.

—Dudo que tú vayas a disfrutar celebrando el aniversario de la muerte de tu hermano. —Liam se conduce con una dignidad que a mí me parecería imposible.

—Brennan odiaría todo esto. —Señalo hacia la gente—. Era del tipo que prefiere hacer las cosas que celebrar que se hicieron.

—Sí, supongo que era como… —Sus palabras mueren y le aprieto el brazo con más fuerza cuando veo cómo la multitud se va abriendo frente a nosotros.

El rey Tauri camina junto a mi madre y, por la dirección a la que apunta su enorme sonrisa llena de dientes, viene para acá. Una banda morada cruza sobre su jubón y está cargada con una docena de medallas que no se ganó de cientos de batallas que no luchó.

Todas las medallas de mi mamá son merecidas y adornan a lo largo su banda negra como joyería sobre su hermoso vestido de cuello alto y manga larga.

—Vete —le ordeno a Liam en un susurro, obligándome a sonreír por mi madre mientras el general Melgren se une a su pequeño grupo. Puede que Melgren sea brillante, pero también da unos escalofríos horribles estar cerca de él.

—¿Cuando se acerca tu mayor peligro? No lo creo. —Su espalda se yergue.

Le voy a arrancar esa hermosa cabeza a Xaden por obligar a Liam a hacer esto.

—Su majestad —murmuro, echando un pie hacia atrás como me enseñó Mira y haciendo una reverencia mientras agacho la cabeza. Noto que Liam también se inclinó, doblándose por la cintura.

—Tu madre me dice que te vinculaste no con uno, sino con dos dragones excepcionales —dice el rey Tauri con una sonrisa bajo su bigote.

—Sí, está muy segura de tu poder —agrega Melgren, y siento lo gélido de su sonrisa mientras me estudia abiertamente con la mirada.

—En este momento, yo no diría lo mismo —respondo con una sonrisa amable. He pasado mucho tiempo rodeada de generales, políticos y realeza ególatra como para no saber cuándo ser humilde—. Aún estoy aprendiendo a usar mi poder.

—No seas tan modesta, hija —me regaña mi mamá—. Por lo que dicen sus profesores, solo han visto un don tan poderoso como el de ella un par de veces en la última década y fue en Brennan y en el muchacho Riorson.

Ese «muchacho» es un hombre de veintitrés años, pero sé que, si la corrijo, solo pondría un blanco más grande en la espalda de Xaden.

—Y ¿tu don? —le pregunta el rey Tauri a Liam.

—Puedo ver a gran distancia, su majestad —responde Liam.

Los ojos de Melgren se entrecierran sobre su reliquia de la Rebelión y luego van hacia su banda.

—Mairi. ¿Eres hijo del coronel Mairi?

Aprieto su brazo contra mi cuerpo para mostrarle mi apoyo y mamá se da cuenta.

—Sí, general. Aunque fui criado mayormente por el duque Lindell en Tirvainne. —Su quijada se tensa, pero es la única señal física de su incomodidad.

—Aaah. —El rey Tauri asiente—. Sí, el duque Lindell es un buen hombre, un tipo leal. —Me dan ganas de arrancarle las medallas del pecho por la superioridad de sus modos.

—A él le debo mi fortaleza, majestad. —Liam también sigue el juego.

—Sí, así es. —Melgren asiente y su mirada busca a alguien entre la gente—. Ahora, dime, ¿dónde está el muchacho Riorson? Me gusta echarle un ojo año con año para asegurarme de que no esté causando problemas.

—Ningún problema —respondo, lo que me gana una mirada breve pero furiosa de mi madre—. Es nuestro líder de ala, de hecho. Me salvó la vida cuando estuvimos en el frente en Montserrat. —Obligándome a irme en vez de permitirme ayudar, pero de todos modos se merece el crédito de que no me quedara a distraer a Mira y hacer que nos mataran a ella, a mí y a Tairn. Xaden ha hecho mucho más que salvarme. Creyó en mí cuando le dije que Amber dejó entrar a los otros en mi habitación. Mandó hacer todo un arsenal de dagas solo para mí. Diseñó una silla de montar para Tairn que me permite ir a la batalla con los demás. Me protegió cuando lo necesité y me enseñó a defenderme para no necesitar protección por siempre.

Y cuando otros me quieren detener, Xaden siempre está a mi lado, confiando en que sí voy a poder.

Pero no digo nada de eso. ¿Qué caso tiene? A Xaden no le importaría un carajo lo que esta gente piense de él, así que a mí tampoco me importará. Solo mantengo la sonrisa falsa y finjo estar maravillada por el poderoso hombre frente a mí.

—Sus dragones son pareja —aclara mi mamá, y su sonrisa se vuelve gélida—. Así que se ha vuelto muy cercana a él por necesidad.

Por lujuria y deseo y esto en mi pecho que me aterra definir, pero claro, digamos que es por necesidad.

—Excelente. —El rey Tauri sonríe de oreja a oreja—. Es bueno tener una Sorrengail vigilando. ¿Nos avisarías si decide, no sé... —Suelta una carcajada—... empezar otra guerra?

Melgren perfectamente puede ver cuál sería el resultado de una locura como esa, pero igual nos mira a Liam y a mí con una firmeza horrenda.

Mi cuerpo entero se tensa.

—Le puedo asegurar que es leal.

—Y entonces, ¿dónde está? —El rey Tauri observa a la multitud—. Pedí que todos estuvieran aquí, todos los marcados.

—Lo vi hace un rato. —Sonrío al decir esa mentira a medias. Informe de Batalla sí fue hace un rato—. Creo que lo buscaría en las orillas. No le gustan mucho las fiestas.

—¡Ah, miren! ¡Ahí está Dain Aetos! —dice mamá, señalando con la cabeza hacia algún punto detrás de mi hombro—. Sería un honor para él que lo saludara —le dice al rey.

—Claro. —Los tres se van y nos dejan a Liam y a mí en completo silencio mientras nos damos la vuelta para verlos y no darle la espalda por accidente al rey. Siento como si hubiera sobrevivido a una muerte segura, o al menos a algún tipo de desastre natural.

—Lo voy a matar por hacerte venir a esto —susurro entre dientes mientras Dain saluda al rey con modales perfectos.

—Xaden no me obligó a venir.

—¿Qué? —Lo miro a los ojos.

—Jamás me pediría algo así. No se lo pediría a nadie. Pero le dije que te iba a cuidar y eso es lo que estoy haciendo, cuidándote. —Me ofrece una sonrisa de lado.

—Eres un gran amigo, Liam Mairi. —Descanso mi cabeza en su brazo.

—Me salvaste la vida, Violet. Lo menos que puedo hacer es sonreír y aguantar una maldita fiesta.

—Creo que yo ya no puedo sonreír y aguantarla. —No con la manera en que la gente se la pasa viendo su muñeca, como si él hubiera guiado al ejército hacia la frontera.

Dain sonríe mientras el rey se va y luego mira sobre su hombro, encontrándose con mis ojos. Viene para acá.

Me saluda con un gesto alegre y es demasiado fácil recordar a cuántos eventos como este hemos ido juntos en los últimos años. Siento su mano suave sobre mi mejilla.

—Te ves hermosa, Vi.

—Gracias. —Sonrío—. Tú también te ves increíble.

Baja la mano para dirigirse a Liam.

—¿Ya intentó escaparse? Siempre ha odiado estas cosas.

—Aún no, pero la noche es joven —le responde Liam.

Seguramente Dain nota la tensión en el rosto de Liam, porque su sonrisa vacila cuando voltea hacia mí.

—La escalera está como a metro y medio a la izquierda. Los distraeré mientras se escapan.

—Gracias. —Asiento y le muestro una sonrisa dulce—. Vámonos de aquí —le digo a Liam.

Cuando al fin logramos huir de la fiesta y estamos de vuelta en el Cuadrante de Jinetes, voy directo al patio y hago tierra, dejando que el poder me llene. Siento la energía dorada de Andarna, el poder abrumador de Tairn que me conecta a Sgaeyl y, al fin, las brillantes sombras de Xaden.

Abro los ojos, siguiendo el ir y venir de esa sombra, y sé que está en algún punto frente a mí.

—Liam, sabes que te adoro, ¿verdad?

—Qué amable de...

—Lárgate. —Sigo caminando derecho por el patio.

—¿Qué? —Liam me alcanza—. No puedo dejarte sola aquí afuera.

—No te ofendas, pero puedo freír todo este lugar con un rayo si se me da la gana, y necesito ver a Xaden, así que vete. —Le doy unas palmaditas en el brazo y sigo avanzando hacia la sensación, usándola como guía.

—Bueno, tú misma has dicho que tienes pésima puntería, pero entiendo lo demás —grita, y se queda donde está.

Ni me molesto en prender una luz mágica mientras paso por el área donde normalmente hacemos la formación y sigo caminando hacia las siluetas que están en la única puerta en este muro olvidado de la mano de los dioses. Xaden solo puede estar en un lugar.

—Díganme que no está allá afuera —les pido a Garrick y Bodhi, cuyos rostros apenas puedo distinguir en la oscuridad.

—Puedo decírtelo, pero sería mentira —responde Bodhi, frotándose la nuca.

—No querrás verlo. Esta noche no, Sorrengail —me advierte Garrick con una mueca—. Es mejor ponerse a salvo. Mira cómo no estamos con él, y eso que somos sus mejores amigos.

—Bueno, sí, pero yo soy su… —Abro y cierro la boca varias veces porque, mierda, no sé qué soy para él. Pero, por el anhelo que tiene prisionero a mi corazón, por esta necesidad desesperada de estar a su lado porque sé que está sufriendo, sin importarme si me voy a lanzar de cabeza hacia lo incierto… no puedo negar lo que él es para mí. Me quito las zapatillas de cuero que forman parte del uniforme de gala porque son más un peligro que otra cosa y ¿con este viento? Ya veremos cómo me va—. Solo soy… suya.

Por primera vez desde hace casi un año me subo al parapeto.

TREINTA Y DOS

En cuanto a los ciento siete inocentes, hijos de los oficiales ejecutados, ahora tienen en sus cuerpos lo que será conocido como reliquias de la Rebelión, las cuales les fueron transferidas por el dragón que se encargó de llevar hasta ellos la justicia del rey.

Y, como muestra de la misericordia de nuestro gran rey, todos serán conscriptos en el prestigioso Cuadrante de Jinetes de Basgiath, donde podrán demostrar su lealtad a nuestro reino a través del servicio o la muerte.

—*ADDENDUM* 4.2, EL TRATADO DE ARETIA

Caminar por el parapeto el Día de Reclutamiento es locamente riesgoso.

¿Caminar por el parapeto con un vestido, descalza y en la oscuridad? Es simplemente una locura.

Los primeros tres metros, mientras aún sigo dentro de los muros, son los más fáciles, y cuando llego a la orilla, donde el viento ondea mi falda como si fuera una vela, comienzo a poner en duda mi plan. Va a ser difícil hablar con Xaden si me caigo y me muero.

Pero lo veo sentado a un tercio del camino del estrecho puente de piedra mientras mira la luna como si algo tuviera que ver ella con su pena, y se me destroza el corazón. Tiene las vidas de los ciento siete marcados grabadas en su espalda porque aceptó hacerse responsable de ellos. Pero ¿quién se hace responsable, quién lo cuida a él?

Al otro lado del barranco todos están celebrado la muerte de su padre, y él está aquí, solo con su dolor. Cuando Brennan murió, yo tuve a Mira y a papá, pero Xaden no tiene a nadie.

«Realmente no me conoces. No sabes lo que hay muy dentro de mí». ¿No fue eso lo que me respondió cuando le dije que terminaría enamorándome de él? Como si conocerlo pudiera lograr que lo desee menos, cuando todo lo que he ido descubriendo sobre él solo me hace caer más fuerte y más rápido.

Ay, dioses. Sé qué es lo que estoy sintiendo. Negarlo no lo hace menos real. Siento lo que siento. No he huido de ningún reto desde que crucé este mismo parapeto hace un año, y no empezaré a hacerlo ahora.

La última vez que estuve aquí me sentía aterrada, pero ahora la distancia hacia el suelo no es lo que me tiene el pulso acelerado. Se puede caer en más de un sentido. Mierda. Lo que siento en mi pecho arde más que el poder que me corre por las venas.

Estoy enamorada de Xaden.

No importa que pronto se vaya a ir o que probablemente no siente lo mismo por mí. Ni siquiera importa que me advirtió que no lo hiciera. No es un capricho ni el resultado de la química que tenemos, ni siquiera es el vínculo entre nuestros dragones lo que me hace querer acercarme en todos los sentidos posibles a este hombre. Es mi corazón insensato.

He evitado su cama y sus brazos porque insiste en que no me puedo enamorar de él, pero ese barco zarpó hace mucho, así que ¿qué caso tiene contenerme? ¿No debería aprovechar cada momento que podamos pasar juntos mientras aún está aquí?

Doy el primer paso sobre el estrecho puente de piedra y extiendo los brazos hacia los lados para mantener el equilibrio. Es como caminar sobre el lomo de Tairn, cosa que he hecho cientos de veces.

Salvo porque traigo un vestido.

Y Tairn no me va a atrapar si me caigo.

Se va a poner furioso cuando se entere de que hice esta...

—*Ya estoy furioso.*

Xaden voltea a verme, sorprendido.

—¿Violencia?

Doy un paso y luego otro, manteniéndome bien erguida con una memoria muscular que no tenía el año pasado, y comienzo a cruzar.

Xaden sube las piernas al puente y se levanta de un maldito salto.

—¡Date la vuelta ahora mismo! —me ordena.

—¡Ven conmigo! —grito contra el viento, tensándome mientras una ráfaga me azota la falda contra las piernas—. Ojalá hubiera elegido pantalones —digo entre dientes y sigo caminando.

Él ya viene para acá con pasos tan amplios y seguros como si estuviera en tierra firme, acortando en instantes la distancia entre nosotros mientras yo me muevo lentamente hasta que al fin nos encontramos.

—¿Qué diablos estás haciendo aquí? —me pregunta, tomándome con fuerza por la cintura. No trae uniforme de gala sino su ropa de jinete, y nunca se había visto mejor.

¿Que qué hago aquí? Estoy arriesgándolo todo por acercarme a él. Y si me rechaza... No. No hay espacio para el miedo en el parapeto.

—Podría preguntarte lo mismo.

Esto lo toma por sorpresa.

—¡Pudiste caerte y morir!

—Podría decirte lo mismo. —Sonrío, pero es un gesto tembloroso. La expresión en sus ojos es salvaje, como si ya hubiera pasado el punto en el que puede sostener la fachada inmaculada y apática que suele usar en público.

No me da miedo. Me gusta más cuando es real conmigo.

—Y ¿te detuviste a pensar que si te caes y te mueres podría morirme yo también? —Se acerca más a mí y mi pulso se acelera.

—De nuevo —digo suavemente, poniendo las manos en su pecho firme, justo sobre el lugar donde late su corazón—. Podría decirte lo mismo. —Aunque la muerte de Xaden no matara a Sgaeyl, no estoy segura de que yo podría sobrevivir.

Entonces aparecen las sombras, más oscuras que la noche que nos rodea.

—Se te olvida que puedo manipular a las sombras, Violencia. Estoy tan seguro aquí como en el patio. ¿Tú vas a llamar a un rayo para que te salve de la caída?

Bueno. Tiene un punto.

—Quizá no lo pensé tan bien como tú —reconozco. Quería estar cerca de él, así que me acerqué, y que se joda el parapeto.

—En serio me vas a matar. —Sus dedos se curvan sobre mi cintura—. Regrésate.

No es un rechazo, lo sé por la manera en la que me está mirando. Hemos estado luchando emocionalmente durante el último mes, puede que hasta más, y alguno de los dos tiene que exponer la yugular. Al fin confío en él lo suficiente como para saber que no se lanzará a matar.

—Solo si tú regresas también. Quiero estar donde estés. —Y lo digo de verdad. Todos los demás, todo lo demás en el mundo puede desaparecer y no me importaría si estoy con él.

—Violencia...

—Sé por qué dijiste que no ves un futuro para nosotros. —Mi corazón se acelera como si quisiera escapar de mi cuerpo mientras suelto las palabras.

—¿Lo sabes? —Obviamente no va a dejar que esto sea fácil. Creo que este hombre ni siquiera sabe el significado de la palabra *fácil*.

—Me quieres —digo, mirándolo a los ojos—. Y no, no solo me refiero a que me quieres en tu cama. Tú. Me. Quieres, Xaden Riorson. Puede que no lo digas, pero haces algo mejor, que es demostrarlo. Lo demuestras cada que eliges confiar en mí, cada que tus ojos se posan en los míos. Lo demuestras con cada lección de lucha para la que no tienes tiempo y cada clase de vuelo que no te permite estudiar como deberías. Lo demuestras cuando te niegas a tocarme porque te preocupa que yo no lo quiera de verdad, y luego vuelves a demostrarlo cuando te tomas el tiempo de ir a recoger violetas antes de una junta con los líderes para que no me sienta sola cuando despierte. Lo demuestras en un millón de maneras. Por favor, no lo niegues.

Su quijada se tensa, pero no lo niega.

—Crees que no tenemos futuro porque tienes miedo de que no me guste lo que realmente eres detrás de todos esos muros que has construido para protegerte. Y yo también tengo miedo. Lo reconozco. Ya te vas a graduar y yo no. Te irás en un par de semanas y probablemente estamos buscándonos el dolor de nuestros corazones rotos. Pero si dejamos que el miedo mate lo que sea que hay entre los dos, entonces no lo merecemos. —Llevo una mano a su nuca—. Te dije que yo iba a decidir cuándo estaría lista para arriesgar mi corazón, y es ahora.

Su mirada, que tiene la misma mezcla de esperanza y temor que está corriendo por todo mi cuerpo, me llena de vida.

—No lo dices en serio. —Niega con la cabeza.

Listo. Adiós a la vida que me estaba llenando.

—Lo digo en serio.

—Si esto es por lo de Imogen...

—No es. —Niego con la cabeza y el viento sacude los rizos que Quinn pasó tanto tiempo haciéndome—. Sé que no hay nadie más. No estaría cruzando el parapeto a mitad de la noche si creyera que andas de donjuán.

Frunce el ceño y me acerca más al calor de su cuerpo.

—Entonces ¿de dónde sacaste esa idea? Tengo que reconocer que me dio coraje. Te he dado exactamente cero razones para pensar que estoy metiéndome a la cama de alguien más.

Lo cual significa que es solo mío.

—Mis propias inseguridades y la forma en que ella los veía a ti y a Garrick cuando estaban practicando lucha. Puede que no sientas nada por ella, pero ella definitivamente siente algo por ti. Conozco esa mirada. Es la misma que tengo cuando te veo a ti. —La vergüenza me enciende las mejillas. Podría cambiar de tema o buscar una salida, pero no le serviría a nuestra relación, si es que tenemos una, que esconda mis sentimientos, por más débiles e irracionales que puedan parecer.

—Estás celosa. —Disimula una sonrisa.

—Quizá —admito, y luego decido que esa respuesta no basta—. Bueno. Sí. Es fuerte, poderosa y tiene la misma vena implacable que tú. Siempre pensé que harían mejor pareja.

—Sé lo que se siente. —Niega con la cabeza—. Y tú eres fuerte y poderosa y también tienes una vena implacable. Sin mencionar que eres la persona más inteligente que he conocido en mi vida. Tu mente es terriblemente sexy. Imogen y yo solo somos amigos. Créeme, no me estaba viendo a mí, y aunque así hubiera sido… —Hace una pausa y su mano se posa sobre la parte de atrás de mi cabeza para sostenerme contra las ráfagas de viento—. Dioses, yo solo te veo a ti.

La esperanza me embriaga más que cualquier cosa que estén sirviendo en la fiesta.

—¿No te estaba viendo a ti?

—No. Piensa de nuevo en lo que me acabas de decir, pero sacándome de la ecuación. —Enarca las cejas esperando a que llegue a la conclusión correcta.

—Pero en la colchoneta… —Abro los ojos de par en par—. Le gusta Garrick.

—Eres lista, ¿verdad?

—Sí soy. ¿Ya terminaste de ahuyentarme?

Se separa un poco de mi cuerpo para observar mis ojos bajo la luz de la luna antes de echar un vistazo sobre mi hombro.

—¿Tú ya terminaste de ponerte en peligro para conseguir lo que quieres?

—Probablemente no.

Suspira.

—Solo estás tú, Violencia. ¿Eso es lo que necesitabas escuchar?

Asiento.

—Aunque no esté contigo, solo estás tú. La próxima vez solo tienes que preguntármelo. Nunca has tenido problemas para ser brutalmente honesta conmigo. —El viento sopla a nuestro alrededor, pero él es tan inamovible como el parapeto—. Si mal no recuerdo, incluso me lanzaste unas dagas a la cabeza, lo cual prefiero a ver cómo te enredas con tus propias ideas. Si vamos a hacer esto, tenemos que confiar uno en el otro.

—Y ¿quieres hacer esto? —Contengo la respiración.

Él toma aire y suelta un largo suspiro.

—Sí. —Su mano se mueve para acariciarme la mejilla con el pulgar—. No puedo prometerte nada, Violencia. Pero estoy harto de luchar contra esto.

—Sí. —Jamás una palabra había significado tanto para mí. De pronto recuerdo su comentario sobre los celos—. ¿A qué te referías con eso de que conoces bien cómo se sienten los celos?

Sus manos se tensan sobre mi cintura y desvía la mirada.

—Ah, no. Si voy a tener que confiar en ti y decirte lo que pienso, tú tendrás que hacer lo mismo. —No voy a ser la única vulnerable aquí.

Gruñe y a regañadientes vuelve a mirarme a los ojos.

—Vi cómo te besó Aetos después de la Trilla y casi me vuelvo loco.

Si no estuviera ya enamorada de él, eso lo habría logrado de inmediato.

—¿Ya me deseabas desde entonces?

—Te he deseado desde el primer momento en que te vi, Violencia —reconoce—. Y si hoy estuve algo seco contigo... es solo porque es un día de mierda.

—Entiendo. Y sabes que Dain y yo solo somos amigos, ¿verdad?

—Sé que es lo que tú sientes, pero en ese tiempo no estaba tan seguro. —Pasa su pulgar sobre mis labios—. Ahora, regrésate a tierra firme, carajo.

Se quiere quedar aquí para seguir penando.

—Ven conmigo. —Mis dedos agarran el material de sus pantalones de vuelo, listos para llevarlo a jalones si hace falta.

Él niega con la cabeza y desvía la mirada.

—No estoy en condiciones de cuidar a nadie esta noche. Y sí, sé que es horrible que lo diga porque es el aniversario de la muerte de Brennan...

—Lo sé. —Le acaricio los brazos—. Ven conmigo, Xaden.

—Vi... —Se encorva un poco y la tristeza que llena el aire entre nosotros me hace un nudo en la garganta.

—Confía en mí. —Escapo de sus brazos y lo tomo de las manos—. Ven.

Tras un momento de tenso silencio, asiente y me sostiene mientras me doy la vuelta.

—Lo hago mucho mejor que en julio pasado.

—Eso veo. —Se mantiene cerca de mí, con una mano en mi cintura mientras cruzo la última parte del parapeto—. Con un maldito vestido.

—Es una falda, de hecho —digo sobre mi hombro a solo un par de metros del muro.

—¡Mirada al frente! —me ordena, y solo el miedo en su tono me detiene de hacer algo arrogante como cruzar el último tramo dando saltitos.

En cuanto estamos dentro de los confines del muro, me carga con mi espalda contra su pecho.

—Jamás vuelvas a poner tu vida en riesgo por algo tan trivial como hablar conmigo. —Su gruñido bajo contra mi oído me hace estremecer.

—El próximo año va a ser muy divertido —bromeo, y comienzo a avanzar con mis dedos entrelazados con los suyos.

—Liam va a estar aquí para asegurarse de que no hagas burradas —masculla.

—Te van a encantar sus cartas —le prometo, bajando del parapeto con un salto hacia el patio—. Mmm. —Observo el lugar vacío mientras me pongo los zapatos—. Garrick y Bodhi estaban aquí hace un momento.

—Probablemente saben que los voy a matar por dejar que pasaras. ¿Con vestido, Sorrengail? ¿En serio?

Lo tomo de la mano, jalándolo hacia el otro lado del patio.

—¿Adónde vamos? —Su tono suena muy parecido al del cretino que conocí el primer día.

—Me estás llevando a tu habitación —digo sobre mi hombro mientras nos acercamos a los dormitorios.

—¿Te estoy qué?

Abro la puerta y agradezco las luces mágicas que me dejan verlo con todo y su ceño fruncido.

—Me estás llevando a tu habitación —repito. Luego doblo hacia la izquierda, dejando atrás el pasillo que lleva a mi habitación, y subo la ancha escalera en espiral.

—Alguien nos verá —me discute—. No es mi reputación la que me preocupa, Sorrengail. Eres de primero y yo soy tu líder de ala...

—Estoy casi segura de que ya todos saben. Incendiamos medio bosque aquella noche —le recuerdo mientras pasamos junto a la puerta del pasillo de los de segundo—. ¿Sabías que la primera vez que subí estas escaleras con Dain me horrorizó que no hubiera barandal?

—¿Sabes que no soporto escuchar su nombre en tu boca cuando nos estás llevando a mi cuarto? —Sigue subiendo la escalera con pasos marcados y las sombras se alejan de la pared como si pudieran sentir su estado de ánimo y no quisieran meterse con él. Pero sus sombras no me asustan. Ya no hay nada de este hombre que me asuste salvo la magnitud de lo que siento por él.

—El punto es que mírame ahora. —Sonrío al llegar al piso de tercero y abro la puerta en arco—. Casi bailando en el parapeto con un vestido.

—Probablemente no es buen momento para recordármelo. —Entra al pasillo detrás de mí. Se ve casi igual que el de segundo, salvo porque hay menos puertas el techo es más alto y abovedado.

—¿Cuál es la tuya?

—Debería hacer que adivines —masculla, pero no suelta mi mano mientras caminamos hasta el final del pasillo enormemente largo. Obviamente es la última.

—Ala Cuatro —digo con tono burlón—. Siempre tiene que llegar más lejos que nadie.

Tras retirar sus protecciones, abre la puerta y la sostiene para dejarme pasar primero.

—Voy a tener que poner una protección en tu nueva puerta antes de que me vaya o enseñarte cómo hacerlo tú misma en los próximos diez días.

No voy a pensar en cómo la fecha de su partida se acerca sin piedad mientras entro a su habitación por primera vez. Es el doble de grande que la mía, y también su cama. Sobrevivir hasta el tercer año trae grandes beneficios. O quizá el tamaño refleja su rango, quién sabe.

El lugar está inmaculado, con un enorme sillón junto a la cama, tapete gris oscuro, enorme armario de madera, escritorio ordenado y un librero que de inmediato despierta mi envidia. Un mueble para acomodar las espadas ocupa toda el área junto a la puerta, con tantas dagas que ni siquiera alcanzo a contarlas, y al otro lado, junto al escritorio, está un blanco idéntico al que tengo en mi habitación. En la esquina hay una mesa con sillas y su ventana tiene vista a Basgiath, pero está enmarcada con unas gruesas cortinas negras con el escudo del Ala Cuatro en la parte de abajo.

—A veces tenemos las juntas de líderes aquí —dice desde la puerta.

Me doy la vuelta y lo encuentro observándome con curiosidad, como si estuviera esperando mi opinión sobre su espacio. Al pasar junto al lugar donde tiene sus armas, rozo con los dedos las empuñaduras de las distintas dagas.

—¿Cuántos retos has ganado?

—Sería mejor preguntar cuántos he perdido —me dice mientras entra y cierra la puerta.

—Ahí está el ego que tanto me gusta —murmuro, y voy a la cama que, igual que la mía, tiene todo en negro.

—¿Ya te dije lo hermosa que te ves hoy? —me pregunta con voz más baja—. Si no, soy un tonto, porque te ves espectacularmente hermosa.

El calor me sube a las mejillas y mi boca se curva en una sonrisa.

—Gracias. Ahora, siéntate. —Doy unas palmaditas en la orilla de su cama.

—¿Qué? —Parece confundido.

—Siéntate —le ordeno sin quitarle la vista de encima.

—No quiero hablar de eso.

—No dije que tengas que hacerlo. —No hace falta preguntarle qué es «eso» ni voy a permitir que lo que pasó hace seis años abra una brecha entre nosotros, ni siquiera por una noche.

Para mi absoluta sorpresa, hace lo que le pido y se sienta en la orilla de la cama. Sus largas piernas se estiran frente a él y se recarga ligeramente sobre las manos.

—Ahora ¿qué?

Me pongo entre sus piernas y le paso los dedos entre el cabello. Él cierra los ojos, soltándose bajo mis manos, y puedo jurar que siento cómo se me abre el corazón.

—Ahora te voy a cuidar.

Sus ojos se abren de par en par y, dioses, son tan hermosos. He memorizado cada destello dorado en esa mirada de ónix, y es bueno, porque no sé dónde estará después de la graduación. Verlo una vez cada cierto tiempo no será lo mismo que poder tocarlo cada que quiero.

Dejo su cabello y me pongo de rodillas frente a él.

—Violet...

—Solo te voy a quitar las botas. —Una sonrisa aparece en mi boca mientras desato una y luego la otra y se las saco. Me levanto y llevo las botas al armario.

—Puedes dejarlas ahí —me dice.

Las pongo en el suelo junto al mueble y vuelvo con él.

—No iba a ponerme a hurgar entre tu ropa, y además ya la he visto toda.

Su mirada se posa en mi falda y se enciende cada que la abertura muestra una parte de mi muslo.

—¿Has traído eso puesto toda la noche?

—Eso te sacas por caminar detrás de mí —digo con tono juguetón y vuelvo a ponerme entre sus piernas.

—Tampoco es que pueda quejarme de la vista desde atrás. —Levanta la cara para verme.

—Cállate y déjame quitarte esto. —Abro la fila diagonal de botones que cruza sobre su pecho y él se mueve para sacarse la chamarra.

—¿Tenías planeado volar esta noche?

—Suele ayudarme. —Asiente mientras me agacho para poner las prendas en el sillón—. Este día siempre es...

—Lo siento. —Se lo digo mirándolo a los ojos con la esperanza de que sepa cuánta sinceridad hay en mis palabras mientras regreso para quitarle la camisa.

—Yo también lo siento. —Levanta los brazos y le saco la camisa para ir a dejarla con la chamarra de vuelo.

—No tienes nada de qué disculparte. —Mantengo mis ojos clavados en los suyos mientras tomo su cara imposiblemente angulosa, y luego acaricio la cicatriz que le corta la ceja—. ¿Fue de un reto?

—Fue de Sgaeyl —dice, encogiéndose de hombros—. En la Trilla.

—La mayoría de los dragones les dejan cicatrices a sus jinetes, pero Tairn y Andarna nunca me han lastimado —comento sin pensarlo mientras mi mano baja por su cuello.

—O tal vez sabían que ya tenías una cicatriz. —Pasa sus dedos por la enorme cicatriz plateada que me dejó el arma de Tynan en el brazo derecho—. Quería matarlo. Pero tuve que quedarme ahí, viendo cómo te atacaban tres contra uno. Estaba a punto de perder el control y listo para interferir cuando llegó Tairn.

—Solo eran dos contra uno cuando Jack se echó a correr —le recuerdo—. Y no podrías haber interferido. Va contra las reglas, ¿recuerdas?

—Pero sí dio un paso. Ese paso que me dijo que lo hubiera hecho.

Su boca se curva en la sonrisa más sexy que he visto en mi vida.

—Al final del día, saliste con dos dragones. —Su gesto se transforma en tristeza—. En dos semanas ya ni siquiera podré ver cuando te reten, mucho menos hacer nada al respecto.

—Voy a estar bien —le prometo—. Y a quien no pueda vencer en un reto, lo enveneno y ya.

Él no se ríe.

—Vamos, es hora de acostarte. —Me agacho y le beso la cicatriz de la ceja—. Cuando despiertes será otro día.

—No te merezco. —Sus brazos me rodean la cadera y me jala hacia él—. Pero igual me voy a quedar contigo.

—Qué bueno. —Me inclino para rozar mis labios contra los suyos—. Porque creo que estoy enamorada de ti. —Mi corazón late erráticamente y el pánico me aplasta las costillas. No debí decirlo.

Mis palabras le desorbitan los ojos y sus brazos me aprietan aún más.

—¿Crees? ¿O sabes?

«Sé valiente».

Aunque él no sienta lo mismo, al menos le habré dicho la verdad.

—Lo sé. Estoy tan tremendamente enamorada de ti que ni siquiera me imagino cómo sería mi vida si no estuvieras en ella. Y probablemente no debí decirlo, pero si vamos a hacer esto, tenemos que partir de la honestidad total.

Él planta su boca en la mía y me jala a su regazo hasta que lo estoy montando. Me besa con tanta intensidad que me pierdo en la sensación, me pierdo en él. No hay palabras mientras me quita la banda, la blusa, y desabrocha mi falda, todo sin romper el beso.

—Levántate —me dice con sus labios sobre los míos.

—Xaden. —Siento que el corazón se me va a salir del pecho.

—Te necesito, Violet. Ya. Y yo no necesito a nadie, así que no sé cómo manejar lo que siento, pero haré mi mejor esfuerzo. Si no quieres hacer esto hoy, está bien, pero voy a necesitar que te vayas en este mismo momento porque si no lo haces, te voy a tener desnuda y de espaldas en los próximos dos minutos.

La intensidad de sus ojos y la vehemencia de sus palabras debería asustarme, pero no lo hace. Aunque este hombre perdiera todo el control, sé que jamás me haría daño.

Al menos, no con su cuerpo.

—Vete o quédate, pero, decidas lo que decidas, necesito que te levantes —me ruega.

—Creo que esos dos minutos están exagerando tu habilidad para manejar un corsé —le digo, dirigiendo la vista hacia mi armadura.

Él sonríe y me retira de su regazo, plantando mis pies en el suelo.

—Te voy a tomar el tiempo.

—¿Es en...?

—Uno. Dos. —Voy levantando los dedos—. Tres.

Se levanta en un segundo y luego su boca está sobre la mía, y dejo de contar. Estoy demasiado ocupada persiguiendo los movimientos de su lengua, sintiendo el temblor de sus músculos bajo mis dedos, como para que me importe dónde está mi ropa.

Siento el aire corriendo por mis piernas cuando mi falda cae al suelo y lo ayudo quitándome los zapatos mientras le succiono la lengua.

Él gime y sus manos van a mi espalda. Las cintas se sueltan en un tiempo récord; el corsé cae al suelo y quedo en ropa interior, pues no había mucho más debajo de ese uniforme de gala.

Las dagas, tanto suyas como mías, caen al suelo mientras me quita las fundas que llevo en los muslos y se retira las suyas. Es una gloriosa cacofonía de metal hasta que ambos estamos desnudos y él me besa hasta quedarnos sin aliento.

Luego sus manos suben a mi cabello y los pasadores vuelan por todas partes hasta que la melena cae sobre mi espalda, libre. Se aleja apenas lo suficiente para recorrer mi cuerpo con sus ojos hambrientos.

—Qué hermosa eres, carajo.

—Creo que fueron un poco más de dos... —comienzo a decir, pero me toma por detrás de los muslos y me levanta. Mi espalda rebota ligeramente al chocar con la cama y, la verdad, el movimiento no debería tomarme por sorpresa teniendo en cuenta que me ha estado poniendo en esa posición durante casi todo el año.

—¿Sigues contando? —me pregunta, y se arrodilla junto a la cama para jalarme hasta la orilla sobre el suave cobertor.

—¿Necesitas que lleve el registro? —digo juguetonamente mientras mi trasero alcanza el borde de la cama.

—Si tú quieres. —Sonríe, y antes de que yo pueda decir algo más, su boca está entre mis muslos.

Tomo una enorme bocanada de aire y echo la cabeza hacia atrás por el placer descomunal que me da al lamerme y trazar círculos con su lengua alrededor de mi clítoris.

—Ay, dioses.

—¿A quién le hablas? —me pregunta sin retirar la boca de mi piel—. Porque en este cuarto solo estamos tú y yo, Vi, y no me gusta compartir.

—A ti. —Mis dedos se enredan en su cabello—. Te hablo a ti.

—Agradezco que me subas a la categoría de dios, pero con mi nombre basta. —Me lame de la entrada al clítoris y al fin mueve su lengua de arriba abajo sobre el punto más sensible y me hace gemir—. Me encanta tu sabor. —Pone mis muslos sobre sus hombros y se acomoda como si no tuviera más que hacer esta noche.

Luego me devora por completo con lengua y dientes.

El placer ardiente y desesperado revolotea en mi estómago y me pierdo en la sensación mientras mis caderas suben y bajan persiguiendo las descargas de electricidad que me da cada embestida de su lengua experta.

Mis muslos tiemblan cuando empieza a marcar un ritmo sobre mi clítoris y mete dos dedos en mí, luego se tensan cuando los mueve al mismo tiempo que su lengua. Y me pierdo. Simplemente me pierdo.

El poder corre por mi cuerpo como un río desbordado y se mezcla con el placer hasta que se convierten en uno solo, y cuando él al fin me lanza al vacío del gozo, es su nombre el que grito mientras ese poder sale de mi cuerpo con cada segundo de mi orgasmo.

El rayo sacude los paneles de cristal de las ventanas de Xaden.

—Va uno —dice, subiendo beso a beso por mi cuerpo sin fuerza—. Aunque creo que vamos a tener que trabajar en eso del espectáculo de fuegos artificiales o la gente siempre va a saber lo que estamos haciendo.

—Tu boca es… —Sacudo la cabeza mientras sus manos nos llevan al centro de su cama—. No hay palabras para describirla.

—Deliciosa —susurra, besándome suavemente el estómago—. Eres absolutamente deliciosa. No debí esperar tanto tiempo para saborearte.

Ahogo un grito cuando toma la punta de mi seno con la boca y su lengua juega con mi pezón mientras sus dedos hacen lo mismo con el otro, despertando un fuego nuevo de entre las brasas que acaba de dejar el primero.

Para cuando llega a mi cuello, soy una llama ardiendo bajo su cuerpo y lo toco en cada parte que puedo alcanzar, recorriéndole los brazos, la espalda y el pecho con las manos. Dioses, este hombre es increíble, no hay una parte que no parezca tallada a mano para la batalla y perfeccionada por los entrenamientos.

Nuestras bocas se encuentran en un beso profundo y siento el sabor de los dos mientras levanto las rodillas para que su cadera quede justo donde tiene que estar: entre mis muslos.

—Violet —gime, y ya puedo sentir su cabeza en mi entrada.

—¿Y a mí no me toca tiempo para jugar? —le pregunto mientras arqueo la espalda para que se acerque más a mí, y el movimiento me deja sin aliento.

Me muerde el labio inferior.

—Puedes jugar todo lo que quieras luego, si me dejas hacerte mía ahora mismo.

Sí, ese plan me gusta.

—Ya soy tuya.

Sus ojos se plantan en los míos mientras sostiene su peso sobre mí para no aplastarme.

—Todo lo que yo tengo para dar es tuyo.

Eso basta... por ahora. Asiento y arqueo la cadera de nuevo.

Sin despegar sus ojos de los míos, entra en mi cuerpo con un profundo movimiento de cadera y va ocupando cada centímetro hasta que está completamente envainado hasta la empuñadura.

La presión, el estiramiento, el tamaño está más allá de lo que las palabras pueden describir.

—Te sientes tan bien. —Levanto la cadera porque no puedo controlarme.

—Podría decir lo mismo de ti. —Sonríe, usando las palabras que le dije hace un rato en mi contra. Fuerte, profundo y lento, mantiene un ritmo que me hace arquearme con cada embestida mientras nos unimos una y otra y otra vez.

Nos arrastra hacia la cabecera y levanto los brazos para sostenerme mientras recibo cada golpe de sus caderas. Dioses, todas son mejores que la anterior. Cuando le ruego que se mueva más rápido, me muestra una sonrisa perversa y me sigue tomando al mismo ritmo enloquecedor.

—Quiero que esto dure. Necesito que esto dure.

—Pero casi... —El fuego en mi sexo está tan desesperado por salir que casi puedo saborear lo dulce que va a ser.

—Lo sé. —Embiste de nuevo y grito por lo increíblemente bien que se siente—. Quédate conmigo. —Se reacomoda para tocar mi clítoris con cada penetración y me levanta la rodilla para ir más adentro.

No voy a sobrevivir a esto. Me voy a morir en su cama.

—Entonces, moriré contigo —me promete con un beso.

Estoy tan perdida que ni siquiera me di cuenta de que lo dije en voz alta, pero luego recuerdo que no hace falta.

—*Más. Necesito más.* —El poder arde bajo mi piel y mis piernas se tensan.

—*Ya casi llegas. Carajo, te sientes tan rico. Nunca voy a hartarme de esto, nunca voy a hartarme de ti.*

—Te amo. —Las palabras son tan increíblemente liberadoras que ni siquiera necesito que él me las diga.

Sus ojos se encienden y su control desaparece por completo. Sigue moviéndose, y el placer contenido explota haciendo que mis poderes salgan de nuevo por toda la habitación, rompiendo un cristal al mismo tiempo que él se pone de lado y me jala con él, se deja ir y gruñe contra mi cuello mientras la última parte de mi orgasmo me deja temblando.

Pasan varios minutos antes de que recuperemos el aliento y una brisa suave me besa el muslo que está sobre el suyo.

—¿Estás bien? —me pregunta, retirándome el cabello de la cara.

—Estoy genial. Tú eres genial. Eso fue...

—¿Genial? —ofrece.

—Exactamente.

—Iba a usar la palabra explosivo, pero creo que genial también está bien. —Su dedo se enreda en mi cabello—. Me encanta tu pelo, carajo. Si algún día quieres vencerme o ganar cualquier discusión, solo tienes que soltártelo. Con eso voy a entender.

Sonrío mientras la brisa sacude los mechones que van del café al plateado.

Un momento. No debería haber brisa.

El estómago me da un vuelco cuando me levanto apoyada en un brazo para ver la ventana de Xaden.

—Ay, no, no, no. —Me llevo una mano a la boca mientras observo la destrucción—. Estoy casi segura de que rompí tu ventana.

—A menos que haya alguien más que lance rayos, sí, fuiste tú. ¿Ves? Explosivo. —Se ríe.

Ahogo un grito. Por eso se puso de lado, para protegerme de mi propio desastre.

—Lo siento muchísimo. —Reviso los daños, pero solo hay arena en la cama—. Tengo que aprender a controlar eso.

—Puse una protección. No te preocupes. —Me jala para darme un beso.

—¿Qué vamos a hacer? —Reparar una ventana está en un nivel completamente distinto a reemplazar un armario.

—¿En este momento? —Vuelve a quitarme el cabello de la cara—. Con ese fueron dos, por si seguimos contando, y propongo que limpiemos, quitemos la arena de la cama y subamos a tres, quizá cuatro si sigues despierta.

Esto me deja con la boca abierta.

—¿Después de que destrocé tu ventana?

Él sonríe y se encoge de hombros.

—Ya protegí el tocador por si decides que es el siguiente.

Miro su cuerpo y mi deseo por él se vuelve a encender. ¿Cómo podría ser de otra manera si se ve como hecho por los dioses y se siente como si los dioses me estuvieran haciendo algo a mí?

—Sí, vamos por el tercero.

Y ya vamos por el quinto, con mis caderas en sus manos mientras lo monto lentamente, cuando paso mis dedos por las ondulantes líneas negras de la reliquia en su cuello. No sé bien cómo nos seguimos moviendo ninguno de los dos, pero parece que esta noche no podemos parar, no logramos quedar satisfechos.

—De verdad es muy hermosa —le digo, subiendo solo para volver a bajar y sentirlo más profundo dentro de mí.

Sus ojos oscuros se abren más y sus manos se curvan.

—Solía verla como una maldición, pero ahora entiendo que es un regalo. —Arquea sus caderas y me penetra en un ángulo sublime.

—¿Un regalo? —Dioses, me está dejando la mente en blanco.

Alguien llama desesperadamente a la puerta.

—¡Lárgate! —suelta Xaden, subiendo una mano por mi espalda para engancharla en mi hombro y jalarme para la siguiente embestida.

Al bajar, tengo que ahogar mi gemido en su cuello.

—Ojalá pudiera. —Hay tanto pesar en esa voz que le creo.

—Más vale que alguien esté muerto si me haces levantarme de esta cama, Garrick —replica Xaden.

—Creo que va a haber muchos muertos, y ¡por eso están llamando a todo el cuadrante a formación, imbécil! —gruñe Garrick.

Esto nos toma por sorpresa a los dos y nuestras miradas desconcertadas se encuentran. Me le quito de encima y Xaden me cubre con una sábana antes de ponerse los pantalones e ir hacia la puerta.

—¿De qué diablos estás hablando? —pregunta por el pequeño espacio que acaba de abrir.

—Toma tu ropa de vuelo, y más vale que lleves a Sorrengail también —dice Garrick—. Nos están atacando.

TREINTA Y TRES

La incapacidad de controlar un sello poderoso es un peligro tan grande para el jinete (y para todos los que estén cerca de él), como no manifestar ninguno.

—*GUÍA PARA EL CUADRANTE DE JINETES*, POR EL COMANDANTE AFENDRA (EDICIÓN NO AUTORIZADA)

Jamás en toda mi vida me había vestido tan rápido, y ni siquiera me molesto en ponerme las fundas de los muslos.

—¿Qué hora es? —le pregunto a Xaden mientras me pongo el vestido y los zapatos y me quito el cabello de la cara.

Que haya una formación urgente y obligatoria para todo el cuadrante significa que tenemos que estar ahí ya.

Las protecciones están fallando. ¿Cuántos navarros vamos a perder?

—Cuatro quince. —Termina de atarse las botas y ya está armado hasta los dientes mientras recojo mis fundas, casi segura de que me falta una—. Te vas a congelar allá afuera.

—Estaré bien. —Me hinco para buscar la daga que me falta y la saco jalándola por la correa de la funda.

—Toma. —Xaden me lanza una de sus chamarras de vuelo y se me atora en el cabello—. Si Garrick tiene razón y estamos bajo ataque, supongo que mandarán a los mayores a los puestos de guardia del interior, así que no creo que pases mucho tiempo en la formación. No soporto la idea de que tengas frío.

Y eso significa que él se va a ir.

Mi corazón da varios vuelcos mientras meto los brazos en las mangas de su chamarra con movimientos torpes. Va a estar bien, ¿verdad? Solo será una tarea en el interior, y él es el jinete más poderoso en todo el cuadrante.

Como tengo las manos llenas de armas, no discuto cuando se pone a abotonarme la prenda sobre el pecho.

—Tenemos que irnos a la formación. —Acuna mi cara entre sus manos—. Y si me tengo que ir, no te preocupes. Estoy seguro de que Sgaeyl me regresará en unos días. —Se inclina y me da un beso fuerte y rápido—. Desearte me va a matar. Vámonos.

¿Lo mejor de un colegio de guerra en el más absoluto caos? Nadie nota cuando salgo del cuarto de mi líder de ala y me pierdo en el mar de jinetes, todos vistiéndose para ir a la formación. No hay nadie que no esté con la adrenalina al tope, demasiado ocupados intentando recuperar la compostura como para ver lo que estoy haciendo o el roce de la mano de Xaden con la mía antes de que se vaya hacia donde están reunidos los líderes cerca de la plataforma en el patio.

Y no soy la única que aún trae el uniforme de gala.

El viento sopla con cierta fuerza mientras voy a la formación, pero al menos la chamarra de vuelo de Xaden me sostiene el cabello.

—Más vale que sea algo bueno, porque al fin iba a ver si tenía una oportunidad con esa hermosa curandera morena —se queja Ridoc mientras se forma detrás de mí.

Liam está a mi derecha, aún abotonándose el uniforme.

—¿Buena noche? —le pregunto.

—Estuvo bien —masculla, y sus mejillas se sonrosan bajo la luz de la luna.

—¿Alguien ha visto a Dain? —le pregunto a Nadine cuando llega a su lugar detrás de mí.

—Todos los líderes de pelotón están en la junta —me responde por encima del hombro mientras Rhiannon viene trotando hacia acá.

Al llegar, suelta un enorme bostezo, me lanza una miradita y luego se voltea para verme completa.

—Violet Sorrengail —susurra, acercándose a mí—. ¿Traes la chamarra de vuelo de Riorson?

Liam se gira de inmediato y maldigo su estúpido buen oído.

—¿Cómo se te ocurre? —Mi actuación de sorpresa es una porquería y mejor me pongo a guardar las fundas en todos los bolsillos que tiene esta cosa. Solamente son tres, pero todos mucho más profundos que los de mi propia chamarra.

—Pues, no sé. ¿Porque te queda enorme y tiene tres estrellas justo aquí? —Se da unos golpecitos en la parte de su uniforme donde solo se ve una estrella.

Mierda. Es evidente que ninguno de los dos estábamos pensando con claridad.

—Podría ser de cualquiera de tercero —digo, encogiéndome de hombros.

—¿Con un escudo del Ala Cuatro en el hombro? —Enarca una ceja.

—Eso lo limita un poco —reconozco.

—¿Y un emblema de líder de ala bajo las estrellas? —se burla.

—Bueno, ya, es suya —susurro mientras el comandante Panchek sube a la plataforma seguido del padre de Dain y los líderes de ala. A Xaden le sale muy bien lo de no voltear a verme, pero no se podría decir lo mismo de mí, en especial cuando es casi seguro que lo van a mandar lejos de aquí y aún puedo sentir su boca sobre mi piel.

—¡Lo sabía! —Rhi sonríe de oreja a oreja—. Dime que fue bueno.

—Rompí su ventana. —Hago una mueca y mis mejillas se encienden.

—¿Cómo? ¿Le aventaste algo? —Frunce el ceño.

—No. Eché rayos… muchos, y quebré su ventana. —Señalo con los ojos hacia la plataforma—. Y míralo, ahí está ahora, tan tranquilo y compuesto. —Mi pecho se aplasta al preguntarme cuál será su versión real. ¿La que está ahí arriba, con todo el control, listo para dirigir a su ala, o la que tenía dentro de mí hace menos de media hora, la que dijo que no me merece, pero que se va a quedar conmigo?

Xaden no se ve para nada contento y su mirada se clava en la mía por un milisegundo.

—Son los malditos Juegos de Guerra.

El alivio y la incredulidad me llegan de golpe en la misma medida.

—¿Bromeas? —¿Nos sacaron de la cama por los Juegos de Guerra?

—No.

—Carajo. —Rhiannon sonríe de nuevo—. Ojalá alguien me hiciera romper ventanas.

Volteo para verla y pongo los ojos en blanco.

—Ay, por favor, has tenido muchos más…

—Hola, Aetos —dice Rhiannon, apoyándose en mi hombro para esconder con su mano la insignia y el rango de Xaden—. Qué buena manera de despertar, ¿no?

Dain ve a Rhiannon como si hubiera tomado demasiada hidromiel y se acerca al pelotón.

—No, la verdad no. —Nos mira a los demás—. Sé que es temprano… o tarde, dependiendo de la noche que hayan tenido, pero hemos pasado todo el año entrenando para esto, así que despierten ya. —Se da la vuelta para quedar de frente a la tarima mientras Panchek se acomoda en el podio.

—Gracias —le susurro a Rhiannon, que ya volvió a su lugar. No tengo ganas de escuchar a Dain regañándome por mis elecciones. Esta noche no.

—¡Cuadrante de Jinetes! —grita Panchek, y su voz llena todo el patio—. Bienvenidos al último evento de los Juegos de Guerra de este año.

Un murmullo recorre la formación.

—La alerta que hicimos sonar es parecida a la que se activaría si fuera un ataque real y lo hicimos para ver qué tan rápido reaccionaban. Ahora vamos a continuar con este ejercicio. Si las fronteras fueran atacadas simultáneamente y las protecciones fallaran, serían llamados al servicio para reforzar las alas. Coronel Aetos, ¿nos harías el honor de leer el escenario?

El papá de Dain pasa al frente con un pergamino en mano y comienza a leer.

—El momento que tanto habíamos temido ha llegado. Las protecciones que hemos dedicado la vida a sostener están cayendo, y ha habido un ataque sin precedentes y multinivel en nuestras fronteras, con jinetes de grifos situando nuestros pueblos. Ya se reportan grandes cantidades de pérdidas de vidas civiles y de infantería, además de las muertes de múltiples jinetes.

Le echa muchas ganas al melodrama.

—Igual como lo haríamos si fueran un batallón listo para luchar, enviaremos a sus alas en todas direcciones —continúa, enfocándose en cada ala hasta llegar a la nuestra—. El Ala Cuatro irá al sureste. Cada pelotón elegirá cuál puesto de esa región va a reforzar. —Levanta un dedo—. Los puestos se concederán a los primeros que los pidan, pero a los líderes de ala se les asignarán los suyos con el fin de determinar cuáles serán los cuarteles para este ejercicio.

Se dirige a cada líder mientras da órdenes, pero mira en nuestra dirección, sin duda buscando a Dain, antes de dirigirse a Xaden. Algo en la manera en que su sonrisa vacila por un instante me pone en alerta.

—Riorson, tu cuartel para el Ala Cuatro estará en Athebyne. Líderes de ala, armen los pelotones para su cuartel como prefieran, utilizando a todos los jinetes de su ala que quieran. Consideren esto una prueba a su liderazgo, pues no hay restricciones en un escenario real. Recibirán órdenes actualizadas cuando lleguen a sus puestos elegidos para este ejercicio de cinco días.

¿Athebyne? Eso está fuera de las protecciones... es adonde Xaden fue en su misión secreta. Mis ojos buscan los suyos, pero él no ha dejado de ver al coronel.

—¿Cinco días? Esto va a estar muy divertido —exclama Heaton con una alegría aterradora, pasándose la mano sobre las llamas púrpura que se tiñó en el cabello—. Nos vamos a la guerra falsa.

—Sí —agrega Imogen en voz baja—. Creo que sí nos vamos.

—Igual que en la vida real, sus líderes de pelotón tienen que tomar sus decisiones rápidamente y reportarse en el campo de vuelo en menos de treinta minutos —anuncia Panchek—. Pueden irse.

—Tairn.

—Ya voy para allá.

—Vamos a tomar el puesto de Eltuval, el más al norte en la región que nos asignaron —dice Dain, dándose la vuelta para quedar de frente a nosotros mientras Rhiannon vuelve a apoyarse en mi hombro, tapando la insignia de Xaden—. No me voy a quedar en un puesto costero cuando sabemos que Poromiel no elegiría atacar por ahí. ¿Alguien tiene algún problema con eso?

Todos negamos con la cabeza.

—Bien. Ya escucharon al comandante. Tienen treinta minutos para cambiarse, empacar lo que puedan cargar para cinco días y lanzarse al campo de vuelo.

La formación se rompe y todos nos vamos a nuestras habitaciones.

—¿Qué órdenes crees que nos vayan a dar cuando lleguemos? —me pregunta Rhiannon mientras intentamos cruzar por el embotellamiento de cadetes que intentan entrar a las barracas todos al mismo tiempo—. ¿Que busquemos más huevos?

—Supongo que ya lo descubriremos.

Me toma diez minutos vendarme las rodillas y preparar mis hombros para un largo vuelo; luego me visto, me toma otros cinco minutos desenredarme el cabello por cómo me lo dejó Xaden y luego trenzarlo, lo cual me deja exactamente cinco para empacar. Echo su chamarra en mi mochila por si acaso a alguien se le ocurre meterse a mi cuarto mientras no estoy.

—Ponte todas las dagas que tienes —me ordena Xaden, y su voz me toma por sorpresa.

—Ya traigo doce. —Sigo echando cosas en mi pequeña maleta.

—Bien.

—Te veo en el campo de vuelo, ¿verdad? —Si se va sin decirme adiós, lo voy a buscar hasta encontrarlo y lo mataré yo misma.

—Sí. —Su respuesta es brusca, pero termino de empacar y salgo para encontrarme con Rhiannon y Liam en el pasillo.

Se puede sentir la emoción entre la multitud que va caminando hacia el campo de vuelo. La gente de la cocina nos entrega paquetes de comida cuando pasamos por el área común. Claramente vamos a desayunar en el vuelo.

Cuando llegamos, me toma un segundo procesar lo que estoy viendo. Todos los dragones del cuadrante están en el campo, formados igual que lo hacemos nosotros en el patio, y cientos de luces mágicas flotan en lo alto como estrellas, dándole al espacio una atmósfera extraña, como si estuviéramos en un gran salón en vez de en el campo de vuelo. Es hermoso y amenazante al mismo tiempo.

Hay una mezcla nerviosa de energía y emoción y más de una persona está vomitando lo que tomó mientras el campo se llena de jinetes.

—Vamos a ganar —anuncia Rhiannon, que va caminando junto a mí entre las alas y todos esos dragones que gruñen y sueltan mordiscos al aire. Esta noche, no solamente nosotros estamos nerviosos—. Somos los mejores. Vamos a ganar. —En su rostro no hay nada más que determinación—. Ya casi puedo saborear el título de líder de pelotón del próximo año.

—Claro que lo vas a conseguir —le digo, y luego volteo para ver a Liam—. ¿Y tú? ¿Quieres bañarte de gloria para que puedas convertirte en líder de pelotón? —Seguro que lo eligen con sus habilidades para la lucha y las calificaciones perfectas en todas las clases.

—Ya veremos. —Está inusualmente tenso, pero seguimos caminando.

Llegamos hasta donde están nuestros dragones y noto que Tairn está en el espacio que debería ser de Cath, obligando a la dragona de Dain a ponerse más allá mientras su jinete nos cuenta. Mi dragón ególatra ya está ensillado y con Andarna bajo su ala.

Mierda. Van a obligar a Andarna a ir con nosotros.

—Y si nos ataca el enemigo, buscar el lugar más cercano donde puedas esconderte igual que en el escenario anterior. Eres demasiado brillante y eso puede ser un problema —le dice Tairn.

—De acuerdo.

—¿Qué traes puesto? —le pregunto a Andarna, que sale del ala de Tairn con la cabeza muy en alto y pavoneándose con una cosa encima que parece una montura, pero no lo es.

—Me lo mandó a hacer el líder de ala. ¿Ya viste? Se engancha a la de Tairn.

No puedo contener una sonrisa al ver el triángulo en el lomo de Andarna que sin duda encaja con el del pecho de Tairn.

—Es increíble.

—Solo es por si no les puedo seguir el ritmo. ¡Y así ya puedo acompañarlos!

Una razón más para adorar a Xaden.

—Me encanta. —Me volteo para ver a Tairn, que está ocupado lanzando mordidas al aire hacia Cath para que le dé más espacio—. ¿Necesitas que te acomode algo?

—*Ya lo hice todo.*

—Tal como imaginé. —Y, de pronto, me doy cuenta. Cinco días. Mierda—. ¿Vas a estar bien si te separ...?

—¡Segundo Pelotón! —grita Dain—. Prepárense para el vuelo de cuatro horas que será la primera parte de nuestro viaje. Tenemos que mantener una formación cerrada los primeros quince minutos en lo que los pelotones se dispersan. — Se voltea para verme y luego mira sobre mi hombro—. ¿Líder de ala?

Me giro para encontrarme con que Xaden viene hacia acá, con las empuñaduras de dos espadas asomándose sobre sus hombros, y siento que no puedo respirar. ¿Cómo me voy a despedir de él frente a toda esta gente? Y, peor que eso, ¿cómo van a aguantar nuestros dragones?

—*No te preocupes, Plateada* —me dice Tairn con tono seguro—. *Todo es como tiene que ser.*

—¿En qué te puedo ayudar? —le pregunta Dain, irguiéndose.

—Te necesito —me dice Xaden.

—¿Disculpa? —suelta Dain antes de que yo pueda siquiera asentir.

—Relájate, solo se quiere despedir —le explico.

—Si alguien se va a despedir, eres tú de él —me corrige Xaden, señalando a Dain con la cabeza—. Estoy armando el pelotón para mi cuartel y tú vienes conmigo. También Liam e Imogen.

Me quedo con la boca abierta. ¿Que qué?

—Pero claro que no —grita Dain, acercándose hacia nosotros—. Ella es de primero, y Athebyne está fuera de las protecciones.

Xaden lo observa con un falso gesto de confusión.

—No escucho que me discutas lo mismo por Mairi.

Miro sobre mi hombro y, claro, Liam está con el mentón levantado frente a Deigh. Es casi como si ya se lo esperara.

—¿Qué está pasando? —le pregunto a Xaden.

—Liam es el mejor cadete de los de primero, aunque lo hayas puesto como guardaespaldas de Violet —le aclara Dain, cruzándose de brazos.

—Y Sorrengail manipula los rayos —replica Xaden, dando un paso más hacia mí, y me roza el hombro con el brazo—. Y no es que te deba una explicación, jinete de segundo, porque no te la debo, pero Sgaeyl y Tairn no pueden estar separados por más de un par de días...

Claro. Ahora todo tiene sentido.

—¡Hasta donde sabes! —exclama Dain—. O ¿en serio me vas a decir que Sgaeyl estaba a punto de perder la cordura cuando te apareciste en Montserrat? Nunca has puesto a prueba realmente cuánto tiempo pueden pasar separados.

—¿Gustas preguntárselo tú? —le pregunta Xaden en tono de broma.

Se escucha un gruñido bajo mientras Sgaeyl se acerca con una expresión amenazadora en los ojos. El corazón se me sube a la garganta por Dain. No importa qué tanto tiempo haya pasado cerca de ella, siempre hay una parte de mí que la ve como la sentencia de muerte que es.

—No lo hagas. Se sabe que mueren jinetes durante los Juegos de Guerra, y ella está más segura conmigo —dice Dain—. Le podría pasar cualquier cosa cuando estemos lejos de Basgiath, y peor si te la llevas más allá de las protecciones.

—No voy a rebajarme a responderte eso. Es una orden.

Dain lo mira con un gesto suspicaz.

—O ¿este siempre ha sido tu plan? Separarla de su pelotón y usarla para satisfacer tu sed de venganza contra su madre.

—¡Dain! —Niego con la cabeza hacia él—. Sabes que eso no va a pasar.

—¿Lo sé? Se la pasa hablando de que si tú te mueres él se muere, pero ¿estás segura de que es verdad? ¿Estás segura de que Tairn no sobreviviría a tu muerte? ¿O todo ha sido parte del plan para ganarse tu confianza, Violet?

Ahogo un grito.

—Basta ya.

—Por favor, ríndete ahora que estás en el suelo, Aetos —le dice Xaden, furioso—. ¿Quieres la verdad? Está mucho más segura conmigo fuera de esas protecciones que contigo dentro de ellas. —La expresión en sus ojos es muy parecida a la de Sgaeyl y de pronto entiendo por qué lo eligió. Los dos son implacables, los dos están dispuestos a aniquilar a lo que se interponga entre ellos y lo que quieren.

Y Dain está en el camino de Xaden.

—Basta. —Pongo una mano en su brazo—. Basta, Xaden. Si quieres que vaya contigo, iré. Así de fácil.

Su mirada se posa en la mía y de inmediato se suaviza.

—No es posible —susurra Dain, pero reverbera en mis huesos como si me hubiera caído un rayo.

Me doy la vuelta y retiro la mano del brazo de Xaden, pero es obvio por la expresión de Dain que sabe que hay algo entre nosotros... y está herido. Se me abre un hueco en el estómago.

—Dain...

—¿Él? —Sus ojos se desorbitan y el rostro se le ruboriza—. Tú y... ¿él? —Niega con la cabeza—. La gente dice cosas y pensé que eran chismes, pero tú... —La decepción le encorva un poco la espalda—. No te vayas, Violet. Por favor. Va a hacer que te maten.

—Sé que crees que Xaden tiene motivos ocultos, pero confío en él. Ha tenido muchas oportunidades y jamás me ha hecho daño. —Me acerco a Dain—. En algún momento vas a tener que aceptarlo.

Dain se ve horrorizado por un segundo, pero de inmediato lo esconde.

—Si tú lo elegiste... —Suspira—. Supongo que eso tendrá que bastarme, ¿verdad?

—Sí. —Asiento. Gracias a los dioses que esta locura está por terminar.

Traga saliva y se acerca para susurrarme al oído.

—Te voy a extrañar, Violet. —Luego se da la vuelta para irse con Cath.

—Gracias por confiar en mí —dice Xaden mientras me acerco a la pata de Tairn.

—Siempre.

—Tenemos que irnos.

Hace una pausa, como si fuera a decir algo más, pero luego solo se da la vuelta. Viéndolo ir hacia Sgaeyl, me doy cuenta de que los dos hombres más importantes de mi vida se están alejando de mí en este momento, en direcciones opuestas, y por la que acabo de elegir, mi vida está a punto de cambiar para siempre.

TREINTA Y CUATRO

El primer ataque de grifos conocido ocurrió en 1 DU (Después de la Unificación) cerca de lo que ahora es el puesto de comercio de Resson. Al estar muy cerca de la frontera protegida por los dragones, el puesto siempre ha sido vulnerable a los ataques, y en el transcurso de los últimos seis siglos ha cambiado de manos nada menos que once veces en lo que se ha convertido en una guerra interminable para proteger nuestras fronteras de los enemigos hambrientos de poder.

—*NAVARRE, HISTORIA SIN CENSURA*, POR EL CORONEL LEWIS MARKHAM

Volamos toda la mañana y luego la tarde, y cuando Andarna no puede seguirnos el ritmo, se engancha al arnés de Tairn a medio vuelo. Ya está dormida para cuando Xaden decide bordear los riscos de Dralor que, con sus cientos de metros de altura, hacen que Tyrrendor tenga una ventaja geológica sobre cualquier otra provincia en el reino, o cualquier otra provincia en el continente, a decir verdad, y los rodeamos con dirección a las montañas al norte de Athebyne.

Tengo una sensación como si algo se me jalara dentro del pecho seguida de un chasquido cuando cruzamos la barrera de las protecciones.

—*Se siente distinto* —le digo a Tairn.

—*Sin las protecciones, la magia aquí es más salvaje. Es más fácil para los dragones comunicarse dentro de las protecciones. El líder de ala debe tener eso en cuenta al dirigir su ala desde este puesto.*

—*Estoy segura de que ya lo pensó.*

Son casi las ocho de la noche cuando nos acercamos a Athebyne, deteniéndonos, por orden de los dragones, en un lago no muy lejos del puesto para que tomen agua. La superficie del lago es tan lisa como un cristal y refleja los picos serrados frente a nosotros con una precisión impresionante antes de que la manada llegue a la orilla haciendo ondear el agua con su fuerza. Un denso bosque de árboles y enormes piedras rodea una orilla del agua, y la hierba cercana se ve aplastada, lo cual indica que no somos los primeros en tomar un descanso aquí.

En total hay diez dragones con nosotros, y aunque no los reconozco a todos, sé que Liam y yo somos los únicos de primero en el grupo. Deigh aterriza junto a Tairn y Liam se sobresalta como si no acabáramos de pasar siete horas en el cielo.

—*Ambos necesitan tomar agua y probablemente comer algo* —les digo mientras me desamarro de la silla. Tengo los muslos adoloridos y acalambrados, pero no tanto como cuando fuimos a Montserrat. Las horas extra en la silla de este último mes me han ayudado.

Tairn mete una garra en una manija y Andarna cae al suelo, sacudiendo la cabeza, el cuerpo y al final la cola.

—*Y tú necesitas dormir* —responde Tairn—. *Pasaste toda la noche despierta.*

—*Dormiré cuando tú duermas.* —Esquivando con cuidado sus picos, me deslizo por su pierna hacia la orilla del río cubierta de musgo.

—*Yo puedo pasar días sin dormir. Preferiría que no empieces a echar rayos por falta de sueño.*

Tengo en la punta de la lengua el decirle que se requiere mucho esfuerzo para manipular los rayos, pero después de que anoche destruí la ventana de Xaden, no estoy segura de tener mucha experiencia en el tema. O quizá es solo que Xaden me hace perder el control. Como sea, es peligroso estar cerca de mí. Me sorprende que Carr no se haya rendido conmigo.

—*Es raro estar fuera de las protecciones* —digo, cambiando de tema.

Tairn entierra las patas en la tierra mientras Liam se nos acerca, estirando el cuello tanto como puede. Por el caos generalizado, me pregunto si es algo que todos sienten, esto que es como si algo estuviera mal que anda en el aire y que me pone la piel de gallina.

—Estamos a veinte minutos de Athebyne, así que ¡hidrátense! No tenemos idea de qué escenario nos espera allá —grita Xaden, y su voz le llega a todo el pelotón.

—¿Estás bien? —me pregunta Liam, acercándose a mí en lo que Tairn y Andarna van a tomar agua.

—*Quédate con Tairn* —le digo a Andarna. Es un blanco brillante y estamos muy lejos de la protección del valle.

—*Así lo haré.*

Dioses, debí haberla dejado en Basgiath. ¿En qué diablos estaba pensando cuando la traje? Solo es una niña, y este vuelo ha sido agotador.

—*No era tu decisión* —me regaña Tairn—. *Ningún humano, ni siquiera los que tienen un vínculo, deciden adónde van los dragones. Hasta alguien tan joven como Andarna sabe lo que quiere.* —Sus palabras me consuelan muy poco. A la hora de la hora, yo soy la responsable de su seguridad.

—¿Violet? —La preocupación le frunce el ceño a Liam.

—Si digo que no estoy segura, ¿me juzgarías? —Hay tantas formas de responder esa pregunta. Físicamente estoy adolorida pero bien. Mentalmente... Bueno, soy un nudo de ansiedad y nervios por lo que traerán los Juegos de Guerra. Nos advirtieron que el cuadrante siempre pierde al diez por ciento de los que están por graduarse en la prueba final, pero es más que eso, aunque no logro definir exactamente qué.

—Solo pensaría que estás siendo honesta.

Miro hacia la izquierda y veo a Xaden metido en una conversación con Garrick. Naturalmente, el líder de sección entró al pelotón personal de Xaden.

Él voltea y nuestros ojos se encuentran por un segundo; eso es todo lo que se necesita para recordarle a mi cuerpo que lo tuve desnudo hace unas horas, con sus músculos firmes contra mi piel. Estoy tan jodidamente enamorada de ese hombre. ¿Cómo se supone que lo oculte de mi cara?

«Solo sé profesional». Eso es todo lo que tengo que hacer. Aunque la manera en la que estoy hiperconsciente de todo lo que ha dicho y hecho desde que salí de su habitación me hace el ejemplo perfecto de por qué la gente de primero no debería acostarse con los líderes de ala, y mucho menos enamorarse de ellos. Menos mal que solo será mi líder de ala por poco más de una semana.

—*Sigue viéndome así y este descanso va a durar más de media hora* —me advierte sin voltear a verme.

—*¿Me lo prometes?*

Me mira por un instante y puedo jurar que lo veo sonreír antes de que se gire de nuevo hacia Garrick.

—¿Todo bien con lo que sea que esté pasando ahí? —me pregunta Liam, y su voz me toma por sorpresa.

—¿Y si te digo que no estoy segura? —Le doy la misma respuesta y mis labios se curvan.

—Pensaría que te estás obsesionando demasiado. —La expresión en su rostro no tiene nada de juguetona.

—No es un gran comentario viniendo de alguien que dijo que le debe todo a Xaden. —Dejo mi maleta en el suelo y empiezo a girar los músculos tensos de mis hombros—. No te vuelvas mi nuevo Dain.

—*¿Te sientes bien?* —me pregunta Xaden.

—*Sí. Solo estoy un poco adolorida.* —Lo último que quiero es ser una carga para él.

—No es eso. —Liam hace una mueca—. Es solo que conozco sus prioridades.

—Lamento que terminaras aquí por mi culpa —digo en voz baja para que los demás no puedan escuchar—. Deberías estar en uno de los puestos al interior con Dain, en vez de que te sacaran arrastrando de las protecciones. El coronel Aetos es un hombre justo, pero no tengo dudas de que esta tarea es para «darle su merecido al líder de ala marcado». —Esto último lo digo imitando bastante bien al papá de Dain, y Liam pone los ojos en blanco.

—No tengo miedo, nadie me arrastró y, lo creas o no, Violet, a veces mis órdenes no se tratan solo de ti. Tengo otras habilidades, ¿sabías? —bromea con una sonrisa, mostrándome su hoyuelo mientras me da un piquete en las costillas.

—Jamás se me ha olvidado lo increíble que eres, Liam. —Y lo digo en serio. Él tose y le hago una seña para que se vaya—. Ahora, necesito un momento a solas.

Él hace una reverencia, mueve una mano hacia el bosque detrás de nosotros como si me lo estuviera presentando y me adentro en sus profundidades oscuras.

Cuando vuelvo a la orilla del lago, Xaden deja a Garrick y estira una mano hacia mí, acercándose.

Enarco las cejas. ¿Está...? No. No lo haría. No frente a otros ocho cadetes.

Entrelaza sus dedos con los míos. Supongo que sí lo haría. Es más que el contacto con su piel lo que me acelera el pulso. Está rompiendo su propia regla.

Lanzo una mirada nada discreta hacia donde están reunidos los demás, todos en distintos estados de relajación junto a la orilla del lago, pero mi mano aprieta la suya.

—Ninguno va a decir nada sobre ti... ni sobre nosotros. A cada una de las personas que están aquí les confiaría mi vida —dice, llevándome hacia unas piedras del doble de altura de Xaden y que están lejos de los demás junto al río.

—La gente habla. Déjala. —No me avergüenza amarlo, y puedo enfrentar cualquier chisme malintencionado que me llegue.

—Eso dices ahora. —Tensa la quijada—. ¿Bebiste lo suficiente? ¿O comiste?

—Traje todo lo que necesito en mi maleta. No tienes que preocuparte por mí.

—Preocuparme por ti es noventa y nueve por ciento de lo que hago. —Su pulgar acaricia el dorso de mi mano—. Cuando lleguemos al puesto, quiero que descanses en cuanto nos den nuestro objetivo. Liam se quedará mientras yo seguramente iré a patrullar con los de tercero.

—Quiero ayudar —protesto de inmediato. ¿No fue eso por lo que me trajo? ¿Por mis rayos? Sé que no me van a dar un premio por mi puntería, pero bueno.

—Y podrás hacerlo después de que descanses. Tienes que tener todas tus fuerzas para manipular tu sello o te arriesgarías a consumirte. Tairn es demasiado poderoso.

Tiene un punto, pero eso no significa que me vaya a gustar.

Cuando estamos fuera del campo visual de los demás me recarga en la piedra más grande y se acuclilla frente a mí.

—¿Qué haces? —Paso mis dedos por su cabello solo porque puedo. El hecho de que puedo tocar a este hombre es completamente increíble, y planeo aprovechar este privilegio tanto como pueda.

—Tienes las piernas tensas. —Empieza a trabajar en mis pantorrillas, deshaciendo los nudos con sus manos fuertes.

—Supongo que de todos modos no podemos irnos hasta que los dragones estén listos, ¿cierto? —Sentirlo tocando mi piel es totalmente enloquecedor.

—Cierto. Nos quedan unos diez minutos. —Me lanza una sonrisa perversa.

Diez minutos. Considerando que realmente no tenemos idea de lo que pasará durante el resto del día, con gusto aprovecharé el tiempo que tengamos.

Gimo mientras mis músculos se derriten y echo la cabeza hacia atrás para descansarla sobre la piedra.

—Eso duele deliciosamente. Gracias.

Él se ríe y sube hasta los músculos tensos de mis muslos.

—Créeme, mis razones no son altruistas, Violencia. Aprovecharía cualquier excusa para ponerte las manos encima.

La barba incipiente en sus mejillas me raspa las palmas mientras bajo mis manos para tomarlo por la nuca.

—El sentimiento es más que mutuo.

Su respiración cambia cuando llega a la parte alta de mis muslos, pero sus dedos siguen manipulando mis músculos hasta que estos se rinden por completo.

—Lamento lo de esta mañana.

—¿Qué?

Levanta la vista hacia mí y el sol se refleja en los destellos dorados de sus ojos.

—Estábamos en medio de algo —dice, con una ceja enarcada—. ¿No te acuerdas?

Una sonrisa va creciendo lentamente sobre mi rostro.

—Ah, ya me acordé. —El primer botón de su chamarra de vuelo está desabrochado y agarro la tela para jalarlo hacia mí. ¿En qué punto se va a mitigar este constante deseo de tenerlo? He estado con él varias veces en las últimas veinticuatro horas y aún aguantaría otro *round*... o tres—. ¿Está mal que desee que tuviéramos tiempo de terminarlo?

—No estoy seguro de que algún día vayamos a terminar. —Se levanta y cada parte de su cuerpo acaricia el mío en la subida—. Nunca tengo suficiente cuando se trata de ti.

Su cabeza se acerca a la mía y borra el resto del mundo con un beso lento y delicioso. Su lengua se desliza entre mis labios abiertos para jugar con la mía como si no tuviera ninguna otra cosa que hacer por el resto del día más que memorizar cada centímetro de mi boca.

Todo mi cuerpo se enciende y empieza a hervir cuando él traza un camino de besos por mi garganta. Me toma por la cintura, trazando mis curvas con la fuerza de sus manos, y ya no soy nada más que calor y deseo. El corazón me late tan fuerte que suena como alas batiendo en mis oídos. Dioses, nunca me voy a hartar de esto.

Él gime y lleva una mano a mis nalgas.

—Dime en qué estás pensando.

Envuelvo su cuello con mis brazos.

—Estaba pensando en que eres exactamente lo que predije la primera vez que me tomaste en mi habitación.

—Ah, ¿sí? —Se aleja un poco y puedo ver la curiosidad en sus ojos—. Y ¿qué soy exactamente?

—Una adicción muy peligrosa. —Mi mirada recorre la línea plateada que es su cicatriz, las gruesas pestañas por las que tantas mujeres matarían y el bultito en su nariz hasta llegar a esa boca perfectamente esculpida. Ya le dije que lo amo, así que no es como que esté guardando ningún secreto. Bueno, comparada con él, soy un libro abierto—. Imposible de saciar.

—Me voy a quedar contigo —me promete, igual que anoche. ¿O fue esta mañana?—. Eres mía, Violet.

Levanto la barbilla.

—Solo si tú eres mío.

—He sido tuyo desde hace mucho más tiempo del que puedes imaginar. —Como si las palabras hubieran soltado todas sus ataduras, me toma por la nuca y da un beso largo y poderoso que me roba todo el aire, todo lo que hay en mi cabeza que no sea el movimiento de su lengua y el creciente deseo que arde bajo mi piel.

Xaden se separa de mí y toma aire, inclinando la cabeza hacia un lado como si estuviera escuchando algo.

—¿Qué pasa? —le pregunto. De pronto se puso tenso entre mis brazos.

—Mierda. —Sus ojos se abren de par en par mientras vuelve a mirarme—. Violet, lo siento tanto...

—¿En serio así pasan el tiempo los jinetes de dragones? —pregunta una mujer que aparece detrás de Xaden. Su voz suena como terciopelo arrastrándose sobre un camino de grava.

Él se da la vuelta tan rápido que apenas alcanzo a ver el movimiento. Unas sombras tan densas como las nubes de una tormenta me envuelven.

No veo nada.

—¡Xaden! —grita alguien y varios pares de pies corren sobre la hierba. ¿Bodhi quizá?

—Qué tontería esconder algo que ya fue visto —dice la mujer con tono brusco—. Y, si los rumores son verdad, solo hay una jinete con cabello plateado en esa fábrica de muerte que es tu colegio, lo cual significa que es la hija menor de la general Sorrengail.

—Mierda —exclama Xaden—. *Tienes que mantener la calma, Violencia.*

¿Calma? Las sombras desaparecen y bajo las manos a mis costados por si necesito tomar una daga o usar el poder, dando un paso de lado para que Xaden me deje ver.

Un par de jinetes de grifos están en la pradera a unos diez metros de aquí con sus bestias escalofriantemente calladas detrás de ellos. Tienen un tercio del tamaño de nuestros dragones, pero esos picos y garras parecen capaces de destruir piel y escamas.

—*¡Tairn!*

—*Ya voy.*

—*Quédate con Sgaeyl* —le ordeno a Andarna.

—*Los grifos se ven ricos desde aquí* —me responde.

—*Miden lo mismo que tú. No.*

—Una maldita Sorrengail. —La mujer debe tener unos años más que yo, pero se ve como una jinete veterana. Enarca una ceja oscura y me mira como si fuera algo que tiene que sacarse con pala del establo de los caballos. El sonido de los aleteos llena el aire y un montón de jinetes de dragones se ponen a nuestro alrededor. Imogen. Bodhi. Alguien de tercero con una herida en el labio a quien reconozco. Liam. Pero nadie está buscando sus armas.

Al menos ahora somos más que ellos. El poder empieza a correr bajo mi piel y abro esa puerta de los Archivos, dejando que la energía me llene en un torrente de calor casi insoportable. El cielo restalla.

—¡No! —Xaden se da la vuelta y me jala contra su pecho, envolviéndome con sus brazos para dejarme con los míos pegados a mis costados.

—¿Qué haces? —Intento soltarme, pero es inútil. Me tiene bien agarrada.

Siento una ráfaga de viento a mi derecha cuando Tairn aterriza.

—Carajo, ese es enorme —dice la mujer. Entre los brazos inamovibles de Xaden, veo cómo los jinetes de grifos se retiran con pasos rápidos y los ojos muy abiertos puestos en Tairn.

Xaden lleva una mano a mi nuca cuando levanto la vista hacia él. ¿Qué diablos está haciendo? ¿Dándome un beso antes de morir?

—Si tienes algo de confianza en mí, Violet, necesito que la uses ahora. —La súplica en sus ojos me deja sin palabras. Nuestros enemigos están a unos metros y quiere… ¿tener un momento?

—Solo quédate aquí y mantente en calma. —Sus ojos buscan en los míos una respuesta, aunque no me hizo ninguna pregunta. Luego me entrega a Liam.

Me entrega. Como si fuera una maldita maleta.

Liam me sostiene los brazos pegados a mis costados con cuidado, pero con fuerza.

—Lo lamento mucho, Violet.

¿Por qué diablos todos se están disculpando?

—Suéltame. Ya —le exijo mientras Xaden va hacia el par de jinetes de grifos con Garrick a su lado. El miedo me aplasta el corazón al pensar que cree que puede acabar solo con los grifos y sus jinetes.

—No puedo hacer eso —me dice Liam con voz más baja y un tono de disculpa—. En serio quisiera, pero no puedo.

Tairn ruge a mi derecha con tanta fuerza que su saliva sale volando para ir a estrellarse en la cara de Liam y me deja los oídos zumbando. Liam baja las manos y retrocede lentamente con las palmas hacia arriba.

—Listo. Entendido. Sin tocar.

Ya libre de sus manos, me doy la vuelta hacia el campo justo cuando Xaden alcanza a los jinetes.

—Llegaron demasiado pronto, carajo —les dice.

Y mi corazón se detiene.

TREINTA Y CINCO

En sus últimos días de interrogatorio, Fen Riorson perdió el contacto con la realidad y se puso a despotricar contra el reino de Navarre. Acusó al rey Tauri, y a todos los que reinaron antes que él, de una conspiración tan vasta, tan atroz, que este historiador no se atreve a repetirla. La ejecución fue rápida y misericordiosa para un loco que costó incontables vidas.

—*NAVARRE, HISTORIA SIN CENSURA*,
POR EL CORONEL LEWIS MARKHAM

Del algún modo logro seguir respirando, lo cual es impresionante al tener en cuenta que siento como si mi corazón fuera a estallar en mil pedazos en cualquier momento, y mis ojos se clavan en el enemigo.

Nunca antes había visto a un jinete de grifos. Por lo general los dragones los queman de inmediato hasta que solo son cenizas junto con sus corceles mitad águila, mitad león.

—¿No que nos íbamos a reunir hasta mañana? Aún no tenemos el cargamento completo —le dice Xaden a la jinete de grifo con voz firme y calmada.

—El cargamento no es el problema —dice la mujer, negando con la cabeza. A diferencia de nuestra ropa negra, la de ellos es café, que combina con las plumas oscuras de sus bestias... que en este mismo momento me están viendo como si fuera su cena.

—*Si intentan algo, los devoraré* —dice Tairn.

«Cargamento». Apenas proceso lo que dice Tairn entre el *shock* de las palabras de la jinete. Y Xaden los conoce. Está trabajando con ellos, ayudando al enemigo. La traición me corta el cuello como un cristal cuando intento tragar saliva. Por esto se salía a escondidas del cuadrante.

—¿O sea que estaban por aquí esperando para platicar con nosotros en caso de que pasáramos un día antes? —pregunta Xaden.

—Ayer salimos de Draithus a patrullar, está como a una hora al sureste de aquí…

—Sé dónde está Draithus —la interrumpe Xaden.

—Nunca se sabe. Ustedes, los navarros, actúan como si no existiera nada más allá de sus fronteras —responde el otro jinete de grifo con burla—. No sé por qué nos molestamos en advertirles.

—¿Advertirnos? —Xaden inclina la cabeza hacia un lado.

—Perdimos un pueblo cercano a manos de una horda de venin hace dos días. Arrasaron con todo.

Esto me toma por sorpresa y los veo con los ojos desorbitados. ¿Qué acaba de decir?

—Los venin nunca viajan tan al oeste —dice Imogen a mi izquierda.

«Venin». Sí, eso dijeron ambos. ¿Qué diablos? Creería que alguien me está jugando una broma, si no fuera por los dos enormes grifos que esperan amenazantes detrás de sus jinetes. Y porque nadie se está riendo.

—Hasta ahora —aclara la mujer, y vuelve a dirigirse a Xaden—. No hay duda de que eran venin y tenían uno de sus…

—No digas nada más —la interrumpe Xaden—. Sabes que ninguno de nosotros puede saber los detalles o pondremos todo en riesgo. Solo se necesita que interroguen a uno.

—¿Estás escuchando? —le pregunto a Tairn, viendo a mi derecha e izquierda para descubrir si alguien más notó las enormes ridiculeces que están saliendo de la boca de la mujer, pero todos parecen… horrorizados, como si realmente creyeran que un pueblo fue destruido por creaturas mitológicas.

—Desafortunadamente, sí.

—Con detalles o sin ellos, parece que la horda va hacia el norte —dice el hombre—. Directo a nuestro puesto de comercio en la frontera, al otro lado de su guarnición en Athebyne. ¿Están armados?

—Estamos armados —reconoce Xaden.

—Entonces, ya hicimos nuestra parte. Están advertidos —dice el hombre—. Ahora tenemos que irnos a defender a nuestra gente. Como están las cosas, este viajecito nos dejó con solo una hora para llegar a tiempo.

De inmediato la atmósfera cambia, se intensifica, y los jinetes que están a mi alrededor parecen prepararse para algo.

Xaden me mira sobre su hombro y, en vez de reírse por la absoluta locura de la que están hablando, su rostro está marcado por la desolación.

—Si crees que vas a convencer a una Sorrengail de arriesgar su cuello por cualquiera que no esté dentro de sus fronteras, eres un idiota —dice el hombre mientras me mira con desdén.

El poder arde dolorosamente bajo mi piel, exigiendo una salida.

El tipo se inclina ligeramente hacia un lado y me recorre de arriba abajo con la mirada, obviamente juzgándome.

—Me pregunto cuánto estaría dispuesto a pagar tu rey para recuperar a la hija de su general más ilustre. Apuesto que con el rescate lograrías tener armas para defender a todo Draithus por una década.

¿Rescate? No lo creo.

Tairn gruñe.

—Mierda —masculla Bodhi, y se acerca a mí.

—Inténtalo. Te reto. —Los apunto con los dedos ligeramente curvados, lanzando solo un poco de energía, pero la suficiente para que un relámpago parta las nubes sobre nosotros.

Las sombras aparecen amenazantes entre los árboles en la orilla de la pradera cuando Xaden levanta las manos a sus lados y ambos jinetes de grifos se tensan cuando la oscuridad se detiene a unos centímetros de sus pies.

—Si dan un solo paso hacia esta Sorrengail, estarán muertos antes de que puedan levantar el otro pie —les advierte Xaden con un tono grave y profundamente letal—. Ella no está a discusión.

La mujer voltea para ver a las sombras y luego suspira.

—Estaremos ahí con el resto del grupo. Solo haz una señal si se pueden alejar de los escépticos. —Se aleja y va hacia sus grifos con el otro tipo.

Se montan en segundos y salen volando.

Todos se giran para verme con expresiones que van de la expectativa a algo parecido al miedo y siento el estómago pesado. A nadie le sorprendió la familiaridad de los jinetes de grifos o el uso de palabras como venin. Y todos sabían que Xaden estaba ayudando al enemigo.

Yo soy la única que no está enterada de nada.

—Buena suerte, Riorson. —Imogen se acomoda un mechón de su pelo rosa detrás de la oreja y la reliquia de la Rebelión se asoma bajo la manga de su ropa de vuelo cuando se da la vuelta para dejarnos solos.

Se me abre un hueco en el estómago y mi cabeza comienza a trabajar, buscando algo más allá de la obvia y devastadora verdad mientras todos siguen a Imogen hacia el lago.

Veo una reliquia de la Rebelión en el antebrazo del de tercero cuando pasa frente a mí.

Aquí está Garrick. Es líder de sección, pero está... aquí y no con ninguno de los pelotones de la Sección Llama. Y también están Bodhi e Imogen. La morena con un arete en la nariz es Soleil, creo, y definitivamente tiene una reliquia en el antebrazo derecho. ¿El de segundo de la Sección Garra? También tiene una.

Y Liam... Liam está a mi lado.

—*Tairn.* —Mantengo mi respiración lo más tranquila posible mientras Xaden me observa con la máscara del líder de ala sin emociones.

—*¿Plateada?* —La enorme cabeza de Tairn gira hacia mí.

—*Todos tienen reliquias de la Rebelión* —le digo—. *Todos en este pelotón son hijos de separatistas.* —Entre el caos del campo de vuelo, Xaden armó un pelotón de puros marcados.

Y todos son. Malditos. Traidores.

Y yo les creí.

Le creí a él.

—*Sí. Lo son* —reconoce con resignación en la voz.

Mi pecho amenaza con estallar cuando al fin empiezo a entenderlo todo. Esto es mucho peor que una traición de Xaden hacia mí, hacia todo nuestro reino. Solo hay una explicación de por qué mis dos dragones estuvieron tan dóciles ante la presencia del enemigo.

—*Tú y Andarna también me mintieron.* —La traición es demasiada y su peso me encorva la espalda—. *Sabían lo que estaba haciendo Xaden.*

—*Ambos te elegimos* —dice Andarna, como si eso cambiara algo.

—*Pero lo sabían.* —Miro a Liam, que se atreve a verme con pesar, a Tairn, cuya concentración letal sigue puesta hacia el frente, como si aún no decidiera si va a calcinar a Xaden o no.

—*Los dragones responden a sus vínculos* —me explica mientras Xaden se aproxima—. *Solo hay un vínculo más sagrado que el de un dragón y su jinete.*

El de un dragón y su pareja.

Todos sabían menos yo. Hasta mis propios dragones. Ay, Dioses, ¿Dain tenía razón? ¿Todo lo que hizo Xaden fue parte de un plan para ganarse mi confianza?

El dulce fuego de la felicidad, del amor, de la confianza y del cariño que ardía en mi pecho hace apenas unos minutos chisporrotea dolorosamente, buscando oxígeno como una fogata a la que le echaron una cubetada de agua encima porque ya no sirve de nada. Y lo único que puedo hacer es quedarme viendo cómo mueren las brasas.

Xaden me observa con creciente aprehensión entre más se acerca, como si yo fuera un animal acorralado a punto de defenderse con garras y dientes.

¿Cómo pude ser tan tonta para confiar en él? ¿Cómo se me ocurrió enamorarme? Me duelen los pulmones y el corazón me quiere matar. Esto no puede estar pasando. No es posible que sea tan ingenua. Pero supongo que sí lo soy, porque aquí estamos. Todo su cuerpo es una maldita advertencia, especialmente la reliquia oscura que está tan visible en su cuello en este momento. Puede que su padre haya sido el Gran Traidor, que le haya costado la vida a mi hermano, pero lo que hizo Xaden es una puñalada igual de profunda.

Hace un gesto de dolor cuando mis ojos llenos de odio se clavan en él.

—¿En algún momento fuimos realmente amigos? —le susurro a Liam, buscando la fuerza para gritar.

—Somos amigos, Violet, pero a él le debo todo —me responde, y cuando levanto la vista, me está viendo con tanto pesar que casi me da lástima. Casi—. Todos se lo debemos. Y cuando le des la oportunidad de explicarte...

Ahí está. La rabia viene a rescatarme y aplasta el dolor.

—¡Me viste entrenando con él! —Le doy un empujón en el pecho a Liam que lo hace tambalearse—. ¡Te quedaste ahí viendo cómo me enamoraba de él!

—Ay, mierda. —Bodhi entrelaza las manos detrás de su grueso cuello.

—Déjame explicarte, Violencia —dice Xaden. Siempre ha sabido lo que hay en mi corazón y, la verdad, las sombras debieron advertirme sobre el suyo. Es un maestro de los secretos.

El poder contenido reverbera en mis huesos cuando le doy la espalda a Liam para quedar de frente a Xaden.

—Si se te ocurre tocarme, te juro que te voy a matar, desgraciado. —Mi poder se enciende con la rabia y los relámpagos parten el cielo brincando de nube en nube.

—Creo que lo dice en serio —le advierte Liam.

—Sé que sí. —Xaden tensa la quijada cuando nuestras miradas se encuentran y se la sostengo—. Váyanse todos a la orilla del lago. Ya.

Me observa con aprehensión mientras se acerca.

—Sé lo que estás pensando —dice Xaden con esa voz engañosamente suave tan suya, pero hay un destello de miedo en sus ojos ónix.

—No tienes idea de lo que estoy pensando. —Maldito. Traidor.

—Estás pensando que traicioné a nuestro reino.

—Como es lógico. Felicidades, le atinaste. —Otro relámpago se suelta y pasa de nube en nube—. ¿Estás trabajando con jinetes de grifos? —Dejo los brazos a mis costados por si necesito las manos libres para usar el poder, aunque sé que no puedo contra el suyo. Todavía no—. Dioses, eres todo un cliché, Xaden. Un villano escondido a plena vista, carajo.

Hace un gesto de pesar.

—De hecho, se llaman pilotos —dice en voz baja, sosteniéndome la mirada—. Y puede que sea un villano para algunas personas, pero no para ti.

—¿Disculpa? ¿En serio vamos a discutir la semántica de tu traición?

—Los dragones tienen jinetes y los grifos pilotos.

—Cosa que sabes porque estás aliado con ellos. —Doy unos pasos atrás para no ceder al impulso casi incontrolable de darle un golpe en la cara—. Trabajas con nuestro enemigo.

—¿Te has puesto a pensar que a veces puedes empezar en el lado correcto de la guerra y terminar en el equivocado?

—¿En este caso en particular? No. —Señalo hacia la orilla del lago—. Estudié para ser escriba, ¿recuerdas? Lo único que hemos hecho es defender nuestras fronteras durante seiscientos años. Son ellos quienes no aceptan la paz como solución. ¿Qué cargamentos les has estado entregando?

—De armas.

Se me abre un hoyo en el estómago.

—¿Las cuales usan para matar jinetes de dragones?

—No. —Niega con la cabeza enfáticamente—. Estas armas son solo para combatir venin.

Sus palabras me dejan con la boca abierta.

—Los venin son algo que solo existe en las fábulas. Como en el libro que mi padre… —Lo pienso. «La carta». ¿Qué fue lo que escribió? «El folclor se pasa de generación en generación para enseñar a los que siguen sobre nuestro pasado».

¿Me estaba queriendo decir que…? No. Es imposible.

—Son reales —dice Xaden en voz baja, como si intentara suavizar un golpe.

—Me estás diciendo que la gente que puede tomar la magia directamente, sin un dragón o un grifo para canalizarla, lo cual corrompe su poder irremediablemente, existe de verdad. —Digo las palabras lentamente solo para que queden perfectamente claras—. Que no solo son parte de una fábula.

—Sí. —Su frente se llena de surcos—. Acabaron con toda la magia del páramo y luego se extendieron como una plaga.

—Al menos encaja perfectamente con el cuento. —Me cruzo de brazos—. ¿Cómo era la fábula? Un hermano se vinculó con un grifo y el otro con un dragón, y cuando el tercero se puso celoso, tomó el poder directamente de la fuente, perdiendo su alma y declarándoles la guerra a los otros dos.

—Sí. —Suspira—. No quería decírtelo así.

—¡Si es que realmente me lo ibas a decir en algún momento! —Lanzo una mirada hacia donde Tairn nos está observando con la cabeza baja, como si pudiera calcinar a Xaden en cualquier momento—. ¿Tienes algo que agregar a la discusión?

—Aún no. Prefiero que saques tus propias conclusiones. Te elegí por tu inteligencia y valor, Plateada. No me decepciones.

Apenas logro contener el impulso de pintarle dedo a mi propio dragón.

—Bueno. Si aceptara creer que los venin existen y andan por el continente usando su magia oscura, también tendría que creer que nunca atacaron a Navarre porque... —Mis ojos se abren de par en par ante la posibilidad de la conclusión lógica—. Porque nuestras protecciones hacen que toda la magia que no venga de dragones sea imposible.

—Sí. —Xaden se reacomoda en su lugar—. Se quedarían sin poderes en cuanto entraran a Navarre.

Mierda, tiene sentido y cómo quisiera que no fuera así.

—Lo cual significa que tendría que creer que no tenemos idea si Poromiel está siendo atacado violenta y constantemente con poderes oscuros más allá de nuestras fronteras. —Frunzo el ceño.

Xaden desvía la mirada y toma aire antes de volver a verme a los ojos.

—O tendrías que creer que lo sabemos y elegimos no hacer nada al respecto.

La indignación me levanta la barbilla.

—¿Por qué diablos elegiríamos no hacer nada ante una matanza? Va contra todo lo que creemos.

—Porque lo único que mata a los venin es justo lo que sostiene a nuestras protecciones.

No dice nada más y solo nos quedamos aquí. Lo único que se escucha es el agua yendo y viniendo sobre la orilla al ritmo del eco de sus palabras que rebotan en mi corazón.

—¿Por eso ha habido ataques en nuestras fronteras? ¿Están buscando el material que usamos para las protecciones? —pregunto. No porque le crea, aún no, sino porque no está intentando convencerme. Mi papá solía decir que «la verdad casi nunca requiere esfuerzo».

Xaden asiente.

—El material se usa para crear armas que combaten a los venin. Mira, toma esto.

Levanta el brazo derecho y toma la daga de empuñadura negra que trae en la funda en su costado. Estoy brutalmente consciente de cada movimiento, horriblemente consciente de que pudo haberme matado en cualquier momento y esta es otra oportunidad. Aunque habría sido una muerte más rápida si usara una de las espadas que trae colgando en la espalda. Se mueve despacio y me extiende la daga como una ofrenda.

La tomo y noto su filo, pero es la aleación en la empuñadura con runas grabadas lo que me hace ahogar un grito.

—¿Te la robaste del escritorio de mi madre? —Mis ojos saltan hacia los suyos.

—No. Probablemente tu madre tiene una por la misma razón que tú deberías tener esta. Para defenderse de los venin. —Hay tanta lástima en su mirada que el pecho se me aplasta.

La daga. Los ataques. Todo está ahí.

—Pero me dijiste que no era posible que nos enfrentáramos a algo así —susurro, aferrándome a lo poco que me queda de esperanza en que todo esto sea una broma horrenda.

—No. —Da un paso y acerca su mano a mí, pero luego la baja, como si lo hubiera reconsiderado—. Te dije que esperaba que, si esta amenaza estaba allá afuera, nuestros líderes nos avisarían.

—Manipulaste la verdad a tu conveniencia. —Mi mano se cierra sobre la empuñadura de la daga y siento la vibración del poder. Los venin son reales. Los. Venin. Son. Reales.

—Sí. Y podría mentirte, Violencia, pero no lo voy a hacer. Sin importar lo que pienses en este momento, jamás te he mentido.

Sí. Claro.

—Y ¿cómo sé que me estás diciendo la verdad?

—Porque duele pensar que somos la clase de reino que haría algo así. Duele reajustar todo lo que crees saber. Las mentiras dan consuelo. La verdad duele.

Siento el poder vibrando en la empuñadura y le lanzo una mirada de rabia a Xaden.

—Pudiste decírmelo en cualquier momento, pero elegiste ocultarme todo.

Él hace un gesto de pesar con todo el cuerpo.

—Sí. Debí decírtelo hace meses. Pero no pude. Estoy arriesgando todo por decírtelo ahora...

—Porque no te quedaba otra opción, no porque quisieras...

—Porque si tu mejor amigo ve este recuerdo, todo está perdido —me interrumpe, y ahogo un grito.

—No puedes saber...

—Dain no rompería una regla ni para salvarte la vida, Violet. ¿Qué crees que haría si supiera esto?

¿Qué haría Dain?

—Tengo que creer que no pondría el Código sobre el sufrimiento de la gente fuera de nuestras fronteras. O quizá podría haber construido barreras para que Dain no pudiera husmear en mis recuerdos. O quizá él hubiera seguido respetando mis límites y no intentaría meterse. —Entrecierro los ojos—. Pero nunca lo sabremos, ¿verdad? Porque no confiaste en que yo haría lo correcto, Xaden.

Él abre los brazos de par en par.

—Esto es más grande que tú y yo, Violencia. Y los líderes no se detendrán por nada para quedarse dentro de las protecciones y mantener a los venin como un secreto. —Su voz suena como una súplica desesperada—. Vi cómo ejecutaron a mi padre por intentar ayudar a esta gente. Yo podía ponerte en riesgo también a ti. —Se acerca un poco más a mí con cada palabra y mi pulso se acelera, pero ya no voy a permitir que el corazón tome las decisiones que le corresponden a mi cabeza—. Me amas y…

—Te amaba —lo corrijo, dando un paso hacia un lado para tener un poco de espacio.

—¡Me amas! —grita. Su voz me paraliza y nos gana las miradas de todos los jinetes que alcanzan a escucharla—. Me amas.

Una de las brasas en mi pecho intenta encenderse de nuevo pero la ahogo antes de que tenga la oportunidad de arder.

Lentamente, me doy la vuelta para quedar de frente a él.

—Todo lo que siento… —Trago saliva, luchando por aferrarme a la rabia para no caer—. Todo lo que sentía estaba cimentado en secretos y engaños. —La vergüenza me enciende las mejillas al pensar que fui tan ingenua como para enamorarme de él.

—Todo lo que hay entre nosotros es real, Violencia. —La intensidad con la que dice esto me hiere aún más—. El resto te lo puedo explicar con el tiempo. Pero antes de que lleguemos al puesto que nos asignaron, necesito saber si me crees.

Veo la daga y escucho las palabras de la carta de mi padre como si él mismo las hubiera pronunciado. «Sé que tomarás la decisión correcta cuando llegue el momento». Me lo advirtió de la única manera en la que podía hacerlo: a través de los libros.

—Sí —le digo, y extiendo la daga para devolvérsela—. Te creo. Pero eso no significa que siga confiando en ti.

—Quédatela. —El alivio se lleva un poco de la tensión en su postura.

La envaino sobre mi muslo.

—¿Me estás dando un arma después de decirme que llevas meses engañándome, Riorson?

—Totalmente. Yo tengo otra y, si lo que dicen los pilotos es cierto y los venin vienen hacia el norte, puede que la necesites. No mentí cuando te dije que no puedo vivir sin ti, Violencia. —Retrocede lentamente y sus labios se curvan en una sonrisa triste—. Y una mujer indefensa nunca ha sido mi tipo, ¿recuerdas?

No me siento ni cerca de estar lista para bromear con él.

—Vámonos a Athebyne.

Xaden asiente y, minutos después, ya estamos en el cielo.

—*Sabemos que no te mentimos. Solo no te dijimos todo* —dice Andarna, que va volando en el espacio detrás de Tairn donde hay menos resistencia del viento en el camino hacia el puesto.

—*Eso es mentir por omisión* —le discuto. Están pasando demasiadas cosas hoy.

—*Tiene razón, Dorada.* —La tensión se siente en cada parte del cuerpo de Tairn e incluso en los movimientos de sus alas—. *Tienes todo el derecho a estar enojada.* —Da la vuelta para seguir sobre las montañas que recorren la frontera. Las correas de la silla se me entierran en los muslos. —*Tomamos una decisión para protegerte... sin tu consentimiento. Fue un error, y no volveré a cometerlo.* —La culpa que siente sobrepasa mis propias emociones y derrite las partes más sólidas de mi rabia. Me pongo a pensar.

A pensar en serio.

Si los venin existen, tendríamos un registro. Pero no había ni una copia de *Las fábulas del páramo* en los Archivos, el lugar dentro de Navarre que debería tener hasta el último libro escrito o transcrito en los últimos cuatrocientos años, lo que significa que papá no solo me dio un libro poco común... sino uno prohibido.

Cuatrocientos años de obras y ni una sola...

«Cuatrocientos años». Pero nuestra historia es de seiscientos. Todo es una copia de un trabajo previo. El único texto original en los Archivos que tiene más de cuatrocientos años, como por el tiempo en que empezamos la guerra con Poromiel, son los pergaminos de la Unificación de hace más de seiscientos años.

«Solo se necesita a una generación desesperada para cambiar la historia... o incluso borrarla».

Dioses, papá me lo dijo todo. Solía decirme que los escribas tienen todo el poder.

—*Sí* —dice Tairn mientras bordeamos la última montaña cuya cima serrada ya no tiene nieve por el calor del verano, y el puesto de Athebyne aparece frente a nosotros al mismo tiempo que los riscos de Dralor.

«Una generación cambia el texto. Una generación elige enseñar ese texto. La siguiente crece y la mentira se convierte en historia».

Tairn gira a la derecha siguiendo la curva de la montaña y baja la velocidad cuando nos acercamos al campo de vuelo del puesto.

Mis manos se aferran a los pomos cuando aterrizamos frente a la enorme estructura posada en la ladera de la última montaña de esta cordillera. Su diseño es idéntico al de Montserrat, una sencilla fortaleza cuadrada con cuatro torres y muros apenas lo suficientemente gruesos para sostener a un dragón. La milicia no es más que su uniforme.

Me desamarro de la silla y bajo por la pierna del dragón.

—Y de alguna manera se supone que tenemos que concentrarnos en los Juegos de Guerra —mascullo, acomodándome la mochila al hombro mientras pienso en un puesto de comercio que puede o no recibir un ataque de creaturas míticas próximamente.

Los demás desmontan y, al mirar hacia atrás, me encuentro a Andarna acurrucada entre las patas de Tairn.

Xaden está caminando junto a Garrick y viéndome con algo parecido a la melancolía. Le di todo y él nunca me dejó entrar realmente. Siento el dolor en mi pecho abierto por ese corte que solo puede hacer el desamor, profundo y dentado. Me imagino que así se siente que te acuchillen con un cuchillo viejo y cubierto de óxido. No tiene el filo suficiente para hacer un corte rápido y hay una probabilidad del cien por ciento de que la herida se vaya a infectar. Si no puedo confiar en él, no hay futuro para nosotros.

El ambiente es más que tenso mientras los diez cruzamos bajo la verja levadiza y vamos hacia el puesto. El puesto que está muy vacío.

—¿Qué diablos? —Garrick recorre el patio al centro de la estructura observando los espacios de reunión que deberían bordear el interior, como en Montserrat.

—Alto —ordena Xaden, viendo los muros que nos rodean—. No hay nadie aquí. Divídanse y exploren. —Me mira—. Tú no te separes de mí. No creo que esto sea un Juego de Guerra.

Quiero discutirle que no hay forma de que sepa eso, pero el viento que sopla por la puerta me detiene. Los únicos sonidos en una fortaleza que debería albergar a más de doscientas personas son los que hacen nuestros pasos sobre el suelo de piedra… y Xaden tiene razón. Todo se siente extraño.

—Maravilloso —respondo con más que un poco de sarcasmo, y todos menos Liam, que ya volvió a ser mi sombra, se dispersan en grupos de dos o tres para subir por distintas escaleras.

—Por aquí —dice Xaden, dirigiéndose a la torre suroeste. Subimos y subimos y al fin llegamos a lo alto del cuarto piso, donde la puerta nos lleva a un punto de observación abierto con vista al valle y el puesto de comercio de Poromiel.

—Esta es una de nuestras guarniciones más estratégicas —digo, buscando alguna señal de la infantería y jinetes que deberían estar aquí—. Es imposible que lo hayan vaciado por los Juegos de Guerra.

—Eso es exactamente lo que me temo. —Xaden observa el valle y entrecierra los ojos sobre el puesto de comercio que está a cientos de pies allá abajo—. Liam.

—Ya voy. —Liam se acerca y se recarga en la almena de piedra para enfocar su mirada en las estructuras lejanas. El puesto de comercio está a unos veinte minutos caminando por el sendero pedregoso que baja serpenteando por la montaña en la que se encuentra nuestro puesto. Los techos de varias construcciones se asoman ligeramente sobre los muros circulares y un grupo de grifos con sus jinetes va para allá desde el sur.

Xaden voltea a verme y la expresión en sus ojos no es de gusto.

—¿Qué te dijo Dain antes de que nos fuéramos? Se te acercó a susurrarte algo.

Parpadeo intentando recordarlo.

—Dijo algo como... —Busco en mi memoria—. Te voy a extrañar, Violet.

Su cuerpo se tensa.

—Y también dijo que yo iba a hacer que te mataran.

—Sí, pero siempre dice eso. —Me encojo de hombros—. ¿Qué tiene que ver Dain con que hayan vaciado todo un puesto?

—¡Tengo algo! —anuncia Garrick desde la torre al sureste. Viene para acá junto Imogen y con lo que parece ser un sobre en la mano, cruzando por la gruesa muralla.

—¿Le contaste sobre mis viajes a este lugar? —me pregunta Xaden con gesto severo.

—¡No! —Niego con la cabeza—. A diferencia de otros, yo jamás te escondí nada.

Xaden retrocede y mira a la izquierda y a la derecha, pensando, antes de volver a verme a mí.

—Violencia —dice con voz suave—. ¿Aetos te tocó después de que te conté lo de Athebyne?

—¿Qué? —Frunzo el ceño y me quito un mechón fugitivo de la cara mientras el viento sopla a nuestro alrededor.

—Así. —Lleva una mano a mi mejilla—. Para usar su poder necesita tocarle la cara a la persona. ¿Te tocó así?

Mis labios se separan.

—Sí, pero siempre me ha tocado así. Él n-nunca... —tartamudeo—. Yo sabría si hubiera visto mis recuerdos.

El rostro de Xaden se llena de pesar y sus manos bajan para tomarme por la nuca.

—No, Violencia. Créeme. No lo sabrías. —No hay acusación en su tono, pura resignación que me hiere lo que me queda de corazón.

—Dain no lo haría. —Niego con la cabeza. Es muchas cosas, pero jamás abusaría de mi confianza de esa manera, jamás tomaría algo que no le ofrecí. «Aunque una vez sí lo intentó».

—Está a tu nombre —dice Garrick, entregándole el sobre a Xaden.

Él retira su mano de mi cara y abre el sello. Puedo leer lo que dice en cuanto la abre.

«Juegos de Guerra para Xaden Riorson, líder de ala del Ala Cuatro».

Reconozco esa letra, ¿cómo podría no hacerlo, si la he visto toda mi vida?

—Lo escribió el coronel Aetos.

—¿Qué dice? —pregunta Garrick, cruzándose de brazos—. ¿Cuál es nuestra misión?

—Chicos, veo algo pasando el puesto de comercio —dice Liam desde la almena—. Mierda.

Xaden se pone pálido y aplasta la carta en su puño antes de mirarme.

—Dice que nuestra misión es sobrevivir si podemos.

Ay, dioses. Dain vio mis recuerdos sin mi permiso. Seguramente le dijo a su padre que estuvieron saliendo de Basgiath. Sin saberlo traicioné a Xaden… los traicioné a todos.

—Eso no… —Garrick niega con la cabeza.

—Chicos, esto es malo —grita Liam. Imogen va corriendo hacia él.

—No es tu culpa —me dice Xaden, y luego se gira hacia donde están sus amigos, que ya vienen corriendo por las murallas para reunirse con nosotros—. Nos mandaron aquí a morir.

TREINTA Y SEIS

Pues ahí, en la tierra más allá de las sombras, había monstruos que moraban en la oscuridad y se alimentaban de las almas de los niños que andaban merodeando cerca del bosque.

—«EL GRITO DEL GUIVERNO», *LAS FÁBULAS DEL PÁRAMO*

Xaden le entrega la carta a Garrick y los demás corremos hacia las almenas para ver a qué nos enfrentamos, pero yo no puedo ver ninguna amenaza en el valle ni en las planicies que se extienden por kilómetros frente a los riscos de Dralor.

—*Algo anda mal* —dice Tairn—. *Lo sentí en el lago, pero aquí es más fuerte.*

—*¿Puedes definir qué es?* —le respondo mientras el pánico me va subiendo por la garganta. Si el papá de Dain sabe que Xaden y los demás le han estado entregando armas a los pilotos de grifos, es muy probable que esto sea una ejecución.

—*Viene del valle allá abajo.*

—No veo nada desde aquí —dice Bodhi, asomándose por la orilla.

—Pues yo sí —responde Liam—, y si eso es lo que creo que es, estamos jodidos.

—No me digas lo que crees que es, dime de lo que estás seguro —ordena Xaden.

—La carta dice que es una prueba de tus superiores —anuncia el jefe de sección, que está leyendo la carta detrás de nosotros—. Tienes la opción de abandonar el pueblo de nuestro enemigo o abandonar a tu ala.

—¿Qué diablos significa eso? —Bodhi se acerca para agarrar la carta.

—Están poniendo a prueba nuestra lealtad sin decirlo. —Xaden se cruza de brazos y se para junto a mí—. De acuerdo con la carta, si nos vamos ahora mismo, llegaremos a la nueva ubicación del cuartel del Ala Cuatro en Eltuval a tiempo para recibir nuestras órdenes para los Juegos de Guerra, pero si nos vamos, el puesto de comercio de Riorson será destruido con todo y sus ocupantes.

—¿Qué lo va a destruir? —pregunta Imogen.

—Los venin —responde Liam.

El corazón se me va al suelo.

—¿Estás seguro? —pregunta Xaden.

Liam asiente.

—Tan seguro como puedo estar sin haberlos visto nunca antes. Son cuatro. Túnicas moradas. Enormes venas rojas corriendo alrededor de sus ojos también rojos. Una cosa jodidamente aterradora.

—Suena a que sí son. —Xaden se reacomoda en su lugar.

—Me gustaba más cuando solo entregábamos armas —murmura Bodhi.

—Ah, un tipo con un báculo gigante —agrega Liam—. Y juro por Dunne que todo estaba despejado y al segundo siguiente esas cosas ya estaban ahí, avanzando hacia las puertas.

—¿Venas rojas? —pregunta Imogen.

—Porque la magia corrompe su sangre cuando pierden el alma —susurro. Me volteo para ver a Xaden, preguntándome si recuerda lo que dijo Andarna la noche en que cruzamos el túnel hacia el campo de vuelo—. A la naturaleza le gusta que todo esté en equilibrio.

Todos los ojos menos los de Liam me miran.

—Al menos eso dicen las fábulas. —Una parte de mí espera que sean ciertas, porque si no, no sé casi nada del enemigo. Claro que si son reales…

—*Siete grifos acaban de aterrizar junto a nosotros* —me informa Tairn.

Todos se tensan, pues sin duda recibieron el mismo mensaje de sus dragones.

—*Andarna, quédate con Tairn* —ordeno. Puede que Xaden confíe en los pilotos, pero Andarna está casi indefensa.

—*De acuerdo* —me responde.

—El tipo del báculo acaba de… —comienza a decir Liam.

Una explosión hace eco en el valle poco arbolado y es seguida por una columna de humo azul. El corazón me da un vuelco al ver esto.

—Fueron las puertas —anuncia Liam.

—¿Cuántas personas viven en Resson? —pregunta Bodhi.

—Más de trescientas —dice Imogen al mismo tiempo que se escucha otra explosión en el valle—. Es el puesto donde se hacen todos los intercambios anuales.

—Entonces tenemos que ir para allá. —Bodhi se da la vuelta, pero Xaden da un paso atrás y le bloquea el camino estirando una mano—. Es broma, ¿verdad?

—No tenemos idea de a qué nos enfrentamos. —El tono de Xaden me recuerda ese primer día después del parapeto. Está en su papel de mando absoluto.

—O sea que ¿nos vamos a quedar aquí mientras mueren civiles? —lo cuestiona Bodhi, y me tenso. Todos nos tensamos y nos volteamos para ver a Xaden.

—No estoy diciendo eso. —Xaden niega con la cabeza. Tiene que elegir. Eso es lo que decía la carta de los Juegos de Guerra. Puede abandonar a ese pueblo o a sus superiores, que lo esperan en Eltuval—. Esto no es un maldito ejercicio de entrenamiento, Bodhi. Algunos, si no es que todos, vamos a morir si vamos allá. Si nos hubieran asignado a un ala activa, tendríamos líderes mayores y con mucha más experiencia para tomar esta decisión, pero no los hay. Si no estuviéramos marcados con las reliquias de la Rebelión, si no hubiéramos ayudado al enemigo... —su mirada se posa brevemente sobre la mía— ni siquiera tendríamos que tomar esta decisión. Así que, olvidándonos de las estructuras de mando, ¿qué piensan ustedes?

—Tenemos los números —dice Soleil, que tiene sus ojos cafés clavados en el campo y está golpeteando la almena con sus uñas verde brillante—. Y ventaja aérea.

—Al menos no hay guivernos. —Reviso el cielo para estar segura.

—Eh. ¿Qué? —Bodhi enarca las cejas.

—Guivernos. Las fábulas dicen que los venin los crearon para competir con los dragones y, en vez de tomar poder de ellos, los venin les canalizan su poder—. Esperemos que sea algo que se inventaron para el libro.

—Sí, no nos creemos más problemas. —Xaden me mira de soslayo y luego estudia el cielo.

—Hay cuatro venin y nosotros somos diez —dice Garrick, alejándose del borde de la almena.

—Tenemos las armas para matarlos —agrega Liam, dándole la espalda al valle—. Y Deigh me dijo que siete pilotos de grifos...

—Aquí estamos —lo interrumpe la morena mayor que estaba en el lago. Viene hacia nosotros desde la esquina sureste del puesto—. Dejé a los demás afuera cuando vimos que su puesto parece estar... abandonado. —Mira sobre la muralla hacia las nubes de humo que salen del valle con un gesto de resignación y la espalda ligeramente curvada—. No les voy a pedir que luchen con nosotros.

—¿No? —Garrick parece sorprendido.

—No. —Ella le ofrece una sonrisa triste—. Cuatro de esos son una sentencia de muerte segura. El resto de mi grupo ya está encomendando sus almas a los dioses. —Se voltea para ver a Xaden—. Vine a decirte que se vayan. No tienen idea de lo que son capaces de hacer con sus poderes. Bastaron dos de ellos para destruir a una ciudad entera el mes pasado. Dos. De. Ellos. Perdimos dos grupos intentando detenerlos. Si ahora son cuatro… —Niega con la cabeza—. Quieren algo, y van a matar hasta la última persona de Resson para conseguirlo. Súbanse a sus dragones y váyanse a casa mientras puedan.

El miedo me aplasta el pecho, pero me duele el corazón de pensar en dejar a estas personas a morir. Va contra todo en lo que creemos, aunque no sean ciudadanos de Navarre.

—Tenemos dragones —dice Imogen con un tono inusualmente agudo—. Seguro que eso ayuda en algo. No tenemos miedo de pelear.

—Y ¿no tienen miedo de morir? ¿Alguno de ustedes ha estado en un combate? —La mirada de la morena nos recorre y de pronto me siento… joven mientras respondemos con nuestro silencio—. Eso pensé. Sus dragones no ayudan. Pueden volar rápido y alto, pero el fuego de dragón no los mata. Solo las dagas que nos han estado trayendo, y esas ya las tenemos. —Ve a Xaden—. Gracias por todo lo que has hecho. Nos salvaste estos últimos años y nos diste la oportunidad de luchar.

—Van a morir allá abajo —dice Xaden como si nada.

—Sí. —La mujer asiente mientras se escucha otra explosión—. Váyanse de aquí. Pronto. —Dándose la vuelta, regresa por la muralla que la trajo hasta aquí con la cabeza en alto, y luego desaparece en la torre al otro lado.

Xaden tensa la quijada y puedo ver en sus ojos la batalla que está librando.

Siento una pesadez insoportable en el estómago.

Si nos vamos, todos ellos van a morir. Todos los civiles. Todos los pilotos. Nosotros no los habremos matado, pero igual seremos cómplices de su muerte.

Si luchamos, lo más probable es que también terminaremos muertos.

Podemos vivir como cobardes o morir como jinetes.

Los hombros de Xaden se enderezan y la piedra en mi estómago se convierte en náusea. Ya tomó una decisión. Lo puedo ver en las líneas de su cara y en la seguridad de su postura.

—Sgaeyl dice que jamás ha huido de una pelea y hoy no será su primera vez. Y yo tampoco me voy a quedar sin hacer nada mientras muere gente inocente. —Niega con la cabeza—. Pero no le voy a ordenar a ninguno de ustedes que vaya conmigo. Soy responsable de todas sus vidas. Ninguno cruzó el parapeto por gusto. Ni uno solo. Lo cruzaron porque yo hice un trato. Fui yo quien los obligó a entrar al cuadrante, así que no voy a juzgar a nadie que elija irse a Eltuval. Elijan. —Se pasa una mano por el cabello—. *No quiero que estés en peligro.*

En un mundo perfecto, eso sería lo único que necesitaría escuchar.

—Si los demás pueden elegir, yo también.

Tensa la quijada.

—Somos jinetes —dice Imogen cuando suena otra explosión—. Defendemos a los indefensos. Eso es lo que hacemos.

—Nos salvaste a todos los que estamos aquí, primo —agrega Bodhi—. Y estamos agradecidos. Ahora, me gustaría hacer aquello para lo que fui entrenado. Y si eso significa que no podré ir a casa, que mi alma esté con Malek. De todos modos, no me molestaría reencontrarme con mi mamá.

—Te diré lo mismo que te dije después de la Trilla en nuestro primer año, cuando empezamos a contrabandear armas —dice Garrick—. Tú nos mantuviste con vida todos estos años, ahora nosotros decidimos cómo morir. Estoy contigo.

—¡Exacto! —exclama Soleil, tamborileando los dedos sobre la empuñadura de la daga envainada en su muslo—. Cuenta conmigo.

Liam da un paso al frente y se pone junto a mí.

—Vimos cómo ejecutaron a nuestros padres porque tuvieron el valor de hacer lo correcto. Me gustaría pensar que mi muerte será igual de honorable.

El pecho se me aplasta aún más. Sus padres murieron para dar a conocer la verdad mientras mi madre sacrificó a mi hermano para mantener oculto este asqueroso secreto.

—De acuerdo. —Imogen asiente.

Todos lo hacen.

Uno por uno, declaran su lealtad a la causa, hasta que solo quedo yo.

Xaden me mira a los ojos.

«Si crees que vas a convencer a una Sorrengail de arriesgar su cuello por cualquiera que no esté dentro de sus fronteras, eres un idiota». ¿No fue eso lo que dijo la piloto en el lago?

Pues que se joda.

—*¿Tairn?* —No solo soy yo quien iría a la guerra.

—No vamos a dejar ni sus huesos, Plateada.

Muy gráfico, pero entiendo.

No voy a dejar morir a personas inocentes, sin importar en qué lado de la frontera vivan. No voy a permitir que mis compañeros de pelotón arriesguen su vida mientras yo huyo, pese a la súplica que veo en los ojos de Xaden.

Al menos Rhiannon, Sawyer y Ridoc no están aquí. Vivirán para ser de segundo.

Mira lo va a entender. No me cabe duda de que ella haría lo mismo.

Y mi mamá... La daga en su mesa significa que lo sabe y no ha hecho nada para detenerlo. Supongo que será el segundo hijo que sacrifica para mantener en secreto la existencia de los venin.

—Fui una mujer indefensa —le digo a Xaden, levantando la barbilla—. Y ahora soy una jinete. Y los jinetes luchan.

Los otros sueltan gritos de apoyo a mis palabras.

Mil emociones cruzan su rostro, pero Xaden solo asiente y va hacia las almenas.

—Liam. Dame el reporte.

Su hermano de acogida se para junto a él y enfoca la vista.

—Los pilotos ya están luchando, los siete... seis. Parece que intentan alejar las llamas de los civiles, pero, mierda, los venin están lanzando un fuego que nunca había visto entre los jinetes. Tres rodean la ciudad y uno va hacia la estructura en el centro. Es una torre de reloj.

Xaden asiente y nos divide por objetivos. Garrick y Soleil harán un reconocimiento del perímetro mientras el resto atacamos a los venin en distintos lados de Resson, atentos al que va hacia la torre mientras nos acercamos por el pueblo.

—La única forma de acabar con ellos es con las dagas.

—Eso significa que tendremos que bajar de los dragones y pelear en cuanto llevemos a la gente del pueblo a los lugares más seguros que encontremos —dice Garrick con gesto lúgubre—. No lancen sus armas a menos que estén seguros de que van a acertar.

Xaden asiente.

—Salven a la mayor cantidad de personas que les sea posible. Vamos.

Bajamos por las escaleras hacia el patio silencioso con Xaden a la cabeza. Cuando salimos del puesto nuestros dragones ya nos esperan en la orilla de la montaña, moviéndose nerviosamente mientras observan el puesto de comercio.

Voy directo adonde están Tairn y Sgaeyl.

—*Sabía que ibas a tomar la decisión correcta* —dice Sgaeyl, viendo hacia donde Xaden viene junto a Liam caminando peligrosamente cerca de la orilla del acantilado a mi izquierda—. *Y él también. Aunque no quisiera ponerte en peligro, sabía que ibas a hacerlo.*

—*Pues parece que me conoce mucho más de lo que yo lo conozco a él* —le respondo con una ceja enarcada.

Esto la toma por sorpresa.

—No te pareces en nada a la chica temblorosa que llegó al patio intentando esconder su miedo después de lo del parapeto. Apruebo.

—No me interesa tu aprobación. —Si voy a morir, más vale que aproveche mis últimos momentos para ser honesta.

La dragona resopla y frota su cabeza contra la de Tairn, pero él está concentrado en el puesto de comercio.

El terreno pedregoso cruje bajo mis botas mientras camino debajo de Tairn hacia el punto entre sus piernas en el que está Andarna, viendo el ataque allá abajo. Me pongo frente a ella para bloquearle la vista de lo que debe ser una masacre.

—Quédate aquí y escóndete. —No voy a llevar a una niña a la guerra. Punto.

—«*Quédate aquí*» —repite con tono sarcástico y gruñón.

Tengo que disimular una sonrisa triste. Qué pena que no voy a poder verla durante sus años rebeldes de la adolescencia.

—De acuerdo. —Tairn baja el hombro—. *Eres un blanco, pequeña.*

—Es en serio —le insisto a Andarna mientras acaricio su nariz escamosa con una mano—. *Si mañana no hemos regresado, o si crees que los venin vienen para acá, vuelve al valle. Cruza las protecciones a toda costa.*

Sus fosas nasales se ensanchan.

—No te voy a dejar.

Me duele tanto el pecho que tengo que resistir el impulso de sobarme el área sobre el corazón, pero enderezo los hombros. Tiene que decirse.

—Cuando ya no haya nada que dejar, lo vas a saber, porque lo sentirás. Y puede que se te rompa el corazón, pero cuando lo sientas, échate a volar. Prométeme que te irás volando.

Pasan unos segundos antes de que Andarna al fin asienta.

—Vete —susurro, acariciando su hermosa cara una última vez. Va a estar bien. Volverá al valle. No me puedo permitir creer otra cosa.

La dragoncita se da la vuelta y empieza a caminar hacia el puesto. Yo recupero la compostura y salgo de entre las piernas de Tairn para echarle un último vistazo al valle. Xaden y Liam están a mi derecha, haciendo lo mismo.

Un chillido corta el aire y un enorme dragón gris sale de un valle a dos montañas hacia el sur… del otro lado de la frontera con Poromiel. Pega las dos patas a su enorme cuerpo mientras pasa volando sobre nosotros con dirección a Resson.

—¿Hay una manada cerca? —pregunta Liam.

—No —dice Xaden.

Es como si el suelo bajo mis pies se estuviera moviendo.

«Juraría que vi un grupo de dragones al otro lado de la frontera». ¿No fue eso lo que dijo Mira en Montserrat?

El dragón chilla de nuevo y lanza una ráfaga de fuego azul por la montaña, incendia algunos árboles antes de llegar a la planicie donde está Resson. Fuego. Azul.

No. No. No.

—Es un guiverno. —El corazón se me atora en la garganta—. Xaden, tiene dos piernas, no cuatro. Es un guiverno. —Quizá si lo digo un par de veces más al fin podré creer lo que estoy viendo.

Mier. Da. ¿Eso era lo que los líderes estaban marcando como clasificado?

Se suponía que eran un mito, no seres de carne y hueso. Pero, claro, los venin también.

—Adiós a nuestra ventaja aérea —dice Imogen frente a nosotros, y luego se encoge de hombros—. Que se jodan. También se van a morir.

—*Crearon aberraciones* —dice Tairn con un gruñido bajo que le hace vibrar el pecho.

—*¿Lo sabías?*

—*Lo sospechaba. ¿Por qué crees que te exigía tanto con las maniobras de vuelo?*

—*Tú y yo vamos a tener que trabajar en nuestra comunicación.*

—Supongo que ya tenemos todos los detalles —comenta Liam.

—¿Alguien quiere cambiar de opinión? —pregunta Xaden, mirándonos de uno en uno. Nadie le responde—. ¿No? Entonces, móntense.

Estoy a punto de subir por la pata de Tairn, pero Xaden me alcanza antes.

—Date la vuelta, Violencia —me ordena, y lo hago, mirándolo. Desenvaina una de las dagas en su costado y la mete en la funda vacía que tengo en las costillas—. Ya tienes dos.

—¿No me vas a sermonear diciéndome que debería quedarme en la seguridad del puesto? —le pregunto, con un caos de emociones al sentirlo tan cerca. Me ocultó todo esto, pero al verlo mi pecho sigue sintiendo lo mismo que antes.

—Si te pidiera que te quedaras, ¿lo harías? —Sus ojos se clavan en los míos.

—No.

—Exacto. Intento no meterme en peleas que sé que no puedo ganar.

Esto me toma por sorpresa.

—Hablando de peleas que se sabe quién ganará, el general Melgren sabrá qué pasó aquí. Seguramente ya puede ver el resultado de la batalla.

Él niega con la cabeza lentamente y señala su cuello, hacia la reliquia de la Rebelión que le cruza la garganta.

—¿Recuerdas que te dije que descubrí que es un regalo y no una maldición?

—Sí. —Cuando estaba en su cama.

—Créeme; por esta cosa Melgren no puede ver nada.

Mis labios se separan al recordar que Melgren dijo que le gustaba echarle un ojo a Xaden año con año.

—¿Algún otro secreto que me estés guardando?

—Sí. —Me acuna el cuello y se acerca más a mí—. Sobrevive y te prometo que te diré todo lo que quieras saber.

Esa pequeña confesión hace que el corazón me dé un vuelco. Por más enojada que estoy, no puedo imaginarme un mundo sin él.

—Necesito que salgas con vida de esto, aunque odie que aún te amo.

—Puedo vivir con eso. —Una comisura de su boca se eleva mientras baja la mano y se da la vuelta para ir hacia Sgaeyl.

Tairn baja el hombro de nuevo y lo monto, acomodándome en la silla amarrándome los muslos tras asegurar mi maleta detrás de la montura. Es hora.

—Encuentra un buen lugar dónde esconderte, Andarna. No soporto la idea de que te lastimen.

—Lánzate a la yugular —me dice antes de perderse en el puesto abandonado.

Sgaeyl despega a mi derecha y me agarro con fuerza de los pomos cuando Tairn se lanza al cielo con enormes y fuertes aletazos.

—Hay algo en ese puesto de comercio. Todos lo sentimos —dice mientras da la vuelta junto a Sgaeyl y se lanza en picada con tal velocidad que mi estómago se queda allá arriba. Las bandas de la silla se me entierran en los muslos, pero cumplen su función de mantenerme en el asiento mientras me acomodo los *goggles* para proteger mis ojos del viento. Volamos hacia las sombras cuando el sol se pierde detrás de los riscos de Dralor, oscureciendo el cielo.

Hay otra explosión y esta derriba uno de los altos muros del puesto. Tairn se eleva, esquivando por poco a un piloto de grifo, y luego empezamos a volar en horizontal sobre el puesto, demasiado rápido como para escuchar algo que no sean los gritos de la gente que corre por las calles, huyendo del éxodo en las puertas de la construcción.

—¿Adónde se fue el guiverno? —le pregunto a Tairn.

—Volvió al valle. No te preocupes, va a regresar.

Ah. Perfecto.

Mis ojos recorren los techos del pequeño puesto hasta que veo a esa cosa… persona… lo que sea. Hay una silueta parada sobre la torre de reloj de madera, vestida con una túnica morada que le llega hasta el suelo y que ondea con el viento mientras quien la porta lanza llamas azules como dagas a los civiles que están abajo.

Es más aterrador de lo que cualquier ilustrador hubiera podido representar, con ríos de venas rojas corriendo en todas direcciones alrededor de unos ojos sin alma consumidos por la magia. Su rostro es enjuto, con afilados pómulos y labios delgados, y una mano con forma de garra sostiene un enorme bastón rojo hecho de una madera extraña.

—*¡Tairn!*

—*Sí, hagámoslo.* —Tairn se separa de Sgaeyl con una vuelta cerrada que nos lleva hacia el pueblo. Unos cuantos aleteos después, sale fuego de su boca e incinera la torre del reloj con una sola ráfaga.

—*¡Listo!* —Me doy la vuelta sobre la silla, viendo cómo la estructura de madera se desploma. Pero solo pasan unos segundos antes de que el venin salga de entre las llamas y sin un solo rasguño.

—*Mierda, sigue ahí* —grito mientras pasamos sobre el puesto para ir al área que nos asignaron, reprochándome mentalmente por creer que iba a ser tan fácil. Hay una razón por la que estas creaturas son el material de la mayor parte de las pesadillas de los navarros, y no es porque sean fáciles de matar. Tenemos que acercarnos lo suficiente para clavarle una daga.

Vuelvo la mirada al frente justo a tiempo para ver cómo una masa gigante de alas y dientes se atraviesa en nuestro camino con un chillido ensordecedor, y Tairn se estrella con el muro de piedra detrás de mí, tirando la mampostería por esquivar al guiverno. Apenas logramos ponernos a salvo del ataque de fuego azul que sale de su boca e incendia un árbol cercano.

—*¡Volvió el guiverno!*

—*Ese es otro* —aclara Tairn—. *Les estoy dando órdenes a los demás.*

Como era de esperarse. Xaden es el líder de los jinetes en este campo, pero Tairn claramente es el de los dragones.

El guiverno da la vuelta y se lanza hacia el centro del pueblo, pegando las dos patas a su cuerpo y batiendo sus alas que parecen hechas de telarañas. Sobre él va una jinete con ropa de vuelo en color marrón parecida a la nuestra, y sus ojos son del mismo color rojo que los del venin en la torre del reloj.

—*Xaden, hay más de un guiverno.*

Hay un momento de silencio, pero puedo sentir la sorpresa de Xaden seguida de su rabia.

—*Si te separas de Tairn, llámame, y luego lucha hasta que llegue.*

—*Eso no va a pasar. No voy a permitir que se baje de mi lomo, líder de ala* —gruñe Tairn mientras veo el cielo con atención por primera vez:

está lleno de dragones, grifos y guivernos, igual que en la fábula de la creación.

—Soleil encontró una entrada cerrada a lo que parece ser una mina —dice Xaden—. *Necesito...*

Tairn se da la vuelta de pronto, cambiando de rumbo hacia las montañas.

—... que veas si puedes causar alguna distracción para que Garrick y Bodhi evacúen a las personas —termina—. *Liam ya está en eso.*

—Lo hago. —Mi pulso se acelera—. *Tairn, no puedo apuntar.*

—Sí vas a poder. —Lo dice como si fuera una conclusión inevitable—. *Se están pasando las órdenes a los grifos.*

—¿Los dragones pueden hablar con los grifos? —le pregunto, sorprendida.

—Naturalmente. ¿Cómo creías que nos comunicábamos antes de que se metieran los humanos?

Me pego a su lomo mientras volamos a toda prisa sobre la ciudad, pasando por una clínica, lo que parece ser una escuela y puestos y puestos de un mercado al aire libre que actualmente está en llamas. No hay señal del venin de la túnica púrpura que vimos hace rato mientras volamos sobre el cuerpo derribado de un grifo y su jinete cerca del centro del pueblo. El estómago se me revuelve, especialmente al ver que un guiverno va hacia ellos... y Sgaeyl está en su camino.

—Ella puede defenderse sola —me recuerda Tairn—. *Y él también. Tenemos órdenes. Concéntrate.*

Que me concentre. Claro.

Pasamos sobre familias que salen corriendo de sus casas en ruinas y luego dejamos atrás los muros de la ciudad para ir hacia el hueco en la montaña donde el Café Cola de Garrote está azotando su cola contra los tablones de madera que bloquean la entrada del túnel abandonado. Hay unas cuantas construcciones a los lados del camino, pero no mucho más.

Tairn gira hacia la izquierda cuando nos vamos aproximando y las correas se me entierran en las piernas por el súbito reajuste de mi peso sobre la silla. Luego abre las alas para detenerse en el aire frente a Soleil, viendo hacia Resson y la multitud que cruza corriendo entre gritos los cien metros entre los muros de la ciudad y nosotros guiada por un par de grifos y sus pilotos que continuamente miran hacia atrás, vigilando el cielo.

Pero lo que ellos no ven es a la venin que viene hacia nosotros desde el lado norte de la puerta, observando el movimiento de la multitud con los ojos entrecerrados. Las venas que rodean sus ojos están más pronunciadas que las del otro jinete, y su larga túnica azul me recuerda que el del báculo sobrevivió al fuego en la torre.

—*Ya le avisé a Fuil. Ella protegerá a Soleil* —dice Tairn, viendo hacia la amenaza.

—*Aléjanos de la gente.* —El poder ya está crepitando bajo mi piel.

Un niño se tropieza en el camino y el corazón me da un vuelco cuando su padre lo levanta y sigue corriendo con el pequeño entre sus brazos.

Deigh pasa y lo veo aterrizar por el rabillo del ojo mientras levanto las manos para liberar mi poder, enfocándome en el venin.

Con el primer relámpago, se cae una parte del muro del pueblo.

Mierda.

—*Sigue. ¡Deigh dice que necesitan más tiempo!* —me avisa Tairn.

Cometo el error de girar hacia atrás y ver que Liam y Soleil ya desmontaron y están guiando a la gente al interior de la mina mientras Deigh y Fuil montan guarda en distintos puntos del camino de evacuación. Si algo pasa, si uno de esos guivernos que están acechando el pueblo decide girar para acá, están vulnerables. Pero también lo está toda esa gente a la que intentan proteger.

Un trío de grifos llega volando con personas entre las garras para dejarlas en la entrada de la mina y volver por otra tanda.

La energía me recorre el cuerpo mientras apunto un rayo hacia la venin, pero termina por destruir una construcción que está en las faldas de una colina a la derecha. Los tablones se rompen y vuelan pedazos de madera por todas partes mientras se desploma.

La venin mira hacia arriba y el estómago se me retuerce cuando me encuentra. No hay más que malicia pura en sus ojos rojos mientras levanta la mano izquierda y la sacude, lanzando una ráfaga de aire.

Las rocas empiezan a caer por la montaña.

Soleil levanta las manos y detiene la avalancha antes de que aplaste a la gente que sigue entrando a la mina. Le tiemblan los brazos, pero las piedras caen a los lados del camino de evacuación, sin afectar la ruta de escape.

Vuelvo a ver a la venin y ahogo un grito.

El poder en bruto se puede sentir en el aire y me pone los pelos de punta mientras la venin baja las manos con las palmas hacia el suelo. La hierba a su alrededor se vuelve café, las flores de los arbustos se marchitan y las hojas se arrugan y pierden su color.

—*¿Tairn, está...?*

—*Canalizando.*

Lanzo otro rayo de energía mientras la sequía se sigue extendiendo alrededor de la venin, como si le estuviera chupando el alma a la tierra, pero cae demasiado cerca del camino y de un rezagado que va corriendo para ponerse a salvo, y eso me parece terrible.

—Cuidado. Deigh dice que la construcción al otro lado del camino tiene una caja con el escudo de la familia de Liam —me dice Tairn mientras lanzo otro rayo que cae ridículamente lejos de la venin—. *Dice que es altamente.... Inestable* —termina, tras hacer una pausa para recibir la información.

—No me preocupa la construcción —le respondo mientras el círculo de muerte se expande bajo los aleteos de Tairn y tomo más poder del dragón para volver a atacar.

Soleil se lanza hacia la venin con Fuil detrás y la daga en mano y lista mientras el resto de la gente del pueblo termina de entrar al túnel.

Todo esto habrá valido la pena si sobreviven.

La oleada de muerte que rodea a la venin se sigue extendiendo hasta alcanzar al civil que va corriendo por el camino. El hombre se cae, grita sin un solo sonido y se pone en posición fetal hasta que su cuerpo se convierte en unos tristes restos.

El aire se congela en mis pulmones y el corazón me late sin ritmo. Esa venin acaba de...

—¡Soleil! —grito, pero ya es demasiado tarde. La de tercero se tambalea hacia la zona muerta y su dragón intenta salvarla, pero ambos se caen. Fuil lanza una nube de polvo por la fuerza del impacto.

En unos segundos quedan disecados. Un puño me rodea el corazón y aprieta con fuerza y, por un momento, no puedo respirar. La venin ahora tiene más poder.

—¡Dile a Deigh! —miro sobre mi hombro y veo a Liam corriendo hacia Deigh. Necesita tiempo.

—Ya lo hice. —Tairn gira a la derecha cuando una bola de fuego viene hacia nosotros, la primera de muchas que provocan que nos replieguemos hacia el otro lado del camino.

—Perdimos a Soleil —le informo a Xaden.

Lo único que recibo como respuesta es una oleada de tristeza, y sé que es suya.

Los grifos se echan a volar y sus pilotos lanzan lo que parece ser magia menor hacia la venin mientras dos guivernos se acercan, ambos sin jinetes.

—Diles que cambien de táctica. No tienen ninguna esperanza, si no se acercan a la venin —le pido a Tairn.

Los grifos cambian de plan y suelto mi poder de nuevo. Esta vez doy más cerca de la venin y ella me mira, pero luego se da la vuelta al escuchar el sonido de alas al vuelo.

Garrick y los otros marcados de tercero vienen para acá. Está acorralada y espero que lo sepa, carajo.

Los grifos se unen para atacar a uno de los guivernos mientras Liam monta y Deigh se echa a volar, escapando del creciente círculo mortal, pero el otro guiverno comienza a descender en su vuelo con dirección a la venin.

Y en su ruta está esa construcción junto al camino.

—*Dijiste que la construcción tiene material inestable adentro, ¿verdad?*—pregunto.

—*Sí.*

No puedo estar segura de que le voy a dar, pero...

—*Excelente idea.*

Tairn nos pone en posición, deteniéndose a unos veinte metros del suelo mientras Liam va hacia los grifos que están arriba de nosotros, lanzando picos de hielo a la garganta ya herida del guiverno. La sangre sale a chorros y el guiverno cae del cielo con un chillido ensordecedor.

Uno menos.

La venin llega al camino y el guiverno aterriza sobre la tierra para que ella pueda montarlo.

—*¡Ahora!*—grito.

Tairn toma una enorme bocanada de aire y exhala fuego puro mientras el guiverno se echa a volar. La construcción se incendia y detona lo que sea que tuviera adentro. El calor llega hasta mi cara y me chamusca la mejilla tras la explosión que devora todo a su paso.

La tormenta de fuego casi nos alcanza, pero Tairn gira a la derecha, esquivándola por poco.

Grito y hago una señal de triunfo con el puño al aire mientras damos la vuelta y el viento alivia el ardor en mi mejilla. Ya acabamos con un guiverno, evacuamos a una buena parte de la gente del pueblo y no hay forma de que algo haya sobrevivido a esa explosión.

Tairn inclina mucho el hombro y damos una vuelta cerrada, preparándonos para dar otra vuelta sobre el pueblo. Giro a la derecha y ahogo un grito. No solo la explosión no mató al guiverno, sino que su jinete también está sana y salva, y están volando hacia...

Mierda. Mierda. Mierda.

Hay más guivernos que dragones saliendo del valle al sur, y estoy intentando no entrar en pánico cuando una ráfaga de fuego azul pasa junto a nosotros. Giro sobre la silla y veo a un guiverno detrás de nosotros. Se acerca a una velocidad aterradora mientras rodeamos los muros del puesto.

—*¿Alguna idea de cómo matar a tantos guivernos?*—le pregunto a Tairn, sintiendo el pánico como un ancla en mi pecho que amenaza con hundirme en el caos de mis pensamientos.

Hay al menos seis guivernos hasta donde alcanzo a ver, todos con un poder aterrador en las alas y dientes afilados, y vienen hacia acá.

—*Con los mismos métodos que pueden matarnos a nosotros* —dice Tairn, alejando al guiverno del centro del puesto, donde Garrick y Bodhi va a pie, persiguiendo al venin del reloj con daga en mano.

—*¡Te sorprenderá saber que no tengo una ballesta de fuego a la mano!*

—*No, pero tienes rayos, y uno de esos detendría el corazón de cualquier dragón.*

—*Dime que les advertiste a los demás cómo murieron Soleil y Fuil.* —Todos a ras de suelo están vulnerables.

—*Todos saben que están en riesgo.*

Dioses, aún hay niños allá abajo, algunos gritando y otros en un silencio devastador mientras las madres arrastran sus cadáveres.

No hay palabras.

—*Tenemos que alejarlos de la ciudad* —le digo a Tairn, dándome la vuelta en la silla lo más que me permiten las bandas sobre mis muslos para ver mejor a los guivernos, algunos de los cuales parecen haberse desviado para volar en círculos alrededor de los restos del reloj.

—*No sé qué quieren, pero debe estar ahí* —señala Tairn.

—*De acuerdo con los dos. Hagan lo que puedan para darles tiempo de evacuar* —dice Xaden—. *Estamos en las afueras del pueblo.* —Hace una pausa y una oleada de preocupación cruza nuestra barrera emocional—. *Intenta no morirte.*

—*Estoy en eso.*

Un guiverno se lanza en picada, pero vuelve con una pierna humana entre sus dientes.

Damos la vuelta de nuevo y vamos hacia el sur, alejándonos del centro de la ciudad y de lo que sea que estén haciendo Bodhi y Garrick.

—*No nos están siguiendo* —se queja Tairn—. *Tendremos que sacarlos de ahí.*

—*Me pareció que al venin no le gustó cuando llamé a los relámpagos.*

—*Eres una amenaza.*

—*Pues vamos a llamar su atención y amenazarlos.*

Él suelta un gruñido de aprobación.

Le abro las compuertas al poder de Tairn, dejando que me llene y arda bajo mi piel.

En cuanto estamos fuera de los muros, levanto las manos y lo dejo salir.

Los relámpagos parten el cielo y atraen a la horda de guivernos, uno de los cuales se echa a volar hacia nosotros, con la cola ponzoñosa ondeando detrás de su cuerpo.

Quizá esta no fue mi mejor idea.

—*Ya empezamos y ahora le seguimos* —me dice Tairn.

Bueno.

Al fin están fuera de los muros de la ciudad.

Reúno más poder y disparo. Los brazos me tiemblan por el esfuerzo de controlar el raudal de energía bruta. Un rayo azota mucho más lejos del guiverno de lo que me gustaría admitir, y el miedo me llena la boca con sabor a ceniza.

—*Inténtalo de nuevo.*

—*¡No tengo suficiente control!*

—*¡Inténtalo de nuevo!* —me exige Tairn.

Tomo poder de nuevo, y derribo los muros entre Tairn y yo, y me llena aún más la energía que el dragón me está canalizando. Un relámpago parte el cielo crepuscular con un brillo tan intenso que tengo que parpadear.

—*¡De nuevo!*

Dejo que el poder me tome una y otra vez, concentrándome en la ubicación del guiverno mientras Tairn esquiva una ráfaga de cielo azul. Al fin, un rayo cae sobre el que está detrás de nosotros y lo derriba. La creatura azota contra la colina y el golpe hace un sonido muy satisfactorio.

—*¿Qué pasará con el venin al que estaba vinculado?* —Estoy temblando por el esfuerzo de controlar el poder y luchando por no permitir que me abrume. Tengo la cara bañada en sudor.

—*Con suerte, son como nosotros. Si matas al guiverno, el jinete muere, pero es difícil saberlo cuando hay tantos que no traen jinete.*

—*«Con suerte» no son mis palabras favoritas en este momento...* —Me doy la vuelta sobre la silla y veo con horror que otros dos guivernos sin jinete van saliendo del valle—. *Los civiles necesitan más tiempo para llegar a la mina. Tenemos que dárselos.*

Tairn gruñe como afirmación y volvemos al puesto.

Xaden tiene a un guiverno agarrado por el cuello, estrangulándolo con sus sombras mientras los de tercero le lanzan hielo a su jinete, y los otros cuatro están haciendo todo lo posible por detener a los recién llegados con una combinación de fuego de dragón y magia.

El poder me recorre en una oleada ardiente tras otra mientras llamo más rayos que nunca en mi vida. Giro un brazo y apunto otro ataque hacia un guiverno que está volando cerca de la puerta principal, o lo que solía ser la puerta principal. No le doy al guiverno, pero sí a una torre vacía de donde vuelan pedazos de piedra en todas direcciones y un enorme trozo le da en la cola a otro guiverno y lo deja dando vueltas en el aire.

Tairn da otra vuelta cerrada y volvemos a nuestro punto de origen. Respiro profundamente y llamo un rayo que le da a un guiverno directo en el lomo y hace un satisfactorio chisporroteo. La enorme bestia chilla y luego se estrella en una colina cercana causando un fuerte estruendo.

Damos otra vuelta y, con la emoción de haber matado a esa creatura, lanzo otros tres rayos seguidos. Desafortunadamente, más velocidad no equivale a más precisión, y la adrenalina no me está ayudando con la puntería. Aunque sí logro provocar otras tres explosiones alarmantes, una de las cuales distrae a un enorme guiverno que iba tras Bodhi, lo que le da un poco de ventaja, y su dragón aprovecha para girar a la izquierda, lanzarse sobre el guiverno por detrás y hundirle los dientes en el cuello gris y reseco. Tras un crujido aterrador, el dragón de Bodhi suelta el cadáver del guiverno y lo deja caer los quince metros hasta el suelo.

—*¡A la izquierda!* —grito cuando otros dos guivernos aparecen en nuestro flanco trasero.

Le dejo las maniobras evasivas a Tairn y me concentro en llamar tantos rayos como sea posible mientras el guiverno nos va alcanzando. Los brazos me tiemblan y se van debilitando con cada rayo que intento controlar para que no caigan sobre uno de nuestros jinetes.

Sgaeyl está en el lado oeste del puesto y el corazón se me va a la garganta cuando ella baja y Xaden corre por su lomo y se baja con un salto impresionante para caer al suelo con un giro. Casi de inmediato, las sombras aparecen por todas partes y cubren a la gente que grita e intenta huir al refugio para ponerse a salvo de las fauces de un guiverno hambriento.

Una de las creaturas que viene detrás de mí debe notar que Xaden ya no está sobre el dragón, porque pega las alas a su cuerpo por un momento, se lanza en picada y luego las abre en el último minuto para planear sobre las sedosas sombras. Mierda. Va directo hacia Xaden con el hocico bien abierto, como si planeara agarrar a Xaden como un bocadillo de pasada.

—*¡Xaden!*—grito, pero él ya vio al guiverno y avienta un lazo de sombras que entra perfectamente por la cabeza de Sgaeyl y ella lo jala, quitándolo del camino del guiverno. En un minuto Xaden está colgando de la cuerda de sombra y al siguiente ya está en su asiento mientras Sgaeyl da la vuelta para recorrer de nuevo el pueblo.

Pero estaba tan concentrada en Xaden, que me olvidé por completo del guiverno que viene tras de mí. Tairn no lo olvidó y está subiendo más y más, alejando al guiverno del puesto mientras gana altura a una velocidad que casi me hace vomitar.

—*¡Violencia!*—grita Xaden—. *¡Debajo de ti!*

Miro hacia abajo y ahogo un grito. Una ráfaga de fuego azul viene hacia nosotros.

—*¡Gira!*

Tairn rueda hacia la derecha y mis nalgas se despegan de la silla. Solo me sostienen las bandas mientras mi dragón nos pone de cabeza para esquivar, y por poco, el ataque. Pero cuando se incorpora, el guiverno aún nos está siguiendo. El corazón se me atora en la garganta cuando la creatura abre la boca y suelta unos mordiscos al aire con sus dientes afilados y llenos de sangre mientras se lanza contra un costado de Tairn.

—¡No! —Levanto los brazos, le lanzo un rayo y me preparo para el impacto.

Un borrón azul pasa entre nosotros y el guiverno es embestido por un enorme cuerpo azul marino... Sgaeyl. Sus fauces destrozan distintas partes del cuerpo del guiverno con mordidas rápidas y brutales. Carne y sangre vuelan por todas partes en la comida aérea más salvaje que he visto. Luego la dragona avienta al guiverno y lo atrapa por la cabeza con su cola de daga, haciendo que su cuerpo devorado caiga desde lo alto para ir a estrellarse en el suelo.

Sgaeyl acelera su vuelo, da la vuelta y pasa junto a nosotros, rozando un ala con la de Tairn en un gesto casi amoroso que contrasta completamente con la mirada amenazante que parece dirigida a mí mientras la sangre del guiverno aún le chorrea de la boca. Mensaje recibido. Su trabajo es cuidar a Xaden y el mío es cuidar a Tairn.

Me muevo sobre mi silla, revisando todos nuestros flancos para confirmar que no haya más guivernos.

—*Hay que subir para ver mejor a cuántos nos enfrentamos* —le digo a Tairn.

Apenas vamos a unos treinta metros sobre el pueblo cuando veo a Liam y Deigh volando a toda velocidad en dirección opuesta a nosotros y con un venin sobre su guiverno detrás.

—*¡Liam necesita ayuda!* —exclamo.

—*Ya voy* —dice Tairn y se da la vuelta. Nos quedamos suspendidos en el cielo por un segundo antes de que sus enormes alas atrapen el viento, haciéndonos girar para ir directo hacia donde está Liam.

El venin levanta una especie de báculo que le lanza unas bolas de fuego azul a Deigh, pero este logra esquivarlas mientras Liam se levanta y corre por el lomo hasta la cola de daga. En el último segundo, Deigh usa su cola para lanzar a Liam al aire hacia el guiverno. Ni siquiera tengo tiempo de gritar antes de que caiga de cuclillas en la parte trasera del guiverno, sacando una daga con runas como las dos que me dio Xaden.

El venin se da la vuelta y levanta su báculo, pero Liam es brutalmente rápido y le corta la garganta con una precisión aterradora. El guiverno deja de aletear en unos segundos y su pesado cuerpo va en caída libre hacia el suelo. Liam salta de su lomo justo cuando Deigh pasa volando y lo atrapa sin problema.

Un guiverno viene hacia nosotros por la izquierda, acercándose con enormes aletazos.

—¡*Tairn!*—El poder me llena las venas y levanto las manos, pero Tairn rueda y me pone de cabeza para recorrer al guiverno del cuello a la cola con sus garras y su cola de maza, dejando su cuerpo abierto al vuelo. Luego nos regresa a la posición normal mientras el guiverno cae trazando un camino sangriento.

Lo que estoy sintiendo es más que la adrenalina por las acrobacias de Tairn.

Por primera vez desde que aceptamos intentar defender a los civiles en este puesto de comercio, desde que nos dijeron que había cuatro venin y no teníamos posibilidades de ganar, el pánico que me aplasta el pecho se aligera un poco. Tal vez sí podremos salir vivos de esto. Quizá.

De pronto, otro guiverno sale de una nube sobre nosotros y se lanza en picada contra Tairn, ganando velocidad al pegar las alas a su cuerpo, lo que lo convierte en lanza con dientes en la punta.

No hay tiempo para maniobras de evasión. Está a unos segundos, pero en un instante solo puedo ver rojo y Deigh embiste a la enorme bestia gris por el costado.

No siento ningún alivio, porque el choque hace que Liam salga volando del lomo de Deigh y caiga en el cuello de Tairn, de donde se va resbalando a una velocidad mortal.

—¡Violet!

—¡Liam! —Logro agarrarlo de la mano y lo aprieto con todas mis fuerzas, aunque se me escapa un grito cuando el hombro me truena y se subluxa por el tirón al sostener de golpe todo su peso. Tairn da la vuelta para seguir a Deigh—. ¡Agárrate!

Con un gesto de dolor, Liam se arrastra impulsándose con los codos pese al ángulo imposible hasta agarrarse de los pomos de la silla. Me lanzo sobre él, protegiendo su cabeza y agarrándome con todas mis fuerzas mientras Tairn rueda y da la vuelta para no alejarse tanto pero tampoco acercarse demasiado a Deigh y el enorme guiverno gris que están metidos en una batalla cuerpo a cuerpo a unos metros.

Sus garras destruyen las escamas del otro entre mordidas y los catastróficos rugidos de dolor de Deigh. Están demasiado cerca como para que yo pueda actuar, y no hay garantía de que le daré al guiverno y no a Deigh con mi rayo.

No hay nada que pueda hacer más que proteger a Liam.

Tomo el cinturón para el regazo que nunca uso y amarro a Liam con él por el torso.

—¡Eso te va a sostener hasta que puedas regresar al lomo de Deigh, pero no puedo usar mi poder sin darle a tu dragón! —grito entre los latigazos del viento.

La agonía en sus ojos me deja sin aliento.

—¿Por qué lo hiciste? —Mis dedos buscan alguna parte de su ropa que pueda jalar para acercarlo más a mí. Me decido por el cuello de su camisa—. ¿Por qué corriste ese riesgo? —¡Dioses!, si algo les pasa…

Su mirada se encuentra con la mía.

—Esa cosa le iba a arrancar un pedazo a Tairn. Tú me salvaste la vida, y ahora es mi turno. Sin importar lo que pienses de mí por no haberte contado todo, somos amigos, Violet.

Es imposible responderle porque Tairn rueda de nuevo y todo el cuerpo de Liam se levanta. El cinturón de cuero se le sube hasta atorarse en sus axilas. Aprieto el puño sobre su ropa de vuelo, pero no hay mucho de qué agarrarme. Pasan unos segundos y no puedo respirar, no puedo pensar más allá de la desesperación de tener a Liam a salvo hasta que Tairn vuelve a su posición natural, intentando mantenerse lo más cerca posible de Deigh sin ponernos en riesgo.

Pero luego el grito de Deigh me corta hasta el hueso mientras los dos caen en picada.

—*¿No puedes hacer algo?* —le ruego a Tairn.

—*¡Estoy en eso!* —Voltea a la derecha y baja hasta quedar junto al duelo que va cayendo en espiral, listo para atacar. Deberíamos ser nosotros luchando por nuestra vida, no Liam y Deigh.

Y, dioses, Deigh está perdiendo, lo que significa que Liam…

Se me cierra la garganta. No. No va a pasar.

—*¡Ven para acá!* —le grito a Xaden. La energía crepita en mis manos, pero no hay un blanco claro. Se mueven demasiado rápido.

—*¡Estoy cazando a la venin en los muros!* —me responde.

—*¡Deigh está luchando por su vida!*

El instante de terror que me aplasta el corazón no es mío. Es de Xaden.

—*¡Si me voy, los civiles van a morir!*

Estamos solos. Una mirada rápida al campo me deja saber que todos los demás dragones están librando sus propias batallas.

Tairn azota al guiverno en las ancas con la cola y sus escamas quedan ensangrentadas, pero esa maldita cosa no suelta a Deigh. Sus garras se curvan para enterrarse más entre las escamas rojas.

—¡Deigh! —El grito de Liam suena desesperado y la voz se le quiebra al final.

Tairn le muerde el hombro al guiverno y lo deja sangrando, pero no basta. Se mueve para tener un mejor ángulo contra la creatura y la fuerza casi hace que Liam se suelte, pero la hebilla aguanta.

Otro guiverno sin jinete viene hacia nosotros por la derecha y le aviso a Tairn.

—*¡A la derecha!*

Mi dragón gira su cuerpo más rápido que nunca y le corta el cuello a la nueva amenaza, sacude el cadáver como una muñeca de trapo y luego lo deja caer por decenas de metros hasta la montaña.

Luego Tairn baja hasta donde Deigh y el guiverno van cayendo.

El miedo me llena el pecho como algo siniestro y pesado.

—*¡Ya vamos para allá!*—me informa Xaden.

Pero va a llegar demasiado tarde.

—¡Violet! —grita Liam sobre el viento y dejo de ver la sangrienta batalla que se está librando junto a nosotros mientras bajamos en espiral—. Tenemos que acabar con los jinetes.

—¡Lo sé! —le respondo—. ¡Lo haremos! —Solo tiene que resistir. Los dos tienen que resistir.

—No, me refiero a que eso es...

Tairn ataca de nuevo y nos vamos de lado cuando le abre otro agujero al guiverno con los dientes y le araña la cola con las garras, pero la creatura no está dispuesta a soltar a Deigh. Sus alas están destrozadas y, sin embargo, eso no parece importarle mientras tenga las garras clavadas en la panza de Deigh, como si estuviera dispuesto a morir sin pensarlo solo por matar a su presa.

—Todo va a estar bien —le prometo a Liam. El viento me lastima las mejillas. Tiene que estar bien, aunque el suelo se acerca a nosotros a toda velocidad, tiene que estar bien.

Deigh grita de nuevo, pero el sonido suena más débil y agudo que los otros. Es su llanto.

—*¡Tenemos que subir!*—me advierte Tairn.

—¡Se está muriendo! —Liam se mueve sobre el lomo de Tairn y estira un brazo hacia su dragón como si pudiera tocar al Rojo Cola de Daga una última vez.

—Solo aguan... —comienzo a decir, pero el chillido de pánico que lanza Deigh me cierra la garganta y ahoga mis palabras. Lo están destripando y no hay nada que podamos hacer.

El guiverno suelta un rugido triunfal un segundo antes de que se estrellen en la montaña con un asqueroso golpe seco. El guiverno empieza a cojear con sus patas traseras y con las garras en sus alas.

Deigh no se mueve.

El grito desesperado de Liam me parte el corazón y Tairn extiende las alas, poniéndonos en horizontal con un giro salvaje para que no tengamos el mismo horrible destino.

—*¡Deigh!* —El dolor de Tairn me recorre mientras le lanza fuego al guiverno que intenta escapar, y el llanto de Andarna me llena la cabeza.

No. Si Deigh…

—*¿Está...?* —Ni siquiera me atrevo a terminar la pregunta.

—*Murió.* —Tairn cambia de dirección y va hacia la colina en las afueras de los muros de la ciudad en donde cayó Deigh.

No. No. No. Eso significa.

—¡Liam! —Me aferro a mi amigo mientras aterrizamos y las garras de Tairn se hunden en la tierra para detenernos cerca del cuerpo de Deigh.

—*Solo tienes unos minutos* —me advierte Tairn.

—Deigh —susurra Liam, y se desploma sobre el lomo de Tairn.

—Te llevaré con él —le prometo, desabrochando el cinturón.

—*Deigh se fue* —le grito a Xaden con voz temblorosa—. *Liam está muriendo.*

—*No.* —Siento su terror, su pena y su rabia abrumadora llenando mi cabeza y se mezclan con mis propias emociones hasta que me duele respirar.

Minutos. Tenemos minutos.

—Solo aguanta —le susurro a Liam, luchando por no llorar cuando me mira con esos ojos azules como el cielo, llenos de *shock* y dolor. Después de todo lo que Liam ha hecho por mí, esto es lo menos que puedo darle. Puedo llevarlo con Deigh como sé que él me llevaría con Tairn o Andarna. Tairn se agacha, achicándose lo más posible mientras me quito las correas. Luego envuelvo el cuerpo musculoso de Liam con mis brazos y bajamos deslizándonos por el costado de Tairn hasta que nuestros pies chocan con el suelo de la colina rocosa lejos del puesto.

Deigh está unos metros más allá, con su cuerpo doblado en un ángulo antinatural.

Esto no es justo. Esto no está bien. Deigh no. Liam no. Son los más fuertes de nuestro año. Los mejores de nosotros.

—No puedo —dice Liam cuando se tambalea hacia adelante y casi se cae.

Intento atraparlo, pero su peso es mucho para mí y ambos quedamos de rodillas.

—Sí podemos —le aseguro, obligando a las palabras a salir por mi garganta que cada vez se siente más cerrada. Intento echar su brazo sobre mis hombros. Estamos tan cerca.

Si se acerca un venin, yo me encargo.

—No podemos. —Cuando se desploma sobre mí, me voy de espaldas y su cabeza cae en mi regazo. Su cuerpo pierde toda la fuerza—. Está bien Violet —me dice, mirándome, y me subo los *goggles* a la cabeza para poder verlo con claridad.

Le cuesta trabajo respirar.

—No está bien. —Quiero gritar lo injusto que es, pero no serviría de nada. Con una mano temblorosa le subo los *goggles* a la frente y luego le retiro el cabello rubio de la cara—. Nada de esto está bien. Por favor, quédate —le ruego, y las lágrimas que ya no puedo contener corren sin control por mis mejillas—. Lucha por quedarte. Por favor, Liam. Lucha por quedarte.

—En el parapeto... —Su cara se deforma por el dolor—. Tienes que cuidar a mi hermana.

—Liam, no —mis palabras salen ahogadas por las lágrimas—. Vas a estar ahí. —Le acaricio el cabello. Está bien. Físicamente, está perfectamente bien, pero estoy viendo cómo se va—. Tienes que estar ahí. —Tiene que sonreírle a la hermana que ha extrañado por años y mostrarle su hoyuelo. Tiene que darle la pila de cartas que le ha escrito. Se lo merece después de todo lo que ha vivido.

No puede morir por mí.

—*Tairn* —sollozo—. *Dime qué hacer.*

—*No hay nada que puedas hacer, Plateada.*

—Ambos sabemos que no estaré ahí. Solo prométeme que vas a cuidar a Sloane —me ruega y sus ojos buscan los míos entre jadeos—. Prométemelo.

—Te lo prometo —susurro, y tomo su mano sin molestarme en limpiar mis lágrimas—. Voy a cuidar a Sloane. —Se está muriendo y no hay nada que yo pueda hacer. No hay nada que nadie pueda hacer. ¿Cómo puede ser tan inútil todo este poder, carajo?

El pulso bajo mi pulgar se vuelve más lento.

—Bien. Muy bien. —Me ofrece una sonrisa débil y su hoyuelo hace una brevísima aparición antes de que su expresión cambie—. Y sé que te sientes traicionada, pero Xaden te necesita. Y no solo me refiero a que necesita que estés viva, Violet. Te necesita a ti. Por favor, escúchalo.

—Está bien. —Asiento, y me obligo a sonreír pese a mi llanto. Podría pedirme cualquier cosa en este momento y se la concedería—. Gracias, Liam. Gracias por ser mi sombra. Gracias por ser mi amigo. —Empiezo a verlo borroso entre tantas lágrimas.

—Fue. Un honor. —El pecho le tiembla por el esfuerzo de sus pulmones.

Una ráfaga de viento me quita de la cara los mechones que se soltaron de mi trenza. Segundos después, siento que Xaden viene corriendo hacia nosotros y el torrente de sus emociones supera a las mías.

—No, Liam —exclama Xaden mientras se acuclilla frente a nosotros. Los músculos de su cara se esfuerzan por controlar su expresión, pero no hay forma de esconder el dolor en nuestra conexión mental.

—Deigh —suplica Liam en un susurro ahogado, mirando a Xaden.

—Lo sé, hermano. —Xaden tensa la quijada y nuestros ojos se encuentran sobre Liam mientras las lágrimas se me desbordan de los ojos—. Lo sé. —Toma a Liam entre sus brazos y se levanta—. Te llevo.

Camina lentamente por el terreno pedregoso hasta donde está Deigh, diciendo cosas que no puedo escuchar desde este lugar donde estoy hincada, con las piedras clavándose en mis rodillas, mientras veo cómo Xaden se despide.

Baja a Liam y lo recarga en el hombro intacto de Deigh, luego se hinca junto a él y asiente lentamente por algo que Liam le dijo.

El chillido de un guiverno parte el aire sobre nosotros y levanto la vista por instinto.

Una nube de alas grises viene hacia nosotros desde el valle. Guivernos. Docenas y docenas de guivernos.

—¡Mira hacia arriba, por el valle!

La cabeza de Liam gira lentamente cuando ambos voltean.

Xaden inclina la cabeza y el aliento se me congela en los pulmones cuando las sombras aparecen de golpe a su alrededor, como una explosión de rabia y dolor.

Segundos después, su grito silencioso pero desgarrador me llena la cabeza con tanta fuerza que el corazón se me quiebra en mil pedazos como un cristal que cae sobre el suelo de piedra.

No necesito preguntar. Liam ya se fue.

Liam, que nunca se quejó de ser mi sombra, nunca dudó en ayudar, nunca presumió que era el mejor de nuestro año. Murió protegiéndome. Ay, dioses, y hace una hora le pregunté si realmente habíamos sido amigos.

Si una sola de esas bestias logró matar a mi amigo, ¿qué diablos pueden lograr todas esas?

Un guiverno ensangrentando se lanza hacia nosotros y Tairn me cubre con su ala. Escucho el sonido de sus mordidas y un grito agudo antes de que retire su ala.

—*Somos presas en el suelo* —dice Tairn mientras el guiverno huye.

—Entonces, hay que convertirnos en cazadores. —Me pongo de pie justo a tiempo para ver a Xaden corriendo hacia mí.

—¡Violencia! —Xaden me toma de los hombros y veo su gesto decidido—. Liam me dijo que te dijera que hay dos jinetes con esa horda.

—¿Por qué te diría a ti y no...? —Me cae un yunque sobre el pecho.

—Porque sabía que yo tengo que ser quien detenga a los guivernos el mayor tiempo posible. —Estudia mi cara como si nunca más la fuera a ver.

—Y yo soy quien puede matarlos a todos. —Me mataría usar el poder tantas veces, pero soy la mejor opción que tenemos. La mejor opción que tiene él para sobrevivir.

—Tú puedes matarlos. —Me acerca a su cuerpo y me besa la frente—. No puedo vivir sin ti —dice sobre mi piel.

Antes de que pueda reaccionar, se gira hacia el valle y levanta los brazos, creando un muro de sombra que consume todo el espacio entre las crestas de las montañas.

—*¡Ve! ¡Te daré todo el tiempo que pueda!*

Cada segundo importa, y estos podrían ser los últimos de mi vida... de nuestras vidas.

En un segundo, miro sobre mi hombro, más allá de Tairn, y veo las ruinas en llamas del puesto de comercio. La gente del pueblo sigue corriendo para salir de los muros de la ciudad y huir de los guivernos que vuelan en círculos sobre ellos. El fracaso me abre un hoyo en el estómago; no hemos logrado evacuar a todos los civiles.

En el siguiente segundo, tomo una temblorosa bocanada de aire cargado de humo cuando pasa un grifo solitario, seguido de Garrick e Imogen en sus dragones, y solo puedo conservar la esperanza de que los demás sigan vivos.

Al tercer segundo, volteo para ver los cuerpos de Liam y Deigh y la rabia me corre por las venas con más fuerza que cualquier rayo que haya lanzado. La horda de guivernos detrás del muro de Xaden va a destrozar a Tairn y Sgaeyl como lo hizo el otro con Deigh.

Y Xaden... Por más fuerte que sea, no podrá detenerlos por siempre. Ya le están temblando los brazos por el esfuerzo de controlar tanto poder. Será el primero en morir si no le hago honor al apodo que me puso bajo el árbol hace tantos meses: Violencia.

Hay docenas de guivernos y solo una de mí.

Tengo que ser tan estratégica como Brennan y tan segura como Mira.

Me he pasado todo el año intentando demostrarme a mí misma que no soy como mi madre. No soy fría. No soy despiadada. Pero quizá sí hay una parte de mí que se parece a ella más de lo que me gustaría reconocer.

Porque, en este momento, viendo los cadáveres de mi amigo y su dragón, lo único que quiero es mostrarles a estos desgraciados toda la violencia que hay en mí.

Me pongo los *goggles* sobre los ojos mientras voy al hombro de Tairn y lo monto sin perder tiempo. No hace falta decirle que se eche a volar, no cuando nuestras emociones están así de alineadas. Queremos exactamente lo mismo. Venganza.

Cierro las hebillas de las bandas sobre mis muslos mientras Tairn despega, sacudiendo sus enormes alas. El guiverno ensangrentado volvió y Tairn se lanza hacia él. Ni siquiera me importa si es el mismo que acaba de matar a nuestros amigos. Todos se van a morir.

En cuanto nos acercamos lo suficiente, estiro las manos y suelto todo mi poder con un grito gutural. El rayo da en su blanco y hace que el monstruo se desplome y caiga cerca del muro del pueblo.

Pero no veo al que viene hacia nosotros por la izquierda.

No hasta que siento el rugido de dolor de Tairn.

TREINTA Y SIETE

Pero fue el tercer hermano, al ordenarle al cielo que le entregara su vasto poder, quien al fin derrotó a su hermano celoso a un precio altísimo y terrible.

—«EL ORIGEN», *LAS FÁBULAS DEL PÁRAMO*

Me doy la vuelta en la silla y veo a una venin, la que mató a Soleil, con las venas distendidas ramificándose de sus ojos rojos, agarrando la espada que enterró entre las escamas de Tairn en el área detrás de las alas.

—*¡Tienes una venin en la espalda!* —le grito a Tairn mientras la venin lanza una bola de fuego hacia mi cabeza. Pasa tan cerca de mí que siento cómo me quema la mejilla.

Tairn rueda y luego se eleva con tanta fuerza que mi peso se aplasta contra la silla, pero la venin sigue ahí, aferrándose a la espada grabada mientras sus pies vuelan detrás de ella. En cuanto Tairn se pone en horizontal, la venin me lanza una mirada que me dice que seré su próxima comida y viene hacia acá con absoluta determinación en la mirada y unas dagas serradas con puntas vedes en las manos.

—*¡Otros tres sin jinete detrás de mí!* —grita Tairn.

Mierda. Hay algo que no estoy viendo. Lo siento en las orillas de mi mente, como la respuesta de un examen para el que sé que estudié.

—¿No eres algo pequeña para ser jinete de dragón? —sisea la venin.

—Soy suficientemente grande para matarte. —Tairn y yo estamos muertos si no hago algo.

—*Necesito que te mantengas en horizontal* —le digo a mi dragón, desabrochándome las bandas de los muslos.

—*¡No te vas a soltar de la silla!*—gruñe Tairn.

—*¡No voy a permitir que te mate!* —me pongo de pie y desenvaino las dos dagas que Xaden me dio hoy. Cada reto, cada obstáculo, cada hora que pasé con Imogen en el cuarto de pesas, cada vez que Xaden me llevó a la colchoneta tienen que servir de algo, ¿no?

Esto es solo un reto... con un ser oscuro no tan ficticio... en el parapeto.

Un parapeto que se mueve y vuela.

—*¡Vuelve a tu silla!*—me ordena Tairn.

—*No te la puedes quitar de encima. Te atacará de nuevo. Tengo que matarla.* —Hago a un lado el miedo. No hay espacio para eso aquí.

Entre la luz del sol en agonía y el escalofriante brillo de la ciudad que arde allá abajo, esquivo la primera embestida de su cuchillo, luego la segunda, me agacho y uso el antebrazo para bloquear un ataque desde arriba y evito así que el metal se entierre en mi cara. La fuerza del impacto tiene como resultado un crujido que sé que fue de uno de mis huesos.

Un dolor insoportable me paraliza por un instante y la daga se me escapa de la mano. Solo me queda una. El corazón me late sin control cuando me tropiezo con uno de los picos de Tairn y me tambaleo.

Ni siquiera puedo agarrarme el brazo adolorido y destrozado porque ella viene hacia mí, acercándose con enormes zancadas y blandiendo sus dagas de punta verde. Es como si esa mujer supiera con exactitud qué voy a hacer antes de que lo haga. Responde cada uno de mis ataques con uno igual, pero más rápido, como si se estuviera adaptando a mi estilo de pelea tras solo unos momentos de combate. Es imposiblemente rápida. Nunca he visto que Xaden o Imogen se muevan así de rápido.

Logro bloquear cada uno de sus ataques, pero no hay duda de que estoy en la defensiva. Ni siquiera trae ropa de combate, solo una túnica que ondea con el viento, y sin embargo...

Siento un dolor fuerte y agudo en el costado y retrocedo por la sorpresa de encontrarme una de sus dagas hundida en mi cuerpo, justo donde termina la armadura de escamas de dragón.

Tairn ruge y Andarna chilla.

—*¡Violet!*—grita Xaden.

—*¡Es demasiado rápida!* —Por su posición, dudo que la daga haya perforado algo vital, y lucho contra la náusea, que ya me está llenando la boca de saliva, para sostener la única arma contra venin que me queda y sacar la suya. Pero algo no está bien. La herida me quema y de inmediato me cuesta más trabajo mantener el equilibrio porque algo ácido me está corriendo por las venas. La punta del cuchillo ya no es verde cuando cae de mi mano.

—Cuánto poder desperdiciado. Con razón nos hicieron venir aquí. Podrías ordenarle al cielo que te entregue todo su poder, y apuesto a que ni siquiera sabes qué hacer con eso, ¿verdad? Los jinetes nunca saben. Te voy a abrir para ver de dónde vienen esos impresionantes rayos. —Ondea su otra daga frente a mí y de pronto me doy cuenta de que está jugando conmigo—. O quizá dejaré que él lo haga. Vas a preferir la muerte si te entrego a mi Sabio.

¿Tiene un maestro?

Es una estudiante igual que yo, y no puedo competir con ella. Ni siquiera logro saber en qué mano trae la daga mientras se la pasa de una a otra. Mi brazo tiene su propio pulso y el costado me está matando.

—*Equilibra las cosas* —me ordena Xaden. Dividió su poder y las sombras vienen de los acantilados a mi izquierda para cubrir mi mundo, y el de la venin, con una nube de la más profunda oscuridad.

Y yo tengo el poder de la luz.

Ahora yo tengo el control y conozco el terreno del lomo de Tairn como la palma de mi mano. Me muevo a la derecha, donde puedo sentir la cuesta de su hombro, me pongo en posición de pelea, tomo la daga con la mano sana y dejo que mi poder estalle en la oscuridad, iluminando el cielo por un crepitante y valiosísimo segundo.

La venin está desorientada, de espaldas a mí. Le clavo la daga con las runas entre las costillas, justo donde Xaden me enseñó hace tantos meses, y la saco para no perderla. Ella se va hacia atrás y el rostro se le pone gris cenizo antes de caerse del lomo de Tairn.

Yo me tambaleo porque el ácido en mis venas cada vez arde más y me está quemando desde adentro.

—*Está muerta* —le digo como puedo a Tairn, Xaden, Andarna, Sgaeyl… a quien sea que esté escuchando.

Las sombras desaparecen y vuelve la luz del crepúsculo mientras avanzo a tropezones hacia la silla, apretándome el costado para contener la sangre que me corre de la herida.

—*Te lastimó* —dice Tairn.

—*Estoy bien* —miento, viendo con los ojos desorbitados la sangre negra y viscosa que corre entre mis dedos. Esto no es bueno. No es nada bueno.

No podré pelear en otro mano a mano, no con esta herida en mi costado, y pronto voy a estar demasiado débil para llamar a los rayos. La fuerza me abandona junto con mi sangre. Envaino la daga. Ahora la mejor arma que tengo es mi cabeza.

Tomo aire, intentando calmar mi pulso y pensar.

—*Están cayendo* —anuncia Tairn, y giro hacia un lado para ver cómo tres guivernos caen del cielo para ir a estrellarse en la tierra.

Guivernos sin jinete.

Creados por los venin.

Y todos murieron porque maté a un venin.

Eso era lo que Liam intentaba decirme. Cuando un dragón muere, también se va su jinete. Pero, aparentemente, cuando muere un venin, también se van los guivernos que creó. Todos. Así podemos salvar a todos en este lugar.

Hay dos jinetes entre la horda que Xaden está deteniendo.

—*Tenemos que acabar con los jinetes* —susurro.

—*Sí* —me responde Tairn, que ha estado siguiendo mis pensamientos—. *Excelente idea.*

—*¿Estás dispuesto a apostar tu vida por esto?* —Si me equivoco, ambos estamos muertos y también Xaden y Sgaeyl.

—*Apuesto mi vida por ti como lo hice desde el primer día* —dice, dando la vuelta para volver al valle. Los demás dragones vienen también para acá, seguramente siguiendo las órdenes de Tairn. Solo Garrick y su Café Cola de Escorpión van adelante de nosotros, volando bajo y rápido hacia Xaden.

—*Tres de los venin están muertos, pero uno está...*

Veo con horror cómo un venin con un bastón tan alto como él sale de entre la oscuridad con su amenazante mirada puesta sobre Xaden.

—*¡A la izquierda!* —le grito a Xaden.

Sgaeyl gira y le lanza una ráfaga de fuego, pero el venin apenas si se detiene.

Garrick se acomoda en su asiento y lanza una daga, pero antes de que pueda llegar al venin, la silueta de la túnica azota su báculo contra el suelo y desaparece como si nunca hubiera estado ahí.

Se fue, pero ¿adónde?

—¿Qué diablos? —grito al viento.

—*Un general puede reconocer a otro general, y ese es su líder* —me informa Tairn.

¿El Sabio?

—*¡No puedo detenerlos por mucho más!* —avisa Xaden, y los brazos le tiemblan tanto que parece como si su cuerpo estuviera por destruirse mientras nos apresuramos hacia la entrada del valle.

—*Nuevo plan* —le digo a Xaden mientras Tairn se lleva al límite—. *Necesito que quites tus sombras.*

—*¿Qué?*

Ya se está debilitando. Lo sé por cómo los guivernos logran estirar sus sombras en el intento de atravesarlas.

—*Es demasiado sufrimiento.*—El dolor en la voz de Andarna me destruye.

Giro hacia el puesto de comercio y veo un destello dorado que hace que se me detenga el corazón.

—*¡No! ¡Este lugar no es seguro para ti!*

—*¡Me necesitas!*—grita ella.

—*Por favor, escóndete. Alguno de nosotros tiene que sobrevivir a esto* —le digo mientras Tairn pasa volando sobre Xaden y Sgaeyl.

—*Xaden, tienes que quitar las sombras. Es la única manera.*

—*¡Tairn!*—grita Sgaeyl con un tono de miedo que nunca le había escuchado.

—*No me pidas eso.* —Hasta la voz le tiembla a Xaden. Esas sombras se van a ir quiera o no. Está a punto de consumirse.

—*Si tienes algo de confianza en mí, Xaden, necesito que la uses ahora.*—Utilizo las mismas palabras que él me dijo antes, aunque apenas puedo respirar por el intenso dolor en mi costado. Xaden se va a consumir si no confía en mí.

—*¡Mierda!*—En un instante, el muro de sombras desaparece y los guivernos vienen hacia nosotros a una velocidad aterradora. Si no puedo hacer esto, nadie va a sobrevivir. Son demasiados.

—*Encuentra al jinete más poderoso, Tairn.* —Es nuestra mejor apuesta. La única.

Estamos a un minuto del choque.

—*Cuando acabe con ese jinete, solo quedará uno, Xaden. Mata a ese y el resto de los guivernos caerá.*

—*Ya voy.*

Pero yo llegaré primero. Tairn es más rápido que Sgaeyl.

—*Nos salvaste con todo ese tiempo que los estuviste deteniendo.*

Cuando comienza a responder, pongo mi escudo para bloquearlo y poder concentrarme.

Tairn mira de izquierda a derecha, buscando, y yo derribo el último muro de mis Archivos mientras mantengo un pie firmemente plantado en el suelo de mármol.

—*Ahí* —dice Tairn, apuntando con la cabeza hacia la derecha—. *Es ese.*

En una orilla de la horda voladora está un venin con venas color carmín que corren sobre su frente y le bajan por las mejillas.

—*¿Estás seguro?*—pregunto.

—*Totalmente.*

Un fuego azul sale de entre la horda y apenas alcanzo a tomar aire antes de que un torrente de sombras salga de un extremo del valle y apague la llama.

El poder me sacude los huesos, vibrando en lo más profundo de mi ser por la cantidad de energía que estoy haciendo que mi cuerpo contenga.

—*Dime que tu plan no es intentar lanzarle al lomo del guiverno* —me dice Tairn. En unos segundos más estaremos lo suficientemente cerca.

—*No hace falta* —le aclaro—. *¿No escuchaste lo que dijo la venin? Puedo ordenarle al cielo que me entregue todo su poder, pero voy a necesitar hasta la última gota del tuyo para lograrlo.* —Suelto mi sello y lanzo un rayo que no le da al guiverno, y luego otro, que tampoco.

Ya casi están sobre nosotros mientras sigo lanzándoles rayos, llevándome al límite mientras Xaden apaga las llamas antes de que me quemen viva.

No puedo apuntar. No estoy lista. Quizá si me dieran un año o dos más de práctica, pero ahora no.

—*¡Necesito más, Tairn!*

—*¡Te vas a consumir, Plateada!* —me responde con un gruñido mientras esquiva una flama que Xaden no alcanzó a ahogar—. *Ya estás al límite.*

Los brazos me tiemblan cuando vuelvo a levantarlos.

—*Esta es la única manera en que puedo salvarlos. Puedo salvar a Sgaeyl. Solo tienes que decidir que vivirás, Tairn. Aunque yo no lo logre.*

—*No voy a ver cómo muere otro jinete porque no conoce sus propios límites. El próximo rayo podría ser el último. Siento cómo se está acabando tu poder.*

—*Sé exactamente de lo que soy capaz* —le prometo mientas la energía me llena el cuerpo una vez más y mi corazón no logra encontrar el ritmo correcto. Qué calor, carajo. Tengo tanto calor que siento que estoy a punto de incendiarme. Tomé demasiado poder—. *No soy Naolin.*

El miedo amenaza con acabar conmigo cuando el venin viene hacia nosotros y está tan cerca que puedo ver su boca rabiosa, pero no es mi terror. Es el de Tairn.

—*¡Déjame ayudar!* —grita Andarna, y el corazón se me esponja, aunque sigue afectado por la energía que corre por mis venas. No tengo tiempo para voltear a ver dónde está. Solo espero que siga en el puesto.

—*Solamente lo que necesito* —le digo.

Trago saliva con dificultad y mi mano buena aprieta la daga manchada de sangre mientras volamos hacia el muro de guivernos. Busco el poder dorado de Andarna y me corre por la columna hasta explotar dentro de mí. El tiempo se detiene a nuestro alrededor.

Tairn abre las alas y nos quedamos suspendidos en el aire por un momento. Los guivernos se nos acercan centímetro a centímetro, combatiendo la magia de Andarna con la suya propia.

Necesito querer matar a ese venin y, que los dioses me perdonen, claro que quiero.

—*¡Ahora!*—Extiendo los brazos hacia el venin y le ordeno a los rayos que partan el cielo. Me obedecen, ramificándose hacia todas partes, pero solo necesito controlar una sola de sus venas de plata azulada. Me concentro en la que está más cerca del venin y la hago descender en ráfagas lentas que desafían al tiempo. Mis brazos vibran y siento cómo el poder de Tairn sobrepasa los límites de mi cuerpo mientras jalo la rama hacia un lado centímetro a centímetro en su descenso con lo último que me queda de fuerza hasta posicionarla sobre el venin—. *¡Más, Tairn!*

Él ruge y el relámpago me atraviesa, y provoca que me hiervan los pulmones y se chamusque mi aliento mientras el don de Andarna empieza a perder potencia. No necesito estar cerca de ella para sentir su fatiga, su fuerza que rápidamente se va consumiendo. Pero solo tomo lo que necesito. Andarna va a sobrevivir hoy, aunque sea la única.

Solo me quedan unos segundos o todo este poder me va a quemar completa y va a acabar conmigo.

Los gritos de Xaden atraviesan mi barrera mental y los sonidos de su angustia y miedo casi son más de lo que puedo soportar. Pero no hay tiempo para pensar en él, para preguntarme qué pasará si no lo logro. Porque en este momento mi cabeza está enfocada en la venganza con una frialdad de la que hasta mi madre se sentiría orgullosa.

Cuando al fin termino de poner el rayo en su lugar, y con la piel ardiendo, libero el tiempo y me mantengo en pie apenas lo suficiente para ver cómo cae y mata al venin en cuanto lo toca. Como si el tiempo aún siguiera congelado, su cuerpo lentamente se cae del lomo del guiverno.

Al segundo siguiente, más de la mitad de los monstruos cae del cielo, como si les hubiera caído un rayo también a ellos. Y pareciera que mi herida estaba esperando a que lograra mi objetivo, porque en ese mismo momento amenaza con quemarme viva.

—*¡A la izquierda!*—ruge Tairn, girando hacia el guiverno y su jinete que vienen a nosotros con gesto asesino.

Una cuerda de sombra se amarra al cuello del venin mientras Tairn da la vuelta a la izquierda para evitar el golpe y apenas logro mantenerme en mi asiento.

Xaden baja al venin del lomo del guiverno y lo jala hacia abajo, directo a la daga que tiene en su mano estirada.

A veces se me olvida lo hermosamente letal que es ese hombre, carajo.

Sabiendo que van a vivir, dejo que la gravedad tome mi cuerpo y me resbalo del lomo de Tairn.

—*¡Violet!*—grita Xaden mientras caigo.

TREINTA Y OCHO

En caso de que te encuentres ante un veneno que no reconoces, lo mejor es tratarlo con todos los antídotos posibles. De cualquier modo, el paciente va a morir, pero al menos así habrás aprendido algo nuevo.

—*GUÍA MODERNA PARA CURANDEROS*,
POR EL COMANDANTE FREDERICK

Creo que podría morir hoy.

El aire pasa a toda velocidad junto a mí y siento que mi estómago se quedó en algún punto allá arriba.

Porque estoy cayendo.

Cayendo sin fin.

Tairn ruge y es el pánico, la desesperación de su grito lo que me hace abrir los ojos apenas lo suficiente para ver cómo viene hacia mí, pero no lo puedo sentir en mi cabeza, no puedo sentir mis pies en el suelo de los Archivos, no encuentro mi poder. Ya no tengo acceso ni puedo hacer tierra.

Mi espalda choca con algo y el impacto me deja sin aliento. Mi caída se vuelve más lenta, pero no se detiene, y un brillo dorado sube y baja a mi alrededor. El viento se queda quieto, los gritos del caos y la destrucción se detienen, pero el fuego dentro de mí sigue ardiendo, consumiéndome con sus feroces dientes. «El tiempo».

Andarna detuvo el tiempo con lo que le queda de fuerza.

Estoy sobre su lomo, cayendo… porque no tiene la fuerza suficiente para cargarme, pero fue lo bastante valiente para entrar a esta batalla. Ahora también me arden los ojos. Ella no debería estar aquí. Debería estar guardada en el puesto, a salvo de los guivernos que tienen tres veces su tamaño.

¿Queda algún guiverno? ¿Acabamos con todos?

Cuando el tiempo retoma su curso y el viento me latiguea la piel, me bajo de su lomo y unos fuertes brazos humanos me recogen.

—Violet. —Conozco esa voz profunda y llena de pánico. «Xaden». Pero no me puedo mover, ni siquiera puedo hacer que mis labios se separen para gritar de dolor cuando él hace presión sobre la herida—. Mierda, seguramente es veneno. Tienes que luchar contra él.

Veneno. La daga de punta verde.

Pero ¿qué veneno me podría paralizar no solo física sino mágicamente?

—Yo te voy a ayudar. Solo... solo vive. Por favor, vive.

Obviamente quiere que viva. Soy fundamental para su supervivencia.

Tengo que hacer uso de todas mis fuerzas, pero logro levantar los párpados por un segundo, y el miedo descontrolado en sus ojos hace que me dé un vuelco el corazón antes de desmayarme.

—Quizá no es veneno —dice alguien con voz grave mientras despierto, pero no puedo abrir los ojos. ¿Será Garrick? Dioses, me duele todo—. Quizá es magia.

—¿Vieron cómo lanzó ese rayo directo a la cabeza del venin? —pregunta alguien.

—No es momento. —Bodhi prácticamente está rugiendo—. Te salvó la vida, carajo. Nos salvó la vida a todos.

Pero no lo hice. Soleil y... Liam están muertos.

—Su sangre es negra —exclama Xaden y sus brazos se tensan mientras me aprieta contra su pecho.

—Tiene que ser veneno —chilla Imogen, y es un sonido que nunca la había escuchado hacer—. ¡Mírenlo! Tenemos que llevarla a Basgiath. Quizá Nolon pueda ayudarla.

Sí. Nolon. Tienen que llevarme con Nolon. Pero no lo puedo decir, no puedo hacer que mis labios se muevan, ni siquiera puedo alcanzar los caminos mentales que se han vuelto algo tan instintivo para mí como respirar. No tener comunicación con Tairn, con Andarna... con Xaden, también es una tortura.

—Es un vuelo de doce horas. —Xaden va subiendo la voz—. Y estoy casi seguro de que tiene el brazo roto.

En doce horas estaré muerta. La promesa de ese dulce vacío ya acecha en un rincón de mi conciencia, es una promesa de paz si lo acepto y me dejo ir.

—Hay un lugar más cercano —dice Xaden en voz baja, y siento cómo sus dedos me acarician la mejilla. El movimiento es desconcertantemente tierno.

Otra oleada de fuego me consume, quemando cada nervio, pero lo único que puedo hacer es quedarme quieta y aceptarlo.

«Que se acabe. Dioses, que se acabe ya».

—No puedes hablar en serio. —Es la voz de alguien que suena como un siseo.

—Vas a poner todo en riesgo —le advierte Garrick mientras el sueño me llama, y es mi único escape al dolor insoportable.

Tairn brama tan fuerte que me vibran las costillas. Al menos está cerca.

—Yo que tú no repetiría eso —masculla Imogen—, o probablemente te comerá. Y que no se te olvide que, si ella se muere, es muy probable que Xaden se muera también.

—No digo que no debería hacerlo, solo le recuerdo lo que está en juego —responde Garrick.

¿Tairn puede sentir nuestra desconexión? ¿Está sufriendo igual que yo? ¿La espada también estaba envenenada? ¿Andarna puede volar? ¿O necesita dormir?

Dormir. Eso es lo que quiero. Perderme en un sueño helado y vacío.

—¡Me importa un carajo lo que me pase a mí! —le grita Xaden a alguien—. Vamos a ir y es una orden.

—No hace falta dar órdenes. La salvaremos. —Ese es Bodhi. Creo.

—Hazle honor a tu nombre y lucha, Violencia —me susurra Xaden al oído. Luego, con voz más fuerte y dirigiéndose a alguien que está lejos—. Tenemos que llevarla con él. Vamos. —Siento el movimiento mientras Xaden empieza a caminar, pero la agonía que provoca en mi herida es demasiada y me pierdo en la oscuridad.

Pasan horas antes de que vuelva a despertar. Quizá segundos. Quizá días. Quizá un tiempo infinito, porque Malek me sentenció a una eternidad de tortura por mi imprudencia, pero no me puedo arrepentir de salvarlos.

Quizá sería mejor si me muriera. Pero Xaden también podría morir.

Pese a lo que está entre nosotros en este momento, no quiero que se muera. Jamás querría eso.

Un viento constante en mi cara y el rítmico golpeteo de las alas me dice que estamos volando, y uso toda la energía que tengo para levantar un solo párpado mientras cruzamos sobre los riscos de Dralor. Ese abismo de sesenta metros es inconfundible. Es lo que hizo que la Rebelión tyrrish no solo fuera posible, sino casi exitosa.

El veneno me quema cada vena, cada terminación nerviosa en mi cuerpo mientras corre sin control dentro de mí. Mis latidos son lentos. Ni la ironía de que voy a morir por un veneno, algo en lo que tengo conocimientos superiores, logra hacerme reunir la energía que necesito para hablar, para ofrecer sugerencias sobre el antídoto. ¿Cómo podría si ni siquiera sé qué fue lo que usaron? Hasta hace unas horas, ni siquiera sabía que los venin existían fuera de las fábulas, y ahora no hay más que dolor y muerte.

Solo es cosa de tiempo, y yo tengo poco.

La muerte sería preferible a existir un segundo más en esta hoguera que es mi cuerpo, pero aparentemente no merezco esa clemencia, porque alguien me despierta.

«Aire». No hay suficiente aire. Mis pulmones luchan por inhalar.

—¿Estás seguro de esto? —pregunta Imogen.

Cada paso que da Xaden lanza una nueva ola de agonía que comienza en mi costado y luego se extiende por todo mi cuerpo.

—Deja de preguntarle eso, maldita sea —suelta Garrick—. Ya tomó su decisión. Apóyalo o lárgate, Imogen.

—Y es mala —comenta otro hombre.

—Cuando tú tengas ciento siete cicatrices en la espalda, podrás tomar las decisiones, Ciaran —le grita Bodhi.

El rugido de Tairn me toma por sorpresa y me muevo ligeramente, lo cual solo intensifica la, ya de por sí, indescriptible tortura en mi cuerpo.

—¿Qué fue eso? —pregunta Garrick desde algún lugar a mi izquierda.

—Básicamente dijo que me cocinará vivo si fallo —responde Xaden, y me acerca más a su cuerpo. Supongo que esa parte del vínculo sigue activa. Mi mejilla se pega a su hombro y podría jurar que siento que me da un beso suave en la frente, pero no puede ser.

No ocultas secretos de alguien que te importa, y mucho menos secretos que me van a costar la vida en cualquier momento, teniendo en cuenta los latidos lentos y arrítmicos de mi corazón.

Está luchando por bombear el fuego líquido que me cauteriza las venas.

Dioses, cómo quisiera que Xaden me dejara morir.

Lo merezco. Soy la razón por la que Liam está muerto. Soy tan tonta que ni siquiera me di cuenta de que Dain tomó mis recuerdos y los usó contra mí... contra Liam.

—Tienes que luchar, Vi —susurra Xaden contra mi frente mientras nos movemos—. Puedes odiarme todo lo que quieras cuando despiertes.

Puedes gritar, golpear, lanzarme tus malditas dagas, no me importa, pero tienes que vivir. No puedes hacer que me enamore de ti y luego morirte. Nada de esto vale la pena sin ti.

Suena tan sincero, que casi le creo. Y eso fue exactamente lo que me metió en toda esta situación.

—¿Xaden? —pregunta una voz conocida, pero no logro definir de quién es. ¿De Bodhi, quizá? ¿De uno de los de segundo? Tantos extraños. Y ningún amigo.

Liam está muerto.

—Tienes que salvarla.

TREINTA Y NUEVE

Todos ustedes son unos cobardes.

—LAS ÚLTIMAS PALABRAS DE FEN RIORSON (CENSURADO)

XADEN

—Ella va a estar bien —me dice Sgaeyl con un tono suave que nunca se había dignado a usar conmigo. Pero, claro, no me eligió porque yo necesitaba mimos. Me eligió por las cicatrices en mi espalda y el simple hecho de que soy el nieto de su segundo jinete, el que no sobrevivió al cuadrante.

—No sabes si va a estar bien. Nadie lo sabe. —Han pasado tres malditos días y Violet no ha despertado. Tres días interminables que he pasado en este sillón, caminando al filo de la razón y la locura, estudiando cada movimiento de su pecho solo para asegurarme de que aún respira.

Mis pulmones solo se llenan cuando lo hacen los suyos, y el tiempo entre los latidos de mi corazón está lleno de un miedo agudo y brutal.

A mí nunca me pareció frágil, pero ahora sí, tumbada en medio de mi cama, con los labios pálidos y resecos y las puntas del cabello apagadas, sin ese brillo como de navaja. En estos tres días todo en ella se ha sentido como si le hubieran sacado la vida del cuerpo y solo quedara una sombra de su alma bajo la piel.

Pero hoy, la luz de la mañana me muestra que sus mejillas tienen un poco más de color que ayer en la línea oscura de sus *goggles* de vuelo.

Soy un imbécil, carajo. Debí haberla dejado en Basgiath. O mandarla con Aetos, aunque pesara sobre Sgaeyl y Tairn. No tendría que haber sufrido el castigo del coronel Aetos por un crimen que ella ni sabía que yo estaba cometiendo. Ni siquiera lo sospechaba.

Me paso una mano por el cabello. Violet no fue la única que sufrió.

Liam seguiría vivo.

«Liam». La culpa se nivela con la pena descomunal por su muerte, y el dolor en mi pecho apenas me permite tomar aire. Le ordené a mi hermano de acogida que la mantuviera a salvo, y esa orden hizo que lo mataran. Murió por culpa mía.

Debí haber sabido lo que nos esperaba en Athebyne...

—Debiste haberle dicho lo de los venin. Esperé a que le compartieras la información, y ahora ella está sufriendo —gruñe Tairn. El dragón es la manifestación corporal y con aliento de fuego de mi culpa. Pero al menos el vínculo que nos une a los cuatro sigue ahí, aunque él no pueda comunicarse con ella, lo cual significa que Violet sigue viva.

El dragón puede gritarme todo lo que quiera mientras el corazón de ella siga latiendo.

—Debí haber hecho muchas cosas diferentes. —Lo que no debí haber hecho fue luchar con lo que siento por ella. Debí aferrarme a ella después de ese primer beso como quería y mantenerla a mi lado, debí dejarla entrar por completo.

Mis párpados se sienten rasposos como lijas cada que parpadeo, pero estoy combatiendo el sueño con todo lo que tengo. Cuando duermo, escucho el grito desgarrador de Violet, la escucho llorando porque Liam murió, la escucho diciéndome que soy un maldito traidor una y otra vez.

No se puede morir, y no solo porque hay posibilidades de que yo tampoco sobreviva. No se puede morir porque sé que no puedo vivir sin ella, aunque no me muera. En algún punto entre el *shock* de nuestra atracción en lo alto de ese torreón, el momento en que me di cuenta de que arriesgó su vida para darle una bota a alguien más en el parapeto aquel primer día y cuando me lanzó las dagas a la cabeza bajo el roble, me tropecé. Debí haberme dado cuenta del peligro de acercarme demasiado la primera vez que la tiré de espaldas sobre la colchoneta y le mostré lo fácil que podría matarme, una vulnerabilidad que no le he permitido ver a nadie más, pero lo minimicé pensando que era una innegable atracción a una mujer particularmente hermosa. Cuando la vi llegar al final del Guantelete y luego defender a Andarna en la Trilla me tambaleé, deslumbrado tanto por su astucia como por su sentido del honor. Cuando entré a su habitación y encontré la mano traidora de Oren en su garganta, la rabia que hizo que fuera fácil matar a los seis sin titubear debió haberme avisado que iba directo hacia un barranco. Y cuando me sonrió tras dominar su bloqueo en solo unos minutos, con su rostro iluminado mientras nevaba, caí, carajo.

Ni siquiera nos habíamos besado, y caí. Me enamoré.

O quizá fue cuando le lanzó sus dagas a Barlowe o cuando los celos me comieron vivo al ver cómo Aetos besaba la boca con la que yo había soñado incontables veces. En retrospectiva, hubo mil pequeños momentos que me lanzaron al abismo de la mujer que está dormida en la cama en la que siempre la imaginé.

Y nunca se lo dije. No hasta que estaba delirando por el veneno. ¿Por qué? ¿Porque tenía miedo de darle poder sobre mí cuando ya lo tenía? ¿Porque es hija de Lilith Sorrengail? ¿Porque le seguía dando segundas y terceras oportunidades a Dain Aetos?

No. Porque no podía entregarle esas palabras sin ser total y completamente honesto con ella, y después de la forma en que me miró en el lago, la absoluta traición…

El sonido de las sábanas moviéndose me hace voltear a ver su cara, y respiro profundamente por primera vez desde que se cayó del lomo de Tairn. Tiene los ojos abiertos.

—Estás despierta. —Mi voz suena como si la hubieran arrastrado sobre un camino de piedras cuando creía que eso solo le había pasado a mi corazón.

Me pongo de pie torpemente y cruzo los dos pasos que me separan de la cama. Está despierta. Está viva. Está… ¿sonriendo? Debe ser un engaño de la luz. Lo más seguro es que esta mujer quiera prenderme fuego.

—¿Puedo revisarte el costado? —El colchón se hunde ligeramente cuando me siento junto a su cadera.

Ella asiente y estira los brazos como un gato que estaba tomando la siesta bajo el sol antes de agarrar las cobijas.

La destapo y desato la bata que cubre el pequeño camisón que le puse la primera noche y lentamente levanto la orilla por la piel sedosa de su cadera, preparándome para encontrar los hilos negros que suplantaron a sus venas durante el vuelo, pero que han ido desapareciendo lentamente desde que llegamos. No hay nada. Solo una delgada línea plateada a un par de centímetros sobre el hueso de su cadera. Mis pulmones sueltan el aire con alivio.

—Es un milagro.

—¿Qué es un milagro? —me pregunta con voz rasposa, viendo su nueva cicatriz.

Mierda. Sería un pésimo curandero.

—Agua. —La mano me tiembla por el cansancio o por el alivio, ni siquiera me importa por qué, mientras le sirvo un vaso de agua de la jarra que está en mi buró—. Seguro te mueres de sed.

Se incorpora hasta quedar sentada, toma el vaso y se lo toma completo.

—Gracias.

—Tú. —Dejo el vaso vacío en el buró y observo esos ojos color avellana en los que no he dejado de pensar desde el parapeto—. Tú eres un milagro —susurro—. Estaba aterrado, Violet. No hay palabras adecuadas.

—Estoy bien, Xaden —me dice en voz baja, y pone su mano sobre mi corazón que late acelerado.

—Creí que te iba a perder. —La confesión sale ahogada, y quizá estoy arriesgándome demasiado después de todo lo que le hice pasar, pero no puedo evitar acercarme y rozar su frente con mis labios, luego su sien. Dioses, la besaría por siempre si con eso pudiera mantener a raya la discusión que se viene y quedarnos en este momento límpido en el que puedo creer que todo va a estar bien entre nosotros, y que no jodí irrevocablemente lo mejor que me ha pasado en la vida.

—No me vas a perder. —Me mira con gesto confundido, como si yo hubiera dicho algo raro. Luego se acerca y me besa.

Aún me quiere. La revelación hace que los latidos de mi corazón se disparen. Llevo el beso más allá, pasando mi lengua por su suave labio inferior y chupándolo con cuidado. Eso es todo lo que se necesita para inundar mi sistema de deseo y pasión. Siempre ha sido así entre nosotros, hasta la más pequeña chispa desata un incendio que consume todo lo que no tenga que ver con todas las formas en las que puedo hacerla gemir. Tendremos una vida entera de esos momentos por delante, cuando pueda desvestirla y rendirle culto a cada curva y hueco de su cuerpo, pero este no es uno de ellos, no cuando no lleva ni cinco minutos despierta. Me separo de ella soltando su boca lentamente.

—Te lo voy a compensar —le prometo, sosteniendo sus delicadas manos entre la dureza de las mías—. No digo que no vayamos a pelear o que no me querrás lanzar tus dagas cuando inevitablemente me porte como un cretino, pero te juro que me esforzaré por ser mejor.

—¿Qué me vas a compensar? —me pregunta con una sonrisa confundida.

Frunzo el ceño. ¿Habrá perdido la memoria?

—¿Qué tanto recuerdas? Para cuando te trajimos aquí, el veneno ya había llegado a tu cerebro y…

Sus ojos se abren de par en par y algo cambia, algo que cae como una piedra en mi estómago cuando de pronto aleja su mano de la mía.

Deja de verme y su mirada perdida me dice que está intentando hablar con sus dragones.

—No te asustes. Todo está bien. Andarna no es exactamente la misma, pero es... ella. —Está enorme, pero eso no se lo voy a decir a Violet. Y, de acuerdo con Tairn, ya no tiene su don, pero ya habrá mucho tiempo para compartir esas noticias—. El curandero me dijo que no está seguro de cuáles pueden ser los efectos a largo plazo del veneno, porque era algo que nunca había visto y nadie sabe en realidad cuánto tiempo te tomará recuperar la memoria si hay daños persistentes, pero te diré...

Levanta una mano y observa el cuarto, como si apenas estuviera notando dónde estamos, y luego se levanta de la cama, cerrándose la bata. La expresión en su mirada me aplasta el pecho mientras va con pasos torpes hacia el enorme ventanal de mi recámara.

El ventanal que es un observatorio sobre la montaña en la que está construida esta fortaleza, con vista al valle, a su arboleda chamuscada que marca donde la tierra fue quemada hasta las piedras y al tranquilo pueblo, que solía ser una ciudad, de Aretia.

El pueblo que hemos reconstruido con el sudor de nuestra frente a partir de una pila de cenizas y escombro.

—¿Violet? —Tengo puesta mi barrera, intentando respetar su privacidad, pero dioses, necesito saber lo que está pensando.

Está observando todo el pueblo con los ojos muy abiertos, pasando de estructura en estructura con sus techos verdes idénticos, y se detiene en el Templo de Amari, que era el edificio más reconocido además de nuestra biblioteca.

—¿Dónde estamos? Y no te atrevas a mentirme —ordena—. No otra vez.

«No otra vez».

—Sí te acuerdas.

—Sí me acuerdo.

—Gracias a los dioses —murmuro, pasándome una mano por el cabello. Es bueno, porque demuestra que sanó por completo, pero... mierda.

—¿Dónde. Estamos? —Escupe cada palabra y sus ojos se entrecierran sobre mí—. Dime.

—La expresión en tu cara me dice que ya sabes. —Es imposible que una mujer así de brillante no reconozca ese templo.

—Parece Aretia. —Señala hacia la ventana—. Solo hay un templo con esas columnas. He visto los dibujos.

—Sí. —Una. Mujer. Brillante.

—Pero Aretia fue quemada. Esos dibujos también los he visto, los que los escribas tomaron de los Archivos públicos. Mi madre me dijo que vio las brasas con sus propios ojos. Entonces, ¿dónde estamos? —Sube la voz.

—En Aretia. —Se siente increíblemente liberador decirle la verdad.

—¿Reconstruida o no la quemaron? —Me da la espalda.

—En proceso de reconstrucción.

—¿Por qué no he leído sobre eso?

Comienzo a decirle, pero levanta una mano y espero. Solo le toma un minuto descifrar eso también.

Señala hacia mi reliquia de la Rebelión.

—Melgren no puede ver el futuro cuando más de tres de ustedes están juntos —dice—. Por eso no tienen permitido reunirse.

No lo puedo evitar. Sonrío. Esta mujer brillante es mía, carajo. O era mía. Y volverá a serlo, si hay algo que yo pueda hacer al respecto. Aunque probablemente no. Suspiro y de inmediato pierdo la sonrisa. Mierda.

No, no me voy a rendir hasta que ella me lo pida.

Puede que esto sea complicado, pero nosotros también lo somos.

—Eso y que ya no somos lo suficientemente grandes para llamar la atención de los escribas. No estamos escondidos. Solo no... anunciamos nuestra existencia. —Y esa también es la razón por la que este lugar sigue siendo técnicamente... mío. Los nobles no tenían muchas ganas de darle su dinero a una ciudad quemada o pagar impuestos por una tierra que no se podía usar. En algún momento se van a dar cuenta. En algún momento lo voy a perder. Y entonces perderé también la cabeza—. Puedes saber todo lo que quieras. Solo pregunta.

Ella se tensa.

—Dime una sola cosa en este momento.

—Lo que sea.

—¿De verdad... —sus hombros tiemblan mientras toma aire— de verdad Liam está muerto?

«Liam». Siento una nueva puñalada de dolor en las costillas. Pasan unos silenciosos segundos en lo que intento encontrar las palabras correctas, pero no existen, así que saco de mi bolsillo la miniatura tallada de Andarna que Liam acababa de terminar.

Violet se gira para verme y su mirada de inmediato se clava en la figurita, llenándole los ojos de lágrimas.

—Es mi culpa.

—No, es mía. Si te hubiera dicho todo antes, habrías estado preparada. Probablemente nos habrías enseñado a todos cómo matarlos. —Se me parte el alma de nuevo cuando se limpia unas lágrimas gemelas con el dorso de las manos. Le entrego la miniatura—. Sé que debería hacerlo, pero no me atreví a quemarla. Anoche lo despedimos. Bueno, los otros.

Yo no he salido de esta habitación desde que llegamos. —Nuestras miradas se encuentran y siento el impulso de abrazarla, pero sé que soy el último lugar en el que buscaría consuelo—. No te he dejado.

—Claro, tienes un interés personal en mi supervivencia —se burla con una sonrisa sarcástica entre lágrimas—. Dame un momento para vestirme y luego hablamos.

—¿Me estás corriendo de mi propio cuarto? —Busco ese tono sarcástico y juguetón que solía salirme tan fácil con ella—. Eso es nuevo.

—Ya, Riorson.

No puedo contener mi gesto de dolor. Nunca usa mi apellido. Quizá es porque no le gusta recordar que soy el hijo de Fen Riorson y todo lo que le costó mi padre, pero para ella siempre he sido Xaden. El cambio se siente como un abismo infinito, como un golpe mortal.

—El cuarto de baño está por allá. —Señalo hacia la pared más lejana y voy a la salida, pasándome mi espada sobre la espalda.

Mi primo está recargado en la pared, hablando con Garrick, que ostenta una nueva cicatriz de quince centímetros desde la sien hasta la mandíbula, pero ambos se callan cuando cierro la puerta detrás de mí. Se tensan y Garrick se yergue cuan alto es.

—Está despierta.

—Gracias a Amari —dice Bodhi, y su cuerpo se relaja. Todavía trae el brazo en un cabestrillo, recuperándose de los cuatro puntos en los que se lo fracturó un venin.

—Va a tener que elegir. —Veo a Garrick y noto la preocupación en sus ojos. Ya me había dicho que cree que Violet guardará nuestro secreto. Esa preocupación es por mi estado mental si ella no me perdona por no decirle antes—. O guardará nuestro secreto, o no.

—Eso es algo que tú tendrás que averiguar —me responde—. Y luego enseñarle cómo esconderlo de Aetos, si eso decide.

—¿Alguna noticia de los pilotos?

—Syrena está viva, si eso es lo que preguntas —dice Bodhi—. Y también su hermana. Pero los demás… —Niega con la cabeza.

Al menos ellas sobrevivieron, y ahora que Violet está despierta, al fin puedo respirar.

—¿Averiguaron qué había en la caja que Chradh estaba buscando en Resson? —pregunto. El dragón de Garrick es particularmente sensible a las runas, lo cual les permitió encontrar y sacar la pequeña caja de hierro de entre los escombros de la torre del reloj.

—Están trabajando en eso. Con suerte, tendremos una respuesta en las próximas horas. Me alegra que esté bien, Xaden. Les avisaré a los demás. —Asiente una vez y se va por el corredor, pues ya casi conoce los caminos de este castillo tanto como yo, considerando que pasó todos los veranos aquí antes de la apostasía, o «secesión», como le dicen los navarros a la rebelión de mi padre.

Es curioso cómo la gente le cambia el nombre a las cosas que los hacen sentir incómodos. Perdimos la fe en que nuestro rey haría lo correcto algún día. Y dicen que nosotros somos los traidores.

Bodhi arruga la nariz.

—¿Qué?

—Hueles a culo de dragón.

—Vete a la mierda. —Pero, tras una olida, no se lo puedo discutir—. Voy a usar tu cuarto.

—Lo consideraría como un favor personal.

Le muestro mi dedo medio extendido y voy a su habitación.

Una hora después estoy bañado e impaciente, esperando afuera de mi cuarto con ropa limpia y Bodhi, que está haciendo todo lo posible por mejorar mi ánimo, como siempre, cuando la puerta se abre y Violet aparece en el marco.

Casi me ahogo con mi propia lengua al ver su cabello suelto y húmedo cayendo hasta debajo de sus senos. Ni siquiera puedo poner en palabras qué tiene ese pelo que me lleva al límite del necesito-cogérmela-ya, y estoy demasiado ocupado intentando mantener las manos a mis costados como para preguntarme por qué.

Ella existe y yo me excito. En el último año he aprendido a aceptar esa curiosa verdad.

Bodhi sonríe y es un gesto idéntico al que solía hacer mi tía.

—Me da gusto verte bien y de buenas, Sorrengail. —Luego me da un golpecito en el hombro y se va, lanzándome una mirada sobre el hombro—. Voy por el plan B. Buena suerte.

Dioses, quiero tomarla entre mis brazos y amarla hasta que se olvide de todo menos de lo buenos que somos juntos, pero estoy seguro de que eso es lo último que va a querer en la vida.

—Pasa —dice con voz suave, y el corazón me da un vuelco.

—Solo porque me lo pides. —Entro, odiando la desconfianza en su mirada.

Aunque Violet no me crea, jamás le mentí. Ni una sola vez.

Solo nunca le dije toda la verdad.

—¿Todo esto es original? —me pregunta, observando mi habitación.

—La mayor parte de la fortaleza está hecha de piedra —le digo mientras estudia los detallados arcos del techo y la luz natural que entra por el ventanal que ocupa toda la pared al oeste—. La piedra no se quema.

—Claro.

Trago saliva con dificultad.

—Creo que después de todo lo que has visto, la pregunta que te voy a hacer es muy sencilla. ¿Le entras? ¿Estás dispuesta a pelear con nosotros? —Sin problemas podría decidir darnos la espalda. Antes no sabía lo suficiente como para juzgarnos, pero ahora sí.

—Le entro. —Asiente.

El alivio me llena como un torrente más poderoso que el de cualquier cosa que podría canalizar de Sgaeyl, y me acerco a ella.

—Lamento haber tenido que ocultarte... —Las palabras mueren en mis labios cuando da un paso atrás para evitar que la toque.

—No va a pasar. —En sus ojos avellana se refleja un enorme dolor, y siento que me muero—. Que te crea y esté dispuesta a luchar contigo no significa que volveré a confiarte mi corazón. Y no puedo estar con alguien en quien no confío.

Algo se apachurra dentro de mi pecho.

—Nunca te mentí, Violet. Ni una sola vez. Y jamás lo haré.

Va a la ventana, mira hacia abajo y luego se gira lentamente para quedar de frente a mí.

—Ni siquiera es que me hayas ocultado esto. Lo entiendo. Es la facilidad con la que lo hiciste. La facilidad con la que yo te dejé entrar en mi corazón y no recibí lo mismo. —Niega con la cabeza, y entonces lo veo, el amor, pero está enmascarado por las defensas que tontamente la obligué a construir.

Yo la amo. Claro que la amo. Pero si se lo digo ahora, creerá que no lo estoy haciendo por las razones correctas, y la verdad tendría razón.

No voy a perder a la única mujer de la que me he enamorado sin luchar.

—Tienes razón. Guardo secretos —reconozco, acercándome de nuevo, paso a paso, hasta que estoy a menos de medio metro de ella. Pongo las palmas en el cristal a los lados de su cabeza, dejándola ligeramente atrapada, pero ambos sabemos que se podría ir si quisiera. Ella no se mueve.

—Me tomó mucho tiempo confiar en ti, mucho tiempo para darme cuenta de que me enamoré.

Alguien llama a la puerta. Lo ignoro.

—No digas eso. —Levanta la barbilla, pero noto cómo me lanza una mirada a la boca.

—Me enamoré de ti. —Agacho la cabeza y la miro directamente a sus hermosos ojos. Puede que esté enojada conmigo, y con razón, pero que me lleve Malek si no sigue sintiendo lo mismo—. Y ¿sabes qué? Quizá ya no confíes en mí, pero todavía me amas.

Separa los labios, pero no lo niega.

—Te regalé mi confianza una vez, pero eso no se vuelve a repetir. —Esconde su dolor con un parpadeo.

«Nunca más». Esos ojos nunca más volverán a reflejar un dolor que yo le haya ocasionado.

—La cagué al no decírtelo antes, y ni siquiera intentaré justificar mis razones. Pero ahora te estoy confiando mi vida... y la de todos los demás. —Arriesgué todo al traerla aquí en vez de llevar su cadáver a Basgiath—. Te contaré todo lo que quieras saber y todo lo que no. Pasaré todos los días de mi vida recuperando tu confianza.

Se me había olvidado lo que se siente ser amado de verdad. Han pasado tantos años desde que papá murió. Y mamá... No voy ni a pensar en esto. Pero luego Violet me dio esas palabras, me dio su confianza, su corazón, y lo recordé. Y por supuesto que voy a luchar por conservarlos.

—¿Y si no es posible?

—Todavía me amas. Es posible. —Dioses, me muero por besarla, por recordarle exactamente lo que somos juntos, pero no lo haré, no hasta que ella me lo pida—. No le temo al trabajo pesado, especialmente no cuando sé lo dulce que es la recompensa. Preferiría perder esta guerra que vivir sin ti, y si eso significa que tendré que demostrarte que valgo la pena una y otra vez, lo haré. Me diste tu corazón, y lo voy a conservar. —Violet ya tiene el mío, aunque no se haya dado cuenta.

Sus ojos se llenan de una expresión sorprendida, como si al fin hubieran visto la determinación en los míos.

Es hora de que lo sepa todo. Conociendo a Violet, no se va a quedar tranquilita en la seguridad de Basgiath, y mucho menos ahora que sabe lo corruptos que son esos muros.

Va a pelear esta guerra junto a mí.

Vuelven a llamar a la puerta y ahora con más insistencia.

—Qué tipo más impaciente, carajo —murmuro—. Como lo conozco, tienes unos veinte segundos para preguntarme lo que quieras.

—Aún tengo la esperanza de que la carta en Athebyne en realidad fuera sobre los Juegos de Guerra. ¿Crees que haya alguna posibilidad de que simplemente nos cruzamos por casualidad con un ataque de guivernos en ese puesto?

—Por supuesto que eso no fue un accidente, hermanita —dice él desde la puerta abierta.

Suspiro y me hago a un lado, viendo cómo se le desorbitan los ojos a Violet al verlo parado ahí.

—Te dije que conocía mejores maestros del veneno —le digo en voz baja—. No te curaron. Te repararon.

—¿Brennan? —pregunta, sin dejar de ver a su hermano con la boca abierta.

Él solo sonríe y abre los brazos.

—Bienvenida a la revolución, Violet.

AGRADECIMIENTOS

Primero que nada, gracias a mi Padre Celestial por bendecirme más de lo que podría haber imaginado.

Gracias a mi esposo, Jason, por ser la mejor inspiración que puede tener una escritora para el novio de ficción perfecto y por tu inagotable apoyo en el camino para perseguir mis sueños. Gracias por tomarme de la mano cuando el mundo se estaba cayendo, por llevarme a todas las citas con el doctor y encargarte de la abrumadora agenda que viene con cuatro hijos y una esposa con trastorno del tejido conectivo. Has sido mi fuerza entre cirugías y especialistas. Gracias a mis seis hijos, que me enseñan más de lo que yo podré enseñarles jamás a ellos. Ustedes son mi razón. Nunca duden que son esenciales para mi existencia. A mi hermana, Katc, te amo, en serio. A mis padres, que siempre están ahí cuando los necesito. A mi mejor amiga, Emily Byer, por siempre buscarme cuando desaparezco en las cavernas de la escritura por meses.

Gracias a mi equipo de Red Tower. No hay gratitud suficiente en el mundo para mi editora Liz Pelletier, por darme la oportunidad de abrir mis alas para escribir fantasía y alimentarme y hacerme reír durante nuestro lapso de veintiún días para terminar de editar el libro. Ninguna laptop fue dañada en la creación de esta obra. Pero, en serio, este libro es mi sueño. Gracias por hacerlo realidad con tus consejos, opiniones, paciencia e infinito apoyo; sin ti no hubiera sido posible. A Stacy por las correcciones en las noches en vela. A Heather, Curtis, Molly, Jessica, Riki y a todos en Entangled y Macmillan por responder infinitas cadenas de correos y por llevar este libro al mercado. A Madison y Nicole por sus increíbles notas y por quedarse despiertas toda la noche durante la lectura. Elizabeth, gracias por la hermosa portada, y gracias a Bree y Amy por el maravilloso arte. Gracias a mi fenomenal agente, Louise Fury, que no titubeó cuando le dije que quería escribir fantasía y que hace mi vida más fácil solo por saber que está ahí, apoyándome.

Gracias a mis esposas, nuestra «insantísima» trinidad, Gina Maxwell y Cindi Madsen. Sin ustedes estaría perdida. A Kyla, que hizo posible este libro. A Shelby y Cassie por no dejar que «mis patitos se me salgan de la fila» y siempre ser mis mejores porristas. A Candi por encargarse de todos los problemas con risas y elegancia. A Stephanie Carder por tomarse el tiempo de leer. A cada *blogger* y lector que me ha dado la oportunidad a lo largo de los años, no tengo cómo agradecerles. A mi grupo de lectoras, *The Flygirls,* por hacerme feliz todos los días.

Y, por último, porque eres mi principio y mi fin, gracias de nuevo a mi Jason. Hay un poquito de ti en cada héroe que escribo.

EL CONTINENTE
MAR EMERALD
MONTSERR
REINO DE NAVA
PROVINCIA DE LUCERAS
RÍO LAKOBOS
PROVINCIA DE MORRAIN
PROVI
DE EL
BASGIATH
CALLDYR
PROVINCIA DE CALLDYR
PROVINCIA DE DEACONSHIRE
SUMERTON
PROVINCIA DE TYRRENDOR
LEWELLEN
ARETIA
ATHEBY
RISCOS DE DRALOR
RESSO
DRAITHUS
OCÉANO ARCTILE